폐허(廢墟)에서 살아남기

폐허(廢墟)에서 살아남기

한국전쟁 이후 1950년대 대표 단편소설

편저 오태호

국학자료원

머리말

───────

폐허(廢墟)에서 일상과 내면의 복원으로

1. 폐허를 형상화하는 남북의 차이

2022년 『북녘 마을의 사람 사는 풍경』을 출간한 지 2년 만에 두 번째 편저로 『폐허에서 살아남기』를 상재한다. 애초 계획은 이 책의 내용을 I부로 구성하고, II부에 1960년대 대표 단편소설을 함께 묶어낼 예정이었다. 하지만 북한에서 '천리마 운동 시기'를 다룬 1960년대 대표 작품들 자체로도 11편 정도를 선정하였기 때문에 분량과 더불어 내용 면에서 분권하여 출간하는 것이 낫겠다는 판단이 들었다. 결과적으로 1950년대와 1960년대를 별도의 책으로 구분하여 북한의 단편소설을 더욱 많이 소개하는 쪽으로 마무리가 되어 지금의 형태로 독자를 마주하게 되었다.

2024년에 돌아보는 한국전쟁(1950~1953) 이후 1950년대 한반도에서의 삶이란 무엇인가? 남한에서도 '전후(戰後) 문학'이라는 이름으로 1950년대 내내와 현재에 이르기까지 전쟁의 상흔과 후유증은 다양한 방식을 통해 지속적으로 형상화되고 있다. 3년 여 동안 남북을 오르내리며 치러진 6.25 동란은 한반도를 폐허와 상실의 지대로 만들며 남북의 분단 체제를 공고히 하며 분열과 대립의 깊은 골을 새기게 된다. 1950년대 대표 작가로 거론되는 손창섭, 김성한, 오영수, 장용학, 이범선, 이호철, 오상원, 서기원, 하근찬, 송병수, 선우휘 등이 생산한 텍스트들은 1950년대가 폐허적 실존의 시대였음을 증거한다.

북한에서는 1950년대를 '전후 복구와 사회주의 기초 건설 시기'로 명명하며, 전후(戰後) 문학을 통해 전쟁 이후 폐허적 공간을 복구하려는 의지와 함께 사회주의적 토대를 구축하기 위한 열기를 형상화할 것을 주문하게 된다. 그리하여 정전화된 '조선문학사(1990년대)'에서는 동시대 소설문학에 대해 '영광스러운 항일혁명전통의 형상화, 전후복구건설과 사회주의기초건설을 위한 투쟁에 떨쳐나선 로동계급의 형상, 사회주의농업협동화주제 작품의 활발한 창작, 혁명의 전취물을 지키기 위한 첨예한 계급투쟁의 반영(＋조국해방전쟁주제), 반침략·반봉건 투쟁을 내용으로 한 력사소설, 자주·민주·조국통일을 갈망하는 남조선인민들의 생활과 투쟁의 형상' 등으로 6가지 주제를 위계화하여 기술한다. 북한식 주체사상을 앞세우기 위해 지배담론으로서의 '항일혁명전통'이 제일 앞서고, 두 번째로 '전후 복구와 사회주의 건설'을 위한 노동자들의 형상을 주목하며, 사회주의 농업 협동화와 함께 '체제 내부에 상존하는 부르주아 잔재와의 투쟁 및 한국전쟁 양상'이 3~4순위로, 역사소설과 남한 문제 형상화가 제일 후순위로 배치되는 것이다.

　남한의 1950년대 문학이 이데올로기 전쟁이 남긴 상흔을 주목하며 실존주의적 세계인식을 통해 동존상잔의 비극이 보여주는 후유증을 비판적으로 형상화하고 있다면, 북한의 1950년대 문학은 '조국해방전쟁'이라는 인식이 보여주듯 미 제국주의와 남한의 정부에 맞서 '승리의 역사'를 써내린 항전의 후일담으로 형상화하고 있다. 결과적으로 1950년대 분단 문학을 형상화하는 태도는 남북에서 체제와 문학의 목적성과 자율성을 어떻게 의미화하느냐에 따라 달라지는 것이다. 주체사실주의에 입각한 당문학이냐 다원주의적 문학주의냐에 따라 분단과 전쟁에 따른 후과를 형상화하는 방식과 내용이 상이할 수밖에 없는 것이다.

2. 섬세하게 포착한 인민들의 구체적 내면 풍경

『폐허에서 살아남기』에서는 모두 10편의 작품을 주목한다. 변희근의「빛나는 전망」을 비롯하여 유항림의「직맹반장」, 리근영의「그들은 굴하지 않았다」, 전재경의「나비」, 김만선의「태봉 령감」, 황건의「'도래' 굽이」, 임순득의「어느 한 유가족의 이야기」, 엄흥섭의「복숭아나무」, 리정숙의「선희」, 신동철의「들」등이 그것이다. 1954년부터 1958년까지 월간지『조선문학』등에 게재된 이 작품들은 1950년대 전후(戰後) 문학 가운데에서도 북한 사회주의 인민들의 내면 풍경을 섬세하게 포착하고 있는 수작들이다.

본문에 게재되어 있는 작품 해설 두 편에서도 상세하게 분석이 진행되지만, 간략하게 작품 내용을 머리말에 언급하는 것도 이 편저의 발간 의도를 공유하는 의의가 있다고 생각된다. 변희근의「빛나는 전망」(1954)은 여성 노동자 혜숙의 노동계급으로서의 헌신성과 남성 노동자 윤호의 가부장적 고지식함이 대비되어 '사회주의적 인민'이 지닌 '일상의 꿈'을 다양한 심리적 갈등 속에 리얼한 서사로 포착한 수작이다. 유항림의「직맹반장」(1954)은 예술적 개성의 획득이라는 긍정적 평가와 객관주의적 해독이라는 비판 사이에서 주인공 최영희를 중심으로 노동계급의 새로운 윤리를 추적한 작품이라는 최종 평가를 받는다. 리근영의「그들은 굴하지 않았다」(1955)는 지배 권력에 저항하는 남한 인민들의 신념보다는 부조리한 현실 세계를 비판적으로 파악하는 농민들의 인식과 관점이 만술 부부의 생활 언어로 리얼하게 표출되고 있는 대목에서 서사적 미학이 포착된다. 전재경의「나비」(1956)는 '개성적인 부정적 인물의 형상화'라는 긍정적 평가와 함께 '제도와 당에 대한 비방'이라는 비판을 통해 전후 복구 건설기의 부정적 인물 고영수의 전형성에 대한 비판적 평가를 받는다는 점에서 주목을 요한다. 김만선의 「태봉 령감」(1956)은 작품 중반부까지 태봉 영감이 자신의 과오를 숨기거나 자신의 허욕을 인정하지 않으려는 대목 등을 통해 이기적인 탐욕을 보여주면서 인물의 생동감이 드러난다. 황건의 「도래' 굽이」(1957)는 주인공인 교사 정옥이가 학창 시절 이래로 '우정과 사랑 사이'에서 심리적으로 갈등하면서 전쟁통에 실명한 '남자사람친구' 명훈이에 대한 연애 감정을 고뇌하는 대목에서 서사적 리얼리티가 돋보인다. 신동철의 「들」(1958)은 전쟁 중에 귀향하는 동호 군관의 내면 풍경에 대해 '서정적 세계에 대한 형상화'라는 긍정성과 함께 '소부르주아 사상의 잔재'라는 비판이 함께 제기되면서 공산주의 문학 건설에 이반되는 해독적 작품이라는 비판을 받는다.

이외에도 작품 분석을 수행하지는 않았지만, 1950년대 북한 대표소설로 거론할 수 있는 세 편의 작품을 함께 싣는다. 먼저 "북한 여성문학의 출발점"(이상경)으로 평가받는 임순득의 「어느 한 유가족의 이야기」(1957)는 '전쟁미망인'인 과부 유정덕이 사회주의 협동화의 과정에서 작업반장으로 활약하며 여섯 식구의 가장 노릇을 하는 가운데 여성의 심리적 갈등과 재혼 문제를 추적하고 있는 작품이다. 엄홍섭의 「복숭아나무」(1957)는 '복숭아나무'를 매개로 설계 기능공인 주인공 정훈과 그의 안해의 부부 싸움을 통해 재혼 부부의 갈등과 함께 삼각 관계적 요소를 가미하여 남녀 간에 발생하는 미묘한 심리적 갈등과 해소를 다루고 있다는 점에서 흥미를 끄는 작품이다. 리정숙의 「선희」(1957)는 양돈공으로 일하는 주인공 선희가 짝사랑의 대상이었던 반장 준호의 관료주의적 성향에 반기를 들면서 주체적인 여성으로 성장하는 일화를 다루고 있다는 점에서 주목을 요한다.

　이상의 10편 중에는 북한의 공식적인 주류 문학사인 '조선문학사'에서 문학사적 평가를 받는 작품도 있지만, 평가의 대상에서 비껴선 작품도 있다. 실상은 문학사적 분석의 대상이 '되지 않은/못한' 작품이 북한에서 사회주의 인민의 실상을 더욱 잘 사실주의적으로 포착하고 있을지도 모른다. 굳이 '주체사실주의'에 입각하여 '수령형상문학'을 제일 탁월한 문학적 형상의 대상으로 전제하며, 당(黨)의 담론적 지시를 받아쓰기 해야 하는 '당문학적 전통'이 압도하는 시기에 제대로 주목되지 못한 채 감추려고 했던 텍스트가 역설적이게도 북한 사회의 음화(陰畫)를 드러낼 수도 있기 때문이다.

　각종 표기와 맞춤법, 띄어쓰기 등은 원문을 거의 그대로 살리고자 하였다. 1950년대 잡지에서 드러나는 원문과 당대의 질감을 간접적으로나마 체감하는 것이 1950년대 북한 사회의 내면 풍경을 이해하는 데에 도움이 되리라고 판단했기 때문이다. 지금처럼 남북의 적대적 대치가 지속되는 시기에는 오히려 윤색하지 않은 질박한 당대성이 상대의 이해와 교감의 전제가 될 수 있을 것이다.

3. 평화의 훈풍을 기대하며

　2024년 현재 한반도에서의 남북 관계는 적대적 갈등과 함께 일촉즉발의 위기 상황에 내몰리고 있다. 기존에 긴장 고조의 방식이 북쪽의 일방적인 위협이나 분쟁 요소의 촉발에 있었다면 현재는 남북 모두 대결적 정서가 지배적인 까닭에 더 심각한 위험 국면이 내포되어 있는지도 모른다. 그러나 불과 몇 년 전까지만 해도 '정전협정'과 더불어 한반도 평화체제에 대한 다양한 모색이 강화되고 있었다. 특히 2018~19년 문재인 대통령과 김정은 국방위원장이 개최한 세 번째 남북정상회담 이래로 북미 정상회담이 개최되면서 장밋빛 미래에 대한 가능성이 현실화되기도 했었다. 지금 현재 남북관계에서 발생하는 일시적인 대결과 갈등이 언제든 국지전 양상으로 비화될 수도 있다는 점에서 위기의 심각성은 더욱 증대되어 보인다. 집단지성의 지혜를 모아 이 위기를 돌파하려면 평화의 실천만이 한반도에서 제2의 비극적 전쟁을 방지하는 유일무이한 방법임을 공유해야 할 것으로 판단된다. 이 편저가 2024년 대립적인 남북 관계를 넘어 새로운 평화 담론이 모색되는 데에 밑거름이 되길 기대한다.

1945년 해방과 함께 이루어진 분단 이후 북한에서는 김일성, 김정일, 김정은으로 이어지는 '김일성 가계의 3대 세습'이 안착되며 '주체사상'을 기반으로 한 절대권력이 80년째 지속되고 있다. 반면에 남한에서는 정치권력을 달리하면서도 독재와 자유, 억압과 해방, 군부독재와 민주화 등의 대립을 거쳐 자본주의 체제 하에서도 민주주의의 꽃을 피워내고 있다. 이 평행선 같은 남북 체제와 권력의 차이를 전제하면서 어떻게 한반도의 화해와 평화의 길을 개척해 갈 수 있을 것인가? 아마도 유일무이한 사상 체계를 강조하는 전체주의 국가와 다원주의적 세계의 가능성을 인정하는 민주주의 국가가 서로를 인정하며 물적·인적 자원의 자유로운 상호 교류를 수행하는 것만이 '평화의 한반도 구축'의 열쇠가 될 것이다.

2024년에도 봄이 오고 있다. 평화의 봄이 우리의 봄이다. 갈등과 대립은 분열과 불통을 넘어 적대적 비방을 도돌이표처럼 되풀이할 뿐이다. 남북의 시계는 2018년 이전으로 돌아가 있다. 김정은 국무위원장과 트럼프 대통령이 핵무기를 매개로 서로 적대적 언술을 쏟아내던 시기를 지나 북미 간의 대화가 훈풍을 불게 한 때가 바로 2018~19년이었다. 현재 벌어지는 남북의 대치적 국면이 한반도의 평화를 위한 일시적 위기이자 화해와 협력으로 가기 위한 한시적 시련의 풍경이기를 기대해 본다. 전쟁은 파국을 낳을 뿐이다. 평화를 위한 전쟁은 없다. 전쟁은 전쟁일 뿐이고, 무수히 많은 민간인의 희생만 낳을 수밖에 없으며, 공멸의 지름길이다.

한반도에 평화의 기운이 다시 넘쳐나길 기대하고 바란다.

2024년 봄의 훈풍에 기대어
한반도에 평화의 봄바람이
불어오길 바라며
오태호 쓰다

목차

머리말

一

전후문학(1953~59)

<해설 1>

1950년대(1953~59) 북한 대표 단편소설 연구[1]

1. 인물 형상화의 서사적 개연성

이 글은 한국전쟁 이후 1950년대 북한 대표 단편소설에 대한 분석을 통해 1967년 유일사상체계 확립 이전 북한 문학의 유연한 인물 형상화가 내포한 유의미성을 구체적으로 평가해보고자 작성된다. 이 연구는 중견연구의 일환으로 지속되고 있는 북한 문예지 '『문화전선』, 『조선문학』(1947), 『문학예술』, 『조선문학』(1953~현재)' 등에 게재된 '대표 단편소설 연구'[2] 중 하나로, '해방기'와 '한국전쟁 시기'에 이어진 1950년대 단편소설 연구에 해당한다. 이 연구의 취지는 북한 문학사에서 거론되는 대표 단편소설 들 중 문예지에 게재된 작품들을 대상으로

---

1) 이 해설은 졸고인 「1950년대(1953~59)『조선문학』에 게재된 전후(戰後) 북한 대표 단편소설 연구 — 인물 형상화의 서사적 개연성을 중심으로」(『국제어문』 제94집, 2022. 9. 30, 329~362쪽)를 편저의 내용에 걸맞게 수정한 원고임을 밝힌다.

2) 오태호, 「해방기(1945~1948) 북한 문예지에 게재된 대표 단편소설 연구 - 인물 형상화의 경직성과 유연성을 중심으로」, 『현대소설연구』 제80호, 한국현대소설학회, 2020. 12, 271~305쪽. / 오태호, 「한국전쟁기 북한 문예지『문학예술』(1950.6~1953.8)에 게재된 대표 단편소설 연구-동시대적 평가의 양가성과 인물의 내면 풍경을 중심으로」, 『우리문학연구』, 제71집, 우리문학회, 2021. 7, 217~243쪽.

동시대 평가의 입체성을 보여주는 텍스트를 연구 대상으로 선정하여 북한 문예물의 다성적 측면을 구체적으로 분석하는 데에 목표를 두고 있다.

이 글은 구체적으로 1953년 7월 휴전협정 이후 1959년까지의 시기를 대표하는 북한 단편소설 네 편, 즉 변희근의 「빛나는 전망」(1954), 리근영의 「그들은 굴하지 않았다」(1955), 김만선의 「태봉령감」(1956), 황건의 「도래굽이」(1957) 등의 분석을 통해 1950년대 북한문학의 표정을 구체적으로 검토하고자 기획된다. 필자는 기존에 제출한 논문3)에서 동일 시기를 분석하면서 유항림의 「직맹반장」(1954), 전재경의 「나비」(1956), 신동철의 「들」(1958) 등을 주목하여 동시대 평가의 양가성을 중심으로 1950년대 북한소설의 유연성과 경직성을 주목한 바 있다. 본고에서는 ㄱ 세 작품 이외에 북한문학사에서 주제별로 고평되고 있는 세 편을 포함한 네 편의 작품을 통해 북한식 단편서사의 특성을 추출해 보고자 한다.

북한에서 1950년대 중반을 전후한 시기는 한국전쟁의 책임론을 둘러싸고 반종파 투쟁이 전개된 시기임과 동시에 평화적 복구건설기에 해당하며, 1950년대 후반부는 천리마 운동 시기와 사회주의 건설 확립 시기에 해당한다. 이 시기를 관통하는 문학 담론으로는 '사회주의 사실주의 미학'이 강조된다. 1967년 유일사상체계 확립 이후 주체 사실주의가 확정되기 이전의 북한식 사회주의 사실주의는 소련 문학의 영향 속에 당성, 계급성, 인민성의 원칙을 강조하며 공산주의적 인간형의 형상화에 초점을 맞추면서 부정적 인물의 형상화를 비판하는 경향이 농

---

3) 오태호, 「1950~60년대 북한소설의 지배 담론과 텍스트 평가의 균열 양상 고찰-전후 복구기(1953)부터 유일사상체계형성기(1967)까지를 중심으로」, 『민족문학사연구』 61호, 민족문학사학회, 2016. 8, 311~338쪽.

후하다. 물론 최근 연구[4]에 따르면 이 시기는 제2차 조선작가대회 (1956) 전후에 제기된 '도식주의 비판 담론'을 전후로 하여 북한문학에서 복원되어야 할 역동적인 흐름을 보여주는 시공간이기도 하다.

1950년대 북한문학에 대한 남한에서의 선행 연구를 검토해 보면, 먼저 김재용[5]은 1950년대 북한문학이 김일성의 유일사상체계가 확립되는 1967년 이전까지 마르크스-레닌주의를 표방하면서, '일련의 반종파투쟁'을 통해 '1953년 임화와 김남천과 이태준 비판, 1956년 기석복과 정률 비판, 1958년 한효와 안함광 비판, 1959년 안막과 윤두헌과 서만일에 대한 비판' 등을 진행하면서 문학적 숙청 작업이 진행된 시기로 평가한다. 반면에 신형기[6]는 1950년대 북한문학이 '전후복구와 사회주의 건설기(1953~1958)'와 '천리마 대 고조기(1958~1967)'로 구분된다면서, 특히 제2차 조선작가대회(1956)에서 도식주의를 반대한 이후로는 전후 복구 사업의 형상화가 중시될 뿐만 아니라 후반부 시기에는 천리마 운동이 강조된다고 평가한다. 김성수[7]는 1950년대 북한문학에서는 전후 문예조직이 개편되면서 부르주아 미학 사상의 잔재가 비판되고, '도식주의 비판과 수정주의 비판, 천리마 기수 형상론' 등을 거치면서 사회주의 리얼리즘이 정립된다고 평가한다. 이상의 논의를 통해 볼 때 1950년대 북한문학은 한국전쟁 이후 북한 특유의 '유일사상체계'를 강화하기 위한 반종파투쟁을 거치게 되고, '반동적 부르주아 미학'을 배척하고 사회주의 사실주의를 강조하면서 문학적 도식화의

---

4) 김성수·고자연, 「예술의 특수성과 당(黨)문학 원칙-1950년대 북한문학을 다시 읽다」, 『민족문학사연구』 65호, 민족문학사학회, 2017. 12, 249~290쪽.
5) 김재용, 「북한 문학계의 '반종파 투쟁'과 카프 및 항일 혁명 문학」, 『북한문학의 역사적 이해』, 문학과지성사, 1994, 125~169쪽.
6) 신형기, 『북한소설의 이해』, 실천문학, 1996, 163~260쪽.
7) 김성수, 『통일의 문학 비평의 논리』. 책세상, 2000, 151~219쪽.

경로를 걷게 된다.

기존 북한문학사에서는 한국전쟁 이후 1950년대를 '전후 복구 건설 시기의 문학'으로 명명한다. 그리하여 『조선문학통사』(1959)에서는 "정치·도덕적 문제, 새것과 낡은 것과의 산 갈등과 슈제트들이 더욱 더 다양하게 등장하기 시작"[8]했다면서 '전후 복구 건설 노력'을 다룬 변희근의 「빛나는 전망」 등의 단편소설을 주목하고, "조국의 평화적 통일을 위한 남반부 인민들의 투쟁을 묘사한 작품들" 중에서 리근영의 단편소설 「그들은 굴하지 않았다」(1955) 등을 주목한다.

1950년대 문학사가 요약적 평가를 진행한 반면, 1970년대 문학사에서는 상세한 분석과 함께 크게 네 부류의 단편소설들이 주목된다. 첫째로는 "전후복구건설과 사회주의기초건설을 위하여 헌신분투하는 우리 로동계급의 영웅적투쟁모습을 진실하게 형상"[9]한 작품으로 변희근의 「빛나는 전망」(1954. 6) 등, 둘째로는 "전후 우리 나라 농촌에서 힘있게 벌어진 농업협동화를 위한 장엄한 투쟁, 농민들의 사상의식에서 일어난 새로운 전변, 사회주의농업근로자로 된 우리 농민들의 환희와 기쁨을 진실하게 형상한" 대표 단편소설로 김만선의 「태봉령감」(1956. 12) 등, 셋째로는 "남조선혁명과 조국통일을 위한 투쟁을 형상하는데 바쳐진 작품들" 중 대표 단편소설로 리근영의 「그들은 굴하지 않았다」(1955. 8) 등을 주목한다. 이외에 넷째로 "전선과 후방에서 무비의 용감성과 대중적 영웅주의를 발휘한 우리 인민과 인민군대의 불굴의 모습을 형상한" 대표 단편소설들이 주목된다.[10] 본고는 이 네 부류를 대

---

8) 사회과학원 문학연구소, 『조선문학통사』(현대문학편), 인동, 1988(사회과학출판사, 1959), 313쪽.
9) 사회과학원 문학연구소, 『조선문학사』(1945~1958), 과학백과사전 출판사, 1978, 299쪽.

표하는 작품을 중심으로 동시대적 평가의 입체성과 함께 등장인물의 내면을 중심으로 서사적 리얼리티를 분석하고자 한다.

1980년대『조선문학개관』(1988)에서도 "전후복구건설과 사회주의 기초건설을 위한 투쟁시기(1953.7~1960) 문학"[11]으로 시기를 구분하여, 대동소이한 평가 속에 변희근의「빛나는 전망」(1954), 김만선의「태봉령감」(1956), 리근영의「그들은 굴하지 않았다」(1955) 등이 거론되며, 1990년대『조선문학사』[12]에서도 "제2절 전후복구건설과 사회주의기초건설을 위한 투쟁에 떨쳐나선 로동계급의 형상"에서는 변희근의「빛나는 전망」, "제3절 사회주의농업협동화주제작품의 활발한 창작"에서는 김만선의「태봉령감」, "제6절 자주, 민주, 통일을 갈망하는 남조선인민들의 생활과 투쟁의 형상"에서는 리근영의「그들은 굴하지 않았다」(1958) 등이 긍정적으로 평가된다.[13]

본고는 먼저 1950년대 동시대 이래로 1990년대 이후 문학사에서도 강조되고 있는 변희근의「빛나는 전망」, 김만선의「태봉령감」, 리근영의「그들은 굴하지 않았다」 등의 세 작품을 분석함으로써 문학사적 평

---

10) 본고는 이 주제로 거론된 텍스트들이 지나치게 영웅적인 측면을 강조하는 도식에 빠져 있다는 점에서, '영예군인'이라는 동일 소재를 다루고 있지만 인물의 연애 감정이 진솔하게 드러나는 황건의「'도래' 굽이」(1957.5)를 주목하여 분석을 진행하고자 한다.

11) 박종원·류만,『조선문학개관 II』, 인동, 1988(사회과학출판사, 1986), 176~205쪽.

12) 리기주,『조선문학사(12)』, 사회과학출판사, 1999, 94~181쪽.

13) 본고는 북한의 '사회주의 현실'을 보여주는 '단편소설'들을 분석하는 것이 주 목적이기 때문에, 1990년대『조선문학사』의 편제에서 분석 대상이 되고 있는 6개의 절 중, 1절("영광스러운 항일혁명전통의 형상화")의 경우 김일성 가계 이야기에 대한 찬양이 중심이고, 5절("반침략, 반봉건 투쟁을 내용으로 한 력사소설")은 단편소설이 부재하기 때문에 논외로 한다. 그리고 4절("혁명의 전취물을 지키기 위한 첨예한 계급투쟁의 반영")의 경우 도식주의적 작품들이 주를 이루고 있기 때문에 인물의 심리적 동요를 보여주는 황건의「'도래' 굽이」를 대상으로 작품 분석을 진행하고자 한다.

가의 타당성에 대해 등장인물의 서사적 개연성을 중심으로 고찰해 보고자 한다. 이와 더불어 1950년대 기념비적 텍스트로 평가받는 황건의 「불타는 섬」과 『개마고원』 등과는 다르게 문학사에서 언급이 부재한 동일 작가의 「도래' 굽이」를 분석하여 1950년대 전후 북한문학의 흐름을 점검해 보고자 한다. 이 작품들은 1950년대 동시대에는 작품에 대한 입체적 평가가 진행되는 텍스트들에 해당한다. 그러나 앞의 세 작품은 문학사에 기입되면서 부정성은 축소되거나 삭제되고, 긍정적인 측면만이 부각되면서 당대적 문예의 전형으로 호명된다. 반면에 황건의 「도래' 굽이」는 문학사적 언급이 사라진다. 이러한 문학사적 선택과 배제의 의미를 인물 형상화의 서사적 개연성을 중심으로 구체적으로 검토함으로써 1950년대 북한문학의 도식주의적 경향을 비판적으로 독해해 보고자 한다.

2. 여성 노동자의 헌신성과 남성 노동자의 경직성 대비 - 변희근의 「빛나는 전망」(1954. 6)

변희근의 「빛나는 전망」은 1950년대 문학사 이래로 '낡은 것과 새 것 사이의 갈등'과 함께 올바른 여성상을 제시한 텍스트로 평가된다. 즉 『조선문학통사』에서는 부부인 윤호와 혜숙 사이의 갈등이 "낡은 것과 새것과의 갈등"이며, "이 갈등이 새로운 녀성, 전후의 녀성으로서의 혜숙의 승리와 3년 전의 녀성에 대한 관점에 선 윤호의 <패배>로 옳게 해결되였을 때 윤호 자신도 자기의 낡은 관점이 하낫 거짓 환상임을 깨닫고 그것을 용감하게 버렸을 만큼 역시 발전"하였다면서 "녀성 독자들의 공감과 흥분을 자아내는 문제를 자기의 주제로 선택"[14]하였다고 평가된다.

1970년대『조선문학사』에서도 "정전 직후에 중요하게 제기되였던 녀성들의 사회진출문제를 사상주제적과업으로 설정하고 훌륭하게 해결한 작품"으로서, 혜숙의 형상이 "자기자신과 자기 가정, 자기 개인의 행복보다 당과 혁명의 리익을 먼저 생각하는 참다운 로동계급으로, 전후복구건설을 위한 벅찬 로력투쟁에 한몸 바쳐 일하는 헌신적이고 근로정신이 강한 녀성으로 형상"화되였으며, "당시 녀성들을 복구건설의 벅찬 로력투쟁에로 불러일으키는데서 일정한 의의"[15]를 가진 작품으로 평가한다.『조선문학개관』(1986)에서도 "가정의 울타리를 벗어나 벅찬 로동속에서 참다운 행복을 찾은 주인공 혜숙이와 그를 리해하지 못하는 남편 윤호와의 갈등을 이야기줄거리의 기초로 하여 혜숙이의 로동에 대한 성실하고 주인다운 태도와 아름다운 정신세계를 깊이있게"[16] 형상화한 작품으로 평가한다.

『조선문학사(12)』(1999)에서는 "녀성들의 로력전선에로의 진출문제와 가정륜리 문제를 밀접히 결부하여 우리 사회에서 녀성들의 역할문제에 의의 있는 대답을 준" 성과작의 하나라면서 "후방을 지켜 전쟁승리에 이바지한 우리 녀성들이 전후 복구건설에서도 한몫 해야 한다는 것을 가정생활과 결부하여 흥미있게 형상"[17]화한 작품으로 평가한다. 그리하여 소설의 사상예술적 감화력이 "생활의 참다운 행복은 윤호나 영희가 품은 그런 소극적인 꿈이 아니라 혜숙이 지닌 그렇듯 새롭고 빛나는 전망이 약속된 아름다운 리상을 실현하는데 있다는 것을 인

---

14) 사회과학원 문학연구소,『조선문학통사』(현대문학편), 인동, 1988(사회과학출판사, 1959), 318쪽.
15) 사회과학원 문학연구소,『조선문학사』(1945~1958), 과학백과사전 출판사, 1978, 302~303쪽.
16) 박종원·류만,『조선문학개관Ⅱ』, 인동, 1988(사회과학출판사, 1986), 200쪽.
17) 리기주,『조선문학사(12)』, 사회과학출판사, 1999, 103~105쪽.

간학적으로 깊이있게 형상"화하고 있음을 주목한다.

구체적으로 작품을 살펴보면 「빛나는 전망」에서 평범한 가정주부이던 혜숙은 남편을 전장에 보낸 3년 동안 공장에서 성실하게 노동자로 생활하며 6급 용접공이 된다. 그러던 어느 날 용접공 동료인 영희가 결혼을 앞두고 있다면서 무단결근을 하는 일이 발생한다. 그때 남성 노동자들은 불만을 터뜨리는 것으로 묘사된다. 즉 최동무 등은 "약혼했다구 그만두구 결혼한다구 그만두구…… 남편이 왔다구 그만두구…… 죽두룩 기능을 배워주니까 이런 구실 저런 구실 해서 벌써 몇 동무나 직장을 버렸소. 흥! 어느 시럽의 아들 놈이 이런 꼴을 본단 말이요, 이건 심각한 문제요, 송 아바이 그렇지 않소?"(16쪽)라면서 동시대 여성들의 결혼관에 비판을 제기한다. 이렇듯 가정에 안주한 채 노동을 기피하려는 여성들의 보신주의적 태도를 비판하는 문제제기가 작품의 리얼리티를 보여주는 대목에 해당한다. 하지만 혜숙은 자신이 영희를 설득하겠다고 주장한다.

> 혜숙의 머릿속에는 그가 고히 간직하고 있는 아름다운 꿈 ― 남편이 돌아온 뒤에 새로 벌어질 그들의 가정 생활에 대한 공상이 되살아왔다. ……아침이면 남편과 어깨를 겯고 공장에 나가고……직장에서는 둘이 다 모범 로동자가 되어 동무들의 존경과 사랑을 받고 ……퇴근할 때는 서로 자랑을 속삭이며 집으로 돌아올 것이었다. 일을 마친 뒤의 시간은 얼마나 행복할 것인가! 둘은 책상에 마주 앉아 이마를 맞대이고 공부를 하고! 구락부, 영화관에도 함께 다니고……18)

인용문에서 보이듯 혜숙은 머릿속으로 남편과의 이상적인 가정생활

---

18) 변희근, 「빛나는 전망」, 『조선문학』, 1954. 6, 13~14쪽.

에 대한 기대가 부풀어 있다. '직장에서의 노동'과 '가정에서의 여가와 공부' 등이 행복한 예감으로 가득한 것이다. 하지만 약혼자인 박동무와 데이트를 하고 오는 영희를 만난 혜숙은 이상적인 가정과 여성의 역할에 대한 의견 차이를 확인하게 된다. 영희는 "남편은 공장에 나가고! 자기는 가정을 지키여 좋은 주부 노릇을 해야할 것"이라면서 "비둘기처럼 다정스럽게 남들이 모다 부러워할 지경으로 깨가 쏟아지게 살리라"(20쪽)는 꿈을 이야기한다. 하지만 영희의 꿈은 혜숙이 과거에 꾸었던 '싱거운 꿈'에 불과하다. 그러나 영희는 소련에서처럼 부부가 함께 공장에 다닐 수 없다면서 혜숙이 지닌 "로동에 대한 영예와 긍지"가 오히려 '싱거운 꿈'이라고 비판한다. 더구나 남편이 돌아오면 혜숙 역시 공장을 그만두어야 할 것이라고 예단한다.

이후 남편 윤호가 집으로 돌아왔지만, 반가운 마음과는 다르게 서로가 바라보는 이상적 기대치가 달라져 있음을 확인하게 된다. 혜숙의 기대와 달리 윤호는 다른 지역으로 발령이 나고, 윤호는 혜숙이 공장을 그만두고 자신과 함께 떠날 것을 기대한다. 하지만 혜숙은 내적 갈등 속에서 자신의 공장 노동을 지속하고자 한다.

> 혜숙은 자기가 지금 앞길에 열려져 있는 두 개의 문 앞에 머물러 망설이고 있다고 생각되었다. 한쪽 문은 안일과 락후와 무기력과 가치 없는 삶의 나날이 그를 일생 괴롭힐 것이였다. 또 한쪽문은 로동의 영예와 전진과 진실로 행복하고 가치 있는 삶이 그를 마중해줄 것이였다.
> ('넓은 문'과 '좁은 문'으로 그리고 있음.) (중략) 이렇게 생각될 때 혜숙은 자기의 고민이 자기 혼자만의 고민이 아니요 자기 문제의 해결은 모든 사람들의 문제를 해결하는 길과 련결되여 있다는 것이 새삼스럽게 느껴지는 것이였다.[19]

혜숙은 '두 개의 문' 앞에 자신이 서 있다면서 심리적으로 고민한다. 즉 '넓은 문'을 통해 '행복한 노동의 가치'를 일깨우는 삶으로 나갈 것인지, 그렇지 않으면 '안일과 락후와 무기력'으로 무가치한 날들을 맞이할 것인지의 갈림길에 서 있다고 감지하는 것이다. 이러한 혜숙의 심리적 갈등을 포착하는 대목이 이 작품의 미덕에 해당한다.

하지만 집에서 남편과 다툰 이후 공장으로 나온 혜숙은 공장의 무거운 분위기를 감지한다. 윤호 역시 아내에게 사과하려고 공장을 찾아가지만, 자신이 일했던 합성공장으로 발길을 옮긴 이후 충격을 받는다. 천정조차 없어진 공장이 폐허 그 자체로 여겨지고 화선에서 전사한 전우를 보는 것만 같기 때문이다. 폐허가 된 공장에서는 자신에게 기능을 가르쳐 주었던 최아바이가 일자리를 잃은 채 공장 경비를 하며 살아가고 있는 모습을 마주한다. 최아바이는 윤호에게 혜숙이 공장에 절대적으로 필요한 사람이라는 이야기를 하고, 폐허가 된 공장을 복구해가고 있는 아내의 모습을 본 윤호는 자신이 틀렸음을 인정한다. 결국 윤호는 혼자 떠나기로 결심하고, 다시 만날 날을 기약하며 혜숙이 그를 배웅한다. 결과적으로 작품 마지막에 "혜숙의 눈앞에는 하늘에 선 무지개처럼 황홀한 꿈이 되살아 왔다"면서, 그것이 "행복한 래일에 대한 빛나는 전망과 동경"(42쪽)이었음이 기술된다.

이 작품에 대한 동시대적 평가는 입체적이다. 먼저 백철수[20]는 「빛나는 전망」이 전후 시기에 "사회적 문제로 중요하게 제기된 녀성 로력의 고착 문제에 대하여 긍정적인 해답을 주려고 한 작품"이라면서 혜숙이 "로동에 대한 뜨거운 사랑과 헌신성을 체현한 근로 녀성의 전형

---

19) 변희근, 「빛나는 전망」, 『조선문학』, 1954. 6, 31쪽.
20) 백철수, 「단편집 『빛나는 전망』에 대하여」, 『조선문학』, 1956. 11, 196~201쪽.

적 형상"으로 "로동 속에서 자기 사업에 대한 높은 자각성과 긍지감을 찾으며, 미래에 대한 꿈과 전망"을 획득한 주인공으로 평가한다. 그러나 "작품의 사상 예술성을 손상시키고 있는 실례"로서 윤호가 "박 로인의 일장 설명에 의하여 자기의 과오를 뉘우치고 안해의 공장 진출에 찬성하는 것으로 묘사"되어 있는 대목은 비판한다.

반면에 김영근21)은 "작가의 주관적 개념에서 미리 설정된 인간과 인간 관계가 생경하게 정치적 구호를 드러내 놓고나 주관적 인식으로 분식되었을 때 적지 않은 경우에 객관적 진실성을 잃어버리고 도식을 낳게 한다."(116쪽)면서 혜숙이 "남편이 나타나자부터는 지내 감성적이며 이럴가 저럴가-하는 안정치 못한 사고를 습관적으로 하고 있다"고 비판하고 "혜숙을 안해의 자리로 돌려 놓아야만 했을 것"이라고 구성상의 결함을 지적한다. 더구나 "외롭다, 서글프다, 허청하다, 쓸쓸하다, 그 밖에 이와 류사한 형용구들이 너무 많아 분위기를 침울하게 하여놓고 혜숙의 히스테리칼한 탈출을 거듭시킨" 소설의 결말부가 "생활이 아닌 작가의 주관적인 환각 세계에 지나지 않는다"라고 비판한다.22) 하지만 김영근이 비판한 대목은 실상 이 작품의 미덕에 해당한다. 혜숙이라는 캐릭터의 입체적 성격을 보여주기 때문이다.

한효의 경우 변희근의 「빛나는 전망」이 "여주인공을 통해 복구 건설 투쟁과 더불어 새로운 인민 지향의 꿈을 펼쳐보인다."23)라고 평가하

---

21) 김영근, 「인간성의 옹호-소설 「빛나는 전망」과 「방임하지 말아야 한다」를 중심으로-」『조선문학』, 1957. 5. 116~123쪽.

22) 김영근은 여기에서 나아가 "안해가 안해답지 못하다"며 "혜숙이 안해의 자리로 돌아갔어야 한다"면서 구성상의 결함을 비판한다. 하지만 김영근의 비평 행위는 서사적 개연성에 대한 비판보다는 남녀 차별적 인상 비평을 진행함으로써 비평의 객관성과 공정성을 잃고 주관적 감상 비평을 수행한다는 점에서 비평가적 인식과 관점의 한계를 보여준다.

고, 한설야는 '변희근의 「빛나는 전망」과 유항림의 「직맹 반장」'을 통해 변희근과 유항림이 "우리 현실에 존재하는 모순을 어떤 도식에다가 맞추려고 하는 일부 작가들의 지향과는 다른 태도로 발전에 대한 변증법적 인식은 생활상의 모순들의 발현 형태의 다양성을 뵈여주었다."[24] 라고 고평한다.

결국 변희근의 「빛나는 전망」은 1950년대 전후 북한문학의 대표 단편소설로서 혜숙과 윤호의 캐릭터가 시대적 전형성과 인물의 입체성을 확보하고 있다고 판단된다. 특히 인물 형상화의 비판을 비롯한 동시대적 평가의 다성성은 북한문학의 전성기가 1950년대였을 수도 있음을 보여준다. 결론적으로 여성 노동자 혜숙의 노동계급으로서의 헌신성과 남성 노동자 윤호의 가부장적 고지식함이 대비되어 '사회주의적 인민'이 지닌 '일상의 꿈'을 다양한 심리적 갈등 속에 리얼한 서사로 포착한 수작인 셈이다.

3. 집단 저항의 배경에서 드러나는 남한 농민들의 입담 – 리근영의 「그들은 굴하지 않았다」(1955. 8)

리근영의 「그들은 굴하지 않았다」는 투박한 농사꾼 만술이를 주인공으로 설정하여 남한의 농촌마을에서 '군사 훈련장 설치' 문제로 '미군과 이승만 정부, 지주 계급'의 횡포에 저항하는 농민들을 형상화한 작품이다. 주된 내용 자체는 농민들의 집단적 저항과 연대감의 표명으로 귀결되지만, 작품의 서사적 재미는 만술과 그의 안해가 주고받는 대화를 비롯한 인물들의 감정과 판단을 생생하게 드러내는 리얼리티에

---

23) 한효, 「우리문학의 一〇년 (三)」, 『조선문학』, 1955. 8, 149~173쪽.
24) 한설야, 「발전도상에 오른 전후의 조선문학」, 『조선문학』, 1955. 1, 112~125쪽.

서 포착된다. 작품이 지향하는 '남조선 인민의 저항 서사'의 이면에 만술과 아내의 입씨름이 일종의 티키타카식으로 전개되면서 생동감 넘치는 대화가 작품의 묘미를 제공하는 것이다.

1950년대『조선문학통사』에서는 이 작품이 "조국의 평화적 통일을 위한 남반부 인민들의 투쟁을 묘사한 작품들" 중 한 편으로 평가된다. 즉 "미제국주의자들의 남반부 인민들에 대한 식민지 략탈정책 밑에서 신음하는 남반부 농민들의 처참한 생활처지와 이러한 생활처지에 덮쳐 농민들의 토지를 새로 생긴 <국군> 예비사단 훈련장으로 만들려는 원쑤들의 기도를 항거하여 일어선 농민들의 투쟁을 묘사"하였다면서 작중 인물들이 "자기 토지의 군사화를 반대하고 끝까지 완강하게 항거하도록 고무한 것"이 "조국통일에 대한 리념에의 자각"[25]이었음을 증명한다고 평가한다.

1970년대『조선문학사』에서도 "순박한 한 농민의 형상을 통하여 농토를 빼앗아 군사훈련장을 만들면서 새 전쟁 준비에 미쳐날뛰는 미제와 그 앞잡이놈들의 반인민적책동을 폭로하였으며 놈들을 반대하여 분연히 일떠선 남조선농민들의 투쟁모습을 보여주었다."면서 "그들의 투쟁이 비록 자연발생적이고 분산적이긴 하나 조국통일을 지향하는 강력한 힘으로 더욱 장성하리라는 것을 보여"[26]주는 작품으로 평가한다.

1990년대『조선문학사(12)』(1999)에서도 "계급적으로 각성되지 못했던 주인공을 비롯한 농민들의 계급적각성과정을 미제와 그 주구들의 강도적략탈행위로부터 농토를 지키기 위한 투쟁과 결부하여 그린

---

25) 사회과학원 문학연구소,『조선문학통사』(현대문학편), 인동, 1988(사회과학출판사, 1959), 350~351쪽.
26) 사회과학원 문학연구소,『조선문학사』(1945~1958), 과학백과사전 출판사, 1978, 368~369쪽.

작품"이라면서, "만술이가 자신이 겪은 생활체험과 선진로동자들의 영향을 받아 농민들과 함께 농토를 지켜내기 위해 굴함없이 투쟁하는 모습을 진실하게" 그리고 있으며, "비록 농민들의 투쟁이 자연발생적이고 분산적이기는 하지만 반미반괴뢰투쟁의 강력한 힘으로 장성강화되리라는 전망을 확신"27)하고 있는 작품으로 평가한다.

작품을 구체적으로 살펴보면, 작품은 "만술의 고향 마을은 텅 빈 집들만 남아 있는지 언제나 고요하였다."라는 문장으로 시작되면서 전쟁통에 인적이 드물어진 풍경이 포착된다. 그리고 만술이 배고픈 상태로 졸음에 겨운 모습이 그려지면서, 어머니가 5세 손자를 데리고 마실에 나간 사이, 아내가 아들의 헌 옷을 깁는 풍경이 제시된다. 이때 아내는 집에 양식이 떨어졌다면서 대문안집(지주 김태호)에 가서 장리를 얻고 도장을 찍든지 하라며 잔소리를 쏟아낸다.

> "여보, 내 참 폭폭히여 죽겠다닝개. 글쎄 으떻게 헐 작정이유? 오늘 아침으루 량식두 몽땅 떨어졌는디 늙은 어머니허구 어린애를 생판으루 굶길 작정이유? 이 놈의 지긋지긋한 동네를 진작 떠 버리든지 대문안집(지주 김태호)에 가서 장리두 더 얻구, 그 도장인가 지랄인가두 찍든지, 어서 량단간에 결판을 내구려. 내 참 폭폭히여 죽겠다닝개."28)

만술의 아내는 만술에게 "폭폭히여 죽겠다닝개"라면서 자신의 답답증을 토로한다. 집에 양식이 떨어졌음에도 불구하고 만술이 사태의 심각성을 인지하지 못한 것으로 파악되기 때문이다. 아내는 만술에게 가족을 건사하기 위한 노력을 압박하면서 다른 동네로 이사가든지 장리

---

27) 리기주, 『조선문학사(12)』, 사회과학출판사, 1999, 175~176쪽.
28) 리근영, 「그들은 굴하지 않았다」, 『조선문학』, 1955. 8, 84~85쪽.

쌀을 얻어오든지 양자택일을 당부하는 것이다. "더군다나 도장만 찍으면 천환을 꾸어준다는디 왜 가만 있냐 말유? 훈련장 만드는걸 반대헌다구 성공헐 탁 있수? 우리네 손에 총이 있수? 칼이 있수? 대포 아가리다 대구 눈 흘기는거지 뭐유?"라며 남편에게 식량을 구비해 오라고 닦달한다. 충청도 사투리에 젖은 아내의 잔소리는 만술의 가슴을 파고 들고, 화가 난 만술은 "그 놈의 주둥이 안 다물겠어?"라며 소리를 지르는 것으로 묘사된다. 이렇듯 만술과 아내의 대화 등을 비롯하여, 이 작품에서 벌어지는 인물들간의 대화는 작품의 서사적 재미를 강화한다.

이후 만술은 김태호의 집으로 장리라도 꾸어볼 요량으로 향하지만, 그곳에서도 훈련장을 이전하는 요구서에 도장을 빨리 찍으라는 말을 들을 뿐이다.

"도대체 군사 훈련장이란걸 통 만들지 못허게 헐 수는 없을가유?"
만술은 장리를 얻기 위해서라도 김 태호의 비위를 건드리지 말자 생각하였으나 가슴 속이 화끈화끈 달아오르면서 이런 말들이 저절로 퉁겨져 나오군 하였다.
"전쟁은 누가 허구?"
"전쟁이 무슨 소용 있냐 말유? 생떼 같은 사람들만 죽이구, 우리한테 리문될게 있어야죠."
"저 사람이 며칠 동안 잠만 자다 왔나? 전쟁을 안 하면 빨강이 세상이 된단 말야."
"나리님, 빨강이건, 파랑이건 또 노랑이건 전쟁두 없구 백성들이 모두 잘 살게 되면 장땡이 아녀유?"
만술의 말에 다른 두 농민이
"그렇구 말구, 그런 세상만 되면야, 젠장."

하며 맞장구를 치고 나섰다.[29]

인용문에서 드러나듯 이 작품의 묘미는 등장인물들이 주고받는 대화의 생동감에서 포착된다. 군사 훈련장 반대의 목소리를 내세우는 만술은 자신의 속내를 겉으로 드러낸다. 그러나 지주 김태호는 '전쟁'을 위해 훈련장의 필요성을 강조하고, 다시 만술은 '전쟁의 무용성'으로 반박하지만, 지주는 되려 '빨갱이 세상'의 도래를 방지하기 위해 '전쟁 훈련장'이 필요하다는 논리를 내세운다. 만술을 향한 아내의 충청도 사투리에서 드러나는 구어적 생동감은 김태호 앞에서 투덜거리는 만술의 사투리에서도 고스란히 묻어난다. 이렇듯 만술과 지주 등이 대립하는 대목 등은 만술과 아내가 내비치는 의뭉스런 비판과 힐난의 말투와 더불어 리근영 소설의 서사적 재미를 보장한다.

만술은 자신의 할아버지와 아버지가 살림을 할 때 김태호 집에서 머슴을 살았던 기억을 떠올리고, 이승만 정부 들어 1951년 농지개혁이 벌어지면서 명색이 자작농이 된다. 하지만 소작 때보다 소출이 더 적어지자 자작농의 의미가 무색해졌음을 느끼면서 "토지를 가진 보람이란 무엇인가" 하는 의문이 들게 된다. 결국 만술은 통일이 되어야 '북조선'에서처럼 남한 농민들의 살 길이 열릴 것처럼 생각하게 된다. 이후 만술은 물속에 몰래 숨겨 놓은 볏가마니를 꺼내오다 순경에게 들켜 빼앗기고 만다. 급기야 먹을 것이 없음을 한탄하던 아내가 지주집에 가서 대신 도장을 찍고 돌아오고, 내막을 알게 된 만술은 김태호에게 비상을 팔아 먹은 셈이라고 비판한다.

이후 미군 장교 2명과 국군 장교 1명, 졸병 5명 등이 군대의 지프차

---

29) 리근영, 「그들은 굴하지 않았다」, 『조선문학』, 1955. 8, 88~89쪽.

와 트럭을 타고 실사를 위해 마을 운동장에 진입한다. 그리고는 김태호의 논을 거쳐 박 령감의 논에 첫 말뚝을 박게 되자, 이후 만술이가 집집을 다니면서 운동장에서의 시위를 계획한다. 다음날 박 령감이 대표로 미군과 국군에게 훈련장을 반대한다고 말하려던 순간 미군의 총성이 울리고, 박 령감이 쓰러진다. 이후 "미국놈을 죽여라 몰아내라!"라고 만술이 목청껏 소리치자 군인들이 총질을 시작하고, 사람들은 작은돌과 큰 돌을 집어던지기 시작한다. 박 령감을 죽인 미군에게 돌을 맞힌 만술은 다시 "군대를 없여라! 훈련장을 없여라! 미국놈을 몽땅 죽여라!"라고 외치다가, 왼쪽 팔에 총상을 입고, 산 중턱으로 도망을 치게 된다. 이후 농민들 역시 미군들을 향해 걸어가는 시위를 벌이다가 해산하게 된다.

　　만술은 부상한 왼쪽 팔을 동여 매였건만 새빨간 피는 아직도 조금씩 흘렀다. 만술은 옆에 있는 참나무의 마른 잎을 따서 피를 훔쳐 버리고는 학교 운동장을 멀리 보았다. 세 시체가 그대로 있는지 사람들이 모여 있다. 가족이건 마을 사람이건 시체 앞에서 목 놓아 울것이련만 멀기도 하며 바람에 거슬려 사방은 마치 아무 일도 없었다는 듯이 고요하였다.
　　그러나 귀 속에는 아직도 그 악을 쓰던 고함 소리가 쟁쟁하다. 사실 만술에게는 이 고함 소리가 대견하였다. 항상 눌려만 지내 오던 사람들이 총 질을 하는 승냥이 앞에서 그렇게 당차게 버티였다는 것은 상상도 못 한 일이였다. 이 다음 그런 원쑤들을 향하여 다시 일어날 적에는 이 날보다 몇 갑절의 무서운 힘으로 커질 일이 마치 눈 앞에 보는 듯 하였다.
　　"우리는 놈들에게 굴하지 않았다."
　　이날의 죽음이라든지, 끝판에 흩어진거라든지, 이런 생각을 물리치고 이 신념은 온 몸에서 힘으로 꿈틀거리는 것이였다.[30]

인용문에서 드러나듯 만술은 부상을 당해 피신한 산 중턱에서 주검이 자리한 운동장의 고요를 응시한다. 이후 자신의 억눌렸던 목소리가 저항의 고함소리로 외화되던 순간을 떠올리며 사후적 해방감을 체감하게 된다. 뿐만 아니라 함께 "항상 눌려만 지내오던 사람들"의 연대 시위에서 상상도 못했던 자부심을 감지하게 된다. 그리하여 만술은 집단적 연대를 통한 저항의 힘을 체감하면서 오늘보다 몇 천 배의 힘으로 싸울 미래를 기대하는 모습으로 그려진다. '죽음에 대한 두려움'과 '공권력의 폭력에 대한 불안'을 넘어 '저항의 신념'을 내면화하게 되는 것이다. 이후 만술은 처남에게 고향을 뜨지 않고 끝까지 버티면서 싸우겠다고 말한다. 그러자 처남도 고향에 돌아가서 버티겠다고 말한다. 작품 마지막에는 만술이 고향을 떠나는 지서 뒷집 사람들을 항해 쫓아가면서 고향에서 싸우게 할 마음을 다지는 모습이 그려진다.

이 작품에 대한 동시대의 평가를 살펴보면 상찬 일색이다. 즉 엄호석[31]은 '만술과 마을 농민들'이 "남반부의 거의 모든 보통 농민들과 같이 일상적인 기아 상태와 미 제국주의 노복들의 멸시와 학정 밑에 신음"하고 있다면서 "농터를 빼앗기지 않기 위하여 죽음을 걸고 싸워야 하는 그런 사태" 앞에서 집단적 저항을 진행하고 있다면서 "조국 통일 호소문"에 고무된 '자연발생적인 저항 투쟁'임을 강조한다. 한설야[32]의 경우에도 "지금 북조선 작가들은 남조선에 대한 작품을 적지 않게 쓰고 있다"면서 "탄압과 빈궁 속에서도 조국의 평화적 통일을 념원하

---

30) 리근영, 「그들은 굴하지 않았다」, 『조선문학』, 1955. 8, 113쪽.
31) 엄호석, 「남반부 인민들의 투쟁과 함께 있는 우리 문학」, 『조선문학』, 1956. 2, 121~153쪽.
32) 한설야, 「현대 조선문학의 어제와 오늘-아세아 작가 대회에서 지술한 조선작가대표의 보고」, 『조선문학』, 1957. 1, 152~176쪽.

며 싸우는 남조선 인민의 고상한 애국주의를 감명깊게 작품화"한 단편소설의 사례로 리근영의 「그들은 굴하지 않았다」를 언급하고 있다.

물론 리근영의 「그들은 굴하지 않았다」는 미군 훈련장이 마을에 들어오는 문제로 농민들이 괴롭힘을 당하면서, 결과적으로 훈련장 유치 반대를 결의한 농민들이 집단적으로 반발하고, 미군과 국군 등이 총을 쏘아 유혈사태로 몰아간 내용을 다루고 있다. 만술을 위시한 농민들이 끝까지 고향에서 저항을 다짐하는 내용이 형상화되고 있지만, 작품의 실제적 묘미는 만술과 아내의 대화 등에서 드러나듯 실감 나는 대화적 진술을 형상화한 대목에 있다. 지배 권력에 저항하는 인민들의 신념보다 일상을 파악하는 농민들의 인식과 관점이 생활 언어로 리얼하게 포착되고 있는 부분이 이 작품의 서사적 미학에 해당되는 것이다.

4. 농업 협동화 과정에서 드러난 '이기주의적 농민'의 계도(啓導) 문제 – 김만선의 「태봉 령감」(1956. 12)

김만선의 「태봉 령감」은 개인주의적인 물욕을 가진 '태봉 령감'이 농업 협동조합 일군들로부터 비판과 지적을 받으면서 자신의 허욕에 빠진 과오를 반성하고, 새로운 존재로 거듭나면서 협동화 운동에 동참하게 되는 내용을 다룬 풍자소설에 해당한다. 하지만 새로운 인물로 갱신되는 결말 부분보다는 '태봉 령감'의 심리적 동요와 갈등이 드러나는 결말 이전까지의 과정 자체가 당대적 인물의 전형성을 보여준다.

1950년대 『조선문학통사』에서는 작품에 대한 언급이 부재하다. 주인공인 태봉 령감이 사적 물욕에 젖은 이기적 인물로 형상화되면서 '공산주의적 인간형'에 어울리지 않는 캐릭터라고 판단했을 가능성이 높기 때문으로 짐작된다. 하지만 1970년대『조선문학사』에서는 "협동조합이 조직된후 농민들의 사상의식개변과정을 진실하게 보여준 작품"이라면서 "태봉 령감의 형상을 통하여 경리형태의 개조와 인간개조를 결합시켜 모든 농민들을 사회주의의 길로 이끌어갈데 대한 우리 당 정책의 정당성과 생활력을 힘있게 확증"[33]하고 있는 작품이라고 평가한다. 1980년대『조선문학개관』에서도 "협동화운동이 심화발전되여 대중적 단계"로 넘어가면서 "집단로동을 싫어하고 건달을 부리면서 장사를 하여 돈이나 벌어보려고 생각하던 태봉 령감이 조합일군들의 인내성있는 교양과 해설설복에 의하여 자기의 낡은 사상적병집을 고치고 개조되여나가는 과정"[34]을 형상화하고 있는 성과작이라고 평가한다.

1990년대『조선문학사(12)』에서도 "협동조합에 가입한 일부 조합원들속에서 나타나는 주인답지 못한 현상, 소소유자적근성과 개인리기주의가 어떻게 극복되고 그들이 사상적으로 개조되여 나가는가 하는 것을 감명깊게 형상"한 작품 중 하나로 평가된다. 즉 "협동조합에 들어온 농민"이 "개인주의적이며 리기주의적인 사상적병집을 털어버리고 집단로동, 조합일에 성실히 참가하게 되는가를 실감있게 보여준 작품"이라면서 주인공 태봉 령감이 "쌀을 판 돈으로 사과장사를 펼쳤다가 관리일군들의 비판과 교양을 받고야 갱신의 길로 들어선"[35] 작품이라고 평가한다.

구체적으로 작품을 살펴보면, 김만선의「태봉 령감」은 아침 작업 시간을 알리는 종소리가 울리면서 농산반인 제5작업반원들이 여느 날처

33) 사회과학원 문학연구소,『조선문학사』(1945~1958), 과학백과사전 출판사, 1978, 308쪽.
34) 박종원·류만,『조선문학개관Ⅱ』, 인동, 1988(사회과학출판사, 1986), 200~201쪽.
35) 리기주,『조선문학사(12)』, 사회과학출판사, 1999, 125~126쪽.

럼 공터로 모이면서 작품이 시작된다. 한 손에 점심 밥그릇들을 보자기에 싸들고 다른 한손에는 농기구를 들고 선 30~40명 반원들의 모습을 묘사하면서 작업반장 신창수가 컬컬한 음성으로 작업을 안내한다. 모내기를 보름 남짓 앞둔 신창수의 머릿속에는 항상 '두려운 생각' 하나가 가득한데, 지난날에도 바쁜 날을 보냈지만 해야 할 일들이 넘쳐나면서 어느 한 모퉁이에서라도 일이 잘못 되지 않을지 걱정하는 것이다.

그런 와중에 작업 지시가 끝난 뒤 태봉 령감이 쌀을 꿔달라고 요청한다. 하지만 아직 분배받은 쌀가마니가 남아있을 것이라면서 거절하는 신창수를 향해 태봉 령감은 오늘 해야 할 임무인 밀밭 김매기를 못하겠다고 버틴다. 그리하여 대신 류모판으로 일을 나가게 된 태봉 령감은 사회주의 건설을 위해 매진하는 다른 조합원들과 다르게 자신만 '우울한 기분'에 젖어있다고 생각한다. 그러다 "젠장할 놈의 것, 안되는 놈은 자빠져두 코가 깨진다드니 꼭 맞었어!"(79쪽)라면서 달포 전 일을 회상한다. 그는 리용팔의 사과 장사 밑천 유혹에 넘어가 쌀을 내어 밑천의 절반을 댔지만, 결과적으로 돈을 벌기는커녕 본전의 절반 이상을 눈 깜짝할 사이에 날려 버린 것이다.

결국 사과 장사로 한몫을 벌려던 욕심이 쌀 다섯 가마니의 손해로 귀결되면서 태봉 령감은 먹을거리가 부족해져 살림에 '결정적 타격'을 입게 된다. 하지만 태봉 령감은 자신이 한 짓이 "부질 없는 허욕 때문"이아니라 "운수가 나빴다"라고 생각할 정도로 '큰 허욕'에 빠져 있는 모습으로 그려진다. 그러다 모판 옆에서 잠을 자던 태봉 령감은 작업반장 신창수로부터 잔소리를 듣게 된다. 모판에 물을 제대로 주지 않아서 작업량의 50%도 달아드릴 수 없다고 이야기를 하는 것이다. 이후 신창수는 관리위원장 리정록과 초급당 위원장인 한충근에게 태봉 령감을 조합에서 제명하자고 말한다. 그러나 관리위원장은 식량 부족과 사과 장수로 낭패를 본 사실을 이야기하면서 "좀더 근기 있게 교양을 하자"고 권유한다. 사회주의를 건설한다면서 그 령감만을 떼놓고 갈 수는 없으며, 조합을 조직적으로 강화하기 위해서라도 "락후 분자라구해서 떼여 버리란건 아닐 것"이라고 덧붙인다. '락후 분자' 조합원의 실수를 '근기 있는 교양'을 통해 계도하자는 방침인 것이다.

그 사이 태봉 령감은 울화가 치밀어 올랐다가 고독감에 잠겼다가 신창수를 증오하기도 하는 등 다양한 심리적 고민에 빠진다. 그러다 지난 초봄 신창수에게 비판을 받던 일까지 떠올리며, 두엄을 실어낼 때 80%만 달아 준 일, 옥수수 파종 때에도 150% 정도 한 일을 90%만 달아 준 일 등을 억울해 한다.

(그놈이 그놈이야!)

태봉 령감은 지금도 관리 위원장까지 끌어 들여 욕을 한다. 그도 물론, 관리 위원장 리 정록에게 영악스런 일면이 있어, 설흔 다섯 밖에 안된 젊은 축으로서 조합 살림을 어지간히 꾸려 나간다는 것을 인정은 하면서도 지내 잔소리가 심하며 인정머리가 없다는 점에서는 신 창수와 별로 다름이 없는 사람으로서 보려고 한다. 관리 위원장은 항상 선진 영농법을 앞세우고 평생을 농사로 늙은 사람들을 가르쳐 낡은 고집을 버리지 못한다 하여 핀잔을 주기가 일수며, 낫질 삽질 하는 데까지 간섭인가 하면, 비료는 규정 대로 주었느냐 안 주었느냐를 무섭게 따지군 한다. 류모판에 물을 주는데 양수기까지 설치하고 이 양수기로 퍼올린 도랑의 물을 줘야 한다는 것도 기실은 이 관리 위원장의 엄격한 지시였다. (중략) 그때, 이 관리 위원장은 신 창수와 약속이나 해 두었던 것같이 노트를 꺼내 분배해준 숫자를 훑어보고 그 동

안 먹은 달수를 손가락을 접어가며 꼽아본 다음에 한다는 소리는

"아직두 남은게 많으실텐데요."

였다. 태봉 령감은 남모르게 식량을 허비한 깐도 있었고 그것은 또 어데까지나 숨겨야할 일이기 때문에 더 좀 지근지근 조르지 못하기 도 했으나 관리 일꾼들이 어쩌면 이렇게도 하나 같이 몰인정한가 싶 어 인사도 없이 홱 발길을 돌리고 말았었다.

태봉 령감은 땅이 꺼져라하고 긴 한숨을 내쉰다. 생각할수록 앞이 맥힌 것 같다.[36]

인용문에서처럼 태봉 령감은 신창수에 이어 관리위원장 리정록에 대해서도 비판한다. '영악스러움'은 인정하지만 '잔소리'가 심하고 '인 정머리'가 없다면서, 관리 일꾼들의 몰인정에 답답증을 느끼는 것이다. 그렇게 모판 근처에서 자신의 과거를 회상하며 관리일꾼들을 비판하 던 태봉 령감에게 리용팔이 다가온다. 작업반장과의 사이에서 벌어졌 던 일을 들은 용팔이는 태봉 령감에게 "전탕 아첨쟁이구 관료주의자 들"이라고 비판한다. 그러면서 자신이 "조합에 들어서 망했수다!"라며 불평불만을 터뜨린다. 작년에 조합 가입 이후 이익보다는 손해가 막심 하다는 것이다. 작년에 사과가 대풍작이었던 용팔이가 100여 그루의 사과나무를 혼자 경영했으면 숱한 현금이 쏟아졌겠지만 모두 공동 수 입이 되면서, 3분의 1 정도만 수익금을 받아 조합원들을 자신이 먹여 살리고 있다고 생각하는 것이다. 더구나 8명의 식솔을 자신이 먹여 살 려야 하기 때문이라며 조합에서 탈퇴할 궁리까지 한다.

태봉 령감은 용팔이에게 쌀 한 가마니를 꿰달라고 부탁하지만 거절 당한다. 깊은 고독감에 잠긴 태봉 령감에게 용팔이는 군 인민위원회나

---

36) 김만선, 「태봉 령감」, 『조선문학』, 1956. 12, 85쪽.

군당에 신소를 하라고 부추기고, 태봉 령감은 관리 일꾼들에게 '복수를 하자'고 생각하기 시작하더니, 급기야 사무실로 나오라는 관리위원장의 지시를 거부하기까지 한다. 이튿날 태봉 령감은 병탈을 하고 일을 나가지 않는다. 하지만 저녁부터 안해의 표독스런 푸념이 쏟아지고, '이제 어떻게 살겠냐'는 안해의 말에 '조합이 자신을 쫓아내려 한다'고 생각한다.

관리위원장은 조합원들에게 조합을 강화해야 한다면서, "말썽이 많다"거나 "락후 분자"라고 해서 떼어버리는 것은 문제일 수 있다며, "교양주는 문제"를 첫째 의무로 삼자고 말하며 태봉 령감 문제를 총회에서 취급하자고 제안한다. 이후 총회에 나온 태봉 령감에게 검사위원장인 정순이가 비판을 진행한다. 하지만 이어서 관리위원장이 태봉 령감에게 식량을 꿔주기로 결정한 소식을 전하면서 이야기는 반전된다.

> "저 아반녠 진짜루 비판을 받아야 해요. (중략)"
> 태봉 령감은 숨이 가쁘도록 목이 졸아드는 것 같아 이제는 누가 무슨 말을 하는지도 분간하기 힘들 정도로 정신이 아찔했다. 그는 그냥 뛰쳐 나가고만 싶었다. 그는 조합에서 나갈 생각은 꿈에도 안하던 자기를 내쫓으려고 단단히 벼르고 있는 것으로만 믿어졌다. 이때 관리위원장이 다시 입을 연다.
> "보십쇼, 모든 사람이 령감님을 글렀다지 않습니까. 그러나 우리가 령감님을 조합에서 내보내려구 이런다구 생각하진 마십쇼. 우린 령감님이 옳은 길루 들어서시라구 충골 하는 겁니다. 우린 령감님이 옳게 비판만 하신다면 오늘 저녁으루 식량을 꿔드리기로 결정했습니다.(중략)"
> "난 늙은 것이 주책두 없고 소견두 좁았수다. 장살 하문 단번에 돈

을 벌수 있다구만 생각했기로 농사일이란 답답했수다. (중략) 난 여러분이 내쫓는 줄만 알았는데 용서해준다니 더 고마울 데가 없수다."[37]

'진짜 비판'을 받던 태봉 령감은 정신이 혼미해진 가운데 상황을 모면하기 위해 뛰쳐나갈 생각까지 하게 된다. 조합 탈퇴까지 생각하던 때에 관리위원장이 '옳은 길'에 대한 '충고'임을 말하고 식량을 대여해주기로 결정한 사실을 통지한다. 그러자 갑작스레 태봉 령감이 자신의 과오를 반성한다. 즉 단번에 돈을 벌 욕심을 지녔던 자신의 허욕에 대해 자기 비판을 진솔하게 수행하게 된다. 결과적으로 '락후 분자'인 태봉 령감의 '일시적 허욕'을 익히 알고 있는 조합원들이 '올바른 교양'을 통해 새로이 조합의 일원으로 수용함으로써 조합을 강화하는 내용으로 작품은 마무리된다. 하지만 관리 일꾼들에 대한 '태봉 령감'의 불만이 갑작스레 식량을 빌려준다는 결정에 의해 자신의 과오를 반성하는 내용으로 개변하는 대목은 부자연스러운 서사적 결말에 해당한다.

작품에 대한 동시대의 평가 역시 비판적 견해가 우세하다. 즉 김영석[38]은 "인간의 성격을 사회 계급적인 생활 기반을 떠나 주관적으로 묘사"했으며, "긍정적인 것의 안받침이 희박"함과 더불어, "문장의 산만성, 난해성이라는 문제를 가지고 있"다면서, 이것이 "작품의 내용과 빠포쓰를 제약"하는 것이라고 비판한다. 뿐만 아니라 채규철은 "작가가 형상화하려는 부정적 인물의 성격이, 작가가 노린 개변의 모습을 뵈여 주는 데 성공하지 못했다."[39]라고 비판한다.

결과적으로 김만선의 「태봉 령감」은 부정적 인물인 태봉 영감의 성

---

37) 김만선, 「태봉 령감」, 『조선문학』, 1956. 12, 98쪽.
38) 김영석, 「우리 산문 문학에 반영된 농촌 생활의 진실」, 『조선문학』, 1957. 5.
39) 채규철, 「작가 연단: 이야기'거리가 요구된다」, 『조선문학』, 1957. 4.

격 변화에 이르는 과정이 개연성 있게 형상화되어 있느냐는 판단의 유무로 작품의 성과를 가늠할 수 있다. 하지만 작품 말미에서 드러나는 성격의 변화가 지닌 작위성은 작품의 서사적 한계로 판단된다. 오히려 작품 중반부에 이르기까지 자신의 허욕을 인정하는 대목이나 일시적 허욕임에도 불구하고 자신의 욕망을 숨기지 않으려는 태봉 영감의 자기중심적 태도가 인물의 생동감을 보여주는 대목에 해당한다.

5. 실명(失明)한 영예군인과의 연애 감정에 고뇌하는 여성 교원의 심리적 갈등 – 황건의 「도래' 굽이」(1957. 5)

황건의 「도래' 굽이」(1957)는 한국전쟁 전후를 배경으로 하고 있지만, 황건 특유의 청춘 남녀의 연애담을 그린 영예군인 관련 연애소설이다. 실명으로 돌아온 영예군인 명훈에 대해 연인 감정을 회복할 수 있는지 고민하는 정옥의 내적 갈등이 작품의 주된 내용에 해당한다. 문학사적 평가에 따른다면 이 시기 영예군인을 다룬 텍스트라면 "전선과 후방에서 무비의 용감성과 대중적 영웅주의를 발휘한 우리 인민과 인민군대의 불굴의 모습을 형상"화했어야 하지만, 그러한 목적 의식성에서 벗어나 삼각 관계 등을 토로하는 모습 등에서 동시대의 연애담의 표정을 살펴볼 수 있는 작품이라는 점에서 소중한 텍스트에 해당한다.

작품은 주인공 정옥이 명훈에 대해 일종의 '남자사람친구'로 여기는 대목에서부터 시작된다. 즉 "남들 같으면 정옥이와 명훈이와의 지난 관계에서 남녀간의 특별한 생각을 품었을지도 모른다. 그러나 정옥에게 있어 명훈은 세상에 흔히 있는 동기 동창에, 한마을에서 자란 소꿉장난도 하여 온 어릴 적 동무일 따름이였다."[40]라는 표현을 전제로 "가장 허물 없이 친근하게 지낸 좋은 남자 동무였다"는 정옥의 생각으로 시작된다. 정옥은 고중 졸업 당시 명훈으로부터 "이제까지 있어보지 못한 동요되는 감정의 표현"이 있었지만, "흔히 할 수 있는 고백에 얽힌 기억"으로 치부한다. 소꿉친구였던 정옥과 명훈이 학창시절의 마무리로 동창들과 우등불 모임을 하고 함께 귀가할 때, 바다의 은은한 해조음을 들으면서 정옥은 명훈이 평양으로 떠나고 자신이 청진으로 떠날 작정이라서 "가슴을 허비는 추측 못할 쓰라림"을 느낀다.

이때 명훈은 '우정의 변화 가능성'을 언급하면서도, 정옥이 "세상에서 제일 가까웠던 사람" 같은 생각이 든다며 "먼 앞날까지두 내내 이렇게 가까이 지냈으면 얼마나 좋을가 그런 생각이 들어"라고 고백한다. 그러나 연이어 '마음에 구속을 느껴서는 안 된다'면서 정옥에게 '약속'을 할 수는 없다고 덧붙인다.

> 얼굴이 화끈 달아 말도 못하고 명훈이의 뒤를 따라 가는 정옥이는 그에게서 모욕이라도 당한 것 같은 짓눌리우는 마음이 들었다. 자기는 남에게 약속을 하다싶이 하면서, 정옥에게서는 대답도 들으려고 하지 않을 뿐 아니라, 자기가 한 말을 정옥이는 조금도 새겨 들을 필요가 없다는 것이었다.
>
> 그러나 정옥이는 그런 가운데도 그를 원망하는 생각보다도 지금도 역시 나이와도 달리 어른다운 그에 대한 친근감이 더 드는 것이었다. 동시에 보다 생각이 더 미치는 것은 그가 말한 우정에 대해서였다. 명훈이의 말은 평소의 그의 사람됨에서 보더라도 거짓 감정에서나 허술하게 던지는 말이라고는 생각되지 않았다. 그러나 정옥이는 그 정의에 있어 명훈이의 경우와 같을 수는 없었지만 같은 졸업반 또

---

40) 황건, 「도래' 굽이」, 『조선문학』, 1957. 5, 57쪽.

한 동무로부터 비슷한 사랑의 고백을 들은 일도 있었다. 스스로도 이상하리만큼 그런데 대해서는 생각을 돌려 보지 못했던 정옥이도 그런 말을 들을 때면 자신에 대한 부끄러움부터 앞서면서 명훈이도 그 뜻을 비쳤듯이 지금의 자기 나이에 먼 앞에 있을 그런 일을- 사람의 마음이며 운명을 어떻게 미리부터 찍어두랴 하는 생각부터 앞서는 것이었다.41)

명훈의 '고백 아닌 고백'을 들은 정옥은 모욕을 당한 것 같은 느낌을 받다가 금세 친근감을 느끼는 것으로 그려진다. 그리고 다른 동무로부터도 "비슷한 사랑의 고백"을 들었던 일까지 회감한다. 그러면서 '고백이 지닌 부끄러움'과 함께 '사람 마음의 변화 가능성'과 '미래 운명의 예측 불가능성'에 대한 고민을 이어간다. 결국 두 사람은 '우정과 사랑 사이'에서 서로의 감정을 제대로 확인하지는 못한 채 헤어지게 된다. 그 때가 1949년인데, 정옥이는 청진 교대에 입학을 하고 명훈이는 김대력사학부에 입학한 이후 1년도 못 되어 한국전쟁이 벌어진다.

전쟁 이후 정옥은 교원이 되고, 명훈이가 항공대에 복무하던 중 부상을 당해 소경이 되어 고향 마을에 나타났다는 소식을 듣게 된다. 정옥은 지리 교사인 동창 경애에게 명훈을 찾아가 보자고 말하지만 경애는 근심 서린 눈길로 동정을 보낼 뿐이다. 정옥은 "사람의 정이란 어쩌면 이럴 수도 있으랴 스스로 가책이 들기도" 하면서도, "소경이 아니고 성한 몸으로 돌아 왔다면 이렇지도 않을지 몰랐다"면서 방문 여부를 고민한다. 특히 "인간대 인간으로서가 아니라 남자에 대한 녀성으로, 미혼의 내 처지"를 앞세우는 습성에 갈등하면서, "전날의 정과 오늘의 정

41) 황건, 「도래' 굽이」, 『조선문학』, 1957. 5, 60쪽.

사이에 간격이 생기는 것"과 "경계부터 앞서는 것"에 대해 양심과 괴로움이 생기는 것이다.

> 계속 가슴속에 감겨 오는 것은 자기 가책이었다. 정옥이는 계속 자기에게 반문했다. 사람이 그럴 수 있는가? 인간의 정의란 이처럼 엷은 것인가? 모든 불행을 다 함께 나누지는 못하더라도 불행한 그를 위로하려야 못 가랴? 운명을 끝까지 같이 짊어지지는 못하더라도 힘 자라는 정도에서 도울 수도 있지 않은가? 그의 불행을 동정하기 전에 어찌 경계나 자기 걱정부터 앞세워야 옳은가? 뿐만 아니라 명훈이는 어떻게 되어 그 불행을 지닌 사람인가? 무엇을 위하여, 누구를 위하여 싸우다 그렇게 된 사람인가? 우리들에게 그만한 친절이나 따뜻한 마음도 없을 적에 그의 마음은 어떻랴?[42]

그러나 스스로에 대한 가책과 반문 속에서 '인간의 정의(情誼)'가 지닌 무게와 '불행에 대한 위로'를 앞세우며 정옥은 명훈을 방문하기로 결심한다. 명훈을 만난 정옥은 과거에 대한 그리움 속에 명훈이 참전한 항공대 전투 이야기를 듣게 되고, 전투 중에 적기 한 대를 격추시키고 다른 한 대와 충돌하면서 부상을 입게 된 사실을 알게 된다.

이후 명훈은 영예군인이 되었기 때문에 "사람들과의 새로운 관계"를 형성해야 한다면서 '영예군인 생산협동조합'을 만들 계획을 전한다. 불행한 사람들이긴 하지만 다시 '생의 불'을 지피고 싶다는 말과 함께, "우리도 우리대로 전후 3개년 계획을 가져야"겠다는 것이다. 명훈의 의지를 확인한 정옥은 명훈에게 시집들을 전해주고, 명훈의 동생 명희에게 노래를 가르쳐준다. 이후 명훈이에게 간접적으로 새 노래를 알려

---

42) 황건, 「도래' 굽이」, 『조선문학』, 1957. 5, 64쪽.

주는 일이 정옥이의 버릴 수 없는 숨은 기쁨이 되고, 정옥은 2~3주일에 한 번 정도 명훈을 찾아간다. 명훈이 연주하는 음악을 들으면서 정옥은 명훈을 생각하는 자신의 기쁨과 슬픔을 동시에 느끼며, '즐거움과 괴로움' 사이의 양가적 감정이 확대된다.

정옥의 마음을 눈치챈 명훈은 정옥에게 자신에 대해 일종의 의무를 느끼고 있다면 깨끗이 버려달라고 전한다. 진심으로 감사하지만 자신에게 고통을 불러일으키기 때문이라는 것이다. 정옥은 그의 말을 듣고 "단순한 의무감이나 동정을 받기에 그는 훨씬 자유로운 정신의 소유자며, 오늘에도 자신을 높은 곳에 붙잡고 서 있는 사람"이라고 생각한다. 그러나 명훈은 정옥의 지나친 정성이 자신의 불행을 다시 자각하게 하고 있다면서 자신을 찾지 말아달라고 부탁한다. 다시 자신을 찾는다면 고향을 떠날 생각이라면서 결국 명훈은 ㅎ읍으로 떠난다.

정옥이는 이제야말로 사랑의 기쁨이란 무엇인가? 인간의 행복이란 무엇이야? 하고 자신에게 골똘히 묻게 되었다. (중략)

그러나 정옥이는 그와는 또 다른 목소리를 자기의 가슴속에 듣지 않을 수 없었다.

그러면 너는 일생 그를 받드는 길에서, 성한 사람에게서는 받을 수 없는 그와의 일상 생활에서 당하게 될 가지가지 불편들을 끝까지 이겨 나갈 수 있겠는가? 그럴 자신이 있는가? 불행한 사람과 일생 지내는 고독은 내내 이겨내겠는가? 마음 없는 뭇사람들의 동정이며 모멸은 이겨내겠는가? 자기의 다시 없을 청춘이, 남들과는 전혀 다른 그늘 속에 묻혀져도 그래도 회한이 없겠으며 기쁘겠는가? 약혼한 사이에도 갈라지기 쉬우며, 결혼하고도 헤어지는 일이 있는데 너는 네 자신 사랑을 약속한 일도 없으면서 꼭 그래야 할 리유가 없지 않은가?

너는 네 자신을 속이고 있는 것은 아닌가? 너는 실로 끝까지 아무런 회한도 없겠으며, 그것으로 충족되고 행복하겠는가?

그러나 정옥이는 다음 시간, 그 목소리를 누르며 또 달리 생각하는 것이였다.

아니야! 나는 보통 수많은 여자들이 생각해 왔고 생각하고 있는 그런 생각과 그런 기쁨을 그냥 또 쫓으려고 하고 있고, 그에 져버리려 하고 있어! 모든 사람들이 가는 길에 언제나 진실이 있는 것이 아니며, 문제는 자기 량심이 가리키는 길에서 그 진실을 지키는 데 있지 않은가? 자기의 참된 기쁨과 행복도 오직 거기에 있지 않은가?[43]

명훈이 떠난 뒤 정옥은 "이제야말로 사랑의 기쁨이란 무엇인가? 인간의 행복이란 무엇이야?"라고 스스로에게 되물어본다. 그러면서 자신이 불행한 사람과 함께 불편을 끝까지 이겨낼 수 있겠는지, 고독감이나 동정, 모멸감 등을 견뎌낼 수 있겠는지를 자문한다. 청춘의 그늘 속에서 회한 없이 기쁨을 유지할 수 있을지를 스스로에게 반문하는 것이다. 이러한 고민 끝에 결과적으로 명훈이 고향을 떠난 뒤 정옥은 명훈이라는 존재 자체가 자신에게 기쁨과 괴로움을 제공하는 양가적 존재임을 알게 된다. 자신의 '애모쁨과 괴로움'을 동시에 확인하면서, 자신의 사랑과 행복에 대해 질문하며 '참된 사랑'의 필요성을 감지하는 것이다. 이러한 고민 속에 정옥은 명훈에 대한 사랑이 깊어진다. 이후 정옥은 두 갈래 마음의 고투 속에서 연 사흘을 보내는 것으로 그려진다.

소설 속에서 흥미로운 대목은 동료 교원인 경애가 요즘 "결혼 문제를 가지고 접근해 오는 두 남자 사이에서 고민하고 있는 여자"로 그려지고, "한직장에서 같이 교편을 잡고 있으며 본래부터 사랑이 깊어졌

---

43) 황건, 「도래' 굽이」, 『조선문학』, 1957. 5, 77쪽.

던 사람 대신에 중앙에 있는 새 사람이 사랑을 요구하여 나선 것"을 고민하는 내용이 요약 서술로 제시된다는 점이다. 특히 "보다 도회지 생활을 그려온 경애"가 "사랑이 깊고 얕았던 그것보다도 새 사람이 가진 직위며 생활 환경에 자꾸 마음을 끌리게 되는 모양"임에도 불구하고, 정옥이 "그를 나무라는 생각을 하기 전에 자기의 마음을 또 돌이켜 보게 되며 가슴속이 개이기보다는 흐려지는 것"44)을 느끼는 대목은 정옥의 심리적 갈등 상황을 섬세하게 포착한 부분이다. 물론 결과적으로 정옥과 명훈 두 사람은 마침내 서로의 마음을 확인하고 평생을 함께 하기로 약속한다. 도래′ 굽이를 돌면서 정옥이 "가장 믿음직한 초롱불"이자 "소박한 등불"이 되어 명훈이와 같은 "모든 불행한 사람들의 초롱불"이 될 것을 서로가 믿으며 작품이 마무리가 되는 것이다.

동시대의 평가로는 비판적 평가가 우세하다. 먼저 한설야45)는 "새로운 결실들의 풍만성과 빈곤성"을 지적하면서 "작가 자신의 생활에의 적극적인 참여가 결핍된 현실연구 사업"이 작품 창작에 그대로 반영된 텍스트로 황건의 「도래′ 굽이」를 비판적으로 거론한다. 조중곤은 『개마고원』에 대한 상찬의 평론46)에서 「도래′ 굽이」에 대해 "심리 묘사의 심각성"을 거론하면서 "인물의 성격화를 방해"할 뿐만 아니라 "작자 자신이 작중 인물의 심리 속에 란입하여 자기의 얼굴을 번번이 나타내"고 있음을 지적한다.

특히 조중곤은 다른 평론47)에서는 "순진한 애정을 취급하고 있다"

---

44) 황건, 「도래′ 굽이」, 『조선문학』, 1957. 5, 79쪽.
45) 한설야, 「우리 문학의 새로운 창작적 앙양을 위하여-조선작가동맹중앙위원회 제2
    차 전원회의에서 한설야 위원장의 보고」, 『조선문학』, 1957. 12,
46) 조중곤, 「『개마고원』에 대한 약간의 고찰」, 『조선문학』, 1957. 12, 120~127쪽.
47) 조중곤, 「생활의 진실을 더 깊이 반영하기 위하여」, 『조선문학』, 1958. 1, 98~106쪽.

며 "새로운 애정의 륜리에 대한 문제성을 제기"하면서 "의리와 동정으로부터 출발하는 리지적인" 사랑이 특징임을 주목한다. 하지만 "행동의 계기를 지어 주지 못한 단순한 심리묘사만으로는 독자들에게 생동한 감정을 주기에는 부족하다"고 비판한다. 결국 둘 사이의 "사랑의 깊이가 부족하며 일방적인 심리 묘사에 지나치게 치중한 까닭에 생활의 진실을 옳게 반영하지 못하였으며 따라서 정옥의 성격을 전형화하지 못한 까닭"을 지적한다.

반면에 「도래' 굽이」를 긍정적으로 평가하는 계북[48]은 "젊은 인텔리 남녀간의 아름다운 사랑을 묘사"한 작품이며, "작가의 숭고한 인도주의적 빠포쓰, 정황과 성격 묘사에서의 랑만적이며 서정이 담뿍 풍기는 필치, 그리고 주인공들의 심오한 내면 세계의 추구"가 작품의 특징임을 주목한다. 그리하여 둘의 사랑이 "저속한 것이란 티끌만치도 없는 그런 높이"에 있으며, "고상하며 리성적이며 순결"하기에 "아름다운 정신 세계의 거울"임을 강조한다. 다만 "내면 세계의 추구에만 머무른 사실"이 주요 결함이라면서 '행동의 계기'가 부족하여 "극적 집약성을 상실하고 장황한 심리 추구에로 떨어지고 있"음을 비판하고, "내면 세계와 외면 세계의 유기적 통일"이 필요함을 지적한다.

결국 황건의 「도래' 굽이」는 동일 작가의 1950년대 작품인 「불타는 섬」이나 『개마고원』처럼 문학사적 상찬을 받는 텍스트가 되지 못한다. 하지만 정옥이의 심리적 갈등이 지닌 복잡성을 통해 '우정과 사랑 사이'를 길항하며 전쟁통에 실명한 '남사친' 명훈이에 대한 감정을 섬세하게 포착하고 있다는 점에서 리얼리티가 살아 있는 작품이다. 영예

---

48) 계북, 「새로운 높이를 지향하는 길에서-『조선문학』 1957년 5~9호에 게재된 단편 소설들에 대하여」, 『조선문학』, 1958. 2, 130~140쪽.

군인 명훈이를 향한 마음의 진폭을 가늠하면서 정옥이가 펼쳐내는 심리적 동요의 풍경만으로도 1950년대 '유의미한 심리소설에 해당하는 것이다. 정옥의 기쁨과 슬픔, 불행과 행복, 현실과 이상, 사적 욕망과 사회적 신념 사이에서 갈등하는 내면 풍경이 리얼하게 포착되고 있기 때문이다.

6. 사회주의 인민의 다성적 내면 포착

본고는 한국전쟁 이후 1950년대 북한의 대표 단편소설 중 변희근의 「빛나는 전망」, 김만선의 「태봉 령감」, 리근영의 「그들은 굴하지 않았다」, 황건의 「도래' 굽이」 등 네 작품을 선정하여 인물 형상화의 서사적 개연성을 중심으로 북한문학의 리얼리티를 분석하였다. 이 작품들은 1950년대 동시대에는 작품에 대한 입체적 평가가 진행되는 텍스트들에 해당한다. 그러나 앞의 세 작품은 문학사에 기입되면서부터 부정성은 축소되고 긍정적인 측면만이 부각되면서 당대적 문예의 전형으로 호명된다. 반면에 황건의 작품은 문학사에서 배제되면서 언급 자체가 사라진다. 이러한 문학사적 선택과 배제의 의미를 검토함으로써 1950년대 북한문학의 도식주의적 경향을 비판적으로 독해할 수 있었다.

변희근의 「빛나는 전망」은 1950년대 전후 북한문학의 대표 단편소설로서 부부인 혜숙과 윤호의 캐릭터가 시대적 전형성과 인물의 입체성을 확보하고 있다고 판단된다. 특히 인물 형상화의 비판을 비롯한 동시대적 평가의 다성성은 주목을 요한다. 결론적으로 여성 노동자 혜숙의 노동계급으로서의 헌신성과 남성 노동자 윤호의 가부장적 고지식함이 대비되어 '사회주의적 인민'이 지닌 '일상의 꿈'을 다양한 심리적 갈등 속에 리얼한 서사로 포착한 수작이다.

리근영의 「그들은 굴하지 않았다」는 미군 훈련장이 마을에 들어오는 문제로 농민들이 괴롭힘을 당하면서, 결과적으로 훈련장 유치 반대를 결의한 농민들이 집단적으로 반발하고, 미군과 국군 등이 총을 쏘아 유혈사태로 몰아간 내용을 다루고 있다. 하지만 작품의 실제적 묘미는 만술과 아내의 대화 등에서 드러나듯 실감 나는 대화적 진술의 형상화에 있다. 지배 권력에 저항하는 인민들의 신념보다 세상을 파악하는 농민들의 인식과 관점이 생활 언어로 리얼하게 표출되고 있는 대목에 이 작품의 서사적 미학이 포착되는 것이다.

김만선의 「태봉 령감」은 부정적 인물인 태봉 영감의 성격 변화에 이르는 과정이 개연성 있게 형상화되어 있느냐는 판단의 유무로 작품의 성과를 가늠할 수 있다. 하지만 작품 말미에서 드러나는 성격의 변화가 지닌 작위성은 작품의 서사적 한계로 판단된다. 오히려 작품 중반부에 이르기까지 자신의 허욕을 인정하는 대목이나 일시적 허욕임에도 불구하고 자신의 욕망을 숨기지 않으려는 태봉 영감의 자기중심적 태도가 인물의 생동감을 보여주는 대목에 해당한다.

황건의 「도래' 굽이」는 정옥이가 '우정과 사랑 사이'에서 심리적으로 갈등하면서 전쟁통에 실명한 '남사친' 명훈이에 대한 연애 감정을 고뇌하는 대목에서 서사적 리얼리티가 돋보인다. 영예군인 명훈이를 향한 마음의 진폭을 가늠하면서 정옥이가 펼쳐내는 심리적 동요의 풍경만으로도 1950년대 유의미한 심리소설에 해당하는 것이다. 정옥의 기쁨과 슬픔, 불행과 행복, 현실과 이상, 사적 욕망과 사회적 신념 사이에서 갈등하는 내면 풍경이 리얼하게 포착되고 있기 때문이다.

한국전쟁 이후 1950년대 북한의 대표 단편소설들은 다양한 논자들의 입체적 평가가 진행되면서 사회주의 사실주의와 당문학이 내포한 단일적 지향의 도그마로부터 벗어나 있는 점이 특색이다. 특히 등장인물들이 전후 복구 건설 시기에 당면한 사회주의 건설 과업에 대한 목적의식에만 몰두하는 것이 아니라 자신과 세계를 인식하는 입체적인 내면 풍경을 소유한 존재들로 형상화되고 있다는 점에서 유의미한 캐릭터라고 판단된다. 본고에서 다룬 작품들은 개성적 주인공들이 다양한 현실의 인물들과 마주하면서 생동감 있게 형상화되고 있으며, 사회주의 현실의 지향 속에서도 다성적인 내면이 포착된다는 점에서 중요한 텍스트라고 판단된다.(2022)

빛나는 전망

변희근

1

매봉산 우로 아침해가 솟아 오르는듯 동쪽 하늘이 온통 발그스럼하게 물들어 간다.

공장 일대에 휘덮였던 짙은 새벽 안개가 동해에서 불어오는 해풍에 밀려 서서히 걷히기 시작한다. 사라져 가는 안개 속에 상처 입은 공장들이 차츰 형체를 나타내기 시작한다.

아침 교대시간이 가까와 오자 가스땅크 복구 현장은 한층 떠들썩해진다. 간밤을 꼬빡 새운 후야근 용접공들은 제제금 눈에 불심지를 돋구고 마지막 일손을 다구치고 있다. 고무 까운을 입은 용접공들은 땅크의 외면에 군데 군데 높이 달아맨 발판 우에서 작업을 하고 있다. 그들은 달팽이처럼 땅크의 앞배에 착 들어 붙어 방광면으로 얼굴을 가리우고 용접기 끝에서 강렬한 불꽃을 날리고 있다. 푸르다 못해 흰 용접광이 펀듯 펀듯 안개를 가르고 줄달음친다. 스파크의 동음이 횅뎅그러한 땅크 안에 부딪쳐 산울림처럼 드링 드링 울리고 메아리져 여운을 길게 끌며 안개속으로 어슴푸레 사라진다.

한창 작업에 골몰하고 있던 혜숙은 일손을 멈추고 얼굴에서 방광면을 떼였다. 용접광에 그슬은 구릿빛 둥그스럼한 얼굴은 긴장에 굳어져 한결 탐탐해 보이고 반듯한 이마며 오뚝하게 솟은 콧등에 땀방울이 송글 송글 맺혔다. 그는 숱이 많은 눈섭 밑에 무섭도록 날카로운 빛이 쏘아 나오는 눈으로 금방 땐 자리를 찬찬히 살피여 용접기 등으로 그곳을 똑 똑 두드린다. 이윽고 그의 얼굴에 비꼈던 긴장한 빛이 가시고 탐스러운 량 볼에 만족한 웃음이 함빡 피여오른다. 혜숙은 목에 걸쳤던 수건을 풀어 얼굴의 땀을 씻으며 허리를 쭉 펴 발판 우에 일어서서 새삼스러운듯 눈아래에 공장을 휘돌아 본다. 언제나와 마찬가지로 지금도 혜숙에게는 상처 입은 공장들이 마치 화선에서 적탄에 부상 당하고 드러누운 용감한 전사들 같이 느껴졌다. 그것들에서 언제까지나 뗄줄 모르는 혜숙의 눈에는 간호병들이 부상병들을 지킬 때와 같은 원쑤에 대한 증오가 불길 같이 서리여 있으면서도 부상병에 대한 련민과 애정이 서로 얽힌 그러한 복잡한 감정이 깃들었다. 혜숙은 상처 입은 공장을 위해 자기는 더욱 훌륭한 군의가 되고 간호병이 되여야겠다고 새삼스럽게 속다짐을 했다.

차츰 엷게 사라져 가는 연분홍 빛 안개를 쫓듯이 기운찬 노래 소리가 흐른다. 가스당크 밑에서 제관공 동무들이 부르는 노래 소리 같다.

......
벅찬 희망 물결치는 동해를 안고
여기 솟은 우리 공장 인민의 공장......
....

꽈릉 꽈릉 철판을 때리는 마치 소리가 장단이나 맞추듯이 노래 소리에 섞이여 우렁차게 울려 퍼진다. 이따금씩 꽝 꽝 류산 공장의 잔해를 허물쿠는 남포 소리가 들성 들성 온 공장 안을 들었다 놓으며 노래 소리에 화창한다.

혜숙은 자기가 하는 성스러운 일에 대한 자랑이 용솟음쳐 심장이 터질것만 같이 울렁거리고 가슴이 부풀어 올랐다. 어느덧 그도 노래 소리에 맞추어 목청을 뽑고 있었다.

....

우리는 로동자 애국 선봉대다

힘차게 나가자 창조해 나가자

....

별안간 기적 소리가 울리였다. 그 순간 혜숙은 언제나의 버릇대로 전극직장 앞을 지나간 철길 쪽으로 시선을 돌리였다. 북행 렬차가 뭉쿨 뭉쿨 검은 연기를 뿜어 올리며 공장 앞을 질주하고 있다.

렬차를 쫓는 혜숙의 눈앞에는 불현듯 남편 윤호의 햇볕에 탄 억실억실하고 믿음직한 얼굴이 우렷이 떠올랐다.

(그이도 며칠 후면 저 차로 오실테지)

이런 생각을 하며 쪽을 풀어 놓은듯 푸르디 푸른 동해 기슭을 따라 굽이진 산모퉁이로 사라지는 렬차를 바래우는 혜숙은 남편에 대한 그리움이 사모쳐 올라 출렁대는 바닷물결처럼 마음이 설레이는 것이었다.

(혜숙은 며칠 전에 남편이 제대되여 돌아온다는 반가운 소식을 받았던 것이다)

혜숙의 머리속에는 그가 고히 간직하고 있는 아름다운 꿈—남편이 돌아온 뒤에 새로 벌어질 그들의 가정 생활에 대한 공상이 되살아 왔다.…… 아침이면 남편과 어깨를 겨고 공장에 나가고…… 직장에서는 둘이 다 모범 로동자가 되여 동무들의 존경과 사랑을 받고…… 퇴근할 때는 서로 자랑을 속삭이며 집으로 돌아올 것이였다. 일을 마친 뒤의 시간은 얼마나 행복할 것인가! 둘은 책상에 마주 앉아 이마를 맞대이고 공부를 하고! 구락부, 영화관에도 함께 다니고……

공상은 눈앞에 알숭 달숭 아름다운 꽃무늬를 돋히며 끝없이 되풀이 되였다.

혜숙은 이 보람 있는 자기들의 가정 생활의 나날이 사뭇 눈앞에 보이는듯 하였다. 혜숙이의 이러한 꿈은 진작 남편이 온다는 소식을 받은 뒤로는 더욱 간절한 념원으로 되였다.

『언니!』

하는 소리에 놀래 혜숙은 렬차가 사라진 산모롱이에서 얼굴을 돌리여 아랫쪽을 내려다 보았다.

견습공 덕순이가 고개를 뒤로 제끼고 생글 생글 웃으며 말똥하니 혜숙이를 쳐다보고 서있다. 잔등에 드리운 양태 머리 끝에 빨간 댕기가 바람에 팔랑 팔랑 춤을 춘다.

『언니 수고했어요』

덕순이는 고개를 까닥하며 인사를 한다.

『벌써 나왔니?』

혜숙은 반색을 하며 올라오라 손짓했다. 덕순이는 층계를 탕 탕 구르며 달려 올라온다. 혜숙은 마지막 층계에 올라서는 덕순이를 끌어 올리며 다급하게 물었다.

『영희 언니 한테 가관?』

『예─』

덕순이는 숨이 가빠 침을 꼴깍 삼키며 대답했다.

『앓던?』

『앓긴 어델 앓아요. 그 쇳덩이 같은 언니가!』

『그럼 공장은 왜 쉬였다던?』

『누가 알아요』

『물어두 안봔?』

『물어봤어요. 그런데 우물우물하구 통 대답을 안해요』

덕순이는 뽀르통해서 볼부은 소리로 말을 이였다.

『오늘두 나올 것 같지 않아요』

덕순이는 어제밤 영희를 찾아갔을 때 영희의 여니때 없이 쌀쌀하던 태도가 마음에 언짢았던 것이였다.

혜숙은 어이가 없다는 얼굴로 덕순이를 한 순간 바라보다가 혼잣소리 같이

『참 큰 일 났구나! 일이 태산 같이 밀렸는데! 이틀씩이나 결근하구』

했다.

『혜숙 동무 철판이 올라가오』

하고 아랫쪽에서 제관공 한 동무가 쇠망치 같은 팔뚝을 쳐들고 소리를 질렀다.

『예』

하고 혜숙이는 손을 들어 마주 신호를 했다. 그러자 가스당크에서 저만큼 떨어진 곳에 자리잡고 있는 윈찌가 까르릉 까르릉 고함을 치며 돌아가기 시작했다. 굵은 와이야 로뿌에 달아맨 철판이 땅에서 떠서 빙

빙 맴을 돌며 공중으로 천천히 올라간다.

혜숙은 발판 우에서 왔다 갔다 하며 연신 오른 손을 흔들어 신호를 했다. 덕순이는 그 틈을 타서 혜숙의 용접기를 빌려 실습에 달라붙었다.

혜숙은 허공에서 기웃둥거리며 자기 앞으로 다가온 철판을 두 손으로 잡아 앞서 용접한 철판 우에 이가 맞도록 올려 놓고

『됐소』

하고 아랫쪽을 향해 소리쳤다. 그와 동시에 윈찌의 회전이 뚝 멎었다. 이윽고 혜숙은 발판 한쪽 끝에 쭝구리고 앉아 용접기에서 푸른 불꽃을 날리고 있는 덕순이를 물끄럼이 바라보다가 그의 등을 가만 가만 두드렸다. 그러나 일에 골돌한 덕순이는 모르는 척하고 실습을 계속했다.

『덕순아 인줘』

하고 혜숙이가 다시 등을 탁 치며 소리를 지른 뒤에야 비로소 덕순이는 일손을 멈추고 얼굴에 방광면을 떼였다. 그리고 혜숙이 얼굴을 말뚱하니 쳐다보고

『언닌 좀 쉬서요, 내 좀 더 해 볼게, 내가 기능공 시험에 들어야 언니두 배워준 보람이 있지 않아요』

했다. 덕순이 얼굴에는 자못 용접기를 내여 놓기 싫은 애수한 기색이 떠돌고 있었다. 다른 때 같으면 백번도 더 들어줄 청이였으나 혜숙은 시침이를 뚝 따고

『지금은 안돼, 영희때메 밀린 일을 해치워야지』

『젠―장 』

덕순이는 시무룩해서 용접기와 방광면을 혜숙에게 넘겨 주었다.

혜숙은 다시 작업에 달라붙었다. 용접기의 손잡이를 틀어쥐고 방광면을 쓴 순간부터 혜숙의 머리 속에 떠돌던 모든 잡념은 안개처럼 사라

졌다. 그의 얼굴은 다시 긴장에 굳어지고 방광면의 푸른 유리를 걸쳐 용접부 (땐 자리)를 응시하는 그의 눈에서는 금시 불꽃이 튕길듯 하다. 용접광이 햇빛을 누르고 펀득인다. 불꽃이 방광면에 날아와 부딪치고 까운 앞자락이며 발등에 막 떨어진다. 그러나 혜숙은 꼼짝도 않고 용접 기를 아래로 천천히 움직인다. 쇳물이 줄 줄 녹아 내린다. 전동음이 당 크 안을 울리며 안개 걷힌 푸른 하늘로 메아리져 올라갔다.

작업을 끝낸 뒤 뒷거두매를 하느라 혜숙은 다른 반원들보다 좀 늦어 서 사무실로 갔다.

혜숙이가 사무실 문을 열고 들어서니 동무들이 직장장 책상 앞에 모 여서 무엇인가 토론하고 있는 중이였다.

『참 일이 잘 돼먹었소다』

하고 브리가다 반장 텁석부리 송령감이 빈정거리는 말투로 목고대 를 세우고 있었다.

『처음부터 난 녀자 동무들이 이 작업에 끼이는걸 반대했댔소다. 그 런데 직장장 동무가 기어코 우겼으니 이 꼴이 됐소다. 난 영희때메 작 업이 늦어진건 책임 안지우다』

하고 송령감은 조소 섞인 눈추리로 직장장을 바라 보았다. 얼굴이 갸 름하게 생기고 무슨 일에든지 사려 깊은 직장장은 난처한 얼굴로 송령 감을 마주 보다가

『하여튼 미안하긴 됐소다. 아마 영희 동무 어데 앓는 모양이요』

하고 변명 비슷이 말했다.

『앓긴 어델 앓아요! 옆구리에 바람이 들어 안나오지』

송령감은 얼굴을 찌푸리고 여전히 빈정대는 말투다. 뒷쪽 구석에서

킥 킥 웃음소리가 났다.

『말할만 하오다? 직장장 동무』

하고 일이라면 죽을똥 살똥 모르는 젊은 용접공 최동무가 움쭉 일어섰다.

『말하시오』

『우린 가스당크를 三월 스무날 전으로 꼭 복구해야만 하겠지오다?』

『물론이오』

직장장은 일부러 엄숙한 태도를 취하며 단호히 말했다.

『그럼 별 수 없소다. 녀자들을 몽땅 빼구 다시 작업반을 짤 것을 제의합니다』

하고 최동무는 주장했다. 그 순간 문 곁에 서서 동무들의 이야기를 듣고 있던 혜숙은 호된 편잔을 당한 때처럼 얼굴이 빨갛게 상기했다. 그는 최 동무의 말에 부아가 욱 치밀었던 것이였다. 그는 날카로운 눈추리로 최동무를 뚫어지게 쏘아 보다가 성난 목소리로 소리쳤다.

『그건 옳지 않아요』

사람들의 시선은 일제히 혜숙이 한테 집중되였다.

『어째서?』

하는 최 동무의 얼굴에는 비웃음이 떠돌고 있었다. 혜숙은 들뜨는 목소리를 애써 갈앉히며 조용히 말했다.

『우리두 동무와 같이 국가에서 인정 받은 당당한 기능공이야요. 그런데 동무는!』

『그만두오, 그만두오』

하고 성미 급한 최동무는 팔을 불쑥 내밀어 혜숙의 말을 가로 막았다.

『왜 남의 말을 막아요?』

혜숙은 불이 튕길듯한 날카로운 눈매로 최 동무를 쏘아 보았다.

『참새처럼 입만 여물면 무슨 소용이요』

하고 최동무도 지지 않았다.

『약혼했다구 그만두구 결혼한다구 그만두구…… 남편이 왔다구 그만두구…… 죽두룩 기능을 배워주니까 이런 구실 저런 구실 해서 벌써 몇 동무나 직장을 버렸소. 홍! 어느 시럽의 아들 놈이 이런 꼴을 본단 말이요, 이건 심각한 문제요, 송 아바이 그렇지 않소?』

하고 최동무는 송령감을 흘끔 보고 걸상에 펄썩 주저앉았다.

『자네 말이 옳네』

하고 송령감이 맞장구를 쳤다. 그러나 혜숙은 누그러 들지 않았다. 그는 침착한 목소리로 말 배미질을 했다.

『그럼 동무는 왜 상여 동무를 부엌에 가둬 놨어요?』

상여란 최동무의 안해였다. 그도 역시 결혼 전까지는 전지 직장의 우수한 기능공이었다. 그는 결혼한 뒤에도 공장에 다니겠다고 남편에게 말했다. 이때 최 동무는 겉으로는 맘대로 하라고 말했으나 내심으로는 안해가 공장을 나가는걸 달갑게 생각하지 않았다.

혜숙이의 날카로운 공격에 최동무는 약간 당황했으나 그러나 다음 순간 그는 태연스럽게

『난 말린 일은 없소』

했다.

『말리지만 않으면 고만인가요, 나가도록 도와 줘야지』

하는 혜숙의 말에

『난 녀자라구 없우이 보고 하는 말이 아니요, 그저 녀자니 할 수 없단 말이요』

하고 최 동무는 말머리를 딴데로 슬쩍 돌리었다.

『결판을 내리시우다. 직장장 동무』

하고 송령감이 따지며 나섰다.

『영희 동무를 나오도록 합시다』

하는 직장장의 결론에 송령감은 손을 털 털 털며

『그럼 작업이 늦어지는 책임은 난 안지겠수다』

하고 얼굴을 돌리었다. 혜숙은 송령감 앞으로 나까 가서

『아바이 영희 동무는 제가 책임지고 나오도록 하겠어요』

했다.

『원 모를 소리요. 두고 봅시다』

송령감은 고개를 저으며 걸상에서 일어나 엉덩이를 툭 툭 털고 어즐 어즐 사무실에서 나가버렸다.

다른 동무들도 밖으로 나갔다.

『혜숙 동무 너무 노여 마오, 저 동무들도 딱해 하는 말이요』

동무들이 나간 뒤 직장장은 혜숙이를 흘끔 쳐다 보고 변명이나 하는 것처럼 이렇게 말했다.

『저두 동무들의 마음을 다 알아요』

혜숙은 빙긋이 웃어 보였다.

『영희 동무 약혼하더니 영 공장을 버리자는게 아닐까?』

『글쎄요?』

『그 동무는 六급공이요, 그 동무가 이런 때 그만두는건 참 큰 타격이요』

하고 직장장은 무슨 생각에 잠겼다가

『혜숙 동무, 동무가 잘 타일러 영희를 꼭 나오도록 해 줘야겠소』

하고 걱정스러운 얼굴로 혜숙이를 바라보며 신신당부했다.

『힘껏 권고해 보겠어요』

하고 혜숙은 황급히 사무실을 나왔다. 그는 영희 때문에 늦어진 작업을 어떻게 해서라도 만회해야겠다고 마음 먹었다.

2

혜숙은 이날 점심때나 되여 공장에서 돌아오는 길에 영희네 집에 들렸다. 그런데 집에는 아무도 없고 부엌문에 자물쇠가 잠겨 있을뿐이였다. 혜숙은 얼마 동안 퇴마루에 걸터 앉아 기다리다가 할 수 없이 종이에 몇자 적어 자물쇠에 끼워 놓고 돌아와버렸다. 영희더러 자기 집에 와 달라는 부탁이였다.

집에 돌아와서도 저녁때가 되도록 바느질을 하며 영희를 기다렸으나 나타나지 않았다. 인젠 아마 안오나보다 생각했다. 혜숙은 부랴 부랴 저녁을 치루고 나니 몸이 솜처럼 피로하고 눈꺼풀이 자꾸만 내려 덮이고 눈알이 깔깔하면서 졸음이 끼쳤다. 그러나 혜숙은 졸음을 참으며 책상에 마주 앉아 책을 펼쳤다. 그 책은 며칠 전 공장 도서관에서 빌려온 전기 용접에 관한 팜프렛다. 혜숙은 이 책을 공부하고 五월에 七급 기능공 시험을 칠 계획이였다. 그래서 매일 밤 짬을 내여 조금씩 공부해 나갔다. 소학교 바께 다니지 못한 혜숙에게는 이 책이 여간 어렵지가 않았다. 모르는 것이 많았다. 그러면 혜숙은 공장에 들고 나가 기수 동무에게서 가르침을 받아 하나 하나 리해하군 했다. 나이 어린 기수동무는 혜숙이의 열성에 감동하여 친절하게 차근 차근 가르쳐 주었다. 혜숙은 지금까지 알지 못하던 지식을 한가지 한가지 새로 배워 알고 그것이 자기의 작업에서 실험을 통하여 실증될때가 제일 기뻤고 그러한 실험을 통하여 혜숙이의 기능은 나날이 장성하고 작업에 대한 자신심이 생겨지는 것이었다.

밤 열시 싸이렝이 울린지도 벌써 이슥하다. 혜숙이가 한창 공부에 정신을 팔고 있는데 별안간

『언니』

하고 밖에서 부르는 높고 도드라진 목소리와 함께 부엌문이 열리였다.

혜숙은 부엌문에 시선을 머물었다. 영희가 들어 왔다. 순간 진한 지분 냄새가 방안에 횡 풍기였다. 혜숙은 불빛을 받고 생글 생글 웃으며 서있는 영희의 모습을 한동안 얼빠진 사람처럼 훑어보았다. 영희가 들어오자 방안은 갑자기 더 환해진 것만 같았다. 지금까지 줄곧 작업복을 입은 영희의 모습에만 눈이 익어 온 혜숙에게는 지금 그 앞에 나타난 연분홍 호박단 저고리에 까만빛 유똥 치마를 맵시있게 입고 머리에 윤기가 반질 반질 도는 영희의 몸차림이 눈이 부시도록 황홀해 보였다.

혜숙의 눈과 부딪친 순간 영희는 웬 일인지 눈길을 피했다. 그는 금방 집에 돌아와 혜숙의 글을 보았던 것이였다. 역시 영희는 공장에 안 나간 것이 마음에 찔리고 미안한 생각이 없지 않았던 것이다. 그러나 영희는 다음 순간 자신의 마음 속에 떠도는 이러한 생각을 물리치려고 나 하듯 언제나의 그의 버릇대로 수선을 떨기 시작하였다.

『언니 금방 영화를 보고 왔어요. 동행 렬차를 또 봤지요. 어쩌면 그렇게 자미 있어요. 아유―참 내가 남자라면 나타―샤한테 홀딱 반하겠어요!』

하며 영희는 빨갛게 연지칠한 입술을 놀리며 시작한 영화 이야기를 구들 우에 올라와서도 그치지 않았다. 마치 혜숙의 입에서 튕겨 나올 그 무슨 말을 막아버리려는듯이……

혜숙은 혼자 떠들어대는 영희의 수다에 어안이 벙벙해 멍청하니 앉아 영희의 얼굴만 지킬 뿐이었다.

『언니 요샌 왜 영화 구경 통 안가서요?』

하고 영희는 혜숙이를 살짝 흘겨 보고는 눈 웃음이 생글거리는 시선을 책상 우에 옮겨 책을 뒤적거리다가

『아유 골머리야 언닌 밤낮 공부군요. 머리가 즐거세겠어요 언닌 박사가 될테야요?』

하고 호 호 간드러지게 웃었다. 그러나 아무 말도 없이 자기를 지키는 혜숙의 눈추리와 다시 부딪쳤을 때 영희는 또 가슴이 선뜻하고 혜숙이를 처다보기가 무서웠다. 그러나 다음 순간 그의 가슴 속에서 아직 가시지 않은 그의 약혼자 박동무와 해방 공원을 거닐던 때의 야릇한 흥분이 그를 이러한 심정에서 구해주었다. 그의 가슴은 다시 설레이기 시작했다. 영희의 눈앞에는 박동무의 해사한 얼굴이 둥근 달처럼 환히 나타나 보이고 봄바람처럼 그의 설레는 가슴을 훈훈하게 하여 주던 부드럽고 애정이 꽉 찬 말소리가 아직도 귓전에서 울리는듯 싶었다.

영희는 박동무와 함께 영화 구경이 끝난 다음 해방 공원으로 갔던 것이다.

그들은 노란 개나리 꽃이 꽃등처럼 어둠을 밝혀주는 오솔길을 지나 잣나무 밑에 자리 잡고 가지런히 앉았었다. 달빛에 잣나무가 흰 땅 우에 먹으로 그린듯 진한 그림자를 드리우고 나무가지에는 훈훈한 바람이 꽃향기를 풍기며 설레이고 있었다. 싱그러운 꽃향기가 허파에 흘러드는 것도 좋았거니와 어데선지 소쩍새 울음 소리가 들려오는 것이 더욱 좋았다. 공원의 달밤은 아름답고 고요하고 아늑했다. 영희는 달빛이며 나무가지에 설렁대는 바람이며 소쩍새의 울음소리며 모든 아름답

고 귀중한 것들이 오직 자기들의 행복한 이 순간을 축복해 주기 위해 마련되어 있는 것만 같았다. 이런 저런 달콤한 이야기 끝에

『난 어쩌면 좋아요?』

하고 영희는 달빛 어린 박 동무의 얼굴을 물끄럼이 쳐다보았다.

『멀 말이요?』

박동무는 애정어린 눈으로 영희의 얼굴을 마주 보았다.

『난 공장을 그만둘래요 그래서 요즘은 쉬고 있어요』

『……』

박동무는 잠자코 있었다.

『왜 말을 안하서요?』

『일이 바쁜데 남들이 욕하지 않을까?』

하고 박동무는 영희의 얼굴을 들여다 보았다.

『할 수 없죠. 그러기 마련인걸요』

하고 영희는 박동무의 시원치 않은 대답이 못마땅하다는듯이 눈을 흘겼다.

『그럼 당신 맘대루 하오』

하는 박동무의 말이 떨어지자 영희는 다시 해시시 웃으며

『난 요즘 꿈을 다 꾼다우』

하고 가만히 속삭였다.

『무슨 꿈?』

『결혼 생활에 대한 꿈이죠』

『그래 어떻게?』

『몰라요』

하고 영희는 박동무의 가슴에 얼굴을 묻어버렸다. 달치는 않았지만

영희의 눈앞에는 그의 <꿈>이 꽃무늬를 돋히고 나타났다.…… 남편은 공장에 나가고! 자기는 가정을 지키여 좋은 주부 노릇을 해야 할 것이였다. 그들은 비둘기처럼 다정스럽게 남들이 모다 부러워할 지경으로 깨가 쏟아지게 살리라……

영희는 지금 혜숙이 앞에서도 더 없이 행복할 그날의 나날이 눈 앞에서 서물거리기만 했다.

영희를 뚫어지게 처다보는 혜숙이의 눈추리는 점점 더 날카로운 빛을 띠웠다. 혜숙의 이러한 시선과 부딪친 순간 영희는 무엇에 놀랜 사람처럼 엇결에

『언닌 왜 그렇게 쏘아 봐요』

하고 얼굴이 샐쭉해졌다.

『그런데 공장은 왜 쉬니?』

혜숙은 시무룩한 표정으로 말을 떼였다.

『어데 앓언?』

영희는 갑자기 벙어리나 된것 같이 입을 봉하고 옷고름만 만지작거리고 잠잠히 앉아 있었다.

『왜? 말이 없니』

『……』

영희는 여전히 잠자코 있었다.

『만약 아파서 못나오면 알려야지 동무들이 모다 얼마나 걱정들 하고 있기에……』

하는 혜숙의 말에 영희는 갑자기 자기가 비겁하게 느껴져

『앓진 않았어요』

했다. 그리고 영희는 고스라니 숙였던 머리를 천천히 들었다.

『그럼 무슨 리유냐?』

혜숙은 다우쳐 물었다. 영희는 한동안 머뭇머뭇 하다가 무엇을 결심한듯 혜숙의 얼굴을 똑바로 쳐다보고 말을 이였다.

『언니 난 공장 그만두겠어요』

『?……』

혜숙은 이미 영희의 마음 속을 짐작 못한바는 아니였으나 이렇듯 당돌한 영희의 태도에 잠시 동안은 어안이 벙벙할 뿐 말문이 꽉 막히는듯 했다.

『그게 무슨 롱말이냐! 네가 공장을 그만두다니!』

얼마 후에 혜숙은 이렇게 말머리를 돌리며 혼자소리 같이 중얼대였다. 그러나 영희는 도리여 정색을 차리고 단호하게 대답하는것이였다.

『정말이야요』

『약혼만 하면 직장 그만두기야?』

혜숙의 말소리는 날카로웠다.

『그럼 어떻개요』

『넌 벌써 전쟁중에 폭탄 속에서 공장을 지켜온 자랑을 다 잊었구나』

혜숙은 경멸에 찬 싸늘한 눈추리로 영희를 쏘아보며 랭랭하고 침착한 목소리로 말을 이였다.

『지금 너를 보니 새삼스럽게 한순이 생각이 나는구나』

한순이란 정전이 되기 며칠전 적기의 기총탄에 맞아 죽은 어린 용접공이다. 그는 밖에서 일하다가 갑자기 래습한 적기의 공습을 당하여 그 모양이 되였던 것이였다. 그날 동무들이 한순이에게로 달려 갔을 때 한순은 용접기를 틀어쥔 손을 내 저어 혜숙이와 영희를 찾았었다. 그리고 혜숙이와 영희의 손을 붙잡고

『언니 언…… 니…… 원…… 원……』

하고 모대기다가 절명했던것이다.

『그날 너는 한순이를 부둥켜 머라고 했니?……』

혜숙은 잠시 말을 끊고 영희를 지키다가 다시 말을 이였다.

『너는 울면서 원쑤를 갚아 주마 원쑤를 갚아 주마…… 이렇게 부르짖었지…… 폭탄을 뚫고 불속에서 '직류저항기'를 구해 낸 일도 지금 와서는 새삼스럽구나……』

영희는 가슴이 찔려서인지 고개를 떨구었다.

혜숙의 머리 속에는 그날의 기억이 생생하게 되살아 왔다.

그날 혜숙이네 용접공들은 밖에서 긴급한 작업을 하고 있었다. 작업이 한창인데 갑자기 싸이렝 소리가 다급하게 울리자 어느새 벌써 적기들이 머리 우에서 폭음을 울리며 맴을 돌고 있었다. 이윽고 적기의 무리들은 폭격을 시작했다. 용접공들은 용접기만 가지고 황겁히 근처에 있는 대피호에 뛰여 들어갔다. 연신 사방에서 폭탄이 터지는 폭음이 귓청을 찢는듯 일어나고 공장은 순식간에 검은 연기와 불길 속에 휘덮여 버렸다. 혜숙이도 대피호에 들어왔다. 그러나 그는 대피호에 들어선 순간 작업장에 그냥 남겨 두고 온 직류저항기 생각이 번개 같이 머리 속에 떠올랐다. 그것은 공장에 하나바께 없는 귀중한 자재였다.

혜숙은 다음 순간 자기도 모르게 호 밖으로 뛰쳐나 가려고 했다. 그런데

『언니 어델 가요』

하고 곁에 웅크리고 있던 영희가 옷자락을 잡아 채였다. 그러나 혜숙은 영희에게 얼굴을 돌릴 사이도 없이 다급한 목소리로

『직류저항기 직류저항기』

하고 소리치며 영희가 붙잡는 것을 뿌리치고 호 밖으로 뛰쳐 나갔다. 영희도 그제사 핫 놀라 혜숙이의 뒤를 따랐다. 다른 남자 동무들도 그들의 뒤를 따라 호 밖으로 나왔다. 적기들은 상금 쉬파리 떼 같이 공중에서 잉잉 거리며 공장의 이곳 저곳에 모를 붓듯이 폭탄을 던지고 기총탄을 퍼붓고 있었다. 혜숙이네는 앞을 가로 막는 연기 속을 더듬어 작업하던 현장을 향해 달렸다. 폭탄 파편이 픙 픙 슈릇 슈릇 아츠러운 소리를 지르며 연신 귓전을 선듯 선듯 스쳐 지나갔다. 다행히 <직류저항기>는 폭탄을 맞지 않았었다. 혜숙은 덮어놓고 기뻐서

『살았어요 살았어요』

하고 정신 나간 사람처럼 소리치며 곁에 와 있는 영희를 얼싸 안았다. 그들은 <직류저항기>를 방공호에 까지 맞들어 날랐다. 영희도 기뻐서 어쩔줄을 몰랐다. 그는 불에 타고 파편이 스쳐 구멍이 뚫어진 옷자락을 툭 툭 털며 연기에 그슬은 얼굴 속에 눈을 더욱 빛내며

『언니 우린 또 일할 수 있게 됐어요』

하고 더욱 희여 보이는 앞 이를 드러내 보이며 생긋이 웃었던 것이다. 혜숙은 그 때처럼 영희의 얼굴이 예뻐 보인적은 없었다.

혜숙은 가슴 속에 떠미는 흥분을 애써 갈앉히며 차근 차근 타이르듯 말했다.

『그 때의 너는 참 훌륭했지…… 그런데 왜 오늘은 영희가 그 자랑을 버려야 한단 말야?…… 공장은 지금 고양이 손도 이바븐 판이야, 그런데 영희처럼 우수한 기능공이 저마다 약혼이다 결혼이다 하구 모다 공장을 버리면 누가 일을 해. 공장을 빨리 복구하는건 우리 살림을 복구하는 것이야! 공장이 복구되지 않고 우리 살림이나 가정이 행복할 것 같아?…… 잘 생각해 보라구』

영희는 잠자코 앉아 있었다. 그도 혜숙의 말에 가슴이 찔리지 않은 것은 아니였으나 그러나 그는 혜숙이의 날카로운 공격(영희는 이렇게 생각했다)을 막을 수 있는 방패를 마음 속에 세우고 있었다.

『언니 말은 알 수 있어요』

하고 영희는 얼굴을 쳐들어 혜숙이를 마주 보았다

『언니 그러나 우리는 녀자들이 아니야요? 나에겐 꿈이 있어요. 가정은 어떻가구요?』

『누가 꿈이 나쁘대! 사람들은 저마다 꿈을 가지기 마련이지…… 그러나 깨면 싱거운 꿈― 그것은 차라리 안가지기 보다 못할께 아니야!』

하고 혜숙은 영희 앞으로 더 다가 앉으며 말을 계속했다.

『나두 한 때는 영희와 꼭 같은 꿈을 가졌댔지…… 그러나 지금 와서 돌이켜 보면 그건 정말 싱거운 꿈이였어!』

혜숙의 말은 사실이였다. 혜숙은 원래 비누직장녀공이였다. 그도 역시 합성기수 윤호와 결혼한 뒤로 직장을 버렸던 것이였다. 당시의 혜숙이로서는 남편을 위해 잘 섬기고 가정을 물샐틈 없이 잘 꾸려 나가고 아이들을 낳아 기르는것― 그것이 안해로서의 유일한 길이며 최대의 행복이라고 생각했었다. 사실 그들의 가정은 행복했고 남들이 부러워할 지경으로 깨가 쏟아졌다. 그러나 남편이 전선으로 나간 뒤 세 해 동안에 걸친 로동 행정에서 혜숙은 로동에 대한 영예와 긍지를 새삼스럽게 느꼈으며 자기의 사업에서 새로운 산 보람과 가치를 발견했던 것이였다. 그 뒤로부터 혜숙은 전쟁전의 그들의 가정 생활을 돌이켜 생각할 때마다 결코 불행했다고 말할 수는 없으나 아무런 가치 없는 생활로 느껴졌다. 이 때로부터 혜숙이의 가슴 속에는 새로운 꿈― 남편이 돌아온 뒤의 새 가정 생활에 대한 꿈이 싹텄고 이 꿈이 그에게 새로운 용기와 의욕을 북돋아 주었던 것이었다.……

그러나 영희는 이번에는 다른 방패를 앞세우고 혜숙이를 공격했다.

『난 언니 생각이 싱거운 꿈 같아요. 지금 우리 형편에 쏘련처럼 부부가 다 공장에 다닐 수 있는 무슨 조건이 있어요?』

『그건 우리가 만들어야지…… 그건 꼭 해결될게구! 그렇다구 그 때까지 턱만 쳐들고 병해 있을 수 있어!』

하는 혜숙의 말에 영희는 머리를 설레설레 흔들더니

『윤호 아저씨가 오면 언니두 아마 공장을 그만 둘 수 바께 없을꺼야요』

하고 혜숙이를 흘금 쳐다보았다.

『넌 왜? 그이를 걸구 드니』

혜숙은 영희가 윤호를 그런 사람으로 바께 생각하지 않는 것이 불쾌했다. 혜숙은 말을 계속했다.

『그이는 돌아오면 내 사업을 힘껏 도와줄꺼야! 난 그렇게 믿어』

영희는 무안한듯 얼굴을 붉히고 앉아 있다가

『두고 봐야지! 난 결혼할 때까지 난두 공장에 다시 나가겠어요 그러나 이담엔 말리지 마서요』

하고 움쭉 자리를 일어섰다.

영희가 돌아간 뒤 혜숙은 한순간 병해 앉아 있다가 책상 우에 놓인 사진틀에 눈을 머물었다. 그것은 군복을 입은 남편의 사진이었다. 혜숙은 애뜻한 눈추리로 차양 밑 넓은 이마며 더욱 날카로워진듯한 눈매에 훈장을 단 넓직한 가슴팍이며 하나 하나 뜯어 보았다. 그러다가 그는 그 사진을 두 손에 싸쥐고 설레이는 가슴에 꼭 품었다. 그의 머리 속에는 또다시 그 공상이 되살아 왔다.

3

날이 갈수록 공장에서는 작업이 더 바빠졌다. 혜숙이네는 가스당크의 준공 기일이 가까와 올수록 작업을 더 다구쳐댔다. 어느덧 당크는 세길이나 높아졌다.

영희는 그 이튿날부터 공장에 나왔다.

혜숙은 이 며칠째 짬만 있으면 남편을 맞이할 준비에 골돌했다. 그는 국영 상점에 가서 식기와 수저도 한벌 새로 사왔고 신문지로 방도배까지 말짱해 놓았다. 새로 갈아 붙인 창으로 다양한 햇볕이 흘러 들어 방안은 새집 같이 환하게 밝아졌다.

혜숙은 쏘련 화보에서 마음에 드는 그림들을 오려 벽에 살뜰하게 붙이였다. 혜숙은 그중 뒷 창 아래에 붙인 그림에서 오래 눈을 뗄줄 몰랐다. 그 그림에는 부부인듯한 남녀 로동자가 서로 깍지를 끼고 아득히 펼쳐진 무연한 벌판 가운데 서 있는 웅대한 공장을 바라보며 걸어 가고 있는 광경이 그려져 있었다. 그들의 얼굴에는 행복한 웃음이 꽃피여 있었다. 혜숙은 그 그림에서 자기들 부부의 앞날의 생활을 눈앞에 보는듯하여 저절로 가슴이 설레이였다.

오늘도 후야근 근무를 마치고 집에 돌아온 혜숙은 농속에서 남편의 옷들을 꺼내여 소풍을 시켰다. 폭격 속에서 구해낸 것인지라 상금 화약내가 풍기는가 싶었다. 숯불을 피워 다림질까지 하고나니 어느덧 오전이 훨씬 지났다. 그는 몹시 피로한 것을 느꼈다. 그래서 혜숙은 전야근에 나갈 시간까지 자기로 작정하고 자리에 드러누웠다. 인차 잠이 들었다. 잠이 들자 그는 꿈을 꾸었다.

……혜숙은 남편이 온다는 소식을 듣고 정거장으로 마중하려 나갔

다. 정거장에는 사람들이 웅성거리고 있었다. 렬차가 프랫트홈에 도착하자 바끈마다에서 제대 군인인듯한 사람들이 끝없이 쏟아져 나왔다. 혜숙은 설레는 가슴을 달래며 사람들의 물결을 헤쳐 가며 남편을 찾았다. 그러나 어데를 찾아봐도 남편의 얼굴은 보이지 않았다. 그래서 안타까운 마음으로 황새모양으로 목을 쭉 빼들고 발돋움을 하며 이곳 저곳에서 눈을 파는데 별안간

『혜숙이』

하고 부르는 귀에 익은 남편의 목소리가 들려왔다. 혜숙은 소리나는 쪽에 얼굴을 돌리고 두리번거리였으나 남편은 역시 아무데도 보이지 않았다. 그는 사람들 속을 헤가르고 앞으로 나아갔다.

『혜숙이 혜숙이』

어데선가 남편의 목소리는 연신 들려 오는데 아무데도 남편은 없었다. 그는

『여기 있어요』

하고 소리를 치려고 했으나 무엇이 목을 꽉 탈아 쥔듯 가슴만 답답할 뿐 말이 나가지 않았다. 남편의 목소리는 애타게 들려 왔다.

『혜숙이 혜숙이―혜숙이―』

혜숙은

『여기 있어요』

하고 소리를 지르려다가 문득 눈을 떴다. 그는 한 순간 서운하고 허청한 마음으로 천정을 쳐다보았다. 그의 가슴은 꿈속에서처럼 어수선하고 답답했다. 그는 이불을 막 쓰고 다시 잠을 청하려 했으나 쉬이 잠이 들지 않았다. 그는 얼마동안 이리 저리 몸을 뒤적이며 신고하다가 다시 어슴푸레 잠이 들기 시작하였다. 그런데 또다시

『혜숙이 혜숙이』

하고 부르는 남편의 목소리가 어슴푸레 들려오는 듯 싶었다. 순간 혜숙은 눈을 떴으나 역시 또 꿈을 꿨나부다 생각하고 다시 눈을 감으려는데

『혜숙이』

하는 소리와 함께 문을 두드리는 소리가 났다. 혜숙은 그 소리에 놀래 후딱 이불을 걷어 차고 일어났다. 혜숙은 눈을 비비고 부엌문을 지키였다.

『혜숙이』

하고 밖에서 부르는 소리가 다시 났을 때 혜숙은 자기의 귀를 의심했다. 그는 전기에나 치운 사람처럼 움찔 놀라 부엌으로 내려가서 떨리는 손으로 문고리를 벗겼다. 말은 나가지 않고 가슴만 두군 두군 뛰였다. 문이 열리였다. 그 순간 혜숙은 자기도 모르게 앗 소리를 치며 발이 땅에 얼어 붙기나 한듯이 그 자리에 머물어 섰다. 견장만 떼고 군복차림을 한 윤호가 비석처럼 떡 그의 앞을 막아 서있는 것이다. 혜숙은 어리둥절한채 아직 자기가 꿈을 꾸고 있는 것 같이 생각되였다. 그러나 꿈이 아니고 생시일 때 혜숙은 왈칵 치솟는 반가움과 남편의 변모한 모습에 목이 꽉 메여 선뜩 말이 떨어지지 않았다.

윤호 역시 혜숙이와 마찬가지로 얼굴에 벙긋이 어색한 웃음을 지은 채 혜숙의 얼굴만 지킬뿐 어쩔줄 모르고 덤덤히 서있다.

혜숙은 남편의 햇볕에 탄 얼굴이 더 커지고 훈장이 번쩍이는 가슴이 더 넓어진 것만 같이 느껴졌다.

『돌아오셨구먼!』

남편의 얼굴을 하염없이 바라보고 섰던 혜숙은 이렇게 혀아랫소리로 중얼거리고는 쓰러지듯 남편의 가슴에 칵 안기며 우뚝 솟은 남편의 어깨를 두 팔로 꽉 껴안았다. 윤호는 목이 메여 아무 말도 못하고 안해

를 부둥켜 안은채 잠잠히 머물어 섰다. 이윽고 그는 설레이는 가슴의 고동을 누르고 안해의 등을 어루만지며 떨리는 조용한 목소리로 말했다.

『얼마나 고생했소』

윤호의 이 한마디의 말이 혜숙에게는 다른 몇마디의 말보다도 고맙고 미더웠다. 혜숙은 갑자기 눈굽이가 화끈 뜨거워졌다. 그는 상금 화약내가 풍기는 듯한 남편의 가슴에 얼굴을 비비며 흐느꼈다. 혜숙의 두어깨는 물결처럼 들먹이였다. 윤호도 눈구석에 눈물이 글성 글성 고였다가 볼에 흘러내렸다.

그들은 붙안은채 언제까지나 움직일줄 몰랐다.

얼마 뒤 둘이 방으로 올라왔을 때 그들은 자신들도 모르게 웬 영문인지 서로 낯선 사람들처럼 그냥 서로의 얼굴만 마주 볼뿐 잠잠해서 앉아 있는것이 안타까웠다. 윤호는 낯선 손님처럼 방안을 두리번거리는 것이였다. 갓 도배한 말쑥한 벽이며 다리미 자리가 난 낯익은 자기의 옷이며 방안에 있는 모든것이 자기를 맞이하기 위한 안해의 진정을 말해주는가 싶었다. 그래서 윤호는 래일 떠나야 한다는 이야기를 하려다가 안해가 서운해 할 것을 넘려하여 차차 말하리라 생각하고 입을 다물었다. 실은 윤호는 성간부부에서 임무를 맡고 청수 공장에서 一년간 공작하기로 되여 급히 안해를 데리려 왔던 것이였다. 윤호는 구들 한구석에 놓인 경대─ 다리가 부러지고 유리가 조박 조박 깨여진 것을 구리줄로 얽어맨 경대에 시선이 머물었을 때 윤호는 가슴이 저리였다. 그것은 결혼식 때 윤호가 안해에게 선물한 경대였다. 윤호는 그 경대가 마치 자기 없는 동안의 안해의 곤난에 찬 생활을 말해주는것 같이 느껴졌을 때 가슴이 아팠다.

뒷창가에 비스듬히 무릎을 가누고 앉은 혜숙은 한순간도 남편의 얼굴에서 눈을 뗄줄 몰랐다. 햇볕에 탄 남편의 얼굴이 더 건강해진것만 같았으나 주름살이 흠뻑 붙은 것이 가슴에 아팠다. 그 주름살 한줄 한줄에 화선에서 죽음의 고비를 넘어 온 남편의 지난날이 스며있는 것만 느껴졌다.

『얼굴이 더 건강해졌구만―』

윤호는 안해의 용접광에 탄 얼굴을 애무와 그리움의 감정이 복잡하게 얽힌 눈추리로 지키다가 혼잣소리 같이 이렇게 중얼거렸다.

『당신두 그래요』

혜숙은 두 손으로 얼굴을 쓸어 올리며 나지막한 목소리로 속삭이듯 말했다.

윤호는 안해의 손을 슬며시 잡았다. 그리고 매만지였다. 안해의 손은 그전날의 포동 포동한 고운 손이 아니였다. 피부가 거칠고 매듭이 굵다랗게 나고 꽛꽛한 손은 마치 딴 사람의 손만 같았다.

『몹시 거칠었군』

하고 혜숙이를 처다보는 윤호는 얼굴에 무슨 잘못을 사죄나 하듯 웃음을 지었다. 그리고 그는 안해를 더 이상 고생시키지 말아야겠다고 마음 속에 다짐을 하였다.

혜숙은 처녀처럼 얼굴을 붉히며 남편의 손에서 자기의 손을 살그머니 빼였다. 그러면서 (여보 이 손이 그래두 약손이얘요) 하자다가 말고 그냥 생긋이 웃어 보였다. 둘 사이에는 또 한 순간 말이 끊어졌다.

그러나 둘 사이에 흐르는 이러한 이상한 감정의 파동은 결국 오래 가지 못했다. 밥상까지 물리고난 뒤에는 윤호도 새삼스럽게 자기의 집에 그리운 안해의 곁에 돌아왔다는 아늑한 감정에 돌아지고 있었다. 방안에는 차츰 모진 설한풍이 휘몰아치던 겨울이 지나 꽃피고 꾀꼬새 우짖는 봄철을 맞은듯 단단하고 화기애애한 분위기가 휩쓸었다. 얼음이 풀린 시냇물처럼 둘의 이야기는 그칠줄 모르고 흘렀다.

혜숙은 남편이 하는 화선의 이야기를 들으며 몇번이고 손등으로 눈물을 훔치였다. 남편의 이야기를 정신 없이 듣고 있던 그는 문득 벽시계를 쳐다 보았다. 다섯시가 다 되였다. 그제사 혜숙은 공장에 나가야 하겠다는 생각이 번쩍 들었다. 그래서 그는 자기도 모르게 버릇처럼 움쭉 일어서려다가 남편의 얼굴을 다시 쳐다본 순간 도로 앉고 말았다.

(저이가 얼마나 섭섭해 할까? 나가지 말까? 어쩔까!)

혜숙의 얼굴에는 난처한 기색이 떠 돌기 시작했다.

(하루 쯤이야! 뭐…… 직장 동무들도 리해해 줄걸……)

이렇게 마음 속에서 변명을 하는데 공장 쪽에서 꽈르릉 꽈르릉 당크가 울리는 음향이 들려왔다. 혜숙은 그 소리가 마치 자기를 부르는 것만 같았다. 혜숙은 자기의 약한 마음에 채찍질하며 모진 마음을 먹으려고 애썼다. 그러다가도 남편을 쳐다 보는 순간 자꾸 망서려지는 것을 어쩔 수 없었다. 그러나 혜숙은 눈앞에 밤을 새여 일하는 동무들의 얼굴이 획 떠 왔을 때

(남편은 언제나 만날 수 있지만 내가 못한 작업은 돌이킬 수 없다)

이렇게 마음 속에서 부르짖으며 윤호가 량해해 주려니 믿고 차마 떨어지지 않는 입을 열었다.

『여보! 저! 참 안됐어요』

혜숙의 말소리는 떠듬 떠듬 했다.

『갑자기 무슨 말이요』

윤호는 의앗적은듯 혜숙이를 바라보았다.

『저……』

하고 다음 말이 끊어지려는 것을 약한 마음에 채찍을 내려치고 말을 이었다.

『공장에 나가야 하겠어요』

『공장에?』

『예! 전야근이야요』

윤호의 얼굴에는 쓸쓸한 그림자가 줄달음 쳤다. 그는 한 순간 돌사람 같이 표정이 굳어져 잠자코 있다가

『꼭 나가야만 하오?』

했다.

『그럼 어떻개요 일이 바쁜데! 량해하서요』

순간 윤호의 얼굴에는 사뭇 복잡한 감정이 줄달음 쳤다. 그 서슬에 혜숙은 벽에 걸린 작업복에 갔던 손을 가시에나 찔린 것처럼 움찔해서 도로 내렸다. 그러는데 윤호는 심드렁해 앉아 있다가 무엇을 결심한 사람처럼

『여보 우린 래일 길을 떠나야 하겠소』

하고 혜숙이를 처다보았다.

『?……』

혜숙이는 영문을 몰라 어리둥절해서 있는데 윤호는 다음 말을 이었다.

『이번에 난 청수 공장에 배치됐소』

『예?……』

혜숙의 얼굴은 금시 파랗게 질리고 큰 눈이 더욱 휘둥글해졌다. 혜숙은 갑자기 눈앞이 노래지며 어쩔어찔했다.

『일년만 그 공장에서 공작을 하게 됐소』

하는 윤호의 말을 듣고서도 혜숙은 더욱 어안이 벙벙해질뿐 그는 정

신 나간 사람처럼 멍청하니 남편의 얼굴을 지키다가 간신히

『왜 그렇게 됐어요?』

하고 나지막한 목소리로 힘 없이 말했다. 윤호는 안해의 이러한 돌변한 태도가 의앗적게 생각됐으나 아마 너무 돌연한 일이여서 그러는가부다 생각하고

『나도 이 공장에 오구푰소, 그러나 그쪽 일이 더 긴급한거야 어떻가오』

했다.

혜숙은 한 동안 고개를 떨구고 잠자코 있다가 역시 힘없는 목소리로

『여보 당신이 이 공장에 오도록 로력해 주서요』

했다.

『안된다지 않소』

『그럼 제 사업은 어떻가구요』

혜숙은 굳어진 표정으로 남편의 얼굴을 똑바로 쳐다보았다. 그러나 윤호는

『당신두 인제 그만 고생했으면 됐소, 나두 남편 구실을 해야 할게 아니요』

하고 애정이 스민 눈으로 안해를 바라보다가

『물론 갑자기 정든 공장을 떠나는건 서운하겠지만 래일 저녁차로 떠나도록 합시다. 일이 바쁘오』

했다.

혜숙은 무쇠방망이로 뒤통수를 호되게 얻어맞기나 한 것처럼 정신이 어쩡쩡하고 목이 꽉 메여 왔다. 윤호는 말을 계속했다.

『우리두 옛날 같이 가정을 꾸립시다. 난 당신이 나 없는 동안 고생한 걸 생각하면 가슴이 미여지는것 같소』

하고 윤호는 경대에 시선을 옮기는것이였다. 그러나 혜숙의 귀에는 윤호의 이러한 말소리가 들리지 않았다. 그는 그렇게도 가슴 속에 애지 중지 간직해온 꿈이 조박 조박 깨여지는 순간 흩어지는 그 조박들을 거 둬 쥐기가 바빴던 것이다. 혜숙은 앞뒤를 도살필 여유도 없이 그저 이 괴로운 자리를 어서 물러나고 싶은 생각만 앞섰다. 남편 곁이 싫어서가 아니라 어수선하게 뒤설레는 가슴을 진정시키기 위한 욕망에서였다. 그래서 혜숙은

『일찍……주무셔요……곤하실텐데』

이렇게 떠듬 떠듬 남편에게 말하고 벽에서 작업복을 벗겨들자 황망 히 집안에서 나왔다. 혜숙은 부엌문 앞에 한참동안 우두머니 머물어 섰 다가 뒷머리채를 끌리우는 마음으로 철덩이를 처맨듯 무거워 떨어지 지 않는 발걸음을 터벅 터벅 옮기였다. 그의 가슴은 돌바위에 짓눌린 것 같이 캄캄하고 마음이 허청하길 그지없었다.

(어쩌면 좋을까?……)

깨여지려는 꿈을 부둥켜 안으려는 혜숙의 머리속은 어지러워만 졌 다. 그의 눈앞에는 그전날의 가정생활의 정경과 그의 꿈이 번갈아 떠오 르며 서물거렸다.

혜숙이 나간 뒤 윤호도 갑자기 가을 바람이 락엽을 휘몰아 지나간 뒤 처럼 가슴이 허청하고 어수선 해지는 것을 어쩔 수 없었다.

(일이 바쁘니 그럴테지! 정든 공장을 갑자기 떠나는 서운함에서 그럴 테지)

이렇게 처음 만난 자기를 남겨두고 공장으로 나가는 안해의 심정과 당황해하던 안해의 태도를 스스로 변명해 보는 것이었으나 그러나 역 시 서운하고 허청해지는 마음을 걷잡을 수 없었다. 윤호는 갑자기 면

섬에 홀로 버림을 받은 사람 같이 자기가 무섭도록 외롭고 쓸쓸한 심정에 사로잡혔다. 그러자 그의 머리 속에는 한 순간에 죽음과 삶이 결정되는 가렬한 전투의 밤들과 곤난의 고비들을 넘던 일들이 구름처럼 욱떠 왔다. 그러한 어느 순간에도 그의 가슴에서 안해의 웃음진 얼굴이 떠나본적은 없었다. 자기를 위해 모든 삶의 보람과 가치를 찾는 안해의 지극한 사랑의 입김을 후더운 가슴에 느낄 때 그는 더욱 용맹할 수 있었고 안해와의 상봉― 행복한 가정을 위해 그는 죽음이 구름처럼 드리운 고난의 고개도 오히려 웃으며 넘지 않았던가!……

이런 생각을 하니 윤호는 참을 수 없이 안해가 그리워났다. 그는 설레는 가슴을 달래듯 마음 속으로 속다짐을 했다.

(청수에 가서 옛날 같은 행복한 가정을 꾸리자. 안해를 위해 더 훌륭한 남편이 되자)

4

이튿날이였다.

윤호는 공장에서 새벽이 다 돼서야 돌아온 안해에게 미안한 생각도 들었으나 아무래도 떠나야할 일임에 짐을 꾸리라 부탁하고 그는 오리가량 상거한 서호리에 다니려 갔다. 그는 같은 소대에 있던 한 전사에게서 서호리에 사는 그의 부모께 전해달라는 편지를 부탁 받았던 것이다. 여러군데 물어서야 겨우 집을 찾았다. 늙은 부모들은 눈물을 흘리며 반가워했다. 이런 저런 이야기 끝에 점심을 권하는 것을 군이 사양하고 그 집을 나섰을 때는 어느듯 정오 가까이나 되였다. 그는 도중에 공장에 들려 동무들도 만나보고 그가 일하던 합성공장도 돌아보고 싶은 생각이 불쑥 불쑥 치밀었으나 우선 안해를 도와 짐을 다 꾸린 뒤에 다시 나올양으로 곧바로 집으로 걸음을 옮기였다.

그러나 얼마 뒤 집에 들어선 순간 윤호는 깜짝 놀래지 않을 수 없었다. 으레히 짐을 꾸리며 그가 오기만을 눈이 깜해 기다리고 있으려니 믿었던 안해는 집에 있지 않았다. 그보다도 책하나 까딱 다치지 않고 그가 나갈 때와 마찬가지로 있는 것과 방 아랫목에 밥보를 덮어 놓은 밥상이 그를 기다리고 있는 것이 그를 더욱 놀래게 했다.

(공장에 무슨 급한 일이 생겼나?……)

한편 이런 생각도 하며 윤호는 방으로 올라갔다. 구들 우에 올라선 순간 밥보 우에 놓인 한 장의 백지가 그의 눈에 띄였다. 윤호는 다급히 그 종이를 쥐었다. 그리고 들여다 보았다. 그의 얼굴은 갑자기 흐려졌다. 그는 얼굴을 찌푸리고 한 동안 그 종이에서 눈을 뗄줄 몰랐다. 거기에는 다음과 같은 글들이 또박 또박 씌여져 있었다.

> 당신이 없는 짬을 내여 주택 녀맹회의 지도로 나갑니다. 저는 지금까지 당신의 말씀을 거역한 적은 단 한번도 없습니다. 그러나 당신의 말씀을 처음 거역하는 저는 죽기보다 더 괴롭습니다. 당신의 기분을 상하게 할 것이 더 가슴이 아픕니다. 저를 욕하지 마십시오. 회의에서 돌아 온 뒤 다시 말씀드리겠습니다.
>
> 혜숙 올림

몇번이고 곱 읽고 난 윤호는 종이를 꾸겨 쥐며 그 자리에서 힘 없이 주저앉았다. 그의 가슴은 애지중지하던 그 무엇을 잃은 때 같이 허전했다. 그러한 감정은 다시 서글픈 감정으로 변하고 안해에 대한 일종 노여움에 가까운 감정으로 변해갔다. 이러한 감정에 사로잡힌 윤호의 머리속에 문득 그 언젠가 안해가 친정으로 갔다 돌아온날의 기억이 새삼스럽게 떠올랐다. 그날 닷새만에 친정에 갔다 돌아온 혜숙은 집에 들어서자마자 그가 없는 동안에 윤호가 밥을 지어 먹으며 공장에 나가게한 것을 몹시 가슴 아파하였다. 그 후로는 어머니가 보고 싶어도 통 친정으로 가지 않았다. 그 때 이러한 안해의 심정이 윤호에게 얼마나 고맙고 자랑스러웠던가!

그러던 혜숙이가 오늘은 자기와 갈라져 있기를 원하는 것은 (윤호는 이렇게 생각했다) 무슨 탓일까?…… 물론 윤호는 혜숙이가 전쟁중에 공장을 지켜 싸운 업적이나 지금 처해 있는 처지를 리해 못하는 것은 아니였다. 도리여 그는 화선에 있는 자기를 도와 후방에서 자기 못지않게 싸워준 것을 고맙게 생각했고 동무들께 자랑도 하였었다. 그러나 오늘은 형편이 달라졌고 그도 제대되여 돌아오지 않았는가! 그렇다면 혜숙은 역시 가정에서 자기의 일을 도와주어야 할 것이고 옛날의 혜숙으로 돌아가야 할 것이 아닌가— 이렇게 생각하는 윤호는 혜숙의 심정이 도무지 리해되지 않았다. 그는 혜숙이와 갈라져 청수에 가 홀아비 노릇을 해야 하는 자기를 생각해 보았다. 생각만 하여도 그는 마음이 서운하고 허청했다. 그는 지금부터는 안해와 떨어져서는 하루도 마음 편히 살아낼 것 같지 않았다. 그런 것만큼 안해의 태도가 노여웁기까지 했던 것이다.

윤호가 우울한 심정으로 이런 생각을 되풀이 하고 있는데 영희가 찾아왔다.

『아저씨 얼마나 고생하셨어요』

하고 부엌문으로 들어온 영희를 윤호는 처음에는 알아보지 못하고 망서리고 있는데

『호호! 영희야요! 영희야요』

하고 영희가 자기 소개를 해서야 윤호는 반색을 하며 맞아 들이였다.
윤호는 영희가 알아 볼 수 없게 자란데 놀라며

『참 몰라보게 컸군! 잘 있었소?』

했다

『예─』

하고 영희는 얼굴을 붉히였다.

『언니 어델 갔어요?』

영희가 물었다.

『녀맹회의에 갔소』

하는 윤호의 대답에 영희는

『그 언닌 일바께 몰라! 아저씨가 왔는데두!』

하고 혼잣소리 같이 중얼거리였다. 그리고 잠간 잠자코 있다가

『아저씨 언제 떠나서요?』

하고 윤호의 얼굴을 지키였다.

『오늘루 떠나야겠는데……』

윤호는 얼굴을 흐리우며 대답했다.

『오늘요?…… 그럼 언니두 같이 떠나겠군요?』

하고 영희는 윤호의 얼굴에서 그 무엇을 찾아내려는듯 뚫어지게 바라보았다.

사실 영희는 요즘 약간 마음의 동요가 생겼다. 그는 윤호가 오는 그 날로 당장 혜숙이가 공장을 사직하라라 굳게 믿었다. 그런데 그의 믿음과는 딴판으로 혜숙은 여전히 공장에 나왔고 그런 눈치라곤 조금도 보이지를 않았다. 남편이 온 날도 공장을 쉬지 않은 혜숙에 대한 칭찬만큼 영희에게는 욕설이 차래졌다.

(정말 혜숙 언니가 직장에 그냥 나오면 사람들은 나를 더 욕하겠지) 하는 생각이 영희의 머리 속을 뒤숭숭하게 했다. 그래서 영희는 윤호에 게 인사도 할겸 눈치로 살필겸 들렀던 것이었다.

『같이 가야지―』

하는 윤호의 말이 떨어지자 영희는 내심 좋아라 손벽을 쳤다. 그 순 간 영희는 웬 일인지 자기 자신이 비루하게 느껴져 마음이 선뜻했다. 그러나 영희는 그런 내색을 내지 않고

『그래두 아저씨 언니를 단단히 꽁무니에 차고 가서야 해요. 언니는 그냥 일에 미쳤어요』

하고 생긋이 웃어보인 다음 인사를 하고 바삐 집으로 돌아갔다.

윤호는 잠자코 있었다. 윤호는 영희의 말이 그 무엇을 암시하고 있는 듯 싶었다. 그는 마음 속으로 부르짖었다.

(혜숙이 없이 난 갈 수 없다. 꼭 데리고 가야 한다)

한편 혜숙은 혜숙이대로 무거운 고민에 사로잡혀 있었다. 자기가 그 렇게 믿어오고 길러온 아름다운 꿈이 깨여졌을 때 혜숙은 가슴 속에 회 오리치는 선풍을 걷잡을 수 없었다. 남편과 떨어져 사는 것도 괴로운 일이였고 남편에게 노여움을 사는 것도 무섭고 가슴 아픈 일이였다. 그 러나 그가 지녀온 모든 자랑과 삶의 가치와 아름다운 꿈이 일시에 무너 지는 것은 더욱 가슴 아프고 무서운 일이 아닐 수 없었다. 혜숙은 자기 가 지금 앞길에 열려져 있는 두개의 문앞에 머물어 망서리고 있다고 생 각되였다. 한쪽 문은 안일과 락후와 무기력과 가치 없는 삶의 나날이 그를 일생 괴롭힐 것이였다. 또 한쪽문은 로동의 영예와 전진과 진실로 행복하고 가치 있는 삶이 그를 마중해줄 것이였다. 그는 바로 이 문으

로 달려들어 가려고 하나 남편의 손이 그를 끌어당기여 놓아주지 않는
것이다. 어떻게 하면 남편의 손을 뿌리칠 수 있을 것인가?…… 혜숙은
몸부림이라도 치고 싶었다.

이렇듯 복잡한 고민에 싸여 주택지구 녀맹회의 지도를 마치고 오솔
길을 혼자 터벅 터벅 걷고 있는 혜숙은 머리가 어지러울 지경이였다.
그의 어찔 어찔하는 눈 앞에는 금방 함께 있다 헤여진 소위 <넓은
문>안에서 사는 젊은 녀자들의 얼굴들이 서물거렸다. 그들 가운데는
자기처럼 <좁은 문>으로 들여가려고 하나 남편이 놓아주지 않는 사
람도 있을 것이고 영희처럼 자진해서 <넓은 문>으로 들어간 녀자들
도 있을 것이였다. 이렇게 생각될 때 혜숙은 자기의 고민이 자기 혼자
만의 고민이 아니요 자기 문제의 해결은 모든 사람들의 문제를 해결하
는 길과 련결되여 있다는 것이 새삼스럽게 느껴지는 것이였다. 혜숙은
이러한 자기의 심정을 리해해 주지 못하는 남편이 야속하기도 하고 안
타깝기도 했다. 그러나 어떻게 해서라도 남편을 리해시켜야 하겠다고
속다짐을 했고 또 꼭 그렇게 될 것을 굳이 믿었다.

(그이가 편지를 읽었을까?…… 그리고 어떻게 생각할까?……)

이런 생각을 하며 혜숙은 걸음을 다우쳐댔다.

혜숙이가 집안에 들어섰을 때 윤호는 여전하게 우울한 표정을 하고
책상머리에 앉아 있었다. 혜숙은 웬 일인지 가슴이 선뜻했다.

『점심 잡수셨어요?』

혜숙은 구들 한쪽에 그대로 놓여 있는 밥상과 남편의 얼굴을 번갈아
보며 조용히 물었다.

『아직 안먹었소』

윤호는 시무룩한채 대답했다.

『왜 안잡수셨어요』

혜숙은 어색한 웃음을 지으며 구들에 올라가 밥상을 남편 앞에 가져다 살그머니 놓았다.

『같이 먹읍시다』

그러나 윤호는 슬며시 밥상을 곁으로 밀어 놓고 역시 개이지 않은 얼굴로 혜숙이를 쳐다보다가

『여기 좀 앉소』

했다. 혜숙은 철렁 내려 앉는 가슴을 두 손으로 누르듯 하며 남편 앞에 조용히 앉았다. 한참 말이 없다가 윤호가 먼저

『왜 떠날 준비를 안한오?』

하고 날카로운 눈매로 혜숙이를 바라보았다. 윤호의 시선과 부딪친 순간 혜숙은 고개를 살며시 떨구었다. 혜숙은 남편의 눈추리가 이렇듯 두려워 보기는 처음이었다.

윤호는 타이르기나 하듯 말을 다시 이었다.

『애들처럼 어리광을 작작 부리구 어서 짐을 꾸리오』

하고 자기가 먼저 공장에 나가 직장장 동무들도 만나고 수속을 다 해 놓겠노라 덧붙여 말했다. 한쪽에 비스듬히 무릎을 가누고 앉아 노전귀를 쥐어뜯고 있던 혜숙은 이지러지는 마음에 채찍을 내려치며 머리를 들었다. 그리고 안타까움에 찌푸러진 얼굴로 남편을 마주 보고 조용히 말을 떼였다.

『생각해 보세요. 젠들 왜 당신 곁을 떠나구 싶겠어요. 저는 언제나 한데 있구 싶어요』

『그러게 데리러 오지 않았소』

『그러나 지금 공장에선 고양이 손도 이바쁜 때가 아니야요. 그리구

저한테는 세명이나 견습공이 달려 있어요』

『당신 사정이 딱한건 나도 짐작하오, 그러나 당신이 지금 그만둔다구 욕할 사람은 없을거요』

『그건 문제가 아니야요, 제 량심이 허락지 않아요』

『량심?』

『그래요』

혜숙은 남편의 얼굴을 똑바로 쳐다보고 말을 이었다.

『당신은 날 옛날처럼 되기를 바라죠』

윤호는 어느덧 싸늘해진 눈추리로 혜숙이를 바라보며

『그럼 나보다 일이 더 중하오?』

했다.

『저는 둘다 중해요, 당신 없이 전 살 수 없듯 일을 내놓고 무슨 살 보람이 있어요』

『그럼 나 혼자 가란 거요?』

윤호의 얼굴에는 괴로움과 노여움과 서글픔의 어느것인지 분간할 수 없는 그림자가 휘덮이기 시작했다.

혜숙은 남편의 팔을 붙잡고 애원하듯 말했다.

『여보! 당신이 우리 공장에 도로 오도록 건의합시다. 그리구 한 공장에서 같이 일합시다』

그러나 윤호는

『난 당신이 공장 다니는건 반대요, 당신은 왜 가정을 생각지 않소. 당신이 일하지 않아도 전쟁전에 우리 가정은 행복했소! 딴 생각 말고 짐을 꾸리오, 떠납시다』

하고 벌떡 자리에서 일어나 방안을 왔다 갔다 했다. 이런 남편을 쳐다보는 혜숙의 눈에는 눈물이 글성글성 고이였다. 서글픈 일이 휘덮인 그의 얼굴은 찡그려졌다. 그는 혼자소리 같이 중얼거렸다.

『전 꿈 속에서도 당신을 잊어본 적이 없어요. 당신과 다시 만날 날을 생각하고 그 뒤 새로 꾸릴 가정을 생각하면 고생도 락이였어요…… 전 당신이 반드시 저를 자랑해주고 제 사업을 리해해 주실줄 믿었어요! 그런데 당신은…… 당신은…… 전 섭섭해요…… 섭섭해요』

혜숙의 울음 섞인 말이 가슴에 저렸으나 윤호는 서글퍼지는 감정을 누르고

『그건 오히려 내가 할 말이요』

하고 한숨을 쉬였다.

혜숙은 눈물 어린 눈으로 뒷짐집고 돌아서있는 남편을 지키다가 가슴에 욱 치밀어 오르는 설음을 못이겨 다시 말을 이였다.

『당신은 모든 점에서 전쟁동안 얼마나 발전했어요. 그런데 제한테 대해서만 왜 그전 그 본때야요』

『그럼 어쩌란 말이요?』

윤호는 얼굴을 픽 돌리였다. 혜숙은 말을 이였다.

『그전엔 난 당신의 그러한 태도에 만족했어요. 그러나 지금은 나도 달라졌어요. 발전했어요. 당신은 왜 제 일을 도와줄 대신에 저의 모든 자랑과 사업을─ 꿈을 짓밟으려 해요』

『듣기 싫소!』

하고 윤호는 혜숙의 말을 가로 막았다.

『당신 맘대루 하구료. 나는 당신이 공장에 나가는 건 찬성 못하겠소. 나는 내 꿈이 있소』

윤호는 가슴을 두드리며 소리쳤다. 어느듯 그들의 리성은 감성의 포

로가 되고 말았다. 그래서 폭발한 흥분을 제지할 수 없었다. 혜숙은 그 자리에 더 머물어 있을 수 없었다. 그는 폭풍처럼 일어나는 설움과 괴로움으로하여 금시 가슴이 터질 것만 같았다.

그는 움쭉 자리를 일어

『그래도 모르시면 좋아요! 그러나 당신은 반드시 저를 리해하실 때가 올거야요』

하고 황망히 밖으로 뛰여 나왔다.

밖으로 나온 혜숙은 뒤에서 무엇이 쫓기나 하듯이 공장을 향해 내달았다.

먼지를 휘감아 올리는 돌개바람이 혜숙이를 휩쓸고 팽그르르 맴을 돌며 흐린 공중으로 회오리쳐 올라갔다. 혜숙이 가슴속에도 돌개바람이 회오리쳤다.

하늘에서는 눈물 방울 같은 비꼬치가 뚝 뚝 떨어지기 시작했다.

5

혜숙은 가슴 속에 인 회오리바람이 공장에 나가서도 좀체로 잦을줄 몰랐다.

혜숙이 직장장 사무실로 들어갔을 때 송령감과 최동무가 풀이 죽은 낯색을 하고 심드렁해 앉아 있었다. 그들은 무슨 밀담을 하다가 그만둔 사람들 같이 혜숙을 보고도 서먹해 하는 기색으로 인사조차 하는 것을 잊은듯 했다

『벌써 나오셨어요?』

혜숙은 내키지 않는 웃음을 애써 지으며 인사를 했다. 그래도 송령감

과 최동무는 고개만 끄덕할뿐 약속이나 한듯이 혜숙이 얼굴만 지키며 덤덤히 앉아 있을 뿐이였다. 최동무의 얼굴에는 야릇한 랭소가 가볍게 서리였고 송령감은 수심에 싸인듯 했다. 혜숙은 둘의 얼굴에서 이러한 표정을 읽으며 역시 병해 서있는데 이윽고 송령감이 입을 열었다.

『혜숙 동무 언제 가오?』

혜숙은 그제사 심상치 않은 그들의 기색을 알아채리고 일부러 새침한 태도를 취하며 대답했다.

『가긴 어델 가요』

『우린 롱말이 아니요』

최동무가 언젠가 영희 문제를 토론할 때와 같은 그러한 조소가 어린 눈으로 혜숙이를 마주 보았다. 송령감이 잇달아 다시 말했다.

『혜숙 동무 동무가 가는걸 말리는건 아니오다. 언제 가는지 알아야 우리두 대책을 취하지』

사실 송령감은 뒷일이 걱정되여 하는 말이였다.

그들 앞에 태산 같이 쌓인 일이 언제나 그를 괴롭혔던 것이다. 그래서 방금 혜숙이 들어오기 전에 최동무와 둘이서 그 곡달을 하고 있던 판이였다.

혜숙은 벌써 그런 말이 직장에 전해진 것이 이상스러워 조용한 목소리로 물었다. 혜숙은 자기의 생각을 도와줄 대신에 그가 꼭 간다고만 생각하고 있는 동무들이 원망스럽게까지 생각되였다.

『영희가 벌써 윤동무를 만나고 왔답디다』

하고 최동무는 입을 비죽거리였다. 영희는 가슴에 옹친 그 무엇을 내여뱉기나 하듯이 소리쳤다.

『그건 거짓말이야요, 전 안가요』

『?······』

송령감은 혜숙의 뜻밖의 말에 어리둥절한듯 눈을 슴벅거리며 물었다.

『그게 정, 정말이요······?』

『정말이야요』

『정말?······ 원 모를 소리요. 난 통······』

하다가 송령감은 혼잣소리 같이

『그랬으면 오작이나 좋겠소······』

했다. 그는 반신 반의하는 눈치였다. 최동무는 고개를 저었다.

『전 정말 안가요······ 안가요』

이렇게 혜숙은 혼잣소리 같이 외우며 문을 탁 닫고 밖으로 나갔다,

『정말일까?』

송령감이 최동무께 묻는 말이다.

『글쎄요?』

『글쎄라니?』

『암만 혼자 뻗댔대 소용있어요』

하고 최동무는 문제는 윤호의 마음 하나에 달린 것이니 혜숙의 말은 믿을배 없노라 했다. 송령감은 고개를 끄덕이며 한숨을 후욱 내 쉬였다.

밖으로 나온 혜숙은 랑하에서 저쪽으로부터 달려오는 영희와 부딪쳤다. 걸음을 멈춘 혜숙은 영희를 성난 눈추리로 쏘아보았다. 혜숙이를 맞받아 보다가 영희는

『언니 왜 성났어요?』

했다.

『넌 웬 말공부냐!』

『먼데요?』

영희는 갑자기 새침해졌다.

『누가 간댔어?』

『아저씨가요!』

『말공부질 작작해!』

『그것두 말공분가요』

영희도 뾰로통해서 지지 않았다.

『난 안가 안가』

혜숙은 영희에게서 몸을 휙 돌려 비가 좍 좍 퍼붓는 속을 첨벙 첨벙 굴창을 차며 걸어갔다.

영희는 땅에 발이 얼어 붙기나 한듯 오래 그 자리에서 움직일 줄 몰랐다. 비속에 멀어져 가는 혜숙을 멍하니 바래우는 영희는 윤호를 만난 뒤 가시여 졌던 불안이 다시 되살아 왔다.

(저 언니 정말 안갈텐가?…… 그럼 난 어쩌면 좋아…… 아니 겉으론 저렇지만 가긴 갈거야……)

이런 생각이 그의 머리 속에서 맴을 돌았다. 그러나 영희는 점점 이상한 감정이 전류처럼 가슴에 흘러들어 오는것을 느꼈다. 이러한 감정은

(무엇때문에 저 언니가 저렇듯 애쓸까?…… 아무래도 갈 길인데……)

하는 그의 생각을 지워버리듯 갑자기 눈굽이가 뜨거워지도록 혜숙에 대한 동정과 한편 혜숙이는 자기가 미치지 못할 높은 곳에 서있는 것만 같이 느껴지는 것이였다. 이런 감정에 사로잡힌 영희의 머리 속에는 새삼스럽게 언젠가 혜숙이네 집에 갔을 때 일이 되살아나고

『그이는 돌아오면 꼭 내 사업을 도와줄꺼야! 난 꼭 그렇게 믿어』

하고 부르짖던 혜숙의 말이 귓전에 울리는듯 했다. 그와 동시에 영희는 자기도 모르게 무슨 무안이나 당한 것처럼 얼굴이 확끈 달며 머리가

수그러졌다.

　대줄기 같이 좍 좍 내려 붓는 모진 비를 맞으며 혜숙이네 전야근 작업반은 일에 달라 붙었다. 번개가 펀듯하더니 이윽하여 뢰명이 꽈르릉 울었다. 그러나 번개에 지지않는 강렬한 용접광은 빗발에 꽃무늬를 일구며 펀득이였다.

　『언니』

　하고 등을 두드리는 덕순이의 다급한 목소리에 놀라 혜숙은 일손을 멈추고 얼굴에서 방광면을 떼였다. 방광면에서는 빗물이 뚝 뚝 떨어진다.

　『언니 오늘은 어쩐 셈이야요?』

　얼굴에 흘러내리는 빗물을 훔치며 덕순이가 하는 말이다.

　『왜?』

　혜숙은 흐린 눈으로 덕순이를 쳐다보았다.

　『이것 보세요』

　하며 덕순이는 조금 전에 혜숙이가 땐 자리를 손끝으로 긁으며

　『맨 버리집 투성이야요』

　했다. 혜숙은 가슴이 선뜻하여 찬찬히 살펴보니 덕순이 말이 옳았다.

　『이만큼은 나도 자신 있어요』

　며칠 전에 五급 기능공 시험에 합격된 덕순이는 일부러 이렇게 뽐내며 빗물이 흐르는 얼굴로 생글 생글 웃었다. 혜숙은 덕순이한데 주의를 듣는 자기가 민망스러워 잠자코 그 자리를 다시 때였다.

　혜숙은 오늘따라 일이 잘 되여지지 않았다. 방광면 유리를 걸쳐 용접부를 쏘아보는 그의 눈앞에 남편의 얼굴이 자꾸 막아서는듯 했다. 그럴 때마

다 방에 혼자 남아 우울해하고 있을 남편을 생각하면 어이는듯 가슴이 아파나고 당장 집으로 달려가고 싶은 충동이 선풍처럼 일었다. 그러면 용접기를 틀어쥔 손이 후들 후들 떨리여 버리집이 생기군 하는 것이였다. 그는 이 모든 생각을 물리치려고 무던히 애쓰는 것이였으나 허턱이였다.

(그이는 정말 혼자 떠나지나 않을까?……내가 너무 지나쳤어…… 그이를 따라 갈까?…… 아니 그럴 수 없어! 없어!)

그는 꼬리를 물고 일어나는 이런 괴로운 생각 속에서 헤여날 수 없었다.

혜숙의 눈 앞에는 여전 남편의 얼굴이 서물거리였다.

6

윤호는 안해가 나간 뒤 벽에 얼굴을 돌린채 오래도록 돌사람처럼 한 자리에 앉아 있었다.

윤호의 가슴에는 안해에 대한 노여움이 소용돌이 치고 있었다. 이렇게 격동된 순간이면 누구에게나 흔이 있듯이 윤호에게 있어서는 감성이 완전히 리성을 억눌러 버려 이것 저것 사리를 따지고 밝히고 할 마음의 여유가 없었다. 그래서 그는 자기도 모르는 사이에 벌떡 일어나 짐을 꾸리기 시작했다. 안해가 다림질 해 놓은 자기의 옷에 손이 갔을 때 윤호는 손이 경련이나 일으킨듯 덜 덜 떨리였다. 그러나 짐을 다 꾸리고 났을 때 갑자기 가슴이 탁 무너지며 허청하고 쓸쓸한 감정이 무너진 가슴속에 회오리쳤다. 그 때에는 벌써 격동된 감정이 고비를 넘고 잃었던 리성이 되살아 왔던 것이였다. 그는 구들에 쓰러지듯이 주저앉아 버리였다. 그러느라니 웬 일인지 폭풍이 지난 뒤처럼 윤호는 가슴속이 조용해지고 머리가 맑아왔다. 그러나 안해의 얼굴이 눈앞에 휙 떠오르며 그가 불같이 그리워졌다.

(내가 너무 지나친 말을 했어…… 그가 섭섭해 할 것도 당연한 일이지…… 오손도손 이야기 해도 좋았을걸…… 그러면 그도 내 심정을 리해해 줄 것이 아닌가! 어차피 같이 떠나야 할 길인데……)

이런 생각이 들었을 때 윤호는 안해에게 미안하길 짝없었다.

윤호는 공장에 나가 안해에게 사과를 하고 함께 떠나도록 하리라 생각했다. 한편 직장 형편을 잘 아는 안해가 직접 떠나겠다는 말도 하기 힘들리라 생각하고 직장장을 만나 자기가 량해를 구해야겠다고 마음 먹었다.

윤호는 비옷을 아무렇게나 뒤집어 쓰고 집을 나섰다.

얼마후 북문 수부에서 사연을 말하고 공장에 들어선 윤호는 한동안 한자리에 머물어 어느 길로 갈까 망서리였다.

윤호는 소문보다도 공장은 더 알아볼 수 없게 변한데 처음 놀랐다. 근 一〇년 동안이나 다닌 공장이였으나 처음 와보는 곳처럼 낯설었다. 벌써 많이 정리된듯 하였으나 그래도 파괴의 흔적은 눈에 아팠다. 차츰 기억을 더듬느라니 길들이 모두 그전대로 있지 않고 전에 빽빽히 높고 낮은 공장 건물들이 앉았던데가 편편한 공지가 되고 말았다. 아직 채 정리되지 않은 허리 부러진 철탑늘이며 배가 터진 가스당크들이며 녹쓴 철골들이 그의 눈을 아프게 찔렀다.

윤호는 뜨거운 불덩이 같은 것이 뭉클 가슴속에 치밀어 오르는 것을 느꼈다. 눈굽이 저절로 뜨거워났다.

그의 일터이던 합성 공장에 가보고 싶은 욕망이 불쑥 났다. 마침 안해가 일하고 있을 당크 복구 현장도 합성 공장을 걸처가는 것이 빠를것 같아 윤호는 그 쪽으로 발길을 돌렸다.

여러번 길을 혹겨 이곳 저곳 헤매다가 이윽고 윤호는 합성 공장 앞에 다달을 수 있었다.

빗물이 좔좔 흐르고 있는 공장 담벽에는 폭탄 구멍이 숭숭 뚫어져 얼금뱅이가 됐고 추녀가 무너진 곁벽은 금방 쓰러질듯이 간신히 붙어 서 있었다. 이 광경을 하염없이 바라보는 윤호의 머리 속에서는 한동안 안해의 생각도 모든 생각이 달아나버렸다. 그는 누구에게 끌리기나 하듯 바삐 건물 안으로 들어섰다. 그 순간 윤호는

『앗』

소리를 치며 그 자리에 못 박힌듯 서버렸다.

천정이 없는 직장 안은 바깥과 다를 것 없이 비가 쏟아지고 있고 무시무시하도록 적막이 휩쓸고 있었다. 그러나 윤호가 놀란것은 그런것 때문이 아니였다. 그가 응시하고 있는 그 곳에는 배창이 터지고 우그러진 철판이 축 드리운 합성탑이 서있다. 한동안 넋 나간 사람처럼 그것을 바라보다가 윤호는 갑자기 합성탑으로 달려갔다. 그는 탑을 붙안았다. 그 탑은 윤호가 작업하던 제一호 탑이였던 것이다. 윤호는 열에 들뜬 사람처럼 울부짖었다.

(내가 왔다! 네 주인이 왔다)

그러나 숨 죽은 탑은 더욱 싸늘한 랭기를 풍기기만 했다. 탑을 어루만지는 윤호의 량볼에는 어느듯 빗방울 같은 눈물이 흘러 내렸다. 윤호는 가슴이 저미는듯 아프고 쓰라리었다. 그는 전선에서 공장이 미국놈들 손에 무참히 파괴되였다는 소식을 한두번만 들은 것이 아니였고 그때마다 치밀어오르는 복수심에 이를 부둥 부둥 갈았었다. 그러나 이렇듯 참혹하게 파괴됐으리라곤 생각조차 하고 싶지 않았다.

윤호의 눈에는 화선에서 전사한 전우들의 얼굴을 지키던 때와 같은

말할 수 없는 비통과 원쑤에 대한 막을 수 없는 중오의 불길이 하늘하늘 타오르는듯 했다.

『누구얏!』

별안간 직장 안을 쨍 울리는 날카로운 목소리가 났다.

윤호는 깜짝 놀라 소리 난 쪽으로 얼굴을 픽 돌리였다.

『누구얏?』

하고 다시 소리 나는 곳에 시선을 머무르니 얼른 얼른 하는 빗발속에 한 늙은이가 이 쪽을 바라보고 서있는 것이 눈에 띄웠다. 순간 윤호는

(최아바이나 아닐까?……)

하는 생각이 들자 최아바이의 얼굴이 눈앞에 휙 떠올랐다. 최아바이는 합성공장에서는 제일 오래고 나이 많은 합성공이였다. 윤호는 최아바이에게 기능을 배웠었다. 전선에서는 그립던 사람 중의 한 사람이였다.

『접니다』

윤호는 공손한 목소리로 대답했다.

『이름을 말하오』

하고 늙은이는 소리쳤다.

『리윤호입니다』

하고 윤호가 소리치자

『머? 윤호라구?……』

하며 늙은이가 이쪽으로 바삐 걸어오는 것이였다.

『최아바이 아니요?』

소리치며 윤호도 마주 달려갔다. 둘은 제三 합성탑 앞에서 마주쳤다. 둘은 서로 얼굴만 마주볼 뿐 말이 없었다.

『윤호…… 정말 자네군』

최아바이는 나지막한 목소리로 한숨을 쉬며 말했다.

『최아바이』

윤호는 최아바이 손을 마주 잡았다.

『자네 정말 살아 왔군』

하는 최아바이의 빗물이 뚝뚝 떨어지는 얼굴이 갑자기 찡그러졌다.

『아바이 얼마나 고생하셨소?』

하는 윤호는 가슴에 불덩이 같이 뜨거운 것이 치밀어오르고 눈시울이 화끈 달아왔다.

최아바이는 기름 묻은 손등으로 눈시울을 쓱 훔치고 나서

『비 맞지 말구 어서 저기루 들어가세』

하고 윤호의 팔을 끌었다. 그들은 현장 한쪽 귀퉁이에 널판자로 꾸린 조그마한 방안으로 들어갔다. 방안에는 전등불 빛만 희미하게 비치고 있을 뿐 사람은 아무도 없었다. 밑바닥에는 녹이 쓴 보도와 낫드가 수두룩히 무져진채 있고 사방 벽에는 낫드를 넘주처럼 쇠줄에 낀 것이 주렁주렁 달아매 있었다. 그 낫드들은 닦은 것인듯 윤기 반짝반짝했다. 눈여겨 찬찬히 보니 전등 불빛이 어린 최아바이의 얼굴은 그새 잔 주름이 한결 붙고 팍 늙은 것만 같았다. 최아바이도 윤호의 얼굴에서 눈을 뗄줄 몰랐다.

『자넨 더 건강해졌네』

하고 벙긋이 웃으며 최아바이는

『난 자네들을 한 순간도 잊은적이 없네!』

했다. 그는 언제나 <자네들>이란 말을 자랑삼아 하는 것이였다. 그가 <자네들>이라 함은 그에게서 배운 젊은 합성공들을 통털어 하는 말이였다.

『아바인 몹시 늙으신 것 같소다』

하고 윤호는 어색하게 웃었다. 그러나 최아바이는 윤호의 그 말이 불쾌한듯 얼굴을 찌푸리였다.

『내가 늙었다구?…… 홍 그럼 미국놈들이 나를 늙게 만들었단 말인가?……』

하고 그는 윤호를 악의 없이 흘겨보더니

『자네는 꼭 미국놈들 좋아하게끔 말하네 그러…… 내가 늙었다구?…… 홍 난 더 젊어졌어! 젊어졌단 말이야…… 자네 지금 한 말 취소하게 취소해!』

했다. 윤호는 어안이 벙벙해서 엇결에

『아바이 내 말 잘못했습니다』

하고 사과를 하니 그제사 최아바이는 헤벌죽히 웃으며

『암 그렇지 그게 옳은 인사야……』

하고 만족해 하는 것이였다. 사실 최아바이는 누구든 간에 늙었다는 말을 들을 때가 제일 불쾌했다. 그에게는 늙었다는 말이 더는 일을 못한다는 뜻으로 들려 언짢았던 것이다. 최아바이는 인차 시무룩해지며 주섬주섬 말을 이였다.

『미국놈들이 우리 공장을 이지경으로 파괴했다네! 난 가난뱅이가 돼버리구…… 자네두 아다싶이 난 한다하는 합성공이 아닌가…… 그런데 글쎄 내가 지금 뭘하고 있는지 좀 보란 말이야…… 글쎄 이런 일을 하구 있어……』

하고 최아바이는 땅바닥에 흩어진 보도를 하나 주어 들여다 보다가 다시 땅바닥에 팡개쳤다.

『그러나 관계찮으이! 이건 합성 공장을 살릴 준비니까…… 자네 같은 우수한 기능공들두 돌아오구! 하니 공장은 틀림 없이 다시 돌아갈걸세! 그런데 문제는 기능공들이 부족야……』

하고 최아바이는 잠시 말을 쉬었다. 합성 공장의 기능공들은 공장이 폭격당한 뒤 다른일터로 혹은 다른 공장으로 이동되고 지금까지 최아바이와 그밖에 몇명이 남아 경비겸 공장을 지키고 있는 터이였다.

최아바이는 다시 옛말이나 하듯이 얼굴에 서글픈 빛을 띠우고 천천히 말을 계속했다.

『정말이지 난 다시 우리 합성 공장이 윙 윙 고함을 치며 돌아가고 비료산이 솟은 것을 한번 다시 이 눈으로 보고 싶네…… 그 때면 땅속에 묻힌 우리 동무들도 정말 안심들 하구 기뻐할꺼야…… 내 귀에는 상금도 합성탑 핸들을 틀어 쥐고 파편에 맞아 숨이 지며 소리치던 김동무의 말이 남아 있네! 동무들 공장을 지킵시다. 공장을…… 그는 끝내 내 무릎 우에서 숨을 거두었지……』

최아바이는 손등으로 눈물을 닦았다. 윤호는 모범 로동자 김동무의 얼굴이 눈 앞에 나타나고 그 마지막 순간이 보이는듯하여 가슴이 빽적지근해 왔다.

『그러나 그건 모다 지나간 일이야……』

하고 최아바이는

『자네 잘 왔네! 우리 같이 공장을 다시 살려 봅세! 내 이 가슴에 계획이 다 들어 있어! 문제 없네』

했다. 최아바이의 눈은 순간 쇠붙이 같이 날카롭게 빛나기 시작했다.

윤호가 청수 공장에 일년 동안 가 있게 되였다는 말을 하자 처음에는 그게 웬 말이냐고 펄쩍 뛰였으나 윤호가 차근 차근 설명을 해서야 할 수 없다는듯이 입을 쩝 쩝 다시는 것이였다.

『그럼 할 수 없지! 우에서두 다 생각이 있을테니까…… 그럼 자네 또 색씨하구 떨어져 있어야 하겠구만!』

하고 최아바이는 흘끔 윤호를 바라 보았다. 순간 윤호는 정신이 어쩡쩡했다. 잠시동안 잊었던 안해의 생각이 다시 머리 속에 떠왔다. 그런데 최아바이는

『애기 났으니 말이지! 자네 색씨는 공장의 보배야…… 없어서는 안될 중요한 나사못이야…… 소문을 듣자니 땅크 복구 작업에서도 일등으루 일을 잘 한다네…… 자네 색씨를 귀해야 하네…… 지금 어디 그런 녀자가 쉽나…… 하긴 둘이 한 공장에서 일하기 보담은야 못하지…… 그러나 지금이 어느때라고 그런 사정 이런 사정 가릴 땐가! 남자구 녀자구 일이야! 일! 일년 뒤 만나믄 더 반갑구…… 정두 더 쏠리구……』

하고 싱글 벙글 웃는 것이었다.

윤호는 웬 일인지 최아바이의 말 한마디 한마디가 가슴에 가시 같이 아팠다. 그의 머리는 자연히 수그러졌다. 그의 머리 속에서는 자기가 일하던 이 공장에 오고 싶은 간절한 생각과 안해의 생각이 범벅이 되여 맴을 돌기 시작했다. 그는 더 최아바이 앞에 꾸물거리고 앉아 있을 수가 없었다. 그래서 그는 최아바이에게 작별 인사를 하고 황급히 그곳을 나왔다. 최아바이는 부디 몸 조심하고 일 잘하다 다시 돌아오라고 신신당부하면서 문간까지 바래여 주었다.

하늘이 차츰 개이는듯 아까보다 훨씬 훤해졌으나 비는 여전히 내리고 있었다.

윤호는 비내리는 속을 얼마동안 어데라 목표 없이 이길 저길 헤매였다. 그의 앞을 막아서는 모든 상처 입은 것들이 그를 끌어 안으면서도 날카롭게 쏘아보는 것만 같이 느껴졌다. 안해의 눈물 어린 얼굴이 눈앞에 서물거렸다. 어데선지 들려오는 전동음이

『당신은 꼭 저를 리해하실 때가 있을 거야요』

하던 안해의 부르짖는 목소리 같이 그의 가슴에 파고 들었다.

(안해의 말이 옳다! 난 내 욕심만 부리구! 안해의 마음을 리해하지 못했다…… 그는 그전날의 그가 아니다……)

그는 꼬리를 물고 일어나는 괴로운 생각에 머리가 어지러운대로 어느듯 당크 복구 현장 앞에 다달았다. 용접광이 펀득이는 당크 중턱을 놀라운 눈으로 바라보았다. 그는 쉬이 발판 우에서 작업하고 있는 동무들 중에서 혜숙의 모습을 발견할 수 있었다. 비를 맞으며 작업하고 있는 혜숙의 용접기에서는 맹렬한 불꽃이 일고 있었다. 윤호는 혜숙의 모습을 황홀한 눈추리로 지키였다. 그러한 안해의 모습은 차츰 화선에서 반돌격해 오는 적들을 겨누고 원쑤놈들을 한놈이라도 더 죽이겠다는 복수의 일념에 사로잡혀 있는 전사들의 모습으로 바뀌여졌다. 그러한 전사들에게서 느껴지는 것과 같은 엄숙하고 고귀한 감동을 지금 윤호는 안해의 모습에서 강렬하게 느끼였다. 그 순간 윤호는 저절로 머리가 수그러지고 단거번에 안해의 거룩한 마음이 가슴에 와 부딪치는 것이였다.

윤호는 자기도 모르게 소리쳤다.

『여보!』

혜숙은 듣지 못했으나 곁에 서있던 덕순이가 윤호쪽으로 얼굴을 돌리였다. 그는 윤호를 발견하자 혜숙의 등을 두드리며 소리쳤다.

『언니 언니 저기 누가 불러요』

혜숙은 움찔 놀라 일손을 멈추고 방광면을 떼였다. 그리고 덕순의 가르키는 쪽을 내려다 보았다. 혜숙은 비에 푹 젖어 서 있는 남편을 발견하자 정신 없이 발판을 단숨에 달려 내려왔다. 그 바람에 다른 용접공들은 일손을 멈추고 아래를 내려다 보았다. 그리고 그들은 발판에서 슬금 슬금 내려왔다.

어느듯 비가 그치더니 서쪽 하늘이 점점 환하게 트이기 시작하였다.

혜숙은 윤호의 앞에 걸음을 멈추고 마주 서 남편의 얼굴을 애끓는 눈으로 지킬 뿐이였다. 윤호 역시 한 순간 말없이 안해만 마주 보았다.

혜숙은 떨리는 목소리로 떠듬 떠듬

『왜 이렇게 나오셨어요! 비를 맞으시며』

했다.

발판 우에서 내려온 송령감, 영희, 최동무들이 두 사람을 빙 둘러쌌다.

윤호는 엇결에

『난 오늘 밤 떠나겠소』

했다.

『옛?……』

혜숙은 가슴이 철렁 내려 앉는듯 눈앞이 아찔했다. 그러나 다음 순간

『여보 그렇게 놀랄것 없소! 역시 당신이 옳았소…… 난 내 욕심만 부렸소.…… 당신은 여기서 일하시오』

하고 사죄나 하듯 멋적어하며 윤호가 싱글 벙글 웃는 바람에 혜숙은 꿈에서 깬 것처럼 머리 속이 어리둥절 했다. 두 사람을 바라보고 있던 영희의 얼굴에는 순간 검은 그림자가 줄달음을 쳤다.

혜숙은 너무나 고마운 남편의 말에 주위에 사람들이 있는 것도 잊고 남편의 가슴에 안겼다.

『여보 고마워요』

덕순이가 킥 킥 웃었다. 송령감은 싱글 벙글 웃으며 부부를 바라보고 있었다. 최동무는 딴 곳을 보고 있었다. 영희는 머리를 떨군채 용접기 손잡이만 만지작거리였다. 그는 웬 일인지 사람들 앞에서 얼굴을 들 수 없었다. 그는 무슨 죄나 지은 것처럼 마음이 심란했다.

『고맙소다. 나 반장이우다』

하고 송령감이 윤호 앞으로 나섰다. 그들은 서로 초면이였다. 윤호는 송령감의 말에 도리여 가슴이 찔려 얼굴을 붉히였다. 송령감은

『인젠 안심하구 일하게 됐수다. 고맙수다』

하며 윤호의 손을 마주 잡았다.

『도리여 부끄럽습니다. 안해를 잘 지도해주십시오』

하고 윤호는 열적게 웃었다.

『우리가 지도를 받아야 할 형편이요』

하는 송령감의 말에 한바탕 웃음이 터졌다.

『여보』

하고 윤호는 안해에게로 돌아섰다.

『나두 되도록이면 이 공장에 다시 배치해달라고 건의해 보겠소, 만약 안된다 해도 극상해야 一년인 걸……』

『자 그럼 모두 안녕히 계십시오』

하고 윤호는 혜숙이더러 일이 바쁜데 나오지 말라면서 픽 돌아서서 성큼 성큼 걸어갔다.

혜숙은 아직 어안이 벙벙한채 어쩔 줄 모르고 그 자리에 선채 남편의 뒤를 안타까운 눈추리로 쫓고 있었다. 역시 그는 가슴에 솟는 서운한 감정을 지울 수 없었다. 그런데 지금껏 고개를 떨구고 있던 영희가 별안간

『언니 멀 그러구 있어요. 어서! 따라가 보서요. 언닌 너무 무정해요』

눈물이 글성글성해서 혜숙의 등을 밀치며 나섰다.

『정말 어서 따라가 보우! 바래워 드리우다. 우리 그만큼 일 더 할테니』

하고 송령감이 권해 나섰다. 그제사 혜숙은 획 돌아서서

『여보—』

하고 소리치며 남편을 쫓아 내달았다.

뒤에 남아 부부를 바래우는 동무들의 얼굴에는 차라리 웃음이라기 보다 엄숙한 빛이 떠돌고 있었다. 영희의 볼따구니에는 영문 모를 눈물이 흐르고 있었다. 영희는 지금껏 혜숙이에게서 이렇듯 거룩한 감정을 느껴본적은 없었다. 그 감정이 강렬한 그만큼 영희는 로동자로서의 자기가 부끄러웠다.

『영희 동무 잘 봐두우』

하고 송령감은 혜숙이에게서 눈을 떼지 않은대로 중얼거렸다.

『할아버지 그만두서요. 다 알았어요 알았어요!』

하고 소리치며 영희는 가스당크 층계를 탕탕 구르며 발판 우로 달려 올라갔다. 송령감은 최동무를 돌아다 보고

『여보게! 우리두 인젠 생각 좀 고쳐야 하겠네! 자네두 상여를 공장에 내보내라구!』

했다. 최동무는 얼굴이 빨개서 덤덤히 서있을 뿐이었다.

영희의 용접기에서 이는듯 강렬한 용접광이 펀득이였다.

어느덧 점점 훤해 가는 하늘에 구름장이 트이며 새파란 조각 하늘이 군데 군데 나타나기 시작했다. 거기로 쏘아나오는 햇빛이 깍지를 끼고 걸어가는 부부의 얼굴을 해바라기 같이 밝은 웃음으로 환히 비치였다.

혜숙의 눈앞에는 하늘에 선 무지개처럼 황홀한 꿈이 되살아 왔다. 그것은 행복한 래일에 대한 빛나는 전망과 동경이였다.

(一九五四. 五一 흥남에서)

(『조선문학』, 1954. 6.)

직맹반장

유항림

　나무 한 그루 없이 헐벗은 만달산은 바위로 한 벌 온통 뒤덮이고는 그틈을 흙으로 메워놓은 것 같다. 바위가 많은 산이지만 앙상하지 않고 모가 없이 둥그스름하다. 뿐만 아니라 흙 밖으로 드러난 바위들은 모두 물속에서 녹다 남은 얼음덩이들같이 둥글둥글한 것은 석회석 산의 특징이다. 이 특징 있는 산의 한편 기슭에는 시멘트 공장이 널따랗게 자리를 잡고 앉아 있고, 산 너머 반대편 기슭으로는 시멘트 공장의 부속 직장인들인 석회로들이 여기저기 분산되어있다.

　누각이 없어진 정문 모양으로 위는 반반하고 아래에만 아치형의 문이 있는 석회로들은 그 형태로 보다는 주위를 들썩운 하얀 횟가루 빛으로 먼저 눈에 띄운다. 해는 이미 맞은편 산마루에 올라섰건만, 아직 작업 개시시간 전인 제4석회로는 인기척이 없다.

　석회로가 있는 경사면을 골짜기 밑까지 내려온 곳에 사무실이 한적히 외따로 서 있다.

　아침 해가 비끼기 시작한 사무실에서는 수염이 텁수룩한 중년 노동자 한 명이 책상 위에 펴고 잔 모포를 걷어치우고 청소를 하고 있었다.

허리가 늘씬한 그는 문을 활짝 열어놓고는 책상 위를 털어내고 방바닥을 쓸기 시작했다.

느릿느릿 청소를 하던 그는 사무실 안으로 들어오는 젊은 여자를 쳐다 보았다. 그러나 아무 말도 없이 다시 비질을 계속했다.

"저어, 여기가 4석회 직장이지요?"

그러나 청소하던 사람은 대답이 없다.

"직공장 동무 안 나오셨나요?"

다시 물었을 때야 겨우 대답이 있었다.

"예, 아직 안 나왔쉐다."

여자는 무언가 다시 물으려다가 그만두고 한편 구석에 서서 청소하는 것을 보고 있다. 직공장이 오기를 기다릴 셈인 듯싶다. 말 한 마디 없이 다 끝내고 나서 우물로 나가 세수까지 하고 돌아온 중년 노동자는 거기 그냥 서 있는 여자를 보더니 아무 말도 없이 걸상 하나를 들어다 앞에 놓아주었다. 앉으라는 표시다. 그러고는 저편 구석으로 가서 무언가 보꾸러미 하나를 풀어놓고 뒤적였다. 보매 간단한 살림이 들어 있는 듯싶다. 보꾸러미를 다시 묶어서 본시 있던 자리에 놓으며 여자 편을 한 번 거들떠보고 그제야 입을 열었다.

"일을 해보려고 왔소?"

"예 –."

"거기 앉아서 좀 기다리소."

여자는 잠자코 걸상에 앉아 있다가 얼마 만에 입을 열었다.

"수직(守職)을 하셨나요?"

허리가 늘씬한 노동자는 텁수룩한 턱을 쓸며 하품을 하고 나서 고개만 끄덕인다. 숱이 많아 꺼먼 눈썹 밑으로 눈이 우묵 패어 들어갔고 광대뼈가 두드러진 얼굴은 무척 침울해만 보이는데 고갯세로 대답하는 것이 말하기도 귀찮다는 빛이다.

"수직은 혼자서 하군 하나요?"

"예."

"혼자서야- 자지 않구는 못 견딜 텐데요."

"자지 않다니요? 하루 이틀이라면 모르지만 그렇게 매일 자지 않구야 견디어낼 장수 있갔소?"

"아저씨 혼자서만 늘 수직을 하시나요?"

"합숙방이 좁길래 여기서 자구 있쇠다."

이렇게 대화가 시작된 둘이는 차츰 자기 사정 이야기들을 서로 주고받게 되었다.

이 중년 노동자는 전쟁 전까지 남포에서 리어카도 끌고 노역도 하고 자유노동을 해왔었는데, 폭격에 가족을 전부 잃고 리 인민위원회에서 알선해주는 대로 이 시멘트 공장에 온지 반년이라고 한다. 그런데 넘어컨 시멘트 공장에서 일한 때는 합숙에 있었으나 여기 석회 직장으로 온 뒤는 합숙에는 잘 자리가 없어서 한 달 동안은 사무실에서 자고 있었다는 것이었다. 나이는 마흔셋이고 이름은 김용식이라는 것까지 말했다.

금년에 스물여섯이라는 여자는 이름이 최영희라고 하며, 자기도 해주에서 살다가 내각 결정 153호에 의해서 이 공장에 들어왔다며, 지금껏은 압축기에서 일하고 있었으나 이번에 이리로 배치되어 오는 길이라고 했다.

둘이 다 내각 결정 153호로 직장 전출을 해온 사람들이란 점에서 서로 가까움을 느끼는 것도 사실이겠지만, 용식이가 미국놈의 폭격으로 가족과 집을 몽땅 잃고 헤매던 이야기를 하는 동안 영희는 눈물이 글썽해지며 목이 멘 소리로 그를 동정하는 것이 용식으로 하여금 오랜 친지같이 느끼게 했다.

영희는 남의 이야기에 곧잘 눈물을 머금기도 했지만, 둘의 이야기가 공장 안의 크고 작은 사건에 미치자 자주 웃었다. 그런데 그 웃는 모습이 젊은 여자들이 항용 그러하듯이 손등으로 입을 가리어가며 태를 내서 조심성스럽게 웃는 것이 아니라 남자들 모양으로 입을 활짝 벌리고 약간 뻐드렁니인 앞니를 잇몸까지 드러내놓으며 웃었다. 마음에 숨기는 것이 없음을 느끼게 하는 웃음이다.

둘이 이야기하고 있는 사이에 작업 개시의 사이렌이 울었다. 그러나 사무실에는 아무도 나타나지 않았다. 몇 사람의 노동자가 사무실 안을 들여다보고는 우물가에 서 있는 버드나무 밑으로 가서 이야기판을 벌여놓았을 뿐이다.

영희는 밖을 내다보았다. 새하얀 회를 뒤집어쓴 소성로 앞에서 누군가 어른거리기는 하지만 작업하는 기색은 보이지 않고, 여기저기에 한패씩 모여 앉아서 아직 한가스러이 잡담들을 하고 있다.

고동이 운 지 십 분이 남짓해서야 국방색 당꼬바지를 입고 검정 캡을 쓴 사내가 사무실로 들어오더니 최영희 편을 흘겨보고는 두 개 놓여있는 책상 중의 하나로 가서 그 앞에 앉았다. 삼십이 조금 넘었을까. 이발을 하고 수염자리가 파랗도록 수염을 단정히 민얼굴이었지만 아직도 졸음이 잔뜩 담겨 있어서 정신이 들어 보이지 않았다.

김용식은 기지개를 한 번 켜면서,

"통계원 동무, 그럼 난 조반 먹으러 갔다 오갔쉐다"

하고는 밖으로 나가 버렸다.

영희는 노동부에서 받아 가지고 온 배치중을 꺼내들고 통계원 앞에

내 놓았다. 통계원은 담배부터 한 대 피워 물고야,

"전엔 어디서 일했소?"

하고 물어보면서도 아무 홍미도 없다는 듯이 배치증을 되는 대로 밀어놓고 서랍에서 서류들을 꺼내 놓았다.

"분탄 직장 압축기에서 일하였어요……."

그러나 통계원은 다시 묻거나 지시를 주는 법도 없이 자기 일을 시작했다. 무언가 숫자가 가득한 통계였다. 자기 일만 한참 하고 난 뒤에야 책상 머리에 그냥 서 있는 영희를 또 한 번 처다보며,

"앉아서 좀 기다리소. 이제 직공장 동무가 올 테니까."

하고 걸상을 가리켰다.

영희는 창밖으로 작업장을 내다보며 오래 앉아 있었다. 작업이 시작된 모양이다. 로(火爐)앞에서는 생석회에 물을 쳐서 하얀 횟가루가 김과 함께 뽀얗게 피어오르기 시작했다. 그러나 아직도 그늘 밑에는 태연히 이야기만 하고 앉아있는 사람들이 더러 보였다.

"통계원 동무, 직공장은 언제 옵네까?"

하는 말소리에 뒤를 돌아보니, 머리에서 발뒤축까지 온통 회투성이가 된 노인이 통계원 앞에 서 있었다. 오십이 좀 넘어 보이는 노인의 염소수염은 본시가 그런지 횟가루 탓인지 아주 희다.

통계원은 처다만 보고 대답이 없다.

"오늘 아침 생석회를 꺼내기 전에 꼭 봐달라고 했는데도…… 반출하기 전에 생석회가 어떻게 귀졌는지 그 꼬락서니를 보기만 하면 이 로로만 일해선 안된다는 건 알 테니까……."

"그렇게 잘 알면 직공장 찾을 것 없이 창선 동무가 한 번 멋지게 귀내소고레. 피지 않는 돌만 반출하지 말구……."

통계원은 빙그레 웃으며 희롱조로 대꾸하는데 웃음에서는 가시가 느껴졌다.

노인이 혀를 끌끌 차며 나가버린 후 오래지 않아서 창가에 마주 보이는 소성로 앞에서 꽥꽥 고함을 지르는 소리가 들려왔다. 안개같이 피어오르는 횟가루 속에는 어물거리는 사람들을 내다보면서 누가 싸우는가고 생각하고 있느라니 고함 소리는 멈칫하고, 그리고부터 키가 훌쑥한 사내가 혼자서 게두덜거리며 내려왔다. 그는 사무실로 들어와서까지 투정을 했다. 직공장이었다.

"잠시만 눈을 떼두, 키들거리구 농질만 하지, 어디 일을 해줘야지……."

직공장은 중얼거리다가 통계원에게 물었다.

"준호 동무, 어떻게 됐소, 통계 보고는?"

"점심때까지는 되갔쉐다."

직공장은 자기 자리에 앉으려다가 영희께 눈이 가자 물색하듯 훑어본다.

"무슨 일루 왔오?"

영희는 통계원의 책상에 놓여 있는 자기 배치증을 직공장 앞으로 가지고 갔다.

"또 여자야?"

직공장은 얼굴을 찡그리더니,

"어디에 붙여줄까? 밀차엔 세명밖에 안 나왔는데, 거기 붙여줄까?"

하고 통계원에 의논하려 했으나 대답이 없으므로 혼자 중얼거린다.

"그래도, 거긴 여섯 명 정원이 다 차 있지, 아마……."

그때야 통계원은,

"웬걸, 정원이 찼겠소."

하며, 서류를 들춰보더니, 역시 직공장의 말이 맞은 모양이다. 머리를 긁으며,

"그런 것쯤 기술적으루 좋도록 해두지요. 어디든 결원 있는 데가 있을 테니까……."

하고 서류를 덮어 치우자, 직공장은 앞섰다.

"그럼 저리루 나갑시다."

영희는 그를 따라 횟가루 안개 속에 덮여 있는 소성로 앞마당으로 올라 갔고 다시 그 옆을 지나 위로 올라갔다. 거기서 직공장은 발을 멈추었다. 영희도 옆으로 다가서서 발밑을 들여다보았다. 집터같이 반반한 바닥에 흡사 김칫독을 묻어놓은 것 같은 둥근 구멍이 둘 나 있다. 직경이 한 발 남짓한 구멍에서 무연한 연기가 김 오르듯 하는데, 주먹만큼씩이나 되게 깨뜨린 돌을 차근차근히 넣고 있었다. 소성로에 돌을 넣는 작업을 잠시 보고서 있다가 옆을 보니 직공장은 밀찻길을 따라 저리로 가고 있다. 이 밀찻길은 멀지 않은 곳에 채석장으로 통해 있었다.

채석장에서는 남자 둘이 남폿구멍을 뚫고 있고, 바로 그 아래쪽에서는 어제 남포로 터뜨린 돌덩이를 남자 한 명과 여자 한 명이 굴러 내려오고 있었다. 이렇게 밀찻길 가까이까지 온 돌을 여자 두 명과 남자 한 명이 마치로 두드러서 깨뜨리고 있었다.

그런데 이렇게 해서 깨뜨린 돌을 싣고 있는 밀차에는 세 명밖에 없었다. 여섯 명 정원이 차 있는 것으로 돼 있지만, 한 명은 문서에만 밀차공으로 돼 있고 실지 일은 딴 부서에서 하고 있으며, 두 명은 결근이었다.

밀차 곁으로 간 직공장은 적재함 안의 돌을 들여다보더니 욕설부터 했다.

"그새 뭘 했어? 또 사설질만 하고 놀았구만…… 제길, 요즘 처녀 색시들은 거저 새서방 생각이나 하느라고 어디 일을 해줘야지……내, 참!"

밀차에 돌을 싣던 삼십 전후의 여인과 십팔구 세의 처녀는 새침해서 직공장편을 돌아보지도 않았고, 얼굴이 너부죽한 중년 남자만이 머리를 겁죽 숙여서 인사를 했으나, 영희 편을 보면서는 입술을 비죽여 웃으며 직공장 편을 눈질했다.

영희에게 작업 방식을 대강 말해주고 직공장이 횟가루 피어오르는 로 앞마당으로 내려가자, 지금껏은 열심히 일하는 듯싶던 여럿의 일손이 모두 알아보리만큼 떠졌다. 그뿐만 아니라, 아까 입을 비죽이던 중년 노동자는 침을 뱉어가며 중얼거렸다.

"직공장이나 된 게 숱해두 장한가 부다…… 그게 무슨 입버릇인지, 여자를 보구는 못살게만 구는구만!"

그러자 마치로 돌을 까고 앉았던 여인 하나가 맞장구를 쳤다.

"여자들은 만만하니까 그러지요. 잘난 체하구 싶기는 하구, 남자들은 줌 안에 들지 않구……."

이렇게 찧고 까부는 말을 듣자 영희는 깔깔 웃었다. 직공장에 대한 평이 마음에 든 모양이다.

새로 온 여성 노동자는 첫 날부터 동무들의 눈에 띄었다. 천성이 무척 쾌활한 모양으로 웃기를 잘해서 몇 시간이 지나자 모두와 곧 친해졌다. 무엇보다도 꾀를 부리지 않고 일을 수걱수걱 열심히 하는 것이 표났다. 여럿이 함께 일할 때 바른 슭을 돌며 꾀만 부리고 일을 안 하는 것보다는 더 아니꼬운 일이 어디 있는가? 여럿 하는 일에 몸 아끼지 않고 일하는 사람은 주위에 호감을 준다.

영희는 이날 열아홉 살 나는 처녀 밀차공 춘실이와 아주 친해졌다.

영희가 처음으로 춘실이와 둘이서 밀차를 몰았을 때의 일이다. 밀차가 내리막에 다다르자 춘실이가 하는 대로 영희도 밀차 뒤에 성큼 올라 탔다. 그런데 옆에서 보기와는 달랐다. 차는 매달리면서 잠시도 가만있지 않고, 등에 탄 사람을 골리려 드는 노새 모양으로 까불어댔다. 그래서 처음 남들이 하는 대로 몸을 곧추고 섰었으나, 차츰 빨리 달림에 따라, 적재함 변두리를 두 손으로 꼭 붙잡고서 금시 떨어질 듯 엉덩이를 쑥 내밀고 엉거주춤해 땅만 들여다보게 되었다. 흰자위 많은 눈은 둥그레지고 입에서는

"애개개. 애개개……"

걱정스러운 소리가 새 나오기 시작하더니 나중에는

"에그머니 ―"

하고 비명까지 질렀다.

그것이 하도 우스워서 허리를 쥐고 웃던 춘실이는 얼마간 미안스러워져서 슬그머니 고개를 돌렸다. 그러나 시뜩해지거나 부끄러워한 줄만 알았던 새 동무는 차에서 내리자 와락 춘실에게 달려들어 끌어안고 웃어댔다. 그래서 둘이 함께 한참이나 웃고 나니 그만 오랜 친구사이 같아지고 말았다.

"나두 처음엔 혼났어……."

춘실이는 격려하듯이 위로했다.

"괜히 질겁했지. 시침을 따구 이렇게 뚝 버티구 섰으면 되는 걸 가지구……."

영희는 눈을 부릅떠 보이고서는 또 한 번 웃어댔다.

다음번에는 춘실이는 미리부터 웃을 차비를 하고 있었다. 그러나 밀차를 타고 내리막을 내달리는 사이에 춘실의 얼굴에는 떠오르려던 웃

음이 어느 샌가 걷혔다. 이번에도 허리를 채 펴지 못하고 적재함만 꽉 붙잡고 내려가는 자세가 우습지 않은 바가 아니었다. 그러나 뾰족해진 입술을 꼭 악물고 눈을 부릅뜬 그 얼굴, 특히 이상스레 번뜩이는 눈의 흰자위가 춘실로 하여금 웃지 못하고 엄숙한 마음을 품게 했다.

이렇게 시작한 영희는 종일토록 꾸준히 일했다. 남들이 쉬는 때도

"석탄이 딸린다는데……"

혹은

"돌이 딸린다는데……"

하고 춘실이를 추동했고, 그러면 춘실이도 쉬려고 앉았던 엉덩이를 들고 그와 함께 나서곤 했다.

소성로에서는 돌과 석탄을 한 도리씩 번갈아 넣는다. 그리하여 이 석탄이 타는데 따라 석회석은 생석회로 구워지는 것이다. 그러므로 둘 중 하나만 없어도 소성로에서는 하늘만 쳐다보게 마련이다.

채석장을 조금 지나친 곳에 석탄이 쌓여 있다. 골짜기 밑에서 등짐으로 져올린 것이다. 여기서 석탄을 밀차에 싣고 춘실이와 영희가 채석장 앞을 지나려니 영희에 대해서 이야기들이 있었던 모양으로,

"두구 보소, 오늘은 첫날이니까, 눈에 들려구 그래보는 거지, 매일 저렇게 일하구야 견디어내겠소."

하는 말소리가 들렸다. 처음에 직공장을 두고 입을 비죽거리던 밀차공 이달수의 목소리다.

그러나 이튿날도 영희는 꾸준히 일을 했다.

영희가 이리로 온지 사흘째 되는 날 아침, 작업 개시 전에, 전체 노동자가 사무실 앞에 모였다. 무슨 일인가고 모두 옆 사람의 낯을 살피는

눈치를 보였다. 영희는 자기가 온 후로 처음 일이고 또 그것이 이틀 동안에만 그러했던 것이 아니라는 것을 알 수 있었다.

작업 시간이 이윽고 지난 뒤에야 앞에 나와 선 직공장은 확실히 심사가 좋지 않아 보였다.

"어제두 상부에 불리어가서 직사하도록 욕만 먹었쉐다."

그는 먼저 이렇게 서두를 내놓고는 이달도 이제 며칠이 안 남았으니 이달 생산 실적도 30퍼센트나 겨우 될 모양이고 전국에서 제일 낙후했다고 하면서 여기엔 건달꾼만 모여서 참 야단났다고 한탄과 욕설을 뒤섞어서 퍼부었다. 모두 일할 생각은 없어 그저 배급이나 받고 보수나 타면 그만으로 안다며, 그건 국가의 양곡과 돈을 도적질하는 것이고 반동이라고 단정해놓았다.

"반동이라면 뭐 별건 줄 압네까. 이따위가 다 반동이지…… 반동두 아주 악질반동이랍니다."

그러고는, 누구누구하고 세 명의 이름을 부르면서 목을 뽑아, 왔는가 찾아본 뒤에,

"동무들은 특별히 정신 차리라우요. 괜히 그 투루만 일하다가는 재미없쉐다."

하고, 눈알을 굴리는 것이었다. 무엇 때문에 구체적인 지적은 없이 이런 협박 비슷한 경고를 주는 것일까, 영희는 얼굴이 달아오르며 어떤 모욕감까지 느꼈다. 지적 받은 세 명이 모두 여자들이고 그중에는 춘실이도 들어 있어서 더욱이 불쾌감을 주는 것 같았다.

영희가 이렇게 약간 흥분했을 때 직공장은 표정이 부드러워지며 그를 불렀다.

"최영희 동무, 어디 있소…… 아 거기 계시군, 이리루 나오시소……

동무들, 소개합네다. 최영희 동무는 사회 경험도 많구, 압축기에서는 직맹반장 사업을 모범적으루 해온 동무외다. 나는 앞으루 이 동물 우리 직맹반장으루 선거하는 게 좋을 거 같쇠다."

영희는 이보다 퍽 많은 군중 앞에 나섰던 일도 있었지만 이때처럼 난처해 본 적은 없었다. 직공장의 옷자락을 당기며,

"그건 직맹회의 때 하실 말씀 아니야요."

하고 귀띔했으나 그는 아주 태연했다.

"일없어요, 아무래면 멜 합네까……"

그러니 하는 수 없이 영희 자신이 변명을 하지 않을 수 없게 되었다.

"저는 이틀 전부터 운반에서 일하고 있습니다. 직공장 동문 저를 직맹반장으루 선거하는 게 좋겠다고 했으나 그런 건 직맹반 총회에서나 할 것이니까 여러분의 의향에 달려 있습니다."

이런 말을 군중 앞에서 하는 것만도 쑥스럽고 난처한 놀음인데, 직공장이 열적은 김에 껄껄 웃었고 거기 따라 통계원 기타 몇몇이 웃었기 때문에 정색해보려 했던 것이 허사가 되고 말았다.

이 일이 있은 날 저녁에 직맹반 총회가 있었고 이 회의에서 직공장의 제의대로 영희는 반장으로 피선되었다. 행정 책임자로부터 임명되다시피 한 이 선거는 영희의 뜻에 맞지 않고 마음에 걸리었다. 그래서 회의가 끝난 후 통계원 준호에게 그런 말을 했더니,

"모루 가두 서울만 가면 된다구……."

하고 그도 웃기만 했다.

이 통계원은 첫인상이 나쁘지 않았다. 사업에 열심인 사람으로 보였기 때문이다. 노동자들을 대하는 데 너무 무관심해서 무시하는 것 같은 이상도 없지 않았으나 사귀어보니 인사성 있고 삽삽했다.

직맹반장으로 선거 받은 이튿날, 작업을 끝내고 사무실로 찾아갔을 때, 통계원이 혼자 있는 것을 본 영희는 마침 잘되었다고 생각했다. 직맹 사업을 착수하는 것과 관련해서 직공장과 몇 가지 의논하려는 것이었으나, 언사나 거동이 거칠어 보이는 직공장과 이야기하기 전에 먼저 통계원에게 몇 가지 물어볼 수 있는 것이 잘된 일이라고 생각했던 것이다.

"여기선 늘 그러나요?"

"뭘 말이오?"

"일을 하다가 보니까 퇴근 시간에 벌써 하나 둘 없어지군 하지 않아요."

"하하! 거참 야단이외다. 그래서 직공장 동무두 늘 핏대줄을 세우군 하지만 무슨 사람들인지, 아무리 말해두 도무지 듣질 않는구만요."

"우선 출퇴근 시간을 지키도록 그것부터 시정해야 할 것 같아요."

"그렇구 말구요. 반장 동무가 수고하시게 됐수다."

"수직하는 법두 없는 모양 아녜요?"

"수직을 안 하다니요. 그럴 리가 있나요."

"합숙방이 좁아서 여기 와 잔다는 동무가 하나 있을 뿐 아녜요?"

"뭐 그거면 되지 별 게 수직이오."

"그래두 자기나 할 바에야……."

"그거면 돼요. 일없어요. 이 구석까지 밤에 누가 검열을 오겠다구……."

"검열은 오든 안 오든 그게 문젠가요."

"그렇긴 하지만 출근 시간도 안 지키는 사람들더러 수직까지 하라면 듣겠소?"

"규율을 세워야지요."

"좌우간 난 모르겠쉬다. 직공장 동무가 하라는 대루 할 뿐이니까.……"

직공장께 책임을 밀고 마는 그에게 더 물을 수도 없어서 문제를 바꾸었다.

"합숙이 반토굴이구, 좁은 모양 아녜요?"

"예. 합숙은 지금 짓구 있으니까 다 되면 문제없을 거외다."

"그래두, 지었으면 벌써 들었을 걸 짓다가 말구 내버려두었다는데요?"

"재료가 안 들어오는 걸 어떡허겠소. 기와가 없는데 하는 수 있나요."

"그럼 상부에 건의해서 빨리……"

"직공장 동무가 늘 상부에 가군 하니까……"

다시 직공장에게 밀어버리는 격이었다. 그러나 그때 마침 돌아온 직공장은 대답이 아주 선뜻했다. 너무 쉽게 나와서 믿기지 않으리만큼, 그가 들어서는 참, 수직 문제를 다시 꺼냈더니,

"그렇구말구요. 사고라두 나면 머리 깎는 놀음인데…… 준호 동무. 오늘은 내가 여기서 자군하는 용식 동무와 둘이서 수직을 할 테니까 내일부터는 두 명씩 수직을 시킵시다. 그리구 수직하기 싫다는 놈은 이번엔 내쫓구 말아. 그런 것들은 두어둬서 뭘 해!"

하고, 엄포를 보이면서 영희에겐 호의를 표한다는 듯 웃어 보였다. 그러나 합숙 문제를 다시 꺼내자 머리를 흔들었다.

"생산 실적이 나쁘니까 어딜 가두 욕만 먹었지 말이 통합네까. 꼭 의붓 자식 대접이외다레……"

하고, 한탄만 했다. 영희는 그 이상 들을 필요도 없을 듯싶어 다른 문제로 넘어갔다.

"직공장 동무, 그런데 왜 출근표에 출근 퇴근을 기입하지 않구 있나요?"

이 문제는 여기 형편으로는 가장 긴급한 고리라고 생각했기 때문에 영희는 얼굴에 약간 긴장을 띠며 물었다. 그러나 직공장은 대수롭지 않

다는 듯이 받았다.

"도합 몇 명이나 된다구……그까짓 것쯤 아무래도 일없어요."

그러나 준호는 눈치가 빨랐다. 영희의 부드러운 물음 속에도 만만치 않은 힐난을 느꼈는지 학선의 대답을 가로채듯이 얼핏 얼버무렸다.

"출퇴근을 기록하지 않다니요. 그럴 수야 있나요. 거저 우리 현장은 다른 곳과는 달라서 40여 명밖에 안되니까, 여기서 내다보기만 해두 출근했는지 안 했는지 일일이 알 수 있거든요. 그래서 기계적으루 꼬박 꼬박 수속을 밟지 않을 때가 더러 있기는 합네다마는……뭐 마찬가지 니까……."

"그래두 출퇴근을 우선 엄격히 해야 할 것 같애요. 규정으루 봐두 그렇지만 여기같이 직장 규율이 아주 문란한 것에서는 더욱이나 그렇지 않아요."

그러자, 이 문제에 대해서 길게 말한댔자 향기로운 일이 없으리라고 짐작했는지 준호는 영희의 깔끔한 눈초리를 피하면서 다시 얼버무렸다.

"에에, 반장 동무의 지신데 물불인들 사양하겠소. 그저 죽으라면 죽지요."

하고 껄껄 웃더니 아직 부족해서,

"난 본시가 여자들의 말이라면 거역을 못하는 위인인 데다가……."

하고, 한마디 첨부하면서 눈 하나를 지그시 감아 보였다. 영희는 그의 능청거리는 거동은 알은체 안 하고 말뜻만 다시 따졌다.

"그럼 내일부터 출퇴근을 꼭꼭 등록해주시면 저두 사업하기가 좋겠어요."

영희는 이걸로 그 문제도 끝낸 셈치고 다시 학선을 향해 딴 문제를 꺼냈다.

"직공장 동무, 제 생각애서는 여기서두 매일 작업 전에 한 이삼 분씩이라두 그날 할 일에 대해서 지시를 주구, 또 작업이 끝난 뒤에두 잠깐 모아 놓구서 그날 작업은 어떻게 됐는지, 누군 열성적으루 일했구 누군 작업이 빈둥빈둥 놀았다는 걸 간단히 총결짓군 하면 좋겠어요. 그 기회에 저두 사업을 좀 하게요."

둘이는 다 대답이 없었다. 준호는 입을 비죽이며 얼굴을 찡그렸다. 대답이 없이 시뜩해서 한참 앉아 있던 학선이는,

"그렇게 잘 알면 반장 동무 마음대로 하소고레. 내야 뭘 압네까. 지금껏 마치 자루나 잡구 뛰드려먹던 놈이……"

하고, 고개를 돌리며 외쳤다. 영희는 주춤했다.

"내 원 팔자가 사나우니까, 하필 말썽 많은 현장을 맡아 가지구서는 어딜 가두 4석회 4석회 하구 욕만 먹는다니까……그것두 부족해서 우리 현장에서까지 반장 동무는 오자마자 뭐이 문란하고 뭐이 낙후하구 야단이 아닌가, 귀아파서 모두 내놓고 말아야지, 거저 뛰드려 먹는 게 제일이야."

직공장이 이렇게 게두덜거리는 것은 무엇 때문인지 알 수 없었다. 영희는 덤덤히 앉아만 있었다. 아직은 될수록 충돌을 피해야겠다고 생각했기 때문이다. 다른 직장 어디서나 엄격히 준수해오는 일이니까 그들도 끝내 반대하지 못하리라는 생각에 마음이 든든하기도 했다. 한참 동안 말없이 씨근거리며 앉아 있던 직공장은 음성을 낮추어서 한탄하듯이 다시 말을 이었다.

"반장 동무는 처음 왔으니까 사정을 모르지만 이래 가지구야 어떻게 계획량을 냅네까. 전쟁 전만 해두 석탄을 끌어오리는 것쯤 문제없댔쉬다. 윈치루 윙하면 덜덜덜 끌어올리댔는데 지금은 등짐으로 져 나르지

않소. 물두 그렇구……또 말썽 많은 회 치는 작업두 전에는 기계루 하던 건데 요즘은 횟가루를 먹어가며 일일이 채로 쳐야 하니 놀음이 됐소? 거기다 또 일꾼이라는게 모두 생판 풋내기구 태반이 여자들이지…… 그리구서두 자꾸 계획량만 말하자니까 참 야단이외다.”

이 말은 근거가 옅은 불만이고 변명이라는 것을 영희는 알 수 있었다. 그러나 반박하려 들지 않고 더욱 부드럽게 말했다.

“그러기에 말예요. 기계가 하던 일까지 사람이 해야 하는 형편이니까 더욱이나 노동 규율을 빨리 세워야 하지 않아요?”

조금 후, 직공장은 더 반대할 일이 못 된다고 반성했는지, 그럼 내일부터 그렇게 하자고 말수 적게 언약을 주었다.

영희는 자기 사업 착수에 얼마간 만족까지 느끼며 일어섰는데, 사무실을 채 나서기도 전에 등 뒤에서 “체-” 하고 혀를 차는 소리가 들렸다. 돌아보지는 않았지만 준호가 분명했다.

집으로 돌아가는 길에 산을 넘으려니 경사는 가파롭고 다리가 후둘후둘하는 것 같아 몹시 피로했음을 느꼈다. 한소나기 오려는지 날씨는 무덥고 땀은 적삼을 흠뻑 적시고 있다. 바람이 산들거리는 산마루에 올라선 영희는 좀 쉬어가고 싶기도 했으나 내처 걸었다. 집에서 애들이 기다릴까 해서다.

피로한 것도 사실이다. 며칠 전까지 일 해온 압축기에서는 육체노동이었던 것은 틀림없지만 지금 일은 육체노동이라기보다는 근육노동이다. 또 전에 해주에 있을 때도 시멘트 포대를 꿰매왔으니 여기서와 같이 벅찬 힘으로 해내는 일은 아니었다. 그러나 갑절이나 더 피로한 것은 마음이었다.

당 위원장 동무한테서 미리 듣고 온 일이지만, 와보니 생각했던 것보다도 심하다. 이런 직장이 공화국 내에 있으리라고는 상상도 못했을 정도로 너무나 어지럽고 기력이 없어서 통 마음이 붙지 않았다.

압축기로 되돌아갈 수 있다면 얼마나 좋을까. 힘에 넘치는 임무를 선불리 맡은 거나 아닐까…… 그런 일쯤 문제도 없으려니 생각했던 일에도 직공장과 통계원이 우선 반발해 나서는 것을 보고 오는 지금 길이 너무나 아득히 먼 것만 같아지는 것이었다. 오늘 일에 비하면 몇 십 배 더 곤란한 일들이 있지 않을까. 압축기로 돌아갈 수는 없을까?

그러나 그럴 수는 없다는 것을 알고 있었다. 당이 준 임무다. 당 위원장이 간곡히 일러주며 맡기던 과업이다. 그는 한숨을 쉬며 이마로 내려 덮이는 몇 올의 머리카락을 추켜올렸다.

"아주 곤란한 임무를 맡길까 해서 영희 동무를 오라고 한 건데……."

하고, 선참 각오부터 물어보던 당 위원장의 목소리는 지금도 귓속에 있다. 그때 자기는 서슴지 않고 무슨 일인지는 몰라도 당에서 주는 임무면 사양치 않겠다고 대답하지 않았던가?

"그러면 행정 측과도 토의한 일이니까 내일로라도 노동부에 가서 배치증을 받아 가지고 4석회로 가시오."

4석회로 공장 이동이 되는구나. 항용 우스운 말도 잘하는 당 위원장은 농담조를 섞어서 어마어마한 말로 시작한 게로구나, 생각해서 처음은 부쩍 긴장했던 마음이 풀리고 웃음조차 떠올랐었다. 그러자 그의 표정에 나타나는 변화를 알아차렸는지,

"4석회루 가라는 말만 듣고서 혹은 예사롭게 생각할지는 모르겠소. 그러나 우선 계획량의 30프로밖에 생산하지 못하고 있는 직장이라는 걸 알아야 합니다."

하며 자기 얼굴을 자세히 들여다보고 나서 다시 강조했다.

"전쟁에서 우리는 자유와 독립을 지켜나갈 수 있는 민족이라는 걸 증명했소. 그러나 그것만으론 아직 부족합니다. 우리는 이제 살기 좋고 아름다운 나라를 만들어놔야 합니다. 다시는 침략자들이 엿볼 수 없는 튼튼한 조국을 만들어놔야 합니다. 피를 흘리며 싸워 이긴 것도 그것 때문이오. 그런데 말이오. 전후 복구 건설에서 제일 먼저 복구하고 생산해야 할 가장 중요한 건재 부분의 일꾼인 우리가 계획량의 30 몇 프로를 생산한다는 것은 무엇을 말합니까. 조국과 인민 앞에 그리고 경애하는 수령 앞에 낯을 들 수 없는 일이외다. 죄악이외다."

뒤이어 4석회 작업장의 실정을 자세히 설명했다. 첫째로는 마흔일곱 명 노동자 중에서 마흔 명이 신입 노동자인데 새로 받아들인 노동자를 고착 시키지 못하여 유동이 그치지 않는다는 것과 노동 규율을 확립하지 못하고 있는 것이 결정적인 흠집이라고 했다.

다음으로는 본공장과 거리가 떨어져 있고, 또 직장장은 3석회, 4석회, 5석회의 세 곳을 맡아 보는데 본시 축로공이던 직장장은 주로 소성로 복구를 책임지고 있기 때문에 지금은 3석회 소성로 복구에 매달려 있고 4석회의 석회 생산은 직공장이 책임지고 있다는 특수 조건을 말했다. 또 4석회의 소성로는 우선 둘만이 복구되었으나 3석회의 복구가 끝나는 대로 나머지 다섯 개를 복구하게 되리라고 했다. 당원은 세 명밖에 안 되어 분세포는 따로 구성되지 못하고 5석회 분세포에 소속되어 있다는 것도 알았다.

이런 환경에서 이번에 불상사가 생겼다. 직맹반장이 노동자들게 돌아갈 원호 물자를 횡령해먹고 도망쳐버린 것이다.

그래서 이 기회에 당과 행정 측에서 4석회에 나가보고 그 사업을 검토한 결과 대책들을 세웠는데 그 첫째가 분탄 직장 직맹반장이던 영희를 그리고 보내는 것이라고 했다.

"동무두 아다시피 우리는 지금 거창한 시멘트 공장 복구에 대부분의 역량을 집결하지 않으면 안 됩니다. 4석회의 딱한 실정을 알면서두 우리 당의 단련된 역량을 거기에 많이 포치 할 수는 없소. 그러나 수효만 많이 보내는 것이 가장 좋은 방법은 아니오. 중요한 고리에 결정적 역할을 할 만한 동무를 보내는 것이 중요합니다. 알 만합니까? 동무가 늘 명심해야 될 일은 지금은 복구공사에 우리의 전력을 들이고 있을 때라고 하더라도 이미 복구된 부분에서 충분한 생산을 내지 못한다면 우리 공장 전체에 씻을 수 없는 불명예를 줄 뿐 아니라 기본 복구공사에두 커다란 장애를 준다는 것이오. 지금의 4석회는 불과 40여 명밖에 안 되는 현장이구, 우리 공장 전체로 보자면 불과 5프로밖에 안되지만, 이 5프로가 우리 공장 전체에 씻을 수 없는 불명예와 장애를 주고 있다는 것이오. 이미 복구된 조그만 부분에서 생산성과를 올리고 생산 의욕을 높이다는 것은 곧 기본 복구공사에 간접적으로 도움을 주는 일이고, 앞날의 전체 생산을 위해 좋은 터전을 닦아놓는 일이오."

이렇듯 간곡히 일러주고 격려하면서 당 위원장이 맡기던 임무에 대해서 무슨 주저가 있을 수 있는가. 그러나 실지에 본 결과, 한 달 안으로 생산 계획을 완수할 수 있는 수준에까지 끌어올려야 한다는 과업은 힘에 넘치는 것만 같았다. 이런 때 그이나 계셨으면 좋으련만 의논도 하고 가르침도 받고…….

서쪽 하늘에 길게 누운 구름들은 빨갛게 타오르고 산 밑으로 굽어보이는 들에는 벌써 어둠이 들기 시작해서 전등불이 까마득히 먼 곳까지 별같이 연달았다. 이제는 불빛이 새 나갈까 조바심을 하지 않아도 된다. 불빛은 멀리서 모아도 역시 반갑고 아름다운 것이구나!

정전되던 날 저녁, 자기 집에도 문을 활짝 열어놓고 전등을 내건 밑에 온 식구가 마당에 나앉아서 밤 가는 줄도 모르고 재깔거리던 일이 생각키웠다. 전쟁 중에 낳은 세 살잡이 경숙이는 말할 것도 없이 아홉 살과 열 살에 나는 명자와 길녀도 등 밝힌 마당에서 기를 펴 뛰노는 것이 무척 희한한 모양으로 재깔거리며 좋아했다. 전 같으면 잘 시간이 지났건만 날파람만 뜨고 있는 애들을 보고 앉아 있노라니,

"경숙이 어미야, 너 어디 편치 않니?"

하고 어머니께서 물어보는 바람에,

"아니요."

대답은 하고도 눈 못 보는 이 앞에서 무엇을 숨기는 것이 도리어 어렵구나 하고 새삼스럽게 느끼지 않을 수 없었다. 무얼로 아시는 걸까. 앞 못 보는 대신 마음을 넘겨다보는 데는 능하신 어머니다. 거듭 묻지 않고 가늘게 한숨만 내쉬는 품이 영희 마음을 알아차린 것에 틀림없었다.

지나깨나 하늘의 날강도를 머리 위에 이고 살았고, 죽음과 불행을 보아오던 전시 생활은 이제 끝이 났고, 오금을 쭉 펴고 살 수 있거니 생각하는 마당에서 가슴이 미어질 듯이 사무치는 것은 남편의 생각이었다. 이 평화로운 날을 이미 함께 맞이할 수는 없어진 남편의 추억은 경숙이의 아직도 위태로운 걸음에 맞춰서 얼른거렸다. 말을 배우느라고 쉴 새 없이 종알거리는 애는 한 바퀴 돌아서는 엄마 무릎으로 되돌아오곤 했다. 그때마다 남편이 죽은 뒤에 흘러간 세월이 무릎에 느껴지면서 그는 눈물을 어리곤 했었다.

영희는 산길을 걸으며 눈시울을 닦았다. 믿고 의지했으나 사랑 가운데서 생활을 배워온 그 남편이 없는 지금, 자기 임무가 자꾸만 힘에 벅

차고 외롭게만 느껴지면서…….

집에서는 기다리지 못해 마침 저녁을 들여다 놓고 먹으려던 참이었다. 마당에 들어서자, 오늘도 눈 못 보는 어머니가,

"마침 오는구나……"

하고, 먼저 알은체했고, 성미가 성큼한 길녀는 술을 놓고 부엌으로 나갔다. 길녀보다는 성미가 좀 야무진 편인 명자는 돌아앉아서 책보를 풀더니, 새침히 종이쪽지 한 장을 내주었다.

"국어 시험 쳤어."

"그래. 잘 쳤니, 어디 보자."

맞받아 나오듯이 시험지부터 내놓는 것만 보고는 짐작했었지만 5점이다.

"길녀는 잉, 4점이란다."

"난 뭐 몰라서 못 썼나 뭐……."

밥그릇을 들고 들어오던 길녀가 마음이 좀 편지 않은지 입을 비죽거렸다.

"그럼 왜 못 썼니?"

"넌 그렇게 덤벙거려서 늘 탈이드라."

아홉 살 나는 명자나 열 살 먹은 길녀가 다 2학년에 다니지만 한 살 위인 길녀는 성미가 덤벙거리기를 좋아해서 실패가 많다. 너무 실망하지 않도록 머리를 쓸어주고 있는데 눈먼 할머니는 놓았던 술을 다시 잡으며 일러 주었다.

"경숙이년은 저녁두 안 먹구 잠이 들었나 부다."

저녁 후 길녀와 명자가 공부하는 곁에서 영희도 책 하나를 펴 놓았다. 『대중 정치 독본』이란 조그만 책자다. 남편이 읽던 책이고 그에게

서 자기도 배운 책이다. 한편 구석에는 적기의 야만적 기총소사로 구멍이 뚫려서 장마다 한 구석은 읽을 수가 없었지만 영희에게 그래도 무방이었다.

결혼하기 전에 성인 학교에서 글자는 배웠지만 글 읽기는 결혼 후 남편에게서 배운 영희다. 글을 배운다는 것이 곧 생활을 배운다는 것이었고, 남편 곁에서 글을 읽고 있으면 행복과 만족만을 느꼈던 그는 책상 위에서 이제는 돌아오지 않는 이의 추억을 더듬게 되고, 지난날의 그 행복을 못 잊어 하는 나머지 추억이 현실로 돌아옴을 느낄 때마다, 커 갈수록 아버지를 닮아가는 경숙이의 잠자는 얼굴을 안타까운 눈으로 들여다보곤 했다. 딸의 얼굴을 보지도 못하고 돌아가신 그의 아버지를 보는 듯이.

마지막으로 작별의 말을 나눌 수 있었던 그 짧막한 시간에도 그이는 뱃속의 자식에 대해서는 한 마디도 하지는 않았다. 경찰대 유치장 그 비좁은 틈에서 영희의 귀에 속삭이던 남편의 목소리는 지금도 귓전을 뜨겁게 하고 있다.

"서른다섯이란 나이가 아깝다는 말은 그만 하시오. 나보다 더 젊어서 죽은 혁명 열사는 얼마든지 있으니까…… 이 자리에 와서 부끄럽고 안타까운 것은 내가 왜 좀 더 하지 못했을까 하는 것 그것뿐이오."

그러고는 아무 말도 없이 한참 동안이나 남산 같은 안해의 치마 앞만 들여다보며 묵묵히 서 있었던 것이다. 갖은 악형이 기다리고 있는 그 지긋지긋한 생지옥에서는 뱃속의 새 목숨보다도 모체의 목숨이 더 안타까워서 애달픈 눈을 뗄 수 없어 하던 것이겠지만, 지금에 보자면 그 것이 뱃속에서 자라던 자식에게 향해진 아비의 마지막 눈길이고 작별이기도 했거니 하는 생각에 가슴이 찢기우는 듯싶었다.

남편이 마지막으로 하던 말과 힘께 그의 시체 앞에서 맹세하던 자기의 결심은 저절로 입술에 올랐다.

"당신의 목숨을 더 길게 해 올리지는 못했어도 당신이 다 못한 일은 제가 하리다."

남편의 목숨을 짓밟은 자들에 대한 복수심으로 하늘과 땅도 좁아지듯 오직 한 길 복수의 길만을 그리며 외쳤던 것이었으나, 한 해 두해가 지나 두 돌 반이 넘는 사이에 이 맹세는 스스로를 의탁하는 기둥이며 지팡이가 되어버렸다.

그렇다. 그이가 채 하지 못한 일을!

"어마······."

잠에서 깬 경숙이는 엄마가 곁에 있는 것이 만족한 듯 일어나지도 않고 생글생글 웃으며 누워 있다. 영희는 서슬에 흰 잇속이 드러나며 눈이 가늘어졌다.

"오냐, 우리 경숙이가 깼구나······"

딸을 덥썩 안아 일으킨 영희의 얼굴에는 벌써 어두운 그림자가 없었다.

아침마다 출근표에 출근을 기록하는 것이 시행되기 시작했다. 준호는 자신이 늦어지는 일도 있고 일러도 고동이 울 때쯤 해서야 나오곤 했으나 차츰 일찍 나와 작업 전에 기록을 끝내도록 힘쓰게 되었다. 언제나 시간 전에 나와서는 일찍 온 노동자들과 이야기하면서 통계원이 나오기를 기다리며 앉아 있고, 통계원이 기록을 끝내고 작업이 시작될 때까지는 거기를 떠나지 않는 직맹반장을 통계원은 달갑게 여기지는 않았으나 무시 할 수는 없어졌다.

영희는 작업 전과 작업 후의 짬을 이용하여 출근률을 높이고 여덟 시간 노동을 보장하도록 여러 번 해설, 호소할 수 있었다.

직장 노동을 해본 경험이 없이 제멋대로만 일하며 살아온 사람이 그 대부분인 여기서는 8시간 노동에 대한 이해조차 정확치가 못한 사람이 간혹 있었다. 출근 시간까지 와 닿으면 그만이고 독 틈에도 용수가 있다는데 한 십 분쯤 늦어졌다고 해서 꼬박 꼬박 지각으로 지적하는 것은 용렬한 소견이거니 생각하는 사람도 있었다. 시간 전에나와서 준비를 갖추고 있다가 정확히 여덟 시 반부터는 작업을 시작해야 한다는 말을 듣고는 마치 새로 생긴 딴 법같이 말하는 사람조차 있었다.

어느 날 점심시간에 그늘에 모여 앉아 이야기판이 벌어졌었는데 소활이라고 돌을 잘게 깨뜨리는 작업을 해오는 기덕 어머니는 영희더러 이렇게 물었다.

"반장 동무, 언제부터 그렇게 됐나요?"

"뭐 말이에요?"

"여덟 시간 노동이라구 하더니만 어디 여덟 시간만 됩니까? 요즘은 매일 십 분이나 십오 분은 일찍 나와야지요. 그리고 저녁엔 시간이 된 뒤에야 세수하구 옷 갈아 입구 회의까지 하고 나면 결국 여덟 시 조금 넘어서 왔다가 여섯 시쯤 해서야 헤지게 됩네다. 그러니까 열 시간이나 거의 되는데, 게다가 10리나 되는데서 다니는 사람은 올적 갈적 다 합해서 열한 시간두 넘는데요……"

하고 고개를 비틀었다. 그러자 한편 구석에 앉아 있던 화약을 맡아보는 정순일이가 더듬는 말로 쏘아주었다.

"지 집에서 바 밥해 먹구 자 자는 시간은 안 꼽나?"

모두 웃었다. 영희도 따라 웃다가 무안해할까 해서 위로하듯이 물었다.

"집이 멀어서 고생하시겠어요. 어디쯤이나 되시나요? 집이 멀드래두 지각은 하지 않으셔야 하지 않아요."

그새 지나보는바 십 분 십오분 전에 오기는커녕 늘 시간이 지나서야 나오는 아주머니라는 것을 알기 때문에 하는 말이다.

"집이 머다뿐이겠소."

생석회 반출공 김창선 영감이 염소수염을 쓸며 대답을 가로맡았다.

"바로 저 집이외다."

사무실 있는 곳에서 한 2백 미터 되는 곳에 서 있는 남향집을 가리킨다. 영희는 그만 입을 벌리고 말았다.

"기덕 어머니는 여덟 시간 아니구 한 시간 노동을 해두 꼭 늦어지게 마련이외다."

여기서 제일 오래 일해 왔다는 창선 영감은 계속했다.

"밥 먹구 설거지까지 해치우구두 고동 나기만 기다리고 있으니까…… 고동이 난 담에야 세수를 한다 머리를 빗는다…… 하여튼 고동 난 담에 두 빨래 한 가마를 삶아서 빨구야 온다구 소문이 났으니까……."

"애개개 망측해라. 원 별말을 다 듣네."

"그래, 내가 없는 말을 했나? 들은 대루 소문 돌아가는 대루 말했다 뿐인걸!"

"괜히 박동무가 소문을 내서 그랬지…… 언젠가 애들 적삼 한가지를 빨구 있는데, 박동무가 헐떡이며 뛰어오다가 '난 늦어졌다구 막 뛰쳐오는데 아주머닌 빨래만 하십네다레' 하더니만 그날부터 괜히 그런 소문을 내서 성화를 받구 있지 뭐……."

이렇게 변명하는 것이 더욱 우스워서 또 한 번 웃음소리가 높아졌다. 영희는 다시는 늦어지지 않도록 간곡히 부탁하고 나서 좌중을 돌아보며 물었다.

"그래두 누군가 10리나 되는 데서 다니는 이가 있다는 말을 들었는데요."

"먼 데서 다니는 건 저 아주머니외다. 문석골이니까 한 10리는 될 거외다."

최동무라는 젊은 노동자가 뒤를 돌아보며 한 여인을 가리켰다. 삼십이삼 세의 키가 날씬하고 얼굴이 갸름한 이 여인은 늘상 한편 구석에 앉아서 눈을 내리뜨고 생글 웃기만 하고 있어서 언제 보나 무척 조용하다. 생석회에 치는 물을 우물에서 져나르고 있는 이 여인은 언제나 선참 출근하는 것도 영희는 알고 있었다.

"옥분 동무가 그렇게 먼 데서 다니시댔어요? 늘 일찍 오시군 하기에 집이나 가까운가 했는데…… 결근두 지각두 없이 참 용하세요."

"나보다 우리 어머니가 더 열심이에요. 애 늦어지겠다 어서 가봐라, 하구 어디 늦어지게 굴어야지요."

옥분이는 어머니 덕으로 밀고 겸손해버리더니, 조금 후에 다시 설명했다.

"아버지는 일찍 돌아가셨구 우리 어머니는 나 하나를 데리구 외삼촌집에 가서 살았어요. 그런데 어둑새벽부터 한밤중까지 그냥 일을 해두 결국 오라비네 집에서 얻어먹는 신세밖에 안 되더래요. 그뿐인가요. 우리 두 식구 먹여 준다고 해서 외삼촌네 내외가 싸움만 하니 얼마나 딱해요. 그런데 우리 주인이 또 작년에 말달구지를 끌구 나갔다가 폭격에 죽구 보니, 나보다두 어머님이 더 낙망했어요. 자기는 의지할 만한 오라비라두 있었으니 좋았지만 늙은 어미와 어린 것 셋을 데리구 누구를 의지하느냐구 한탄이 여간 아니댔어요. 그러니까 여기 다녀서 그런 걱정을 할 필요가 없어진 것이 너무 대견해서 늘 재촉해주시군 해요."

잔잔한 목소리로 이렇게 말하는 옥분이는 영희에게도 퍽 마음에 들었다. 그러나 너무나도 조용하고 나약해 보이는 것이 조금 불만했다. 그를 격려해주고 싶어졌다.

"옥분 언니는 한 가지 내 마음에 들지 않는 게 있어…… 왜 그렇게 죄진 사람같이 구석만 찾아서 앉구, 기침 소리에두 놀랄 듯이 쪼그리구 앉아 있어요? 뭣 때문에 황송하다, 고맙다 하는 얼굴만 하고 계서요?"

그러나 옥분이는 고개가 더욱 숙어지면서 울상이 되도록 움츠러드는 것이었다. 영희는 다시 계속해서 자기 자식이나 어머니를 벌어 먹이는데 황송해할 것이 무언가고 물었다. 남자가 자기 식구를 벌어 먹이는 것과 무엇이 다른가, 옥분 언니는 왜 버젓해지지 못하는가, 여기서 남자들만큼 일을 못하는가, 남자들보다 보수는 덜 받는가…….

마치도 책망을 듣듯이 고개를 수그린 옥분이를 향해 영희가 열이 담긴 목소리로 달래고 있을 때, 한쪽에 모여 앉은 남자들 사이에서는 키들키들 웃는 소리와 함께 쑤군거리는 말소리가 커갔다.

"응, 그렇댔나? 난 몰랐지……."

"그렇구 말구, 말하는 거만 들어두 여맹위원장 냄새가 나지 않아?"

가만가만 주고받던 말소리가 커지면서 뭐라고나 했는지 웃음이 터졌다.

"여맹 위원장이란 말을 듣더니 달수 동무는 겁이 나는 모양이지……."

"겁날 것까지야 뭐 있겠나. 그래두 아닌 게 아니라 그땐 혼났네……."

영희는 해주 있을 때 한 일 년 간 리 여맹위원장 사업을 한 일이 있었는데 어디서 들었는지 그것이 말밥에 오른 모양이었다. 영희는 모른 체할 수 없어서 머리를 긁고 있는 달수에게 물었다.

"달수 아주버니는 뭣 때문에 여맹위원장이라면 기급을 하나요?"

그러나 항용 무척 입이 질던 달수는 이번은 말하기를 좋아하지 않았다.

"별거 아니외다."

"작은 댁이라두 얻으셨던 것 아니에요? 여맹 무서워하는 걸 보면, 아마…….'"

"아니요, 작은댁이 다 뭐요, 거저 내가 입이 부질없어서 우리 동네 여맹위원장과 공연한 말을 했다가 땀을 좀 뽑았쉐다."

"뭐라구나 하셨기에요?"

"아니요. 그만둡시다. 날더러 말하라구 해놓구서는 나중에 듣구 나선 '동무 옳지 않소!' 할 건 뻔한데 뭐……."

사연을 아는지 싱글싱글 웃는 사람이 많다 그때 옆에 있던 춘실이가 갑자기 생각난 듯이 물었다.

"반장 동무, 사무실에서 통계원 동무나 직공장 동무와 뭐라구 다툰 일 있어?"

"아니."

"그래두, 암탉이 울면 집안이 망한다구 하더라는데……."

그러자 달수는 정색하며,

"반장 동무, 이번엔 내가 그러지 않았쉐다. 이번엔 그런 말한 일이 없으니까."

하고, 앞질러 변명하려 하므로 옆에서,

"도적놈이 발이 자린 모양이지……."

"소등깨보구 놀라는 격이지"

하고, 반고채기로 놀려주어서 또 한 번 웃음이 터졌다. 영희까지 함께 버무려서 웃는 것을 보자 춘실이만은 의외인 듯이 얼굴이 새침해졌다.

그때 마침 오후 작업의 고동이 울어서 모두 일손을 잡았다. 그런데 춘실이는 끝내 참지 못하여, 돌을 실어다 부리우고 둘이 함께 밀차를 밀며 돌아오는 길에 다시금 말을 꺼냈다.

"암탉이 울면 어떻다구 하는 말을 듣구두 심상해? 골나지 않아?"

"그런 걸 가지구 매양 화를 낼래서야 끝이 있나. 해주서 여맹 일을 볼 때 얼마나 들은 말이라구…… 남자들이 암탉 타령하는 건 대개 경우가 몰렸을 때야."

"뭐이 잘났다구 그러는지 몰라! 사내답지두 못한 것들이 사내라 구……."

춘실이는 아무래도 직공장이나 통계원이 아니꼬워 못 견디겠다는 모양이다. 그래서 영희에게 불을 대고 키질을 하려는 심사 같다.

"특별히 못났다구두 할 수 없지……."

"그럼 뭐 사내 녀석들이 군대에두 안 나가구, 후방에 편안히 앉아서 여자를 보구나 못살게 구니까……."

하나밖에 없는 오빠가 군대에 나간 춘실이는 군대 아니면 사내가 아니라고 보는 경향이 일상에도 없지 않다.

"후방도 전선이라는데, 모두 다 전선으로만 나갈 수두 없지 않아?"

두 사내를 두둔하는 것으로만 생각한 춘실이는 한참 동안 차만 밀었다. 일할 때도 하고 싶으면 결기 있게 하지만 심사가 틀리면 무고 결근도 식은죽 먹기인 폐로운 성미다. 그리고 보니 언젠가 직공장이 여럿의 앞에서 하던 말이 떠올랐다.

"춘실 동무는 왜 직공장의 눈 밖에 났어? 춘실 동무 보구는 뭣 때문인지 특별히 주의를 주더군 그래."

"홍 실컷 지껄이래지…… 글쎄 분하지 않갔나 생각해보라요. 나하구 박동무하고 둘이 함께 늦어졌는데 남자니까 박동무보구는 아무 말두 못하면서 나더러만 욕하지 않아. 그래서 맞서줬지. 그랬더니 한 시간이나 세워 놓구, 막 잡아먹을 듯이 덤비는 거야. 옆에서는 통계원이 비위만 깎아내리지…… 분해서 죽겠어, 그래서 이튿날부터 한 이틀 동안 놀았지 뭐…… 그랬더니 담부터는 맞대놓구는 쓰다 달다 안 하는데, 회의 때면 선참 나부터 지적하는 걸 뭐……."

이 생매 같은 처녀의 성미와 직공자의 버릇을 대비해보면 그런 일도 있었음직했다. 영희는 춘실의 성격을 좋아했지만 직장 규율로 길들지 못해서 모든 문제를 감정적으로 가져가는 그의 행동을 잘했다고 할 수 없는 일이다.

"그거야 춘실이두 잘못하지 않았어? 우선 자기가 출근두 잘 하구 일두 잘하구 그래놓구야 남더러 불공평하다구 대들 수두 있구 싸울 수두 있지 않아?"

"반장두 으레 그럴 줄 알았어, 흥!"

춘실이는 그만 새파래지더니 그날은 한마디도 다시는 건네지 않았다.

개별적인 담화를 통해서도 그때그때 노동자들을 교양주는 데 힘써 왔었지만, 그사이에 반 총회도 한 번 가졌었고 독보회와 작업 전 시간, 작업 후 시간 등을 이용하여 계통적인 교양 사업을 시작하는 것과 함께 군중 문화 사업도 시작했다. 군중 문화 사업이라고는 하지만 처음부터 무슨 써클이니 하고 이름을 붙일만한 것은 될 수 없는 것을 안영희는 점심시간마다 오락회를 조직했고 오락회에서는 처음은 목침돌림으로 재주껏 한 가지씩 하는 것으로부터 시작했다. 이 목침돌림에서 피리를 잘 부는 동무가 나타났고 명변가(明辯家)로 인기를 끈 동무가 생겼다. 장기판도 생겼다. 벽보판도 생겼다.

글씨가 서투른 영희는 벽보를 처음은 통계원 준호에게 맡겨왔으나 벽보 하나 나오는 데도 일주일이나 걸리고 도무지 진전이 안 되어 영희가 쩔쩔매며 돌아가는 것을 본 정순일 동무가 자진해서 벽보를 맡은 뒤로는 그리 풍부한 내용이라고는 할 수 없어도 어쨌든 제때에 벽보가 나오기 시작했다.

당원인 정순일이는 영희를 손 도와줄 생각은 매양 있었으나, 본시가 말이 굳어서 해설 사업이나 개별 담화에는 도움을 줄 수 없었다. 그래서 혀를 놀리지 않는 사업에는 열성을 냈다. 직맹 초급 단체 위원회에 자주 찾아가서 화보와 포스터를 사오기도 하고 얻어오기도 해서는 벽보를 효과적으로 만드는 데 힘썼을 뿐만 아니라 사무실 안을 장식했다.

정순일이가 영희의 사업을 또 한 가지 적극적으로 도와준 것은 노동자들의 집을 개별 방문하는 사업에서다.

결근한 사람은 그날 안으로 집에 찾아보기로 작정한 영희는 혼자서는 다해낼 수 없음을 느꼈다. 40여 명밖에 안 되는 작업 현장이었지만 결근률이 많고 집들이 뿔뿔이 흩어져 있었기 때문에 영희는 우선 당원인 정순일, 김창선 두 동무와 의논해서 방향과 거리에 따라서는 그들에게 개별 방문을 부탁하지 않을 수 없었다. 후에는 경우에 따라서 춘실이나 옥분이 기타에게도 같은 부탁을 했고 그들은 차츰 자진해서 결근한 동무의 집을 찾아 가주었다. 이렇게 하기에 얼마가 안 되어서 출근률은 현저히 나아지기 시작했다.

출근률이 나쁘던 어떤 노동자는 정순일에 대해서 감탄한 일도 있었다. 그가 결근한 날 저녁이면 순일이가 으레 찾아오는데 여러 말 없이 결근한 이유만 듣고는 간다. 그러나 이튿날 아침에는 일찍 찾아와서 그가 조반을 필하기를 기다린다는 것이다. 그래서 한때는 예전에 하던 행상이나 다시 해보려고, 한 발을 직장 밖에 놓고 한 발만 직장에 들이밀고 마음이 들떠 있었으나 요즘은 차츰 직장에 마음이 붙기 시작했다는 것이었다.

김창선 노인과 함께 생석회 반출공 강병도도 결근이 많았다. 그래서 창선 영감이 집으로 가는 길에는 들러보곤 했었지만, 그는 직장 안에 한 발만 들여놓은 태도를 좀체로 고치지 않았다. 어느 날 강병도는 또다시 결근했다. 영희는 소성로에 돌을 실어다 부리우고 아래를 내려다보며 물었다.

"강동무는 왜 안 나왔는지 모르세요?"

"글쎄 말야, 지금두 그 말을 하댔는데……."

창선이는 맡든 들것의 생석회를 쏟아놓고야, 염소수염을 쓸어가며 대답했다.

"무슨 일이 있었나요?"

"어제 하는 말이 어머님이 노환으루 앓으시는데 오래 갈 것 같지 않다구 하댔는데 원 무슨 일이나 없는지."

"강동무의 집은 어디쯤이나요?"

집을 묻는 것부터 창선 영감은 퍽 반가워서 차근차근히 가르쳐주고는,

"저녁에 내 한번 들러보지……."

하고 자진해 나섰다. 병도네 집은 꽤 멀었다. 그러나 뛰어가면 점심시간에도 갔다 옴 직도 했다.

"점심 때 제가 갔다 오지요."

"응, 갔다 오겠어?"

창선이는 무척 기뻐했다.

"그럼 반장 동무가 수고를 좀 하라구."

점심시간이 되자 혹여 늦어지는 일이 있을까 해서 직공장에게 사연을 말하고 승낙을 얻은 다음 뛰쳐갔다.

염려했던 것과 마찬가지로 강동무의 어머니는 그날 새벽에 죽어서 아랫목에 돌려 눕혀 있었다. 초상집 같다는 말이 있지만 병도네 반토굴 집은 너무 고즈넉해서 도무지 초상집 같지가 않았다. 사람이 의젓한 병도는 몇 마디 인사로써 영희를 반기어 맞이들이긴 하고도 다소곳이 숙인 두 볼로 눈물만 자꾸 흘러냈을 뿐 말이 없었고, 그의 안해 또한 조문객을 맞아 곡하는 법도 없이 남편 곁에 묵묵히 앉아만 있었다. 넷이나 되는 어린애들은 방 안에는 들어오지 않고 그렇다고 멀리 가지도 않고 집 앞에 조용히 앉아 있었다.

얼마 동안이나 앓으셨는가 몇이나 나셨는가 묻는 말에도 초면인 병도 처가 주로 대답하는데, 예순다섯에 탈이 진해 가셨으니 그거야 하는 수 없는 일이지요만두……하면서 끝을 맺지 못하여 두 손바닥에 얼굴을 파묻고는 흐느꼈다.

폭격 맞고 타향 나서 천상을 만나고 보니, 장례 치를 것이 망연하고 갑절이나 더 외로워져서 할 바를 모르고 두 내외는 울고만 있는 것이었다.

"강동무, 장례 치를 걱정 마세요. 동무들과 의논해서 좋도록 할 테니까요."

위로보다 그를 안심시키고는 영희는 바삐 돌아와 그길로 직공장을 만났다.

"거 참 야단났는데…… 야단인데……"

우선 관이 있어야 하지 않겠느냐는 말에 직공장은 걱정만 했다.

"상부에 말해보면 관 하나쯤 될 수두 있지 않을까요?"

"글쎄 밑져야 본전이라구, 말해보는 게 좋긴 한데…… 반장 동무가 지배인더러 한 번 말 해보고소고레…… 난 좀……."

직공장이 주저하는 것을 본 영희는 자리를 차고 일어섰다.

산을 넘어가는 참, 영희는 언제나 분주해 돌아가는 지배인을 마침 전기 직장 옆에서 만날 수 있었다. 마음이 급한 영희는 뛰어가서 인사를 한 다음 숨이 차서 헐떡이면서 관 하나 감의 널판자 줄 것을 요청했다. 몸집이 뚱뚱하고 얼굴이 다부진 지배인은,

"뭐? 널이요? 널빤지는 지금 곤란한데요."

하며, 걸음을 멈추고 영희를 다시금 본다. 영희는 그제야 차근차근히 널판자의 용도를 다시 설명했다. 묵묵히 서서 듣던 지배인은,

"좋소, 우리 사람의 일인데 우리가 도와야지 누가 돕겠소."

하더니, 선 채로 수첩 한 장에 글 몇 줄을 적어주며, 널판자 받을 곳을 지시했다.

이렇게 하여 관 문제를 해결해 가지고 산 넘어 돌아가자, 직공장은 먼발치서 보고 마주 나오더니,

"어떻게 됐소? 에? 됐어요, 그 참 잘됐쉬다. 반장 동무, 수고하셨쉬다."

하고 무척 기뻐하며, 수고했다 고맙다 여러 번 곱놓아 사례하는 것이었다. 영희는 직공장을 말끔히 쳐다보고 나서 머리를 절레절레 흔들었다. 산 하나를 넘어서 갔다 오기도 싫어하던 그가 이처럼 좋아하는 것은 곡절 모를 일이기 때문이다.

그날 저녁 병도네 반토굴은 조문객으로 들끓었다. 방안은 물론이고 멍석 깐 마당에도 한 직장 동무들로 차 있었다.

방 안에서는 창선 영감이 상주와 마주 앉아서 긴 설명을 하는 중이다.

"……그랬더니, 지배인 동무가 말이지 '좋소, 우리 사람을 우리가 도와야지 누가 돕겠소' 하더래, 그렇지 않아, 지금은 미국놈 덕분에 고생

두 많구 없는 것 모자라는 것두 많지만, 그러나 우리 사람들 속에서 살구 있는 이상 무엇에든 낙망할 건 없단 말야…….”

이튿날은 작업을 한 시간 당겨서 일곱 시 반에 시작되어 점심시간 없이 일하고 두 시간 일찍 끝났다. 작업이 끝나는 것과 함께 수직할 사람만 남기고 모두 줄지어 상가로 갔다.

그런데 영희가 또 한 번 의외로 생각한 것은 직공장 학선이가 선참 상여를 메고 나선 것이다. 어제 일로 미안한 마음이 든 때문일까, 다른 동무들이 굳이 말려도 학선이는 우겨서 끝내 상여를 메고 나섰다.

하루는 김창선 영감이 영희를 보고 기뻐했다. 소성로가 숨을 돌리기 시작했다는 것이었다. 그게 무슨 말인가고 물었더니 소성로에 탄과 돌을 정상적으로 넣지 못하면 석탄이 적당한 열도로 타오르지 못하게 되고 따라서 생석회 반출하는 시간이 더디어 반출 횟수가 준다는 것이다. 또 생석회 반출량이 적어질 뿐 아니라 채 구워지지 못해서 물을 쳐도 피어오르지 않는 돌, 즉 아직도 생석회 그대로 남아 있는 것이 많이 섞이게 된다. 그런데 소성로의 불은 한 번 기세를 잃으면 하루 이틀에 회복이 안 되고, 열흘 보름 꾸준히 돌과 석탄을 보장하면서 제때에 생석회를 반출하곤 해야 다시금 제 열도를 올리게 된다. 여기 소성로 두 개가 모두 복구된 후 한 번도 시원히 기세를 올리지 못하고 간신히 연명해가는 형편이었는데 어제 오늘 보면 확실히 로가 숨을 돌리기 시작한 기미가 보인다는 것이다.

“이 돌과 저 돌을 비교해 보라구.”

창선 영감이 가리키는 돌들을 들여다보았으나 영희로서는 구별할 수가 없었다. 물을 붓자, 빨간 숯불에 물을 부은 때 모양으로 끓어오르며, 횟가루와 김이 피어오르고는 땅에 하얀 횟가루가 소복이 남았다. 창선이가 발끝으로 횟가루 속을 헤치자 생석회 한 덩이만은 아주 소석회로 변하고 말았는데 한 덩이는 겉만 피어서 회가 되고 속은 돌 그대로 남아 있었다.

"반장 동무가 온 뒤로 우리 직장두 조금씩 자리가 잡히고 오늘 아침 반출하면서 보니까 확실히 로가 기운을 냈거든……."

창선 영감이 기뻐하는 것을 보고 영희도 기뻤다.

그러나 모두가 다 그와 같은 의견을 가지지는 않았다. 영희와 한 부서에서 밀차를 모는 이달수는 그중의 한 사람이다. 춘실이가 영희와 마음 맞아서, 열성을 내게 되고 다른 동무들도 차츰 그들의 뒤를 따라 나서게 되어, 지금껏은 하루에 잘해야 여덟 차씩 때로는 하루에 네 차씩밖에 못 실어가던 돌을 하루에 열다섯 차다 열여섯 차다 기운을 내어 싣곤 하는 것이 달수에게 반갑지 않아졌다.

"좀 쉬어서 담배나 한 대씩 피우구서 합시다. 오늘 이틀두 아닌데, 몸이 무쇠루 됐어두 이렇게만 일해내구서야 견디어내겠소?"

처음은 이렇게 자주 꾀곤 했고, 또 응하기도 했다. 그러나 차츰 일이 드물어지고 나중에는 그런 꾐에 대답 대신 날카롭게 흘려보는 눈초리를 겪게 되었다. 달수는 차츰 앙심을 먹기 시작하여 밀차 일을 못해먹겠다고 혼자서 중얼중얼 불평만 하면서 사무실로 갔다 왔다 하더니만 어떻게 말했는지 소활로 넘어가서 돌을 까게 되었다.

본시가 행상꾼이고 입이 진 달수는 소활에서 돌을 까게 된 것을 좋아했다. 한 자리에 모여 앉아서 하는 일이라 종일토록 수다를 떨 수 있는 말상대가 옆에 있는 것이 마음에 흡족한 모양이었다. 손은 쉬워도 입은 잠시도 쉬지 않는 그가 가끔 오는 말 가는 말에 걸고 늘어지며 영희나 춘실이가 너무 열성을 내서 일한다고 빈정거렸다.

소활과 밀차는 늘 가까운 곳에서 연관성을 가지고 일하는 만큼 능청거리는 달수의 입진 비양청이 듣기 싫고 마음에 역한 것도 사실이지만, 영희가 불쾌히 생각한 것은 어째서 달수를 소활로 옮겨주었는가 하는 것이었다. 일하기 싫어해서 꾀를 부리고 놀고먹을 자리만 찾아다니는 사람에게 제 마음대로 부서를 옮겨주는 것은 무슨 일인가고 나무러워졌다.

그러나 다시 생각해본 그는 그 편이 차라리 잘된 일이라고 인정했다. 어느 날 통계원도 있는 자리에서 영희는 밀차에서 한 명을 더 뽑아서 다른 부서로 돌려주었으면 좋겠다고 직공장에게 말했다. 밀차 일은 둘씩하는 만큼 여섯이 일하는 것이 하나 없어져서 다섯이 되는 것보다 넷이서 하는 편이 차라리 낫고 또 넷이서 충분히 감당해낼 만하다고 했다. 직공장도 반대하지 않았다. 그러고나서 달수를 소활로 옮겨준 것은 좋아 보이지 않는다고 첨부했다. 일이 벅차졌다고 밀차 일을 피하는 달수가 소활에 가서는 열성을 낼 생각이 아니라, 도리어 게으름뱅이 버릇이나 거기서 퍼뜨리고 있다는 사실을 말했다.

그랬더니 어떻게 된 일인지 그 이튿날로 영희가 직공장에게 한 말이 달수 귀에 들어갔다. 영희는 자기가 없는 자리에서는 달수가 비꼬아 말하더라는 이야기를 한두 번만 듣지 않았다.

대체로 직장 규율이 자리 잡혀지고 노동자들의 각성이 차츰 높아짐을 따라 한편에서는 일이 힘들어졌다고 불평을 쑤군거리는 축들이 생기고 심지어 한 주일 사이에 세 명이나 직장을 떠나는 현상까지 생겼다. 기덕 어머니는 고동이 운 다음에도 이제는 출근하지 않게 되었다. 그는 날마다 강냉이를 쪄 가지고 행길에 나가 앉아 있다.

이런 현상들이 나타나고 있는 때이므로 직공장의 처사가 더욱이나 마음 한 구석을 어둡게 하는 것만 같았다. 당적을 5석회 분세포로 옮겨 온 후는, 당원인 창선 노인과 정순일 동무와는 당이란 큰 가정 안의 사람들로서 서로 숨김없이 직장 일을 협의하기도 하고 모르는 건 물어볼 수도 있었지만, 긴밀한 연계를 가져야 할 직공장 학선에게는 그렇게 되지 않는 것이 안타까웠다.

어느 날 회를 치는 여성 노동자에게 무엇 때문인지 야비한 욕설을 퍼붓는 것을 본 영희는 직공장이 사무실로 내려가는 것을 기다려 뒤달려 가서 잘잘못 고하(高下)간에 여성에게 그런 말을 해서야 되느냐고 타일러본적이 있다. 그랬더니 직공장은 아직도 진정치 못한 채 버럭 고함을 질렀다.

"반장 동무는 그저 여자라면 역성을 들고 나선다니까…… 내가 그럼 괜히 욕을 했단 말요?"

사연을 듣고 보니, 직공장의 비위가 거슬릴 정도로 그 여성 동무가 태공을 하고 있었던 것은 사실이다. 그러나 그런 욕설로 노동자의 인격을 손상시켜서는 안 되지 않느냐, 도대체 욕설과 위협으로 노동자를 추동시킬 수 없지 않느냐고, 또 한 번 강조하지 않을 수 없었다. 학선이는 찌푸득한 얼굴로 말없이 있을 뿐 다시는 대꾸도 하지 않았다.

학선이는 언제나 초조한 마음에 쫓기우고 있었다. 생산 과제를 실행하지 못한다고 상부에서는 추궁하고, 일은 생각대로 안 되고 갈팡질팡했다. 4석회를 책임졌을 때 그는 문제없거니 생각했었다. 그러나 맡아놓고 보니 전쟁 전과는 모두가 달랐다. 설비도 전 같지 못했지만 일하는 사람들이 마음에 안 들었다. 본시 성격이 침착지 못했지만 생산이 마음 같지 않은데 초조해서 더욱 덤비기 시작했다. 침착성을 잃고 혼자 몸이 달아서 이리 가보고 저리 가보고 일하는 본새가 마음에 안 든다고 투정도 하고 나무람도 하고 그러다가는 결국 욕설이 나온다. 고함을 지르고 욕질을 하면 한두번이나 효과가 있다. 다음부터는 직공장은 버릇이 그런 사람이거니 생각하는 모양으로 고함도 욕질도 한 귀로 흘려버리는 듯 모두 태연하다. 그러니까 위신을 세워보려고 더 초조해지고 고함과 욕질이 더 심해질밖에, 직공장의 위신은 말할 나위 없이 떨어져 있고 그의 사나운 언사는 헛되이 불평불만을 조장하고 산업 노동자들로 하여금 자기 직장에 애착심을 가지는데 방해가 될뿐이다.

학선이는 한참 안타까워서 돌아가다가는 기진맥진해서 모두가 귀찮아지고 작업을 돌볼 흥미조차 없어지는 때가 가끔 있었다. 학선이가 요즘 가장 마음이 편한 때는 자신이 손을 대서 두어서너 시간 작업을 하고 난 뒤이다. 작업이나 하라면 손에 익어 자신이 있었다.

학선이는 새로 온 직맹반장을 처음은 눈나즈레 여겨서 제가 무얼 안다고 일마다 캐고 들어 간섭하려 하는가고 아니꼽게 보았다. 4석회 직공장 학선이라면 요즘은 누구나 반편같이 보는 경향이 보이니까 풋내기 여자까지 매사에 간참하려 든다고 고깝게 여겼었다. 그러나 요즘 와서는 직맹반장을 차츰 피하기 시작했다. 웃기 잘하고 무척 쾌활해 보이기는 한데 이따금씩 눈초리가 깔끔해지면 어딘가 붙접을 못할 것만 같았다.

영희도 학선이를 충분히 이해하지 못했다. 무엇 때문에 매양 옹이가 진태도로 자기 말을 받아주는가고 이상스레만 생각했다. 꼭 고쳐주었으면 하는 그의 사업 작풍에 대해서도 이 이상은 직접 말해볼 용기가 나지 않았다. 그래서 창선 영감과 정순일 동무에게 그런 말을 해본 적이 있었다.

"학선 동무는 전에는 그렇지가 않댔는데…… 일 잘하구 사람이 용
쿠……"

하고, 창선 노인은 고개를 비틀고 다시 생각했을 뿐 해답을 주지 못
했다.

"그 사람이 우 우쭐해진 게 타 탈이야."

하고, 정동무는 말이 굳은 사람이 대개 그러하듯이 긴말을 피했다.

직공장이 그냥 그렇게만 사업해나간다면 사업이 개선되기 어렵다는
것을 차츰 더 느끼게 된 영희는 드디어 5석회 분세포 위원장과 의논하
지 않을 수 없었다.

그 결과 학선의 사업 작풍 문제를 세포회의에서 토의하게 되었다.

영희는 자기가 목격하고 관찰한 자료들을 들어서 학선의 관료주의
적이고 비계획적인 작풍을 비판했다. 창선 영감도 꽤 긴 토론을 했다.
그의 비판 중에서 영희에게 새삼스럽게 느껴진 것은 학선이와 비당원
인 통계원과의 관계에 대해서다. 학선이는 통계원의 말에만 귀를 기울
이는 모양인데, 통계원은 무슨 일이고 형식적으로 어물쩍해 넘길 줄만
알고 있으며 일 대신 말로 꿰매나가는 데만 능한 인물이라는 것이었다.
영희는 창선의 토론을 들으면서 고객를 끄덕이었다. 다른 동무들의 토
론들이 있은 후 맨 나중에 말이 굳은 정순일이가 토론에 참가했다.

누군가 영희 뒤에서

"정동무의 토론은 처음 듣는걸"

하고 속삭이는 소리가 들렸다. 사실 듣는 사람조차도 힘이 들고 거
북스럽도록 순일이는 땀을 뻘뻘 흘려가며 여느 때보다도 더 심히 더
듬었다.

말인즉은 간단했다. 학선이는 왜놈의 십장 밑에서 일해본 사람이고

왜놈 십장을 미워도 했다. 그런데 자기가 지금 직공장이 된 뒤로는 꺼떡거리던 왜놈십장의 본을 따르려고 한다. 왜놈을 미워했던 게 아니라 왜놈이 부러웠던 모양이다. 겨우 이런 말을 하고서는 또 무언가 말하려다가 그만 단념한다는 듯이 앉아버리고 말았다.

학선이가 토론하려고 일어섰을 때, 영희는 약간 긴장했다. 지금껏 그와 상면해본 결과 으레 반발하여 나서는 것만 보아왔기 때문이다. 그러나 학선이는 그저 얼굴이 수수떡 같아져서 아는 것이 없다. 배운 것이 없다. 성미가 고약하다. 당성이 없다. 하는 말을 중언부언하면서 동무들의 비판이 다 옳고 자기가 다 잘못했노라고 하는 것이었다.

출퇴근이 엄격히 됨에 따라 낙후한 층에서 불평이 생기리라는 것은 이미 예상할 수 있었던 일이지만 무시할 수는 없는 불평들도 있었다. 일반 노동자에게는 시간 엄수를 엄격히 요구하면서 어떤 일부 노동자에게는 지각 조퇴를 묵인해주고 심지어는 결근을 해도 출근으로 잡아준다는 불평이 그러했다.

영희는 전에 춘실의 말에서 느낀 바가 있었음으로 문제를 해명하지 않을 수 없었다.

"통계원 동무, 어떤 사람은 늦어지면 안 되고 어떤 사람은 늦어져두 무방이라구 불평을 하는 사람이 있는 모양인데, 어떻게 된 일인가요."

준호는 혼자 있는 틈을 타고 조용히 말을 꺼냈다.

"뭐요? 원 별별 말을 다 듣지 않나?"

준호를 펄떡 뛸 듯이 정색하며 돌아앉았다. 영희는 모른 체하고 계속했다.

"한두 사람의 지각을 묵인해준다는 것 자체두 국가를 속이는 일이구

옳지 않은 일이지만, 그 영향이 더 나쁘지 않아요. 지금 겨우 노동 규율이 틀 잡혀가는 형편에 그런 일들이 공연한 불평과 좋지 못한 분위기를 만들어 놓을 수 있지 않아요?"

"하, 그 참 딱하군! 내가 그걸 모른답네까. 대관절 뭘 가지구 그러는지 모르갔쉐다."

"아니 땐 굴뚝에 연기 날 리 없지 않아요?"

"좌우간 반장 동무는 노동자들의 말이라면 덮어놓구 믿어버리구는, 행정 측과 대립시키려는 경향이 있습니다. 아니 땐 굴뚝에까지 연기를 내려구 한단 말이외다."

준호는 영희를 말끔히 쳐다보며 얼굴을 찡그렸다. 고함은 지르지 않지만 시끄럽고 귀찮아서 못 참겠다는 표정이었다. 역습해 나서는 것을 본 영희는 얼굴빛이 따라 변했고 눈이 번뜩였다.

"그런 일이 전혀 없다는 말이세요? 없는 일을 일부러 꾸며 가지구 말썽이란 말이세요?"

"누구나 긁어 부스럼으루 공연한 생채기를 내는 법은 아니거든요."

"그러면 김용식 동무가 요전 월요일에두 반시간이나 늦어서 출근했는데, 정각 출근으로 한 건 무어예요?"

증거를 내대자 준호는 영희의 눈을 피하면서 어름어름하더니, 조금 후 점잖게 타이르려 들었다.

"반장 동무, 거 뭘 그렇게 메주알고주알 캐자고 듭네까? 그렇지 않소? 우리서로 사업의 한계가 있구 피차에 사정들두 있는 건데, 괜히 말썽을 부려서 마찰만 생기면 일이 잘돼나갈 리가 없지 않소?"

"불평이 자라나는 요소들을 둬두구 구경만 할 수는 없어요."

"반장 동무?"

준호는 그의 말을 막았다.

"나두 한 가지 충고하는데, 제발 그렇게 말썽을 부리지 말아주소. 전에는 말썽거리가 없는 직장인데 지금은 벌 둥지를 쑤셔놓은 것 같지 않소? 동무가 온 후로 벌써 세 명씩이나 그만두게 되는 것도 알 만한 일이지……."

"물론 내탓도 있겠지요, 그러나……."

"상부에 보고해보소. 세 명 유동이면 그저 세 명 유동이지 무슨 긴 변명이 필요 있소?"

준호는 책상 위의 책을 홱 밀어놓으며 윗손질 치듯이 돌아앉아버렸다.

영희는 잠시 그를 바라보며 서 있다가 그만 돌아서 나왔다.

이날 안으로 벌써 많은 동무들이 둘이 사이에 일어난 일을 일방적인 해석이 붙여져서 알고 있다는 말을 듣고 영희는 놀랐다. 준호가 김용식이를 사무실로 불러들여서 둘이서 무언가 쑤군거렸다는 말도 들려왔다.

영희는 열성 노동자들의 의견이며 요구들을 들어가며 반 총회를 준비했다. 이것이 그가 온 후 두 번째의 총회다.

이런 말들을 들었을 때, 영희는 멍청해짐을 느꼈다. 감정만 앞서고 침착히 처리해나갈 자신이 없어지는 것만 같았다. 그래서 그는 5석회 분세포 위원장에게 의논했다. 세포위원장이 그의 설명을 나중까지 듣고 나서,

"직맹반 총회를 열도록 합시다."

하고 간단한 해답을 주는 것을 듣자 영희는 처음 불만한 얼굴로 세포위원장을 쳐다보았으나 곧 그의 의도를 알았고 나중엔 자신이 부끄러

워졌다. 감정을 앞세울 아무런 일도 없었다는 것을 알았다.

총회를 가지기로 했던 전전날 지배인과 당 위원장이 4석회를 돌아보려 넘어왔다. 지배인과 당 위원장은 작업을 세심히 돌아보며 각 부서의 노동자들과도 여러 가지로 담화한 끝에 사무실에 직공장, 통계원, 직맹 반장을 모아놓고 사업토의가 있었다.

이날 영희는 직공장이 상부를 대하는 태도를 새삼스러이 느꼈다. 학선이는 아주 황망해서 할 바를 몰라하는 것이 눈에 띄었다. 비굴하다기보다 전전긍긍한다고밖에 볼 수 없는 그가 가긍히도 생각되었다. 낙후한 현장 책임자는 이렇게 자굴해야 하는가…….

이런 인상은 그뿐만 아니었다. 당 위원장은 불쾌한 표정으로 보고 있더니 그를 격려했다.

"학선 동무, 당원의 긍지를 가지시오. 쩔쩔매구 할 바를 몰라하는 것만 같구만요. 전달에 계획량의 34프로를 생산했구 요즘 좀 나아졌대야 어제 하루 생산량을 57프로 생산한 것이 최고니까 버젓하지 못해할 건 짐작이 됩니다. 그러나 당원은 어떠한 실패에두 낙망할 줄을 몰라야 합니다. 용기를 내시오."

학선이는 예예 하면서 아직도 머리를 자주 숙였다. 지배인도 보조를 맞추어 격려해주었다.

"용기를 내시오. 요즘은 호전되어가는 기미두 보이는데……."

지배인은 다시 계속했다. 자기는 정전 후에 비로소 왔지만 학선이에 대해서는 모두 좋게만 말하는 것을 들었다고 했다. 전전(戰前)과 전쟁 중을 통해서 모범 노동자였고 석회를 구워내는 덴 귀신이라고 하는 사람들까지 있다. 그러나 직공장으로 4석회 현장을 책임진 뒤로는 평판과 반대의 사실만 나타났다. 그렇다면 무엇 때문인가고 지배인은 물었다.

"상부에서 우선 내가 지도하고 방조를 주는 것이 부족했다구 생각합니다. 지금 시멘트 소성로 복구에만 모두 정신이 팔려서 여기로는 자주 와보지두 못했소. 나두 책임을 느낍니다. ……오늘은 우리 서로 가슴을 툭 털어놓구 이야기 해봅시다. 우선 애로 조건이라든가 요구할 것이 있으면 말 해보시오."

그러자 학선이는 고개를 들고 물었다.

"윈치하고 폼프는 언제나 옵니까?"

"폼프는 수일 내루 놓게 될 거요. 윈치두 이달 안으로 옵니다."

지배인은 학선의 얼굴을 자세히 살피며 대답했다.

"그런데 동무가 기계 설비만 자꾸 독촉하는 건 모를 일이요. 윈치나 폼프가 없어서 계획량을 완수하지 못하는 것이 아니라구 전 번에두 말해주지 않았소. 기계 대신 수공업으루 하려니까 더 많은 사람이 필요하구 생산 원가가 높아지는 건 사실이지만, 지금 생산이 낙후한 것은 원인이 딴 데 있을 거요. …… 좌우간 기계설비는 이달 안으로 되니까 그 점은 안심하구 다른 건 요구할 게 없소?"

학선이 또다시 대답이 없다. 옆에서 당 위원장이 물었다.

"학선 동무, 비판을 받은 뒤로는 말버릇을 좀 고쳤소?"

"예, 이전 그런 일은 절대루 없습니다. 반장 동무보구두 물어보십쇼."

"좋소. 그런데 동무는 내달까지는 틀림없이 계획량을 완수하도록 만들어 놓는다구 장담합네다만은 동무의 그런 장담만으론 믿기 어렵거든요."

"아닙니다. 자신 있습니다. 내달에 목숨을 내놓구라두……."

"그런 장담은 처음이 아니오. 그러나 아무두 동무의 목숨을 요구하지는 않소. 회를 요구할 뿐이지……."

"이번엔 정 자신이 있습니다. 소성로과 확실히 기운을 내기 시작했습니다."

"내달이라면 아직 멀었거니 생각해서는 안 되오."

지배인이 다시 입을 열었다.

"늦어도 이달 말까지는 일일당 목표량을 내야만 내달 생산량이 보장될거니까…… 그런데 지금 소성로가 기운을 내기 시작했다면 그건 무엇 때문인가, 또 앞으로 더 기운을 내게 하려면 무엇이 필요한가, 애로조건은 무엇인가, 요구할 것이 없는가, 이런 것들을 우선 알아야 하겠단 말이오.."

"예예, 지금 조금씩 나아지는 건 반장 동무가 온 뒤로 노동 규일이 썩나아진 탓입니다. 출근률도 썩 좋아지구 지각 조퇴두 없어지구…… 반장 동무가 퍽 애썼지요.."

"알겠소, 여러 동무들한테 그런 말을 들었소. 노동 규율이 강화된 것은 확실한 것 같소. 앞으로 출근률 100프로를 보장하도록 동무들이 노력해주리라고 믿소."

지배인은 말하다 말고 고개를 갸웃거리며 잠시 생각한 끝에 다시 말을 이었다.

"그런데 사실루 보자면 전달까지는 출근률 88프로이던 것이 이달엔 93프로루 겨우 5프로가 높아졌소. 출근률 5프로가 높아진 것 그 하나만 가지구서는 이렇게 낙후한 직장의 능률이 제 궤도에 올려놓을 수 있다는 설명이 안되거든요. 그러구 보면 최근까지두 노동자의 유동은 계속되구……."

지배인은 곡절을 모르겠다는 얼굴을 했다. 듣고 보니 의심이 생겼다. 전에 비하면 출근률이 5프로밖에 높아지지 않은 것으로는 생각되지 않았다. 그는 준호를 바라보았다.

준호는 학선이와 반대로 아주 태연했다. 준호는 늘상 번둥번둥 놀고만 있다가는 보고를 내야 할 때는 갑자기 서둘러서 통계를 꾸며대곤 하는 눈치가 느껴졌다. 전에는 출퇴근을 기록하지부터 않았고 요즘에 와서까지도 출퇴근을 기록하는 데 낯을 가려가며 되는 대로 하는 그가 전에 어떻게 보고하곤 했는지, 또 그 88프로라는 것이 어떤 것인지 짐작이 갔다. 그러나 자기가 오기 전의 일이고 확실한 일을 증명할 수도 없어서 준호의 거동만 바라보고 있었다. 그러나 준호는 조금도 당황해하는 빛이 없었을 뿐 아니라 태연하게 말했다.

"노동자의 유동에 대해선 이렇습니다. 본시 일할 생각은 전혀 없구 어름어름 시간이나 보내구서 배근이나 타자꾸나 하던 자들이 없지 않았어요. 노동 규율이 강화되는 데 따라 그런 자들이 그만두는 예들이 있습니다. 그런 자들이 그만두는 걸루 생산은 저하되지 않구 도리어 제고된다구 생각합니다."

영희는 준호의 얼굴을 고쳐 보았으나 그는 태연했고, 득의만면했다.

아무리 요구할 것이 없는가고 물어도 직공장이 요구를 내놓지 않는 데 불만을 느낀 지배인은 영희더러 물었다.

"반장 동무는 뭐든 요구할 게 없소?"

"예, 전 다른게 아니구"

영희는 며칠 전부터 생각해오는 것이 있어서 곧 대답했다.

"회 치는 동무들에게 기름하구 비누를 배급해줬으면 좋겠어요."

"회 치는 동무들은 손이 터져서 야단이에요. 일하기 전에 소기름 같은 거라두 좀 발랐다가 일이 끝난 담에 비누루 씻군 하면 손이 터지지 않는대요."

"그렇겠소, 음……."

지배인은 눈을 내리뜨고 방바닥을 들여다보며 잠시 생각하더니 당위원장을 돌아본다.

"사람이 욕심이 앞서면 눈이 어두워진다고 하더니 그 말이 맞았소. 아까두 회 치는 걸 한참이나 보구두 그걸 생각지 못했으니까. 그저 생산만 높일 욕심밖에 없어서 그게 탈이오. 좋소, 비누와 기름, 소기름보다 글리세린이 좋을 거요. 그러나 그보담 애여 고무장갑을 끼구 작업하도록 하는게 좋지 않겠소. 그리고 작업복과 마스크두 필요할 게구……."

지배인은 수첩에 적으며 다시 변명했다.

"전에 기계가 하던 작업이 돼서 미처 생각을 못했소. 안전기사 동무가 석회직장에 대해선 관심을 돌리지 않았다구밖에는 할 수 없고…… 그 밖에 또 요구할 것 없소?"

영희는 직공장을 쳐다보았다. 낙후한 직장이라고 의붓자식 대접만한다고 하소연하던 말이 생각났기 때문이다.

"직공장 동무."

영희가 가만히 불렀다.

"말씀하시오."

"에? 뭐요?"

"합숙 건축 문제 말이에요."

그러자 학선이는 당황해하며 눈짓을 한다. 영희는 곡절을 몰라 어리둥절해 있는데, 당 위원장이 캐고 들었다.

"합숙 건축 문제라니요?"

영희는 학선이가 대답하기를 기다렸다. 그러나 그는 말이 없다. 영희 자신이 설명할 수밖에 없어졌다.

"합숙 짓던 것 말이에요. 집을 세워만 놓구 기와가 없어서 내버려둔 채에요."

지배인은 수첩을 책상에 덮어놓으며 학선이를 흘겨본다.

"반장 동무의 말이 사실이오?"

"예, 저어……."

학선의 고개는 푹 숙어졌다. 지배인은 벌떡 일어서더니 방 안을 거닐기 시작했다.

"이런 일이 있으니까 믿을 수가 없어진단 말야……."

몸집이 뚱뚱한 지배인이 넓지 않은 방을 왔다 갔다 거니는 것은 폭발하려는 분노를 참으려 하는 때문이었다.

얼굴을 찌푸리고 앉아 있던 당 위원장은 학선이를 내려보며 입을 열었다.

"무슨 필요루 그런 거짓말을 했소? 그거나 말해보오. 내 사무 실적 사업 작풍의 자기비판 재료두 되니까…… 조그만 현장이라구 해서 자주 돌보지두 못했구 보고만 믿구서 사택 공사엔 가보지조차 않은 걸 우선 나부터 자기비판합니다."

정전 후 복구공사를 착수하는 것과 함께 시급한 문제로 제기된 것이 노동자 사무원의 사택과 합숙을 하루 속히 짓는 문제였다. 그러나 건축 자재는 한꺼번에 들어오지를 못했다. 기와와 돌기와도 마찬가지였다. 숙사 공사들은 기일보다 늦어질 징조들이 보이기 시작했다.

그래서 행정기술협의회가 열리고 그 자리에서는 미처 들어오지 못하는 자재만 기다리지 말고, 유휴, 매몰, 또는 산재한 내부 자재들을 극력 회수 사용하여 공사를 기한 전에 준공할 것이 제의되었고 토론되었다. 그때 학선이도 토론했다. 4석회의 합숙은 목재로 세워만 주면 다음은 시간 외 사회 노동과 회수 자재로 자체 해결할 수 있다고 맹세했다. 합숙 건축 지점에서 멀지 않은 곳에 파락된 반토굴 창고가 있는데, 그 기와를 벗겨다 쓰겠다는 것이었다.

착상은 물론 좋았다. 학선이는 일을 남보다 뛰어나게 해놓고 남들이 우러러보는 것을 꿈꾸었다. 그러나 실행이 따르지 못했다.

합숙 공사가 시작되어 마루 도리가 올라가고 서까래가 걸리우고 수장(修粧)들도 제자리에 들었을 때는 석회 생산이 예상같지 않아서 초조해지던 시초였다. 학선이는 초조하고 당황해 돌아가느라고 합숙 공사를 돌볼 마음의 여유가 없었다. 통계원과 전 직맹반장에게 일임해두었는데, 시간외 노동의 동원이 잘 안된다고 둘이는 앙탈만 하고, 외 맺고 산자 받는 데도 시일이 걸렸다.

그러는 사이에 준공 기일은 지나가고 상부로부터 독촉을 받을 때마다 내일된다 모레 된다 장담만 되풀이되었었다.

그런데 이 시기로부터 학선이는 상부를 만나기 꺼리는 마음이 생기고 있었다. 석회 생산에 대해서 너무 쉽게 장담만 거듭해온 결과에 거짓말을 거듭한 결과가 되고 거짓말한 책임을 추궁 받는 것이 두려워서 할 수 있는대로 상부를 피하려는 심리였다. 며칠 전에 강동무의 어머니가 죽었을 때도 그런 심리 때문에 자기는 관감을 청하러 가지 못했던 것이다.

그래서 자신이 가야만 할 일에도 통계원을 상부에 보내는 일이 많았는데, 어느 날 지배인이 통계원더러 합숙 공사 진행 상황을 물었을 때, 통계원은 준공이 되었다고 말했었다. 언제까지나 내일모레로만 말할 수가 없었기 때문이다. 합숙은 4석회 현장에서도 보이지 않는 구석진 골짜기에 있는 것을 기화로 한 거짓말이다. 그래 놓고도 공사를 빨리 했으면 끝내 속일 수도 있었을지 모른다. 그러나 다시 어물어물 시일을 보내다가 하루는 보니까 가져다 쓰려고 벼르기만 하던 반토굴 창고의 기와는 간 곳이 없어졌다. 이런 일이 없어도 상부에 가기부터 꺼려하던 학선이는 지금 기와를 청구할 수도 없고 벙어리 냉가슴 앓듯 하면서 하늘이 무너져도 솟아날 구멍이 있다는 말만 하늘같이 믿고 있다.

경과를 다 듣고 나서 지배인과 당 위원장은 한참동안이나 말이 없었다. 팔소매로 이마의 땀과 눈물을 씻어가며 실토하는 학선이의 말이 끝난 지 얼마 후, 당 위원장은 입을 열었다.

"동무가 한 짓은 전번 직맹반장이란 자가 한 짓과 꼭 마찬가지요."

지배인은 간단히 내일 자기한테로 오라는 지시를 주었을 뿐 더 길게 말하지 않았다.

이튿날엔 벌써 작업장 안에 여기 대한 소문이 퍼졌다. 상부에서는 노동자들의 생활 안정을 위해 많은 관심이 있건만 중간에서 매양 협잡을 한다는 여론이 주로 돌아갔다. 직공장도 이번엔 톡톡히 경치게 되었다며 개운해하는 사람이 많았다. 그러는 일방 직맹반장 영희가 앙큼스레도 직공장을 잡아먹으려고 고자질을 했다며 영희는 허투루는 볼 수 없는 무서운 계집이라고 하는 말도 돌아가고 있는 것을 알았다. 이런 말은 매양 준호가 퍼뜨려놓는다는 것을 이제는 의심할 수 없어졌다.

지배인한테 갔던 학선이는 오후에야 커다란 짐을 하나 지고 아주 풀이 죽어서 돌아왔다. 어제 지배인이 약속한 작업복, 고무장갑, 비누 등을 지고 온 것이었다.

이튿날 오후 직공장이 밀차로 왔을 때 영희가 직맹반 총회를 열 것을 의논했더니 그는 의외로 가벼운 어조로 대답했다. 그리고 나서 한숨을 한번 쉬더니 빙그레 웃었다.

"그저께 밤은 꼬박 세웠는데, 어제는 잘 잤쉐다. 난 꼭 철직 맞구 당에서 쫓겨나는 줄 알았어요. ……이번 반 총회에선 자기비판을 꼭 해야 갔쉐다."

공장 지도부에 갔던 학선이는 자기 사업 작풍의 결함들에 준엄하게 비판 받고 돌아온 그는 도리어 마음이 가벼워졌다.

직맹반 총회가 열렸다. 주석단에는 김창선이와 박춘실이와 이옥분 등이 앉아 있었다. 영희는 보고를 하고 있었다.

"……미국 날강도들이 파괴해놓은 잿더미 속에 우리는 전보다두 더 큰 공장, 전보다두 더 좋은 도시들을 만듭시다. 그러면 이 많은 공장과 도시를 누가 복구합니까. 다름 아닌 우리 노동자들이에요. 우리 근로계급은 우리나라의 주인이에요. 우리는 나라의 주인답게 많은 물건들을, 우리는 회를 더 많이 더 빨리 생산해야 돼요. 그래야 공장과 집들이 더 빨리 복구 될 거 아니에요. 후에 우리 아들딸들은 물어볼 겁니다. 이 훌륭한 도시와 공장들이 복구될 때 아버지 어머니는 무엇을 하고 계셨소, 하고 말이지요. 그때는 어떤 사람은 '저 훌륭한 집들을 지을 때 나는 장마당에 앉아서 일원짜리 참외를 일 원 오십 전에 파느라고 해를 지우군 했을 뿐이다' 하구 대답할 수도 있을 거예요. 그러나 우리 노동자들은 그렇게 대답하지 않아요. '이 하얗고 매끄럽고 아름다운 담들을 보아라, 이건 우리가 만든 회란다. 우리가 만든 회는 수많은 담이 됐단다.' 그렇지만 우리들 가운데는 자기 자식들 앞에서 떳떳이 말할 수 없는 사람도 있을 수 있습니다. 그러면 이중에서 어떤 대답을 들을 애들이 자기 부모를 우리나라의 주인으로 생각하며 또 자기를 나라의 주인으로 생각 할 수 있겠어요? 우리 집에두 딸이 셋 있습니다. 나는 우리 딸들이 자기 어머니가 한 일로 낯을 붉히는 일이 없도록, 또 자기 어머니가 해 온 일을 누구에게나 버젓이 자랑할 수 있는 그런 일을 하고 싶어요."

보고의 서론이 되는 부분인 이 대목까지 이야기가 이르렀을 때 군중 속에서 쑤군거리는 소리가 더러 들려왔다. 영희는 같은 뜻의 말을 벌써 여러번 강조 했던 일이 있다. 노동 계급의 긍지를 채 가지지 못한 신입 노동자가 많은 관계로 다소 귀에 못이 박힐 정도로 계급적 긍지에 대해 강조할 필요가 있다고 생각해서다. 그래서 오늘도 또 그 말인가고 긴장이 풀리는 것으로만 해석하고 영희는 곧 본론으로 들어갔다.

그러나 그런 것만도 아니었다. 어떤 노동자들은,

"반장 동무는 말을 참 잘해! 어떤 사람은 써 가지구 나가서도 선개장 뜯듯 하는데, 적어 가지구 나간 것도 없이 언제 보나 청산유수라니까……."

"청산 유수 뿐인가, 하는 말이 모두 옳은 말이지."

하고 감탄했다. 영희가 군중 앞에서 말할 때는 그 언변보다 정열이 느껴졌다. 그것을 통틀어 말을 잘한다고 하는 것이다.

한구석에서는 여성 노동자 둘이서 서로 이마를 맞대로 쑤군거렸다.

"저것 보라우, 얼마나 앙큼한가, 그따웨 딸이 셋이란 걸 자랑까지 하지 않아?"

"제 어미 행실루 보자면 딸들이 낯 붉히지 않게 되기는 애여 콧집이 찌그러졌는걸……."

"저런 비위니까 공연하 사람을 고자질해서 앙큼스레 잡아먹지……."

"저 깔끔한 눈추리를 좀 보라우."

이렇게 쑤군거리다가 앞에 앉았던 여자가 뒤를 돌아보자 ,둘이는 그만 입을 다물었다. 물론 이런 속삭임이 영희 귀에까지 들리지 않았다. 그러나 설혹 들렸다 하더라도 그게 무얼 말하는 것인지 영희 자신은 몰랐을 것이다.

영희는 본론으로 들어가서 지금의 생산 정형을 밝히고서 이달 하반기까지는 1일당 목표량은 완수할 수 있는 수준까지 제고해야 한다는 과업을 내세웠다. 그러고는 요즘 점차로 높아지는 생산량과 생산 의욕을 더욱 높이자고 하면서, 모범적으로 일한 동무들의 실례들을 상세히 소개하고 이 동무들의 모범을 따르자고 호소했다. 다음으로 결근이 많은 동무도 아직 있고 지각하는 현상도 근절되지 않았다는 것을 지적하고, 김용식이가 지각한 것을 통계원은 융화해서 묵인해준 사실이 있다고 폭로했다. 끝으로 이번에 지배인이 특히 고무장갑과 작업복 등을 주었다는 것과 오래 해결하지 못하던 합숙의 기와도 오게 되었다는 소식을 전하면서 생산으로 이에 보답할 것을 호소했다.

보고가 끝난 뒤 질문이 있는가고 물었더니 용식이가 일어서지도 않고 앉은 채로,

"내가 언제 지각했단 말입네까?"

하고 볼멘소리로 질문을 했다.

"지난 월요일에 지각하시지 않았어요?"

준호와 용식이 사이에 무언가 쑥덕거리더라는 말을 들은 일이 있기에 약간 긴장해서 반문했다.

"언제요? 난……."

용식이는 다시 부인하려고 했으나 그때 몇 자리 건너 앞쪽에 앉았던 준호가 돌아보며 눈짓을 하자 그만 말을 멈추고 고개를 숙여버렸다.

토론은 직공장이 제일 먼저 했다. 그는 자기가 왜놈의 본을 땄다는

것을 말하면서 언사를 함부로 한 것이나 합숙 건축을 늦어지게 한 것이 모두 동무들을 깔봤던 때문이라고 상당히 조리 있는 자기비판을 했다. 여러 번 비판을 받는 가운데 자기 잘못에 대해서도 심각한 반성이 있었던 모양이다. 그는 합숙 문제를 상당히 자세하게 설명하고 모든 책임이 자기에게 있다고 솔직히 인정했다. 그는 합숙 문제에서 준호에게도 일부 책임이 있다는 것을 말하지 않았다. 현장 책임자로서 책임을 깨끗이 혼자 지는 태도라고 생각되었다.

다음에 일어선 준호도 합숙 문제에는 언급하지 않았다. 김용식이는 여러 가지 잡일로 사무실 일을 손 도와주곤 했던 관계로 그런 정실에 끌려서 지각한 것을 묵인하게 되었노라고 자기를 인정 많은 사람으로 묘사하면서 간단한 자기비판을 했다.

누군가 뒤에서

"체, 출근 매기는 데 사정 두는 일이 뭐 그것만이댔나?"

하고 중얼거렸다.

학선의 토론이 좋은 인상을 준 모양으로 다음 동무들은 모두 성실한 토론을 했다. 반 총회는 그만하면 성과를 거두었다고 영희는 생각했다.

총회가 있은 후 직장 안의 분위기가 퍽 밝아진 것을 느낄 수 있었다. 학선이는 전 같은 언사를 다시 쓰지 않았고, 다른 동무들이 그를 괘씸히 여겨오던 경향들도 없어졌다.

그러나 통계원이 아직도 뒤에서 용렬한 장난을 계속하는 것이 영희에게는 항상 마음에 걸렸다. 누가 결근을 해서 진단서를 청구할 때도,

"뭐 전 같으면야 괜찮았지만, 이즘은…… 난 모르겠쉬다. 반장 동무한테 물어보소."

하고 자기 사정을 보아줄 줄 알건만 반장이 야박하다는 것을 늘 암시

했다.

누가 작업시간에 잡담을 해도,

"그러다가 반장 동무한테 들리면 또 비판이야."

하고 웃어 보이곤 한다. 심지어 누가 지각을 하면,

"또 반장 동무한테 걸렸군!"

하고 중얼거린다.

이런 비열한 장난을 하고 있다는 말을 여러 번 들을 수 있었다. 준호의 예상과는 달라서 준호를 좋아하던 사람이 그리 많지가 않아서 그날 안으로 영희 귀에 들어오곤 하는 것이었다.

그 때문일까? 대개는 영희와 친해져서 크고 작은 일을 의논하러 그에게로 왔고 심지어는 집에서 부부 싸움이 생겨도 해결해달라고 그에게 오는 형편이었지만 일부에서는 그만을 따돌리고 자기네들끼리 영희를 두고 쑤군거리는 기미도 없지 않았다. 이 직장으로 오는 첫 날에 친해졌던 용식이는 요즘은 인사를 해도 못 본 척하고 돌아서버리는 일까지 있었다.

하루는 달수가 돌 까던 손을 멈추고 어두운 데 홍두깨 격으로 물었다.

"반장 동무는 딸이 삼형제라지요?"

영희는 밀차에 돌을 싣기가 한참 바쁘던 때라 돌아보지 않고 그렇다고 대답만 했다.

"몇에씩이나 났소?"

"제일 큰애가 열에 났구, 담에는 아홉, 그리고 끝 애가 셋에 났어요. 왜 물으세요?"

그러나 달수는 더 묻지도 대답하지도 않았다. 중뿔난 물음 같아서 그제야 돌아보니 달수는 고개를 끄덕이며 능글능글 웃고만 있는데 무언가 징그러운 것이 느껴졌다.

'무엇 때문일까, 왜 중뿔나게 물어보다 말았을까?'

이런 경우에도 얼핏 준호의 얼굴이 떠올랐다. 요즘 날이 갈수록 준호에 대해서는 마음에 갈피가 두어지는 것을 자신도 막을 길 없어 하는 영희다.

기와가 왔다. 합숙 공사는 시간 외 사회 노동으로 다시 계속되었다.

합숙에 초벽을 바르고 온돌을 놓던 날 저녁, 늦게야 집으로 돌아가는 길에 영희는 창선 영감과 이야기한 일이 있다.

"직공장 동무는 요즘 사람이 아주 달라졌어요. 합숙 짓는 데두 제일 열성적으루 일하지 않아요? 직공장 동무가 온돌 놓는 걸 보니까, 흥이 나구 막 재미가 있어서 하는 일 같아요."

"그래 참 잘하두군. 그런데 그게 본시 그 사람의 일하는 본새야. 그 사람이 일이야 뭐든 오죽 잘 하나, 또 사람두 좋지."

"그럼 이가 한때는 왜 별스레 굴었을까요?"

"거야 내가 알겠다구."

그때야 문득 깨달아지는 것이 있어서 영희는 다시 물었다.

"통계원 동무는 전에 뭘 하댔나요?"

"평양서 어느 리회에서 서기 노릇인가를 했다구 하더군. 그건 왜 물어?"

"그렇게두 깜찍이 일하기 싫어하는 사람은 처음 봤어요. 처음엔 일을 시키는 체하더니, 뭐 시키구 말구가 있어야지요, 그러니까 개신개신 돌아가면서 일손이 남아도는 곳만 찾아가서 뭘 좀 하는 척하면서 말참견만 하구 있지 않아요."

"본시가 노동을 안 해본 사람이니까."

"학선 동무가 잘못을 니여 고칠 수 있는 건 일하기를 좋아하는 때문

아닐까요.."

"그럴지두 모르지…… 반장 동무두, 이제는 그 사람을 용서해주고 싶은 거지?"

"제가 뭐 용서 여부가 있어요."

"학선 동무가 한때는 여자들 보구 표 나게 굴었으니까…… 그런데 내 하나 아르켜줄까?"

"뭐가요?"

"학선 동무가 말이지, 직장에 나와서는 한 때 여자들 보구 못살게 굴었지만 집에선 마누라한테 꼼짝 못하네, 언감생심이지……."

"예? 그래요!"

"그 집 마누라가 여북한가……."

석회 직장의 사택에서 시멘트 소성로 복구공사에 다니는 노동자가 있었다. 그 동무가 영희더러 사택을 서로 바꾸자는 말을 해왔다. 산을 넘어 오릿길이나 통근해야 하던 영희는 물론 두말없었다. 그래서 어느 일요일에 이사해 들게 되었다.

춘실이 옥분이를 비롯해서 일곱 명씩이나 이삿짐을 날라주러 왔다. 모두 여성동무들이다. 이삿짐이라야 해주서 폭격에 몽땅 없애버리고 남은 것이 없이 온 신세라 그렇게 많은 사람이 나를만한 것이 없었다. 이부자리를 하나 지기도 하고 솥을 이기도 하고 보따리를 하나씩 들기도 하고…… 그러나 모두 짐은 가볍고, 여럿이 함께 넘는 산길은 마치 산놀이와도 같이 느껴지는 모양이었다. 모두 와짝 지껄이며 애들같이 좋아했다. 누군가,

"야, 신통히도 여자들만이구나!"

하고도 모두 공연히 웃어대고, 영희가 진 이부자리가 한편으로 기울었다고도 웃어대고, 너무 웃기만 해서 길 가는 사람들이 미친년들이라고 하겠다면서도 웃고…… 오릿길을 웃음이 그칠 새 없이 걸었다. 주인인 영희부터 웃기 잘하는 성질인데 직장에서와는 달라서 정색해야 할 일도 없고 더욱이 많은 동무들이 도와주러 왔다는 것이 기뻐서 자꾸만 웃었다. 애들은 본시가 이사라면 영문도 모르고 덮어놓고 좋아하는 법인데 아주머니들이 이렇게 여럿이서 돌봐주며 걷자 하니, 명절날과 생일날이 겹친 것같이 좋아했다.

길녀 등에 업혀서 집을 떠난 경숙이는 이 아주머니 등에서 저 아주머니 등으로 벌써 여러 번째 바뀌어가며 혀가 돌지 않는 조각말을 쉴 새 없이 종알거렸다. 명자에게 손목을 잡힌 할머니도 모두가 웃어댈 때마다 무슨 재미나는 일이 있는가고 귀를 들어 두리번거리며 왜들 웃느냐고 명자에게 물어보곤 한다. 명자는 야무지고 새침한 성미라 웃을 때도 벌쭉 소리 안내고 웃지만, 길녀는 성큼하고 붙임성이 있어서 아주머니들의 치마폭에 묻어 돌아가며 보고 들은 이야기를 죄다 할 셈 치고 오릿길을 입을 닫치지 않았다.

새집에 와 닿은 뒤에도 할 일이 손에 비해 많지 않았다. 방 안과 마당을 쓸어내고 보니 부엌에서 솥 붙이는 사람들밖에는 할 일이 남지 않았다. 영희와 또 한명이 솥을 붙이고 있는 사이 방안에서는 웃음이 다시 한자리에 벌어졌다.

영희가 부뚜막에 매질을 끝내고 석탄불까지 피워놓은 뒤에 방안으로 들어오는 것을 보고 춘실이가 대뜸 물었다.

"반장 동무, 우리 지금 무슨 말들을 하구 있었는지 알아요?"

"애들 데리구 지나온 옛말을 듣나 부더군."

"아냐, 그것도 있지만, 통계원 놈의 자식을 때려죽어야 한다고 의논했어⋯⋯."

"이사 두 번만 하면 정말 살인날까 부다. 그건 또 왜?"

"그 녀석은 참 흉측한 놈이야."

"춘실인 통계원이라면 괜히 눈알을 뒤집더라."

"그럼 반장 동무는 무슨 말을 들어두 성내지 않을 테야?"

"나야 성날 일이 있나, 뭐⋯⋯."

"그럼 성내지 않나 볼 테야. 통계원이 반장 동무를 두구 뭐라구 소문을 퍼뜨렸는지나 알구서 말하라요. 반장은 딸이 삼 형젠데 셋이 모두 성이 제 가끔이라면서, 스물여섯에 벌써 애아버지만두 셋은 되니 그새 새서방을 몇이나 바꿨는지 모른다구 하지 않아, 입이 더러워서⋯⋯."

"그러면 멜 하나? 사실 딸 셋이 모두 따루따룬걸 뭐⋯⋯ 하나는 이가구 하나는 박가구 하나는 강가구⋯⋯."

영희는 성내지 않는다고 장담했던 뒤니만큼 태연자약한 듯이 대답했다. 그러나 목소리가 여느 때와는 달랐다. 목에 걸렸다가 나오는 것 같고 거세어지는 듯싶었다. 다른 동무들은 모두 말없이 웃지도 않고 보고만 있는 것이 조금 이상하다 했더니 그런 말이었는가, 애들에게 들어서 지금에야 알았나 보군하고 태연하려고 했으나, 낯이 뜨거워지고 가슴이 울렁거리며 불쾌감이 치솟아 옴을 차츰 누를 수 없어졌다.

"반장 동무가 그렇게 시침을 딸 땐 난 정 싫어. 그게 뭐예요, 우리가 다분해 죽겠는데⋯⋯ 부모 없는 전쟁고아를 둘씩이나 맡아서 기르는데, 칭찬은 못할망정 그따위로 아가리를 놀려서 음해를 하는걸? ⋯⋯ 난 분해 죽겠어."

춘실이는 평시에도 영희와 너나들이를 하고 때로는 존대해서도 말하지만 흥분한 김에 마구 뒤섞어 써가며 발을 동동 구를 듯이 눈물까지 글썽해서 대들었다.

춘실이나 너무 격해서 말이 지나쳤다고 생각한 옥분이는 언제나와 마찬가지로 눈을 내리뜨고 잔잔한 목소리로 설명했다.

"벌써 그런 욕이 돌아가는 걸 들었지만 욕이 하두 추잡해서, 동무들한테 물어두 못 보고 있었어. 진작 물어봤으면 좋았을걸…… 욕 치구두 여자들한테는 제일 싫은 욕 아니야.…… 그런데 영희 동무는 왜 이 애들의 이야기를 숨기구 있었어?"

"그럼 뭐 제자식으루 생각하는 애들을 두구 제 딸이 아니라구 광고할 필요는 없지 않아요."

"그렇긴 하구만, 그래두……."

옥분이는 다시 말을 계속하려다가 영희의 얼굴을 쳐다보더니 말을 끊었다.

영희는 생각할수록 분해졌다. 다시 분한 생각도 지나가고 준호에 대한 증오만이 가슴에 가득찼다.

옥분이는 잠시 영희의 낯빛을 살피다가 주시하면서 물었다.

"내 말 듣구 성내지 않을래?"

"언니 보구야 성낼 일 없지 않아요."

"다른 게 아니구, 반장 동무는 어쩌다가 눈매가 변하면 깔끔하구 사나운 것 같아서 건드리지 못할 듯싶어지는 때가 있어……."

"내 눈이 그렇게 사나워요?"

"조금 전에두 바로 그렇던데……."

그러자 다른 동무들까지 모두 옥분의 말이 사실이라고 해서, 영희는 그만 그런 눈매를 보이지 않기 위해서라도 웃지 않을 수 없었다.

"그건 아마 사지판을 겪은 탓인지 모르겠어요. 전선에서 오래 싸운 사람들 중에 눈매가 달라지는 동무가 있다는 말두 들었는데…… 나두 전쟁 후부터 눈매가 사납다는 말을 더러 듣군 했어요."

이런 말로 시작되어 영희는 자기가 남편과 함께 후퇴 도중에 적에게 붙들렸다는 것과 악형을 받은 끝에 자기는 인민군대의 신속한 진격으로 구출되었으나 남편은 그만 적에게 학살되었다는 사연을 말했다. 그리고는 모진 악형을 받았는데도 뱃속에 있던 경숙이가 무사했던 것은 지금 생각해도 이상하다고 첨부했다.

구출된 지 한 달 후 유복자인 경숙이를 낳고, 산후의 몸이 추서자 리여맹 사업을 했었는데, 그때 부모를 잃고 의탁할 곳 없어진 강명자와 박길녀를 자기가 거두어 기르게 되었노라고 했다.

내각 결정 154호가 나왔을 때 영희는 리 여맹위원장으로 이를 해설 선전하여 전재민과 도시 세궁민들이 많이 국가가 알선 방조해주는 대로 직장으로 전출하도록 힘써왔고, 말로만 해설했을 뿐 아니라 저 자신 솔선해서 직장을 지원하고 나섰던 것이다. 전쟁 전에 해주 시멘트 공장에서 노동 해왔기 때문에 이곳 시멘트 공장으로 배치된 것이 퍽 기뻤다고 했다.

"아무려나 용하외다. 전쟁 고아를 하나두 아니구 둘씩이나 맡아서 기르느라구……."

한 동무가 감탄하자, 영희는 곧,

"그러기에 우리 국가의 혜택을 특별히 받구 있지 않아요? 경숙이 아버지가 학살됐기 때문에 사회 보장으루……. 그리고 우리 오라비가 군대루 나갔기 때문에 어머니도 혜택을 받구, 애들 둘이는 국가에서 배급을 주구……."

하고 영희는 겸손해버렸다.

소성로는 기운을 내기 시작하자 돌과 석탄을 더 많이 먹어 삼켰다.

밀차에서는 여섯 명이 하던 일을 네명이서 해냈고 오히려 그보다 더 능률을 내게 되었다. 소성로에서 돌과 석탄을 요구하는 데 따라 밀차에서는 채석장에 더 많은 돌을 요구했다. 성화같이 독촉하니까 대활이나 소활에서도 일손들이 빨라지고 달수의 입진 수다에도 귀를 기울이지 않게 되었다. 그래도 채석장에서 미처 돌을 내지 못해서 밀차에서도 소성 동무들한테 미안한 낯을 하지 않을 수 없는 일이 많아졌다.

석회의 생산이 제고되는 데 따라 직장 안에 온통 활기를 띠었지만 학선이가 눈에 보이리만큼 침착해지고 사람이 좋아져서 동일 소성로에 붙어 있었다. 생석회를 반출할 때마다 로 안을 들여다보며 창선 영감과 함께 어디가 좋다 어디가 부족하다 어디가 병집이다, 다음번은 언제 반출하는 것이 좋겠고…… 하면서 매양 의논하는 것을 볼 수 있었다. 그 직공장이 돌을 더 요구한다는 것을 안 영희는 자기를 소활로 옮겨달라고 제기했다. 학선이는 그의 의도를 알고 곧 소활의 한 동무와 부서를 바꿔주었다.

춘실이는 서운히 여겼고, 소활에서는 달수가 다시 영희와 함께 일하게 된 것을 달갑게 여기지 않았다. 낯빛만 보아도 알 수 있었다. 그러나 그 밖에 다른 동무들이 달갑게 여기지 않는 것은 영희가 아니고 달수였다. 그칠줄 모르는 수다로써 쉬는 참을 만들어내고, 또 쉬는 시간을 늘리곤 하던 것도 통용이 안 되는 요즘, 달수는 담배를 피운다는 핑계로 자주 일손을 놓곤 했다. 그래서 자기는 놀기만 하고 남이 한 일에 얹혀서 자기도 일한 척하려는 그를 누구나가 싫어하게 되었던 것이다.

영희가 소활로 넘어온 지 며칠 후 벽보판 앞에서 웃음이 터졌다.

벽보에는 '이달수 동무에게 물어볼 산수 문제'라는 제목으로 다음과 같은 글이 나붙어 있었다.

"이달수 동무는 하루 여덟 시간 노동하는 사이에 담배를 마흔다섯 대씩 피운다. 여덟 시간 중에서 마흔다섯 대의 담배를 피우고 나면 남은 노동 시간은 얼마나 되는가? 동무들 한 사람도 빠짐없이 해답을 이달수 동무에게 물어봅시다."

달수는 성을 냈고 며칠 후 그는 직장을 그만두었다. 그런데 달수가 직장을 떠나게 된 것도 준호가 뒤에서 불평을 조장시킨 형적(形跡)이 보였다. 그러고 보면 지금껏 직장을 그만두고 나간 사람들은 대개 준호와 비교적 가까이 지내온 신인 노동자들이었다는 것이 생각났다.

소활에서는 사람이 하나 줄었지만 돌은 줄지 않았다. 그후 펌프가 설치되는 것과 함께 물을 지던 옥분이까지 소활로 옮겨오게 되어서 소성에서 요구하는 돌을 오히려 여유를 두고 대주게 되었다.

생석회의 반출량은 부쩍 늘고 석회는 쏟아져 나오기 시작했다. 이렇게 되고 보니 이번에는 회를 치는 데서 미처 쳐내지 못하고 마당에는 회가 노로 쌓여갔다. 작업 전과 작업 후를 이용하여 또는 작업 중에도 영희는 회치는 동무들을 고무 추동했다. 그러나 호응하는 기색이 보이지 않고 김용식이는 노골적으로 반발해 나서기까지 했다.

"누군 놀기만 하는 걸루 생각합니까? 어디 반장 동무가 좀 쳐보소고레."

영희는 그 생각이 없지도 않았다. 그러나 직공장이 찬동하지 않았다. 소활로 간 지 며칠이 안 되고 그가 떠나던 거기면 지금의 기세가 다시 어떻게 될지 모른다는 것이었다. 영희도 수긍했다.

그러는 사이에 노로 쌓인 횟더미가 커져서 비가 오면 지붕 밖으로 나간 회는 못쓰게 될 위험성이 생겼다. 비상 대책으로 다른 부서에서 몇 명을 빼서 회 치는데 임시로 응원을 보내기로 되었다. 그러나 체를 비롯하여 도구들이 여벌이 없었기 때문에 회치는 작업만은 임시로 2부 교대를 하게 되었다.

임시로 되는 2부 교대 작업은 닷새 동안 계속되었는데, 영희는 매일 밤 야간작업하는 동무들과 함께 있었다.

마지막 날이었다. 낮에는 작업하고 밤에도 또 거의 새우곤 해서 영희는 피곤해 있었다. 저녁에 두어 시간 함께 머물러 돌아가다가 사무실로 내려와서 신문을 뒤적이면서 쉰 뒤에 열시쯤 다시 작업장으로 돌아갔다.

회를 치던 용식이가 제자리에 없었다. 그는 으슥한 구석에서 자고 있었다. 밤 작업을 해보지 못한 사람이라 낮에 충분히 자두지 못한 모양이라고 생각하면서 그를 깨웠다.

또 한 바퀴 돌아보며 동무들과 웃음의 말도 건네고, 밤 작업도 오늘이 끝이라며 격려도 하고 나서 그는 사무실로 내려왔다.

자정쯤 해서 다시 작업장으로 올라가보니 이번에도 용식이는 제자리에 없었다. 그런데 회를 가마니에 넣어서 묶어놓은 것은 그사이에 다섯이 더 늘었다는 것을 알았다. 그 사이에 열심히 쳤다면 물론 그보다 더 칠 수도 있었지만 영희는 의심이 생겼다. 그는 횟가마니 속에 손가락을 들이밀어 봤다.

"에그머니……."

손가락이 뜨끈했다. 생석회에 물을 친 지 오래지 않은 소석회는 뜨겁다는 것을 잊어버렸던 것이다. 조심히 또 한 번 손가락을 넣어보았다. 무심 중이었으니까 놀랐다 뿐이지 건디지 못하리만큼 뜨거운 건 아니었다. 비집고 낸 가마니 틈으로 손가락 하나를 들이밀어 두 손가락으로 만져보니 돌이 잡혔다. 그리하여 나중으로 작속 된 다섯 가마니에는 돌이 섞여 있다는 것을 알았다. 영희는 용식이가 자고 있는 것으로 가서 그를 깨웠다.

"지금 방금 누웠댔쇠다."

용식이는 눈을 뜨자 묻지 않는 말로 발뺌부터 했다. 영희는 용식이가 제자리로 돌아가는 것을 기다려 횟가마니를 가리켰다.

"이 가마니들에게는 돌이 섞여 있으니 어떻게 된 일인가요?"

"그럴 리가 없겠는데……."

"그래두 있습니다."

"거 웬일일까."

용식이는 가마니를 비집고 손가락을 넣어본다.

"뭐이 있다구 그러는 지 모르겠군!"

그가 쑤셔보는 곳마다 돌은 없었다. 그러나 영희가 쑤셔보았던 자리에서는 이번에도 돌이 나왔다.

"거 조화 났는데……."

"조화는 무슨 조화예요. 한 가마니만두 아니구 다섯 가마니가 다 그런데……."

"졸리는 걸 일했더니 이렇게 좀 잘못된 거외다."

그는 회 치기를 시작하려고 한다.

"이건 어떻게 하실래나요. 다시 쳐야지요?"

"……."

"밑에하구 위에하구만 친 회를 넣구 가운덴 안 친 회를 넣지 않았어요?"

"원 천만에, 일부러 그따위 짓을 했으면 벼락을 맞겠쇠다."

"그럼 왜 그래요, 가마니마다."

"거야…… 졸다가 아마 잘못해서……."

용식이는 말이 막히면서 횟가마니들을 풀어서 쏟아놓았다.

다음날 아침 영희는 직공장에게 이 사실을 보고했다.

"에익, 상게두 정신을 못 차리구……."

학선이는 성을 내며 고함을 지르려다가 뒷머리를 긁으며 히죽 웃었다. 또 무언가 욕설이 나가려는 것을 참는 모양이었다.

"어떻게 했으면 좋겠소. 내버려둘 수두 없구, 이번 기회에 본 때를 뵈는게……."

"비판을 주어서 개전시키는 것밖에 없다구 생각돼요. 자유노동을 하던 때의 버릇이 아직두 남아서 그러는 거니까요."

그리하여 작업 전 시간에 영희는 용식의 일을 비판하게 되었다. 오작품을 낸다는 것은 국가와 인민 앞에 얼마나 손해를 주는 것인가를 설명하고, 용식이가 한 일은 의식적으로 오작품을 낸 것이므로 더 나쁘고 해독적이라는 것을 지적하면서 자기비판을 요구했다.

용식이는 마지못해 일어섰다. 숱이 많아 꺼먼 눈썹 밑으로 우묵 패어 들어간 눈에는 침울한 빛과 함께 노기를 띠고 있었다. 떠듬떠듬 전줄어가며 이야기하는 그는 목소리까지 음침해 보였다.

그는 오작품을 낸 것은 인정했다. 그러나 그것은 졸려서 정신이 없었기 때문에 버렸던 돌이 깨묻어 들어간 모양이지 의식적으로 한 일은 아니라고 했다.

영희는 다시 일어나서 작업 시간이 가까우니까 회의는 이만하고 말지만 다음 기회에는 김용식 동무가 솔직히 자기비판을 해주기 바란다며 회를 닫았다.

그날 저녁녘에 볼일이 있어서 직맹 초급단체 위원회에 갔다 오는 길에 영희는 심술궂은 비를 만나 물에 빠진 생쥐처럼 홈빡 젖었다. 떠날 때는 안 오던 비가 집하나 없는 산골에서는 사정없이 내려붓더니 4석 회 현장이 내려다보이는 내리막에 다다른 때는 그만 개고 말았다.

집으로 곧장 갈까 했으나 추워서 몸도 떨리고 옷도 말리워서 입고 가 는 편이 좋을 듯싶어 소성로 있는 편으로 내려갔다. 로 위에서는 김이 무럭무럭 오르고 있었다. 로 위는 불 쬐며 옷이나 말리우기에는 십상 좋았다.

해는 져서 어슬해오는데, 회를 뒤집어쓴 마당이며, 로며, 바위가 모 두 비에 젖어서 희스무레하게 번들거렸다. 이제까지에 밀렸던 회를 작 속해 치웠으니 다행이지 그렇지 않았다면 오늘 비에 손해가 있었을 거 라고 그런 생각을 하며 불을 쬐고 앉아서 아래쪽을 내려다보며 있는데 누군가 올라오는 것이 보였다.

누굴까, 키가 큼직하고 동작이 느릿하고…… 회 치는 마당까지 온 것 을 보니 용식이었다.

"반장 동무요?"

용식이는 대답도 기다리지 않고 위로 올라온다. 영희는 저도 모르게 펄떡 일어섰다.

"반장 동무, 조용히 만나려고 기다렸쇠다."

용식이는 몇 발자국 앞에 서면서 말을 꺼냈다. 한 발자국이라도 더 가까이 왔으면 영희 편에서 물러섰을 것이다. 영희는 그의 일거일동을 똑바로 지키고 있을 뿐 잠자코 다음 말이 나오기를 기다렸다. 꺼면 눈 썹 밑에서 자기를 노려보고 있는 그 음침한 눈을 마주보면서 영희는 고 함지르고 싶은 충동을 가까스로 누르며 서 있었다. 용식이는 천천히 고 개를 돌려 사무실 쪽을 내려다보면서 물었다.

"반장 동무는 나한테 나무람 간 일이라두 있소?"

영희는 침을 꿀꺽 삼키고 높아지려는 숨결을 간신히 진정하며 대답했다.

"나무람은 무슨 나무람이에요."

"날 내쫓으려구 한다고 그럽데다."

"누가 그래요?"

"이젠 자식들두 없구 여편네두 없구 남은 게 없쉐다. 홀가분한 몸이외다. 발바닥에 종처만 안 나면 되는 신세외다. 내쫓으면 나가지요."

허리춤을 추켜올리는 그의 손에서 영희는 눈을 뗄 수가 없었다. 그러쥐었다폈다 하는 그의 두 주먹을…….

"내쫓긴 누가 내쫓아요? 여기가 동무의 일터 아니에요?"

"오늘까지는 그랬지요."

"내일이라고 뭐 달라질 게 있어요. 우리는 누구나 노동할 권리가 있어요."

"그럼 나보군 왜 못살게만 굽네까?"

용식이는 한 발 앞으로 다가섰다. 그와 함께 영희는 한 발 뒤로 움쳤다. 용식이는 무언가 결심을 못하고 판단을 못 내리워 주저하고 있다는 것을 느꼈다. 영희는 마음을 다잡았다. 원쑤들 손에 붙잡혀서도 굴하지 않은 남편을 생각했고 굴할 수 없었던 자기 자신을 돌이켜보았다.

"누가 못살게 굴어요? 나두 노동자구 동무두 노동자 아니에요? 동무두 미국놈한테 가족을 잃었구 나두 미국놈한테 제일 귀한 사람을 잃었어요. 동무와 내가 뭐이 달라서 못살게 굴어요?"

"그럼 날더러 어떡허란 말이외까?"

"모를 일이 뭐 있어요. 동무두 요전에 신발 배급 탄 게 며칠 안 신구 찢어졌다구, 그따위로 신발을 만드는 놈은 손목을 꺾어놔야 한다고 하지 않았어요? 그러니까 동무 자신두 그런 욕을 먹지 않게 하라는 것뿐이에요."

"그럼 담부턴 오작품 안 내면 될까요."

"되구말구요."

용식이는 한숨을 내쉬며 이마의 땀을 소매로 씻었다. 영희도 따라 숨을 내쉬었다. 위험이 지나간 것을 느꼈다.

"그럼 직공장한테두 말씀이나 잘해주소. 담부턴 일을 잘하겠다구……."

"그러실 것 없어요. 내일 아침에 동무들 앞에서 직접 말씀하시라요."

"제발 그 자기비판만은 용서해주소. 그건 정 질색이외다."

"어려울 것 있어요? 사실대루 말하면 되지 않아요."

"사십 넘어 오십이 가까운 놈이 도중에 나서서 난 협잡을 했쉬다. 하구야 어디 입이 떨어집네까, 그 대신 일은 열심히 하겠시다. 지금까지는 서른 가마니밖에 못 쳤지만두 내일부턴 쉰 가마니씩 칠껜 그것만 용서해주소."

"정말 쉰 가마니씩 칠 수 있어요?"

"하자꾸나 하면 할 수 있어요."

"그런 좋은 말을 왜 나한테만 하려구 하세요? 그 결심을 들으면 모두 좋아할거구 동무를 우러러볼 거 아니에요."

"그래두 그것만은 죽어도 못하겠쉬다."

용식이는 공개적으로 자기비판할 것만은 끝내 승낙하지 않았다. 영희는 밤새라도 한번 다시 잘 생각해보라고 타이르고 헤어졌다.

이튿날 아침 작업 전 시간에 영희로서도 뜻밖의 일로 용식이가 자진해서 자기비판을 했다. 그가 오늘부터는 회를 쉰 가마니씩 치겠다고 맹세까지 했을 때는 모두 박수를 했고 놀라기도 했다. 그러나 그보다도 모두가 더 놀란 일은 통계원이 영희를 때려주도록 추졌다는 사실이었다. 반장이 늦게야 돌아온다는 말을 통계원에게서 듣고 길목을 지키면서도 용식이는 채 결심을 못하고 주저했었다. 그런데 영희를 만나 이야기하는 가운데 통계원은 자기를 나쁜 목적에 이용하려고 한다는 것을 깨닫게 되었고 직맹반장의 말대로 하는 것이 자신을 위한 길이라는 것을 깨달았다는 것이었다.

모두 통계원을 찾아 두리번거렸다. 준호는 처음 턱없는 거짓말을 듣는다는 듯이 비웃는 얼굴을 지으려 했다. 그러나 차츰 고개가 숙어졌다. 그는 그 자리를 슬그머니 빠져나오려고 했다. 그러나 노동자들은 그의 길을 막았다.

준호는 내무기관의 신세를 지게 되었다. 그가 전번 직맹반장의 횡령사건에도 관계가 있다는 것이 판명되었다. 낙후한 신입 노동자들 속에서 불평을 조장시켜 그들이 직장에 마음을 붙이지 못하게 해온 것도 실토했다. 전쟁 전에도 어느 국기기관에 근무하다가 횡령사건에 관계하여 교화를 받고 나온 일이 있고 적의 강점 시기에는 적 기관에 복무했던 사실도 드러났다. 준호란 이름도 본명이 아니었다. 지금까지도 적 기관과 연계를 가졌었는지 아닌지는 앞으로 내무기관이 알아낼 것이다.

4석회에서 1일당 목표량을 초과해서 생산하게 된 지 닷새 만에 석탄을 끌어올릴 윈치가 4석회에 도착했다.

석탄을 져나르던 노동자들은 기뻐하기보다는 눈이 둥그레졌고 어리둥절해서 할 바를 몰라 했다. 윈치가 왔으니 노력(勞力)이 많이 여유가 생길 것이고 따라서 석탄을 지던 사람은 대부분 할 일이 없어질 거라고 앞질러 걱정하는 것이었다.

영희는 이를 눈치 채리고 곧 격려했다.

"동무들 걱정 마세요. 윈치가 와서 석탄 나르는 덴 사람이 줄지만 여기 또 할 일이 많이 생겨요."

"예? 그럼…… 우린 또 딴 데로 가게나 되지 않나 해서……."

"이제 나머지 소성로 다섯 개를 복구하기 시작해요. 복구공사에두 많은 손이 필요하지만 복구가 끝난 담에두 사람이 더 필요하지 않아요?"

그제야 모두 안심하는 것이었다. 그사이에 모두 직장에 대한 애착심들이 커져서, 여기를 떠나게 되지나 않을까 해서 걱정하던 그들은 영희의 설명을 듣고 앞으로 복구될 소성로들을 밝은 얼굴로 돌아보았다.

(『건설의 길』, 1954.)

그들은 굴하지 않았다

리근영

1

만술의 고향 마을은 텅 빈 집들만 남아 있는지 언제나 고요하였다. 밭에는 가을 보리가 제멋대로 파랗게 돋았을 뿐, 어느 논밭이나 박두한 농사철을 아랑곳 없다는 듯이 두엄 무더기는 전혀 볼 수 없다. 볏짚을 량식과 바꾸어 먹은 그들은 새끼조차 꼴 수 없어 방에 누워 있기가 그날그날의 일이였다.

배고픈 사람에게는 잠이 때도 없이 항상 찾아 들기만 하였다.

만술은 걸대한 몸을 눕히고 있으려니 졸음이 들었다가는 깨이고, 그래 우중충한 천정만 보고 있느라면 눈 가죽이 스르르 덮이군 하였다.

어머니는 다섯 살 난 손자를 데리고 마실 나갔으며, 안해는 아들의 헌 옷을 깁느라고 헝겊 조박을 찾다가 얻지 못하자 바느질 그릇을 공연히 내부치면서 짜증만 내였다.

『망헐것, 검은 헝겊이 있었는디 어디루 갔을가?』

안해는 투덜대고는 남편을 힐끗 보더니 혀를 자주 찼다.

만술은 속으로

『또 한바탕 바가지를 긁겠구나.』

이렇게 중얼거리고 있으려니 과연 안해는 입을 삐쭉하며 다시 남편을 힐끗 보는 것이었다.

『여보, 내 참 폭폭히여 죽겠다닝개. 글쎄 으떻게 헐 작정이유? 오늘 아침으루 량식두 몽땅 떨어졌는디 늙은 어머니허구 어린애를 생판으루 굶길 작정이유? 이 놈의 지긋지긋한 동네를 진작 떠버리든지 대문안집(지주 김 태호)에 가서 장리두 더 얻구, 그 도장인가 지랄인가두 찍든지, 어서 량단간에 결판을 내구려. 내 참 폭폭히여 죽겠다닝개.』

만술은 안해의 말을 건성으로 들으면서 가끔 눈을 깜박이며 천정만 보았다. 그럴수록 안해는 속이 더 타 올라 입술을 삐쭉삐쭉 내밀다가 다시 투덜대기 시작하였다.

『글쎄, 외골시루만 생각허지 말구, 제발 두루두루 맘을 돌려 봐유. 부자 처 놓구 욕심 많구 심술 궂다허지만, 그러두 없는 사람은 부잣집 그늘을 떠나면 더 고생헌단 말유. 학교 운동장에 훈련장을 만든다는 일만허두 그렇잖우? 운동장을 넓히는 통에 우리 논이 들기만 히여 보아유. 정말 우리는 당장 거지가 될판잉개. 논 한 마지기 없는 우리에게 누가 좁쌀 한 됫박 꾸어 줄상 싶우? 내 참, 속 타 죽겠다닝개. 대문안집, 감나무집 같은 부자가 나서서 미국 사람들에게 돈을 물 쓰듯기 허구 교제를 허면야 그 세도 좋은 사람들이 성공허지 헛탕을 치겠수? 더군다나 훈련장이 되는 날에는 두 부잣집 논두 몽땅 들어갈텐디 오죽이나 힘쓰겠나 말유? 그냥 둬 보아유, 미국 군대들은 사람이 든 집이건 뭐건 막 허물어 버릴텐데. 왜 작년 가을 군산에서 미국 군대들이 헌 일을 몰루우? 이런, 화를 미리 막어내자구 허는디, 당신은 돈 천환을 아까워허니,

허긴 두 부자가 쓸 돈을 생각허면 그것만 되겠수? 더군다나 도장만 찍으면 천환을 꾸어준다는디 왜 가만 있냐 말유? 훈련장 만드는걸 반대헌다구 성공헐 탁 있수? 우리네 손에 총이 있수? 칼이 있수? 대포 아가리다 대구 눈 흘기는거지 뭐유?』

『그 놈의 주둥이 안 다물겠어?』

만술은 참다 못해 소리를 꽥 지르고는 다시 천정만 바라보았다. 안해는 홧김에 바느질 그릇만 부딪치며 뾰로통하였다.

『방 안 장담은 잘두 허지. 정 그럴라면 오늘이라두 여길 떠유, 떠. 글쎄 눈만 말뚱거림서 왜 가만이 앉어 있냐 말유. 내 참.』

안해는 말 끝을 흐리더니 옷고름으로 눈물을 닦기 시작하였다.

작년 타작 마당에서, 만술은 다른 농민들이나 마찬가지로 토지 상환미, 토지 수득세, 호별세, 강제공출, 그리고 여러 잡세와 자잘부레한 빚을 일부 갚고 나니, 김 태호의 장리 열 닷말과 돈 천五백환과 몇 가지 기부금을 생억지를 부려 다음 해로 미루고도 겨우 벼 한 가마니가 남았을 뿐이였다. 그래 이것을 쌀로 만들어 좁쌀과 바꾸어 늙은 호박죽에 몇줌씩 넣어 연명해 왔었는데, 이때부터 안해는 남의 배를 세내여 부리는 친정에로 가자고 밤낮 없이 졸라 왔었다.

그러나 처남의 형편을 뻔히 알고 있는 만술은 안해의 말에 멋사니만 주어 왔었다. 그 뒤 안해는 친정에 가서 그곳의 형편을 보자, 어머니는 만술의 외숙 집으로 당분간 보내고 세 식구라도 친정으로 가자고 또 졸라 오다가, 워낙 만술의 태도가 강경하며 농사철이 박두하자 초조한 마음에 매일 같이 짜증만 내였다.

『세상 푼수를 모르면 가만 있기나 히여. 병신이 알지두 못 함서 참새처럼 씨부렁대기만 허거던.』

『쳇, 병신인 내 말이 옳은가 그른가 동네방네 물어 봐유. 훈련장 말이 나오기 전부터 송생원집, 돌쇠네집, 옥단네집은 이놈의 델 뜰려구 지금 로자 만들구 있대여. 작년 겨울에 뜬 사람들이 지금 으떻게 된지는 몰라두 일찌감치 잘 히였당개. 이러다가 때만 늦으면 게두 구럭두 죄다 놓치는 것 아뉴?』

『동네 무당처럼 알긴 잘두 안다. 두 끼 굶구두 입심은 참 좋당개.』

안해가 또 훌쩍훌쩍 울 것 같아 만술은 롱담조로 말하고 밖으로 나왔다.

새로 생긴 <국군> 예비 사단의 훈련장으로 이 마을 국민 학교 운동장을 확장한다는 말이 생겼을 때, 여러 사람들은 속으로 반대하였었다. 심지어 이 마을을 제 세상 같이 휩쓸고 다니는 경찰서 지서 주임은 미군과 <국군>의 등살에 우쭐대지 못하게된 것을 속으로 섭섭히 여겼다. 이것을 눈치챈 약바른 김 태호는 감나무집과 한통이 되어 가지고 훈련장을 二0리 밖의 역전 마을로 변경시키려는 운동을 까놓고 시작하였다.

반대하는 측에서도 만술이와 몇 사람은 달랐다. 물론 그들도 훈련장에로 논이 들어 간다는 것은, 사실 명색 자작답이라도 가지고 있어야 장리라도 구걸할 수 있으며, 막다른 길목에 부닥치면 논을 넘겨 빚과 때워버린 뒤에 고향을 뜰 수 있는 로자라도 마련할 수 있는만큼, 그것은 큰 화단이 아닐 수 없었다. 그러나 만술이와 몇 사람들은 훈련장이란 것이 자기들과는 아무런 상관이 없을 뿐더러 전쟁을 일으키는 화단이란 것쯤은 알고 있다.

훈련장이 마을에 된다는 소문이 퍼진지 사흘 되던 날 군산에서 부두 로동자로 일하는 박 령감의 사위가 처가에 온 길에 만술이와 몇 사람에게 귓 속 말을 해 주었던 것이다.

『미국놈들은 전쟁을 히여야만 총, 대포, 비행기―이런 사람 죽이는 무기를 팔아 먹을 수 있구, 또 남의 땅을 뺏어야만 여러가지 물건, 허다 못히여 썩어버린 밀가루와 옥수수 가루라두 팔아 먹거던. 그래 지난번 전쟁 같이 리 승만이를 시켜 불질을 촉삭거려 놓구는 즈놈들이 직접 덤벼 우리 조선의 공장과 집들을 막 파괴허구 우리 동포들을 막 죽였단 말이여. 그러구두 전쟁에서 직살나게 지구서는 이제 와서 다시 전쟁을 시작헐려구 이런 지랄을 부리거던. 전쟁만 나 보게. 손해 나는 건 우리 조선 재물이구 많은 동포가 죽는단 말이여, 당장 우리부터 언제 어디서 죽을 줄 아나? 그러닝개 우리는 전쟁을 반대허구 군사훈련장을 반대허야 허네. 어데까지나 전쟁 없이 우리끼리 통일하여 화목허게 살구 북조선처럼 로동자 농민이 잘 살 수 있는 세상이 되여야 헌단 말이여.』

그날밤, 만술이와 몇 사람은 박 령감의 사위에게 밤이 이슥하도록 여러가지 말을 물었었다. 그 뒤로 만술은 박 령감 사위의 말을 생각할 적마다 어딘지 듬직스럽고 집에서 짜증도 덜 내였다.

이 날도 만술은 안해의 말을 귀흘려 들었건만, 훈련장을 반대하는 일이 만일 성사되지 못하는 날에는 앞 일이 깜깜하였다.

『여보우.』

안해가 방문을 급히 열며 상반신을 문 밖에로 비스듬히 내밀 때, 만술을 슬그머니 돌아다 보았다. 안해의 얼굴에는 아까와 같은 그런 홍분된 혈색은 말끔이 가시고 핼쑥한 흐린 얼굴에 근수레한 두 눈으로 안해는 남편을 물끄럼이 보기만 하고 있었다. 만술은 가슴 속을 무엇이 허비는 것 같은 아픔을 느끼면서 잠자코 안해에게 고개를 돌렸다.

『글쎄, 어이 가서 도장을 찍어유. 제발. 우리만 도장을 안 찍었다가 성사되는 판에는 대문안집이 무슨 앙갚음을 헐지 알우. 몇 갑절 해를 주구야 말걸 꼭 찍구 와유.』

안해의 음성은 이내 울음으로 변할 것만 같았다.

『생각히여 볼테닝개, 량식이나 몇 됫박 꾸어 보라구.』

만술은 우선 안해를 이렇게 다독거려 놓았다. 그는 부엌 문 옆에 세워 있는 괭이를 들고 나섰다. 괭이를 어깨에 멘채 어슬렁거리며 가다가 갈림길에 당도하자 우뚝 섰다. 보리밭에로 갈 것인가, 김 태호 집에 들려 볼것인가, 갑자기 망서려졌다.

김 태호는 농민들이 운동비 추림에 낼 돈을 가지고 있지 않음을 기화로, 겉으로는 선심을 쓰는것처럼 보이면서 자기의 비용을 덜 들이며 돈놀이 장사를 할 작정을 하였다. 그래 내작(소작)하는 사람은 五백환, 자작하는 사람은 천환 씩을 현금으로 내거나 그렇지 못하면 가을에가서 <정부>수매 가격으로 쳐서 벼를 내라는 것이었다.

『가서 장리라도 얻어 볼가.』

하며 만술은 김 태호 집으로 향하였다.

김 태호의 사랑방 마루에는 마을 사람 일곱명이, 방에는 들어가지도 못하며 걸터 앉았거나, 마루바닥에 쭈구리고 앉아 있거나, 어떤 사람들은 허깃증으로 찬 마루바닥에 누워 있기도 하였다.

김 태호와 그 서기는 미닫이를 한 짝만 열고 방에서 무슨 장부를 뒤적거리고 있었다.

만술은 김 태호와 시선이 마주치자 인삿말 대신 허리만 굽실하고는 마루에 모로 걸쳤다.

『찍었수?』

만술은 옆에 있는 사람에게 조용히 물었다.

『모두 찍었다네. 자네두 빨리 찍게.』

만술은 지독하게 꼼꼼한, 바늘로 찔러도 피 한방울 나오지 않을거라는 그 사람까지 도장을 찍었다는 데에 놀랬다. 만술이가 사람들을 번갈아 보고 있으려니 김 태호가 만술을 불렀다.

김 태호는 몸집에 비하여 얼굴은 류달리 작으나 코 밑 수염은 제법 탐스럽고 까맣다. 김 태호는 <농지 개혁>때 토지 증권으로 전주에 있는 적산인 제사공장의 경영권을 얻어 큰 아들에게 맡겨, 거기서 돈을 모으기도 하며 소작료에 못지 않은 토지 상환미를 받아 오고 있다. 이렇게 런송 꿩 먹고 알 먹는 돈 벌이만 하는 김 태호건만, 단 돈 백환을 꾸어 주어도 장부를 직접 참견하며 약소한 정도라도 리익만 날것 같으면 체신머리 없이 악착스럽게 덤빈다.

『만술이는 현금으로 내겠나? 왜 대답이 없어?』

『글쎄유.』

만술은 이렇게 얼버무려서 말할 뿐이었다.

『성공은 꼭 헐거네. 그런데 안 내구 뱃장을 내미는 사람도 있지만 그건 두구 보게. 어느 편이 리익인지 알게 될테니 면청과 지서에서두 은근히 후원하겠다, 일은 잘 된단 말야.』

김 태호가 말 끝마다 면청과 경찰 지서를 들추는 내심에는, 만일 추림에 빠지는 사람은 김 태호의 말 한 마디로 뒷 날에 큰 화를 당한다는 것을 눈치 채게 하자는 수작이었다.

『운동허면 우리 논들이 정말 온전헐가유?』

『그럼.』

김 태호가 고개짓을 하며 장담하는 꼴이 우스워 만술은 핏식 웃고 말았다.

『훈련장을 역전으로 옮기게 되면 거깃 사람들은 으떻게 되겠어유?

그것두 안될 말이거던요..』

『저 사람 보게, 남의 초상에 단지 허구 나서겠네 그려.』

『도대체 군사 훈련장이란걸 통 만들지 못허게 헐 수는 없을가유?』

만술은 장리를 얻기 위해서라도 김 태호의 비위를 건드리지 말자 생각하였으나 가슴 속이 화끈화끈 달아오르면서 이런 말들이 저절로 퉁겨져 나오군 하였다.

『전쟁은 누가 허구?』

『전쟁이 무슨 소용 있냐 말유? 생떼 같은 사람들만 죽이구, 우리한테 리문될 게 있어야죠.』

『저 사람이 며칠 동안 잠만 자다 왔나? 전쟁을 안 하면 빨강이 세상이 된단 말야.』

『나리님, 빨강이건, 파랑이건 또 노랑이건 전쟁두 없구 백성들이 모두 잘 살게 되면 장땡이 아녀유?』

만술의 말에 다른 두 농민이

『그렇구 말구, 그런 세상만 되면야, 젠장.』

하며 맞장구를 치고 나섰다.

그러나 도장을 찍었다고 만술에게 말한 사람이

『만술이, 그런 세상이란 오즉 좋겠는가만 그림의 떡이여. 그러니 두 나리님만 믿구 도장이나 찍게.』

하자 다른 한 사람이 이 말에 덩달아 나서는 통에, 한동안 말문이 막혔던 김 태호는 기강이 나서 콧 밑 수염을 만지작거리며 눈웃음을 쳤다.

『성사가 안 되면 내 손가락에 불을 붙이겠네..』

김 태호가 거만을 떠는 말에

『미상불, 나리님들이 세도가 있겠다 돈이 있겠다 안될 리가 없지라우.』

한 쪽 눈이 찌그러진 령감이 김 태호의 낯빛을 살펴 가면서 간사하게 말하는 것이 만술은 몹시 얄미워 헛기침을 일부러 크게 하였다.

사실 일부 농민들은 어느 정도 김 태호의 수완을 믿고 있었다. 일제 시대만 하여도 이 마을 면장을 군에서 타관 사람으로 임명했었는데, 김 태호는 도청에 출입하면서 돈을 물 쓰듯이 하더니 자기의 친척으로 바꾸어 놓고야 말아, 마을 사람들은 김 태호의 돈이 군수 세력보다 높다고까지 했었다.

八·一五 해방 뒤에 김 태호는 영어도 모르는 주제에 관청과 미국 사람의 교제라면 신바람이 났다. 돈이야 들던 말던— 하긴 결국 따지고 보면 든 돈 보다 더 큰 리익을 얻는 일이 많다— 이런 교제를 무상의 명예로 알고 있는데, 한 번은 마을 포목 장사에게 꾸어 준 돈을 받고도 차용 증서를 찾아가지 않은 것을 리용하여 몇 년 뒤에 재판을 걸었으며, 재판정에서 빚을 갚았다는 증언을 두 사람이 했어도 리자까지 꼬박꼬박 받고 말았었다. 그리고 작년에는 농민에게 팔기로 하여 금융 조합에 넘기는 비료 천八백 가마니를 미국인을 끼고 억지로 빼여내기까지 하였었다.

만술이도 김 태호의 이런 수완을 통히 무시하지는 않았다.

『어쩔테여? 만술이』

김 태호의 서기가 다급스레 물었다.

『글쎄유…… 훈련장을 무작정허구 반대헌다면 도장을 찍겠지만 딴 동네루 옮기자는 데는 찍기가 사실 뭣헌데유.』

만술은 김 태호가 지서에 꼬아바칠가 보아 걱정되긴 했으나 이렇게 말하고 말았다.

『글쎄유가 뭐여? 농사를 질려면 찍구 그만 둘려면 안 찍는거지.』

김 태호가 째진 소리를 꽥 질렀다.

만술은 저도 모르게 화가 치밀었다. 그래 벌떡 일어나면서

『망헐 것! 군사 훈련장이 뭣허러 생겨서 이렇게 말썽이람.』

혼잣말처럼 하고는 걸어나왔다. 김 태호는 잔뜩 도사린 꼴이며 험상궂은 음성으로 보아 장리를 달라는 것은 공연한 일이었다. 그는 괭이를 땅에 끌면서 보리 밭으로 왔다.

만술은 언제나와 마찬가지로 보리 밭을 한바퀴 돌았다. 이틀 뒤면 우수건만 벌써 흙이 부풀어 오르며 냄새까지 풍기였다. 탐스럽게 나온 보리는 유난히 싱싱하며 기름기가 번지르르 돌았다. 벌써부터 만술의 보리 농사가 상등이라는 말이 돌고 있음을 생각하니 가슴 속이 흐뭇하다가도, 과연 이 보리가 제대로 차지될는지 생각하면 이내 가슴이 쩡— 울렸다.

만술은 밭 둔덕에 구덩이를 파기 시작하였다. 작년에도 호박을 많이 심어 끼니에 보태 먹기도 하였지만 금년에는 손바닥만한 땅만 있어도 호박을 심어 애호박을 도회지 상점에 넘길 작정이었다.

만술은 호박 구덩이를 한참 동안 파다가 괭이 자루를 깔고 앉아 쉬고 있으려니, 박 령감이 담뱃대를 물고 어슬렁어슬렁 오고 있었다.

『령감님 웬 일이세유?』

만술의 말에 박 령감은 빙그레 웃었으나 바싹 여웠던 얼굴이 부황기로 부숭부숭 하며 구레나룻 수염까지도 매마르게 보이였다.

『만술이, 도장 찍었는가?』

『안 찍었유.』

『잘 히였네. 내작하는 사람은 한 명두 안 찍구, 제논 가졌다는 사람두 열 여섯 명 뿐이라네.』

『허지만 대문안집 세도에 뒷 일이 없겠어유? 으떻게던지 더 악착스럽게 뒤집어 씌우고 말걸.』

『그럼 찍겠단 말일가? 외상이면 소라두 잡어 먹는 식으루 히었다간 뒷 감당을 으떻게 힐려구 그려? 』

박 령감은 답답한듯이 담뱃대로 땅바닥을 땅땅 쳐서 피우다 만 담배를 털었다.

『나는 절대루 안 찍겠네. 허긴 우리 논이 훈련장에 들든 안 들든 문전걸식이라두 허려 아마 고향을 뜰란가부네.』

박 령감은 한숨을 길게 쉬며 먼 산을 보았다.

『고향을 떠유?』

만술은 벌떡 일어나 박 령감 앞에로 갔다. 그는 고향을 뜨겠다는 사람에게는 덮어 놓고 말려 왔었다. 그것은 가난한 농민들의 심정은 자기와 일반이라고 믿는 마음에서였다.

만술의 할아버지와 아버지는 살림을 하면서도 김 태호 집에서 머슴을 살았었는데, 그것은 사경돈을 받아 모으고 소작료도 헐하게 잡아 주면 뒷 날 논 한 마지기라도 살가 하는, 말하자면 오직 내 논이라는 것을 일평생 한 평이라도 가지고 싶어서였다. 그러나 할아버지와 아버지는 내 땅이란건 한 평도 가져보지 못한채 세상을 떠났다. 그러다가 五〇년 여름에 고향이 해방되자 세상은 로동자와 농민을 위한 옳은 세상으로 변하였으며 농사꾼에게 무상으로 전답을 논아 주게 되였었다. 이제는 대대 손손까지 제땅을 마음 편하게 부칠 일을 생각하면, 죽은 할아버지와 아버지가 그리우며 너무 기뻐서 식구들이 하루 밤을 꼬박 새웠었다. 그러나 미군놈의 뒤를 따라 부자놈들, 경찰놈들이 다시 고향에 기여 들게 되자, 제대로 된 세상이 꿈 같이 왔다가 꿈 같이 사라졌다고 그는 속으로 몹시 한탄하였다.

그러다가 리 승만의 <정부>가 五一년도에 소위 <농지 개혁>이란 명목 아래 매년 수확물 중에서 농토 값을 물어가는 조건으로 토지를 유상으로 팔게 되자, 만술은 고향 해방 때의 일이 또 생각되였었다.

그러나 리 승만 <정부>는 <농지 개혁>이 농민에게 큰 혜택이나 되는듯이 떠벌였다. 그러나 수확고 감정에는 지주와 한통 속인 놈들이 할터이니 토지 상환미가 四〇%나 五〇% 이상이 될 것은 뻔했으며, 거기다가 강제 공출, 토지 수득세, 수리 조합비, 말하자면 <토지 소유자>라는 명목에 따르는 세금과 기부금이 붙을 것이었다. 차라리 소작을 부치는 것만도 못하다 하여 농민들은 토지를 사지 않으려 했었다. 그러자 지주들은 거간꾼을 내세워 타골 사람이 토지를 몰아 사는 것처럼 연극을 꾸몄다. 이렇게 되면 소작마자 빼앗길 념려가 있어 농민들의 마음은 차츰 동하기 시작했으며,……

그후 만술이가 토지를 떠 맡고 보니 과연 처음에 떠돌았던 말과 꼭 같았다. 명색은 자작이라 하지만 타작 마당에 떨어지는 것은 소작 때보다도 더 적었다. 해를 거듭할수록 빼앗기는 것은 늘어만 가며 살림살이는 걷잡을 수 없이 쪼들리기만 하여 요즘 와서는 논밭을 가졌다는 것이 시들해지고 말았다. 그러나 농사를 부치지 않을 수도 없는 일이었다. 만술은 논에나 밭에 나가기면 하면

『토지를 가진 보람이 무엇인가』

하는 의문이 가끔 머리를 쳐들군 하였다. 다른 사람들은 빚 대신 토지를 다시 지주에게 돌려 주거나, 또 타관살이의 길을 뜨는 로자나 쓸가 하여 토지를 헐값으로 넘기지만, 그래도 아쉰대로 내 토지를 가져야 한다는 막연한 생각에, 만술은 그저 농사 지을 일에만 골몰해 왔다. 이

런데다가 군대 훈련장이 된다는 것은 그야말로 청천 벽력이였으며 <농지 개혁>으로 얻은 전답을 만술은 요모조모로 다시 생각하게 되였다.

박 령감은 만술이와 달랐다. 작년 농사에 립도차압을 당한 뒤로, 더구나 살림의 밑창이 난 박 령감은 어차피 늙으막에 고용살이를 하드래도 고향을 뜰 작정을 한만큼 논이 훈련장에 들든 말든 농사에 상관 될거야 없지만, 다만 고향을 뜨는 로자를 만들려고 논을 김 태호에게 넘길 작정이였다.

『령감님, 당초 그런 생각 마시유. 고향을 뜬들 별 뾰족한 수가 있겠어유?』

『그야 그렇지. 허지만 당장 빚 성화, 장리 성화, 기부금 성화는 면하지.』

『딴 데 가면 없나유?』

『흥, 가시나무 덤풀에 매화 꽃 피겠나? 거기 가두 일반이지만, 한동안 숨을 쉴 수 있을가 허는거지.』

박 령감은 몸을 옆으로 돌려 앉으며 들판을 보고 있었다.

『논은 개개 일짜루 참 좋지. 저런 논을 맘 놓구 부칠 수가 없으니 참 기막힌 세상이다.』

박 령감은 혼잣말을 하며 한숨을 길게 쉬였다.

만술이도 말 없이 들판을 보았다. 호남 평야로 뻗어 나간 이 들판이 한 마지기 논에서 벼 넉 섬을 내기가 그다지 어렵지 않았다. 그러나 이 기름진 논이 군대 훈련장으로 된다 생각하니 아까운 것 보다도 분한 생각이 앞섰다.

『개자식들, 우리의 땅에다 훈련장을 만들어? 또 전쟁을 헐려나? 사람 죽이기가 그렇게 달콤―헌가? 염병헐 녀석들.』

『승냥이가, 피 맛을 안 보구 견디겠나?—갑자기 음성을 낮추어서—모두 미국놈과 리 승만이 수작이네. 북조선까지 삼켜 먹구 거게 사람들을 우리처럼 만들 그런 엉큼한 뱃장이여.』

박 령감의 큰 아들은 八·一五해방 후 농민 조합에서 활동하다가 五·一〇 단독 선거를 반대하는 투쟁에서 붙잡혀 경찰에 들어간지 닷새만에 송장이 되여 나왔었다. 그리고 군산에 있는 그의 사위는 사상 사건으로 경찰에도 몇 차례 잡혀 갔었다. 본시 박 령감의 언행이 위신 있게 된데다가 큰 아들과 사위를 생각하여 그의 말이라면 확실한 근거가 있다고 생각하는 것이었다.

『령감님, 하루 속히 전쟁이 없이 남북 통일이 속히 돼야겠는데…….』

『늙은 나야 모르지만 자네들이야 보구 말구. 그 호소문 같이만 되여 가면 오즉 좋겠는가?』

『그때가 되면 북조선처럼 농사에 걱정이 없겠지유?』

『그렇겠지. 이런 세상이 또 있겠는가?』

만술은 입을 다물고 괭이 자루에 묻은 흙을 손으로 털면서 호소문을 생각하노라니 그것을 읽던 광경이 온 몸을 흐뭇하게 감싸 주는 것이었다.

작년 선달 그믐 무렵이였었다. 만술은 하루 아침 일찌기 장작을 패러 마당에 나갔더니 등사한 종이 한 장이 떨어져 있었다. 그는 무엇인가 하여 부엌 아궁 앞에서 읽다가, 차츰 호기심이 나다가 나중에는 가슴을 뛰게 하는 절실한 사연으로 된 것이라 방에 들어가서 죄다 읽었었다. 처음 그는 당연한 사연으로만 된 줄 알고 조금도 그 종이에 다른 생각이 없었는데, 이런 것이 다른 여러 집에도 떨어졌으며 장거리와 면청 담벽에 나붙어 있었다는 말도 들었고, 지서에서 이것을 뿌린 사람을 찾느라고 전쟁판처럼 날뛰고 다니게 되여서야 만술은 불안을 느꼈었다. 지서에서는 호소문을 가진 사람은 바치라고 위협하였으나 낸 사람은 두명 뿐이였으며, 만술은 그 호소문을

『설마 너편네 장농속까지 뒤지랴』

하며 그것을 정말 안해의 장농 속 깊이 감추어 두었었다. 한 동안 이 것 때문에 무시로 마음이 조마거렸으나 얼마 지내고 나니 그것이 자기 에게 무슨 힘을 부어주는 그런 신통한 것으로 여겨졌다. 이런 생각은 만술이가 살림살이에서 시달릴적마다 더 절실하였다. 이제 막다른 골 목에 이르고 보니, 호소문에 적힌 것처럼 평화적으로 조국을 통일시켜 야만 살길이 열릴 상 싶으며, 그렇게 될 것만 같은 생각이 들었다.

2

만술은 해가 질 무렵, 집에 돌아 오니 어머니는 늘어져 누워 있다. 눈 이 쑥 들어 갔으며 눈동자에는 영채가 돌지 않았다. 아들은 물 한방울 도 묻어 있지 않은 빈 제 밥그릇을 앞에 놓고 두 발을 뻗었다 오무렸다 실갱이를 치면서 울고 있으며 안해는 달래다 못해 방 문 쪽만 멍청하니 보고 있을 뿐이였다.

『도장 찍었수?』

『……』

『도장이나 찍었어야 대문안집 가서 장리 말이래두 할것 아니유?』

만술은 들은체 만체 하며 어머니와 아들만 번갈아 보았다. 가슴이 터 질 듯이 답답하였다.

『한 됫박두 못 꾸었어?』

번연히 아는 일이건만 만술은 불쑥 물었다.

『딴 집에는 량식이 있답데까.』

안해는 툭명스럽게 쏘아 부치고 치마자락을 털며 일어났다. 아들은 더 앙파듯기 울었다. 만술은 일부러 웃음을 띠우며 안해를 처다보았다.

『방바닥이 쩔쩔 끓게 불을 때라구. 내 벼 한 가마니 마련할테닝개.』

만술의 어머니와 안해는 그의 말을 종잡을 수 없어 보고만 있었다. 이왕 입 밖에 내여 놓은 말이니 만술은 일부러 기강을 내였다.

『정말이래두 그려..』

만술은 오랫만에, 소리는 내지 않았으나 입을 크게 벌리며 웃었다.

만술은 작년에 타작을 앞 두고 수확을 예상하여 갚아야 할 것을 처보았었다. 손가락을 아무리 고쳐 꼽아 보아도 타작 마당에 떨어질 것이 없었다. 그래 벼 가을을 할 때 가족도 모르게 볏단 일부를 딴데로 빼 돌렸었다. 그것이 딱 두 가마니였었다. 이것으로 벼 종자와 보리고개의 식량에 쓰려고 수렁못 물 속에 감추었었다. 만술이가 예상했던대로 경찰과 면청 사람들은 공출을 내라고 집집마다 뒤지며 만술의 어머니와 안해를 졸갱이질 치며 감춘 데를 대라고 엄푸했었으나 원체 모르는 터라 없다고만 뻗댔었다.

『너 그게 참말이냐.』

어머니는 너무도 뜻밖의 말에 반가움보다도 놀래는 얼굴을 하며 급히 일어나 앉았다. 령리한 안해는 다시 물어볼 것도 없이 단번 싱글벙글 하며 부엌에로 나가 군불을 넣었다.

방바닥은 한 자리에 엉덩이를 붙이기가 어려울 정도로 뜨거웠다. 여러 달 동안 물 속에 잠긴 벼를 말리기에는 십상 좋았다.

밤이 한창 깊어서야 만술은 지게를 지고 안해와 함께 집을 나섰다.

사방은 먹장 속에 잠기였으며 하늘의 별들만 깜박깜박 놀았다. 몇 시간 전까지만 해도 짜증만 내고 투덜거리던 안해는 벼를 건지러 간다는 통에 신바람이 나서 련방 혜뚱거리며 앞에서 걸었다. 만술은 논의 소로 길로 들어 한참 가다가 조용히 입을 열었다.

『벼 두 가마니를 죄다 건져서 돈을 만들어 가지고 고향을 아주 떠나 버릴가.』

만술이 일부러 은근지게 묻는 말에 안해는 질겁하며 홱 돌아섰다. 사실 만술의 안해에게는 벼 두 가마니가 하늘에서 떨어진것만 같았다. 이 것만 있으면 모래를 섞어 먹드라도 금년 농사를 지어낼 것 같은 터문없는 생각을 하였다.

『난 싫수. 누가 친정살이가 좋아서 여길 뜨자구 히였나? 글쎄 농사철을 코 앞에 두구, 가기는 어데로 간단 말유?』

안해는 아주 기강스런 어조로 말하며 훨훨 날을 상 싶은 모양이였다.

『씻 나락 한 말만 있어두 친정살이 허지 말랬대유. 부자놈들 좋아허는것 보기 싫어서두 여길 안 떠날티여.』

안해의 말에 만술은 웃음이 터지고 말았다.

『그럼 가기는 어데루 가? 남반부 조선 땅은 도처 일반인데.』

두 부부가 크나큰 재물을 가지려 가는것 같이 오신도신 말을 주고 받으며 걷는줄도 모르게 수령못가에 당도했다. 당산고개 쪽의 못가는 밋밋한 산기슭에 련해 있다. 사방에 귀를 기울이면서 조용히 기슭에 이르자 만술은 표적으로 삼았던 바위 앞에 섰다.

수면은 별 빛을 받아 희끄무레 깔앉아 보이며 사방은 고요하다. 만술이 옷을 벗으려 할 때 산에서 바시락거리는 소리가 나자 안해는 소스라쳐 놀래 만술의 팔을 잡았다.

『산토끼나 다람쥐여.』

『난, 사람인줄 알고 가슴이 막 두군두군 떨리는데』

『병신 같은 소리, 내것 가질러 왔는데 겁낼게 뭐여?』

만술은 옷을 훌훌 벗었다. 그는 바위 앞에서 수직선으로 걸었다. 물 속에 들기도 전부터 추위에 몸이 바싹 옴츠러지건만, 하나— 둘— 셋— 세이면서 수직선으로 걸었다. 물 속에 들어서자 온 몸이 아래로부터 굳어 올랐다. 턱이 저절로 놀아 이가 딱딱 맞치군 했다. 물이 젖가슴에 닿으며 수가 마흔 다섯에 이르자 만술은 물 속에 고개를 박고 팔을 저어 보았다. 마흔 다섯 걸음을 옳게 세였건만 볏가마니는 쉽게 찾을 수 없었다. 누가 건져 갔는가 하는 불안에 정신없이 사방을 팔로 더듬었다. 그러다가 벼 가마니가 손에 다달았을 순간 그는

『있구나!』

하는 반가움에 몸을 물 우로 솟구쳤다가 숨을 내쉰 다음 다시 잠겼다. 가마니를 동여 맨 새끼를 더듬다가 미리 달아 맸던 긴 줄이 잡히자 이내 몸을 일으켰다.

그는 볏가마니를 들며 끌며 하였다.

『여보, 두 가마니 다 있수?』

만술이 나오기를 기다리던 안해는 조용하고도 야무지게 물었다.

『그럼 내가 어련히 알구 히였으리라구.』

안해는 준비 해 들고 있던 헝겊으로 만술의 몸을 닦아 주었다.

『춥지 않우?』

『일 없어.』

멀리서 개 짖는 소리가 요란했다.

벼를 지게에 지고 일어나니 무겁게 눌리는 통에 떨리기는 덜 했으나

역시 오한기가 났다.

『제 자리에 그냥 있어유?』

『그럼.』

만술은 말을 더 하려 했으나 덜덜 떨리여 입이 제대로 열리지 않았다. 이를 악물며 일부러 한동안 급히 걸어서야 차츰 안정되였다.

『여보우, 모두 죽이나마 제대로 못 먹는 판인데 이웃간에 미안히여 어쩌나?』

『우리가 덜 먹어두 박 령감 집에 얼마 쯤은 꾸어 주어야지……』

『내 참, 여보우, 이런 때 맘을 독하게 가져야 히여유. 벼가 생겼다구서 혼전만전 허지 말구, 주먹 쌀루 그저 입맛만 다실 작정을 히여야지, 해는 길어지겠다 큰 고생이여유.』

안해는 아주 느러진 어조로 말하면서 자주 만술을 돌아보군 하였다.

갑자기 개 짖는 소리가 요란하였다.

만술이와 그의 안해는 입을 다물고 걷기만 하였다. 만술은 자기 물건이란 생각에 거침없이 갈가 하다가, 경우 보다도 주먹과 총뿌리가 앞서는 세상이라 안해는 망을 보며 앞에서 걷게 하고 만술은 뒤에 떨어져 조용히 걸었다.

신작로에 들어선 안해는 사방을 살핀 다음 길을 건너 골목에로 들어섰다. 안해는 인해 골목을 굽어 들어 보이지 않았다. 만술은 마음을 놓으면서 두 손으로 지겟발을 잡은채 허리를 약간 구부려 발을 더 급히 옮겼다.

『누구여 ㅅ?』

골목 옆 술집 마당에서 갑자기 째진 소리가 나는 통에 만술은 급히 돌아서려했는데 어느결에 어둠 속에서 총을 든 순경과 몽둥이를 든 민병대원 한 명이 앞을 가로 막아 섰다.

『뭘 지구 오는거여?』

이제 배어린 순경이 만술의 가슴을 향해 총을 고누는체 하며 반말로 쏘았다.

『벼 가마니유, 민병대 기부금두 내구 량식에 쓰려구 꾸어오는거유.』

『꾸어오는거라구? 만술일 보구 누가 꾸어 준단 말여?』

하며 순경녀석은 볏가마니를 만져보더니 갑자기 껄껄 웃으며

『야! 물 속에 감추었던 벼로구나, 한 열 가마니 감춘 모양이지, 어이 지서루 가자구.』

일부러 큰 음성으로 떠들었다.

만술은 눈이 뒤집힐 지경이였다. 나중에는 어떻게 되더라도 지게를 날쌔게 벗어 던지고 총 든 놈부터 닷서놓겠다는 생각이 번쩍 들었으나 이내(벼? 징역? 가족?) 이런 생각이 번개 같이 회오리쳤다.

『어서 지서루 가!』

만술이는 그냥 집으로 가려 하였다. 순경이 만술의 지게 발을 잡았다. 만술은 또 어떻게 해야 할 것인가를 생각할 때, 안해가 헐레벌떡거리며 뒤돌아 와서 이 광경을 보자 마자 그냥 주저 앉더니 정신을 잃고 말았다.

『여봐 여봐.』

만술은 순경의 말에는 대꾸도 안 하며 안해를 불렀으나 대답이 없다. 볏가마니채 지게를 벗어 던지고는 안해를 흔들어 다시 불렀다. 그제야 안해는 고개를 들더니

『이 일을 으떻게 허우?』

겨우 목 메인 말을 하고는 그냥 흐느껴 울었다.

만술은 할 수 없이 볏가마니를 진 채 경찰 지서에 붙들려 오고 말았다. 지서 주임은 거나하게 술을 마시고 마침 돌아오는 중이였다. 만술을 데리고 온 순경에게서 보고를 듣자 지서 주임은 한바탕 껄껄 웃었다.

　『만술에게 그런 재간이 다 있었군?』

　주임은 또 웃었다.

　만술은 너무도 분이 치밀어 추운 줄은 모르겠으나 웬 일인지 다리가 후들후들 떨리였다. 그는 마음을 태연히 가지려고 애썼다.

　『그래 몇 가마니나 감추었니? 바른대로 말해.』

　『감출라야 더 있을 탁 있수? 씻나락(벼종자)으로 딱 한 가마니 둔것인걸유.』

　『씻나락을 하필 물 속에 감출게 뭐야?』

　『참 딱한 말씀 허십니다. 집에 그냥 두면 굶을 적에 견물생심으루 그것이 온전허겠어유?』

　하며 만술은 눈을 아래로 깔았다. 주임 녀석의 낯짝을 보면 팔이 자꾸만 들먹거려 보지 않으려 한것이다.

　『잔 소리 말아. 바른대루 안 대면 도적질 한것으루 몰겠다. 며칠 있으면 경첩이겠다, 그때 가서는 벼가 싹 나구 먹지도 못 허지 종자도 안 되지, 어이 사실대로 대란 말이다.』

　『난 두 말 않습니다.』

　『이 자식 봐라, 맛 좀 보겠니?』

　순경을 시켜 몽둥이와 긴 혁띠를 가져 오며 보라는 듯이 화젓가락을 만술의 눈 앞에 내밀었다가 난로 불에 묻었다. 그리고 지서 주임은 혁띠를 들더니 만술의 어깨, 허리, 팔 닥치는대로 막 때렸다. 만술은 이를 악물며 눈을 감고 꾹 참았다. 이가 저절로 으드득 갈리군 하였다. 하긴 바른대로 말할가도 했으나 가족들이 굶어서 영영 너부러질 것을 생각하면 몸이 떨리였다.

『암만 때려두 한 가마니 더는 없수.』

만술은 이 말만 하며 다시 이를 갈았다. 주임은 힘이 팡기여 헐떡거리더니 난로에서 화젓가락을 꺼내였다. 화젓가락은 홍시감 빛갈처럼 빨갛게 달았다.

『이걸루 한번 구어 볼가.』

씨근덕거리며 눈을 홉뜬채 덤비는 주임의 얼굴은 징그럽고 무서웠다. 그러나 웬 일인지 주임은 만술의 장단지에 화젓가락을 대려다 말고 순경과 민병대원들을 돌려 내보내였다.

『어라, 아주 식었군.』

하며 주임은 화젓가락을 난로에 다시 묻었다.

『좋게 헐 때 사실대로 대라, 몇 가마니지?』

이번은 은근진 어조로 물으며 히죽이 웃었다.

『사실 더는 없어유.』

『정말?』

『예.』

『그럼 공출을 안 냈으니 이걸루 공출 하지?』

하며 주임이 빙그레 웃으며 만술을 빠꼼이 볼 때, 만술은 주임이 다른 사람들을 돌려 보낸 리유를 짐작하였다.

『공출헐 바에는 주임님이나 잡수시유.』

만술은 속으로 몇번이나 망서리다가 목 안의 소리로 말하였다. 어차피 먹힐 바에는 주임 녀석의 입을 막아 주어 나머지 한 가마니나 차지

하고 싶었던 것이다.

만술의 말에 주임은 씽긋 웃으며 제 걸상에 앉더니 담배를 피워 물며 만술에게도 한 개 던져 주었다. 그러나 만술은 담배를 보지도 않으며, 벙실거리는 얼굴로 책상 우를 보기만 하는 지서 주임을 독기 있는 눈으로 쏘아 보기만 하였다.

3

이튿 날, 해가 높이 올라와서야 만술은 지서에서 나왔다. 밖에서 기다리던 안해도 벼를 지서 주임에게 먹힌 것을 알았는지 몹시 아까워하는 눈치였다. 사실 만술이도 어머니와 안해가 그렇게 반가워하던 볏가마니를 송두리채 빼앗기고 차마 발길이 집으로 돌아서지 않았다.

『대문안집이 전주에 갔다 왔대여?』

『오늘 아침 간답데다.』

이렇게 대답하는 안해의 음성은 별안간 힘다우며 어덴지 모르게 명랑한 맛을 주었다. 안해는 무슨 말을 할듯 말듯 망서리는 모양을 하였다.

만술은 어깨와 허리가 쑤시며 무서운 것이 짓누르는 것 같았으나 얼굴을 자주 찡그리면서도 김 태호에게 들릴가 말가 궁리하며 걸었다. 그는 기다리고 있는 어머니를 생각하여 우선 집에 먼저 들렀다.

그러나 백설탕 같이 희며 기름기가 도는 입쌀 밥을 받자 눈이 저절로 홉떠졌다. 워낙 오랫만에 대하는 쌀밥이라 만술은 잠시 아픈것도 잊고 숟갈 잎을 깊이 박아 한 숟갈 담뿍 떠서 흐무지게 깨물어 넘기고야 물었다.

『쌀은 어데서 꾸었노?』

『대문안집에서 꾸었지 뭐.』

『대문안집에서 그래 순순히 주던가?』

『장리를 애걸복걸했더니 주어야지. 운동비에 도장을 찍어야만 준다구 허잖겠수?』

『그럼 찍었단 말이군?』

만술은 두 번째 밥을 떴다가 그냥 숟갈을 내려 놓았다.

『글쎄, 들어 봐요. 도로 집에 와서 어머니랑 상의히였지. 아무렇든 량식두 있어야지, 추념두 내야 허지 않수? 그래 도장을 찍었더니, 나 원 별 일 다 보았당개. 대문안집 딸이 혼인이 五월 달에 있어서 량식이 부족허닝개, 올 보리 농사를 잡히라는군. 물 속에 있는 벼 한 가마니를 마자 건지고 싶었지만 내사 헐수 없구, 어째피 보리고개에 써야 헐것 아뉴? 그러구 빼앗긴 벼 한 가마니를 꼭 봉창허야만 미치지 않을 것만 같어서 눈 딱 감구 히여 버렸지.』

만술은 너무도 어처구니가 없어 안해만 보고 있었다. 입 안이 단번 소태를 먹은 것처럼 썼다.

『네편네가 그렇게 녹두방정을 떨면 언제나 속아 넘어가는거여. 내가 훈련장을 반대허는걸 알면서 네편네가 도장을 덜컥 찍구…… 도장 찍은 그놈의 손을 그냥……』

만술은 눈을 부라리며 안해를 쏘아보면서 벌떡 일어났다. 그러나 구태여 안해만 몰아세울 일도 못 되였다. 만술은 김 태호를 만나려고 방을 횅 나왔다. 김 태호는 아침을 먹은 것이 되살아 나오려 함인지 게사니처럼 모가지를 빼여 게트림을 하면서 뒷짐을 끼고 바깥 마루 우를 천천히 거닐고 있었다.

만술이 온 줄을 알고도 모른체 하며 손가락으로 딱 딱 소리를 내면서 거닐기만 하였다.

『나리님.』

만술은 야무지게 불렀다. 그러나 막상 김 태호가 얼굴만 돌리자 말이 이내 나오지 않았다.

『저, 도장 찍은것 소용 없어유, 나두 모르게 네편네가 찍은거니 난 몰라유.』

만술은 단숨에 말을 몰아댔다. 그러나 김 태호는 경멸하는 눈초리로 만술을 힐끗 보고는 뒤돌아 거닐면서 느러지게 말하였다.

『자네 도장 아니구, 그럼 도깨비 도장이란 말인가?』

『내 도장이라두 나는 모르는 일이란 말유.』

『정 그렇다면 이 나중 경찰서나 재판소에 가서 그렇게 말 허게.』

만술은 김 태호가 다시 돌아서기를 기다리는 동안 다리가 후들후들 떨리었다.

『당신은 벼 한 가마니를 미끼루 히여 가지구 우리 집 벼 농사, 보리 농사를 몽땅 먹을려구 헌단 말유. 벼가 아니라 비상을 당신은 팔어 먹었단 말유.』

『뭐여? 당신?』

<나리님> 소리만 들어 오던 김 태호로서는 큰 모욕을 느꼈다. 그는 소리를 버럭 지르며 만술을 흘겨 보다가 만술이 점점 험악한 얼굴을 짓자 미닫이를 땅 닫치며 방에로 사라졌다.

만술은 방을 노리면서

『어떤 놈이든 간에, 우리 논밭에 손을 대 봐라. 싹둑싹둑 잘라 놓아 버릴테닝개.』

이렇게 을러대고는 다시 미닫이만 노려 보다가 돌아섰다. 그는 쇠약 한데다가 몹시 흥분한 나머지 현기증이 나기까지 하였다.

만술은 정신 없이 얼마 동안 걷기만 하였다. 그는 정신이 다시 들기 시작하자, 또

『결국 우리 식구는 애걸복걸히여 가지구 비상을 은어 먹는거다.』

이렇게 중얼거리면서 걷다가 돌뿌리에 발이 슬쩍 걸렸건만 허술하게 너머지고 말았다. 그만 정신이 핑― 돌며 눈 앞에서 노란 동그라미가 수없이 흩날리였다.

그런데, 이날 김 태호와 감나무집이 기차로 전주에 떠난 뒤에 군대의 찦차와 트럭이 왔다. 찦차에는 미군 장교 두 명과 <국군> 장교 한 명이 탔으며, 트럭에는 꼭지가 올개미 모양으로 된 쇠말뚝과 철사가 많이 실리였으며 졸병 다섯 명이 탔다.

동네 사람들은 삽시간에 모두 모였다. 학교 정문 앞과 운동장 옆에 잇닿은 논 옆으로 통한 신작로에 옹기종기 모였는데, 누구의 얼굴이나 제대로 되여 있지 않았다. 얼굴에 핏대를 세운 사람도 있으며 겁에 질린 사람처럼 검푸른 사람도 있으며, 어떤 사람은 불안과 흥분에 들떠서 한 곳에 진득이 있지 못하고 공연히 서성거리거나 여기 저기 기웃거리며 다니였다.

만술은 이날도 보리 밭에 갔다가 자동차 소리에 막상 놀라 단숨으로 달려왔다. 그는 우선 모인 사람들을 보고는, 그와 함께 운동장 설치의 반대를 상의해 오던 두 동무가 공교롭게 한 명도 없음을 알고 당황하였다. 알아 보니, 한 동무는 화목을 하러 一〇 리 되는 산에 갔으며, 한 동무는 량식을 구하러 五〇 리나 되는 데를 간만큼 이튿날에나 돌아온다는 것이였다. 다만 반대해야 한다는 것을 어방치기로 충동해 오던 서너 명이 보일 뿐이였다. 그러나 그 사람들도 워낙 갑작스레 당한 일이라 어리둥절하며 자기 발등에 불이 떨어질가 보아 속을 태우고 있는 것 같

이 보이었다.

이렇게 되고 보니 모든 것이 명백해졌다. 김 태호만을 믿고 있었던 몇 농민들은 만술에게

『자네 말이 옳았어. 워낙 첨부터 그걸 반대허구 나설 일인데……』

하는 사람도 있으며 어떤 사람은

『그놈들이 총만 안 가졌으면 그냥 끽 소리도 못내게 히여 놓겠는데……』

하며 이를 뿌드득 갈기도 하였다. 그리고 몇몇 사람들은 운동장을 옆으로 확장하는지, 길이로 확장하는지, 다만 그것이 궁금하였다. 운동장을 옆으로 확장하면 골아슬배미 중에도 제일 좋은 논으로, 두 부잣집에서 부치는 논과 그리고 박 령감을 비롯한 다섯 농민의 논이 몽땅 들게 되며, 길이로 확장하면 서른 아홉 집의 가난한 농민의 논이 들어가게 된다.

─저 놈의 새끼들을, 논에 범접두 못허게 혀야지.

─부자놈들은 무얼허구 싸다닌거여?

─괜히 도장만 찍었지. 논 잃고 빚만 걸머지구, 젠장.

─대관절 어느 쪽으로 넓힐 작정인구?

모인 사람들은 고작해야 이런 불평을 말하는 정도였다.

만술은 찜차에서 미국놈끼리 무엇인지 쑹얼거리고 있는 것을 보다가

『아니, 그런데 군대는 왜 자꾸만 늘인대여? 차라리 그 돈으로 저수지나 만들어 주지 않구.』

공중에 떼 놓고 말해 보았다. 그러나 한 사람이

『괜히 콩밥을 먹을려구 그런 말을 허나?』

할 뿐, 아무도 맞장구를 쳐주지 않았다.

입술을 꼭 다문채 눈섭을 꼿꼿이 세워 미군 녀석들을 독기 있게 쏘아 보고 있는 사람 옆으로 가서 만술은 찔벅 건드리며 눈짓을 하였다. 그 사람과 함께 신작로 가 빈터로 오다가

『죽일 놈의 새끼들!』

하며 혼자 투덜대는 사람을 또 데리고 왔다.

『저걸 그냥 둔단 말인가?』

만술은 나직한 음성으로 그러나 야무지게 말하였다. 두 사람은 똑 같이 만술을 쳐다 보았다.

『말뚝만 못 박게 헐게 아니라, 조선 땅에 왜 저런걸 애당초 만들지 말라구 막 대들잔 말이여.』

『우리 셋이 헐 수 있겠나.』

아무도 말이 없이 얼굴만 서로 보았다. 마침내 만술이 저도 모르게 팔을 걷어 올리며 입술을 떨었다.

『왜 셋 뿐이겠나? 모두 우리 마음과 일반일걸 우리 셋이 나서면 모두 일어나겠지.』

바로 이때였다. 누구인가 큰 음성으로

『옆으로 확장이다.』

하고 웨치니 분위기는 갑자기 누구러워졌다.

운동장이 길이로 확장될가 보아 마음을 조렸던 여러 사람들이 숨을 내 쉬게 되었을 때, 마침 <국군>장교가 흩어지라고 소리치자 군중들은 뿔뿔이 흩어지기 시작하였다. 미군 장교 한 녀석이 운동장 옆 논을 가리 키며 방향을 대여 주는대로 졸병들은 二○메타 씩 떼여서 말뚝을 박아

왔다. 운동장 옆에 누구의 논이 있는지를 모르는 놈들은 다만 공사 관계만 따지여 옆으로 확장하자는 것이였다. 두 부자들의 소행으로 따지면 무방하게 된 일이지만, 역시 고향에 훈련장이 생기며 미국놈들이 들어온다는 것은 그저 둘 수 없는 일이였다. 그러나 때가 너무 늦었다. 만술은 계획성 없이 늦장을 부렸음을 뉘우치며 입술만 질근질근 깨물었다.

그제야 박 령감이 곤두박질로 헐떡거리며 왔다. 박 령감의 눈은 불로 이글거리였다. 입술이 거칠게 떨림을 따라 하얀 구레나룻 수염이 하늘거렸다.

김 태호의 논을 거쳐 박 령감의 논에 첫 말뚝을 박자 두 주먹을 쥐고 달려갔다.

『이놈들, 내 논을 뺏어? 얼마든지 박어라, 난 얼마든지 빼 버릴테다.』

박 령감은 달려가다가 우뚝 서서 목청껏 소리치고는 실성한 사람처럼 활개를 치며 쫓아 갔다. 입때껏 맥을 잃고 멍청하니 있던 논 임자 네 명이 그제야 박 령감 뒤를 따르며 말뚝을 박지 말라고 소리를 지르려다가, 박 령감이 순경에게 붙잡혀 가자 모두 걸음을 멈추고 말을 내지도 못 하였다.

『인제 다 틀렸어, 이 다음 일이나 두구 보세.』

바로 앞서 상의했었던 한 동무가 만술의 귀에 입을 대고 말할 때, 만술은 말할 사이도 없이 붙잡혀 끌려가는 박 령감을 향해 달렸다.

『박 령감이 무슨 죄가 있수?』

하며 박 령감의 뒷 허리춤을 붙잡는 만술의 앞정갱이를 순경이 힘껏 찼다.

『이 자식, 무슨 상관이여? 너두 가겠냐?』

순경이 만술을 마슬러보자, 그는 우두머니 설 수밖에 없었다. 그러나 순경이 돌아서자 눈물이 몇 방울 뚝 뚝 떨어졌다. 있는 힘만 쓰면 순경 몇 놈 쯤은 당장 끽 소리도 못 내게 할 수 있건만 참으며 안까님만 쓰려니 너무도 분해서였다.

그는 몇 동무들이 부르건만 이를 뿌드득 갈며 쫓기는 사람처럼 집을 향해 걸었다.

어머니와 안해가 흐뭇한 얼굴로 만술을 반갑게 맞이해 주는 태도가 그는 마음이 몹시 걸리는데

『우리 논은 들지 않았담서유?』

하며 안해가 싱글벙글 할 때 더욱 그랬다.

『오장륙부가 없는것 같으니. 뭣이 그렇게 좋아서 그리여?』

만술은 눈을 부라리며 볼통 사납게 쏘아 주었다.

『그럼 좋지, 안 좋아? 논마저 잃으면 글쎄 으떻게 될걸 몰우?』

『모르긴 왜 몰라? 군대만 늘구 전쟁 지랄만 부리면 으떻게 될지 넌 몰라?』

만술은 화가 벌컥 올라오는 통에 주먹을 번쩍 들었다가 내리며 앉아 버렸다. 정작 족쳐 놓아야할 놈들에 쓰지 못한 손을 안해에게 쓴다는 것이 너무도 의젓잖은 일이기 때문이었다.

4

훈련장에 들번 하다가 가까스로 모면한 논 임자들은 아직 경칩도 남았건만 벼 농사가 늦기나 한것처럼 서둘기 시작하였다. 앞으로는 어느 놈이든지 논에 손을 대지 못 하게 하는 방패막이나 되는 것처럼, 논에 두엄을 내기도 하며, 어떤 성급한 사람은 소를 댈 수 없이 쇠시랑이나

삽으로 논을 파 엎기도 하며 심지어 논 두렁을 치기도 하였다.

만술은 미군들이 왔을 적에 훈련장 설치를 반대하여 싸우지 못 하였던 일이 아직도 마음에 께름직하여 바깥 출입도 별로 하기 싫었다. 그래 방에 눈채 올 농사일을 곰실곰실 궁리하고 있는데 뜻 밖에도 처남부부가 여섯살 된 아들과 세 살 된 딸을 데리고 약간의 살림살이와 보따리를 가지고 불쑥 나타났다.

처남 식구가 이렇게 오리라곤 만술은 상상도 못한 일이었다.

만술의 처남은 채전만 부치고 할아버지 때부터 배를 부려 왔는데, 이제껏 제 배 한 척도 가지지 못하였다. 처남은 그 마을 지주의 배를 세로 부려 오는데 세가 八천여환 밀렸으며, 그래도 이런 일이 생길줄은 몰랐었다. 그 동네 경찰 지서 주임으로 새로온 녀석이 제 첩 장인에게 주려고 배 임자를 촉사겨서 배를 빼앗기고 강제 집행을 당해 파산 지경에 이르렀다. 처남은 생각다 못하여 생업을 농사로 바꿀 작정을 하였다. 그러나 그 지방은 농토가 부족한 데다가 만술이 동네에는 타관으로 뜬 사람이 많은 만큼, 설사 새로 농토를 얻지 못한다 하드래도 당분간 만술이와 함께 농사도 하며 한 살림을 하자는 것이었다.

『이왕 생업을 바꿀 바에는 농사를 헐게 뭐여? 이놈의 세상이 싹 망허기 전에는 아여 농사헐 생각두 말어야지. 우리야 꼼작달싹두 못 헐 형편이지만.』

만술은 금방 이런 말이 퉁겨져 나오려는 것을, 처남이 고깝게 여길가 보아 억지로 참았다.

『잘 왔어, 먹든 굶든 함께 살어 보세, 농사를 지면 이놈의 세상 속두 더 알게 될거네.』

만술은 명랑한 어조로 처남을 안심시켰다. 그러나 만술의 안해는 친

정 식구를 반가워하면서도 훈련장에서 논이 빠졌다고 기뻐하던 기색은 안개처럼 사라지고 저도 모르게 가끔 한숨을 지었다.

만술은 이런 안해의 심정을 이내 알수 있었다. 아무리 농사를 짓게 되었다 하지만, 또 언제 무슨 벼락이 떨어질지 모르며, 우선 타작 마당에서 빈 손만 털고 나설 일 만은 틀림 없는 일이라, 그 때 워낙 난감한 구렁창에 빠지게 되면 친정에로 가겠다는, 말하자면 예비책으로 간직해 두었던 심산이 틀어진 데서 오는 절망인 것이었다.

만술은 처남을 데리고 방을 나왔다. 처남에게 자기의 농토를 구경시킬 겸, 그는 지게에 두엄을 지고 처남더러 빈 몸으로 가자 하였으나, 처남은 기어이 삽을 들고 나섰다. 본시 만술의 가족이 먹고 살기에도 어림없던 그 논, 생각만 해도 얼굴이 찌푸려지는 말뚝 박던 날, 눈만 멀뚱거리며 싸우지 못하던 광경- 하여튼 거기서 빠지게 된 논에 두 가족의 목숨을 의지할 일을 생각하니 만술은 기가 차면서도 농사일이 더욱 걱정이 되었다.

만술은 지서 앞을 오다가 승용 자동차가 크락슌을 울리며 몸에 스칠 듯이 통과할 때, 그는 고개를 돌리자마자 무춤하며 걸음을 멈추었다. 김 태호와 감나무집은 그전부터 무슨 수가 생기거나 의시댈 일이 생겼을 때는 으례 하던대로 <대절> 자동차를 몰고오는 것이었다.

『자식들, 일을 뒤집어 놓았다구 의시대는 것인가?』

만술은 중얼거리고 흙먼지를 퍼뜨리며 기강스럽게 달리는 자동차를 흘겼다.

다른 사람들도 자동차를 보고는 만술이와 같은 생각을 한 모양인지, 만술이가 논에 당도하자 모두 그리로 모였다. 누구나 겁을 먹거나 흥분을 일으킨 그런 얼굴들이었다.

─어떻게 히여놓구 왔을가?

─안 되였다면 저렇게 봐란 듯이 오겠나?

만술은 들은척 만척 하며 논에 두엄부터 부리웠다. 흠싹 썩은 두엄 냄새가 바람결에 더 강하게 퍼졌다.

『내가 뭐랬어? 이왕 확장허는 판이면 부자놈 논을 없이겠나? 더군다나 돈을 막 먹어 주는 판인디. 여하튼 군사 훈련장을 통 만들지 못 허게 대들어야 허는 것 뿐이여.』

만술은 지게 등바지에 기대 앉으면서 말하였다.

『그놈들 힘을 막어낼 장수 있다나?』

『별 수 없지, 별 수 없어.』

두 사람이 맞장구를 쳤다. 만술에게 대강 들어서 알고 있는 처남은 불안한 안색을 지으며 여러 사람들의 얼굴을 자주 번갈아 보기에 바빴다.

『뭣이 별 수 없어? 병신 쭉정이 같은 소리들! 대가리가 두 쪼각 나두, 빌어먹을것 한번 싸우야지.』

이렇게 쏘아대는 통에 만술은 몹시 반가웠다. 만술은 오른 팔을 불나게 걷어 올리며 지게 작대기를 움켜잡고 논바닥을 푹푹 찔렀다.

『우리가 항상 고분거리기만 허닝개, 미국놈이나 부자 놈들이 날뛰고 다니는거여. 이대루 가면 우리 코를 꿰여 들구 소처럼 끌구 다녀두, 그저 「죽여 잡수시유」 허구 말것 아닌가. 그저 우리 가난한 사람들이 한번 일어나기만 히여서 그저 그놈들의 간담을 서늘허게 허야거던. 그렇지 않은가들.』

만술의 말에 사람들은 갑자기 기운을 얻어 모두 눈을 부리부리 돌리며 얼굴에 핏대를 세우며 주먹을 쥐기도 하였다.

『오랫만에, 만술이 기운 한번 쓸란가부다.』

『한번 죽지 두번 죽겠는가?』

만술의 손 우의 처남이면서도 동갑인 그는 햇볕에 타서 적동색으로 된 큼직한 얼굴을 들어 만술을 불안스럽게 보기만 하였다.

만술은 지게를 다시 졌다. 어깨를 으쓱 올려 지게를 한번 추키고는

『하여튼 확실헌걸 내 알어보구 옴세.』

하고는 씨엉씨엉 걸어갔다.

만술은 김 태호의 집에로 굽어 드는 골목 길의 돌다리 우에서 박 령감을 만나 보고는 무춤하였다.

『대문안집(김 태호)을 만나구 오슈?』

『음, 말뚝이 변경된 모양이여, 변경』

그러나 활짝 펴져야 할 박 령감의 얼굴은 몹시 흐리였다.

『빚 대신 논으로 차지허구 로자만 좀 보태 달라구 사정하지 않았겠나? 그런데 뚝 잡아떼거던.』

『말뚝 박힌 논을 돈 주려 허겠어유?』

『아니여, 대문안집 낯짝을 보닝개 성공한 모양이여.』

『그렇다면 그럴 리 있어유?』

만술은 말을 하면서도 입술이 바짝 말랐다. 차츰 눈 앞이 흐리다가는 얼굴이 화끈거렸다.

『참 자네두! 어째피 내가 농사를 못 질테니 공짜로 빼앗거나 값을 낮출려구 허는거지 뭐겠나?』

박 령감의 주름 잡힌 얼굴이 이글이글 탔다.

만술은 박 령감의 말을 들으면서 김 태호에 대한 치미는 격분을 느끼였다. 그는 당장 요정을 낼 작정으로 활개를 치며 급히 걸었다.

김 태호의 사랑 마당에 들어서니 텅 빈 것처럼 고요하였다. 사랑방 안을 기웃거려 보았으나 아무도 없다. 중문을 지나 안채로 들어 가자, 사랑채와는 딴판으로 뒤숭숭하였다. 김 태호의 뚱뚱보 마누라와 딸과 며느리가 마루로, 찬간으로 왔다 갔다 하며, 늙은 머슴은 닭을 몰고 다니며 돼지의 악쓰는 소리가 요란하였다.

『만술이 왔는가.』

김 태호의 작은 머슴이 반색을 하며 불쑥 나타났다.

『만술이, 참 잘 왔네. 이 집은 사람만 들끓었지 돼지 잡을 사람이 한 명두 없어. 지금 돼지를 묶어 놓기는 히였는데…… 만술이 좀 잡어 주게, 내 고기 허구 술 한 잔 잘 얻어줌세.』

이 작은 머슴은 본시 만술을 잘 따랐다. 그러나 그의 말이 만술의 귀에는 건성으로 들렸다.

『자네 주인은 어데 있나?』

『지금 안방에서 잔대. 미국 사람들을 굉장허게 대접헌다구 기고만장이여. 우리 주인은 그 사람들 교제허는걸 큰 행세루 알구, 아주 명당 바람이라구 헌다네.』

『무슨 일로 대접헌다나?』

『아, 아직도 모루구 있어?』

머슴은 련송 놀래는 시늉을 하면서 만술의 귀에 입을 대고 속삭이였다. 훈련장을 운동장 아래로 늘이게 틀어 놓았는데, 미군 장교들을 거판지게 먹인 다음 말뚝을 옮겨 박는다고 일러 주었다.

『만술이 별수 있어? 주인 나리님께 사정을 잘 히여 소작이라도 몇 마지기 은어 보지.』

『너두 그 씰개 빠진 소리 작작이 허려무나.』

만술은 머슴이 무안하도록 쏘아댔다. 여기서 잠시라도 지체할 일이 아니였다.

만술이 지게를 흔들거리며 작대기를 끌면서 대문 밖에 나오자 김 태호의 서기가 작부 두 명을 자동차에 태우고 막 정거하는 중이였다.

만술은 짝 벌어진 가슴팍을 편채 대문 앞 한 복판에 버티여 섰다. 서기가 작부 둘을 뒤에 딸리고 만술을 비켜 가려 할때였다.

『그 도장 찍은 것은 어떻게 헌대여?』

만술의 눈이 너무도 매서워 서기는 얼굴을 모로 비키였다.

『그, 글쎄, 이번 교제비는 농민들한테서 받지 말자구 히였는데 막 잡어 떼던군.』

서기는 발 뺌을 하노라고 눈웃음을 치며 대문 안에로 들어 가려 하는 것을 만술은 그의 멱살을 움켜잡았다.

『네 놈두 한통 속이여. 말뚝 옮기구 농민들의 돈 먹구, 어디 두구 보자, 온전히 사쿨는지, 땅 속으로 미리 들어갈는지.』

서기는 얼굴이 단번에 새빨개졌다가 이내 파래지며 킥킥거렸다.

그러나 고용살이를 하는 서기, 항상 김 태호의 구박 속에 지내는 서기에게 무슨 죄가 있으랴 하는 생각이 퍼뜩 들자 만술은 손을 스스로 놓았다.

만술은 돌아 볼 것도 없이 천천히 걸었다. 생각할수록 농사는 영영 부칠수 없게 되였다. 처남 가족들의 사정도 마음에 걸렸다. 그러나 그 전에 비해 이상하리만큼 마음 자리가 진득이 안착되여 이 분풀이를 어떻게 할것인가 하는 궁리에 잠겼다.

만술은 몇 동무와 함께 각기 구역을 맡아 가지고 농민들을 은근히 방문하였다. 그러나 미군 녀석들이 언제 들어닥칠는지 몰라 시간은 바빴다.

5

만술이가 찾아 간 집 중에는 울고 있는 녀자들이 많았다. 우는 사람을 추동하기는 더욱 쉬웠다. 만술은 자기 가족들도 울고 있을가 하여 급히 와 보니, 어머니와 안해 외에 처남의 댁까지 어울려 눈물을 훔치고 있었다. 본시 울기 잘하는 옆집 녀자는 여섯 식구가 어떻게 살아 가느냐고 사설을 늘어 놓면서 목놓아 우는 소리가 요란하였다.

처남의 댁은 만술이 들어 오자 돌아 앉으며 울음을 그쳤으나 만술의 안해는 더 흐느꼈다.

만술은 이 꼴을 보고 있으려니 가슴이 터질 듯 하였다.

『울면 논이 되돌아 오나? 의젓찮게 찔끔찔끔 울기만 허구, 사람이 좀 뻑다구가 있구 부화통이 있어야지. 그래 지금 울구 있을 경황이 있어? 하다못해 몇 놈 물어 뜯구 늘어질 생각이나 허잖구.』

만술은 침이 튀여 나도록 말을 주어섬겼다. 눈알이 화끈거리도록 이렇게 가족을 몰아치기는 처음이였다. 그는 울고 있는 어머니와 안해의 모습에서 자기가 그 동안 기를 펴지 못하며 온순하게만 살아 온 그런 못난 꼴을 보는 것 같았기 때문이였다.

만술이 벌떡 일어나 방문을 열려는데 박 령감이 기침을 콜록거리며 급히 들어 왔다.

박 령감은 만술을 얼핏 보고는

『운동장에 나가겠나?』

하며 물었다.

『예.』

『그럼 가야지, 될수록 여러 사람이 모여 결판을 내야 하네.』

잃게 되였던 논을 도로 찾게 된 박 령감의 진정에서 나오는 말이라 생각하니, 만술은 가슴 속이 뭉클뭉클 뛰놀았다.

『미국놈이 지랄치구 다니는 동안은 령감님 논이 또 언제 없어질지 모르죠.』

『그럼, 만술이 자 어서 가세.』

방문 앞에 섰던 박 령감은 젊은 사람처럼 날쌔게 몸을 돌려 먼저 나갔다.

『나두 갈티여.』

만술의 안해가 따라나서자 처남의 댁도 뒤대여 따랐다. 만술의 안해는 옆 집으로 급히 가서는 울고 있는 녀자의 손목을 잡고 함께 나왔다.

『만술이, 나는 그 논 부칠 밑천두 없구 로자 만들 방법두 없으니 자네나 부치소. 처남두 오구 어떻게든지 논을 부쳐야지.』

박 령감은 옆에서 걷는 만술을 안타깝게 보면서 말하였다.

『별 말씀을…… 인제 논두 시들헙니다. 그저 악으루나 버티여 가 볼 참여유. 하여튼 논을 아무에게두 넘기지 마시구 꾹 버티여 보세유.』

만술은 말을 더 계속하려다가 김 태호의 사랑방에서 들려 오는 작부의 노래 소리와 놈들의 떠드는 소리에 걸음을 멈추었다. 미군 장교 두 명과 <국군> 장교 한 명과 졸병 셋이 오던 길로 김 태호 집으로 들어간 뒤로 이내 술자리가 벌어진 것이다.

만술은 당장 술 좌석에 뛰여 들어 란장판을 만들며 놈들을 닭 모가지 비틀어 놓듯 하고만 싶어 견딜 수 없었다. 그가 몇 걸음 대문 앞으로 급히 다가서자 박 령감이 손목을 잡아 끌었다.

『어서 운동장으로 가세.』

만술의 심정을 꿰뚫고 있는 박 령감의 재촉에 그는

『개자식들, 어디 두구 보자.』

하며 사랑방 쪽을 흘겨보고는 다시 걸었다.

만술의 한패 외의 사람들은 학교 부근의 집에 있다가 놈들이 나타날 때 나오라 했으나 벌써 운동장 끝 백양나무 아래에는 거의 열 명이나 모여 있었다.

거기에는 만술의 처남이 무뚝뚝한 표정에 입을 꽉 다문채 사람들과 몇 걸음 떨어진 곳에 묵중하게 서 있었다.

만술은 몸이 오싹오싹 긴장만 되여 가며 말이 나오지 않았다. 눈 앞에는 미군과 두 부자놈의 얼굴이 어지럽게 떠 오르며 이가 련송 갈리였다.

사람들은 논에 나오는 것 같이 하며 한명 두명씩 또 모여 들었다.

『교섭은 누가할가.』

한 사람이 말 해서야 서로 얼굴을 보았다.

『만술이가 허면 어띠여?』

『아니, 나이 많은 이가 나서는게 좋아.』

이 말에 모두 찬성하였다. 그러나 논을 잃게 된 사람으로 六〇안팎 되는 령감이 네 명이나 되였지만 박 령감만큼 말 할 줄을 몰랐다. 그러나 박 령감이 나설 리는 없다. 뭇 사람의 시선이 자기에게로 집중된 것을 느낀 박 령감은 수염을 만지며 사람들을 쭉 훑어 보았다.

『나허구 자네 허구 나서 보세.』

박 령감이 옆에 있는 번대머리 한 령감에게 말하자 모두 좋아했다.

『말은 내가 헐테니 자네는 그렇다구만 허란 말여.』

박 령감의 말에 모두 와그르 웃었다.

『령감님은 부자 집 덕에 빼앗길 번 했던 논을 찾았는데, 우리 앞장을 다 스시구.』

울기 잘 하는 만술의 옆집 녀자는 고마운 마음에서 말을 했건만 박 령감은 구레나룻 수염을 떨며 빨끈 화를 내였다.

『부자놈 덕이라구? 배는 타야 배구, 칼은 써야 칼이란 말여. 내 논이 훈련장에서 빠지기는 히였지만 농사 질 가망이 있어야지. 그러니 논 바닥을 파 먹구 살진 못허구 무슨 소용이냐 말이여.』

박 령감의 어조가 너무 비장해서 사람들은 한동안 침묵하였다.

『<농지 개혁>이라구, 망헐 자식들, 광고는 떠들썩히여 놓구 우리만 못 살게 만들었어.』

강제 로동에서 열 달 만에 돌아온지 닷새 되는 사람이 팔을 걷어 올리며 말하였다.

『그 썩을 놈의 논이 우리만 골탕 먹여 놓구 지주에게 도루 간다닝개.』

『그동안 지주들은 되려 수를 잡았지 뭐여.』

『그놈의 땅이란게 여우 둔갑하듯 하거던.』

여러 사람이 서로 다투어 말 참견을 하러 들었다.

만술은 상기된 얼굴을 한채 말을 듣고 있다가 벌떡 일어났다.

『왜 땅한테 죄가 있나? 몽둥이로 맞구서 몽둥이 욕을 허지 말구 몽둥이 든 놈을 욕허란 말이여. 모두 그놈의― 만술은 참아 말하기가 겁나는지 사람들을 둘레둘레 보고는 결심을 하는 듯이 입술을 깨물었다― 미국놈과 리 승만 때문여.』

『따져 보면 사실 그렇지.』

이렇게 찬성해 나서는 말에 만술은 기운이 더 났다.

『우리 논이 훈련장에 들지 않았다 처두 제대루 농사 질 사람이 대관절 누가 있어? <농지 개혁>인가 개차반인가, 땅이란 땅은 모두 지주

놈 뱃대기만 더 불려 놓구 도루 지주 놈들에게 돌아 가게 마련인걸. 애당초 그럴 작정으로 만들었단 말이여.』

만술의 어조는 몹시 거칠었다. 그의 눈에서는 화광이 이는 듯하였다.

누구나 자기의 슬픈 운명과 원쑤 놈들에 대한 분노로 가슴만 답답할 뿐이었다.

만술은 놈들이 나타날 쪽만 노려 보면서 사람들 앞에서 거닐었다. 얼마 있으면 눈 앞에 벌어질 일이 슬플 것인가 통쾌할 것인가 만술은 종잡을 수 없었다.

『온다.』

만술의 말에 일제히 몸을 도사리며 쭈구리고 앉았다.

김 태호와 감나무 집도 장교들 속에 끼여 오는데, 두 미군 녀석은 몸을 옆으로 흔들며 저으기 흥겹게 걸어왔다.

부근 집안에서 기다렸던 사람들이 여기 저기서 모여들었다. 그중에는 녀자도 많으며 훈련장에 논이 들지 않은 사람이 일곱이나 되여 모두 쉰명은 넘을 상 싶었다. 만술은 온 몸뚱이 속에서 힘의 뭉치가 막 뛰노는것 같았다.

놈들은 운동장 옆, 말뚝 꽂은 데로 갔다. 졸병 둘이 말뚝을 빼려고 애를 써도 뽑히지 않았다. 그것은 만술이가 지나던 길에 말뚝을 발로 꾹 밟아 깊이 박았던 것이였다.

『자식들, 젖 먹던 힘까지 써 봐라, 빠지는가.』

누가 이렇게 말했으나 숨을 죽이며 노려 보고 있는 그들은 아무도 대꾸하지 않았다.

미군 장교 한 녀석이 귀신소리 같은 걸 꽥 지르며 말뚝과 실갱이를 하는 졸병의 허벅다리를 차자 그 졸병은 물이 빼작빼작 괴인 논바닥에 쓰러졌다.

　　―＜국군＞두 미군 놈 앞에서는 종 팔자군

　아들을 ＜국군＞에 빼앗긴 녀자가 볼퉁 사납게 쏘았다.

　　―저 쫄병 집두 필경 우리와 같겠지.

　　―그러닝개, 말뚝 빼는데 기운이 날 택 있나?

　　―허긴 만술이가 워낙 되알지게 박아 놓았거던.

　『이 자식아, 말뚝을 왜 그렇게 깊이 박었어?』

　발길로 찬 미군의 말을 그제야 통역하는지 ＜국군＞장교의 킹킹거리는 말이 들려 왔다.

　이 때, 김 태호가 사람들이 모인 곳을 손으로 가리키자 미군 녀석들도 고개를 이 쪽에로 돌렸다. 마을 사람들이 한 짓이란 것을 꼬아바치는 모양이었다.

　놈들이 이 쪽을 보며 걷기 시작하였다.

　『저 염병헐 놈의 자식들, 무슨 지랄을 헐려구 이리 오는거여?』

　안해의 말 소리에 만술은 옆을 보았다. 그는 또 새로운 힘을 느끼며 주먹을 불끈 쥐었다.

　미군 장교는 또 활개를 치며 걸었다. 그러나 운동장 복판에 와서는 걸음을 멈추고 이 쪽을 노려 보았다. 미군 장교가 ＜국군＞ 장교에게 무엇이라 씨부렁대자

　『빨리 흩어져라. 안 그러면 총을 쏜다.』

　＜국군＞ 장교 한 녀석이 왜가리 소리를 질렀다. 김 태호는 먼저 헛기침을 하더니 혀가 약간 꼬부라진 어조로

『좋게 말헐 때 흩어지란 말여. <정부>와 군대에서 허는 일을 백성들이 상관할 것 없단 말여, 알겠어?』

하고 미군 장교를 향하여 간사하게 웃어 주었다.

『이 여수(여우)같은 놈 이 고장에 훈련장을 못만든다. 돈이면 뭣이든지 될성 부르지? 안 된다 안 되여, 우리를 마음대루는 안 된단 말이다.』

만술의 말소리는 댓쪽을 째는 듯 하였다.

『정말 안 갈테냐? 총을 쏜다 쏘아.』

<국군> 장교가 더 큰 소리로 웨쳤다. 한 사람이 슬슬 뒷걸음질을 치자, 로력 동원에 나갔다 돌아 온 사람이

『한 사람두 움직이지마. 공연한 사람을 쏘겠어?』

하며 멋사니를 주었다.

사람들은 땅에 그대로 박힌 듯 꿈적도 않았다. 이때 박 령감과 번대머리 령감이 사람들 앞으로 몇 걸음 나와섰다. 박 령감은 조금도 두려움이 없이 태연한 안색으로 수염을 내려 쓰다듬었다. 반백의 구레나룻 수염이 바람에 하늘거리는 모양은 아무 사단도 없다는 듯이 평온해 보였다.

『당신들, 생각히여 보구려. 훈련장을 만든다구 떼거지를 낼것이 뭐란 말이요? 정 말뚝을 걸어 가지구 가지 못 허겠으면 이왕 박은 자리에 그대로 두구려.』

<국군> 장교가 통역을 하는것 같기에 박 령감은 말을 잠시 멈추었다.

통역하던 <국군>이 말을 끊고 이 쪽을 노려 보기에 박 령감은 만술이가 말해 준대로 훈련장을 반대한다는 말을 하려고 기침부터 하였다. 그러나 미군 녀석의 오른 팔이 움직이는 순간 총성이 사람들의 귓창을 때리면서 박 령감은 선 자리에 쓰러지고 말았다. 가슴을 정통으로 맞고 피가 솟구쳤다.

만술은 눈알이 빠져 나가는 것 같으며 다리가 떨리였다.

김 태호와 감나무집은 무슨 일이 벌어질 줄 알고 앞으로 꼬꾸라질 듯이 도망치는데, 그 중에도 김 태호는 겁에 질려 발이 잘 듣지 않는지 교실 벽에 의지한채 사시나무 떨듯 하였다.

『미국놈을 죽여라 몰아내라!』

만술은 목청껏 소리쳤다. 사람들의 아우성이 두서없이 요란히 올랐다. 도망치려던 몇 사람도 다시 돌아 왔다. 사람들은 버드나무에 몸을 개리거나 운동장 기슭에 붙어 아우성을 쳤다.

놈들은 총을 함부로 쏘아댔다. 사람들은 작은 돌이건 큰 돌이건 집히는 대로 던졌다. 그러나 허사였다. 만술의 옆 집 녀자가 쓰러졌다. 녀자들의 울음 소리와 악쓰는 소리가 땅을 뒤흔들어 놓았다.

『저 놈들을 그냥 둔단 말여?』

악에 바친 안해의 음성에 만술은 가슴 속이 더 화닥화닥 타 올랐다. 만술은 크기가 알맞은 돌이 눈에 띠자 날쎄게 집어 힘껏 던졌다. 박 령감을 죽인 미군은 앞정갱이를 맞고 뒤로 넘어지려다가 엎디여 그냥 총을 쏘았다.

사람들은 차츰 흩어지기 시작하였다. 맨 먼저 흩어지던 번대머리 령감이 류탄에 쓰러졌다.

『군대를 없여라! 훈련장을 없여라! 미국놈을 몽땅 죽여라—』

만술은 머리에 펀뜩 펀뜩 떠오는대로 고함을 치며 돌을 찾으려는데 왼쪽 팔을 총알이 뚫고 나갔다.

갑자기 멀리서 엠원총 소리가 요란하게 났다. 농민들이 이렇게 나서리라고는 생각조차 못했던 지서 주임은 순경 한명과 함께 총을 어방치기로 쏘아대면서 정미소 모퉁이를 돌아 뛰여 오는 것이었다.

미국놈들과 <국군>을 반대하여 나선 사람들이 웨치는 고함 소리는 그칠줄을 몰랐다. 만술을 선두로 농민들은 떼를 지어 미국놈들을 향하여 걸어 갔다. 만술의 처남은 어데서 주었는지 지게 작대기를 총처럼 들고 걸었다.

6

만술은 금강 쪽에서 불어 오는 바람을 안고 뛰려니 숨이 몹시 찼으나 달음질을 한 번도 늦추지 않고 마을 뒷산으로 올라 왔다.

산 중턱에 있는 공기 바위에 등을 기대여 비스듬이 앉아도 가슴은 여전히 벌름벌름 뛰였다.

함께 산으로 뛰던 사람들은 찾아 볼 수 없으며 그들을 쫓던 총소리는 멎은지 오래다.

만술은 부상한 왼 쪽 팔을 동여 매였건만 새빨간 피는 아직도 조금씩 흘렀다. 만술은 옆에 있는 참나무의 마른 잎을 따서 피를 훔쳐 버리고는 학교 운동장을 멀리 보았다. 세 시체가 그대로 있는지 사람들이 모여 있다. 가족이건 마을 사람이건 시체 앞에서 목 놓아 울것이련만 멀기도 하며 바람에 거슬려 사방은 마치 아무 일도 없었다는 듯이 고요하였다.

그러나 귀 속에는 아직도 그 악을 쓰던 고함 소리가 쟁쟁하다. 사실 만술에게는 이 고함 소리가 대견하였다. 항상 눌려만 지내 오던 사람들이 총 질을 하는 승냥이 앞에서 그렇게 당차게 버티였다는 것은 상상도 못 한 일이었다. 이 다음 그런 원쑤들을 향하여 다시 일어날 적에는 이 날보다 몇 갑절의 무서운 힘으로 커질 일이 마치 눈 앞에 보는 듯 하였다.

『우리는 놈들에게 굴하지 않았다.』

이 날의 죽음이라든지, 끝판에 흩어진거라든지, 이런 생각을 물리치고 이 신념은 온 몸에서 힘으로 꿈틀거리는 것이었다.

운동장 아래로 펼쳐 있는 논이며, 논에 부산나게 내였던 두엄 무더기며 만술의 눈을 유난스레 끌었다. 마치 나를 두고 어데로 갈 작정이냐고 앙달아하는 것처럼…… 그러나 그 논에는 말뚝이 꽂히고야 말 것이며, 흙으로 메꾸어 훈련장이 될 것이다.

만술은 논을 한참이나 보기만 하드니 입을 소리 없이 달막거렸다. 바로 사람과 말 하듯 이런 말을 꼭꼭 박아 하는 것이었다.

『기다려라, 너와 나와 정말 진짜로 만날 때가 온다. 그 때를 위하여서 우리는 오늘처럼, 천만에 오늘 보다 몇 백배 몇 천배의 힘으로 싸운단 말인데, 야 참 오늘 처음으로 그런 맛을 보았단 말이다. 그 새는 내가 여간 미련한 놈이 아니였거던. 하여튼 훈련장이 되여두 지금 네 모양대루, 그러구 지금 보다 거름도 실컨 먹는 그런 논으로 버젓허게 만들어 놓겠단 말이다. 그러니 너는 별수 없느니라, 그저 미군이건 <국군>이건 네 우에서 훈련을 허는 판이면 그 발모가지를 몽땅 잘라 놓란 걸 부탁하구』

만술은 혼자 이렇게 말해 내려가면서 씽긋 웃다가 소스라치게 놀래였다. 바로 공기 바위 뒤에서 두 사람이 불쑥 나타나는 것이었다. 그들은 만술이와 함께 산에로 뛰였던 동무였으며, 뒤미처 만술의 처남이 작대기를 든채 몹시 씨근덕거리며 올라오고 있었다. 그들은 다짜고짜로 만술을 끼고 한바탕 딩굴었다. 처음으로 아슬아슬한 싸움을 겪은 뒤의 동무란 류별나게 정다운 것이었다.

『참, 자네 마누라가 굉장히 찾구 다녀.』

하며 한 사람이 공기 바위 옆에로 내려가 손을 까불며 조용히 불렀다.

안해는 헐레벌떡거리며 허위허위 올라왔다. 이마에는 땀이 송실송실 맺혔다. 안해는 만술의 옆에 쭈구리며 앉았다. 먼저 만술의 상처를 걱정스레 보았다.

『괜치 않우? 뼈가 안 다쳤어야 헐텐데……』

『일없어. 살점만 뚫었으니 곧 아물겠지.』

만술은 부상한 팔을 놀려 보았다. 확실히 뼈는 상하지 않았으나 몹시 무거우며 쑤시어 얼굴이 찌푸려졌다.

『여보, 오늘 해 전으로 여기를 떠유. 어째피 여기서는 농사도 못 짓게 되였으닝개 당신부터 뜨세유.』

『뜨긴 어데루 뜨란 말여?』

만술의 안해는 그제야 친정의 형편을 생각해 낸 듯이 눈만 깜작이고 있는 오빠를 힐끗 보았다. 말문이 막혀 잠시 어리둥절하다가

『글쎄, 지서 놈들이 당신을 찾을는지 모르닝개, 우선 외숙 집에라도 가라닝개 그려. 내 참』

안해의 말에 만술은 핏씩 웃어 버렸다. 만술의 안해는 고개를 수그린채 옷고름으로 눈물을 닦기 시작하였다. 바람 소리만 날뿐 산은 고요하였다.

만술의 처남은 이런 분위기를 깨뜰 작정으로 작대기로 땅을 힘껏 치고는

『내 이 작대기 이야길 헐가?』

하며 사람들을 둘러 보았다.

학교 운동장에서 모두 뿔뿔이 흩어질 때의 일이였다. 만술의 처남은 학교 변소 옆을 지나다가 그 안에서 들리는 까무러칠 듯한 비명에 혹시 마을 사람이 부상하였나 하여 들어가 보았더니 곤색 양복을 입고 코밑에 수염이 난 사람이 변소 문을 붙잡고 떨고만 있었는데, 작대기를 총

으로 알았는지 눈을 홉뜨며 주저 앉아버렸다.

『이 사람아, 그게 지주 김 태호 녀석이여. 그래 어떻게 히었나?』

만술이 다급하게 묻자 처남은

『그래?』

하며 분하다는 듯이 작대기로 땅을 치는 통에 두 동갱이로 끊어졌다.

『나는 학교 선생이 변소 왔다가 총소리에 혼이 떠서 그런 줄 알고 그냥 나왔지.』

『에키, 이사람 당장 직살을 시키지 그랬어?』

만술의 처남은 대답도 없이 머리만 긁적거렸다.

본시 말이 적은 처남의 성질을 아는 만술은 웃음이 절로 나왔다.

분위기는 확실히 풀리려 하였다. 그러나 만술의 친구 한 사람이

『만술이, 고향을 뜨겠나?』

하고 묻자 분위기는 다시 긴장되었으며 모두 만술의 입을 지켜보았다.

『천만에.』

만술은 사람들을 둘러보고 다시 말을 이었다.

『우리가 고향을 뜨면 아주 그놈들 판이 되게? 그렇게 둘 수 없어. 절대로 없다닝개. 끝까지 버티고 싸워야 히여. 가만 있으면 그 사람백정 놈들이 우리 창사구까지 빼 먹는단 말여. 그러닝개 고향을 지키구, 싸우구 그렇잖어? 오늘 일만 보게. 우리는 그놈들 총 앞에서 굴복허지 않았거던. 그 사람들이 고함을 치며 덤비던것, 그전에 생각이나 해보았었나? 참 신이 나거던. 이 다음은 산이라두 옮겨 놓을 힘으루 커질거구, 그래야 우리 나라가 평화적으로 속히 통일된단 말여. 그 때 가서야 말로 정말 미국놈, 리 승만이 같은놈, 김 태호 같은 놈 모두 뺑소니를 친단 말일세.』

하고 만술은 기쁨과 흥분을 참지 못해 두 팔을 높이 벌려

『야— 참!』

하고 소리를 높였다.

『끝까지 버티구 싸우세.』

강제 로력 동원에서 돌아온 사람이 야무진 어조로 말하였다.

『나두 모래를 씹구 살지언정 여기서 버티겠네.』

다른 동무가 말을 불쑥 꺼내였다.

지금까지 말하는 사람들의 입만 번갈아 보고 있던 만술의 처남은 작대기를 짚으면서 벌떡 일어났다.

『만술이, 나는 래일 고향으로 돌아 가겠네. 여기서 농사허긴 틀렸구, 처갓집으로 갈가히였는데 그만 두겠어. 나는 정말이지 오늘 세상에 새로 나온것 같네. 고향에 가설랑 그 지서 주임 녀석, 배 임자 녀석, 허긴 그뿐이겠나? 그 놈들과 트작거리면서라도 버티여 보겠단 말일세.』

『그럼, 그놈들 오곰을 못 쓰게 히여야지.』

만술의 가슴은 벅차 오르는 감격으로 터질 듯 하였다. 그는 일어나서 숨을 길게 쉬였다.

해는 아직도 산 우에 한발 쯤 남아 있다.

『저게 누굴가?』

만술은 산골짝 사이로 난 오솔길을 오르고 있는 한 가족 같이 보이는 사람들을 손으로 가리키였다. 모두 그리로 시선을 돌렸다. 그들은 지서 뒷집에 사는 사람들인데 무슨 짐을 지게에 지고 머리에 이였다.

『해 전으루 강을 건늘 작정인가 보우.』

만술의 안해가 서글픈 어조로 말하였다. 충청도 한산에 사는 형을 바라고 우선 가 보는 모양이였다. 그는 아까 운동장에서 한 놈도 맞치지

는 못했으나 돌을 제일 많이 던진 사람이였다.

『내 가서 붙잡겠네.』

만술은 혼잣말을 하며 그 쪽에로 성큼성큼 내려갔다. 그의 속 가슴으로는 누구를 붙잡고 말 하더라도 마음을 돌려 고향에서 싸우게 할 자신을 느꼈다.

『여— 거기서 기두려.』

오른 손을 높이 들며 부르는 만술의 걸걸한 음성은 메아리로 믿음스럽게 울려 주었다. 저 쪽에서 자기를 알아 보았다 느끼자 만술은 더 힘차게 산 벼랑을 내려갔다.

—1955. 6—

(『조선문학』, 1955.8.)

나 비

전재경

1

<옥수수는 밭곡식의 왕이다>라는 표어는 참으로 잘된 매력 있는 구호였다. 물론 그 구호의 영향만은 아니었으나 추수 농업 협동 조합에 서는 알곡 증산을 위한 긴급한 조치의 하나로서 금년도의 전 작물 七〇 프로 이상을 <밭곡식의 왕>으로 채웠다. 이렇게 큰 옥수수 농사는 처음 시험하는 일이여서 조합에서는 그 비배 관리에 각별한 주의와 관심을 돌려 이앙 사업을 앞둔 五월 하순으로 들어 서면서 옥수수 두벌 김매기를 실시하였다. 四 작업반 — 분조원들이 지금 옥수수의 김을 매고 있다.

『좌우간 금년엔 강냉이는 실컷 먹게 됐다.』

작년에 초중을 졸업하고 조합에 들어온 열 여덟 살의 순이가 벅벅 흙을 긁어 옥수수에 북을 주어 나가다가 문득 이렇게 말했다. 아마 그 구수하고 달짝지근한 풋강냉이의 맛을 회상한 모양이였다.

『실컷 먹갔는지 봐야 알지. 스님 잡솨 봐야 안다는 격으루……』

순이의 바로 옆에 있던 키가 작은 보배 어머니가 밭 우를 달달 굴듯 민청원들을 따라 가면서 대꾸하였다.

『왜요?』

처녀들이 항의나 하듯이 일시에 웨쳤다.

『글쎄 잡숴 봐야 안다니까.』

보배 어머니는 웃으면서 이야기를 꺼냈다.

『옛날 스님 한 분이 있었는데 성미가 어찌 급했던지 밀을 심어 놓구부터 「이젠 밀을 먹었지!」하고 기뻐하드래. 그러니까 방자란 놈이 하는 말이 「스님, 잡숴 봐야 알지요」하고 대답하드래. 밀이 누렇게 익어 갈 때 「이젠 먹었지?」하고 다짐하니까 방자는 「스님, 잡숴 봐야 알지요」하고 역시 같은 대답을 하드래. 추수를 하고 맛질을 해서……』

그때 갑자기

『아이구머니!』

하고 순이가 쇠된 소리를 치며 뒤로 자빠질듯 물러앉아서 이야기는 중단되고 모두의 주의가 순이에게로 쏠렸다.

『왜 그래?』

순이의 오른쪽 이랑을 맡아 나가던 탄실이가 물었다. 몸이 부리부리하고 눈이 어글어글한 남자와 같이 쩍쩍한 처녀였다.

순이는 손가락만큼이나 굵고 커다란 시커머스레한 돋벌레를 징그러운듯이 눈쌀을 찌푸리고 가리켰다.

『글쎄 이 놈이 꾸풀하고 튀여 나오지 않아.』

『난 또 뭐라구!』

모두가 한바탕 흐드러지게 웃어댔다. 그러나 쥐새끼만 자기 앞으로 지나가도 질겁을 하는 순이로서는 보기에도 끔찍한 돋벌레가 호미끝에 걸려 불의에 나타날 때 깜짝 놀래지 않을 수 없었던 것이였다.

『에이 머저리 같은 것. 넌 아직두 학생 아가씨로구나.』

이렇게 중얼대며 탄실은 순이에게로 건너오더니

『남이 애써 가꾸는 강냉이를 짤라 먹는 이 고 영수 같은 놈아, 넌 이렇게 쳐 죽여야 한다.』

하면서 날이 선 호미로 돋벌레를 내리 쳐서 중동을 잘라 버렸다. 그리고도 만족치 못한듯이 탄실은 허리를 끊기운 채 그냥 꿈틀거리는 벌레를

『이 고 영수야, 이 사기꾼아.』

하면서 호미 대가리로 짓이겨 놓았다.

『돋벌레가 고 영수라? 건 말 잘했다.』

보배 어머니가 씨원스럽게 웃어댔다.

『돋벌레 뿐이갔소? 도루래, 굼벵이, 자리, 집개벌레 할 것 없이 남이 공 들여 가꾸는 곡식을 파먹는 놈은 다 조합 재산을 처먹는 고 영수와 같은 것이지요..』

탄실은 흥분이 가라앉지 않는듯 두덜거렸다.

『정말 고 영수를 한번 그렇게 해보지.』

누구인가 탄실의 분을 돋구어 주었다.

『아닌게 아니라 지난 총회 때 그놈의 귀쌈이래두 때려 주고 싶습데다. 글쎄 남은 식량이 발라서 아득바득하는 판에 四——킬로가 어디요? 야듧 가마니가 아니요?』

『많이두 처먹었지.』

『배때기도 큰 모양이야, 터지지 않는 것을 보니.』

『그러기 죽두룩 일해야 또 작년 쭉일가봐. 재산 있는 량반들이 다 해먹구 남는 게 있어야지.』

『난 그렇게는 생각지 않아요. 그런 불순 분자를 고쳐놔야지요. 조합

이란 그래서 좋다는 것이 아니겠어요? 또 그 사람 하나 때문에 조합이 되구 안되구 하겠어요?』

순이가 제법 어른처럼 말했다.

『앤 똑 세포 위원장 말하듯 하누나. 백년 가면 고 영수가 버릇을 고칠 것 같니. 제버릇 개 주지 못한다!』

보배 어머니가 늙은이의 경험으로 단정하듯 말했다.

그러자 중년 부인 한 사람이 맞장구를 쳤다.

『총회에서두 보지.「석탄 사구 약 살래기 다 먹었습네」하고 뻔뻔한 수작을 하지 않아? 세포 위원장이 자꾸 두구 보자구 해서 그렇게 결정은 했지만 그 버릇은 못 고칠거야.』

녀성 조합원들은 한동안 말이 없이 김들만 벅벅 맸다.

『그래 어떻게 됐나요? 맛질을 해서……』

한 처녀가 중단된 보배 어머니의 이야기를 재촉하였다.

『응? 마자 하라니? 그래 맛질을 해서 죽을 쒀 났구나. 그리구는 중이「이젠 먹었지?」하고 물으니까 방자란 놈은 그냥「잡솨 봐야 알지요」하고 방종을 떨드래. 그러니까 스님이 성이 독 같이 나서 막대기를 들어 방자를 치는데, 잘못해서 그만 죽그릇을 쳐서 죽을 다 쏟구 말았대. 그러니까 방자란 놈이「그러기에 제가 잡솨 봐야 안다구 하지 않아요?」하드래.』

늙은이의 이야기가 재미 있어서 처녀들은 깔깔거리며 웃어댔다.

『그러기 돈벌레를 사정 없이 죽여야 해. 그걸 무서워하단 강냉일 먹지 못한단 말이야.』

탄실이가 웃으면서 말했다.

맞은편 산기슭 일대에 심은 밀 보리가 벌써 이삭을 패여 가벼운 첫여

름 바람에 흐느적거리고 있었다. 어디선가 뻐꾸기가 한가롭게 울었다. 순이가

『백두산 말기에……』

하고 노래를 시작했다. 처녀들은 그 노래에 화창하였다. 명랑한 아름다운 노래소리는 산울림을 하면서 五월의 하늘로 울려 퍼졌다.

『좋―다.』

처녀들은 노래가 끝나자 분조원 중에서 제일 나이 많은 김씨가 이렇게 노래조로 웨치더니 자기도 한 곡조 불렀다. 룡강 긴아리 곡조인데 가만히 들으니 가사는 고 영수를 풍자해서 자신이 즉석에서 지은 즉흥시였다.

『재청!』

노래가 끝나자 처녀들은 손뼉을 치면서 웨쳤다. 김씨는 할 수 없이 다시 한번 같은 노래를 불렀다. 기억력 좋은 처녀들이 어느새 그 가사를 외워서 같이 따라 불렀다.

『오마닌 아주 훌륭한 시인인데요. 또 명가수구.』

순이가 감탄하는 말이었다.

김씨가 부른 즉흥곡은 처녀들 뿐 아니라 전 분조원들의 흥미를 자아냈다. 아마 그들은 오늘중으로 그 노래를 누구에게든지 전할 것이요. 그렇게 되면 미구에 전 조합원이 다 이 노래를 부르게 될 것이다. 인민들 자신의 생활 감정을 소박하게 표현한 노래가 그들 속에서 절대의 사랑을 받는 법이라면, 오늘 추수 협동 조합에 커다란 물의를 일으키고 있는 고 영수 사건을 풍자한 이 소박한 노래가 조합원들 사이에 무한히 통쾌감을 일으켜 애창되리라는 것은 의심할 바 없었다.

고 영수 사건을 취급한 조합원 총회가 있은 것은 이틀 전이였다. 그

것은 조합 창립 총회 이래 처음되는 최대의 사건이라고 할 수 있었다. 四一一킬로의 량곡을 고 영수 조합원이 사기적 방법으로 잘라 먹다가 발각이 난 것이었다.

사건의 내용은 이렇게 되었다. 농업 협동 조합들의 경제적 토대를 공고히 하고 조합원들의 생활 향상을 도모하기 위하여 정부는 一九五五년도 현물세를 四회에 걸쳐 감면해 주었다. 一천 三백여 반보의 경지 면적을 가진 추수 협동조합에서는 도합 九톤 二三三킬로의 감면을 받았는데, 三월 八일에 현물세에 대한 총화를 지을 때 조합은 이미 납부한 현물세의 일부를 수매에 돌리고, 일부는 벼 종자, 옥수수 종자와 교환하기로 하여 도합 八톤 二六五킬로를 <분류 이동>해서 <현물세 초과 납부량 반환 신청>을 내었다. 이 외에 조합원들의 미등록지에 대한 현물세와 역마 임경소에 갚을 임경료를 합하여 五五七킬로를 제하고 세곡 창고에서 반환받을 벼가 四一一킬로 남게 되었다.

그런데 한편 조합원 고 영수는 리의 위임으로 리 내에 있는 개인농들로부터 현물세를 받아 들이는 책임을 맡고 있었다. 들어 오는 현물세는 벼, 조, 옥수수, 콩 등 종류가 잡다하였다. 그런데 이런 잡곡을 벼로 교환하면 가격상 유리했기 때문에 고 영수는 조합에 말하여 二톤어의 잡곡을 수차에 걸쳐 벼와 교환해 오게 하였던 것이다. 그런데 조합이 창고에서 반환 받을 실제량이 벼 四一一 킬로 남은 줄 아는 그는, 개인에게서 받을, 혹은 받은 잡곡 마자리(가마니가 차지 않는 수량) 四〇八킬로를 조합에 넣고 그 대신 반환 받을 벼 四一一킬로를 개인농의 현물세로 국가에 납부하는 형식으로 하여 현물세 총화를 지었던 것이다. 리에서도 개인들로부터 쫄금쫄금 받는 것보다 이 편이 시끄럽지 않고 간편한 까닭에 그런 편의를 보아 주었던 것이었다.

그런데 조합에서는 그 동안에 관리 위원장이 갈리여 전 위원장은 조합 일에 상관하지 않았고, 태만한 부기장도 고 영수에게서 벼 四一一킬로에 해당하는 잡곡을 찾아 올 것이 있다는 것을 감감 잊어버리고 있었다.(전 관리 위원장과 부기장은 이렇게 주장하였으나 그 말은 론리가 맞지 않고 모호한 데가 많아서 조합원들은 곧이 듣지 않았다.)

하여간 이 기회를 리용해서, 리용했다기보다는 처음부터 이런 기회를 만들어서 고 영수는 조합에 들여 놓아야 할 잡곡을 살근살근 조합원들 몰래 먹기 시작하였다. 처음부터 그가 계획적으로 이 일을 꾸몄다는 것은 그가 이 문제의 잡곡을 먹기 시작한 것이 현물세 총화보다 훨씬 전인 정월달부터였다는 것으로 보아도 알 수 있었다.

꼬리가 길면 밟힌다고, 고 영수가 제아무리 감쪽같이 속여 왔으나 다섯 달이 지나는 사이에 그만 발각이 나고야 말았다. 밤중에 그는 장거리 음식점에 팔려고 쌀 다섯 말을 지고 나오다가 바로 대문 밖에서 붙잡혔다. 최근 그의 동정이 수상해서 그를 비밀리에 감시하고 있던 조합원 두 사람이 그의 뒷덜미를 덮쳤던 것이다. 현장을 붙잡히고도 간교한 그는 이렇게 저렇게 말을 꾸며 속여 보려하다가 두 사람을 매수하려고까지 하였다. 그러나 원칙성이 강한 두 조합원은 그의 말에 넘지 않고 도리여 강한 위협까지 섞어가며 그를 역습하여 할 수 없이 고 영수는 사실의 일부를 자백하지 않을 수 없었다.

관리 위원회는 사실을 조사하여 다음 날 조합원 총회를 열고 광범한 토의에 붙였다. 조합원들은 이구동성으로 그에게 四一一킬로를 변상시키고 조합에서 내여쫓자고 주장하였으나 조합 초급 당 위원장이요 관리 위원회 부위원장인 장 달현의 순순히 타이르는 조리 있는 말에 설복되어 조합에서 내여쫓는 것만은 중지하였다. 그러나 많은 조합원들은 아직도 마음이 개운하지 않았다. 부위원장의 론리가 십분 타당하기는 하나 적어도 고 영수라는 인물에게만은 적용될 수 없으리라고 생각하였다. 그렇게 그는 조합원들의 미움을 받아 왔고, <개변될 수 없는 사람>으로 인정되였던 것이였다.

탄실이가 지금 그를 돌벌레에 비유하고 중오하는 것이나 김씨가 즉흥곡을 불러 그를 야유하고 풍자하는 것이 고 영수를 잘 아는 조합원들로서는 오히려 당연한 감정이 아닐 수 없었다.

2

고 영수는 금년 쉰 다섯의 중늙은이였다. 그러나 혈색이 좋고 피둥피둥 살이 찐 그는 나이보다 훨씬 젊어 보이였다. 그는 해방 직후 남포서 이 부락으로 이사를 와서 一〇 여 년째 사는데, 그때로부터 오늘까지 그는 한결같은 차림을 하고, 한결같이 곱게 살았다. 그의 외양부터 농촌 사람과는 어울리지 않았다. 두루마기를 늘 입었는데, 그것을 입지 않을 때는 반드시 조끼를 입었다. 커다란 그 주머니에는 유단 쪼각으로 싼 <엘진> 은시계를 줄을 늘이워 찼고, 글을 볼 때에는 꼭 꺼내는 갑에 넣은 안경과, 두툼한 수첩, 말쑥한 만년필 등이 꽂혀 있었다.

이마가 번듯해서 신수가 좋은 그였으나, 코가 지나치게 높고, 크지도 작지도 않은 눈이 다소 모밀 눈 기미가 있어서 일견해서 교만하고 간린스러운 인상을 받게 하였다. 반백의 머리는 언제나 <상고머리>로 깎고, 수염은 우의 것만 길렀는데 좌우 옆을 좀 치고 가위로 짧게 다슬러서 신통히도 옛날에 류행하던 <챠푸린> 수염 그대로였다. 몸집에 비하여 다리가 좀 짧은 편인데 그 때문에 키 전체는 작아 보였다. 이런 차림에 <도리우찌>를 비스듬히 쓰고, 권연을 피워 물고, 째깃째깃 걸어 가는 야무지고 당돌한 그의 모양은 꼭 찔러도 피도 안 날 사람이라는 느낌을 가지게 하였다.

그는 본시 평양 어떤 소상인의 아들로 태여났다. 소학을 마친 후 사립 중학 三학년까지 다니다가 중도에 퇴학을 당하고 말았다. 몹시 조달하고 똑똑해서 공부도 무던히 하는 편이였으나 그 보다는 학생답지 못한 일에 더 조숙성과 천품을 발휘한 때문이였다. 작부를 둔 소위 <나까이> 술집 출입에 재미를 부쳐 다니다가 그만 발각이 난 것이였다.

몇 해 동안 직업 없이 빈들거리다가 부모가 다 죽은 후, 할 수 없이 생명 보험 외교원, 부청의 고원, 광산 십장, 정미소, 양말 공장의 서사 등 一〇여 가지의 직업을 경력하고 남포로 흘러가 어떤 술장사 너인을 만나 같이 <나까이> 술집을 경영하였다. 그때까지 그는 벌써 안해를 두 사람씩이나 리혼했는데 일찍부터 허랑한 생활을 해온 탓에 자식이라고는 하나도 낳아 보지 못했다.

자식을 단념하고 그는 양딸을 둘이나 길렀다. 열 세 살과 열 한 살의 외양이 뺀뺀한 고아를 자기 호적에다 넣고 <친 딸>처럼 길렀다. 안주 술 장사를 하는 집 부엌 일이 얼마나 고달프고 구질구질하다는 것은 길게 설명할 필요가 없다. 두 고아는 늘 물에 빠진 생쥐처럼 되여가지고 잠도 제대로 못 자면서 <부모>의 돈벌이를 도와 주었다.

고 영수 부부는 양딸들이 자라는 것에 커다란 희망과 기대를 걸고 지냈다. 어서 커서 열 七一八세만 나면 작부들을 일부러 사올 것 없이 <친 딸>들로써 대신하고 그래서 돈을 한번 기껏 잡아보겠다고 생각하였다.

해방이 되였다. 앞으로 작부를 둔 술장사가 있을 수 없으리라는 것을 눈치챈 고 영수는 자기만은 과거 생활에서 손을 씻겠다는 각오로 가장 집물을 팔아 가지고 처가편 친척들이 사는 이 동네로 왔다. 딸들을 기르는 데도 그것이 좋으리라고 생각되였다. 앞으로 똑똑한 사위나 맞아 늙마에 덕을 보자는 타산이였다. 그래서 그는 아무에게도 자기 래력을 결코 말하지 않았고, 남포서 불과 七〇 리 밖에 안되는 동네였으나 등하불명 격으로 그의 과거는 오래 동안 알려지지 않고 지났다.

그는 남포행 신작로 길가에 마참한 집을 사서 소잡화상을 경영하였다. 술도 받아 놓고 병술을 팔았다. 이왕이면 음식점 허가를 내여서 본격적인 술장사를 시작해 보자고, 과거 생활의 유혹을 느끼고 안해가 졸라 보았으나, 그때마다 남편은

『정신 나갔구만, 지금이 어느 때라구. 우선 세금에 못 배겨나. 또 아이들을 생각해야지.』

하고 막았다.

과연 잡화상이나 하는 것쯤은 해방 직후엔 그리 큰 흠이 아니였고, 또 딸들의 외양도 깨끗해서 일년 사이를 두고 두 딸을 다 <훌륭한> 자리에 살릴 수 있었다.

전쟁이 일어 나고 우리의 일시적 후퇴가 시작되였다. 고 영수는 열성 당원이였던 동서의 행방을 대라고 지방 치안대에 갇혀서 일주일간 놈들에게 시달리우면서 맷개도 조히 맞았다.

우리 사람들이 다시 진격해 나와 생활이 다시 회복되였을 때, 고 영수는 자기가 겪은 일을 큰 자랑삼아 몹시 크게 과장해서 만나는 사람마다에게 선전하였다.

『난 당원들이 당할 욕을 애모히 혼자 당했습네. 스무날 동안에 매를 어떻게나 지독히 맞았던지 왼팔은 영 병신이 되고 말았는가부웨.』

하여간 적이 일시 강점했던 얼마 안되는 짧은 기간에 그가 경험한 적

들의 무질서, 략탈, 야수적 본능의 발로는 그로 하여금 완전히 리 승만 정권과 미제에 대한 혐오와 증오를 더욱 일으키게 하였다.

『북조선만한 데 없어. 미국놈들과 <국군>은 개똥이야. 여기서 살아야지 별수 없다니까.』

하고 그는 그들을 바라보고 있었던 자기를 뉘우쳤다.

장사를 집어 치우고 근로하는 계급으로 나설 의사를 표명한 고 영수는 리내의 인민―특히 간부들의 지지와 신용을 얻었다. 우선 술을 마시지 않는다는 것이 그를 신용케 하는 중요한 조건이 되었다. 소시부터 술을 마셨고, 술장사까지 하던 그로서 술을 마시지 않게 되였다는 데에는 그의 매서운 성격의 일면을 말하는 이야기가 있었다. 언젠가 남포에 있을 때, 그는 술을 잔뜩 마시고 하치 않은 일로 손우의 매부와 싸움을 하였다. 힘으로는 견딜 수 없으니까 표독한 그는 매형을 칼로 찔러서 큰 상처를 내고 류치장 신세를 며칠 지다가 돈으로 순사들을 <교제>해서 겨우 석방되였다. 매형을 찾아 가서 화햇술 한 잔을 마시고는 그 자리에서 술잔을 깨뜨려 다시는 술을 먹지 않겠다고 맹세하였다. 그로부터 一五―六년이 경과하도록 그는 한 방울의 술도 입에 대지 않았다. 어쨋든 술을 마시지 않는 그를 사람들은 다 똑똑하게 보고, 실수가 없을, 심한 사람이라고 믿었다.

고 영수가 다소의 신망을 얻게 된 다른 리유는 그가 리내 여러가지 회합에 열성적으로 참가하는 것과, 과거에 교육을 받아 식자가 좀 있다는 데 있었다. 그래서 그는 세곡 창고장, 소비 조합 위원장, 리 인민 위원회 서기장, 리 인민 위원장 등을 력임하였다.

리 인민 위원장은 다른 동네에서 했는데 거기서 일할 때, 그는 리민들과 직원들로부터 <똑똑이>라는 별명을 얻었다. 그는 리내에서 일어 나는 모든 일을 일일이 수첩에 기록해 두었다.

『모월 모일 군에서 농산 지도원이 출장을 나왔음. 량표 두 장을 내지 않고 돌아감.』

『서기장이 어디서 술을 얻어 먹다. 아마 규정을 위반하고 퇴거를 떼 여 준 모양이다.』

『농산 지도원이 웬 새 양복을 입었을가―조사를 요함.』

그를 너무 속이 좁고 답답한 옹졸한 사람이라고 처음에는 <대빨 죽>이라고 불렀다. 그러다가 <딱딱이>로 고쳤는데 댓통을 재떨이에 딱딱 턴다는 의미에서였다. 그러나 그것도 재미 없다고 해서 <딱딱 이>보다는 좀 더 함축이 있는 <똑똑이>로 고쳤다. 얼른 들으면 똑똑 하다는 의미로 취할 수도 있었다. 그러나 실상 그것은 여전히 대빨죽과 같이 속이 좁은 사람이라는 뜻이였다. 속이 좁은 본인은

『내가 무던히 똑똑스레 구는 모양이야. 직원들이 나를 똑똑이라고 이름지었답네.』

하고 자랑삼아 이 말을 퍼뜨리였다.

그가 상급 기관에서 온 사람이나 직원들의 결점을 기록해 두는 데는 자기 딴은 어떤 야심이 있었으니, 후에 자기 잘못이 탈로될 때, 그들의 결점을 마주 들자는 얕은 심사에서였다.

그의 결점은 소스락소스락 공금을 먹는 일이였다. 결코 크게는 먹지 않았고 또 먹을 생각도 하지 않았다. 그는 이런 행동을, 장사와 별로 다 름이 없다고 생각하였다. 용돈잎이라도 벌어 쓰는 것이 장땅이 아닌 가? 그러나 진합태산이라고 적은 돈도 키가 높아져서 자리가 나고, 결 국 들짱이 나게 되면 그는 자기에게 유리한 변명이 될 모든 증거물―주 로 그의 수첩이였다. 수첩을 내여놓고 자기의 결백을 주장하였다. 결국

교화소로 갈 정도의 금액이 아니기 때문에 관대한 처분으로 그는 <억울하게> 탄로난 손해를 변상하고 그 자리에서 물러앉군 하였다.

一九五三년도부터 그는 남이 놓은 땅 三천평을 리에서 얻어 가지고 농사를 시작하였다. 자기 일생에 농사꾼이 된다는 것을 그는 <비참한 전락>이라고 생각하여 자기 신세를 한탄하였다. 그러나 생활을 위해서는 별다른 뾰족한 수가 없었다. 드디어 그는

『까짓거 농사를 쉽게 해 먹자꾸나.』

하고 결심하였다. 농사에 전혀 경험이 없고, 또 신병도 있다는 구실로 그는 호미 한번 쥐여 보지 않고 남의 로력과 안해의 로동으로 일년 농사를 지었다.

신병이라는 것은 후퇴기에 치안대에게 매를 맞은 팔이 도진다는 것이었는데 이것은 순전한 거짓말이었다. 팔은 그때에 조금 다치긴 했으나 한 달도 가지 않아 다 낫고 말았던 것이다. 그런데 그는 요지음에 와서 또 새로이 치질이 생겼느라고 선언하였다. 한번 치질이 생겼다고 말을 낸 후부터는 그는 두툼히 솜을 둔 조그마한 방석을 언제나 끼고 있었다. 리 위원장이나 당 위원장이 참석한 회의에서는 그는 반드시 맨 앞자리에 앉으면서

『난 이놈의 치질 때문에 참 괴로워서…… 밤낮 이건 끼구 다녀야하니.』

하고 누가 묻지도 않는 말을 혼자 큰소리로 중얼거렸다. 과연 치질이 있기는 있었으나 그러나 그 때문에 로동을 할 수 없으리만큼 과한 정도는 결코 아니였다.

농사를 지으면서 고 영수는 현물세 판정원으로 나가 일을 보았다. 계산에 밝고, 똑똑하고 또 시간 여유가 있다는 리유로 리에서는 그를 판정원으로 임명하였다. 그러나 그 일을 하면서도 그는 자기 앞채기를 할

것을 결코 잊지 않았다. 판정미는 본인에게 돌려 주라는 것이였으나 그는 한 알도 남기지 않고 자기 집으로 가져 갔다.

『시간과 로력을 허비해서 공일을 할 필요야 있나!』

근로하지 않고 먹는 사람에게는 항용 있는 버릇으로 고 영수는 살근살근 소문나지 않을 정도로, 동네 과부를 보아 다녔다. 그런 때에도 그는 교활한 수단으로 과부의 재산을 축내주었다, 행사 후에 비녀 빼간다는 속담과 같이 그는 녀자를 데리고 온천으로, 약수로 돌아다니면서 실컨 재미를 보고는 소문이 커지기 전에 관계를 끊자고 선언하는데, 마음이 달뜬 중년 과부는 새 옷을 지어 준다 음식을 만들어 대접한다 해서 얼마 안 되는 재산을 톡톡 털어 바치였다.

一九五四년도 가을, 이 동네에 농업 협동 조합이 조직되였다. 그는 쌍수를 들어 조합 조직을 찬성했고, 조직 전부터 부락 사람들에게 신문에서 배운 지식으로 협동 조합의 우월성을 선전하였다. 그는『평남 일보』한가지만은 다달이 계속해 보았다. 이왕이면 중앙 신문을 보고 싶었으나 부수가 많지 않아서 자기 차례에 오지 않았다. 신문을 들면 사설에서 시작하여 국제 정세, 가정파탄까지 쭉 다 통독하였다. 그것은 적지 않게 그에게 지식을 주었다. 협동 조합에 관한 상식도 이렇게 해서 얻은 것이였다.

고 영수는 앞으로 농촌에 개인 경리가 점차로 없어지고, 모두 협동 경리의 길로 나가리라는 것은 희미하게나마 짐작하였다. 이것을 생각하면 그는 속이 답답해 오고, 기가 막혀서 안달이 날 지경이였다. 이태째 농사를 짓는데 자기는 직접 로력을 하지 않고 어물어물 지나도 먹을 것이 넉넉히 나왔다. 그런데 협동 조합이 되면 모든 사람이 다 로력에 참가해야 할터이니 자기가 어떻게 다른 농사꾼들처럼 힘든 일을 해낼 수 있겠는가. 또 할 수는 있다고 하더라도 평생 쥐어보지 않던 호미를 들고 김을 매며, 흙짐을 지고, 달구지를 모는 일에 어떻게 창피스럽게 할 수 있단 말인가.

그러나 그는 다시 생각하였다. 앞으로 조선이 사회주의로 갈려면 가고, 공산주의로 갈려면 가라. 어차피 그 길로 나가는 수 밖에 없을 테니. 다만 자기는 그 길이 무엇이던간에 그것을 적극 찬성하고, 선봉을 서 나가면서 바싹 달려붙어 제속만 차리면 그만이 아닌가. 협동 조합이 되여도 그것을 관리하고 운영하는 간부는 있을 것이요 그들은 일반 조합원과 같이 로동은 하지 않을 것이니 간부만 한 자리 벌면 그만이 아닌가. 그것은 개인농 때보다 훨씬 편하고 수입이 많을는지도 모른다. 이렇게 해서 그는 협동 조합 조직을 남보다 먼저, 적극 찬성하고 선전하였던 것이다.

그러나 정작 조합을 조직하고 관리 간부들을 선출할 때, 조합원들은 고 영수를 간부로 선거하지 않았다. 모두가 <언제나 한번은 재간을 피울> 위험한 인물로 인정한 탓이였다. 그는 락담 실망하였다. 그러나 그는 용기를 잃지 않고 태연한 빛을 띠고서 빈번히 관리 위원회에 출입하였다. 마침내 그는 관리 위원회 임명의 형식으로 정미소 책임자로 배치되였다.

정미소는 개인 기업가가 경영하던 것인데, 앞날이 얼마 남지 않은 것을 예측하고 六대 四의 비률로 리익을 나누기로 하고 조합에 들여 놓은 것이였다. 관리 위원회에서는 개인에게 속지 않겠다는 생각에서 정미소의 경험이 있고 회계가 빠른 똑똑한 사람을 책임자로 물색하다가 결국 고 영수로 결정하였던 것이였다.

그러나 일부 조합원들은 필시 무슨 큰 사고가 생길 것이라고 아니아니한 마음으로 있었다.

『고양이에게 장졸임 단지를 맡긴 셈이로구나!』

과연 일년이 지나지 못하여 사건이 일어 났다. 비단 정미소 뿐 아니라, 조합 전반적 사업이 잘 되지 않아서 루차 군과 도의 검열을 겪다가 종당은 국가 검열성의 검열까지 받게 되였다. 조합 간부들이 적지 않게 조합 재산을 랑비한 것이 발로되고 정미소의 부정 사건도 드러났다. 도정료는 현금으로 받게 되여 있는데도 불구하고 현물로 받았고, 또 그것은 이중 삼중으로 기장하여 관리 위원회를 속이고 있었던 것이였다.

이중 장부 때문에 검열원들은 무척 애를 먹었다. 현물로 받은 쌀이나 돈의 행처가 분명치 않아서 고 영수에게 따지면 그는 자기 수첩 한 장을 찢어서 증빙서류로 내놓았다.

『이건 왜 찢었소?』

하고 검열원이 물으면

『거긴 다른 것이 또 적혀 있어서요, 이 사건과는 관계 없는……』

하고 그는 시치미를 떼였다.

결국 검열하는 사람들이 정미소 문제 하나를 규명하는 데 온전히 보름 동안을 허비하고, 고 영수가 개인으로 랑비한 三二〇킬로, 현금이 八천 원이라고 밝히였다. 그 밖에 고 영수의 손을 거쳐 관리 간부들에게 넘겨 주어 소비케 한 쌀이 四백 여 킬로가 남았다.

고 영수가 버젓이 사무비로 지출한 것 가운데 만년필 두 자루의 대금과 시계 수리 대금이 들어 있었다.

『만년필은 어떻게 된 것이요?』

검열원이 물을 때 고 영수는 주저 없이 대답하였다.

『내가 쓰누라고 샀던 것이지요.』

『그걸 어떻게 조합 돈으로 살 수 있소?』

『하, 그거야 내가 쓰기는 하나 정미소 문세를 하는 데 쓰는 것이니까요. 결국은 조합 일이지요..』

『또 다른 만년필은?』

『그건 이렇게 됐쉐다. 조합 일로 평양 들어 갔다가 그만 따기꾼한테 만년필을 때왔지요. 그놈들 정말 생눈알 뽑아 먹을 놈들입데다. 그래서 대신 하나 사지 않갔소.』

『또 시계 수리란 뭐요? 정미소에 시계는 없는데.』

『없으니까 이걸 가지고 다니지요..』

그는 자기 회중 시계를 꺼내 뵈었다.

『이게 고장이 나서 차지 못하고 있었는데, 정미소에 시계가 없길래 수리해서 참네다. 시계가 없으니까 일꾼들이 제때에 나오지 않거든요. 그때두 내 돈을 새기면서 평양 갔댔쉐다. 결국 정미소 일 조합 일을 위해서지요..』

결산때, 고 영수는 자기 분배 몫으로서 三二〇킬로와 돈 八천원을 조합에 변상하였다. 그 때문에 그는 벼 한 가마니 밖엔 분배 받지 못했다.

그때도 조합원들은 고 영수를 조합에서 내보내자는 의견이었으나 한 사람도 입밖에 내여 말하지는 않았다. 또 관리 위원장이 이왕 책임을 지고 그만두는 바에는—물론 그 사건 때문에만은 아니였으나— 고 영수는 결국 조합 재산을 축낸 것은 아니니까 조합에서 내쫓을 필요까지는 없다고 해서 겨우 무사하게 되였다.

『문서를 잘 못했다가 억울한 변상을 했노라』

고 고 영수는 아무런 자책도 느끼지 않는듯 머리를 그냥 들고 다니었다.

정미소는 사정에 의하여 문을 닫게 되고 고 영수는 자연 일자리를 잃었다. 그러나 그는 로동은 할 생각이 없었다. 마침내 그는 로력 점수는 적으나 병 때문에 할 수 없이 부업이나 하겠노라고, 집에 들어 앉아 새 끼를 꼬았다. 주로 가마니를 칠 가는 새끼를 꼬는데 하루 책임량 四백 발을 매일 놓치지 않았다. 때로는 책임량을 초과하기도 했다.

『새끼 꼬기는 언제 배왔댔소?』

하고 사람들이 물으면

『사람이 하자꾸나 하면 못할 일이 없습데. 전에 좀 꽈보긴 했지. 손 이 다 퉁퉁 붓는데……』

하고 대답하면서 고 영수는 손을 싹싹 비비여 보이는 것이였다. 전에 꽈봤다는 것은 빨간 거짓말이였다. 하여간 사람들은

『조조가 새끼 꼬는 재간은 있는 모양이야. 네편네가 좀 꽈 줄가 원.』

하고 수군거렸다.

그런데 모를 일은 고 영수가 새끼를 꼬기 시작한지 몇 날 되지 않아 서 조합 사무실로, 리 인민 위원회로 회회 돌아 다니기 시작했는데 그 래도 새끼만은 책임량을 보장하는 것이였다.

七 작업반 반원들이 일을 나가려면 고 영수의 집을 지나야 하였다. 그래서 매일 아침 반원들은 고 영수의 아니꼬운 꼴을 한번씩은 보아야 했다. 아침종이 울리면 그는 집앞에 딱 버티고 나와 섰다가는, 반원들 과 함께 넘어 오는 작업반장을 붙잡아 가지고는

『수첩 주시.』

하고 손을 내여미는 것이였다. 전날 저녁에 조합 창고에 새끼를 입고 시키고 창고장에게 받은 인수증을 로력 수첩과 함께 반장에게 가져다 맡겼다가 다음 날 아침 반장이 출근하는 도중에 받군 하는 것이였다. 그 는 수첩을 펴서 로력 점수 계산에 잘못이 없는가를 찬찬히 검사해 본 후

에 그것을 조끼 주머니에 집어 넣고 안 해도 좋을 간참을 한마디 하군
하였다.

『종 친지가 오랬는데 빨리들 가게.』

『오늘은 왜 안 나오는 사람이 많구만?』

조합원들은 이런 말을 들을 때 모두 입을 비죽거렸다.

『별 아니꼬운 소리를 다 듣갔네.』

『저 꼴 보기 싫어서 내가 조합을 그만두든지 하얄가봐.』

이렇게까지 말하는 사람도 있었다. 조합원들은 일년 내내 땀을 흘리
며 일하는데 고 영수만은 대님을 딱 묶고 조끼에 손을 찌르고 밴둥밴둥
놀고 먹는 꼴을 보면 말 할 수 없이 그가 미워지는 것이었다. 이런 생각
은 날이 갈수록 커져서 길가에 있는 그의 집 앞으로 지나는 것조차 고
통스럽다고 하게 되었다.

형편이 이만큼 되었을 때, 고 영수의 새끼 꼬는 비밀이 탄로되었다.
하루는 그가 앓는 안해를 데리고 고개 넘어 부락에 있는 진료소로 간
사이에, 리 위원장과 군 협동 조합 지도부장이 그의 집앞을 지나다가
마침 목이 말라서 물을 얻어 먹을 겸 부장이 전부터 아는 고 영수도 만
나볼 겸 해서 그의 집으로 들어 갔다. 평상시에는 꼭 닫겨 있던 대문이
활짝 열려져 있었다. 들어 가 주인을 찾으니 기껏해야 아홉 살 밖에 되
여 보이지 않는, 얼굴 색이 나쁜 단발머리 소녀가 물동이를 들고 나오
면서 주인은 안 계시다고 대답하였다. 손님이 물을 청해 마시고 물사발
을 돌려 주는데 그것을 받는 처녀 아이의 손이 특별히 크고 거친 점에
의아를 느끼면서 소녀에게 물었다.

『너 몇 살이가?』

『열 세 살이야요..』

『열 세 살?』

부장은 놀라는 눈치로 리 위원장을 바라보았다.

『아마 그렇게 됐을 거요. 온지가 三년짼데, 그때 여라문에 났댔으니까요..』

『누구요, 대체?』

『가족이 폭격에 전멸하고 혼자 남은 고안데 고 동무가 데려다가 기릅니다.』

지도부장은 소녀의 손을 만져 보며 물었다.

『너 손이 왜 이렇게 텄니?』

소녀는 말하기가 거북한듯이 한참이나 주저하다가 대답했다.

『새끼를 꽈서 그래요..』

『새끼를 네가 꽈?』

리 위원장이 놀라서 물었다.

『새끼는 나 혼자 꽈요.. 오마닌 늘 앓구, 아바진 통……』

부장은 무슨 생각에서인지 방문을 열어 젖혔다. 방안엔 새끼를 꼬다가 버려둔 채 있었다.

『어디 한 번 꽈봐라.』

소녀는 영문을 몰랐으나 리 위원장과 그보다 더 높은 사람―소녀는 그렇게 생각하였다―의 명령이라 아니 들을 수 없었다.

소녀가 짚 묶음을 끌어다 놓고 새끼를 꼬는데 그야말로 귀신 같았다. 조그만 두 손으로 슥슥 비벼나가다는 뒤로 한번 쭉 잡아 뽑고는 계속해서 꼬아 나갔다. 결코 짚을 집느라고 손을 멈추지 않았다. 두 새끼손가락은 자동적인 기계처럼 적당한 때에 짚을 거머올려서 손바닥으로 가져가는 것이었다.

두 사람은 놀랐다. 우선 그 비상한 재간에 대하여 놀랐고, 그리고 어린 아이의 로력을 착취해 먹는 고 영수의 잔인한 행동에 대해서 그러하였다.

『네가 매일 三급 백 프로를 벌댔구나?』

리 위원장이 고개를 끄덕이며 말했다.

『아니요. 이 애가 고 령감을 먹여 살리고 있었소.』

부장의 말이였다.

『너 학교에 못 다니지?』

『예. 학교에 갈 수 없나요?』

소녀가 울먹울먹하며 말했다.

그 집을 나오면서 협동 조합, 지도부장은 리 위원장이 듣기 싫으리만큼 비난했다.

『……정말 이건 엄중하오. 학령 아동을 학교에도 보내지 않고, 과중한 로동을 시켜 뻔뻔한 사람이 그 로력을 착취해 먹고 있으니 어디 될 번이나 한 노릇이요?』

저녁때 리 위원장은 고 영수를 찾아 가서 단단히 그를 나무랐다. 사실 리 위원장은 이러저러한 관계로 지금까지 그를 제일 두둔해 온 것이였다. 여태까지 고 영수가 리내 간부급으로 행세해 온 것도 리 위원장의 덕이였다. 그러나 고 영수는 펄펄 뛰면서 부인하려 들었다.

『원 천만에요. 제가 심심하다구 장난삼아 해 보던 거지요. 착취라니 부녀간에 착취가 무슨 착취 갔소?』

그러나 두 늙은 것들이 어린애를 착취해 먹고 있었다는 소문이 퍼져 고 영수는 부득이 새끼꼬기를 중지하지 않을 수 없었다. 녀맹, 학교, 분주소에서까지 경고가 들어 왔다. 양딸을 시켜 새끼나 꼬이다가 몇 해 아니 해서 그를 원로력자로 조합에 들여보내고, 그리고 사위나 맞아―

이번엔 꼭 데릿사위를 맞아야 한다고 생각했다— 두 로력이 벌면 자기 부처의 로후의 생활은 사회주의 사회가 아니라 아무런 것이 되여도 무서운 것 없다고 속배포를 차리고 있었다. 그러나 계획은 그만 시초에 서리를 맞고 말았다.

때마침 조합에서는 오리새끼 천 마리를 김대 목장에서 사다 놓고 그 사육 책임자를 시급히 택해야 될 형편에 있었다.

『거 오리새끼 기르기가 무던한걸! 콧구멍을 늘 시처 줘서 깨끗이 하야지 다 죽이구 마네.』

고 영수는 마치 오리 사육에 풍부한 경험을 소유하고 있는듯이 자기 선전을 늘어 놓았다. 관리 위원들은 그를 믿지 않았으나 마침 적당한 사람이 없어서 쩔쩔매고 있는 판이요 또 설마 그가 다시야 못된 일을 하랴 생각하고 그에게 단단히 다짐을 받고서 드디여 책임을 지우게 되였다. 전 관리 위원장과 부기장이 극력 그를 지지한 것도 결정을 짓는 데 유력한 원인의 하나로 되였다.

그러나 여기에서도 고 영수는 남을 시키기만 하였다. 그 아래 두 사람이 붙었는데 자기는 괴춤에 손을 딱 찌르고

『물을 길어 오시게.』,

『배추를 뽑아 오시게.』,

『오리 똥을 처내시게.』

하고 그들을 시키기만 하였다. 고 영수는 오리 사육장에서도 또 놀고만 먹는다는 소문이 조합원 사이에 쫙 퍼졌다.

이렇게 해서 새끼 사건과 오리 사육 문제로 여론이 한창 끓고 있을 때, 고 영수가 벼 四——킬로를 먹은 사건이 새로이 폭로되여 조합원들을 아연케 하였다. 고 영수 사건을 취급하는 조합원 총회는 심히 긴장

한 분위기 속에서 열렸다. 조합원들은 이번에야말로 말썽 많은 고 영수를 아주 깨끗이 조합에서 내여쫓고 말 굳은 결심을 가지고 회의에 참가하였다.

부임한지 석달 밖에 안되는 관리 위원장은 고 영수의 일을 상세히 보고한 후, 조합의 일체 재산을 관리할 중대한 책임을 진 자기로서 이번 일에 주의를 돌리지 못하고 있은 것은 자기의 엄중한 과오라고 심심히 자아 비판을 하였다.

이어서 고 영수에게 대한 조합원들의 질문이 시작되였다.

『고 영수 조합원은 언제부터 이 四——킬로의 낟알을 먹기 시작했나요?』

한 조합원이 물었다.

고 영수가 답변을 하려 일어 섰다.

『에, 다 알다싶이 나는 작년 분배를 한 가마니 밖에 받지 못했소. 검열성 검열 결과로 좌우간 뉘 잘못이던간에 三二〇킬로의 쌀과 현금 八천원을 변상하고 나니 먹을 량식이 떨어졌습네다. 그러나 조합에 대차미를 청구할 면목도 없구, 또 여러 사람의 눈이 무서워서 할 수 없이 그것을 먹기 시작했는데, 정월부터웨다.』

『정월부터 먹었다면 현물세 총화 전인데 당신은 아주 계획적으로 이 일을 한 것이 아니요?』

『글쎄 계획적이라면 그렇게두 되는데 하여간 그건 마음대로 해석하시래두요..』

『조합엔 아무 의논도 없이 먹었단 말이요?』

『왜 없었갔소. 전 관리 위원장 함 정훈 동무에게 허락을 받았지요..』

『여보 언제 내가 허락했단 말이요?』

함 정훈이 벌떡 일어서 반박했다.

『허락은 물론 하지 않았습니다.』

고 영수는 교활하게 웃으면서 더 침착히 말했다.

『허락은 없었으나「관리 위원회에서 토의해 보자」고 말했는데 나는 그것을 반 승낙은 하는 것으로 해석했습니다.』

함 정훈이 더 보충해서 다음과 같이 말했다.

『지난 二월 二일인가 三일인데 고 영수 조합원이 길가에서 만나, 자기의 딱한 사정을 말하면서 그 四一一킬로를 먹게 해 달라구 합데다. 그때 안된다 하고 딱 잘라 말하지 못한 것은 내 잘못이나 박절하게 말하기가 곤난하더라니「토의해 봅시다.」하고 대답했습네다. 내 생각은 머지 않아 새 관리 위원장이 올 터이므로 사업을 인계하면서 토의할가 생각했던 것인데 결국은 못했습네다. 그 후로는 나는 조합 일에 전연 관계하지 않고 지났습네다. 내가 무책임했다는 걸 자비합네다. 고 영수 조합원은 내가 작년에 정미소 사건으로 자기와 관련이 있은 것을 약점으로 잡아 나를 걸고 늘어지는 것입네다. 이번 일엔 정말 관계가 없습네다.』

『부기장은 뭘 하고 있었소?』

부기장에게도 공격의 화살이 갔다.

『나도 다른 일이 많이 밀리고, 또 새로 오신 위원장 동무와 이것저것 정리도 하고 계획도 세우느라고 그만 생각지 못하고 있었습니다.』

『四一一킬로는 결코 적은 수량이 아닌데 그걸 잊어버리구 뭘 정리했소. 난 부기장 동무도 이 사건에 관련하지 않았는가 생각합니다.』

『그렇게 말해도 할 말이 없습니다. 그러나 나는 전연 모르고 있었습니다. 몰랐다는 데 대한 책임은 지겠습니다.』

부기장은 얼굴이 뻘개서 고개를 숙였다.

조합원들은 전 관리 위원장의 말도 부기장의 답변도 신용하지 않았다. 더우기 부기장의 말은 무책임하기 짝이 없었다. 작년 정미소에서 수입된 조합 재산을 류용한 사건에 대해서도 책임은 결국 전 관리 위원장이 혼자 졌으나 부기장도 관련된 것이 틀림없다고 조합원들은 생각하고 있었다. 이번 사건도 반드시 세 사람 사이에 무슨 결탁이 있었으리라고 의심하였다. 그러나 조합원들은 확실한 증거가 없는 일을 한데 섞어 가지고 왈가왈부하고 싶지 않았다.

고 영수가 자기의 죄상을 자인하는 이상 문제를 오로지 그에게로 집중시켜 해결하고 싶었다.

『전 관리 위원장 함 정훈 동무의 답변이나 부기장의 대답은 의심스러운 점이 많습니다. 그러나 본인들이 부인하고 고 영수 조합원도 확답을 못 받았다고 말하는 바이니까 두 사람의 책임 문제는 추후에 다시 토의하기로 하고, 나는 고 영수의 문제만 취급하는 것이 좋으리라고 생각합니다.』

어떤 조합원의 제의에 조합원들은 다 찬성의 뜻을 표시하였다.

『문제는 소비된 재산을 속히 변상시키는 것인데 고 영수 조합원은 그 四一一킬로 중에서 지금까지 얼마나 소비했소?』

작업반장들 중에서 제일 말이 없는 二반장이 물었다.

『좌우간 남은 것이 한 三〇킬로 밖엔 없습네다.』

고 영수는 남의 일처럼 대답했다.

『정월부터 먹었다고 치더래도 다섯 달 동안에 식구 셋이서 얼마나 먹겠소? 한 사람이 하루 六〇〇 그람씩 계산하여 二七〇킬로 밖엔 먹지 못했을 줄 압니다. 백 여 킬로는 집에 있을 겝니다.』

『그렇겐 없습네다, 정말이지. 석탄을 사는 데 열댓 킬로, 네편네 약값으루 한 三〇킬로, 또 그 밖에 남의 빚을 값누라구 거의 다 쓰구, 이제 三〇킬로쯤 남았을 겝니다. 내가 거나 거짓말을 해서 뭘 하겠소.』

『잘 살았구나! 석탄만 사때구.』

분을 참지 못하는 녀자의 목소리였다.

『고기 반찬 사다 먹은 건 왜 말이 없노?』

누군가 다른 녀성이 또 웨쳤다.

조합원의 七〇프로 가량이 녀성들인 때문에 오늘도 그들이 다수를 차지했다.

김 탄실이가 토론에 참가했다.

『고 영수는 이것이 첫번이 아닙니다. 작년 정미소 건으로 말하더래도 변상은 했다구 하지만 해 먹은 것은 그 이상 될 줄 압니다. 남들은 배를 졸라매고 뼈가 부러지도록 일을 하는데 그는 번둥번둥 놀면서 아직 코 흘리는 어린애를 착취해 먹구 잘 살았습니다. 그리구두 부족해서 반 톤이나 되는 쌀을 몰래 속여먹었습니다. 그것이 어떤 쌀입니까? 조합원들을 생각하구 국가에서 감면해 준 것을 혼자 먹다니 이건 사람의 가죽을 쓰고는 못할 일입니다. 여러 말 할 것 없이 고 영수는 먹은 쌀은 전부 변상하고 조합에서 그를 내여쫓자고 나는 제의합니다.』

『옳소!』

탄실의 말이 끝나자 군중들은 일시에 웨치고 웅성거렸다. 심상치 않은 분위기였다.

七 작업반장 최 호준이 토론을 하려 일어 났다. 그는 군대에 나갔다가 작년 가을에 제대하여 돌아 온 이 부락 출신의 청년이였다.

『고 영수 조합원의 범죄적 행위는 실로 엄중합니다. 작년 겨울, 국가 검열성에서 검열을 받은 악트의 잉크가 채 마르기도 전에 그는 다시 이런 과오를 범했습니다. 왜 이런 과오를 다시 범하게 되었습니까. 내 생각엔 그는 본질적으로 근로하기를 싫어하는 사람입니다. 「죽으면 죽었지 힘든 일은 절대 할 수 없다」고 합니다. 살살 바른숨만 보다가 기회만 있으면 남을 속이려 듭니다. 처음부터 그는 협동 조합이 싫었을 것입니다. 조합이 와해되여 다시 개인농으로 돌아 갔으면 하고 바라고 있을 것입니다. 그래서 되도록 조합에 손해를 주어 조합을 파괴할려고 하지 않는가 의심됩니다. 그런고로 나는 이번 기회에 고 영수를 조합에서 축출하되 조합 규약 제 三一조를 적용할 것을 제의합니다.』

『三一 조가 뭐요?』

어떤 조합원이 앉은 채 물었다.

주석단에서 관리 위원장과 부위원장이 <관리 위원장 수첩>을 뒤적이며 규약을 찾았다.

『이제 읽어 드리겠습니다. 「기준 규약 三一조. 조합 및 국가 재산에 대한 략취 또는 랑비와 국가 농기계에 대한 해독적 행위는 조합 공동 사업에 대한 반역이며, 인민의 적들에게 방조를 준 것으로서 법에 의하여 처벌 받게 해야 한다.」 즉 법에 의해서 처벌한다는 말입니다.』

『좋소!』

『그게 좋구만!』

『三一조를 적용합세다.』

장내는 떠들썩해졌다.

제일 나이 많은 조합원 백 성규 로인이 일어 섰다. 뜨직뜨직 그는 말했다.

『나는 고 영수에게 변상시킬 필요도 없다고 생각해 봅네. 四백킬로 다 먹구라두 어서 조합에서 곱게 나가 아주 이 동네를 떠나줬으면

하고 생각해 봅네다.』

그러나 로인의 의견은 즉석에서 반대를 만났다.

『위원장,』

六 작업반장이 벌떡 일어 났다.

『나는 아이들이 일곱이나 됩니다. 조합 재산을 먹어두 죄가 되지 않고 또 아무 추궁도 없다면, 나는 래일부터 작업반장을 그만두고 어떤 수단을 써서든지 조합 곡식을 四백 킬로쯤 먹겠습니다. 발각되지 않으면 요행이고 불행히 발각되면 四백킬로는 먹고 조합을 그만두고 나가면 그만일 터이니까요. 변상 없이 그냥 내보내자는 말은 설 수 없다고 봅니다.』

『예, 그 말이 옳쉐다!』

조합원들은 일치한 목소리로 웨치고 허허 웃었다. 백 로인의 <관대>한 안이 결국은 한 사람의 지지도 받지 못한 것이 우스워서였다.

고 영수의 얼굴이 진홍빛으로 붉어졌다. 지금까지 그는 자기의 잘못을 뉘우치고 자기를 반성하는 태도가 아니라, 닭 잡아 먹고 오리발 내놓는 격으로 책임을 남에게 전개해서 변명하려는 심사였다. 조합원들이 그의 과거를 비난하고 폭로할 때에도 그는 마치 그 말이 엉터리없는 허위라는듯이 간간 콧방귀를 쳐가며, 조금도 부끄러워하는 기색이 없이 머리를 쳐들고 있었다.

그렇던 것이 조합에서 축출할 뿐 아니라 법에 의해서 처벌하자는 의견이 나오고 조합원 전부가 이에 한결같이 찬성하는 것을 볼 때, 그는 비로소 당황망조하지 않을 수 없었다. 촌놈들이란―농촌에 살면서도 그는 이렇게 생각하고 그들을 경멸하였다―웬만한 일에는 결코 남에게 싫은 소리를 하지 않는 법이었다. 속으로 다소의 불만이 있더라도 남에게 원쑤척 지울 것이 없다고 말을 하지 않았고, 또 이런 회의에서는 비록 그 결정이 마음에 들지 않아도 집으로 돌아 가서 뒷공론을 할 법이지 회의에서는 입을 딱 봉하고 있는 것이었다.

그런데 지금 이 군중들의 아우성은 무엇을 말하는가? 그들은 자기를 교화소에라도 보내고야 씨원해 할 모양이다. 그만큼 사람들이 달라졌다. 분명 이것은 관리 위원장, 초급당 위원장이 새로 온 후부터였다. 어쨌든 나를 극도로 미워하는 것만은 사실이다. 어쩌면 이것이 내 일생의 최후의 갈랫길인지도 모를 일이다. 호준이란 놈의 말마따나 <근로를 싫어하고>, <살살 바른 슭만 보면서>, 남을 속여 먹으려던 내 처세 태도가 그들에게 완전히 간과 당하고 증오를 받고 있는 것이다. 호준은 그것을 내 <본질>이라고까지 규명하지 않았는가?

『어디 고 영수 조합원의 말을 들어 봅시다.』

관리 위원장이 이렇게 말할 때 고 영수는 앞이 아찔해지는 것을 느끼며 일어 섰다.

『나는 여러분 앞에 할 말이 없습네다. 지금까지 내가 한 일들을 생각하면 과연 내가 잘못했다고 깨닫습네다. 여러분의 비판을 다 달게 접수합네다. 나는 집을 팔아서라도 조합에 손해가 가지 않도록 변상하겠습네다. 그밖의 일은 여러분의 처분대로 따라 가겠습니다.』

짧은 말이였으나 이것은 사람들이 고 영수에게 들어 보는 최초의 자아비판이였다. 그는 이런 말을 일찌기 입밖에 내여 본 적이 없었다. 사람들은 지금의 그의 태도처럼 머리가 수그러진, 풀기 없는, 떨리는 어조로 말하는 고 영수를 ㅡㅇ여년 동안에 한번도 본 적이 없었다. 잠시 동안 조합원들은 말이 없이 조용하였다. 그것이 진정으로 하는 말일가 하고 생각해 보는 모양이였다.

그 순간의 공기를 포착하듯 조합 초급당 위원장이요 관리 위원회 부위원장인 장 달현이 일어 섰다.

역시 이 부락 사람으로 최 호준과 같이 작년에 제대되였는데, 제대 후 일시 평양 어느 직장에서 근무하다가 조합원들의 요구에 의하여 농촌으로 돌아 온 사람이였다. 부대에 있을 때 련대 당 위원회 부위원장으로 지낸 유능한 정치 일꾼이였다.

『동무들, 오늘밤 우리는 고 영수 동무의 사기적 절도 행위에 대하여 관리 위원장의 보고를 듣고 충분한 토의를 했다고 봅니다. 나는 여기 온지 불과 한 달 밖에 되지 않았습니다. 그러나 조합 내에 이런 일이 생겼다는 것은 조합의 정치 사업을 담당한 내 불찰로 알고 심심한 자비를 하는 바입니다. 고 영수의 과거에 대해서는 이미 여러분이 잘 아시는 일이고, 오늘 김 탄실 동무와 호준 동무의 토론에도 충분히 언급되였으므로 반복하지 않겠습니다. 이번 일에 대한 여러분의 의견을 종합하면, 그가 소비한 쌀을 변상시키고, 그를 조합에서 내여쫓자는 것인데, 동네에서 아주 내보내자는 의견도 있고, 내무 기관이나 검찰소에 의뢰해서 처리하자는 안도 있습니다. 나도 여러분의 의견에 전적으로 동의합니다. 고 영수와 같은 사람은 우리 조합에 있을 수 없으며, 크게는 우리 사회에 존재할 수 없습니다. 그러나 나는 이런 것을 고려할 필요가 있다고 생각합니다. 그를 지금의 형편 대로 내쫓으면 그는 어디로 갈 것이며, 어떻게 되겠는가 하는 문제입니다. 딴 동네로 가서 다른 조합에 들어 간다 칩시다. 또는 도시로 가서 다른 직업을 구한다 칩시다. 그러나 어디를 가나 마찬가지가 아니겠습니까? 사회주의를 향하여 나가는 오늘날 우리 나라 도시와 농촌에 이런 사람이 오래 발붙일 곳은 없을 것이며, 미구에 그는 또다시 비참한 운명에 직면하고 말 것입니다. 결

국 조합에서 내보낸다는 것은 그를 파멸의 길로 떨어뜨리는 결과 밖에
되지 않습니다. 그런고로 나는 이렇게 생각합니다. 조합에서 내여보낼
것이 아니라 조합에 두고 교양을 주어서 새 사람, 근로하는 성실한 사
람으로 개변시키는 것이 우리의 의무라고 생각합니다. 그런 목적을 위
해서 협동 조합은 조직된 것이 아닙니까?』

　말을 마치고 장 달현은 군중들의 반향을 살펴 보았다. 몇 사람은 고
개를 끄덕이여 동감이라는 뜻을 표시하였으나 아직도 대부분의 사람
들은 불만스럽게 생각하는 태도였다. 그는 말을 이었다.

　『가령 그를 제일 힘든 일, 제방 공사에서 흙을 파던가 질통을 지는
육체적 로동에 종사시켜 봅시다. 어떤 분은 그가 절대로 「죽으면 죽었
지」 그런 일은 하지 않을 것이라고 말합니다. 그러나 조합에서 내여쫓
는 셈 치고 그에게 있어서 「죽음보다 더 싫은」 일을 맡겨 봅시다. 참고
견디여 그 일을 해 나간다면 그의 의식은 개변되었다고 볼 수 있을 것
입니다. 협동 조합이라는 큰 가마 속에서 낡은 의식 잔재는 반드시 개
변될 것입니다. 검찰소에 문제를 제기해서 그를 교화소로 보낸다 합시
다. 교화소라는 곳도 옛날의 감옥과 달라서 역시 새 사람이 되도록 교
양을 주는 곳입니다. 그러면 우리는 구태여 이런 영광스러운 과업을 남
에게 양보할 까닭이 무엇이겠습니까? 력사적인 조선 로동당 제三차 대
회에서는 우리나라의 혁명—조국의 평화적 통일과 북반부에서 사회주
의 건설을 위한 우리들의 투쟁 과업을 명백히 제시하였습니다. 조국의
평화적 통일을 위하여 당은 일체 애국적 력량을 집결하라고 우리에게
호소하였습니다. 즉 미제와 리 승만을 반대하는 세력과는, 심지어 남조
선 국회 의원, 괴뢰군 장병들까지 손을 잡을 것이라고 가르쳤습니다.
고 영수 동무는 허다한 결점을 가진 사람입니다. 그러나 그가 미제와

리 승만 도배를 미워하는 것은 여러분이 잘 알고 계실 것입니다. 그가 과거를 뉘우치고 우리와 함께 있을 때, 우리의 력량은 그만큼 커질 것입니다. 이렇게 하는 것이 조국 통일을 돕는 길이며, 농촌에서 사회주의를 건설하는 우리의 임무일 것입니다. 그래서 나는 이렇게 제의합니다. 고 영수는 오늘 六월 一五일까지에 四一一 킬로 중에서 남아 있는 량곡을 현물로 반환하고, 이미 소비해 없어진 것은 해당한 금액으로 변상할 것이며, 본인에 대해서는 엄중 경고를 주어 육체 로동에 참가시키자는 의견입니다. 그리고 전 관리 위원장과 부기장 동무에 대해서는 좀 더 알아 볼 것도 있고 해서, 다음 번 총회까지 연기하자는 의견이 있습니다.』

조합원들 가운데 고개를 끄덕이는 사람의 수가 확실이 늘었다. 그러나 아직도 어떤 사람은 동의할 수 없다는듯이 고개를 기웃거렸다.

『고 영수 동무가 부위원장의 말씀 대로 질통을 질 각오라면 좋습니다. 그러나 우리는 그가 과연 그런 육체적 로동을 할는지가 의문입니다.』

호준이가 의심되는 점을 말했다.

『그럼 본인에게 물어 봅시다.』

부위원장은 고 영수에게 물었다.

『어떻습니까? 내가 말한 대로 할만한 용의가 있습니까?』

고 영수는 천천히 자리에서 일어 섰다.

『어떤 일이든지 여러분의 결정하는 대로 따르겠습네다. 처분대로 하겠습니다.』

확실히 기가 죽은 태도였다.

부위원장은 조합원들이 대체로 납득되였으나, 아직 어떤 점에 대하여 의문을 품고 있다는 것을 눈치 채였다. 그러나 그것은 머지 않아 반드시 해소되리라고 믿었다.

관리 위원장의 결론도 부위원장의 의견을 지지하는 방향에서 진행되였다. 결국 결정은 부위원장의 제의대로 채택되였다.

3

금년 첫여름에는 기온이 몹시 낮았던 관계로 모의 발육이 늦어져서 례년보다 열흘이나 늦은 六월 五일부터야 이앙에 착수하게 되였다. 조합에서는 극 소수의 인원을 전작물 제초에 남기고 일체 력량을 이앙 사업으로 돌렸다. 새벽 여섯시부터 저녁 여덟시까지 조합원들은 논에 붙어 있었다. 오후 작업을 시작하는 종을 치지 않았으나 조합원들은 바삐 점심을 먹고 논으로 달려 나갔다. 한 포기라도 더 꽂기 위해서였다.

모판에서 모를 뜨는 데도 작년처럼 한줌씩 되는대로 뽑아서 뿌리에 흙이 잔뜩 묻은 채 획획 내던지는 것이 아니라, 한대 한대 정성껏 뽑아서는 흙을 깨끗이 털고 차근차근 묶어 놓았다. 작년에는 푸로수만 많이 벌기 위하여 모를 한 대도 꽂고 여섯 대도 꽂았다. 그것도 되는 대로 해서 다 꽂고 나서 바라보면 모포기들이 물 우에 너부루 뜨군 했다.

그런데 금년엔 그런 일이 없었다. 조합원들 특히 젊은 녀성들은 손을 제비처럼 빨리 놀리면서도 다 질적으로 이앙을 보장하였다. 또 금년엔 축력 제초기를 사용할 수 있도록 자 두 치 이랑을 내고, 다섯 치, 네 치의 간격으로 소주밀식을 하였는데 손이 빠른 사람은 하루 一五〇 평 평균은 놓지 않았다. 당원인 두 녀성 조합원들은 남보다 한 시간 일찍 나오고, 쉬는 시간에도 놀지 않고 해서 二七〇 평의 기록을 지었다. 개인

과 개인, 반과 반 사이에 경쟁이 조합원들의 작업 의욕을 돋구어 주는
것이였다.

관리 위원장과 부위원장 장 달현은 논두렁에 서서 조합원들의 작업
광경을 한참이나 유심히 바라보고 있었다.

『위원장 동무, 의식의 변화란 참으로 놀라운 것이지요? 직접 보지는
못한 일이나 작년에 일하던 태도와 금년의 그것은 아주 현저하게 달라
졌다 합니다. 조합원들이 이제는 조합 일을 다 제일로 알게 되였으니
얼마나 변했습니까.』

『나는 농사가 처음돼서 잘 모르지만 참으로 일들을 잘 합니다. 이런
사람들이 이런 좋은 농토에서 작년에 정당 한 톤 八백 킬로 평균 밖에
내지 못했다는 것은 확실히 무슨 잘못이 있는게 분명합니다. 관리 일꾼
들이 사업을 잘 조직하지 못했던가, 일하는 조합원들의 태도가 나빴던
가. 하긴 전망을 보지 못한 탓도 있지.』

『두가지가 다 나빴다고 보는 것이 옳을 겁니다. 관리 일꾼들이 조합
원들의 로동 의욕을 발양시키지 못했고, 그렇게 되니까 의식이 어린 조
합원들이 일을 게을리 했고-.』

『옳소. 자 얼마나 아름다운 풍경이요? 모두 다 일하고 있소. 한편에서
는 써레를 치고, 여기선 모를 날라 오고 모를 꽂고─ 지금 조합엔 노는
사람이란 한 사람도 없을게요. 아, 정말 고 영수의 일은 어떻게 됐소?』

관리 위원장은 갑자기 생각나는듯 고 영수의 일을 물었다. 그는 그
일을 전적으로 부위원장에게 맡기고 있었다. 달현은 그 동안 두번이나
고 영수를 찾아가 이야기해 보았으나, 하등 보고할만한 전진이 없었고
또 당면한 행사에 위원장이 바삐 돌아 가고 있었으므로 말할 기회가 없
이 지났다.

그동안의 경과를 달현은 대략 다음과 같이 설명하였다.

……그날 밤 총회에서 모든 것을 조합원들의 결정에 맡기고 복종하겠다고 약속한 고 영수는 다음 날부터 병이라고 조합에 통지를 내고 일체 바깥 출입을 하지 않았다. 총회에서 그가 남았다고 말한 잡곡 三〇킬로도 조합으로 보내왔다. 달현은 즉시로 그를 집으로 찾아 갔다. 고 영수는 자리를 하고 누워 있었는데, 신열이 몹시 나고 사지가 나른해서 전연 맥을 출 수 없다는 것이었다.

말과 같이는 중해 보이지는 않았으나, 초급당 위원장은 고 영수가 <살고 있는 집을 팔아 버리고, 일하는 농민으로 전환하는> 데는 일정한 고민기가 있을 수 있다고 생각하고, 잘 치료하라는 위로의 말을 남기고 돌아 왔다. 다만 집만은 빨리 처분하는 것이 좋을 것이라고 다짐했다.

『그건 념려 없네. 전부터 군상 관리소에서 팔라고 하는 것을 내가 거절해 왔는데 래일이래두 집사람을 보내볼라구 합네.』

초급당 위원장은 그 말이 그럴듯해 보이였으나 실상은 허위라는 것을 곧 깨달았다. 군상 관리소는 얼마 아니 하여 딴 곳으로 이전하게 되여 있어서 사택을 살 리가 없었다. 고 영수도 그것을 모르지 않을 것이였다. 이전 언젠가 한 번 그런 교섭이 있었던 것을 가지고 지금 자기를 속이려 하는 것이요, 또 집을 팔 결심을 쉽사리 했을 고 영수가 아니라고 그는 믿었다. 집은 팔겠다고 말은 해놓았으나 반드시 무슨 다른 안을 내놓으리라고 달현은 짐작하고 있었다.

과연 달현이가 두번째 고 영수를 찾아 갔을 때, 그는 집이 잘 팔릴 것 같지 않다고 <걱정>하였다.

『관리소에서 이 집을 二만원 밖에 안 주겠다누만. 차라리 거저 꽝가치면 꽝가쳤지 二만원이 뭔가? 그러나 거기 밖엔 집을 살라는 작자가 없으니까 야단 일세. 그래 그 값에라두 이 집을 팔아야 할가?』

『얼마나 받을 생각이였나요?』

『아무리 헐값을 받아두 三만 五천원 하나야 받을 줄 알았지. 그러니 계획이 다 틀어지구 마는데! 총회에서 약속해 놓구 이게 뭐람!』

『아직 약속한 기일이 한 주일은 남았으니까 그 동안 다른 작자를 구해 보시지요. 약속은 리행해야 할 터이니까요..』

『여부시, 이렇게 하문 안 되갔나? 내가 지금까지 번 것이 一二五 자루 있네. 가을 분배 때 그것으로 갚게 못할가?』

『우리는 총회 결정을 집행하는 책임 밖에 없으니까 결정대로 하서야 될 것입니다.』

장 달현은 앞으로 一주일 동안에 그 집이 팔릴 리 없으며, 또 본인이 팔 의사가 조금도 없다는 것을 알면서도 이렇게 말했다.

『허, 거 참 야단인데!』

고 영수는 난처한 듯이 입맛만 쩝쩝 다시였다……

지금까지의 경과를 듣고 있던 관리 위원장은 이렇게 말했다.

『어디까지나 교활한 령감이로군! 그래 어떻게 하면 좋겠소?』

『문제는 그가 작업에 나오는가 아니 나오는가에 달렸습니다. 정말 육체 로동이라도 하겠다고 나오기만 하면 그의 요구대로 해결해 주는 것이 좋지 않을가요? 일을 나오는 조합원의 집을 팔 수도 없고, 사실 살 사람도 없으니까요..』

『일을 나올 것 같소?』

『물론 생각이 많을 것입니다. 그러나 결국 나오겠지요. 나오게 만들어야지요..』

『총회 결정은 어떻게 한다?』

『조합원들에게 설명해서 량해를 구하지요. 사정을 알면 들어 줄 것입니다.』

『어디 힘껏 해보시오. 아주 락후한 인간의 낡은 사상을 사회주의적으로 개변시키는 힘든 문제니까.』

며칠이 지났다. 六월 十五일이 이틀 밖에 남지 않았다. 조합원들은 고 영수가 요지음처럼 바쁜 시기에 일을 나오지 않는 것을 보아, 그 흉악한 두상에게 또 속은 것이라고 수군거렸다.

『속았어. 그놈이 누구라고 나와 일을 해?』

장 달현은 고 영수의 일을 잊은듯이 그를 찾아 가지도 않고, 아무 독촉도 하지 않고 몇 날을 지냈다.

밤에 관리 위원회를 열고 고 영수의 일을 토의했다. 위원들 중에는 처음 결정대로 집행하자고 고집하는 사람도 있었으나, 결국은 위원장과 부위원장이 내놓는 안을 접수하고 그대로 결정하였다.

밤이 늦으막해서 달현은 고 영수의 집으로 갔다.

『그새 왜 안 왔나? 하긴 분주할 때지.』

고 영수는 반색을 하며 그를 맞았다.

『아즈반, 분주할 줄 알면서 왜 일을 나오지 않습니까? 일을 하셔야지요. 앞으로 생활은 어떡허실 생각이나요?』

『음, 일을 하긴 하얄텐데―아닌게 아니라 생활두 야단일세. 그런데 량단간에 해결을 하구야 맘을 놓구 일하지 않겠나?』

그의 어조엔 몹시 초조해하는 빛이 느껴졌다.

『변상 문제는 아즈반 의견대로 해 드리겠습니다. 즉 一二五 로력일로 아즈반의 채무를 탕감하고 말겠습니다. 남을지 모자랄지는 모르지만. 지금 위원회에서 그렇게 결정하고 오는 길입니다.』

『이 사람 고맙네. 자네 신세는 잊지 못하겠네. 그러기 내 자네 말을 늘 하댔쉐. 날 살려 주는 사람이라구.』

『그런데 한가지 조건이 붙습니다. 앞으로 조합에서 지시하는 일을 꼭 하셔야 합니다.』

이 말에 고 영수는 다시 곤난해하는 빛을 뵈였다. 그는 한참 생각하다가 입을 열었다.

『일은 해야 먹긴 하갔는데…… 난 내 탈 때문에 그러네. 정말 힘으로 하는 일은 못하겠거든. 그래 꼭 육체 로동을 해야 하나?』

『그렇습니다.』

단호한 대답이였다.

『그런데 조합 규약에도 아마 있지. 육체적 조건을 봐서 적당한 일을 시킬 수 있다구……』

『그래 어떤 일을 했으면 좋겠습니까?』

『좌우간 나는 내 병 때문에 그러는 거지, 일을 하기 싫어서 그러는 것은 절대 아닐세. 지금까지 하던 일은 다 안됐다니까 말할 것 없고…… 가령 요즘 밀 보리가 익어가는데 새를 쫓는다든가, 경비를 고정적으로 맡아 한다든가……』

『아즈반,』

달현은 그의 말을 막았다.

『아즈반은 아직 생각을 돌리지 못했습니다. 꼭 힘든 육체 로동을 하셔야 합니다. 지금까지 아즈바니가 조합원들에게 지은 죄를 씻기 위해서, 또는 이제부터 위신을 얻기 위해서는 꼭 그렇게 해야 됩니다. 지금까지의 아즈반의 사상을 고치기 위해서도 그것이 필요합니다. 힘든 로동을 통해서만 머리가 개변될 수 있는 것입니다. 아즈반은 병을 빙자하지만, 나도 치질이 있습니다. 그러나 전선에서 얼마든지 힘든 일을 했고, 미국놈들과 싸웠습니다. 우리는 결코 아즈반을 죽으라고 내버려 두지는 않을 겁니다. 일을 하다가 정 지쳐서 넘어진다면, 그때는 또 다른 대책이 있을 겁니다. 문제는 쓰러질 때까지 일을 하겠다는 각오와 결심이 중요합니다. 마음 하나에 달렸습니다. 어떻습니까? 제 말을 알 수 있습니까?』

『알겠네!』

고 영수는 한숨과 함께 무겁게 입을 열었다. 달현은 그의 손을 힘껏 잡았다.

『고맙습니다. 그럼 래일 하루 더 생각해서 마음의 준비를 든든히 해 가지고 모레 一五일에는 모뜨기 하는 데로 나와서 모를 나르십시오. 四 작업반이 제일 손이 모자랍니다. 자, 그럼 안녕히 주무십시오.』

다른 말을 시키지 않고 달현은 일어서 나왔다.

고 영수에게서 승낙하는 약속은 받았으나 부위원장은 다음 날 종일토록 불안한 마음을 금치 못하였다. 과연 그가 못짐을 지려 나올 것인가? 나오기만 하면 그의 마음이 돌아선 것으로 인정할 수 있었다.

『알겠네』

하던 말은 자기 말의 뜻을 리해했다는 것뿐이고, 결코 래일부터라도

『지게를 지고 나가겠네』

하는 의미는 아니었다고도 해석되었다. 그는 지난번 총회 때에도

『결정하는 대로 복종하겠다』

고 말은 그럴듯이 해 놓고도 거기서 피해 나갈 궁리만 하고 있지 않았는가. 이번도 또 알기는 알았다고 하면서 실행은 하지 않을 생각인지 모를 것이다. 그러나 달현은 긍정적으로 해석하였다. 꼭 나올 것이다.

조합에서는 六월 二〇일까지에 이앙을 전부 끝마칠 계획으로 리내 가정 부인들의 협조까지 받아 최후 단계로 총돌격을 개시하였다. 작년에 四〇일 걸린 이앙을 금년에는 보름 동안에 해 치울 생각이었다. 제초 작업을 하던 로력도 전부 논벌로 동원되었다. 사무실엔 보조 부기 한 사람만을 남겨 놓고 상무 일꾼들은 전부 떨어났다. 논두렁에 꽂은 오색기와 민청기가 아침 햇빛을 받아 유난히 아름답게 빛났다.

『순이 동무는 언제 그렇게 모꽂기를 배왔나? 농사 경험은 내가 더 많을 터인데 도무지 따라갈 수가 없구만.』

부위원장이 순이의 뒤를 따라 가며 말을 건넸다.

『학교에 있을 때도 늘 협조를 나가군 했으니까요. 부위원장 동무는 모꽂기보다 미국놈 죽이는 것이 더 쉽지 않아요?』

순이의 대답이었다.

『정, 미국놈을 몇 놈이나 죽였나요?』

탄실이가 한 몫 끼웠다.

『동무가 꽂은 모포기 수만큼!』

달현은 웃으면서 롱담을 하였다.

『그럼, 몇 만명이게요?』

『동무, 오늘까지 몇 포기나 꽂았을 것 같소?』

부위원장이 말했다.

『평 당 백 포기로 잡고 하루에 一五〇 평은 꽂았을 터이니까 一만 五천 포기, 오늘이 열 하루째니까 一六만 五천 포기. 동무 한 사람이 지금까지 一六만 五천 포기의 벼를 꽂았단 말이요. 어때? 동무들의 힘이 과연 위대하지?』

『아―야.』

처녀들은 자기들의 손으로 이룩한 로력의 결과에 스스로 감탄하였다.

『쉿!』

누가 앞에서 웨쳤다.

『저게 고 영수 아니야? 못짐을 지고 오는 것이.』

그 말에 모두가 일손을 놓고 두렁 쪽을 바라보았다. 과연 외양은 달라졌으나 고 영수 틀림 없는 사람이 못짐을 지고 일곱 명 줄을 지어 오는 맨 꽁무니에서 힘들게 걸어 오고 있었다.

장 달현은 남모를 감격과 반가움을 걷잡지 못하여 논두렁으로 달려 가며 웨쳤다.

『아즈반 수고합니다!』

고 영수는 짐이 무거운 탓인지 혹은 부끄러운 때문인지 고개를 푹 숙이고 수걱수걱 걷고 있다가, 달현의 목소리를 듣고 고개를 번쩍 들었다. 순간 그는 얼굴을 어떻게 묘하게 찡긋이며 어색한 미소를 띄웠다. 그것은 무엇이라고 한마디로 설명할 수 없는 복잡한 감정의 표현이였다.

『님자가 종내 이겼습네.』

하는 의미인지도 몰랐고,

『지게를 진 내 꼴이 꽤 우습지?』

하는 뜻인지도 몰랐다.

『수고하였습니다.』

달현도 마주 웃어 보이면서 지게를 벗어 놓는 고 영수를 거들어 주고, 그의 손을 힘껏 잡았다.

고 영수는 주머니에서 꽁꽁 접은 종잇장을 꺼내여 달현에게 주었다.

『뭡니까?』

『만사는 다 분명히 해야 되니까.』

고 영수는 웃으면서 말했다.

그것은 자기가 지금까지 번 一二五 로력일에 대한 분배를 그가 소비한 량곡 三八一킬로(四一一킬로 중에서 三〇킬로는 이미 반환했으니까)와 상쇄하는 것을 승인한다는 확인서였다.

장 달현은 고개를 끄덕이면서 변해진 고 영수의 모습을 호기심 가득한 눈으로 한참이나 찬찬히 바라보았다. 주머니가 늘 불룩해 있던 조끼는 간곳 없고 허술한 군복 상의를 하나 걸치고 있었다. 아래는 풋잠방이를 가랭이를 활짝 걷어 입었는데, 햇빛을 쐬어 보지 못한 그의 흰 종다리가 표가 나게 드러나 차림차리와는 어울리지 않았다. <챠푸린> 수염도 없어지고, 머리도 새로 깎았으나, 다만 <도리우찌>만은 여전히 쓰고 있어서, 그가 三〇년 동안 사랑해 오던 상고머리를 박박 깎은 줄은 알 수 없었다.

남녀 로소 할 것 없이 논에서 일하던 사람은 모두 모춤을 쥔 채 일어서서 고 영수를 바라보았다. 다른 논에서 일하는 사람들에게도 이 소식이 전해진듯 모두 일어 서서 이쪽을 바라보았다.

『고 영수가 지게를 졌구나!』

『아마 생전 처음일거야.』

『이제야 됐어. 단단히 개심한 모양이야.』

『또 속임순지 모르지.』

『속여야 별것 있갔나. 지게 지고 일 나왔으면 됐지.』

『하긴 그래.』

『초급당 위원장이 제 애비보다 낫다. 사람을 만들어 줬으니까.』

사람들이 이렇게 각각 자기 감상을 말했다.

순이와 탄실은 남달리 깊은 흥미를 가지고 고 영수를 주시하다가 순이가 먼저 이렇게 말했다.

『아주 달라졌지?』

『응, 외양만은 변했다. 속까지 달라졌으면 오죽 좋겠니.』

탄실이가 받는 말이었다.

『속도 달라졌기 지게를 지고 나왔지.』

『그래, 하긴 돈벌레도 나비될 날이 있으니까. 벌레 때에야 끔찍하고 더럽지. 그러나 그것도 나비가 되면 고우니까.』

달현은 고 영수가 지고 온 모춤을 같이 부리우다가 다정한 목소리로 이렇게 물었다.

『무거웠지요? 왜 이렇게 많이 졌나요?』

『그까짓거, 할 바에야 남에게 지갔나?』

『아니요, 안됩니다. 기병 동무, 조곰씩 지워 드리지 않구. 처음 지는 사람이 이렇게 지갔나?』

달현은 같이 못짐을 지고 온 젊은 기병이를 마치 그가 많이 지워 주기나 한 것처럼 나무랬다.

『그만큼씩 져야 백 푸로를 번다고 하면서 성식이란 놈이 더 집어 놓았는데요..』

기병은 변명하듯 말했다.

『하, 아마 내가 밑다구들 많이 지워 주는 모양인데.』

고 영수는 웃는 말로 이렇게 말하고 비로소 자기도 웃을 권리를 얻었다는듯이 크게 웃었다. 그 자리에 어울리는 웃음이었다.

『오늘은 반결만 하고 들어 가십시오. 처음부터 무리하실건 없습니다.』

사정 있게 달현은 권했다.

『뭘, 괜치 않아.』

관리 위원장이 옆의 논에 있다가 달려 왔다.

『수고하셨습니다. 어때요, 몹시 힘들지요?』

말하면서 고 영수에게로 손을 내밀었다.

모 운반조는 다시 모판으로 돌아 갔다. 동네 앞 터 논에 모를 부어서 왕복에 퍼그나 시간이 걸렸다.

『성공했소, 부위원장 동무.』

위원장은 부위원장의 손을 잡고 치하의 말을 하였다.

『뭘, 한 사람쯤……』

겸손하는 부위원장이었다.

『그 한 사람이 중요하오 어쩌면 농촌에서 최후의 한 사람일는지도 모를 일이니까.』

『처음부터 자신은 있었으나 불안하기도 했습니다. 이젠 안심합니다. 다만 얼마 동안은 주위에서 그를 이끌고 나갈 필요가 있을 겁니다. 자기가 찾은 새로운 길을 제 발로 달음질쳐 나가는 사람도 있으나 손목을 잡고 이끌어 나가야 할 사람도 있으니까요..』

어느새 논판에서는 젊은 처녀들의 명랑한 노래가 다시 시작되었다.

보람 있는 사업에 대한 크낙한 행복을 느끼면서 추수 농업 협동 조합 관리위원장과 부위원장은 두렁길을 지나 행길로 들어 서는 고 영수의 뒷모양을 오래오래 바라보고 있었다.

(一九五六 · 六)
(『조선문학』, 1956. 11.)

태봉 령감

김만선

아침 작업 시간을 알리는 종소리가 울리자, 농산반인 제五 작업반원들은 여느 날과 같이, 햇잎들이 아직은 가지들을 다 가리지 못한 두 그루의 포풀라가 나란이 하늘로 가마득하게 치솟은 그 아래 공터로 모였다.

반원들은 거의 저마다 한 손에 점심 밥그릇들을 보재기에 싸들었고, 다른 한 손에 삽, 괭이, 가래 등을 짚고 섰지 않으면 호미를 쥐였거나 가마니로 만든 질통들을 졌다. 삽, 괭이, 가래 등을 짚고 선 반원들은 거의 전부가 전체 반원의 반수 이상을 차지하는 이십 안팍의 팔팔한 처녀 총각들이고, 그외의 나이 많은 녀인네들과 남자들은 대부분 호미를 들었다.

작업반장 신 창수의 음성이 찌렁찌렁 울린다. 그의 음성은 본시, 저만치 떨어진 집안에 앉아서도 똑똑히 알아 들을 수 있는 컬컬한 음성인데 작업 배치 끝에 그만 열이 올라 더욱 높아진 것이다.

모내기를 보름 남짓하게 앞둔 각 작업반들에서는 할 일들이 태산 같았다. 제五 작업반에서는 아직 손을 떼지 못한 논풀이 작업을 일간 끝내고, 어제부터야 착수한 뒷벌 개울을 막은 방뚝을 튼튼히 보수하는 작업에로 대부분의 력량을 집중해야 하며 그러면서도 한편으로는 류모판, 수모판들의 비해 관리를 철저히 해야하며, 그까짓 오늘 하루로 끝낼 밀밭의 김매기쯤은 꼽을 것도 없다해도 모내기 전까지에는 어떤 일이 있드라도 며칠 잘 걸릴 옥수수밭의 두벌 김을 매고 거기다 간혼작으로 콩을 심어야 한다. 그런데 오늘부터 사흘 동안은 계속 두 공수씩을 돼지우리를 증축하는 목축반에다 돌리라는 관리 위원장의 지시가 또 있었다.

요지음 작업반장의 머리 속에는 항상 두려운 생각 하나가 가득했다. 지난 날에도 바쁜 날을 보냈지만 이렇게 계속 볶아치다가 어느 한 모퉁이에서든지 일이 잘못 되지나 않을가 하는 것이 그것이었다. 그러므로 이런 때 단 한 사람이라도 하치 않은 일로 결근을 하거나 꾀를 부리면 큰일이란 생각이 그를 지배했다. 그는 한달 동안 기술 강습을 받으러 반원 한 사람이 읍으로 떠난지 며칠 안 되건만 그리고 이런 일이란 조합을 더욱 발전시키기 위하여 반드시 있어야 할 사업이란 것을 알고 있기는 하지만 당장해야 할 일들이 태산 같으니 그 반원이 돌아 올 날을 벌써부터 꼽아 보는 판인데 오늘 또 두 공수를 그것도 일꾼으로 골라 목축반으로 돌리고 보니 이미 일이 뒤틀려 가기나 하는듯이 정신이 퍽 들었다. 오늘 아침의 작업 배치는 이내 끝날 수 있는 것이었다. 오늘 해야할 일들은 이미 엊저녁에 분공되였기 때문이다. 그러나 그는 반원들에게 무슨 말이든 한마디 강조하지 않을 수 없었다.

신 창수는 자각적 규률에 대하여 강조하면서 반원들 한 사람 한 사람의 시선을 찾는다. 뭇시선들은 특히 그 중에서도 지난 두어달 동안에 과수밭 확장을 계획한 삼백여 정보의 산을 개간할 때나, 옥수수 파종 때나, 요지음까지 계속되는 논풀이 작업 등에서 그들의 열성이 없었드라면 감당해 내기 힘들었을 것이라고 말하는 믿음직한 민청원들의 시선은 넘려 말라는듯 그의 시선을 맞받는다. 그러나, 그의 시선을 정면으로 받지 않으며 삽끝으로 땅을 쿡쿡 찌르거나 멍하니 한눈을 팔고 섰는 사람들도 있다. 이런 사람들에게는 의례 그의 시선이 오래 머문다. 그 중에는 유달리 키가 큰 태봉 령감도 끼였다. 이 령감은 작업반장의 시선을 처음 받자 담배를 마는 척하고 슬그머니 고개를 숙이더니 내내 외면을 한채 담배 연기만 날리고 있다.

작업 지시는 끝났다. 갑자기 와자지껄하며 반원들은 서너 패로 갈리여 각각 흩어지기 시작한다. 그런데 이때 태봉 령감은 반원들과 반대로 홀바지 가랭이를 정갱이까지 걷어 올린 매마른 그 긴 다리를 흐느적거리며 작업반장에게로 다가 온다. 그의 손에는 호미 한 자루만이 홀가분하게 쥐여졌다.

『여보게 내 딱한 사정을 좀 봐줘야겠네.』

몸은 신 창수에게로 향하고 섰으나 고개만은 외면을 한 채 태봉 령감은 이렇게 입을 뗀다.

『뭘 말입네까?』

신 창수는 어리둥절하여 되묻는다.

『오늘은 정말 쌀을 꿔줘야겠네.』

흘깃 신 창수를 돌아 보는 태봉 령감의 낯에는 수심이 가득 찼다.

『쌀은 가뜩 가진 어른이 쩍 하면 무슨 쌀을 꾸랍니까?』

신 창수의 언성은 벌써부터 거칠어지려고 한다.

『이사람이, 정말 큰일 나겠군. 쌀을 가뜩 두구서야 어떤 놈이 싫은 소릴 하구퍼 하겠나.』

『그럼 내가 헷소릴 한답네까?』

신 창수는 옆에 끼였던 장부로 만든 노트를 와살스럽게 펼치고 이리 넘겼다 저리 제쳤다 한다. 그는 이미 흥분한 모양이다. 한 겨울을 났어도 지난 여름철에 햇볕에 탄 것이 아직도 가시지 않은 것처럼 언제나 검붉은 그 얼굴빛이 더욱 검붉어졌다. 그는 노트 속에다 기록한 것을 찾으려다 이내 찾지 못하자

『아니 알곡으루 열 여덟 가마나 분배 받은게 그럼 아니란 말입네까? 인간은 단 내외 뿐인데 다 잡쉈단 말입네까?』

하며 그만 언성을 높인다. 수심을 띠웠던 태봉 령감의 낯에 이제는 노여운 빛이 떠돈다.

『또 그 소린가. 자넨 그 소리 밖엔 헐 말이 없는 모양일세 그레. 고만 두게 고만 둬!』

왕고집이라는 별명까지 듣는 신 창수와 맞서야 소득이 없을 것을 때달은 사람 같이 태봉 령감은 선선히 돌아 선다. 그러나 그는 대여섯 발자국도 떼지 않아 이내 되돌아 선다.

『난 오늘 밀밭 김을 못맬 것 같네』

『왜요?』

신창수의 낯에는 또 다시 검붉은 피가 솟구치는 것 같다.

『이젠 늙었네.』

신 창수는 말문이 탁 막힌듯 고개를 떨어뜨린 태봉 령감의 뒷통수만 노려보고 섰다.

『김두 못매신다면 그럼 일을 못허시겠단 말씀이로군요?』

신 창수는 그만 볼멘 소리를 지른다.

『그것두 공연헌 소리네. 일을 왜 아주 안 헌다나. 그 일이 아니래두 딴 일이 있지 않은가?』

신 창수의 말문이 또 맥힌다. 그는 더 큰 소리가 나오려는 것을 참느라고 무한 애를 쓰는 모양, 관자놀이의 심줄이 불룩하게 숫아 오르며 볼다구니를 썰룩거린다.

『모판일 말입네까?』

신 창수는 어떻게 마음을 돌이켰는지 다시 입을 뗀다. 태봉 령감은 대답이 없다. 그러나 신 창수는 이 침묵을 그렇다는 대답으로 인정한다. 이 령감은 자기와 같은 로인에게 모판 관리나 시키지 않고 힘든 일만 시킨다고 한두번만 뒤로 불평을 늘어 논게 아니었다.

『좋습네다. 그럼 류모판으루 나가십쇼. 그렇지만 모판일을 헐한 일루 알아서는 안됩니다……』

신 창수의 말 속에는 노기가 가시지 않았으나 태봉 령감이 해야할 일들만은 순순히 지시한다.

태봉 령감은 우선 모판이 마르지 않도록 물을 골고루 주어야 하며, 참새 떼들과 해종일 싸워야한다. 그러면서 한편으로는 피도 갈라 내야 하며 특히나 병해충이 발생하지나 않는가에 각별한 주의를 돌려야 한다. 모판 관리란 겉으로 보기에만 쉬울 것 같다. 그러나 이것을 제대로 하자면 쉬운 일도 아니다. 여기에는 무엇보다도 우선 높은 책임성이 요구된다. 모는 어린아이와도 같다. 그러므로 모를 키우는 데는 세심한 주의가 필요한데 특히 요지음 같이 기후가 고르지 못한 조건하에서는 연약한 어린아이를 키우는 부모들과 같은 심정으로 모를 키우는 데로 온 정성과 로력을 기울여야 한다. 신 창수는 이 짧은 작업 지시를 주면서도

『모가 잘 돼야 금년 농사가 잘 됩니다』

하는 소리를 두번이나 되뇌이였다.

그러나 태봉 령감은 신 창수의 지시를 귀담아 듣는 것 같지 않았다. 그는 신 창수에게서 몸을 돌려 외면을 한채 맞은편 산둥 아래 이편으로 들어선 사과나무들만 멍하니 건너다 보고 섰다. 그러다가 신 창수의 말이 채 끝나기도 전에 슬그머니 앞으로 걸어 나간다. 농사로 늙은 사람에게 그 무슨 잔소리 냐는듯한 태도다. 신 창수의 낯빛이 더욱 검붉어지며 볼다구니의 근육을 또 썰룩거린다.

『당장에 해결을 해야지, 이거 어데 사람이 견데낼 재간이 있나!』

신 창수는 제법 큰 음성으로 투덜거린다. 그는 저만치 멀어져 가는 태봉 령감에게 들어보라고 우정 그 음성을 높인상 싶다. 그리고 그는 그 큼직한 노트를 한쪽 겨드랑에다 꽉 끼고서는

『젊은 마누란 어떻게 데리구 산담!』

하고 이번에는 자기 자신에게도 들릴락 말락한 낮은 음성으로 중얼거리며 태봉 령감과는 반대 방향으로 분주히 걸어 간다.

각 작업반들의 륙모판은 모두가 뒷벌 한곳에 몰려 있었다. 수천 평이나 되는 륙모판의 모들을 온통 푸르렀고 주위 밭들에 푸르게 잎이 퍼진 작물들이 아직은 없어 더욱 신기롭게 눈에 띄였다. 그 가운데서도 서북향 바람 받이에다 수숫대로 방풍장을 둘러친 그 앞턱의 모들은 한층 푸르딩딩 했다. 이 륙모판은 군내에서도 잘 된 것으로 인정 받은 것이였다.

태봉 령감은 이 광경을 보고 놀란다. 며칠 전에 그가 이리로 지날 때 본 모들은 모래 밖으로 겨우 머리를 쳐들고 나온 때여서 노릿노릿했었다.

『잘 됐군!』

그는 부지중 이렇게 중얼거린다. 그와 동시에

『—금년의 분배량이 전년보다 훨씬 많으리란건 지금부터 벌써 눈에

보이는 사실입니다.』

하며 요지음 관리 일꾼들이 입버릇처럼 조합원들 앞에서 내놓는 이
말이 떠오른다.

이 조합에서는 이미 적지 않은 밭들을 논으로 풀어 놓았고, 수많은
폭탄 구멍을 메꾸었으며, 미제 공중 날강도들이 저수지를 폭격한 때문
에 모래가 덮여 묵었던 나머지 논들마저 복구했다. 때문에 우선 모부터
작년보다 훨씬 많이 부었을 뿐 아니라, 장차는 과수밭으로 될 삼백 여
반보의 산을 개간하여 옥수수를 심었다. 그 외에도 지난 해에 많은 현
금 수입을 올리게 한 과수원이 있으며 목축반에서는 금년내로 삼백 마
리의 돼지를 기를 것을 목표로 방목지와 돈사를 확장하고 있다. 그러므
로 조합이 급속도로 발전하리라는 것은 의심할 나위가 없다. 태봉 령감
역시 이것을 믿는다.

모판으로 들어 서려던 태봉 령감은 물초롱을 든채 모판을 굽어보며
못에 박힌듯 한곳에 오래 섰다. 그러나 지금 그는 모들이 어떻게 자랐는
가를 살펴 보는 것이 아니라 이 모들이 논으로 옮겨 심겨진 다음 가을이
되어 분배를 받게 되는 그날의 풍성할 광경을 눈앞에 그린 것이다.

『워―이 워이!』

머지 않은 모판에서 새를 쫓는 소리에 그의 공상이 깨진다. 고개를
번쩍 쳐든 그의 시야에 이웃 四 작업반의 모판에서 쫓기운 참새떼들이
날아든다.

『워―이 워이!』

태봉 령감은 펄적 놀라 모판으로 뛰여 들어가며 소리친다. 그러나 새
떼들은 그대로 내리 박힌다. 그는 급히 물통을 놓고 모판에서 골창으로
수북히 골라낸 작은 돌 무더기에서 큰 것으로 한줌을 골라 쥐며 힘껏

팔매질을 한다. 그제서야 새떼들은 펄적 날아 오르며 이웃 모판 저 끝 머리를 향해 자리를 옮긴다. 그쪽에서 또 질겁을 하여 새떼들을 쫓는 소리가 들려 온다.

태봉 령감은 모판 가운데로 들어선 김에 모들을 두루두루 살핀다. 그러다가 어쩌다 눈에 띄우는 피를 골라 뽑아낸다. 그러나 그는 한 이랑도 채 나가지 않고 되돌아 선다. 그리고 방풍장 앞으로 가서 바람을 피해 앉으며 담배를 말아 피운다.

태봉 령감은 담배 한대를 다 피우고 나서도 일어 서지 않고 또 한 대를 계속 말아 물었다. 이웃 모판들에서는 부지런히 새를 쫓는 소리가 들려 온다. 새떼들은 그의 모판으로도 날아든다. 그러나 그는 새를 쫓을 생각을 않고 담배만 피우고 못본 체한다. 그는 금새 새떼들 때문에 입을 피해를 잊은 것은 아니다. 벼씨들은 모래 속에 깊이 묻히지 않고 땅 밖으로 빼져 나온게 적지 않았고, 벌레도 나기 전인 봄철이라 궁기가 낀 새들은 모가 자라 거의 쭉정이가 다된 이 벼씨들만을 쪼는게 아니라 주둥이로 모래 속에 것까지 헤발기며 극성을 부린다. 그러나 그는 지금 담배만 뻐끔뻐끔 빨다가 불이 꺼진 것을 알자 타다 남은 담배를 팽개치며

『다 커가는 몬데 새놈들이 먹을게 있나!』

하고 중얼거리며 느릿느릿 일어 서서 물통이 있는 데로 간다. 조금전의 그 흐뭇하던 기분은 어데로 가고 그는 지금 아주 우울한 기분으로 휘감겼다. 조합원들은 모두가 자기보다는 형편들이 낫다. 그들 중에는 자기 모양 벌써부터 조석거리를 걱정해야할 조합원은 한 명도 없을상 싶었다. 그런데 더 잘 살기 위해 사회주의를 건설한다면서 리 용팔이와 같은 몇몇 사람들을 빼논다면 거의 모두가 영악스럽게 일에만 달라 붙

는다. 그들은 마치 태봉 령감 자기만 뒤에다 내동댕이 치고 저희들끼리만 앞으로 달아나는 것 같았다. 그에게는 이것이 정말인 것 같이 서글프고 외로웠다.

『사회주의를 건설한다면서……』

그는 물초롱을 들면서 이렇게 중얼거린다. 그러다가 문득 그로서는 상상조차 안했던 어떤 생각이 머리 속을 스치고 지나간다. 그것은, 기왕 사회주의를 향하여 나가는 사람들이니 지금부터라도 네것 내것하며 가를 것 없이 한 솥의 밥을 먹고, 똑 같이 옷을 지여 입고, 술도 같이 마시고—이렇게 한다면 누구는 누구보다 더 잘 먹고 잘 입고, 누구는 누구보다 못먹고 못입는다는 차이가 없어질 것이니 얼마나 좋으랴 하는 생각이였다. 그는 또 한번 긴 한숨을 내쉰다. 그렇게 좋은 생각 이것 역시 그의 희망이지 실현될 일이 아니라고 돌이켜 생각했기 때문이다. 그는 점점 맥이 풀려 일할 기운이 나지 않았다.

태봉 령감은 물초롱을 든채 잠시 망설거린다. 류모판에 쓰기 위해 양수기로 퍼올린 물은 저 끝 一반의 모판 옆 도랑으로 해서 부락 가까이 있는 채마전으로 흐르고 있다. 그런데 물은 그렇게 멀리 가지 않아도 퍼올 데가 또 있다. 삼십 메터 길이의 모판이랑 바로 넘어로 얕은 개울물이 흐르고 있다. 이 개울물을 퍼 준다면 도랑의 물을 퍼오기보다 힘은 절반도 안들 것이다. 그런데 작업반장 신 창수는 류모판에 주는 물은 반드시 도랑의 물을 사용하라고 단단히 당부했다. 도랑의 물은 개울물보다 한결 온기가 높기 때문이라는 것이였다. 그러나 태봉 령감은 슬그머니 개울 쪽으로 걸어간다. 물이 온기를 품기야 장창 흘러내리며 해볕을 받은 개울물이 왜 덜하랴 싶었다. 그뿐 아니라 신 창수의 말대로 한다면 일천 오백 평이나 되는 모판에다 물만 주다가 말겠는가 싶어서다.

(다 쓸데 없는 잔소리야)

그는 속으로 이렇게 작업반장의 지시를 빈정거리며 초롱으로 길어
온 개울물을 <조로>에다 따라서 솔솔 뿌리며 나간다. 그가 물을 주고
간 자리들은 이내 물기가 말라 버린다.

태봉 령감은 방풍장을 의지하여 또 앉았다. 그는 엽초를 비벼 종이에
다 말아 한 대를 피여 물며 이 날 하루의 일을 거의 다 한 것으로 생각
한다. 그는 모판 이랑마다 거의 다 한번씩은 물을 주었다. 그러니까 이
제부터는 새나 쫓고 앉았어도 백 이십오 프로의 로력일은 벌었다고 따
져 보기도 한다.

그는 갑자기 시장기를 느낀다. 고개를 들어 해를 찾으니 해는 어느덧
머리 우에 와 있다. 점심 시간도 다 된 것 같다. 그러나 그는 점심 먹을
생각을 했다가 또다시 우울해졌다. 아침결에 집에서 나올 때 그의 안해
는 점심 먹을 생각을 말라고 여무지게 말했었다. 그렇게 쌀을 꿔오라고
했는데도 못들은 척 하더니 급기야 이꼴이 되었다고 그의 안해는 그의
무능과 주변머리 없는 것을 비양거리기까지 했었다. 그것은 자기가 벌
어논 것 중에서 좀 선셈을 해달라는 것인데 그것을 못해오니 등신이 아
니고 무엇이냐는 것이였다. 안해는 그를 믿고 살다가는 굶어죽기 꼭 알
맞겠다면서 이 조합에도 탁아소가 생긴다니 두돐짜리 데리고 들어 온
아들놈을 거기다 맡기고서 조합에 나가 벌어 혼자 살겠다고 은근히 살
림을 파헤칠 의향까지 내비쳤었다.

(젠장할 놈의 것, 안되는 놈은 자빠져두 코가 깨진 다드니 꼭 맞었어!)

그는 달포전 일을 회상하며 새삼스럽게 입맛이 써한다. 그때 그 일만

저질르지 않았던들 작업반장에게 아니꼬운 일을 당할 리도 없으며 살림을 함께 시작한지 반년도 못가서 헤여지겠느니 어쩌느니 하는 젊은 안해의 불평도 없을 것이 아닌가.

달포 전인 어느 날 저녁 때 과수반의 리 용팔이가 그의 집으로 조용히 찾아 왔었다. 용팔이는 사과를 사서 팔자는 것이었다. 사과는 사오십리 밖 어느 협동 조합친데 이 조합에서는 그때까지 잔득 끼고만 있다가 이제 춘경이다 파종이다 하여 농사일이 다급하게 되자 운반 기재도 부족하거니와 로력을 쪼개낼 수가 없어 시세보다 아주 헐값으로라도 팔겠다는 소문을 금새 들었는데 이는 호박이 딩구는 것 같은 얘기라하며 우리 두 사람은 전부터 사과장살 많이 해 봤으니 그 사과를 둘이서 맡자는 것이었다. 태봉 령감의 구미는 바짝 동했다. 그는 지난 겨울에 딸을 시집 보내느라고 또 오직 그 딸 하나만을 의지하고 지내던 호래비 령감이 이젠 정말 혼자 밥을 지여 먹어가며 살 일이 난감하여 딸이 시집 가기 전부터도 권고해 온대로 몇해 동안의 호래비 생활을 면하느라고 이럭저럭 몇 가마니의 쌀을 조이 없앤 그놈을 봉창할 좋은 기회라고 생각했다. 그러나 밑천이 없는 그에게 그런 얘기란 그림의 떡과 같아 군침만 삼킬 때 용팔이는 밑천을 만들 방법까지 귀뜸을 해준 것이었다. 그것은 이번 장사는 땅 짚고 헤염치긴데 농량을 내다 돈을 마련한들 무슨 걱정이랴는 것이었다. 태봉 령감은 이 유혹에 넘어갔다. 그는 쌀을 내여 밑천의 절반을 대였다. 그랬는데 결과는 돈을 벌기는 고사하고 본전의 절반 이상을 눈 깜짝할 사이에 날려 보내고 말았다. 작업반장에게는 그럴사한 구실을 내대여 결근을 한 그들이 소달구지 여러 대를 비싼 값으로 사서 평양으로 떠났는데, 도매상들이 부르는 값이 잘 맞지 않아 한 밤을 묵히고 이튼날 정작 짐을 푸는데 짓무르고 뭉크러진게 많아 홍정은 깨졌다. 그래 다시 흥정을 하여 새 값을 놓고 부렸는데 여기서 벌써 본전의 삼분의 일이 달아났고, 거기서 또 탯가와 기타 비용을 제치고 보니 본전은 이럭저럭 절반도 못 남았다. 이것은 해를 묵힌 과실을 다루려면 서로 몸이 닿지 않도록 극히 조심을 해야한다는 것을 그들이 몰라서가 아니라 남몰래 하는 짓이기 때문에 내다 팔기가 급한 데다 륙칠십리를 갈 동안에야 설마 이렇게 되랴 싶어 가마니에다 담아 실어낸 실패의 원인이었다. 두 사람은 각각 정곡으로 다섯 가마니씩의 손해를 봤다. 이것이 태봉 령감에게는 결정적 타격으로 되었다. 이때로부터 한 달이 못가서 그는 절량 상태에 빠지게 되었다. 그는 이런 사정을 누구 앞에 내놓지도 못하여 벙어리 랭가슴 앓듯 혼자서만 속을 태웠다. 그러나 그는 지금 자기가 한 짓을 부질 없은 허욕 때문이였다고만은 생각지 않는다. 그는 다만 운수가 나빴다고 믿으며 그러므로 이것마저 봉창할 기회는 없을가 하여 좀 더 큰 허욕에 사로잡히고 있는 것이다.

따스한 햇볕을 온 몸에 받은 태봉 령감의 온 몸은 노근해졌다. 그는 어느 틈에 스르르 눈을 감고 꼬박꼬박 이마를 땅에다 찌을듯이 방아를 찧는다. 조금 후 그는 두 다리를 오구린채 아주 옆으로 눕고 만다.

『아니 모판에서 잡네까?』

얼마만에 그의 머리 우에서 이런 호통소리가 들려 온다. 그는 소스라쳐 일어나 앉는다. 바로 코앞에 작업반장 신 창수가 눈을 부라리고 서 있다. 그는 슬쩍 외면을 하고 먼산을 바라본다.

『령감님에겐 일을 맡겨 놓고도 언제나 맘을 놀 수가 없습네다그레. 그래 이럴려구 모판 관릴 하겠습네까?』

신 창수는 이렇게 핀잔을 주며 모판으로 들어 선다. 그리고 모판을 유심히 들여다 보더니 이내,

『물두 안 줬구면요!』

하며 또한번 펄쩍 뛴다.

『모르는 소린 말게.』

얼굴을 돌리며 태봉 령감이 맞선다.

『물을 줬으면 이렇게 뽀숭뽀숭합네까?』

『물은 줬네.』

신 창수는 지꽂게도 손가락으로 모래를 헤집는다.

『속까지 이렇게 뽀숭뽀숭한데 그래두 줬댑네까?』

태봉 령감은 볼따구니의 근육만 씰룩거린다. 그는 거기도 물을 주기는 주었다. 그러나 잠시 후 그는

『그쪽만 아직 안 줬네.』

하고 씹어 뱉는다.

『정 이러신다면 오늘은 오십 프로두 달아드릴 수 없습네다. 물은 골고루 흠뻑이 메기라지 않았나요. 아무리 류모래두 모는 모거든요..』

신 창수는 고랑을 타고 한동안 모판을 살피며 휘돈다. 그는 가끔 모보다 키가 큰 피를 뽑아 내던지기도 하고 작은 돌들을 집어 팽개치기도 한다.

『령감님두 딱합네다. 그래 반나절 동안에 해논 일이 뭡니까? 암만 참을래두 이젠 더 참을 수가 없습네다!』

태봉 령감 곁으로 돌아 오면서 신 창수는 여전히 투덜거린다. 그는 태봉 령감을 흘깃 곁눈질을 하고서는 방풍장이 터진 데로 향한다.

『아니 그게 무슨 소린가, 참을 수 없다면 그래 어쩔텐가?』

지금까지 장승처럼 뻣뻣이 선채 신 창수의 행동 거지만 바라보던 태봉 령감이 시비를 걸려는듯 말꼬리를 잡아챈다. 그러나 신 창수는 무슨

생각을 품었는지 그 말을 못들은 사람처럼 걸음을 멈추지 않는다.

『헐데루 해봐라, 나두 할 말은 많다!』

태봉 령감은 침을 탁 뱉는다.

『그럼 안 해볼 줄 압네까.』

신 창수는 뒤도 돌아 보지 않고 한마디를 내뱉으며 방풍장 뒤로 나가 버린다.

신 창수는 그 길로 관리 위원회 사무실로 향했다. 그는 사무실 문을 요란스럽게 여닫으며 사무실로 들어섰다. 그 사품에 저마다 수판알을 투기고 앉았던 부기장을 비롯한 생산 지도원, 창고원의 시선이 일제히 그에게로 쏠렸다.

『관리 위원장 동무 있나?』

그의 큰 음성은 방안이 찌렁하도록 울린다. 방안 사람들은 이내 대답을 않고 그의 기색을 엿본다.

이때

『왜 무슨 일이 생겼소?』

맞은 편 벽에 달린 방문이 덜컹 열리며 관리 위원장 리 정록이가 나온다. 그 뒤에서 또 초급당 위원장 겸 관리 위원회 부위원장인 한 충근의 얼굴도 나타 난다.

『관리 위원장 동무, 난 그 령감하군 일을 못해먹겠수다!』

신 창수의 입에서는 볼멘 소리가 터져 나온다.

『누구 말요?』

『조합에서 제명합시다! 그따우 령감은 백날 붙드러 둬야 손해 밖에 볼게 없수다. 조합에서 나가서 싫건 놀구 살라죠. 난 작업반장의 립장에서두 그렇지만 조합원의 한 사람으로서두 제명할 것을 제의합네다!』

신 창수는 한 옆에 놓인 긴 걸상으로 가서 앉으며 담배 주머니를 꺼낸다.

『이런 답답한 사람두 있나. 그래 그 령감이란 대체 누구란 말요?』

관리 위원장은 상을 찡그리며 또 묻는다.

『누군 누구겠소 태봉 령감 말이죠.』

『그 령감에게 무슨 일을 맡겼소?』

『늙어서 밀밭 김두 못 매겠답네다. 그러면서 좀 헐한 일을 시켜달라기에 류모판에다 배칠했드니 한나절이 되두룩 물 하날 주지 않구 모판에 자빠져서 잠만 자구 있질 않소!』

『그 령감을 누가 류모판에다 배칠하랬소?』

별안간 관리 위원장이 어성을 높인다. 종이에다 <부용>을 말아 침을 칠하려던 신 창수는 담배를 든 손을 힘없이 무릎 우로 내려 놓는다.

『여보 몰 잘 키우느냐 못 키우느냐루 금년 농사가 좌우된다는 걸 모르오? 류모판엔 작업반내에서두 가장 책임성이 강하구 열성적인 사람으루 배치하라구 그렇게 강줄했었는데 그래 태봉 령감따우를 배치했단 말요!』

관리 위원장은 큰 변이나 난듯이 화를 낸다. 신 창수는 관리 위원장의 시선을 마주 처다 보면서도 이내 변명할 말을 찾지 못하며 입술만 벌룩거린다.

『오후부터래두 당장 딴 사람하구 바꾸오!』

『그건 그렇게 합시다. 그러나 그 령감을 그대루 둘순 없다구 생각해요..』

『창수 동문 어째 그런 소리만 자꾸 하오..』

지금까지 잠잠히 듣고만 섰던 당 위원장이 신 창수에게로 다가 온다.

그는 신 창수와 나란이 걸상에 걸터앉으며 말을 잇는다.

『내겐 좀 이상한걸. 최근엔 별소리가 없드니 왜 갑자기 또 그러는지 ― 무슨 일이 있었던게 아뇨?』

『일이 있을게 있나요 뭐. 허긴 오늘 아침에 쌀을 꿔달라는걸 거절했드니 그 심천으루 그러는진 모르죠만.』

『쌀을? 그래 뭐라구 거절했소?』

당 위원장은 신 창수의 한쪽 얼굴을 뚫어지게 본다.

『먹을게 많을테니깐 못 꿔주겠다구 했을 뿐이죠.』

『그러니깐?』

『그러니깐 그만두라구 돌아 가더니 되돌아 와서 밀빝김두 못 매겠다는군요, 늙어서요..』

『그럼 알만하다니.』

당 위원장은 걸상에서 벌떡 일어선다.

『령감태기두 딱하긴 딱하군.』

관리 위원장이 입맛을 다신다. 당 위원장이 신 창수에게로 몸을 돌린다.

『그 령감이 그렇게 된덴 동무의 책임두 적지 않다구 봐요. 령감의 행실이야 밉기는 밉지. 그러나 그 령감의 집에 식량이 떨어져 가리란 건 짐작되질 않소. 령감은 사과장술 한걸 숨기구 있지만 우리가 그걸 모르오.

그렇다문 그 령감에 대한 태돌 고쳐야 할게요. 그 행실이 밉다구 내대기만 하면 어떻게 되겠소? 자기가 한 짓은 꽁무니에다 차구 야속하다구만 할게요. 꼭 그렇게 된 것 같구료. 우린 그 령감에 대한 태돌 고칩시다. 좀더 근기 있게 교양을 하잔 말이외다. 전에 하던 버릇대루 일을 하구 싶으면 하구 그렇지 않으면 돈벌 궁리나 하면서 며칠씩이라두 놀구 먹자는 습성이 꽉 백힌 늙은이거든. 우린 사회주의를 건설한다면서 그 령감만을 떼놓구 갈순 없지요.. 그리구 우리가 조합을 조직적으루 강화한다는 것은 결코 그런 락후 분자라구해서 떼여버리란건 아닐 것이니 말요. 창수 동문 작업반장으로서 미워만 하질 말구 령감의 사정을 친절히 물어봐야 할게요..』

『물어보구 어쩌구 할게 있나요 뻔한걸.』

신 창수의 대답은 퉁명스럽다.

『창수 동문 저게 병이라니깐. 같은 말이래두 좀 더 친절하게 굴어보오. 인간의 감정이란 그런게 아니오.』

『글쎄요, 내 재간으로선 더 어떻게 할 수가 없수다 그레.』

신 창수는 아직까지 들고만 있던 종이에 말은 담배에다 불을 붙인다.

『이러나 저러나 태봉 령감 문젠 그대루 있을 수가 없수다. 저녁에 다시 구체적으루 토의하기루 합시다.』

관리 위원장이 두 사람의 말을 가로 막는다. 신 창수는 아무런 대꾸없이 일어나 밖으로 나간다. 신 창수는 지금 혹을 떼려 왔다가 혹 하나를 더 붙이고 가는 심사다. 그는 아직도 태봉 령감을 조합에서 내보내야 한다는 자기의 주장을 포기하지는 않았다.

점심 시간을 알리는 종소리가 뒷벌로 퍼져 나온지도 오래다. 그러나 태봉 령감은 여전히 방풍장 안쪽에가 쭈구리고 앉았다. 그는 여러가지로 울화가 치밀었다. 그런 한편 그는 고독감에도 잠겼다. 그러다가는 또다시 작업반장 신 창수를 증오한다. 모든 그릇된 탓이 신 창수에게 있는 것처럼……

(힘껏 일을 해두 오십 프로야?)

그의 눈앞에는 몇달전, 신 창수에게서 비판 받던 일까지 떠오른다.

지난 초봄, 달구지로 두엄을 실어낼 때다. 태봉 령감이 맡은 밭은 다른 달구지꾼보다 거리도 근 백메터 가량은 먼듯 했거니와 얼었던 땅이 녹아 곤죽처럼 빠지는 데가 있어 해종일 열두번 왕복을 했는데 담배도 피우지 말라는지 담배 먹고 쉬는 시간이 더 많아서 그런 것처럼 떠벌리며 십오회 왕복이 정량이란 것만 고집하고 팔십 프로 밖에 달아 주지 않았다. 또 옥수수 파종 때에도 흔히 그럴 수도 있건만 프로 수만 올릴 욕심에서 질적으로 보장할 성의 없이 옥수수알을 흙 곁에다 아무렇게 내던지고 달아났다고 반원들 앞에서 폭로를 하며 이때도 백 오십 프로는 한 것인데 구십 프로만 달아 주었고, 그후 큰 회의를 두어번 가질 때마다 조합원답지 않은 가장 락후한 인물로서 관리 위원장의 보고 한 구석을 차지했었다. 그는 그때마다 한동안 잊었던 억울하다고 생각해온 일이 되살아나 반박하고 싶은 충동을 받았으나 관리 위원회 위원의 한 사람이면서도 그와는 좋은 장기 상대인 최 로인이

　『여보게 님자가 헌 짓이 다 잘못헌건 아닐지 모르나 내가 보기에두 그 비판을 접수할 데가 있다구 생각하네.』

　하며 은근히 미워서 그러는게 아니란 것을 누누히 일깨워 주기도 했었고, 시집 간 그의 딸과는 친 형제처럼 단짝이였고 그와는 같은 작업 반원인 기숙이가 종종 찾아와 지난 일일랑 너무 개념치 말고 앞으로는 덮어놓고 그런 소릴 안듣도록 하면 그만 아니냐며 친딸처럼 함께 기분이 나빠하기도 하고 위로 해주기도 하며 그는 자기의 밸을 삭이며 그후부터는 지도 일꾼들에게 책을 잡히지 않도록 노력했으나 역시 비판된 것을 전적으로 접수해서는 아니였다. 그는 꽁한 생각을 완전히 버리지 못했고, 신 창수를 책임성이 강하며 맡은 과업은 무엇이나 다른 반보다 선참으로 실천하는 모범 일꾼이라하여 신 창수의 말만을 믿는 관리 위

원장 리 정록까지도 신 창수와 한 또래로 접어 놓았다.

(그놈이 그 놈이야!)

태봉 령감은 지금도 관리 위원장까지 끌어 들여 욕을 한다. 그도 물론, 관리 위원장 리 정록에게 영악스런 일면이 있어, 설흔 다섯 밖에 안된 젊은 축으로서 조합 살림을 어지간히 꾸려 나간다는 것을 인정은 하면서도 지내 잔소리가 심하여 인정머리가 없다는 점에서는 신 창수와 별로 다름이 없는 사람으로서 보려고 한다. 관리 위원장은 항상 선진 영농법을 앞세우고 평생을 농사로 늙은 사람들을 가르쳐 낡은 고집을 버리지 못한다 하여 핀잔을 주기가 일수며, 낫질 삽질 하는 데까지 간섭인가 하면, 비료는 규정 대로 주었느냐 안 주었느냐를 무섭게 따지군 한다. 류모판에 물을 주는데 양수기까지 설치하고 이 양수기로 퍼올린 도랑의 물을 줘야 한다는 것도 기실은 이 관리 위원장의 엄격한 지시였다. 그런가 하면 남의 집 살림살이까지 맡아 보는지 식량을 랑비하지 말자 하며 농량이 푼푼한 지난 겨울에도 떡쌀을 담근 것을 알기만 하면 의례 한마디씩 참견을 하고야 말았다. 이런 사람이기 때문에 태봉 령감 그는 신 창수에게 처음으로 쌀을 꾸렸다가 거절을 당하고 직접 관리 위원장에게로 달려 갔을 때에도 역시 매정스럽게 거절을 당한 것이라고 생각했다. 그때, 이 관리 위원장은 신 창수와 약속이나 해 두었던 것 같이 노트를 꺼내 분배해준 숫자를 훑어보고 그 동안 먹은 달수를 손가락을 접어가며 꼽아본 다음에 한다는 소리는

『아직두 남은게 많으실텐데요.』

였다. 태봉 령감은 남모르게 식량을 허비한 간도 있었고 그것은 또 어데까지나 숨겨야할 일이기 때문에 더 좀 지근지근 조르지 못하기도 했으나 관리 일꾼들이 어쩌면 이렇게도 하나 같이 몰인정한가 싶어 인

사도 없이 홱 발길을 돌리고 말았었다.

태봉 령감은 땅이 꺼져라하고 긴 한숨을 내쉰다. 생각할수록 앞이 맥힌 것 같다. 이때 이웃 모판에서 새떼를 쫓는 소리가 들려 온다. 새떼들이 그의 시야에도 들어 온다.

『이 망할 놈의 새들!』

태봉 령감은 갑자기 모판 가운데로 달려간다. 그리고 돌을 한줌씩 쥐며 한팔매로 돌들을 뿌린다.

『새하구 싸움을 하십니까?』

길쪽에서 누가 말을 던진다. 씨근덕거리며 태봉 령감은 고개를 돌린다. 리 용팔이가 방풍장 안쪽으로 들어 서고 있다. 용팔이는 흰 바지 저고리에 검은 세루 양복 조끼를 입었는데 과수원으로 약제를 살포하러 가는 길인지 분무기를 꽂은 긴 장대를 한손에다 들었다. 태봉 령감은 순간적이나마 사십이 넘은 사나이나 농군답지 않다고 느낀다.

『나가는 길인가?』

태봉 령감은 마주 걸어가며 묻는다.

『들어가는 참이랍니다. 무슨 팔잔지 점심두 제때에 못먹겠군요..』

두 사람은 나란이 앉았다. 용팔이는 <대동문>을 주머니에서 꺼내여 태봉 령감에게도 한 대를 권한다.

『정말 속이 상해서 못해 먹겠네.』

태봉 령감은 담뱃불마쟈 얻어 붙이자 긴 한숨을 내쉰다. 그리고 작업반장과의 사이에 벌어졌던 조금전 일을 장황하게 늘어 놓는다.

『그따위들에게 조합을 맡겨놓니 조합이 잘 될게 뭡니까!』

잠자코 듣고만 있던 용팔이가 벌컥 화를 낸다.

『그러면서두 상부에는 결함 하나 없는 것처럼 보골 합니다그러. 전탕 아첨쟁이구 관료주의자들이라니깐요..』

용팔이는 자기 자신이 조금 전에 욕을 당한 것처럼 한동안 관리 일꾼들에게 욕을 퍼붓는다. 태봉 령감은 뒷전으로 나앉은 셈이다.

『형님에겐 늘 하는 소리지만 난 이 조합에 들어서 망했수다!』

용팔이는 어느덧 자기의 불평 불만을 터뜨린다. 그는 사실에 있어 지난 해 조합에 가입한 이후 리보는게 없을 뿐 아니라 따지고 보면 손해 막심이라고 생각하고 있다. 그것은 지난 해에 사과가 대풍작이였다는 사실 때문에 더욱 그렇게 생각한다.

용팔이는 근 백여 그루의 사과나무를 가지고 있었다. 이것을 그전처럼 혼자 경영했다면 슷한 현금이 쏟아졌을 그것이 몽땅 공동 수입으로 되고 그 자신은 남과 같이 로력한만치의 분배와, 삼년 동안에 다 받기로 된 과수 값 중 삼분지 일만을 받았다. 그는 조합원들을 자기가 먹여 살리고 있다고까지 생각한다. 그러면서도 그 자신은 남만치도 살지 못한다고 생각한다. 그의 식솔은 여덟이나 되면서도 로력자는 그 한 사람 뿐이니깐 같은 식솔이나 그보다 적은 집에서 두 세 사람씩 나와 일을 하는 집과 비교할 땐 그 수입이 적었다. 과수값을 받지 않았다면 그의 수입은 정말 마련 없었을 것이라고 억울한 생각을 버리지 못한다. 그래서 그는 문득문득 조합에서 탈퇴할 궁리까지 하는 사람이다.

리 용팔이가 조합에 가입하기까지에는 물론 여러 가지로 리해 타산을 해본 것이였다. 삼년간의 전쟁 기간중, 이 지방에 대한 적의 가혹한 폭격으로 과수원에서 나는 수입은 보잘 것 없었다. 정전후 오사년도에도 기대가 컸으나 이해에는 병해충으로 인해 아주 소출이 적어서 다음 해에 사용할 비료와 약제들을 사들이는 데도 대단히 곤난할 것이 예상되였다. 뿐만 아니라 부락 농홋수의 절반 이상이 협동 조합에 이미 망라되었고 나머지도 전체가 조합에 가입할 기운이 떠돌아, 비료는 파묻고 약제를 살포할 봄철에나 사과를 따야할 가을철이면 품을 사야만 하는 그에게는 로력을 사는 문제도 용이할 것 같지가 않았다. 그런데 조합의 발전이 그 자신의 욕심과 같이 한두해 동안에 그렇게까지 풍족할 정도로는 아니나 좌우간 조합은 발전할 것으로 믿어졌으며, 당장은 자기 혼자 로력을 한다지만 이년 후에는 고중을 나올 맏아들이 벌게 되고 또 이년 후이면 둘째 아들마자 고중을 나와 세식구가 벌게 될 것이므로 그때까지만 참으면 된다는 생각도 있었다. 그래서 그는 조합에 들 결심을 하게 되였었다. 그런데 마침 이해에 사과는 대풍작이였다. 이것은 날씨 관계도 있었지만 비료와 약제를 풍족하게 쓸 수 있는 유리한 조건을 갖춘 조합의 힘이 과연 컸다. 그러나 그는 혼자의 힘으로도 지난 해에는 그렇게 되였을 것이라고 믿는다. 그런데 그의 불만은 여기에 그치지 않는다. 그는 이십여년간이나 과수를 가꾸어 온 경험자이지만 아직 과수반 책임자로도 못되고 그밑의 과원 하나를 책임졌다. 관리 일꾼들은 그를 못 미더워 하는게 틀림 없다. 그는 일에 재미를 부치지 못했고 병탈을 하고 결근을 잘 했다. 그는 조합에 든 것을 후회하는 때가 많아졌고 어떻게 해서든지 한몫에 큰 돈을 잡아볼 그런 궁리에만 빠졌다.

『형님이나 나나 혼자 해먹을 때야 어데 이렇게까지 죽두룩 진일 마른일 가리지 않구 다 했습니까.』

용팔이는 두 손을 앞뒤로 제쳐보인다. 그의 손엔 푸른빛 약제가 약간 물들었다.

『글쎄 말일세.』

태봉 령감은 맞장구를 치며 전쟁전 몇해 동안의 일을 눈앞에 그린다. 백여 주의 과수를 가졌던 용팔이와는 물론 사정이 많이 달랐으나 그도 적의 폭격으로 대부분의 과수를 죽일 때까지는 근 오십 주의 사과나무를 가꾸는 한편 농사도 지었기 때문에 과수의 비배 관리가 한창 바쁠 적에는 사람을 사서 썼다. 그 다음 사과를 따면서부터 움에다 저장해논 후에는 사과 장사로서 마냥 나돌아 다녔다. 그때를 그는 한창 편안하고 신선 놀음이나 했던 것 같이 지금 회상하고 앉았다.

용팔이는 담배 두대를 피우고 나서야 일어 선다. 그러자 태봉 령감이 무엇에 놀란 사람처럼 벌떡 따라 일어 선다.

『용팔이, 그때두 말했었지만 내집엔 이제 량식이 떨어졌네. 자네가 한 가마니만 돌려줘야겠네.』

태봉 령감은 더 말할 나위 없이 미더운 사람을 쳐다볼 때와 같은 표정을 짓는다. 그러나 그와는 반대로 용팔이의 안색이 금새 흐려졌다. 용팔이는 이내 대답을 못한다. 거북한 침묵이 잠간 흐른다.

『나두 그렇죠. 이제 한 가마니씩이나 꿔 드릴 무슨 여유가 있습니까.』

『그래두 자네야―』

『형님까지두 그런 소릴 하십니까. 벌긴 나혼자 버는데 여덟 인간이 파먹는다는걸 생각해 보시죠. 그런데 애새끼들은 또 공책을 사내라 신발을 사내라하구 다섯 놈이 한놈 같이 돈을 달랍니다. 그래두 쌀 한말 선뜻 내가질 못하지 않습니까.』

용팔이는 막무가내라는듯이 그냥 돌아 서려고 한다. 태봉 령감의 낮은 서글픈 표정으로 변했다.

『여보게, 자네가 그때 그렇게 장담을 안했든들 그래 내가 곡식을 팔아서까지 그 돈을 대였었겠나.』

『형님두 별소릴 다 하십니다! 그놈의 사괄 팔아서 리를 봤드면 어떡헐번 했습니까. 그게 다 장사지 뭡니까.』

용팔은 성난 사람처럼 몸을 휙 돌린다.

『다 고만두게.』

태봉 령감은 한숨을 내쉬며 주저 앉는다, 그는 누가 쫓아가 잡기나 할듯 횡하니 달아나는 용팔이의 뒷모습을 바라보며 아까보다도 더욱 깊은 고독감에 잠긴다. 조합내에서 통사정을 할 수 있는 사람은 오직 용팔이 뿐이라고 믿었었기에 그의 락망은 더욱 컸다.

『형님 이렇거슈.』

의외로 용팔이가 되돌아 온다. 태봉 령감의 낯이 또 희망을 잡은 사람 같이 풀어진다.

『나두 형님의 딱한 사정은 짐작할만 합니다. 그리구 작업반장이나 관리 위원장이 몰인정하게 대하드란 소문두 들었습니다. 그런데 그자들에겐 암만 얘길해두 안될겝니다. 군 인민 위원회나 군당에다 신솔하십쇼. 량곡 팔았단 애긴 빼구 말예요. 그걸 알게 되면 죽두 밥두 안됩니다. 정부에서는 농민들 문젤 아주 신중히 생각하구 있습니다. 단 한 사람이 굶드래두 알기만하면 가만이 있지 않을 겝니다.』

용팔은 신통한 귀뜸이나 해주는듯 이렇게 권고를 하며 또 횡하니 달아난다.

태봉 령감의 표정은 다시 굳어졌다. 그에겐 용팔이의 이런 태도가 더욱 얄미워졌다. 용팔이가 사과 장사를 하잘 때에도 그를 끌어 넣은 것은 그를 생각해 주어서가 아니라 만일의 경우 손해를 보게 되드라도 자기의 손해를 적게 하자는 속심에서였던게 분명했다. 그것은 결과가 그렇게 말해준다고 그는 생각한다.

(군에다 신솔하라구?)

태봉 령감은 침을 탁 뱉는다. 그러나 얼마 후 그는 관리 일꾼들에게 복수를 하고 그러면서도 자기의 급한 불을 끄자면 그렇게 하는 것이 좋지 않겠는가고 생각하기 시작했다.

해가 어슬어슬 서산 넘어로 기울 무렵부터 보통으로는 있을 수 없는 소문이 부락에 퍼지기 시작했다. 이 소문은 五작업반에서부터 퍼진 것인데 나중에는 온 부락에서 알게 되었다. 소문은 태봉 령감에 관한 것이였다.

소문은 구구했다. 조합원들은 서너시쯤 됐을 때 이 조합으로 종종 찾아와 낯이 익어 <박 부위원장>이라고 불리우는 도당 부위원장이 왔던 것을 알고 있다. 그런데 소문은 태봉 령감이 바로 이 박 부위원장에게 관리 위원회 지도 일꾼들의 작풍이 돼먹지 않았다고 단단히 신소를 했다기도 하고, 이 조합에는 식량이 떨어져 굶어서 작업에 못 나오는 사람들이 많아도 그 대책을 세우지 않는다고 신소리를 했다기도 하며, 관리 위원회 일꾼들을 헐뜯으려고 나쁘게 반영 하려던 태봉 령감 자신이 낯을 들지 못하도록 되려 호되게 책망을 들었다고도 한다. 좌우간 조합원들은 문제가 이만저만하지 않다고 느꼈다. 그들은 그 하회가 궁금했다.

관리 일꾼들은 어처구니가 없었다. 지난 해에 여러 달씩 앓았거나 또는 여름이 다 되여서야 조합에 든 사람이 있어 이들 몇몇 사람들은 장차 모내기가 시작될 무렵부터 식량난에 부닥치리란건 그들도 이미 짐작함으로 그 대책까지도 세우려는 참이지만, 오늘 현재로는 굶어서 일을 못 나온 사람은 단 한 사람도 없건만, 태봉 령감은 류모판을 둘러보기 위하여 벌로 나간 박 부위원장을 붙잡고 자기 작업반에서만도 십여 명이 그런 것처럼 엉뚱한 거짓말을 했다. 사람이 얼마나 민하면, 아까도 이내 신 창수가 박 부위원장에게 불려 갔다가 그런 사실이 없는 것으로 이내 해명된 것처럼 그 자리에서 폭로될 그런 거짓말을 했는가 싶었다.

이 일이 있은 이후, 관리 위원장은 일체 태봉 령감 얘기를 입에 올리지 않는다. 그의 그 괄괄한 성미로써는 본인을 당장에 불러다가 욕이라도 퍼붓지 않고는 못배길 것이었다. 그러나 그는 그와는 정반대로 침묵을 지키고 있다. 그는 자기 자신의 사업 작풍을 돌이켜볼 기회를 얻은 것 같았다.

그 누구보다도 펄펄 뛰는 사람은 신 창수였다. 저녁을 먹은 후 그는 곧 사무실로 나갔다. 사무실에는 벌써 관리 위원장을 비롯한 관리 위원들과 작업반장들이 모여 들고 있었다. 관리 위원들은 총회 준비를 위해 모이는 것이었다. 실내는 태봉 령감 얘기로 떠들석했다. 이때 그는 점심 때 관리 위원장과 당 위원장에게서 도리여 핀잔 받은 일을 생각하며 그들 앞에서 여보란듯이 태봉 령감을 욕하기에 성수가 났다. 그는 이제 더 꺼릴 것 없이, 작업반장인 자기가 교양을 잘못 주었기 때문이 아니라 진정 어떻게 해볼 도리가 없는 인간으로 태봉 령감을 락인 찍으며 주저할 것 없이 떼버려야 한다는 말을 자주 내놓았다. 태봉 령감을 이대로 그냥 두었다가는 정말 무슨 큰 일을 저지를지 모른다고 그는 몸서리까지 쳤다. 어떤 작업반장은 태봉 령감이 자기의 식량 문제를 해결하기 위한 교묘한 술책에서라고 태봉 령감의 그 생뚱한 거짓말이 나오게 된 동기를 이렇게 분석할 때, 그도 그것은 그럴사하게 인정하면서도 그보다는 자기에 대한 그리고 관리 위원장에 대한 복수라고 믿었다.

태봉 령감에게는 저녁 전에 벌써 사람을 보내여 사무실로 나오란 관리 위원장의 지시를 전달했었다. 그러나 태봉 령감은 나오지 않았다. 그래 사람을 또 보냈다. 그런데 이 사람마자 배가 아파서 못 온다는 전갈만 가지고 왔다.

『안 옵네다, 헌 깐이 있는데 옵네까. 이럴 시간에 그 령감 문젤 결정 집세다!』

신 창수는 아까부터 오늘 저녁 관리 위원들이 모인 기회에 태봉 령감 문제를 해결하자는 것이었다.

『오래 걸릴 것두 없을테니 합시다그려.』

몇몇 관리 위원들도 그 말에 찬성한다. 그들도 태봉 령감에 대한 문제는 이미 토의가 다 된 것으로 생각하는상 싶다.

『본인이 없구야 무슨 얘기가 되나.』

관리 위원 가운데서도 그중 나이가 많은 최 로인이 한쪽 구석에 앉았다가 불쑥 반대를 하고 나선다.

『얘긴 뭘 더 들어보잡네까. 관리 위원들의 생각 대루 결정만 지면 다지.』

신 창수에게는 최 로인의 말이 의외였다. 그는 이 방안 사람 전부가 자기와 똑 같은 의견일 줄만 믿었었다.

『창수 동문 또 서두는구료!』

당 위원장이 문득 입을 열며 한마디 핀잔을 준다. 그러자 관리 위원장 리 정록이가 벌떡 걸상에서 일어 선다.

『서두르지들 맙시다. 그까진 말썽만 부리는 령감테기 하나쯤 떼버리자면 문제가 아닐게요. 우리 조합은 지금 조직적으로나 경제적으로나 반석 우에 올라앉은 셈이니깐. 그러나 우린 신중히 합시다. 본인에게 있어선 아주 중대한 문제이기 때문이요. 뿐만 아니라 아까 도당 박 부위원장 동지께서 우리에게 충고주신 바와 같이, 우린 더욱 조직적으로 우리 조합을 강화해야겠는데 말썽이 많다, 락후 분지라 하여 그런 사람마다 떼여버리는게 조직적으로 강화한다는 것을 의미하진 않을 겝니다. 우리로선 언제나 그런 일이 없도록 교양주는 문제가 곧 첫째가는 의무요. 그렇게 되면 그것이 곧 또 조합을 조직적으로 강화하는 것으루 두 될 겝니다. 물론 나두 이번 총회에서는 이 령감 문젤 단단히 취급해 야겠다구 생각합니다. 그렇지만 본인의 여러 가지 의견을 들어보지두 않구야 어떻게 결정적인 태돌 가지겠소. 들어본 다음에 그럽시다. 자 그럼 조합원 총회 보고문 검토부터 시작합시다. 어떻습니까 관리 위원 들 생각은?』

실내는 물을 끼얹은듯 고요해졌다. 태봉 령감 문제에 대한 관리 위원 장의 태도는 의외로 느껴졌다. 그러나 모든 사람들은 어떤 중요한 문제 를 취급하려고 할 때에는 그 괄괄한 성미는 어데로 가고 어데까지나 랭 정해지는 관리 위원장인 것도 알고 있었다.

『그것두 좋겠수다. 보고문 검톨 하자면 결국 태봉 령감 문제두 나올 테니깐.』

최 로인이 선참 침묵을 깨뜨린다. 아무도 이 의견에 반대하지는 않는다.

이튿날 태봉 령감은 병탈을 하고 일을 나가지 않았다. 그는 엊저녁에 펴논 이불을 뒤집어 쓴채 아랫목에 누웠다. 그의 귀에는 안팎으로 드나 들며 엊저녁부터 퍼붓는 안해의 표독스런 푸념도 들리지 않는상 싶다.

태봉 령감은 지금 자기의 모든 일이 이제 끝장이 난 것 같이 생각한 다. 그는 엊저녁 밤 늦게 용팔이를 찾아 갔었다. 그는 용팔이가 얄미웠 으나 그래도 그의 답답한 심정을 풀어놓을 사람은 용팔이 밖에 없다고 생 각되였었다. 더우기 용팔이는 어젯일을 귀뜸해준 사람이다. 그러나 용 팔이는 그에게 좋은 지혜를 짜내주기는커녕 무엇을 겁내는지 군에다 신소리를 하라고한 사실까지 입밖에 내지 말라며 아주 랭대였다. 태봉 령감은 자기가 한 짓이 응당 관리 일꾼들의 분노를 일으켰으리라고 믿어져 사무실로 나갈 용기까지는 없었는 데다, 배가 아프다는 핑게로 따뜻한 아랫목 삿자리에다 배를 대고 어프러져서 이따금 손을 배 밑으로 밀어 넣으며 상까지 찡그릴 때 그의 안해는 벌써 누구한테 들었는지 그 일을 알고서

『배는 무슨 놈의 배가 아플까!』

하고 도끼눈으로 흘기는 품이 그가 뭐라고만 하면 지난 새벽녘처럼 또 그 독살스런 불평이 폭발될가 두려워 슬그머니 일어나 용팔이에게로 갔던 것이며, 그때까지 그는 자기가 한 짓을 그렇게 엄중하다고는 생각지 않았다. 그는 도당 부위원장에게 굶는 사람이 많다는 얘기를 하고 돌아 서서는 이내 통쾌한 소식이 있기를, 그러니까 관리 일꾼들은 사업을 잘못한 탓으로 혼뜨검을 당하고 자기의 식량 문제는 당장에 해결될 것이라고 곧 무슨 하회가 있을 것으로 고대하고 있을 때 박 부위원장이 부른다고 당 위원장이 데리러 오자

(높은 량반이 과연 다르군!)

하고 생각하며 가벼운 걸음걸이로 따라가보니 조금 전에는 보이지 않던 신 창수까지 서 있는 길가에서

『령감님이 거짓말을 하신게 아닌가요?』

하며 빙그레 웃는 박 부위원장에게

『난 거짓말 안 합니다.』

하고 고집할만치 그는 그저 사실을 과장한 것밖에 없다고 생각했었다. 그가 알기에도 몇몇 집들에서는 이미 죽을 쑤어먹고 있으며 그 자신만해도 절량이 되였다는 그런 사실들이 있으니 생판 거짓말은 아니라는 생각을 가진 때문이었다. 그러나 엊저녁 용팔이의 그 쌀쌀한 태도가 무엇 때문이며, 확실히 그의 일에 용팔이 자기가 참견한 것마자 누

가 알가 보아 겁을 집어먹고 있는듯한 그 기색에서 그는 비로소 어떤 암시를 받았다. 그랬는데 오늘 아침 그의 안해의 입을 통해 그것이 확실해졌다. 그의 안해는 새벽녘에 옆집 마당에 박힌 우물로 물을 길러 갔다가 그집 추자 엄마에게서 엊저녁 관리 위원들 회의에서는 그의 문제를 가지고 론의가 많았었다는데 누구 문제를 어떻게 취급하려는지 그것까지는 딱이 모르지만 이번 총회에서는 조직 문제도 취급된다니 여러 가지로 미루어 태봉 령감 그의 문제가 취급되는 모양이드란 말을 듣고 돌아와

『이제 어떻게 살테요?』

하고 그의 안해가 주먹을 들이대였을 때 그는 가슴이 뜨끔했었다. 그가 아는 한에서는 신가입자를 취급할 조직 문제는 없는상 싶었다. 작년에도 조합에 들지 않았던 이 마을의 나머지 개인농들도 지난 정월에 한 집 남김 없이 다 조합에 망라되였기 때문이다.

(날 내쫓으려는구나!)

그에게는 이렇게 밖에 짐작되지 않았다. 그는 조합에서 나간 후의 일을 상상했다. 사과나무는 불과 십여 주 밖에 안 남은 것을 조합에다 넣었고 그것마자 이년 동안에 거의 다 돈을 받았으니 계산에 넣을 것도 없고 적으나마나 자기가 부치던 것을 도로 찾게 될 것이다. 그러나 첫째 무엇을 먹으며 농사를 짓겠으며 소도 없었지만 농구조차 제대로 못 가진 사람이 전같이 개인농이라도 많은 시절이라면 아니꼽고 애는 탄다 하드라도 그래도 남의 소와 농기구들을 빌려도 쓴다지만 이제야 그럴 곳조차 없으니 어떻게 농사를 짓는지 막막했다. 조합에서 나간다는 것은 상상만 해도 겁이 났다.

그는 지금까지 조합에서 탈퇴할 생각까지는 먹어 본 적이 없었다. 지

난 겨울에 시집 가기 전까지 몇해 동안 그의 딸 정임이는, 정전 바로 몇 달 전인 봄에 사과 한 광주리를 사서 이고 평양으로 팔러 가던 도중에 폭격을 당해 세상을 떠난 어머니를 대신하여 억세게 일을 해준 덕분에 그는 딸이 일한 것의 삼분지 일밖에 일을 안하고도 두 식구 뿐인지라 생활에서 크게 곤란을 당해 보지는 않았었지만 전전년에 조합에 들었기에 생활은 훨씬 피였었다. 그렇다고 생활이 별안간 유족해졌다는 것은 아니지만 좌우간 정임이는 제가 번 것으로 이불 한 채와 비단옷 한 벌이라도 작만해가지고 시집갈 수 있었고, 한 달 사이를 두고 런달아 그역시 젊은 과부를 얻어 홀아비 생활을 면할 수도 있었으며, 그러고도 금년 한 해의 농량도 빠듯하게나마 마련이 되였었다. 그러나 그는 지금까지 조합이 좋다는 것을 그렇게 깊이 느껴보지 못했었다. 그는 지금 조합에서 몰려나가게 된다면 어떻게 될 것인가를 눈앞에 그려보면서 비로소 조합에 대한 애착심을 일으켰다.

(정말 날 내쫓으려는가?)

그는 이제 밖으로 뛰쳐나가 그것을 확인하고도 싶었다. 그러면서 또 한편으로는 누구든 이제 찾아올 것 같아 겁이 났다. 이불을 둘쓰고 누워서도 벽 하나 사이인 뒷길에 발자국 소리가 울릴 때마다 귀를 기울이며 가슴이 두군거렸다. 그는 머리맡에 넣인 세수수건을 더듬어 집어가지고 이마를 질끈 동여맸다.

태봉 령감은 여러 시간 동안 그 모양으로 누워 있었다. 그의 안해마자 어느 틈엔가 집에서 나가고 없었다. 조금 멀리 떨어져 있는 그의 채마전으로 나간 모양이다. 집안은 한없이 고요했다. 그는 차츰 갑갑증을 느끼기 시작했다. 그는 부시시 일어나 앉는다. 그러자 때마침 점심 시간을 알리는 종소리가 들려온다. 그는 흠칫 놀라며 황급히 다시 누워 이불을 들쓴다. 그러고서 벽 뒷길 거리에로 귀를 기울인다. 조용하던 길에서는 차츰 조합원들의 왕래하는 발자국소리들이 빈번해지는 것 같다.

『아저씨 계신가요?』

문득 한 발자국소리가 그의 집 마당으로 돌아 오더니 젊은 녀자의 음성이 방문 앞에서 난다. 태봉 령감은 얼른 대답을 않는다. 밖의 젊은 녀자는

『아무두 안 계신가.』

하고 중얼거리더니 살그머니 방문을 잡아다닌다.

『거 누군가?』

태봉 령감은 그제서야 아주 가냘픈 음성으로 묻는다.

『나예요, 기숙이예요!』

밖의 녀자는 성큼 방안으로 들어 선다. 태봉 령감은 상반신을 일으키고 앉는다. 그는 저으기 마음이 놓인 것이다.

『오늘 왜 안 나오셨나 했드니 병환이 대단하신게로군요』

기숙이는 사뭇 놀라는 표정을 짓는다.

『괜찮다.』

태봉 령감은 기숙이를 정시하지 않은 채 대답한다. 그러나 하룻밤 사이에 퀭하게 들어간 두 눈에다 수건으로 이마를 질끈 동여맨 그 모양은 아무가 보아도 병자와 흡사했다.

『어데가 어떻게 아프세요? 하룻밤새에 저렇게 되셨으니.』

『괜찮어.』

『지내시기 고생이 되셔서 다 그러신가봐요..』

태봉 령감은 대꾸를 않고 한숨만 짓는다.

『쌀이 떨어지셔서 고생하신단 얘긴 나두 들었에요.』

『그래두 조합에선 잡아떼기만 하는구나.』

태봉 령감 입에선 불쑥 불펑스런 말이 튀여 나온다. 그는 기숙이에게 이런 말쯤은 해도 좋을 것으로 믿었다.

『안에요, 말은 그렇게들 하지만 실상은 그렇지 않을 거에요. 그걸 너무 노엽게만 생각지 마세요. 같은 조합원 가운데 굶는 사람이 있는걸 보구들만 있을텐가요. 그래서두 조합이 좋은게죠.』

태봉 령감은 이번에도 대꾸는 않는다.

『아저씨두 한두달만 고생을 하시면 다 셈이 피실텐데…… 금년 농사가 이대루만 나간다면 모두 허리띨 끌러놓게 될 거에요. 우리 집에서두 그땔 생각하구 더욱 기를 쓴답니다. 인간은 많은데 로력은 어머니와 나뿐이 안예요. 그렇지만 남에게 지지 않을 결심예요. 그걸 생각하면 아무리 고단한 때라두 정말 하루두 쉬구픈 생각이 없어요. 남한테 뒤지질 않으려면 그저 일을 해야만 할게 안예요..』

태봉 령감은 여전히 듣고만 앉았다. 그러나 속으로는 새삼스럽게 이 기숙이를 기특하다고 인정한다. 전쟁이 일어 나자 오빠는 군대로 나갔을 때 기숙이는 아직 열여섯 밖에 안되는 어린 몸이였으나 어머니 뿐인 어린 동생 셋과 어머니를 위하여 농사에 달라 붙었었는데 몇해 안 가서 기숙이는 집안의 기둥으로 되였고 조합에서는 모범 일꾼으로 이름이 자자했다. 기숙이는 그만치 일을 억세게 해왔고 어름어름하는 남자들은 그를 따르지 못했다.

『사과장살 하시지만 않았든들 아저씨께서야 이렇게까지 고생은 안 하실텐데……』

태봉 령감의 낯색이 금새 변한다. 그는 이애가 그걸 어떻게 아나 싶었다. 그렇다면 전체 조합원들이 다 알고 있는게 아닌가 싶었다. 그는 얼굴이 화끈화끈 달아 올랐다. 그는 사과장사 한걸 더 숨기는 것도 어리석을 것 같았다.

『일시적 허욕 때문에 그만 망했다.』

태봉 령감은 자기 자신을 경멸하며 한마디를 씹어 뱉는다.

『그렇지만 그걸 걱정만 하지 마세요. 다시 안 그러시기만 하면 되는 거구 또 부즈런히 일만 하시면 되지 않아요..』

『그런데 애, 모두 내 얘길 지금 어떻게들 하구 있니?』

태봉 령감은 은근히 묻는다. 그는 기숙이가 찾아온 순간부터 이것을 묻고 싶었었다.

『얘긴 무슨 얘기들을 해요?』

기숙이가 이렇게 되묻는 바람에 그는

『그래 아무 얘기들두 없어?』

한다.

『어젯일 때문에 그러세요? 그건 아저씨께서 좀 망령이 나신 것 같아요.』

『내가 로망했다. 굶는 사람이 많다구 해야 내 일이 쉽게 해결되리라구 단순하게 생각했구나.』

『그것두 너무 걱정하실건 없어요..』

『그래 뭐라구들 하니?』

태봉 령감은 움칫 앞으로 나앉기까지 한다.

『뭐라긴 뭐래요, 그저 나 갈이 생각들 하드군요..』

『정말 그말 뿐야?』

태봉 령감은 믿을 수 없다는듯 기숙이의 낯을 빤히 쳐다본다.

『그말 뿐이 아니면 뭘 어떡허겠어요..』

태봉 령감은 더 묻지 않는다. 그는 더 캐보고 싶은게 있었다. 그러나 내쫓으려고 하지들은 않드냐는 그것까지는 기숙이에게도 물을 렴치가 없었다. 기숙이는 오늘 <결대> 세 마리가 또 목장에 도착했다는 얘기를 하며 조합 발전 전망을 또 끄집어 냈다.

그러다가

『그런데 아저씨께선 어제 륙모판에 나가셨드라든데 좀 이상한 모들을 못 보셨든가요?』

기숙이는 슬쩍 화제를 돌린다.

『별반 이상한 건 없든데』

『글세 우리 전부가 채 못본걸 박 부위원장님께서 발견하셨군요. 하긴 한 이틀 사이에 그렇게 된 것이지만. <호마 요꼬>병이란 부패병에 걸려 누레지려는 모들이 생기기 시작한 걸 말예요. 그래 오늘은 약제를 산포하러 나갔답니다.』

태봉 령감은 뭐라고 대답할지를 모른다. 그는 송구스러웠다.

『그러기에 무슨 일이든 자기가 맡은 일은 책임성 있게 해야 되겠어요. 그건 아저씨에게만 요구하는게 안예요..』

기숙이는 일어 선다. 어서 점심을 먹고 밭으로 나가야겠다면서.

태봉 령감은 다시 눕지 않는다. 그는 기숙이가 찾아준게 고마웠다. 그는 한결 마음이 가벼워졌다. 기숙이의 말이 정말이라면 바깥 공기는 그가 생각하기보다는 험악하지 않을 것 같았다. 그러다가 문득 기숙이가 자기 작업반 선동원이란 생각이 났다. 기숙이는 저혼자 찾아올 생각이 있었는지 모르지만 어쩌면 당 위원장이 가보라고 해서 왔었는지도 모른다는 생각까지 하며 당 위원장에게까지 고마운 생각이 들었다.

저녁때 태봉 령감을 찾으러 젊은 통계원이 또 왔다. 태봉 령감은 따라 나선다. 그의 기분은 기숙이와 만나기 전과 달랐다. 그는 누구든 만나보러 나가려고까지 생각했던 참이였다.

관리 위원회 사무실에는 오늘 저녁에도 작업 보고를 하러 온 작업반장들 이외에 태봉 령감 집과는 이웃에 사는 중년 녀인으로서 검사 위원장으로 피선된 리 정순과 서너 명의 관리 위원들도 나와 있었다. 태봉 령감이 들어 가자 와자하던 실내가 갑자기 조용해진다.

『오늘은 왜 작업에 안 나오셨나요?』

관리 위원장은 생각지 않은 데부터 추궁을 한다. 엉거주춤 긴 걸상 한 끝에 앉았던 태봉 령감은

『아파서 그랬수다.』

하면서 일어 선다.

『우린 령감님이 아파서라구만은 보지 않습니다.』

관리 위원장은 태봉 령감을 똑바로 건너다 본다. 태봉 령감은 어물어물 대답을 한다. 그러면서 자기가 생각했던 분위기와는 다르다고 느낀다. 과연 관리 위원장의 추궁은 맹렬했다. 어제는 무엇 때문에 얼토당토 않은 거짓말로 도당 부위원장을 놀라게 했느냐고 그 동기를 밝히라고 했다. 태봉 령감은 기숙이에게 토로했던 자기의 심정을 또 되풀이했다. 그러나 관리 위원장은 좀 더 다른 불순한 동기가 있었다고 단정했다. 그러면서 이때부터는 태봉 령감의 대답을 들을 생각은 하지 않고 자기 말만을 쏟아 놓는다. 관리 위원장은 지금까지 참고 참았던 분노가 일시에 폭발되는 것 같았다. 그는 지난날 태봉 령감이 조합원으로서 주인답지 않고 개인 리기주의에 사로 잡혀 날림식으로 옥수수 파종을 하여 비판되였던 사실까지 끌어 내오며 그때의 그 비판을 옳게 접수하지 않았기 때문에 류모 관리와 같은 중요한 책임을 맡은 사람이 전체 조합

원이 그렇게 애지중지하는 모판 우에서 낮잠만 자면서도 물 하나 주지 않았다고 언성을 높였다. 태봉 령감은 신 창수의 얼굴을 찾았다. 그가 낮잠을 잔 것은 사실이나 모판 우에서 잤다는 말만은 억울했다. 그러나 관리 위원장은 그에게 변명할 시간도 주지 않고 계속 식량 문제를 가지고 언성을 높인다. 식량이 떨어진 건 일을 하기 싫어하며 지난날에 하던 버릇 대로 장사에만 정신이 쏠렸던 때문인데 관리 일꾼들만 야속하다 하니 그게 남에게만 의존해 살려는 더러운 심보가 아니면 무엇이냐, 그러니까 정히 조합에서 일을 하기 싫으면 나가도 좋다고. 태봉 령감은 할 말이 없는듯 입을 봉한 채 다시 걸상에 가 앉았다.

『령감님 깊이 생각해야 합네다!』

맨 끝 통계원의 책상머리를 짚고 조금 전에 자기 자리로 들어가 앉은 젊은 통계원에게 작업 보고를 하고 있던 신 창수가 빈 자리를 찾아 한 구석으로 가며 참견을 한다.

『나두 령감님 댁에 식량이 떨어졌다는건 알구 있었습니다. 작업반장이 그것두 몰라서야 됩네까. 그런데 왜 식량을 꾸랄 때마다 노트를 펴들구 분배량만 따진줄 아십네까. 나두 내 성미가 베랑단건 그래서 남에게 오해두 받고 비판두 받는 때가 많다는걸 알구 있습네다. 한번 틀린다구 생각만 하면 그 다음엔 무슨 소릴 하던 막무가내니까요. 그렇지만 령감님만은 정말 괘씸했습네다. 관리 위원장 말씀 대루 식량은 장사하는 데루 다 밀어넣구 말았는데 령감님은 처음부터 우리 조합은 넉넉한데 나 하나쯤 못 멕여 살리랴, 국가에선 설마 굶어 죽게 내버려두랴 이렇게 생각했기 때문에 무사태평입네다. 령감님은 조합에 대한 인식이 글러먹었습네다. 또 국가에 대해서두…… 로력은 들이지 않구 편안하게 살며 남의 덕에 살아 보자는 그런 사람을 도와 주는 데가 당이나 정부는 아닙네다. 그러면서두 령감님은 우리 일꾼들을 잡아 잡수렵네까? 이번 총회에선 령감님 문젤 똑똑히 세우겠습네다!』

신 창수는 벌써 흥분 상태에 빠졌다. 그는 담배주머니를 찾느라고 이 주머니 저 주머니로 손을 넣다 뺏다 한다. 그러자 그 옆에 앉았던 검사 위원장인 리 정순이가 불쑥 입을 연다.

『저 아반넨 진짜루 비판을 받아야 해요. 저 아반네는 이웃에서두 인심을 잃구 산답네다. 이웃 사람들이 쌀을 꿔주기 싫어합니다. 처음 몇 번은 물론 꿔줬지만 자기네 쌀을 허투루 퍼먹던 버릇을 버리지 못하구 꿔간 쌀이니 하고 푹푹 퍼내 배껏 먹습니다. 그게 괘씸해서 안 꿔줄래는거죠. 이건 나인네가 더 나쁘기두 해요. 농사꾼이 먹는 것두 배껏 못 먹겠느냐니까요. 진짜루 비판들을 해야 해요..』

실내는 더욱 조용해진 것 같다. 태봉 령감은 숨이 가쁘도록 목이 졸아드는 것 같아 이제는 누가 무슨 말을 하는지도 분간하기 힘들 정도로 정신이 아찔했다. 그는 그냥 뛰쳐 나가고만 싶었다. 그는 조합에서 나갈 생각은 꿈에도 안하던 자기를 내쫓으려고 단단히 벼르고 있는 것으로만 믿겨졌다. 이때 관리 위원장이 다시 입을 연다.

『보십쇼, 모든 사람이 령감님을 글렀다지 않습니까. 그러나 우리가 령감님을 조합에서 내보내려구 이런다구 생각진 마십쇼. 우린 령감님이 옳은 길루 들어 서시라구 충골 하는 겝니다. 우린 령감님이 옳게 비판만 하신다면 오늘 저녁으루 식량을 꿔드리기로 결정했습니다.』

관리 위원장의 음성은 금새 아주 부드러웠다. 태봉 령감은 숙였던 얼굴을 번쩍 쳐든다. 그러나 그의 입에서는 무슨 말이 나올듯나올듯 하면서도 무엇에 막힌듯 벙벙이 관리 위원장을 쳐다만 보다가 또 수구러버린다.

『님자두 답답하네.』

태봉 령감 옆에 앉았던 최 로인이 그의 옆구리를 꾹꾹 찌르며 속삭인다. 태봉 령감은 벌떡 일어 선다.

『난 헐 말이 없수다. 고맙습네다.』

태봉 령감은 이내 주저앉는다.

『더 좀 얘길 해야지.』

옆에서 또 최 로인이 꾹꾹 찌른다. 그는 다시 일어 선다.

『난 늙은 것이 주책두 없구 소견두 좁았수다. 장살하문 단번에 돈을 벌수 있다구만 생각했기로 농사일이란 답답했수다. 모두가 민한 탓이죠. 그리구 박 부위원장님께 오늘 큰 죄를 졌습네다. 굶는 사람이 많다구 해야 그분두 서둘러 줄 것 같앴수다. 그런데 내 집엔 쌀이 남아 있습네다. 마누라가 궤짝 속에다 서너말 실히 되게 감춰 둔 걸 난 알구 있습네다. 내게 식량을 꿔준다면 그걸 다 먹은 다음에 꿔주시오. 난 여러분이 내쫓는 줄만 알았는데 용서해준다니 더 고마울 데가 없수다.』

태봉 령감은 말을 마치고도 그냥 서서 있다.

『제기 내쫓긴 누가 내쫓는댔나. 일만 잘 하라구!』

최 로인이 벌떡 일어 나며 이렇게 큰 소리를 치더니 껄껄 웃는다. 그 바람에 여러 사람들이 웃음을 터뜨린다.

(『조선문학』, 1956. 12.)

———

도래' 굽이

황 건

1

남들 같으면 정옥이와 명훈이와의 지난 관계에서 남녀간의 특별한 생각을 품었을지도 모른다. 그러나 정옥에게 있어 명훈은 세상에 흔히 있는 동기 동창에, 한마을에서 자란 소꿉장난도 하여 온 어릴 적 동무일 따름이었다. 이제껏 지내온 많지 않은 생활 속에 나타났다 사라지군 하던 많은 청년들 중에서도 가장 허물 없이 친근하게 지낸 좋은 남자 동무였다는 생각 밖에 각별히 다른 감정은 없었다. 구태여 따져 생각한다면 고중 졸업 당시에, 이제까지 있어 보지 못한 동요되는 감정의 표현—그 나이의 청년들이 흔히 할 수 있는 고백에 얽힌 기억이 있기는 하였다.

그것은 그리운 고중 생활을 마지막으로 장식한 잊을 수 없는 밤이었다. 상급 학교 시험이며 직장 진출을 앞에 두고 동무들은 흩어지기 전에 읍 앞 송림 속에서 마지막으로 우등'불 모임을 하게 되였었다. 동창 학우들은 우등'불을 둘러 싸고, 샤쯔'바람으로 밤이 깊도록 노래를 부르고, 춤을 추고, 론쟁들을 하였다. 이 밤이 지나면 각기 헤여질 우등'불 옆에 와서까지, 그리고 노래를 부르고 춤을 추는그 속에서까지 청년들은 론쟁을 하는 것이었다. 철학이 학문의 가장 으뜸이니, 사람들을 교양하는 데 문학의 힘만 한 것이 없으니, 지금 어느땐가 건설이 가장 중요하며 현실 생활을 떠나서는 인간도 있을 수 없느니, 지금 우리 조선에 가장 필요한 것은 과학이며 그 지식이라느니, 서로 자기가 선택하는 길의 정당성을 론증하기에 얼굴들을 붉히는 것이었다. 이들에게는 헤여지는 섭섭함보다도, 3년간의, 또 전체 중등 과정을 마지막으로 마치고 새로운 길에 나서는 자기 흥분과 앞길에 대한 기대가 더 벅찼다.

그런가 하면 한편에서는 나이에 어울리지 않는 사랑의 고백도 하며, 이제야말로 자유인이 되고 어른이 된듯이 호탕하게 웃고 허투루 떠들기도 하였다. 그러며 학우들은 서로 어디서 또 만나자는 것과 언제 또 여기 모룩히 모여 다시 이렇게 즐겁게 놀 기회를 만들 수는 없을가? 그런 기대도 잊지 않고 나눴었다.

진리와 참된 것과 아름다운 것을 위하여 살 것을 배웠으며, 언제나 슬기롭고 뜨겁게 살 것을 배워온 이들에게 그 모든 동경과 기대와 정열이 영원히 살아 끓으라! 바람이 없어도 잠들 줄 모르는 해조음과 함께 흰 갈기를 내여 흔들며 밀려 왔다가는 쓸어져 가고 밀려 왔다가는 쓸어져 가는, 그 번복이 그친 적이 없는 영원히 술렁거리는 깊이 모를 바다의 마음인즉 그들의 것이 되게 하라!

모임이 끝났을 제, 정옥이는 초저녁에 가지고 나왔던 초롱'불을 송림 속에 켜들고 선채 한마을에 사는지라 자기와 함께 아래'나루로 갈 명훈이를 기다리고 있었다. 명훈이는 교문을 나선 이 밤도 평소의 민청 간부의 임무를 다하면서 두셋 남은 동무들과 불을 죄 끈 뒤에야 돌아서는 것이었다. 자기 앉을 자리는 가릴 줄 모르나 모든 일에 언제나 그 열성이요 어른다운 명훈이였다. 어깨 우에 양복 웃도리를 멘채 흰 샤쯔'바람으로 큼직큼직 걸어 다가 오는 명훈이의 얼굴은 초롱'불빛에 유달리 붉어 뵈였다. 정옥이도 전 시간이나 다름 없이 얼굴이 화끈화끈했다. 둘은 흥분된 속에 이글거리는 눈을 서로 바라보며 웃었다. 명훈이도 같은 마음이였겠지만, 동무들에 대한 그리움과, 젊은 오늘에 대한 장하고도 행복한 무어라 말할 수 없는 그 무엇이 가슴속을 넘쳐 흐르는듯, 그 흐름소리가 찰랑찰랑 들려 오는것만 같았다. 얼굴을 붉히며 론쟁하던 동무들의 목소리가 귀'가에 계속 쟁쟁 울려 왔다. 바로 오른쪽 어둠 속에 계속 뒤번지는 바다의 은은한 해조음을 장참 듣고 걸으면서도, 그 소리는 종내 들은 것 같지 않았다. 귀에 들려 오자마자 그 소리는 또 이내 어느 동무의 귀익은 음성으로 변해 버리는 것이였다.

송림을 다 나와 모래와 잔디가 깔린 굽이를 돈 다음, 둘은 물속에까지 바위가 불쑥불쑥 내여민 도래'굽이에 다달았다. 좁은 길에 땅만 골라 밟다간 물에 발이 잠길 것만 같아 바위에 발을 얹으려면, 밀려 오던 물은 불'빛에 어리면서 바로 발밑에서 옥가루처럼 부서져 내려 갔다.

바위를 골라 두어 발'작 발을 옮겨 디디던 정옥이도 뒤를 따라 오는 명훈이에 대한 생각에서, 앞뒤에 나눠 디딘 그대로 발을 멈춘 다음 오늘 저녁에 처음으로 교복과 갈아 입고 나온 검정 치마 아래'도리를 약간 걷어 들며 몸을 돌려 초롱을 뒤로 쳐들었다. 한 발 한 발 옮겨 놓으며 불'빛 속에 다가 오는 명훈이를 정옥이는 여전히 웃으며 바라보았다. 눈'길을 가져 가고 가져 오는 때마다 팔 륜곽이며, 살'색이 비처 보이는 이 역시 오늘 저녁에 갈아 입은 자기의 엷은 모시적삼 소매가 유달리 눈에 띠였다. 동무들도 그 마음이였지만 정옥은 어쩐지 자기도 오늘 저녁에 갑자기 어른 축에 든 것도 같은 그런 생각이 드는 것이었다.

첫코숭이를 다 돌고 다음 코숭이에 다달았을 제, 그 코숭이를 돌기 전에 둘이는 얼마 많이 온 것도 아니면서 또 서로 돌아 보다 명훈이의 발의로 모래밭 설핀 잔디 우에 나란이 앉았다. 시내 쪽으로 수산 사업소의 붉은 신호등이며 전등'불들이 자주 건너다 뵈였다. 두어 발'작 앞 어둠 속에 처절썩하고 흰 나울이 밀려 왔다 밀려 가는 때마다 정옥이는 초롱'불을 무의식적으로 들었다 놓았다 하였다.

어쩐지 정옥이는 바다에 나간 아버지가 저녁에 돌아 오는 것이 늦을 때면 어머니가 이 초롱을 들고 바다'가에 나가 두 시간이고 세 시간이고 바다를 바라보고 서 있던 일이 생각났다. 바람이 세차고 멀기나 높을 제면 불'빛에 비치는 어머니의 얼굴은 여니때와는 사뭇 다르게 새파랗게 질려 뵈였었다. 그 아버지는 해방되기 한 해 앞서 끝내 폭풍에 수중 고혼이 되고, 초롱은 그후 뒤'방 선반 우에 놓여 있기가 일수로, 정옥이가 동무들과 읍에 회합이며 영화 구경을 갈 제, 이따금 들고 나설 뿐이었다. 그중에도 명훈이와 단 둘이 다닌 적이 많았었는데……

이런 추억을 좇던 정옥이는 핫 하고 생각이 돌아, 나는 부끄러움도 없이 무슨 이런 생각을 할가? 무슨 이런 생각에 가슴을 쓰려하고 있을가? 하는 계면쩍은 심사가 들었다.

그러나 그것은 실'속 없는 심사일 뿐, 헤여지기 앞서 이렇게 둘이 남고 보니 정옥이는 그와의 기억이 자꾸 이깨워 오는 것을 어쩔 수 없었다. 한마을에서 자라 초중 고중까지 함께 다닌 서로의 사이에는, 크면서부터는 내외가 앞서 서먹서먹하던 것도 있기는 하였으나 간단히 덮여지지 않는 못 잊을 기억들이 한두 가지 만도 아니였다.

종일 바다'가에 나가 갖가지 조개껍질들과 물에 밀려 나온 해초들을 주어다 모래를 허물고 쌓으며 소꿉질을 하던 기억에서부터, 부모들이 나가고 들어오는 뒤를 따라 아침 저녁으로 도래'가에 달려 나가고 달려 들어 오던 기억들. 어린 그때부터 서로의 머리'속에 자장가의 기억처럼 자리잡은, 조석으로 변하는 바다'물색과 사장과 송림의 공통된 기억들. 갈매기와 물오리와 범선의 기억들. 그리고 그 뒤에 온 같은 흑판과 유리창과 운동장의 기억들. 만났다 헤여진 수많은 선생들과 동무들의 기억들. 써클 공연과 운동회와 견학의 기억들. 크며부터 내외가 앞섰다 하더라도, 남달리 허물 없는 둘의 사이에는 많은 액수는 아니였더라도 학자와 학용품을 나눠 쓰고, 어느쪽에서 거리에 나가는 때에 내 것도 함께 사다달라고 부탁을 하고 그런 일도 가끔 있었었다.

명훈이는 래일 평양으로 떠난다는 것이며 정옥이는 며칠 더 있다 청진으로 떠날 작정이였다. 방학에는 그렇고 후에 또 만나게 될 것으로, 헤여지는 일을 슬퍼할 까닭은 조금도 없었으나, 그래도 가슴을 허비는 추측 못할 쓰라림은 어쩔 수 없었다.

그런 심사인데

≪대학에 입학되면 편지를 곧 내겠어?≫

하고 명훈이가 묻는 것이였다.

≪어디다 편지를 내?≫

≪하긴 입학이 될지 어쩔지두 모르는 일이니 평양에는 아직 낼 수 없구 우리 집에 내라구……… 우리 집에 내면 나한테 부쳐주지 않으리………≫

≪동무는 편지를 내지 않구?≫

≪물론 나두 내지. 나도 정옥이네 집에 내지 않으리…… 정옥인 내겠어?≫

정옥은 또 쑥스런 생각이 들었으나

≪내지 않구……≫

하고 중얼거리듯 대답했다.

잠간 동안 둘의 사이에는 어색한 침묵이 흘렀다.

도래'굽이에 와 부딪치는 멀기소리만 사람의 마음을 더욱 뒤설레게 하며 철썩—처절썩하고 계속 들려왔다.

≪어쩌겠어? 겨울 방학에 집에 오겠어?≫

명훈이가 다시 묻는 말이였다.

≪오지 않구…… 동무두 오지 잉?≫

묻는 사람이나 대답하는 사람이나, 그것에 대한 의지와 자신이 둘 다 굳은 것도 있었으나, 대학 입학은 확정된 것도 같이 이야기하고 있었다.

그런지 또 한참 뒤였다. 명훈은 갑자기 한숨이라도 짓듯 하는 속에, 어성을 고치며

≪동무는 어떻게 생각해? 우정이 서로 변하는 일 없이…… 일생 그렇게 서루 만날 수 있을가? 그럴 수는 없을가?≫

하고 곱씹으며 말하는 것이였다. 명훈이는 정옥이의 쪽에 얼굴을 돌리고 어색하게 웃었다. 명훈은 입가장자리며 눈'섭이 유달리 씨물거렸다.

≪나는 어쩐지 동무가…… 정옥이가 나한테는 세상에서 제일 가까왔던 사람과도 같은 생각이 들어…… 먼 앞날까지두 내내 이렇게 가까이 지냈으면 얼마나 좋을가 그런 생각이 들어…… 정옥이는 어떻게 생각해?≫

그러던 명훈은 혼자'소리처럼 계속했다.

≪그렇지만 정옥이는 이제 한 내 말을 무슨 심각하게…… 가슴속에 새겨 둘 필요는 없을 거야…… 그래서는 안 돼…… 단지 내 마음이 그렇구, 앞으루두 그럴 것 같달 뿐이지. 그것 때문에 정옥이가 조금이라

두 마음에 구속을 느껴서는 안 될 거야…… 지금의 우리루서 먼 앞일을
예측할 수도 없구 약속을 해서는 안 될 거야……≫

그런 다음 명훈이는 갑자기 정옥의 손에서 초롱'불을 앗아 들더니 정
옥이의 대답은 기다리지도 않고

≪자 가자구……≫

하고 움쭉 자리에서 일어서, 이번은 앞서 걷기 시작했다.

얼굴이 화끈 달아 말도 못하고 명훈이의 뒤를 따라 가는 정옥이는 그
에게서 모욕이라도 당한 것 같은 짓눌리우는 마음이 들었다. 자기는 남
에게 약속을 하다싶이 하면서, 정옥에게서는 대답도 들으려고 하지 않
을 뿐 아니라, 자기가 한 말을 정옥이는 조금도 새겨 들을 필요가 없다
는 것이었다.

그러나 정옥이는 그런 가운데도 그를 원망하는 생각보다도 지금도
역시 나이와도 달리 어른다운 그에 대한 친근감이 더 드는 것이었다.
동시에 보다 생각이 더 미치는 것은 그가 말하는 우정에 대해서였다.
명훈이의 말은 평소의 그의 사람됨에서 보더라도 거짓 감정에서나 허
술하게 던지는 말이라고는 생각되지 않았다. 그러나 정옥이는 그 정의
에 있어 명훈이의 경우와 같을 수는 없었지만 같은 졸업반 또 한 동무
로부터 비슷한 사랑의 고백을 들은 일도 있었다. 스스로도 이상하리만
큼 그런데 대해서는 생각을 돌려 보지 못했던 정옥이도 그런 말을 들을
때면 자신에 대한 부끄러움부터 앞서면서 명훈이도 그 뜻을 비쳤듯이
지금의 자기 나이에 먼 앞에 있을 그런 일을— 사람의 마음이며 운명을
어떻게 미리부터 찍어두랴 하는 생각부터 앞서는 것이었다. 내 자신의
마음을 믿을 수 없어서가 아니라, 어느때까지 가도 그처럼 그리우며 누
구보다도 꼭 살아 있어야 할 사람 같이 생각되는 아버지가, 지각도 채

들기 전에 벌써 그렇게 불행하게 돌아 가실 줄을 미리 어떻게 짐작할 수 있었으며, 동생들에게 그처럼 극진하던 작은 언니가, 그것으로 다 나쁘다는 이야기는 아니지만, 시집간 뒤에는 남편과 아이에 대한 사랑에 빠져 2년이 가깝도록 친정에 다녀갈 생각을 여직 아무렇게든 못 할 줄은 몰랐던 것들을 생각하게 되는 것이였다.

그러나 저러나 정옥이는 명훈과 헤여지는 일이 아수했으며, 예상치 못했던 그의 고백이 그 심정을 더 두텁게 하여 주었던 것만은 사실이였다. 정옥이는 명훈이에 대하여 무엇으로든 그러한 섭섭한 자기 마음의 표현을 가지고 싶었다.

아침에 눈을 뜨자부터 정옥이는 명훈이에게 무슨 선물을 했으면 하고 그것을 열심히 생각했다. 녀자들의 생각이 의례히 그렇게 들듯 정옥이의 마음도 자꾸 그 곬으로 맺혀 도는 것이였다.

그러던 정옥이는 평양에 가 있는 오빠가 최근에

≪너의 문학공부를 위하여≫

라고 하면서 보내여 준 노트에 생각이 미쳤다. 새하얀 아트지로 만든 그 노트는 아까운 마음부터 들어 대학에 들어 간 뒤에 소중하게 쓰리라고 받은 그대로 책상 서랍에 간수해 두었었다. 어릴 적부터 누구와보다도 다정한 사이였던 그리운 동무 명훈이에게는 오빠가 자기에게 그것을 보내여 주던 그 마음을 그대로 옮겨 주어도 좋을 것 같았다.

그러나 정옥이는 노트를 꺼내 펼쳐 보려니 표지도 공백이거니와 장장이 새하얀 그것을 그대로 주기에는 어쩐지 미흡한 생각이 들었다. 정옥이는 이것저것 생각던 끝에 책상 앞 벽에 눈을 겨눴다.

거기에는 자신이 화보에서 따 붙여 놓은 후로 조석으로 바라보는 정옥이가 가장 좋아하는 그림이 한 장 붙어 있었다. 쏘련 화가의 그림을 원색 대로 복사한 것으로 그림에는 지질 탐사에 실습 나온 대학생들의 산에서의 야영 생활이 그려져 있었다. 산 중복에 쳐놓은 천막속, 제도 상(製圖床) 우에는 초'불이 켜 있는데, 그 옆에는 새벽내 일을 하다 놓은 제도지며 삼'각자며 콤파스들이 널려 있고, 그 왼쪽 안'구석 가설 침대에는 한 녀학생이 등을 이쪽으로 돌리고 자고 있고, 그 머리'쪽 열린 출입구에는 남녀 두 학생이 한가하게 서서 밝아 오는 바깥 산'밭들을 바라보고 있었다. 진리를 찾아 다니는 젊은이들의 일 속에 여념 없는 보람과 동지적 믿음과 앞길에 대한 부푸는 기대가 력력히 안겨 올 뿐만 아니라, 그 그림은 어디라 없이 보는 사람의 마음을 생활에 대한 생각으로 이끌고 가는 것이 있었다.

정옥이는 그 그림을 뗀 다음, 노트 첫 페이지를 펼쳐 놓고 거기에다 붙였다.

정옥이는 노트를 들고 명훈이의 집에 달려 나갔다.

벌써 짐을 꾸리고 있는 명훈이의 옆에 쪼그리고 앉은 정옥은 귀'부리가 또 화끈 달아 오는 것을 느끼며 노트를 명훈이 앞에 내여 들었다.

≪변변치 못하지만 기념으루…… 오빠가 날더러 쓰라구 주신 거지만 허물하지 말아요…… 그리구 여기 그림 한 장 붙였는데 마음에 들어?≫

정옥이는 명훈이의 딴 말이라도 떨어질가봐 겁나는 사람처럼 그가 말을 끼울 사이도 없게 한숨에 말해버렸었다.

≪동무한테 준 걸…… 아깝구만…… 이 그림은 나두 좋아하는 그림이야…… 긴요하게 쓰겠어……≫

두 달 후, 청진 교대 정옥이에게는 김대 력사학부에 들어간 명훈이로부터 편지와 함께 서너 권의 신간 문학 서적이 부쳐 왔다.

그러나 그런지 1년도 못 되여 그들에게는 전쟁의 엄혹한 환경이 닥처 왔다. 숙사가 불의에 폭격을 당하는 바람에 정옥이는 명훈이에게서 받은 책들까지 죄 잃어버리고 말았었다.

그러나 어렸을 적 동무나 중단되는 문학에 대한 서운함 같은 것이 가로꺾일 수 있는 현실이였던가? 그 모든 것에 비할 제, 눈앞에 막다들은 현실은 너무나 엄중하였다. 피를 흘리고, 죽어 넘어지는 옆에서, 사람들은 주저하거나 슬픔도 없이 헤여져야 하였으며, 당장 아침과 저녁에 나눠 설'자리를 기약할 수 없는 그들은 서로의 앞에 맡겨질 운명도 모를 뿐이였다. 모든 것은 의미를 달리 가졌으며, 조국에 대한 심려와 원쑤에 대한 복쑤의 마음만이 허용되였다. 정의를 위하여 참된 것을 위하여 항상 의롭고 슬기롭게 살 것을 배워온 청년들에게는 더욱 그랬다. 가장 큰 것은 조국이였으며 인민이였다.

정옥이도 모든 학급 동무들과 함께 전선을 탄원해 나갔다. 군복을 입은 정옥이는 앞 고지와 들로 나가는 어구에 포탄 폭탄 연기가 가실 사이 없는 골짜기와 골짜기 속 농가를 전전하며 밤에 낮을 이어 환자들의 생명을 위해 싸웠다. 1951년 봄의 동부 전선에서는 갑작스런 전선의 변동에 하마트면 적의 포위 속에 빠질번한 일도 있었다. 간호원들은 매명 환자들을 둘쳐업고 좌우에서 계속되는 총'소리를 들으며 밤새도록 산'등성이를 더듬어 가야 하였다.

그러나 정옥이는 대학생들을 소환하는 명령에 따라 다시 청진에 돌아 가게 되였다.

전쟁 분위기는 학원이며 모든 후방에 그대로 계속되였다.

대학을 졸업한 정옥이는 지원에 따라 고향 읍 고중에 문학 교원으로 배치되였다. 교대에서 이내 고중에 배치된 것은 성적이 우수했던 데서였다.

이미 전쟁은 끝났으나 대학에 와서도 그랬던 것과 같이 전쟁을 겪고 난 정옥이는 이전 정옥이와도 달랐다. 뿐만 아니라 정옥이는 벌써 단순한 학생이 아니라 사회 일'군이었다. 나날의 교수 사업과 모든 조직에서와 사회 생활이 군무에서 단련된 지각을 이깨우며 몸과 마음을 빈틈 없게 하였다. 문학을 하리라던 생각도 보다더 교원으로 충실하리라는 생각으로 어느덧 바뀌어 버렸었다.

명훈이에 대한 생각도 지금은 단지 흔히 할 수 있는 옛회상의 한 토막으로 그칠 따름이었다. 그와 나는 아주 모를 곳에 나뉘여져 버렸구나. 지금쯤 명훈이는 어떤 길을 걷고 있을가? 살아 있는지, 혹 죽지는 않았는지…… 살았더라도 누구나가 그렇듯이 그도 자기의 새 임무에서 여념이 없겠지…… 그러는 사이에는 그도 나도 아주 모르는 남남으로 되여 버릴지도 모르지…… 살아 있어 만나고는 싶더라도 정작 만나자는 생각은 영영 못 하고 말면서…… 어릴 제의 생각이란 어차피 모두 그럴 운명에 있는 것은 아닐가? 어렸을 적 어느 동무들에 대하여서나 별다를 것 없는 이런 막연한 생각이 드는 것이었다.

명훈이도 전쟁이 일자 군대에 나가 항공대에 있다는 소식은 초기에 들렸으나 그 이후로는 어쩐 일인지 집에 소식이 전혀 없었으며, 정전이 된지 1년이 넘도록 계속 무소식이었다. 필시 그는 1차 진공 당시나 후퇴의 길에서 잘못된 사람이라고들 하였다.

이따금 여기저기서 혼인말이 들어 오고, 사랑에 대한 고백을 듣는 때에도 피뜩피뜩 명훈이의 일이 생각되고 그가 하던 말이 기억에 떠올랐으나, 그렇다고 그 사람 까닭에 그 일을 막아 오고 미루어 온 것은 아니였다. 결혼 전에 해야 할 일이 많다고 생각되여서도 아니고, 막연은 하나 자신에 관한 많은 문제가 그대로 있는 것 같으면서, 그 문제에서도 어쩐지 아직은 그럴 때도 못 된 것만 같고 자신을 쉽게 결정지을 그럴 심리가 되지 못하는 것이었다.

결국은 자식들의 의사를 존중히 하는 데서 자식들에게 늘 저버리고, 그들을 따라 가게 마련인 어머니는, 혼인말에 너무도 무관심한 딸을 보고

≪너의 오래비는 네 하는 짓을 늘 칭찬을 하더라만 나는 도무지 모르겠다.≫

하며 가끔 노여움에 떨어지는 것이었다.

그런데 그 명훈이는 소경이 되어 고향 마을 아래'나루에 문득 나타났다는 소식이 들려 왔다. (정옥이네는 전쟁 중에 함포 사격을 피하여 들어온 이후 내내 읍에 눌러 살지만 명훈이네는 아래'나루에 그냥 남아 있었다) 장참 항공대에 있은 그는 전쟁이 끝나기 얼마 전에 부상을 당하여 오래 입원해 있었으나 끝내 광명을 회복하지 못하고 말았다고 하였다.

2

고중 시대에 정옥이네와 동기 동창이었고 지금은 모교에 함께 근무하면서 지리를 가르치고 있는 경애로부터 명훈이가 눈이 멀어 돌아왔다는 소식을 들은 순간 정옥이는 가슴속이 마치 창끝에 찔리우기라도 한 것처럼 징 아려 오는 것을 느끼지 않을 수 없었다. 아슬하니 잊어버린 것만 싶던 그와의 지나간 기억들이 마치 바다 우에 나타나는 섬들과도 같이 하나 둘 떠오르면서, 그에 대한 어릴 적 그리운 생각들과 불구로 된 오늘의 그에 대한 무상한 생각이 뒤섞여 가슴을 허비듯 해오는 것이었다.

명훈은 온지가 벌써 닷새가 된다고 하였다.

≪한번 같이 찾아가 보지 않을래?≫

불행한 명훈이의 심정은 오늘 무엇보다도 고독하리라는 생각이 들었었다. 그러나 경애는 근심스런 서린 눈'길을 창밖으로 겨누며

≪글쎄……≫

하고 들릴락말락 말할 뿐이었다. 이전에 가끔 동창들의 이야기를 하는 가운데 명훈이에 대하여서도 더러 함께 이야기한 일이 있었고 지금도 동정은 하면서도 경애는 이전의 정을 그대로 돌이키기 힘든 모양이었다. 그러나 두텁고 옅은 정도의 차이는 있겠으나, 그 점에서는 제의를 하는 정옥이 자신부터 마음이 개운하지는 못했다. 오랜 세월을 보내고, 낯설고 거친 갖가지 생활을 거치는 사이에는 서로 아주 잊어버리는 일도 있겠으나, 사람의 정이란 어쩌면 이럴 수도 있으랴 스스로 가책이 들기도 했다. 그가 소경이 아니고 성한 몸으로 돌아 왔다면 이렇지도 않을지 몰랐다. 우선 인간대 인간으로서가 아니라 남자에 대한 녀성으로, 미혼의 내 처지로, 우정에서도 이 관념부터 앞세우는 데 습성이 되여온 서로였다. 그 까닭에 전날의 정과 오늘의 정 사이에 간격이 생기는 것이었으며, 경계부터 앞서는 것이었다. 오늘의 그의 처지나 심경을 다 알고 있는 것도 아니고 모를 일이기는 하되, 만나고 싶은 그 좋아야 할 량심에 그 어떤 한계를 미리 설정해야 하며, 또 설정할 수 밖에 없을 것 같은 괴로움이 앞서는 것이었다. 어릴 적 우정도 귀중한 것이고, 남의 불행을 동정하며 의로운 생각을 쫓는 것도 존귀하나 사람치고 자기 개인을 아주 버려내는 수야 없지 않은가? 쓸데도 없이 서로 괴로움만 커질지 모를 일에, 차라리 만나지 않는 것만 못하지 않을가? 그중에도 마음을 무겁게 하는 것은, 약속은 하지 말자, 자기의 말에 구속을 느껴서는 안 된다고 그 자신 말은 하였으나 그리고 그것은 오랜 옛'일이기

는 하나, 허투루 한 것이 아닌 자기에 대한 그의 사랑이 고백이였으며 그가 불행하게 돌아 온 오늘에는 그와 관련하여 자신에게 그 어떤 의무라도 있는듯이 생각되는 일이였다. 모르기는 하되 명훈이 또한 그렇게 된 오늘에는 자기에게 더 의지하여 오지 않을가 하는 근심도 드는 것이였다. 그러나 정옥이는 만나야 하는가 만나지 말아야 하는가, 하는 생각을 질정 못한 채 오류일을 계속 괴로움 속에 지냈다.

교수에서 놓여난 좀 한가한 시간이면 생각은 이내 명훈에게로 달려갔다. 학생들에게 작문을 씌우고, 교원들과 회의를 하는 중에도 살'결이 희지는 못해도 밝고 동글한 얼굴은 생각에 깊어 유리창을 향하기 쉬웠다. 그러러면 정옥이는 송림 저쪽 흰 물'결이 이는 도래'굽이를 지팽이를 짚으며 더듬어 오는 명훈이의 모습이 보이는 것만 같아지는 것이였다. 운동장에 나선 때며 집으로 돌아오는 행길에서 때아니 마음이 죄여 드는 일도 있었다. 책이 제대로 읽혀지지 않고 새벽에 눈을 뜬 대로 그 생각에 더 잠을 못 이루기도 했다.

계속 가슴속에 감겨오는 것은 자기 가책이였다. 정옥이는 계속 자기에게 반문했다. 사람이 그럴 수 있는가? 인간의 정의란 이처럼 엷은 것인가? 모든 불행을 다 함께 나누지는 못하더라도 불행한 그를 위로하려야 못 가랴? 운명을 끝까지 질머지지는 못하더라도 힘 자라는 정도에서 도울 수도 있지 않은가? 그의 불행을 동정하기 전에 어찌 경계나 자기 걱정부터 앞세워야 옳은가? 뿐만 아니라 명훈이는 어떻게 되어 그 불행을 지닌 사람인가? 무엇을 위하여, 누구를 위하여 싸우다 그렇게 된 사람인가? 우리들에게 그만한 친절과 따뜻한 마음도 없을 적에 그의 마음은 어떻랴?

동시에 가슴에 감겨 오는 것은 다시금 생생하게 살아 오는 명훈이와의 어렸을 적 그리운 기억들이였다. 자신에게 있어서도 못 잊을 동무였지만, 그는 자기를 세상에서 가장 가까운 사람으로 생각하였고 자기에게 사랑을 고백한 사람이였다는 생각이 돌이켜져 가슴 아프게 생각되였다. 그의 생각이나 고백이 아니더라도 지난날의 그 모든 잊을 수 없는 일들을 단지 철없고 실없은 소년 시대를 위해서만 필요했던가? 그 모두가 인생의 기쁨과 아름다움을 위하여 있는것이며, 그 모두가 합쳐 인생을 이루는 제각기 귀중한 것들이 아니겠는가? 이런 기억들을 귀중히 못 할 적에, 지나온 생활을 귀중히 못 할 적에, 앞에 올 어느 미래를, 새로 이룩할 어느 생활을 귀중히 할 수 있으랴? 이런 생각이 가슴을 여미듯 들었다.

≪어떻든 만나자. 만나서 위로의 말만이라도 하고 오자. 동무들에게 아직 이전 우정이 있다는 것만이로도 그에게 생각케 하자……≫

정옥이는 자기의 걱정의 말을 하면

≪어떡허니…… 그렇게 된걸……≫

하고 될수록 명훈이의 이야기를 더는 하고 싶어 하지 않는 경애에게는 같이 가자는 말을 다시 못 했다. 보름'달이 밝은지라 정옥이는 공일날 낮에 갈가 했던 것도 당겨, 금요일날 밤, 인민 학교에 다니는 열 두 살짜리 단발머리를 데리고 집을 나섰다.

명훈이는 누이동생을 데리고 도래에 나갔다고 그의 어머니는 울타리 밖까지 따라 나와 방향을 가리켜 주었다.

골목으로 도로 나와 사장으로 하여 도래에 다가 가려니, 먼 앞에 어릴제 정옥이도 동무들과 함께 곧잘 나와 논 일이 있는, 바다'속에 펑퍼짐하게 흘러 내려 간 넓적한 바위 우에 나란이 앉은, 몸'집이 크고 작은 오누이의 검은 그림자가 이내 눈에 띠였다. 구름도 벗어나고, 바다 우에 이제는 상당히 높이 솟은 휘영청한 달'빛과 그 달'빛이 유리알들을 뿌린 백포라도 펼친듯 폭으로 번쩍이는 바다의 반사에, 그것들을 향하여 돌아 앉은 사람의 그림자는 먹으로 그린듯 또렷했다. 눈앞에 보이는 모든 광경에는 저 속에 눈 먼 사람이 앉아 있다는 생각을 조금도 가지게 못하는 것이 있었다. 오래간만에 이렇게 만나는 감정에서도 그러려니와, 공연히 뒤설레는 마음으로 모래 우에 발을 옮기던 정옥이는 바위 우에서 갑자기 높이 들려 오는 랑독조의 어린 음성에 단발머리의 손을 당기며 발을 멈추고 말았다. 정옥이가 그 반에 가서 문학을 가르치는 2학년에 다니는 명훈이의 누이동생 명희가 오빠를 위하여 어느 시 구절이라도 읽고 있는 모양이었다. 랑독하는 어린 음성은 해맑은 애련한 속에도 제법 격조를 높이다가 뚝 그쳤다. 그러나 그 어린 음성은 듣는 사람의 가슴을 쥐여 흔들며 아직도 귀'가에 울려 들려 오는가 하면 바다 우에 번득이는 달'빛 속에 계속 울려 퍼져 가고 있는 것도 같았다.

그러자 이번은

≪다시 한번 랑독해라≫

하는 낮으면서도 굵게 울리는 명훈이의 음성이 들려 왔다. 더 굵게 울리는 것이 다르기는 하나 역시 귀에 익은 음성이였다. 어린 음성이 높아지는 속에 저음의 남성이 간간이 섞여 들리는 것을 보면, 명훈이는 동생 아이에게서 그 시 구절들을 따라 외우고 있는 모양이었다. 두번째 듣는 속에 시 구절은 더욱 똑똑히 정옥의 기억에 살아 왔다. 히끄메트의 「옥중 서한」의 한 구절이였다. 두 번째 그 랑독을 듣는 사이 정옥은 똑 무엇에 가슴을 모질게 얻어 맞고 있는 것만 같았다. 정옥이가 아이들에게 가르쳐 준 일이 없는 저 시는 명훈이 자신이 자기의 노트와 동생아이의 힘을 빌어 기억을 되살리고 있는 것인지도 몰랐다.

......
불길한 소식들이 온다
먼 먼 나의 스탐불로부터
가난한 근로를 사랑하는
성실한 사람들의 거리로부터.
스탐불, 나의 스탐불!
사랑하는 사람아!
그 어떤 징역살이로 내 추방 받아도
그 어떤 감옥에 내 앉아 있어도
그대가 사는 이 거리를.
이 거리를 나는
베포대에 넣어 등에 지니고 다닌다.
마치도 나의 가슴속에
아기를 그리는 마음을
나의 두 눈속에
그대의 모습이
지니고 다니듯이,

명회의 시 랑독이 끝난 다음 바위 우에는 말'소리도 그치고, 잠간 동안 누리에는 끝없고 다사스런 달'빛과 사장에 술렁대는 파도 소리만 은은히 들려 왔다.

정옥이는 어느덧 동생과 함께 모래 우에 주저앉아 버렸었다.

그런데 바위 우에서는 또 뜻밖에도 기타 소리가 투기는듯 마는듯 낮게 들려 왔다. 그 소리를 들으며 보니 명훈이는 무릎 우에 악기를 안고 있는 것이었으며 금선을 타노라 오른손 팔'굽이 움직이는 양이 은연히 보이는 것이였다.

언제 저것을 배웠는지 모를 일이였다.

정옥이는 거의 숨'소리를 죽이고 그 소리를 듣고 있었다.

능숙치 못한 데서 그러는 것이겠지만 처음부터 어떤 일정한 곡조를 타는 것도 아니고, 생각에 겨운 사람이 실없이 만져보듯 하는 그 소리는 나우리 우는 소리라도 딸듯 고요한 바다 우에 울려 퍼지면서 퉁…… 퉁…… 유달리 높여 울렸다.

이윽고 명훈이는 기타를 멈추더니

≪구름이 이제 활짝 벗어졌느냐?≫

하고 누이동생에게 묻는 것이였다.

≪네…… 이제는 하늘이 훤해지구 달'빛만 대낮처럼 밝아요……≫

≪네…… 우리 바라보는 쪽으루 바다 우에는 저쪽 끝까지 똑 하연 눈'길이 펼쳐진 것두 같아요. 달'빛이 똑 거기에만 몰켜 쏟아지구 있는 것 같아요. ……그리구 거기에는 정말 무엇 같을가?…… 똑 고기들이 몰려와 물'속에서 매닥질을 하는것두 같아요…… 바위에 밀려와 부서지는 저 물을 좀 보세요. 낮에 보는 것보다두 더 고와요.≫

그런 다음 한동안 둘의 사이에는 말이 없더니 명희가 불쑥

≪오빠아……≫

하고 부르는 소리가 들려왔다.

≪왜?≫

명희는 잠간 머뭇거리는 빛이더니

≪나는 오빠……≫

하고 말을 이였다.

≪나는 고중을 졸업하면 오빠네가 만든다는 생산 협동 조합에 들어 갈래……≫

≪그건 무엇허러?≫

≪오빠랑 손을 잡구 다니구…… 그리구 오빠한테 책이랑 신문이랑 읽어 드리구… 그리구 또 보고 듣는 걸 설명해 드리구 그러면서 같이 일을 할래……≫

≪공대루 가겠다던 건 다 집어치우구?≫

≪대학으루 가는 것두 졸업한 후에 사회에 나와서 일을 하기 위해서지 머…… 아무 일을 하든 하구 싶은 일을 하구 유익한 일을 하면 되지 않아요?≫

명훈은 잠간 사이를 두더니 명희의 그 말은 별로 심중에 담지 않는듯 조용히 말하는 것이었다.

≪너는 네 목적했던 길을 곧장 가면 돼. 자기 오빠 때문에 장래 희망을 고칠 필요는 너에게 조금두 없다.…… 같이 일할 영에 군인으루 네 대신 도와줄 동무들이 얼마든지 있다.……≫

≪그렇지만 어디 형제끼리하구 같애요?≫

≪같지 않으면 너는 장참 내 곁에 있으리란 말이냐? 나이 스물에 서른을 넘어두 같이 있겠니?≫

≪같이 있을 수 있지 머……≫

명훈이는 혼자 웃음을 껄껄 웃었다.

그러나 그 웃음소리 속에 정옥이는 가슴이 똑 무너져 앉는 것만 같았다.

그런 다음 명훈이는 여전히 웃음 속에 하는 말 같으면서도

≪다시 그런 실없은 소리는 말아! 당분간이지, 너는 네 희망 대루 공부 잘할 생각이나 해라!≫

하고 단호하게 말하는 것이었다.

말은 다시 끊어지고 그 뒤로 또 그 투기듯 말듯 하는 낮은 기타 소리

가 들려왔다. 서투른 속에도 맑게 들려 오는 그 소리는 계속 시름없는 사람이 자연을 감상하는 마음을 표현하고 있는 것도 같았다.

정옥이는 오누이의 대화에서 받은 보통이 아닌 충격도 있거니와 먼저'시간과도 달리 가슴을 울렁거리며 기타 소리를 더 얼마'동안 듣고 앉았다가, 이제는 그들의 대화도 그친상 싶어 동생의 손을 이끌고 바위로 다가 갔다.

바위에 올라 서는 발'소리에 고개를 돌린 명희는 이 쪽을 놀라는 눈초리로 살피다

≪아 선생님이⋯⋯≫

하고 반겨 일어 섰다.

정옥이는 명희에게는 그저 웃어 보인 다음 명훈의 옆에 돌아가 쪼크리고 앉았다.

≪제 정옥이예요.≫

≪아⋯⋯ 정옥 동무요?⋯⋯≫

명훈이는 기타'줄에 얹고 있던 오른쪽 손을 엉거주춤 드는 것과 동시에 기타 목을 잡고 있는 왼쪽 손은 어쩔지를 몰라했다.

정옥이는 쳐든 명훈이의 손을 꼭 움켜잡았다.

정옥이도 같았지만 달'빛 속에 확연한 명훈이의 얼굴은 근육이 계속 떨렸다. 손을 맞잡는 것도 힘을 주었다 놓았다 경련하듯 했다.

≪오셨다는 소식은 벌써 전해 들었지요만 늦어버렸에요.⋯⋯≫

정옥이는 하기 쉬운, 바빠서 그랬다는 말은 입밖에 나가지 않았다. 그렇지 않아도 변명 같은 말로 생각되였으며, 더구나 이런 불행한 사람의 앞에서랴 하는 생각이 드는 것이였다.

≪바쁘실게요. 천천히 모두 찾아 볼가 했었는데 이렇게 밤에 오시

구……≫

흔히 있는 낯선 사이나 거북스런 사이에 나눌 수 있는 명훈이의 경어가 정옥이는 어쩐지 귀에 거슬리고 가슴에 맺혀 돌았다.

정옥이는 명훈이의 얼굴과 그 움직임에서 눈을 떼지 못했다. 시간이 가는 사이 정옥이의 가슴은 아까와도 달리 소란스러워지면서 저려 왔다.

손'길을 잡던 첫순간은 전에 대하던 그리움이며 만나는 감격이 서로 억세였다. 그러나 온 주위를 이렇게 그에게 집중하고 있으려니 정옥이는 명훈이의 방향 없이 움직이는 손이며, 빗서기 쉬운 얼굴 방향에 자꾸 마음이 걸려들기 시작했다. 감겨만 있으리라고 상상했던 눈은 떠 있기 일수인데, 움직이지 않는 동공은 차가운 광채를 발산하면서 이쪽 마음을 이따금 싸늘하게 찌르고 들었다. 동시에 정옥은 다가 앉으려는 마음과는 달리 서로의 사이를 비집고 드는 찬 바람이 이는 것을 자기 가슴속에 느끼지 않을 수 없었다. 물론 둘은 한두 달 헤여졌다 만나는 사람들이 아니였다. 그러나 여기에는 서로의 성장이며 변화에서 오는 서먹서먹함이나, 엄혹한 전쟁의 체험이 이깨워 줄 수 있는 감정의 차이와는 너무나 다른 것이 있었다.

그러나 정옥이는 그러한 자기의 가슴 속을 누르기에 무진 애쓰며

≪어쩌다가 그런 부상을 당하셨어요? 그런지는 오라셨어요?…… 왜 그 사이 집에두 한번 소식이 없으셨어요?≫

하고 옆에 앉아 있는 동생의 손을 자기도 모르게 당겨다 무릎 우에 놓으며 련달아 질문을 꺼냈다.

명훈이는 지나간 이야기들을 극히 요긴한 대목만 주어 하는듯 띠염띠염 말을 옮겼다. 그 사이 살'결이 꺼칠꺼칠해진 얼굴은 훨씬 나이 들어 보이게 하는데, 처음 볼 제도 느꼈지만 짙은 눈'섭과 입술이 전에 없

던 일로 자주 푸들거리였다.

명훈이는 점점 제공권을 회복하며 복쑤의 불'길을 드세게 퍼부어 주던 정전을 앞둔 어느 항공전에서 적기 한 대를 공중 분해를 시키고 다음 것에 불을 퍼부으며 쫓아 나가던 순간, 우기를 쫓고 있는 놈을 바로 옆에 발견하고 급하게 기수를 돌리다 그 놈과 충돌하게 되여 적기를 떨어뜨리는 동시에 자신도 부상을 당하여 떨어지게 된 경로에서부터 병원에 1년 가까이 입원하고 있는 일들을 이야기했다. 명훈이는 그 이야기들을 마치 남의 이야기라도 하듯 하면서 그때 그때의 자기 감정은 될 수록 말치 않는 것 같았다.

그러나 명훈이는 한참 말을 끊었다가 그제사 한숨이라도 짓듯 그러나 웃음 어린 얼굴로 다시 입을 열었다.

≪편지를 내기에는 닥쳐온 새 운명이 너무 엄숙했지요…… 생활에서두 그렇구…… 사람들과의 관계에서두 그렇구, 이제부터 나한테는 모든 것에 새로운 관계가 지어져야 하리라구 생각되더군요.…… 아니 그보다두 이미 지어졌다는 생각이 들더군요……≫

정옥이는 자기를 앞에 놓고 어찌 이말부터 해야 할가 하는 아픈 심사가 없지 않았다. 정옥이는 ≪사람들과의 새로운 관계≫라는 그의 말이 유달리 가슴에 감겨 왔다. 그가 말하듯이 현실은 ≪이미 지어졌고≫ 엄연한 사실로 되였다 하더라도 그 말은 그것을 말하려는 것보다도 그럴 수밖에 없는 뭇인간들에 대한 꾸지람 같기도 했으며, 이제야 찾아 오고 이렇게 마주 앉아서도 가슴속 찬 바람을 누르기에 어려워하고 있는 자기에 대한 어진 힐책과도 같이 느껴졌다.

정옥이는 회오리'바람 속에 떨어져 앉기 쉽고, 웅성거려지기 쉬운 자기 마음을 더욱 걷어 잡으며

≪그래 앞으루는 무엇을 하실 작정이세요?≫

하고 또 다우쳐 물었다. 눈먼 사람에게는 가혹한 질문일지도 모르리라는 생각이 들었으나, 그 자신에게 있어서도 그렇고 그에게 사람들의 도움이 어떻게 필요할가 하는 점에서도 이것이 제일 중요하리라는 생각에서였다.

≪눈이 먼 사람이 무엇을 하겠소만…… 전부터 편지 교환이 있는 동무들두 있구 영예 군인 생산 협동 조합이나 만들어 볼가 합니다. 동무들중에는 목공일을 하겠다는 동무두 있구, 해변'가이니 김을 맨들어 보겠다는 동무두 있소만, 나는 산내끼 같은 거나 꼴 수 있겠는지 이것저것 아직 연구 중이오…… 그러나 그것보다두 혼자 지금 열심히 생각해 보는 건, 사회 경험이라든지 교양이라든지 비교적 짧구 나이 젊은 동무들이 많은 것만큼 그들의 마음을 위해 내가 할 역할은 없겠는가 그걸 생각해 보고 있소……≫

명훈이는 잠간 말을 끊더니 머리를 약간 숙였다 들었다. 그리고도 그는 얼마동안 입을 떼지 못했다. 그의 짙은 눈'섭과 입술은 또 그 어떤 어려운 결의에라도 부대끼고 있는듯 푸들푸들 놀았다. 그의 말은 토막토막 끊겼다.

≪과거 생활에 대한 인상이라든지 기억들이…… 그냥 생생하구 귀와 입은 제대루 있는게구…… 이렇게 된 뒤라 그런지, 의지라든지 마음이 끓는 건 이전보다두 더한게 있소…… 이렇게 되였기 때문에 남달리 생각할 수 있는 것이…… 있을 것 같은 생각도 드오. ……하기는 사람이라는 게 언제나 자기의 힘을 과시하는 법이지요…… 그러나 함께 일할 동무들 속에…… 모두 불행한 사람들이기두 하지만…… 그 속에 무어라구 할가…… 나루서 지필 수 있는 그 어떤 불을 일으켜 놓구 싶은 것이

요. 보통 처지에 있는 사람들이 아니기 때문에 그들에게두 보통이 아닌 것이 있을 수 있지 않겠는가…… 그런 걸 생각해 보는 것이요. ……≫

정옥이는 아까 명희를 따라 명훈이 자신을 외우며 거듭 랑독을 시키던 히끄메트의 시 구절이 다시금 가슴을 찔러들며 생각되였다.

스탐불, 나의 스탐불!
사랑하는 사람아!
그 어떤 징역살이로 내 추방 받아도
……
그대가 사는 이 거리를
이 거리를 나는
베포대에 넣어 등에 지고 다닌다.
……

이 시 구절은 그가 금방 고백한 의지며 불씨가 어떤 것이겠는가를 대신 말해 주고 있는 것 같이 생각되였다.

≪격에도 맞지 않게 요지음은 시도 외워 보구 기타도 련습해 봅니다. 그러나 그건 시인이나 음악가가 되려는 생각에서는 전혀 아닙니다. 그런 재능은 없습니다. 그것들두 같은 그 불을 위해섭니다…… 자신들도 계속 조국과 인민의 품안에 있는 몸이라는 것을 한시 잊고 싶지 않습니다. 우리는 우리대로 전후 3개년 계획을 가져야지요. 우리루서 더 생각하고 싶은 건 우리 자신들은 전진을 계속 몸에 지니고 다니는 사람들이라는 그것입니다.≫

달이 이미 휘영청 머리 뒤에 돌아 서고 있었다.

또 언제 오겠다는 말을 남겨둔 다음 정옥이는 오던 때와는 전혀 다른 회오리'바람 속에 가슴을 조이며 동생의 손을 이끌자, 무엇에 쫓기우기라도 하듯 종종 걸음으로 사장을 걸어 나왔다. 그러던 정옥이는 끄을리듯 뒤를 돌아다 보다 자기도 모르게 발을 멈추고 돌아 서 버렸다.

하늘에 뜬 달이나 가는 사람이나 바다가 보일 리도 없겠건만 명훈이는 명희의 손목을 잡은 채 아직도 그 모든 것을 향하여 얼굴을 벙하니 들고, 울타리 밖에 그냥 서 있는 것이었다.

정옥이도 모래불에 선 양으로 그 쪽을 바라만 보다 어서 들어 가라고 소리라도 칠가 말가 손을 들먹거리는데 그제사 명훈이는 오른손에 쥔 지팽이를 옮겨 짚으며 동생의 손을 이끄는 것이 뵈었다.

도래'굽이에 잡아든 정옥이는 다시금 자기 가책에 빠지게 되는 것이였다.

≪저런 사람이였어. 저럴 사람이였어…… 그러나 나는 녀자로서의 경계부터 하고 그가 나에게 의지하지는 않을가…… 그런 근심까지 했었지…… 그는 우리와는 전혀 딴생각을 하고 있고, 그 처지에서도 우리보다는 얼마나 높은 곳에 서 있는 사람이야……≫

3

정옥이는 학교에서의 직무 중에도 교수며 일'손을 놓으면 유리창'가에 나서 멍하니 밖을 바라보는 일이 잦아졌다. 눈은 이내 송림을 넘어 도래'굽이를 더듬었다. 좀 도드라져 나온 이마 아래 남달리 맑은 눈은 그 속에서 불꽃이라도 튀는 듯 애모쁜 광채를 발산했다. 눈앞에는 어느덧 달'빛이 휘황한 바다를 향하여 바위 우에 나란히 앉은 오누이의 먹칠하듯 또렷한 검은 뒤'모습이 보이는 듯 떠오르고, 가는 사람도, 하늘에 뜬 달도, 바다도 보지 못하면서 울타리 밖에 오래도록 서 있다 동생의 손목을 이끌며 지팽이를 더듬어 옮기던 명훈이의 모습이 밟혀 왔다. 그런가 하면 동생과 함께 그가 외우던 히끄메트의 시 구절이 생각되면서, 앞으로의 자기의 결의를 말하던 때의, 말을 옮기기 힘들어하는 속에 눈'섭이며 입술을 마구 푸들거리던 모습이 눈앞에 육박해 오기도 했다. 또 엇바뀌여 송림속 숫한 동무들 속에서 자기를 잃고 놀고 론쟁을 하던 고중 졸업 당시의 그의 모습이 대조되여 떠오르기도 하였다.

그 당시의 명훈이는 육신의 동작이 지금과는 비교도 할 수 없게 자유스러웠지만, 직하고도 끓는 의지며 신념이며 정열은 지금도 그 때나 다름이 없을 뿐 아니라, 지금의 그에게는 오히려 자신의 불행에 반발하면서 더욱 외곬에 서는 세찬 것이 느껴졌다. 과외 독서를 남달리 많이 하던 그는 사회 과학과 문학의 두 써클에 동시에 관계하면서, 자기가 읽고 난 감동 받은 책은 의례히 동무들에게 권했고, 정옥이는 그가 권하는 문학 서적만 읽기에도 아름찰 지경이였었다. 문학을 전공하노라고 한 정옥이로서는, 문학 공부란 명훈이처럼 해야 하는 것이 아닌가도 생각되는 때가 있었으나, 무엇이든 한 가지를 전공해야겠는데 명훈이는 갖가지에 다 같은 손을 펼치고 있다고 유감스럽게 생각된 일도 있었다. 그러나 명훈이는 입학 당시부터의 민청 위원으로 그 역할도 뚜렷했지만, 모든 점으로 보아 자기 같은 것은 도저히 따를 수 없는, 남달리 클 사람이라는 흠모의 정도 들었었다. 명훈이는 육체는 비록 불구로 되였으나, 그 때의 그 정신은 오늘도 그대로 가지고 있는 것이였으며, 오랜 기간은 아니였으나 유익했던 그 뒤의 생활들이 또 그 정신에 깊이와 무게를 더준데다, 육체적 불행은 성한 보통 사람들이 가질 수 없는 더 격렬하고도 강한 것을 새로이 또 그 속에 오늘 움트게 하고 있는 것이었다. 남들은 어떻게 보는지 몰라도 정옥이에게는 그렇게 생각되었다. 그 속에 이제 어느만큼 큰 것이, 존귀한 것이 꽃피고 이룩될지는 아무도 모르는 일이었다. 오늘은 거기에 전날의 명훈이만을 보게 되는 것이 아니라 가슴에 아름으로 안겨 오는 새 명훈이의 영상을 겹쳐 보게 되는 것이었다.

명훈이를 만나기 전까지도 몰랐던 그에 대한 이 모든 생각은, 그의 불행한 오늘에 대한 무조건의 가슴 아픔과 어릴 적 정의에서만이라도…… 단지 그 정도에서만이라도 그를 어떻게든 도울 수는 없을가? 그럼으로써 귀중할 뿐만 아니라 남이 못하는 것을 할 수도 있을 그의 생각들을 더 유익하게 더 세차게 발현되도록 할 수는 없을가? 이런 충동으로 정옥이의 가슴을 시시로 끌어 죄이게 하였다. 동시에 정옥은

≪남과 형제간이 같을 수 있에요?≫

하던 명희의 말도 생각되면서, 나는 그와의 어릴 적 동무며, 나만큼 가까울 사람도 가족들을 내여 놓고는 드물 것이 아니겠는가? 하는 생각도 가슴을 허비듯 들었다.

정옥이는 명훈이에 대한 이러한 간절한 생각들을 놓을 길 없이 갖가지로 생각던 끝에 이튿날 아침은 자기의 빈약한 서가에서나마, 전후에 다시 출판된 『사형 당한 불란서 공산당원들의 수기』이며, 우리 나라 시인들의 『전선 시집』이며, 이런 책들을 뽑아 들고 학교로 나갔다. 정옥이는 하학후 명희를 자기의 교실에 불러 그 책들을 주었다.

≪명희 오빠두 이전에 읽으셨을지 모르지만 가지구 가 읽어드려요. 나한테서 가져 왔다는 말은 말구……≫

책을 받아 들자 책장부터 뒤적이며, 속눈'섭이 긴 검은 눈을 련속 섬벅이고 번득이는 단발머리의 기쁨을 지켜 보는 동안, 정옥이는 저절로

눈'굽이 뜨거워졌다. 같은 혈육이므로 더 그렇기도 하겠지만, 이 어린 것의 가슴 속에 외곬으로 흐르고 있는, 자기의, 불행은 하나 귀중한 오빠에 대한 무조건한 사랑과 그 기쁨, 그를 아끼려는 지극하고도 빈틈 없는 심정이 그 얼굴에 력력히 드러나면서, 그렇게 빈틈 없이 될 수 있는 그가 부러운 생각까지 드는 것이었다.

정옥이는 그 뒤에도 명희를 불러다 책들을 얼마나 읽어 드렸는지, 어떤 책을 좋아하고 요구하든가 물어본 다음 책을 계속 빌려 주었다. 정옥이는 명훈이의 기호와 요구에 보다 응하기 위하여 많은 책들을 애써 사들이고 구하여 들였으며, 교무에 바쁜 시간을 내여 열심히 그 책들을 읽었다. 지금은 독서가 자기를 위하여서보다도 반이나 명훈이를 위한 것으로 되어 버렸었다.

정옥이는 하루 명희에게 물었다.

≪오빠는 악보를 못 보실게구 기타곡을 어떻게 배우시지?≫

≪자기가 이전부터 아시는 민요곡들을 주로 타세요. 그 사이 저두 두어 곡 가르쳐 드렸에요만…… 제가 서너 번 노래를 불러 드리면 조금씩 따라 타기 시작하세요.≫

≪오빠는 악보를 아시는가?≫

≪이제는 좀 쉬운 건 아서요.≫

그 다음부터 그 생각이 또 가슴에 맺혀 들게 된 정옥이는 하학 후를 리용할가 하다 그 시간도 남은 선생들이나 학생들에게 방해될 수 있고, 수직이나 공일날 일직 같은 때에 명희를 남게 하여 그에게 이번은 노래를 가르쳐 주었다. 정옥이는 풍금을 치는 옆에서 노래를 부르는 명희를 같은 대목에서 몇번이고 멈춰 세웠다. 정옥이는 음악을 잘 아는 선생에게 새로 나온 곡 중에서 어떤 곡이 좋은가 가끔 물어도 보았다. 남들이 이상하게 쳐다보는 계면쩍은 때도 있었으나, 명훈이를 위해서만이 아니라 음악에 대한 자신의 공부도 되겠거니, 마음을 모질게 가지며 애써 계속했다. 그러나 독서에서도 그렇고 자신의 공부가 되는 위안보다도, 바쁜 속의 그 고됨이나 계면쩍은 것을 눌러 줄 뿐만 아니라 기쁨을 주는 것은, 명훈이가 새 노래를 타며 즐거워하고 있고, 그런 가운데 새 일과 생각들에 분발하고 있는 소식을 듣고, 그 모습을 상상하게 되는 일이었다. 아무에게도 말할 수는 없는 것이었으나 정옥이의 버릴 수 없는 숨은 기쁨이었다.

그러는 한편 정옥이는 공일을 리용하여 두 주일에 한번, 바빠서 세 주일에 한 번은 꼭꼭 명훈이를 찾아 갔다. 정옥이는 명훈이의 생각들을 더 듣고 싶고, 자신 나누고 싶은 말들도 많은 것만 같은 그런 심정을 내내 누르고 딴 이야기들은 될수록 건드리지 않으면서, 그리고 명희를 통한 자기의 숨은 고심은 여전히 내색을 내지 않으면서, 명훈이에게 손수 소설도 읽어 주고 기타를 타는 것을 듣다 잘못 넘어가는 대목을 시정해 주기도 하였다. 그러며 정옥이는 복잡한 생활 속에 있는 성한 사람들에게서는 보통 볼 수 없는 그의 남다른 노력의 결과겠지만, 물이 한곳으로 모여 개피듯 기술에서도 그렇고 좋은 정열과 사색들이 늘고 움돋고 아지를 펴는 양이 만나는 때마다 달라지는 것 같은 것을 계속 흥분 속에 느끼게 되는 것이었다.

한번은 명훈이의 집에서 그의 기타가 훨씬 는 이야기를 기쁨 속에 허물없이 나누려는데, 명희는 또 그 검은 눈을 번득이며 책상 앞에 돌아 앉더니 책꼬지에서 노트를 한 권 뽑아 들고 다가 와, 오빠에게는 모르게 손짓을 하며 펼쳐 보이는 것이었다. 노트에는 명희가 받아 쓴 명훈이의 시가 두 편 적혀 있었다. 시 끝에 적힌 날'자로 보아 극히 최근에 지은 것으로, 명훈이는 전에 스스로 말한 일도 있듯이 시인이 될 생각에서는 아니겠지만, 보다 절박한 자기의 감정을 표현하기 위하여 손수 시작을 시험해 본듯 싶었다. 표현이며 운률이 조잡한 것이 눈에 띠이고 정옥이의 생각에도 썩 잘되었다고 생각되지 않았으나, 끓는 정열과 남다른 맺힌 심정이 느껴지는 것이였다. 시 속에는 이런 구절도 있었다.

> 아무도 나의 심정은 다는 모르리라
> 그를 위한 길에서 넘어진 나인 까닭에
> 그를 위한 생각에 더욱 마음 조이며
> 나머지 모두를 그에게 바쳐
> 더 지켜 아끼고 싶은 이내 마음을……
> 나는 외팔로 더듬어서라도
> 남들이 성한 팔다리로 가는 것보다
> 두 묶음 세 묶음 겹쳐 가려는
> 간절한 이 마음 다는 모르리라.
> 땅을 힘껏 디디고 지켜서려는 이 마음은……

보다 여기에서는 영예 군인 생산 협동 조합에서 이미 사업에 착수한 홍분과 동무들에게 호소하려는 그의 진실한 감정을 읽을 수 있었다.

그러나 정옥이에게 있어 명훈이를 생각는 이러한 과정은 날로 기쁨이 커지는 반면에 그만큼 괴로움도 커지는 과정이였다.

허리를 끊기운 나무는 다시 대지에 뿌리를 펼치기 시작했으며, 따뜻한 손'길이 겨누어지면 질수록, 꺾였던 자체의 원기를 회복하며 잎을 펼치고 아지를 벌리는 것 같았다. 나무는 옛대로 살아날 수 있을 뿐만 아니라 그보다도 달리 더 무성할 수도 있을지 몰랐다. 그 싹이 확연히 보이는 것이었다. 거기에 내 숨은 손이 도움이 되고 있고 내 숨은 입김이 서려 있기도 하다는 생각하게 되는 것은 정옥이에게 있어 얼마나 깨끗하고 보람 있는 기쁨인지 몰랐다. 그 심정 속에는 산을 헤쳐 들어가 한 알의 금싸라기를 캐여 내는 기쁨에 흡사한 것도 있는 것이었다.

그러나 정옥이는 자기가 명희에게 가르쳐 준 곡을, 명훈이는 그런 줄도 모르고 타고 있는 것을 옆에 듣고 앉았으려면 기쁨과 함께 일종의 말못할 슬픔을 느끼는 때가 종종 있었다. 그를 돕고 싶고 그를 그 몰래 돕고 있는 이 일을 어느 때까지고 그에게 이대로 숨겨야만 하며, 말하지는 말아야 하는가? 이 기쁨과 괴로움은 명훈이를 만나고 돌아 오는 때마다 커가는데, 가슴에 박힌 못은 빠질 작정은 없이 더욱 깊이 박히들며, 더욱 아프게 살을 찌르고 에이는 것이었다.

뿐만이 아니었다. 그를 위하면서 그는 모르게 애써야 하는 그 일도 그것이려니와, 명희를 통하는 부족과 불편이 적은 일이 아니었다. 어느 때까지고 그 노력이 계속될 수도 없겠거니와 현재도 전적으로 오빠를 위하여 헌신할 수 없는 명희였다. 명희 자신에 대해서도 가긍하지만, 이런 처지들이 아니라면 그를 위하여 명희나 자기가 더 본격적인 힘이 될 수도 있는 것이 아니겠는가 하는 생각이 들었다. 더 힘찬 발아와 그 무성을 돕기 위하여, 나무에는 한두 방울씩 뿌리는 물로써가 아니라 이제는 줄기찬 본격적인 관수가 필요한 것이었다.

명훈이는 언젠가 명희에 대한 이야기 끝에

≪그 애는 지금 나한테 잃어버린 두 눈을 대신하구 있어요. 그 애의 노력과 정성에 점점 더 고무를 받게 되는군요……≫

하더니 평소에 맺혀 돌던 생각이여서 하게 되는 듯

≪신문을 읽어 주고 책을 읽어 주고 노래를 가르쳐 주노라 저 애는

학교 공부를 온전히 하는지 모르겠소≫

하고 혼자'소리처럼 중얼거렸다.

이러한 정옥이의 괴로움을 감득해서인지 또는 그 자신에도 정옥이에 대한 그 어떤 괴로움이 생겨서인지, 달을 거듭 바꾸는 사이에 명훈이 역시 여전히 정옥이를 반가와하는 가운데도 짙은 눈'섭을 더욱 푸들거리며

≪바쁘겠는데 무엇허러 자꾸 오오?≫

하고 정옥이에게 초조한 빛을 가끔 보이는 것이었다.

4

그러나 정옥이는 모든 안타까움과 자기 고민 속에도 그 정도로나마 자기의 힘이 자라는 데까지 명훈이를 돕기에 계속 애를 썼었다. 안타까우면 안타까울수록 그의 영상은 가슴속에 더욱 가득해 오는 것이었으며 생각은 줄곧 그의 곁으로 달려 가는 것이었다.

정옥이는 명훈이가 명희에 대하여 근심을 하던 말이 또 가슴속에 맺혀 돌아, 신문을 읽어 주고, 책을 읽어 주고, 노래를 불러 주는 명희의 부담도 좀 가볍게 해주고, 겸해 명훈이의 근심도 덜어줄 방법으로 축음기나 라지오가 있었으면 하는 생각을 골똘히 하게 되었다. 음악만을 위한다면 축음기가 더 좋겠으나 그 점에서는 좀 못하더라도 신문 대신도 되고, 라지오가 각 방면으로 더 편리할 것 같았다. 물론 이전에는 그 생각을 못 한 것은 아니지만, 전쟁을 필한지 오래지 않은 지금의 촌에서, 자기 힘으로는 구하기도 사기도 어려울 것 같고 더는 생각을 못해 왔었다.

그 일 때문에 생각이 자꾸 미치는 것은 같은 읍내에 살고 있는 큰언니네 집에 고급 라지오가 있던 일이었다. 그러나 그도 곤난한 것이, 그

라지오는 군 인민위원회에 근무하는 아저씨가 조석으로 노 들고 있고, 역시 넉넉지는 못한 살림살이라 그 집에서는 귀중한 재산이었다.

정옥이는 달리 사거나 구할 방법이 없을가 하고 며칠을 두고 그 궁리에 묶이우다싶이 하던 끝에, 끝내 용기를 내여 언니네 집으로 갔다.

≪아저씨하구 언니한테 드리는 내 일생에 제일 간절한 청이 될지두 몰라요. 빨리 반환해 드리지 못하게 되면 내 어떻게든지 대신 딴걸 사다 드리겠어요.≫

웃는 속에도 언니는 이마'살을 찌푸리는 것이였다. 그러나 아저씨는

≪그린데 네 듣는 게 아니라면 누구를 준다는 말이냐? 무슨 큰 정치가나 음악가 애인이 비밀루 생긴게로구나……≫

하고 롱'조로 나왔다.

≪그건 묻지 마세요. 아저씨 아실게 못돼요. 그건 아저씨 좋을 대루 해석하시구 저한테 빌려 주세요.≫

≪네 하는 일은 늘 모르겠더라만 정 필요해 달라면 너한테 그까짓 걸 못 주겠니…… 그러나 네 간절한 일을 같이 알자는 아저씨나 언니의 심정을 너무 무시를 하는구나!≫

≪이번만 용서해 주세요. 언니두 용서하세요.≫

≪모르겠다. 난…… 그걸 내여 놓구 집안이 빈 것 같애 어쩌니……≫

이리하여 정옥이는 이번도 자기가 주더라는 말은 말고 동무네 집에서 빌려왔다고만 하라고 당부한 다음 라지오를 명희에게 안겨 보냈다.

그러나 뜻밖에도, 그런 나흘째 되는 날 아침 명희는 정옥이의 집에 그 라지오를 도로 안고 왔다.

≪오빠가 나중에 선생님한테 말씀 드리겠다구 그냥 도루 가져다 올리라구 그러셨어요.≫

정옥이는 마루에 선채 잠간 동안 명희의 얼굴만 병해 굽어 보았다.

《그래 내 보내더라구 그랬어요?》

《그런 중한 걸 누가 빌려 주더냐구…… 오빠한테 왜 거짓말을 하느냐구 자꾸 따지시기 때문에…… 할 수 없이 사실 대루 말했어요.》

《……》

《그러니까…… 이제까지 책 빌려 오구 노래를 배워 오구 그런 것두…… 모두 선생님한테서 그런게 아니냐구… 그것까지 자꾸 따지세요.……》

《그래서……》

《그래 그렇다구 할 수 없이 죄 말해 드렸어요.》

《……》

《선생님…… 선생님한테 참 미안해요.》

정옥이는 그제서야 몸을 굽혀 라지오를 받아 안으며

《말해 버린 걸 할 수 있어?……》

하고 자기 생각에 얽혀 혼자'소리처럼 중얼거렸다.

그런지 이틀이 지난 다음, 또 공일날을 타 정옥이는 자신 그 라지오를 들고 명훈이네 집으로 찾아갔다.

《그걸 왜 또 가지구 오셨소?》

성을 내고 있는 것은 아니였으나 례의 짙은 눈'섭을 눈이 띠이게 푸들거리며 하는 명훈이의 말이였다.

문설'주를 뒤로 하고 앉은 정옥이는 앞을 보지 못하는 그의 얼굴만 지키며 아무 할 말을 생각지 못했다.

오랜 동안 계속 눈'섭만 푸들거리고 앉았던 명훈이는 말마디를 자꾸 끊으며 굼뜬 어조로 말했다.

≪그렇지 않아두 나는 동무를 감사히 생각하고 있었소. …… 나한테 대한 동무의 숨은 고심을 나는 이제껏 절반도 몰랐었소…… 얼마나 동무를 나는 진심으로 감사하구 있는지 모르오. 그렇지만 동무의 그 고마운 정성들이 오늘은 도리여 내 마음에…… 동무한테는 미안하기 끝이 없소만 고통을 일으켜 주고 있소. ……어째서 동무는 나한테 이렇게까지 심로를 해야 합니까? 사람들이 이상하게 묻는 적도 있었구 내 자신두 그런 생각이 때때로 들었었소만…… 동무의 처지루 보아 동무는 자신에게는 필요두 없이 지나치구 있는 것 같소.…… 어째서 그렇게까지 하는지 그 심경을 좀 솔직히 말해 주오.≫

≪……≫

≪지나친 생각일지 모르겠소만 내 생각에는…… 동무는 나한테 어떤 없어도 무방한 의무를 느끼구 있는 건 아닌가 그런 생각이 드오.…… 같이 자란 동무구 동창이구…… 거기다 혹 몰라 동무는 전에 여기 학교를 졸업하구 헤여질 제, 내가 동무에게 한 실없은 말을 지금껏 잊지 않고 있는 건 아닌지두 모르겠소.…… 어떻소 그렇지는 않소?≫

≪……≫

≪그런 데서 만일 동무가 나한테 일종의 의무를 느끼구 있다면 그건 오늘 나를 위해 깨끗이 버려 주어야겠소. ……그 때에 나는 내 편에서 먼저 우리 서로의 정의를 앞으루두 내내 그냥 가지구 갈 수는 없을가 하고 말했었소. 그 때에 동무는 아무 말이 없었소만 나는 동무와 그렇게 내내 일생을 가까이 지낼 수는 없을가 하고 말했었소.…… 그러면서 서로 약속은 말자구, 정옥 동무는 내 말에 조금도 구속을 느껴서는 안된다고 또 내 자신이 말했었소.…… 그러나 그 적에 나는 그 말을 하면서 나한테 오늘이 올 줄이야 어떻게 짐작이나 하였겠소? 그 적에 약속

을 말자고 한 것은 동무를 위하는 생각에서였지만 지금 돌이켜 생각해 보면 오늘의 자신을 위하여 한 말과도 같은 생각이 드오.…… 오늘은 오히려 내 편에 자유가 필요합니다. 내 편에 자유를 앗아 두고 싶은 것이요. 남을 위해서가 아니라 내 자신을 위해서 말이요…… 나는 전에두 동무한테 말한 일이 있지만 모든 생활에 새로운 관계를 가지려 하구 또 그렇게 나가고 있는 사람이요.…… 이런 이야기를 할 필요가 있겠는지 모르겠소만 나는 동무가 그때에 그림까지 붙여 기념으루 주던 노트를 마치 동무에 대한 기억을 애끼듯이 가지고 다니면서…… 또 마치 동무에게 주고 싶은 말들이라도 대신하듯이 그날 그날 떠오르는 새 생각들을 날마다 적어 갔었소. 그러나 자신의 실명이 완전히 판정되던 날, 나는 간호원 동무를 시켜 그 책두 죄 찢어 불사르게 하였었소. 나에게는 그럴 수밖에 딴 방법은 없었소……≫

정옥이는 그의 말이 수긍되었다. 그는 노트를 찢어 버렸을 것이었다. 전에도 생각했듯이 그는 원래 그럴 사람이었다. 어느 누구의 단순한 의무감이나 동정을 받기에 그는 훨씬 자유스러운 정신의 소유자며, 오늘에도 자신을 높은 곳에 붙잡고 서 있는 사람이었다. 지금의 그는 이전과도 다른 사람이었다. 그러나 그것을 눈앞에 보고 깨달았으며, 본래의 영상에, 그를 위한 새 접촉이 깊어지는 가운데서 더욱 똑똑해진 오늘의 그의 새 영상까지 겹쳐와 날로 내 가슴을 움켜잡고 놓지 않게 되었다면 이것은 어찌겠는가? 이 <새로운 관계>는 또 어찌하겠는가?

멀리서 포'소리라도 들려오듯 쿵…… 쿵…… 도래'굽이에 와 부딪히는 파도 소리가 은은히 방안에까지 들려왔다.

≪이미 생긴 불행 때문에 더 불행해지고 싶지는 않은 내 마음을 알아주실 수 있소? 나는 지금의 나의 육신상 불행을 거의 잊고 있소. 물론

그것을 위해서는 동무의 노력이 컸소. 그러나 동무의 지나친 정성은 오늘 그 불행을 다시 지각하게 되는 고통을 나에게 일으켜 주고 있소.……라지오는 림시 두구 들읍시다. 그러나 다시는 나를 찾지 말아 주시오…… 정 동무가 계속 나 때문에 그러시면 나는 여기를 뜰 생각까지두 하구 있소.…… 나를 용서하시오.≫

그제사 정옥이는 입을 열었다.

≪저 때문에 그렇게 마음을 쓰시지는 마세요. 저두 지금 제 마음을 정확히는 모르겠어요만 단지 저는 지금 명훈 동무의 가까이에 있는게구, 제가 할 수 있는 데까지 부족한 대루나마 돕구 싶었던 거에요. 그래 조금이라두 도움이 되신다면 앞으로두 계속 그러구 싶어요. 그러나 그건 명훈 동무를 위해서면서도 오히려 더 제 자신을 위해서구, 보다 제 자신의 기쁨에서라구 생각돼요.…… 자신으루두 자기 마음을 지금은 똑똑히 측량 못하겠어요만 제 기쁨을 아주 빼앗지는 말아주세요.……다음 공일날 또 오겠어요.≫

≪아니요, 그러지 마오. 다시는 찾아오지 말아 주오.≫

≪또 오겠어요.≫

≪정말 이제는 오지 말아 주오.≫

다음 공일날 다시 찾아 왔을 제 명훈이의 집에서는 명훈이 대신 명희가 마루에 나와, 전과도 다른 근심스런 얼굴로, 오빠는 등넘어 마을에 볼 일이 있다고 조합 동무와 같이 나가면서, 늦어질 것이니 선생님이 오시걸랑 기다리지 말라고 하더라는 것이었다.

정옥이는 집안에 좀 들어오라는 것도 듣지 않고 마루 끝에 앉은채 오래 혼자 생각을 쫓다, 다음 공일날 다시 오겠다고 하고 명훈이의 집을 도로 나섰다.

그러나 다음 공일날도 명훈이는 집에 없었다. 이 날은 명훈이 어머니까지 뜰악에 나와 정옥이에게 민망해 하는 한편 두번씩이나 기다리지 않은 자기 자식을 걱정했다.

그러나 정옥이는 이번도 또다시 오겠다고 말해 두고 돌아 섰다.

그런지 며칠 후, 정옥이는 학교 마당에서 만난 명희로부터 오빠가 한 동안 지내겠다고 하면서 오늘 아침 차로 <ㅎ>읍에, 거기서 온 영예군인 동무와 함께 떠났다는 말을 들었다.

5

정옥이에게는 문'자 그대로 밤'잠을 이루지 못하는 날이 계속되였다. 명훈이가 <ㅎ>읍으로 갔다는 말을 들은 이후는 더 그랬다. 학교에 나가서도 정옥이는 때아니 떠오르는 명훈이의 생각 때문에 가슴속이 죄여들고, 손끝이 매시시하여, 쓰던 펜을 멈추고, 학생들 앞에서 강의 중간에 벙해 섰기도 하였다. 밥도 제대로 뜨지 않고, 얼굴색이 핼쑥하게 바래가는 그를 보고 어머니는

≪너 또 무슨 일이 생긴 건 아니냐? 무슨 병이 나는 건 아니냐?≫

하고 근심을 했다. 좋게 하는 말이나 초중 고중을 다닐 때까지도 근심만 시키던 일을 생각했는지도 몰랐다.

남의 집에 팔아버린 강아지를 자꾸 도로 찾아오는 정옥이를 보고 어머니는 4-5일을 두고 아웅다웅한 일도 있었다. 어머니는

≪범이 새끼를 하 많이 낳다가 마지막에는 스라소니를 낳는다더니 저게 그거야……≫

하고 혀를 찼다. 언젠가는 설명절에 언니들이며 동무들과 윷놀이

를 하다 갑자기 외할머니의 생각이 나 아무 말 없이 그 집에 가 함께 자고 새벽에 들어온 일이 있었다.

≪네 아무 말도 없이 빠져 어디 갔다 왔느냐? 집에서 밤새두룩 찾는 걸 생각 못하느냐?≫

어머니의 얼굴은 백지'장 같았었다. 고중에 올라 왔을 제 어머니는 이제는 크다만 것이 집에 들어 오면 치마저고리를 입으라고, 치마'감을 끊을 돈을 준 일이 있었다. 정옥이는 천을 들고 보니 양복만 입던 자기에게는 모두 어울리지 않는 것 같고, 머지 않아 시집을 갈 작은언니의 생각이 나, 어머니에게는 안 되었으나, 혼자'생각으로 작은 언니의 치마'감을 끊어 와버렸다. 어머니는 후에 오빠 앞에서

≪저건 어떤 데 시집을 가겠는지 시집에 가서두 저러다가 소박이나 맞아 돌아오지 않겠는지……≫

하는 것이였다. 그 말에 오빠는

≪근심하실 거 없에요.. 저건 세상 잘 만난 덕분에 이전 이이들하구두 달라 잘 번지는 겝니다.≫

하고 비호를 해주었다.

그것은 어떻든 정옥이는 오늘처럼 명훈이의 영상이 자기의 가슴속에 가득히 자리잡고 들어 앉은 적이 있는 것 같지 않았다. 명훈이는 정옥이에게 있어 이제는 오래 잊어버렸다 다시 만난 사람도 아니였으며, 그와의 어릴 적 기억이 오늘처럼 육친적인 가까움으로 회상된 적도 없었다. 그는 떨어진 밖에서가 아니라, 내 가슴 속에 비좁게 커가면서 그 안을 허비고 쥐여뜯는, 이제는 떨어질 수도 잊어버릴 수도 없는 존재였다. 그것은 정옥이의 바꿀 수 없는 기쁨이였으며 또 괴로움이였다. 거기에는 성한 자식이 오히려 가슴에 가벼운 어머니의 모진 마음도 있었다.

이제는 그에게서 물러서야 하는가? 그렇지 않으면 그의 곁에 아주 머물러 앉는가? 자기 자신의 이 애모쁨과 괴로움도 그것이려니와 그에게는 또 고통을 주어서 되겠는가? 자기 때문에 저렇게 떠다니게 해서 되겠는가? 더우기 열의 속에 시작된 지 오래지 않은 그의 사업과, 사업 속에서 받던 기쁨은 어떻게 될 것인가?

정옥이는 명훈이가 <새로운 관계>라는 말로 자기의 의지를 내여세우기는 하지만 자기에 대한 전날의 애정이 꺼져버렸으리라고는 생각되지 않았다. 정상스럽지 못한 오늘에는 지난날의 기억이 오히려 더 사무쳐 올 수도 있는 일이며, 상대자를 계속 만남으로 하여 더욱 그래질 수도 있는 일이었다. 고민 속에 빠져, 본의 아닌 기차 속에 지팽이를 세우고 앉았고, 동무의 집에 가 우두머니 앉았을 모습이 눈앞에 가슴 아프게 자꾸 떠오르는 것이었다.

정옥이는 이제야말로 사랑의 기쁨이란 무엇인가? 인간의 행복이란 무엇이야? 하고 자신에게 골돌히 묻게 되였다. 그러며 정옥이는 지나간 수개월 동안 명훈이를 생각하며 그를 위하여 애쓰던 기쁨들을 샅샅이 돌이켜 생각하게 되였다. 그 과정에서 정옥이는 자기 자신은 거의 잊고 있었으며, 자기 타산을 떠나 그만을 생각하며 기뻤던 것을 상기했다. 그것은 깨끗했으며 진실했으며 보람에 차 있었다. 명훈이 역시 기뻐했으며 자기 기쁨은 그 까닭에 또 더 보람을 느낄 수 있었다. 그 가운데서 또 자기는 일상생활에서 전에 못 가졌던 새로운 노력을 가질 수 있었고, 그것은 나아가 자기의 인간됨의 보다 좋은 성장을 위하여 뜻깊었던 것도 아니였던가? 행복이란 각자에게 있어서 다 다른 것이며, 그 존귀함과 뜻도 사람과 경우에 따라 다 다른 것이 아니겠는가? 이 이상 자기에게 그 어떤 참된 사랑이 필요한가? 이제 그에게서 물러선다면 무엇을 위하여서인가? 자기 개인의 딴 무엇을 위하여서인가? 지금 울려 오는 이상으로 딴 어떤 울림이 이제 또 자기 가슴에 차 울려 올 수 있겠는가? 그가 차지하고 앉았었고 그를 위하여 가득하던 크다만 자리를 또 무엇으로 메울 수 있겠는가? 오늘의 참됨과 충만을 끝까지 지키여 나가지 못할 적에, 자기에게 또 어떤 존귀한 노력과 그 보람이 앞에 있을 수 있겠는가? 아무런 노력도 지나간 빈 구석과 가책을 메워낼 것 같지는 못했으며 공허한 울림을 면할 수 있을 것 같지 못했다.

그러나 정옥이는 그와는 또 다른 목소리를 자기의 가슴 속에 듣지 않을 수 없었다.

그러면 너는 일생 그를 받드는 길에서, 성한 사람에게서는 받을 수 없는 그와의 일상 생활에서 당하게 될 가지가지 불편들을 끝까지 이겨 나갈 수 있겠는가? 그럴 자신이 있는가? 불행한 사람과 일생 지내는 고독은 내내 이겨내겠는가? 마음 없는 뭇사람들의 동정이며 모멸은 이겨 내겠는가? 자기의 다시 없을 청춘이, 남들과는 전혀 다른 그늘 속에 묻혀져도 그래도 회한이 없겠으며 기쁘겠는가? 약혼한 사이에도 갈라지기 쉬우며, 결혼하고도 헤여지는 일이 있는데 너는 네 자신 사랑을 약속한 일도 없으면서 꼭 그래야 할 리유가 없지 않은가? 너는 네 자신을 속이고 있는 것은 아닌가? 너는 실로 끝까지 아무런 회한도 없겠으며, 그것으로 충족되고 행복하겠는가?

그러나 정옥이는 다음 시간, 그 목소리를 누르며 또 달리 생각하는것이었다.

아니야! 나는 보통 수많은 녀자들이 생각해 왔고 생각하고 있는 그런 생각과 그런 기쁨을 그냥 또 쫓으려고 하고 있고, 그에 져버리려 하고 있어! 모든 사람들이 가는 길에 언제나 진실이 있는 것이 아니며, 문제는 자기 량심이 가리키는 길에서 그 진실을 지키는 데 있지 않은가? 자기의 참된 기쁨과 행복도 오직 거기에 있지 않은가?

그에 대한 아까움, 그에 대한 오늘의 자기의 바꿀 수 없는 기쁨과 그리움은 두고라도, 자기가 그를 모르리라면 누가 그를 알겠는가? 누구에게나 그렇듯이 명훈이도 자기와 같은 어렸을 적 동무들—고향 사람들이 있고, 간격 없이 믿으며 아껴 줄 수 있고, 모든 불행을 함께 나눠 줄 수 있는 가까운 사람들이 있음으로 하여, 원쑤와의 싸움에서 언제나 용감할 수 있은 것이 아니겠는가? 그럼으로써 그들은 모든 걱정을 놓고, 마음껏 싸울 수 있은 것이 아니겠는가? 뿐만 아니라 명훈이에게 있어 자기는 이성으로서 사랑의 고백까지 받은 가장 가까운 사람이 아닌가? 부모 자식간의 정이며 형제간의 정이 따로 있겠는가? 모든 것을 털어놓을 수 있는 믿음과, 그것에 얽힌, 그들에게만 그리운 것인, 허름없는 기억들을 말하는 것이 아니겠는가? 만일 우리들이 그를 모른다고 한다면 누가 알리라는 말인가? 뿐만 아니라 이 날까지 자기가 학교와 사회에서 배운 것들은 모두 무엇을 위하여서였던가? 수많은 책들은 무엇 때문에 읽어 왔던가? 그것이 옳고 참된 것임을 알면서, 그 일이 고통스럽다고 자기가 지키지 않을 적에, 세상 사람이 모두 그럴 적에 누가 그것을 지키겠는가?

계속 정옥이는 자기의 가슴을 쥐여 뜯었다.

행복한 사람을 사랑하는 일이란 얼마나 쉬운 일이야? 아니야! 나는 내 자신을 위하여서도, 보다더 참된 기쁨에 강하기 위하여서도 어려운 고비에 남아야 해. 참되고 아름다운 것을 찬양하고 동경할 뿐만 아니라 모든 어지럽고 고통스럽고 부족한 속에서도 그것을 지켜내려는 결심과 노력이 있어야 해.

정옥이에게는 5년 전에 명훈이가 약속은 마자고 하고, 자기의 말에 구속을 받지는 말라고 한 말인즉, 그가 자신을 결부시켜 생각는 것과는 달리, 그대로 또 오늘의 자신을 시험하기 위하여 한 말과도 같이 생각되었다. 동시에 그 말은 량심을 가진 모든 인간에 대한 질문과도 같이 생각되었다. 사람들은 이 질문에 떳떳이 대답을 해야 하며, 그 시련을 자랑스럽게 이겨내여야 하며, 량심의 승리를 긍지 높게 증명해야 할 것이였다.

성한 사람들은 타고난 그대로 굳세고 행복할 수 있을 것이고, 불구로 된 그까지도 대렬 속에서 빠지지 않도록 받들어 주고 이끌어 주어, 그도 자기 인생을 자랑스럽게 가꾸게 하는 기쁨— 그것은 자기 자신에게 있어 한 새로운 인생의 창조로 되며, 나아가 사회에 대하여서도 인간의 사랑과 진실됨과, 그것이 더 멀고 깊을 수 있다는 것의 증명으로 되지 않겠는가? 공산주의자들의 량심의 증명으로 되지 않겠는가? 그만은 일생 자기의 마음을 기울이고, 사랑하고 의지할 상대 없이 고독 속에 살아야 되겠는가? 이성과의 사랑만이 줄 수 있는 그러한 행복이며 기쁨이 그에만은 해당 안 될 수 있겠는가? 그의 고귀한 헌신성에 대한 대'가가 우리들 속에서 불행으로 그쳐 되겠는가? 그의 고독을 보면서 무엇보다도 자기 마음이 앞으로 내내 괴로움을 떠나 낼 수 있겠는가? 명훈이가 협동 조합에서 자기의 사업을 계속할 것과 같이, 그 길에서 자신은 또 자신이 즐기는 사업을 계속하는 데서도 지장이 될 것은 없었다.

이렇게 정옥이는 두 갈래 마음의 고투 속에서 런 사흘을 보냈다. 그는 그 문제를 들고 누구와 상의할 수도 없었다. 아무 쪽이 옳다고 하여도 정옥이에게는 무서운 일이였다. 뿐만 아니라 자기 마음의 옳은 결정을 가지기 전에 잘못된 생각에 이끌려 가지는 않을가 그것도 겁이 났다.

옆에서 정옥이의 고심을 알아 차린 경애는

≪나는 네 마음을 이렇구 저렇구 할 처지두 못되는구나…… 내가 리해하기에는 너는 너무두 모를 사람이다!……≫

하고 오히려 자기를 한탄하는 것이었다.

경애는 요즈음 결혼 문제를 가지고 접근해 오는 두 남자 사이에서 고민하고 있는 녀자였다. 한직장에서 같이 교편을 잡고 있으며 본래부터 사랑이 깊어졌던 사람 대신에 중앙에 있는 새 사람이 사랑을 요구하며 나선 것이었다. 보다 도회지 생활을 그려온 경애는 사랑이 깊고 얕았던 그 것보다도 새 사람이 가진 직위며 생활 환경에 자꾸 마음을 끌리게 되는 모양이었다. 그 말에도 정옥이는 그를 나무라는 생각을 하기 전에 자기의 마음을 또 돌이켜 보게 되며 가슴속이 개이기보다는 흐려지는 것이었다.

드디여 정옥이는 처음에 량심에 울려온 것이 그것이었고 종내 높고 강하게 울리는 것이 그것인, 참되고 진실한 목소리에 끝내 따라 서기로 결심했다. 신념에 확고히 살며 계속 자신을 앞으로 채찍질하기 위하여, 이제는 딴생각은 하지부터 않으리라고 마음먹었다.

정옥이는 명희에게서는 알 수 없는지라 밤에 동생을 데리고 그의 집에 가 명훈의 아버지에게 물어 < ㅎ >읍에 있는 그의 동무가 국영 백화점의 지배인의 아들이란 것을 알고, 공일인 이튿날 아침차로 < ㅎ >읍으로 떠났다.

세 시간 뒤, 정옥이는 < ㅎ >읍 국백 안채 퇴'마루에 명훈이와 나란히 앉아 있었다.

≪명훈 동무! 가시지 않으면 저두 가지 않겠어요.≫

정옥이는 같은 말을 계속 번복하고 있었다.

명훈이는 끝내 정옥이와 함께 저녁차로 읍에서 돌아 왔다.

그후에도 만나는 때마다 눈'섭만 푸들거리며 계속 고민 속에 있던 명훈이는 거의 한 달이 지나서야

≪사실 대루 말해 보오. 동무는 정작 나를 사랑해서 그러오? 동정에서 그러오? 사실 대루 말해 주오. 동무는 정작 자신을 속이구 있는 건 아니요?……≫

하고 물었었다.

그런 다음에야 정옥이는 두 손을 땅에 짚고 어머니의 옆에 쪼크리고 앉았다.

≪어머니 내 일생에 관한 중한 문제를 다 결정지은 다음에 말씀 드린다구 꾸짖지 마세요 네……≫

하고 정옥이는 사죄부터 하였다.

바느질'손도 멈추고 어머니는 기가 막히는듯 안경 넘어로 정옥이를 오래도록 빤히 바라보는 것이었다.

≪그래 아주 약혼을 했느냐?≫

≪아주 언약을 했에요.≫

≪정말이냐?≫

≪정말이예요. 사실은 훨씬 이전에…… 고중을 졸업할 제 한 거나 다름없에요.≫

≪……≫

어머니는 더 말할 념을 안 하고 고개를 숙여 버리더니 바늘 움직임이 온전치 못한 바느질만 한동안 계속했다. 그러던 어머니는 고개를 들지 않고 불펑스레 말했다.

≪한번 언약을 했으면 시집을 가야지…… 옛날에는 첫날 밤에 남편이 범한테 물려 가두 일생을 그 안해루 살기두 했네라.…… 단지 네 마

음이 그래 기쁜지 어쩐지 그걸 나는 딱이 모르겠다만⋯⋯≫

≪어머니 제 마음 이야기는 하지 마세요. 제가 바라구 제가 택해 하는 일이예요.⋯⋯ 그렇지만 어머니, 오빠가 나무라시지 않으시겠는지?≫

≪오빠야 잘했다구 그러겠지 딴말이 있겠니? 이내 편지를 내여라. 오빠는 오히려 장해하지 않으리.⋯⋯≫

6

9월도 하순에 가까웠었다.

보름이 며칠 안 남은 달이 밝은 밤이라, 정옥이는 명훈이의 손을 이끌고 송림을 거처 도래'가에 나왔다. 정옥이가 내려 가고 오는 도움을 받아 명훈이는 요즈음 가끔 읍으로 나오게 되였었다.

둘은 바다를 오른쪽에 끼고, 송림을 왼쪽에 바라보며 사장에 나란이 발을 옮겼다. 정옥이는 습관되다 싶이 이따금 고개를 숙여 명훈이가 지팽이를 옮겨 놓고 발을 옮겨 놓는 양을 살피며, 달'빛에 후련한 바다며, 먼 안까지 들여다 보이는 송림 속을 바라다 보군 했다. 그러며 정옥이는 이따금

≪알섬이 낮처럼 내다보이누만요⋯⋯≫

≪학교 아이들이 야영을 하구 간 다음부터 송림은 되우 한적하구두 우중충해 보여요⋯⋯≫

하고 혼자'말처럼, 또는 그렇지도 않게 설명을 했다.

이 밤도 바다'물은 바람은 없으나, 달'빛에 갈기를 새하얗게 날리며 처절썩 처절썩 사장에 밀려와 넘어지고 또 넘어졌다. 흰 물'결이 바로 열 발'작 옆에서 눈사태처럼 쓸어져 가고 있었다. 바위가 우중충한 도

래'굽이에서는, 먼 곳에서 포라도 쏘듯 쿵…… 쿵…… 소리가 계속되였다. 그리고 그 도래'굽이 넘어에는 인가의 창들에 비치는 불'빛들이 판히 엷어져 뵈였다.

낮이면 바다는 높은 하늘을 이고 아침부터 온종일 남청으로 짙게 물들여 뵈였다. 송림이며 산들도 보다더 누르고 붉은 빛을 품고 한결 키를 돋우어 일어나 앉은듯 밝고도 선명하게 바라다 뵈였다.

가을의 이 장엄한 기운은 달'빛을 가득히 안은 밤의 바다와 송림 속에도 느껴졌다.

애써 시간을 만들어 명훈이를 이끌고 나온 것도, 이 모두를 보지는 못하더라도 느끼고 즐길 수 있는 있으리라는 생각에서였다. 정옥이는 그렇게 기대를 가지며 그렇게 또 날로 믿게 되는 것이지만, 이 모든 자연의 엄숙한 아름다움이며 그 호흡이 이제는 자기의 심장과 입김을 통하여 그대로 명훈이에게도 감촉될 것만 같은 마음이 드는 것이였다.

실명하고 돌아 온 이후, 그러기 쉽듯이, 노 생각에 얽히는 얼굴로 이쪽에서 두 마디 세 마디 하는 사이에 한 마디 정도나 입을 열던 명훈이는 문득 례의 눈'섭을 푸들거리며

≪당신은…… 그 기억이 나오?…… 고중을 졸업한 뒤에 여기 나와 송림 속에서 우등'불 모임을 하던 생각이 나오?≫

하고 묻는 것이였다.

명훈이는 잠간 머뭇거리다 말을 이었다.

≪그때 당신은 초롱'불을 들구 가면서 뒤를 따라 가는 내가 바위에 발을 헛디딜가봐 자꾸 비쳐 주었었지…… 나는 오늘밤두 똑 당신이 내 앞을 초롱'불을 들고 가는 것만 같은 생각이 드는구료…… 불'빛이 눈 앞에 똑 보이는 것 같소.≫

≪그렇게 생각되세요? 될 수만 있으면 늘 그렇거니 생각해 주세요.…… 당신의 가장 믿음직한 초롱'불이 될 수 있두룩…… 그렇게 저두 온갖 노력을 하구 싶어요.≫

≪아니요…… 이제사 말하지만 당신은 벌써부터 나의 가장 믿음직한 초롱'불이였소. 소박한 등'불이요.…… 뿐만 아니라 당신은 나와 같은 모든 불행한 사람들의 초롱'불로 될 것이요.≫

눈'섭이 푸들거리는 명훈이의 옆얼굴을 저으기 산란한 마음으로 지켜 보던 정옥이는 몇 발'작 묵묵히 발을 옮기다

≪아니에요.≫

하고 목에 걸리는 거북한 어조로 다시 입을 열었다.

≪저는 이제 첫발을 옮겼을 뿐이에요. 당신은 저의 어리고 미숙한 마음을 계속 매질해 주셔야 해요. 제가 당신의 앞을 비쳐 드리는 것보다 당신이 저를 이끌어 주는 것이 더 커요.…… 어쩐지 저는 이런 생각이 들어요.……≫

정옥이는 명훈이의 반박이 두렵기라도 한 사람처럼 말을 이내 이었다.

≪그보다두 저는 미숙한 저를 위해 이런 생각을 하구 있어요. 사람이 살아 가는 길은 마치 처음 가는 도래'굽이와 같을 수도 있구요…… 거기에는 모래'사장이 다사롭구 송림이 포근한 굽이가 있는가 하면, 돌바위가 험하고 파도가 센 그런 굽이도 있고,…… 끝이 없구 어느 날에는 개이기두 흐리기두 할게구…… 다같이 목적이 같은 길은 가지만 제각기 각자의 길은 다를 수도 있구…… 저는 당신의 곁에 있는 한 언제나 굳셀 수 있으리라구 생각되여요만, 당신은 저에게 그런 말은 아직두 멀구면 앞날에…… 당신을 위한 저의 정성이 끝나구, 저의 숨이 마지막 지는 날에 들려 주세요. 저에게 힘이 부칠는지 몰라두 제 발이 닫는 굽

이까지는 모든 것을 이겨 넘으리라고 생각하고 있어요. 그 가운데서 우리의 가는 길은 반드시 보람에 찬 귀중한 것으로 되리라고 믿어요. 그 때에 당신이 다시 그 말을 들려 주실 수 있게 된다면 그 말의 전체 뜻은 저 밖에 아무도 리해를 못 할지 모르지만 저는 더없이 행복할 거에요. ≫

≪고맙소.≫

그런 다음 한동안 말없이 정옥이에게 이끌려 가던 명훈이는

≪여기 좀 앉을가?……≫

하고 지팽이를 멈춰 세우며 서서히 바다쪽을 향하여 돌아 서는 것이었다.

—1957. 2. 14 북청에서—

(『조선문학』, 1957. 5.)

어느 한 유가족의 이야기

임순득

곡식 바리를 들여다 쌓은지 며칠 안 되여서다. 정덕은 돌아 가는 말들이 그리 허황치는 않은 줄 알면서도 묵직한 현금 분배까지 받고 나니 한 해 년사' 끝이 이와 같이 후하랴 싶어 얼떨떨하였다. 곡식이야 농사'군의 딸로 나이 30이 넘는 이날 이끝 내남의 것없이 실컷 다루어 보았지만 이렇게 한꺼번에 4만 5천여원이나 되는 지폐 뭉치를 손에 쥐여 보기란 난생 처음이였다.

정덕은 이 기쁨을 시뉘 춘단이와 나눌 수 있는게 다행스러웠고 이미 유명(幽明)을 달리 한 남편이나 시아버지와 그러지 못하는 게 한스러웠다.

지금도 정덕은 남편 생각을 하면 가슴이 두근거리고 수집음이 앞선다.

시집 온지는 오랬으나 실'속 있게 같이 지낸 동안이 얼마 안 된 탓인지 남편은 항상 먼데'손과 같아 서먹한 그리움과 어려움이 떠나지 않았다면 시아버지와는 친 부녀간이나 다름 없었다.

철들면서부터 모든 환난을 같이 하며 모시고 사는 동안 시아버지는 정덕의 힘이 되고 그늘이 되였던 것이다.

정덕은 어떤 모임이나 사람들 속에서 시아버지의 말이 나오면 생전이나 사후나 한가지로 일종의 긍지감을 느끼군 한다. 철시가 바뀌여 로인 생전에 구미에 당겨 하던 음식가지라도 대하면 죄송한 마음에 가슴이 죄여 오기도 한다. 전에는 지각도 덜 트이고 넉넉치도 못하여 못다 공경하였다면 이제는 그 모든 것이 폐였으나 모실 분이 세상에 안 계시니 어찌 원통하지 않으랴!

정덕은 일시적 적 강점 시기에 희생된 남편의 최후 모습과 함께 한 구덩이에 생매장 당한 마을의 청장년들의 시체를 따로따로 표말 세워 감장하고 돌아 온 날 시아버지가 하던 말을 잊지 않는다.

≪똑똑히 정신 채려야겠다. 천하에 못 당할 일을 당하고 그저 살 수가 없다. 우리 문운리 마을이 이 꼴이 되다니, 이제는 마을 일도 우리가 꾸려 나가야겠다.≫

하고 혼자'말처럼 장탄식하였다.

≪아 참, 이 원쑤를 어찌 그저 두고 산담!≫

정덕은 자기가 남의 뒤'손가락질 안 받고 오늘 조합의 핵심이 되여 살아 나가는 데는 시아버지의 그 장탄식 속에 맺혀 있는 굳은 결의와 마을에 대한 의무와 애착을 고비마다 가슴속에 키운 까닭이라고 생각한다. 정덕은 현재 <문운> 협동 조합의 제 3 작업반을 맡은 조합내의 유일한 녀 작업반장이다. 차근차근 앞뒤 사리를 따져 흑백을 잘 가리는 통에 은근히 켱겨서 멀리 하는 사람들도 없지 않으나 매사에 꿀릴게 없이 곧바르고 분별 있게 남의 아픈 사정을 이내이내 알아 차려 군중의 신망은 두터웠다. 이러한 자기를 만약시 시아버지가 살아 계셔 옆에서 보아 준다면 얼마나 기뻐하시랴 싶어 징검다리를 건너 뛰다 무심코 건너 온 내 둑을 다시 보던 그는 문득 걸음을 멈추고 말았다.

짧은 가재수염이 앙상하게 모난 턱을 떨며 땅거미 들기 시작한 어스름 속에서 지팽이에 강마른 몸을 의지하고 며느리가 들에서 돌아 오는 것을 기다려 한사코 꼴단을 받아 내리려고 이므럽지 못한 몸을 움직이다가 쓰러지군 하던 시아버지의 모습이 자꾸만 앞길에 밟혔던 것이다.

원쑤들에게 이래저래 허리만 다치지 않았어도 아직 정정히 살아 계실게 아닌가? 생각하면 시아버지의 생애는 못 겪을 액운을 많이 겪은 것도 사실이다.

동서 옥금이가 그렇게 되자, 즉 초중 교원을 하다 인민 군대 나간 시아우가 전사하여 채 탈상도 맞기 전에 네살 된 어린 기섭이놈을 남겨 두고 사랑채에, 소개해온 평양 사람의 친척된다는 젊은이와 눈이 맞아 행방을 감춘 뒤 시아버지의 귀밑의 성근 머리는 보리수염처럼 하얗고 꺼칠해졌다. 마치 죽은 자식보다 떠나는 며느리 뒤'모습에서 거듭거듭 참척을 당하는 격이었다.

차츰 로인은 맏며느리 정덕을 보는 눈이 달라졌다. 애원하듯 때로는 불안한 시선으로 며느리의 문밖 출입마저 초심해서 살폈던 것이다. 아닌게 아니라 그 당시의 정덕은 동서 옥금이가 물인둥 불인둥 모르고 새 정을 따라 간 뒤 남들이 하는 대로 도저히 욕하고 비웃을 수는 없었다.

≪홀시아버지 아래 조마구만한 아들 녀석 하나씩 바라고 새파란 청상과부가 한 지붕 아래 둘씩이나 뭐하자고…… 차라리 동세 자네라도 잘 했네.≫

이렇게 두둔하고 싶었고 어차피 뭇사람의 화살을 등뒤에 맞으며 찾아 간 길인 바에야 마음 단단히 먹고 잘 살기를 바랐던 것이다.

다만 정덕은 또드락또드락 커가는 기섭이놈이 자기를 엄마라고 해도 좋으련만 부디

≪큰오만!≫

하고 부를 때면 어린 것이라도 제 살붙이가 그리워 격을 두는 것만 같아 키운 정이 소용 없나부다고 때로는 공연한 심사가 나서 옥금이를 나무라기도 했다.

(애그 매정한 사람아 어느 구석에 가서 세상 재미 다 보길래 저 어린 놈 가슴에 어미 정을 따로 트게 하는가!)

스스로 생각해도 시아버지 돌아 간 뒤의 이 3년간이란 정덕으로서 아슬한 고비였고 시련의 나날이었다.

당시 열네 살 먹은 시뉘 춘단이를 우로, 열한 살짜리 코흘리개 막내 시동생, 여섯 살 먹은 자기 어린 놈, 그리고 어미와 생리별한 다섯 살 된 조카, 이렇게 오구구 조무라기들만 데리고 정덕은 단손으로 먹이고 입히고 학교를 보내고 해야만 하였다.

하다못해 아이들이 고뿔 하나를 앓아도 더 조심만스러웠고 혼자서 진료소요 한약국이요 뛰여 다닐 판이다. 이러한 그에게 이웃간에 사는 남편의 친구요, 제대 군인인 함 웅선이 부처는 음으로 양으로 정덕을 보살펴 주었다. 큰 일몰이 밭갈이나 논갈이는 자기 일을 젖혀 놓고 성큼 해주었고 때없이 드나드는 웅선의 처 부전이는 보고 들은 대로 남편에게 이야기하는지 연장 자루며, 소고삐, 심지어 드레박줄 같은 것도 닳아질만 하면 알맞춤 새로 갈아 주기도 했으나 정덕은 받은 정이 고마와서인지 도리여 서러워져

≪너무들 그러지 말아요!≫

하고 될 수 있으면 남의 눈에 구구스럽게 보이지 않게 혼자서 해내려고 바드득거리였다.

그러기에 겉보기엔 다시 혼연스러웠지만 마음은 노상 대목머리 베

틀 앞에 나 앉은 것처럼 총총하고 팽팽하였다.

이 결기와 긴장이 전후 농촌에 부과된 거세고 고된 일을 말없이 감당케 한 것이다. 30리 길이 동막이 때도, 자드락 밭을 일쿠어 보습날을 세울 때도 그는 전에 남편이나 시아버지들의 일솜씨를 생각하고 흙짐도 더 지고 손'바닥에 침도 더 뱉어 보탑을 쥐었다.

(내가 내 힘으로 하지 누굴 믿고 하늘에서 낟알 떨어지기를 기다린담!)

그러던 차 빈농민, 피학살자, 유가족 및 후방 가족들이 20여 호 모여 문운리에서 협동 조합을 무었을 때 정덕은 비로소 마음이 탁 놓여 목놓아 울었다.

조합이란 집단은 전시의 품앗이 반과도 달라 사람의 마음을 불각시로 한덩어리로 뭉쳐 놓는 위력을 갖고 있다고 정덕은 생각하였다. 그러길래 아침마다 마을 한복판 빈터 버드나무 가지에 매달린 긴 포탄 깍지 종이 울리면 세상 없는 일을 집안에서 하다가도 놓고 논밭 일터로 달려가 하루 해는 잡념 없이 어두워진다. 자주 한자리에 모이게 되니 전에 없이 속사정도 털어 놓게 되고 어지간히 소소한 일, 사람과의 알륵 같은 것에 속을 썩일게 못 되고 콩비지 하나라도 어떻게 지지면 맛있는가 하는 이야기로부터 심심하면 옛'이야기며 우스개를 주고 받는 새일'자리는 굴어 갔다. 그들은 자기가 한 일들의 엄청남에 놀라고 그 다음에는 합심해서 하려 들면 못하는 일이 없다는 결론에 도달했다. 그 증거로 숫한 폭탄 구덩이가 간 데 온 데 없고 전시에 벌거벗은 당산이 이제는 상전이 되어 오뉴월이면 신록이 설렁거려 애들은 오디를 따먹느라고 떠나질 않게 되었다. 이처럼 하는 일에 신이 나고 해놓은 일에 보람이 있으나 밤이 되면 회의에 갔다 오고 혹은 하품을 참아 가며 제승기 발판을 드렁드렁 돌리다가 곤해서 집에 돌아 와 자리에 누우면 도리여 잠은 천리나 달아 난다. 가을밤, 겨울밤이면 왜 그리 문풍지 소리, 날아가는 밤'새 소리, 아래'목에 누워 자는 어린것들의 숨'소리까지…… 낱낱이 가려 듣게 되는지 모른다.

천심으로 깊이 잠든 이 어린 사람들의 머리맡에서 죄 많게 왜 이러는가 자기를 나무라고 꼬집어도 보며 다시 잠을 청해 보려고 천정의 서까래를 세여 보다가 정덕은 대룽대룽 대들'보에 매달아 놓은 종이 봉지에 눈이 갔다.

시아버지가 생전에 당귀요 지황 뿌리요 인동 넝쿨이요 하고 이웃에서 누가 속앓이만 하여도 그 봉지를 펼치던 뭉툴하니 구부정한 손끝이 눈앞에 어른거렸다.

종이 봉지들은 이미 누렇게 거미줄에 파리똥에 그슬렸으나 그것을 싸서 매달던 시아버지의 마음은 그 속에 그냥 담겨 있을 것만 같았다. 정덕은 일어나 발돋움하여 그 중의 하나를 내려 먼지를 털고 불'빛 아래서 펼쳐 보았다. 싸하니 향긋한 약초 냄새는 좀이 먹어 바스라졌을망정 산 정기(精氣)를 머금고 자란 그대로인 것만 같았다. 정덕은 코에 대고 갈증난 사람이 물을 마시듯 거퍼 숨을 들이키며 그 냄새를 맡으니 심한 신열 끝에 취한(取汗)이나 하고 난 때처럼 몸과 머리가 가뜬해지는 듯하였다.

≪사람이란 맘성이 제일이니라. 맘성이 바르지 못하고야 제아무리 태산을 떠온들 무얼하리.≫

시아버지는 전일 왜정하에 일본 북해도에 맏아들과 함께 징용간 함웅선의 집을 날씨 보아 이영도 고쳐 주고 가을이면 김장 구덩이도 파주었고 기장 모개로삼 노끈을 감아 방'비도 탄탄히 매주었으며 또 마을에서 남자손없이 외롭게 사는 집을 지나는 걸음에도 간혹 들여다 보는 것을 잊지 않았다.

해방이 되고 토지를 분여 받아 첫해 농사 추수를 들여 쌓자 남들은 지붕에 기와를 인다 재봉침이다 양복장이다 사들이는 판에 시아버지는 목돈을 들여 세멘콩크리트로 액비통을 만들었을 때 소박한 마을 아낙네들은

≪저 두상은 늙마에 거름 감투를 쓸 작정인가보다≫

고 지각없는 말들을 돌리는 것이었다. 그 뿐인가, 남들은 원 없이 찹쌀 약주를 마시며 돌림으로 풍년을 즐길 때, 시아버지는 맏아들이 일보는 리 위원회에서 타도의 우량종 감자씨를 구해 오게 토의되였을 때 절기가 절기니만큼 그저 몸만 갔다 오는 것도 아니여서 막상 떠날 사람이 정해지지 않는 것을 알고 아들 보고

≪내가 갔다 오자꾸나≫

하고 황중미 좁쌀 서말을 지고 먼 강원도 회양 땅을 찾아 가서 그 고장 주먹다시 같이 굵고 붉은, 삶으면 분'가루가 포시시 날리는 감자씨를 바꿔다 마을에 퍼뜨렸던 것이다. 그것도 사실은 설마 젊은이가 없겠는가고 리에서들 만류한 것을 아들 몰래 그리 나섰던 것이다.

(내가 바로 그 어른의 맏며느리가 아닌가? 그 아버지의 심지를 받아 그 아들이 또한 나라 앞에 떳떳이 죽었거늘, 그 안해된 내가 밤이면 이러고 있으니 자그마니 내가 매치지 않았는가?)

그제는 정덕은 잠 안 오는 밤이면 전등을 나직이 내려 걸고 바느질도 하고 혹은 강습 받은 영농 학습장도 뒤적여 본다. 다 아는 소리 같으나

≪상전 시비에는 닭의 똥이 좋으며 또한 과수에도 좋은바 그것에는 린산 석회분이 많으며……≫

하고 소리내여 읽다가 문득 회양 감자씨 얄로비자찌야에 대하여 앞

서 농산반에서 민청원들이 떠들던 생각이 났다.

(옳지! 고구마보다 더 맛있는 회양 감자를 구덩이로 묻어 놓고 먹으면서도 이제 어느 누가 우리 아버님 생각을 할가? 모두다 그저 된줄 알지. 이 다음 농산반 모임에 가서 학교 가주 나온 패거리들한테 한바탕 이야기 좀 해야지. 아마 그때 아버님이 그 감자씨를 가지러 눈쌓인 추지령을 넘으시던 이야기를 하면 모두 가슴들이 뭉클해 올걸.)

정덕은 그런 이야기를 눈이 뚱그래서 듣는 민청원들의 불'덩어리 그대로의 표정들이 잠든 시뉘의 얼굴 우에도 떠오르는 것 같았다.

시아버지는 동서 옥금이가 그리고 나간 뒤, 속으로 된 웅혈이 진 것처럼 얼굴에 차차 가지'빛 같은 진한 검버섯이 돋기 시작하였다.

60여 평생 자기를 희생하고 자기를 이기며 살아 온 강직한 로인으로서는 이편 자녀나 살붙이에 대해서도 그만큼 요구성이 강하였고 사람은 마땅히 그래야 한다는 신조로 살아 온 것이다. 조상 볼 낯이 없다는 그런 구식 생각이라니보다 졸지에 무슨 청천 벽력 같은 변이나 당한 듯이

≪사람의 가죽을 쓰고 그럴 수가 있으랴!≫

고 말 없는 심중의 통탄은 한밤이면 사이'벽이 흔들리도록 한숨을 짓게 하였다.

시아버지는 중년에 우으로 두 아들과 아래로 돓 지난 막내동이와 네 살 난 계집아이 4 남매를 앞에 놓고 상처를 당하였던 것이다. 이웃간에서는 재취를 권하였으나 자식들에게 다신 어미의 서러움을 아니 보이겠다고 수년을 꼬박 혼자서 지내다가 맏며느리 정덕을 맞아 들였던 것이다.

새 며느리가 마음에 든 홀 시아버지의 기쁨은 비할 데가 없었다. 신부가 폐백을 드리며 큰절을 할 때 너무나 황감한 나머지 시아버지는 맞받아 재배를 하여서 한동안 린근 사람들에게 놀림을 받았던 것이다.

≪예소 이사람! 언제'적 례법인가, 이녘 자부한테 코이 땅에 닿게 절을 하다니.≫

정덕은 열 일곱에 6년 맏이인 신랑에게 시집와서 이내 징용가고 없는 집에서 시아버지를 의지하며 살았다. 시아버지는 밤에 짚신을 삼다가도 까물거리는 방등 아래서 정덕이가 시동생들의 헌털뱅이며 버선짝을 깁던지 하면 슬그머니 나가서 군불을 지피기도 하고 어둠 속에 물초롱 소리도 없이 조용히 샘터로 나가 독을 채워 주기도 하였다. 또 어떤 때는

≪새아가 소요리(친정)나 좀 갔다 온!≫

하고 영계마리를 손수 맞잡아 다리를 묶어 다래끼에 넣어 주며 말미도 주었었다.

그러기에 정덕은

≪우리 아버님 같은 분은 세상에서 드물거야≫

하고 우물'길에서나 길삼방에서 자랑하였다. 그렇건만 단 한 가지 동서 옥금이에 대한 시아버지의 태도만은 정덕도

≪너무하신다≫

고 불복하는 마음을 감추지 않았다.

아무리 정덕이가 옥금에 대하여 그만 마음을 푸시라고 에둘러서 비쳐 보아도 로인은 입을 다물고 만다. 당신 눈에 흙이 들어 간 연후라도 그 괘씸한 소위는 용납 못 하리라고 긴 장지 눈'섭을 량쪽에 고추 세울 때는 가슴이 써늘했다.

그리 볼 탓인가 시아버지의 뒤'목발치는 더욱 가늘어지고 이마와 량볼에는 어둔 주름이 깊게 패여 거기엔 마음의 고통을 참는 기름땀이 송송 내배인듯 하였다. 아이가 제 사촌이나 이웃 애들과 조금만 찌국찌국

하여도 시아버지는 만사를 젖혀놓고 달려 가, 안아다 무릎 앞에 앉힌 후 바라보는 그 눈엔 정덕으로서는 리해할 수 없는 우수에 젖어 있는가 하면 자식을 버리고 간 천려(淺慮)한 어미에 대한 호된 매질을 하는 혁노(爀怒)가 번득이듯 집안 개짐승도 슬그머니 그 앞에서 무서워 자리를 비켰다.

≪아버님 기섭 어멈이 저를 믿길래 그리고 간 거얘요. 고만 마음 푸시고 걱정 놓으시라구요.≫

≪넌 그걸 말이라고 하니? 나 죽은 뒤 넌들 어찌 믿어서……≫

하는 시아버지는 젊은 며느리 앞인 것도 가리지 않고 오랜 세월 참아온 무거운 오열을 터뜨려 꺽꺽 숨넘어 가는 소리를 내며 허리를 굽혀 그 자리를 피해 가는 것이었다. 로인은 아무리 딸자식 같이 정든 며느리라 할지라도 마음 속에 있는 말을 못다 하는 것이다. 작은아들 기섭이 아비를 기를 때만 해도 홀아비 자식이란 소리 안 듣게 하려고 먹는 것은 할 수 없었지만 남의 눈에 띄우는 입성만은 마음을 썼다. 그래서 쥐꼬리만치나마 얼마 동안 학교를 보낼 때 진종일 밭갈이한 피곤도 잊고 밤을 패다싶이 헌 양말짝을 기워 신겨 원족을 보내군 했던 것이다.

≪아버님. 기섭이로 말하면 제가 있는데 뭘 그러시는가요. 이왕 간 사람 가지고 두고두고 그러시면 어디 그 사람 꿈자린들 편하겠어요?≫

한번은 녀맹 회의에 갔다 와서 정덕은 그 어떤 흥분을 참지 못하고 시아버지 앞에서 처음이며 마지막인 항변과 주장을 세워 보았다. 회의에서는 후방 녀성들의 도덕적 품성과 관련하여 떠나고 없는 옥금의 문제가 또다시 말썽이 되였었다.

≪원 사람이 살다 실수도 하지. 너무 그러지들 맙시다.≫

이 한 마디를 했다가 도리여 정덕은 코'방을 맞았다.

≪정덕 동무, 남의 집에서 그랬담봐, 동문들 그리 선선하겠는가?≫

≪인섭 엄마, 임자 같으문야 동네 큰 경사 터진 셈이네.≫

이렇게 유독히 입심 센 나인네들도 있었으나 암만해도 정덕으로서는 그런 말들은 지나가는 비양청에 달렸지 같은 동성으로서 그렇게만 해치울 수는 없었다.

≪나는 뻐젓하다≫

고 치마꼬리를 내두르면 다 될 일은 아닌 것이다.

그후 시아버지는 정덕이들이 달'밤에 품앗이반에 나가 조이씨를 뿌리는데 어린 딸 춘단을 시켜 밤참을 짓게 하여 손수 당신이 날라다 주고, 돌아오는 길, 밤늦게까지 일들을 하는 리 위원회에 들렀었다. 죽은 아들 생각이 나서 길도 더러 돌아 다녀 보았으나 로인은 그것도 부질없은 짓 같고, 지금은 비록 얼굴은 다르나 거기 드나들며 일하는 젊은이들이 다 자기 아들만 같았다. 마라초 연기가 가득한 속에 산판을 투기며 서류 속에 묻혔던 서너 사람 얼굴이 일제히 기침을 하고 들어 서는 로인을 보자 제식 대로 인사를 하였다.

≪음, 수고들 하네. 지내다가 방공막에 불'빛이 좀 새 드라니.≫

≪너무 답답킬래……≫

하고 서기장이 문을 닫고 포장을 잡아 다렸다. 방안을 둘러 보고 구호 붙인 먹 글씨에 눈이 간 로인은 이 방안에 있을 사람인 자기 아들 생각을 더듬다 말고 입으론 딴말을 하였다.

≪어서 일들 보게. 난 마음이 든든하이. 밭에서 시방 나인들은 씨를 뿌리고 안에서는 자네들이 대계(大計)를 세우고, 우리가 미국놈들 안 이기고 말이 되는가 허허……≫

로인은 웃었으나 속으로는 울었다.

≪에익! 잠신들 내가 어찌 그저 있다니!≫

로인은 그길로 집으로 달려 와 아무 모르게 헛간의 모습을 메노라고 거친 숨을 몰아 쉬었다.

로인은 군대 나간 웅선네 미르등 밭으로 소를 몰았다. 밝은 날 웅선의 처 부전이가 나와 보고 깜짝 놀라

≪아니 이게 무슨 조화래여!≫

하고 자기 며느리에게 쫓아 와 수다를 떨 일을 생각하니 로인은 빙긋이 웃음까지 나와 다친 허리가 결리는 것도 잊고 이마에서 팥죽 같은 식은땀을 흘리며 쟁기채를 이리저리 돌렸다. 너무 정신을 쏟아 부어 땅만 보고 가는 통에 로인은 새벽녘에 불의에 저공하는 적기 소리도 미처 못 들었던 것이다. 로인은 귀창이 째지는 작탄 소리를 듣고 황망히 소를 골짜구니에 밀어 내리듯 하고 고개를 쳐들었을 때는 이미 허리를 맞아 순식간에 인사불성이 되고 말았던 것이다. 그리하여 로인은 근 1년간을 몸저눕게 되였고 마지막 몇 달은 거의 대소변을 받아 내다 싶이 몸을 움직이지 못하였다. 그러나 추호도 도섭없이 시중드는 며느리를 보고 시아버지는 과연 네 말대로 걱정을 놓겠노라고 입가에 웃음을 띄며 약그릇도 들었다. 그런가 하면 한편 정덕의 마음은 반대로 불안스러워졌다. 저러다 시아버지가 돌아 가시면 어쩔 것인가 하루에도 몇 번이나 겁이 덜컥 났었다.

(이 조무라기들 하고 앞으로 어찌 살랴!)

그 생각만 하면 당장 눈앞이 캄캄하고 세상살이가 그 무슨 업원(業冤)만 같았다. 어떤 때는 살그머니 자기 어린놈만 둘처 없고 친정으로 나 가서 눈앞에 아무 경난도 겪지 말았으면 하는 생각도 지나갔다. 그 마음 가운데는 그 당시 30이 될려면 아직도 몇 해 기다려야 할 자기의

젊음에 대한 애석함도 있었고 남과 같이 구애 없이 희희락락 살고 싶은 세상 욕심도 섞여 있었다.

그러면서도 새벽이면 잠깬 어린 것들의 재잘거리는 소리와 로인의 기침소리에 습관처럼 벌떡 일어나 분주한 하루 일을 시작하는 것이었다. 시동생들의 학교 가는 시간'밥을 지어야 했고 시아버지의 약탕관의 불을 봐야 했으며 논'일 밭'일 다 다녀야 했기 때문에 나중에는 미처 건우지 못해 송아지와 돼지도 남의 손에 넘겨 주어야만 하게 되었다. 어느날 정덕은 조석으로 길들인 짐승을 제 손으로 우리에서 꺼내다 말고 황망히 우리문을 도로 닫고 돌아 서버렸다.

≪제가 잠 한 잠 덜 자고라도 이것들을 그대로 걷워야겠어요. 설사 남의 손에 넘기더래도 시아버님 생전에는 집안에서 즘생 소리를 끊치지 말게 할가봐요.≫

정덕은 가지러 왔던 사람에게 되 사정하듯 내놓지 않고 말았던 것이다. 이 말을 시아버지는 병문안 온 마을 사람들을 통해서 전해 듣고 다시 한번 모든 것이 안심된듯 편안한 림종시를 맞았던 것이다. 로인은 며느리 앞에서 웃으며 유언했었다.

≪큰아가, 네가 다 맡게 되었다. 준모 저놈이 크면 제 두 형 구실 할게고 또 춘단이도 네 말'벗 일'벗은 될게다. 부디 인섭이 기섭이를 봐서라도 네가 고생을 해라.≫

로인은 그렁그렁 목안의 가래를 뱉으면서 며느리의 손을 더듬으며 혹시 응선이가 제대되어 돌아 오면 우리 일은 남보듯 아니 하리라고까지 하였으나 그 정황에 정덕은 그런 말이 귀에도 안 들렸다. 어린 시동생 남매가 아버지 앞에 무릎을 꿇고 앉아 바람맞이에서 꺼져 가는 불'빛을 지키려는 그런 절박한 눈으로 자기를 올려다 보는 것을 보자 그만 정덕은 얼굴을 치마폭에 가리고 흐느꼈던 것이다.

그후에도 정덕은 그 겁에 질린 듯한 시꺼먼 두 쌍의 왕머루 알 같은 눈을 발발 떨며 자기를 올려 보던 것을 생각하면 헤쳤던 옷섶도 여미고야 만다. 만약시 이 어린 조무라기 넷을 귀찮다거나 무거운 짐으로 생각한다면 그는 천도에 어긋나는 일인 줄로 알았다.

그렇지 않다면 이 정씨 집안에서 두 사람의 청장년이 나라 위해 싸우다 간 보람이 어데 있으랴 싶었다. 유 정덕이라는 한 녀자가 자기들이 고향에 두고 떠난 늙은 부모를 모시고 또 어린 동생들과 자식들을 지키고 길러 준다는 그 믿음 없이 어떻게 자기 남편이나 시동생들이 원쑤가 노리는 총끝 앞에서 자신 있게 죽어 갔으며 어떻게 고지의 돌격전에서 최후까지 용감했으랴. 고향에 부모 처자를 두고 조국을 지키려 떠나 간 사람들은 원컨대 안심하고 고이 집을 지키는 자기들의 정렬한 안해와 누이들을 믿고 자랑하라고 소리높여 웨치고 싶은 정덕인 것이다. 다른 사람은 몰라도 자기만은 그렇게 살 것을 깊이 맹세하였다.

시아버지의 사후 리 당이나 리 인민 위원회에서 될 수 있으면 정덕의 짐을 덜어 주고저 아이들 중 큰 애만이라도 유자녀 학원이나 애육원에 보내자고 혹은 본인이 희망하면 학교라도 가지 않겠느냐고 권하였을 때 정덕은 고개를 저었을 뿐 아니라 노여움을 탄듯이 얼굴을 붉혔던 것이다.

≪무슨 말씀을 그리 하세요? 돌아 간 아버님이나 인섭이 아버지를 봐서라도 제가 어디 이 마을에서 손님 대접을 받을 처지인가요. 원 참!≫

그는 떨리는 손으로 가슴속의 것을 더듬어 웃우로 꼭 그러쥐었다.

다른 사람은 몰라도 적어도 자기는 리 인민 위원회 서기장을 하던 피학살자 유가족이다. 동시에 나라의 운명에 용감히 뛰여 들 것을 그 사명으로 교양 받은 한 사람의 녀당원이 아닌가. 그런데 좀 더 편안하고 마른 자리로 물러 앉다니, 항차 남들은 죽을등 살둥 모르고 고난과 애로와 싸우는 이 전후에!

≪우리 같은 처지가 공화국 치고 한둘일세 말이지, 참 저를 모욕 주어도 유분수지요.≫

이 말은 누가 시킨 것도 아니요, 자기도 모르는 새 튀여 나온 말이다. 정덕은 자기의 음성에 자기 아닌 그 어떤 딴 사람들의 힘, 이를테면 시아버지나, 그 생애와 젊음을 못다 살고 간 남편이나 시동생들이 남기고 간 바로 그 힘이 자기의 체내에 쉬지 않고 피'줄을 타고 있다고 느껴진 것이다. 그 힘이 바로 가감승제도 제대로 못 하던 정덕으로 하여금 3—40명 거느리는 작업 반장의 역할을 담당케 했다고도 할 수 있는 것이다.

그러고 보니 그가 손에 쥔 돈뭉치가 바로 돈이 아니라, 자기의 힘을, 성심 성의 조합을 위해 바친 마음으로 오늘 원칙 바른 눈이 저울에 떠서

≪엣수다 바로 이렇쉐다≫

하고 눈앞에 보여 준 것이나 다름 없다고 생각되는 것이였다.

(안 그럴 수 있는가 말이다. 내게는 남의 세 곱 네 곱의 힘이 살고 있다. 못 감고 간 눈들이 몇인가 말이다. 조합에서야 지금 제 5 작업반장 함응선이가 군대식으로 맺고 끊고 잘 해나가지만, 난들 못 따라 잡겠나.)

2년 전에 응선이가 제대되여 돌아 와 퇴락한 자기 집과 정덕의 집 거친 담장이며 뜰악을 둘러 보고 주먹으로 눈물을 씻으며 잠자코 돌아 가더니 그날 밤 새옷을 갈아 입은 자기 안해 부전을 앞세우고 말끔히 면도한 얼굴에 술'병을 차고 와서 웃음을 띠우며 말은 조용하나 뜻은 단

호하게 정덕을 위로했던 것이다.

≪이댁 아버님이 우리 집 밭갈이하다 가셨쉬다. 아니라도 내 성은 함가 성을 지녔지만, 죽은 윤모(정덕의 남편) 생각을 하면 정가 성 한가지요. 조선이 해방됐단 소릴 듣고 우리가 구사 일생으로 밀선을 타고 북해도서 돌아 왔쉬다. 저 죽으면 나도 죽고 저 살면 나도 살자고. 그래 전쟁이 나자 저는 후방에, 나는 전방에. 해방후 내가 공장으로나 뜰가 했을 때 윤모가 나를 들어 잡고 면 당으로 갔지요. 내가 당 사업을 한 것도 사실 윤모 덕이요. 그리고, 내가 집에 없는 동안에 ─왜정때고 지금이고─ 진 신세를 어찌 다 갚겠소. 변변찮던 저 사람도 갔다 와 보니 많이 사람이 되였고─≫

하군 응선은 한숨 끝에 술'잔을 쭉 들이키고 나서 웃고름을 만지작거리며 고개 숙인 자기 안해 부전이와 혼연스레 웃으며 그러나 점점 단정하게 도사려 앉는 정덕을 번갈아 보며

≪은혜야 갚기 마련이고 원쑤야 보복키 마련 아니겠소≫

하고 제법 호걸풍을 내여 껄껄 웃던 것이다. 그때도 정덕은, 군대는 사람을 많이도 달라지게 만들어 놓았다고 감탄하였던 것이다. 속이 트인 품하군 좀 헤프고 늘 어정쩡해서 남편은

≪놈팽이 근성을 뿌리채 뽑아야 하네≫

하고 달구치던 것 봐서야 얼마나 놀라운 개변인가.

정덕은 조합 사무실 뒤'산 과수원을 옆으로 보며 걸었다. 먼발치로 보아도 벌써 나무 몸뚱이엔 흰 약칠을 했고 가지는 보기 좋게 전지한게 알 수 있다. 흡사 리발소에서 애들을 가지런히 데리고 나온 때처럼 모록히 키와 가지가 일제히 봄꽃 몽우리를 마련하고 있는 듯 그 자회색

도는 나무들이 비길 데 없이 사랑스러웠다.

≪월남에선 사과 몇 알이면 양복 한 벌 값이라지. 외화 획득엔 그저 그만인 사과를, 그중에도 홍옥과 국광을 어떡허면 실컨 따본다?≫

≪뭘 그러시오 혼자서?≫

돌아 보니 금시 같이 정덕이가 마음속으로 경쟁을 건 함 응선이였다.

≪녀맹에서 2·8절을 앞두고 써클 한다더니 인섭이 엄마도 한 몫 낀 게로구려. 홍옥이다, 국광이다 외우고 다니게.≫

≪연극은 민청에서 하고, 녀맹에선 탈춤을 춘대요, 글쎄 민청에서 랭상모를 반대하는 개인농 할 역이 없다고 하기에 롱말로 내가 하마고 했더니 곧이 듣고 정말로 시키겠다잖아요?≫

≪원 작업장이 그럴 짬이 어디 있겠다구. 그리구 아무리 연극이라도 난 랭상몰 반대한다는 건 절대 반대요. 누가 그딴 각본 꾸몄소?≫

≪꾸미긴 여럿이 했나본데 뭐 반대쟁이가 있어야 된다구들 하면서 그럽디다.≫

≪연극보다 더 좋은 수가 생겼쉬다.≫

하고 응선은 말했다.

≪어제 관리 위원장이랑 도에 갔댔잖나요. 그래 해결했쉬다. 앞서 총회 때 내가 피'대 세워 주장하던 달구지 말이요. 다섯 대가 더 오게 됐으니 며칠 안 있으면 우리 조합 온 필지를 누비고 다닐 판인데 농로(農路)도 닦아야 하고 할 일이 자꾸 생겨서 야단이요.≫

≪길이야 닦으면 되는게고, 끌 소가 그리 있나요?≫

≪형, 왜 그러슈? 흰 점백이랑 세둛 잡이 검정 암소랑 아직도 달구지가 모자라 한이요.≫

≪우리 3반엔 차례 오나요?≫

≪우선적으로 두 대요.≫

≪거기 5반은요?≫

≪압따 밝히긴, 세 대요.≫

≪아니 그럼 다?!≫

≪하하……≫

한바탕 웃고 나서 웅선은 자기가 제기하고 자기 욕심만 부리겠는가, 위원회 처사만 기다린다는 것이다.

그제사 열적은 듯이 정덕은 중얼거렸다.

≪자기 반원들을 생각해야지 작업반장 체면만 지킬건 또 뭐노?≫

≪넘려 마슈. 아주먼네들 등 '짐이나 머리'임은 면제됩네다. 손수레 말요. 딸딸이같은 걸 숫해 맡겨쉬다. 그럴래기 내 또 부기장과 악악 했지요.≫

할 말은 다 했다는듯이 함 웅선은 조합 야장'간에 볼일이 있다고 정미소 옆을 척척 군대 걸음 걷듯이 돌아 갔다.

≪참 좋은 사람이지. 함 웅선이 저이가 돌아 와서 얼마나 마을이 활기를 띠였담! 좋은 사람이 가고 없으면 그 뿐일 줄 알아도 저렇게 뒤를 이어 자꾸 생긴다니까. 그런데 그집에선 어쩌자구 영님이가 여덟 살이 잡히는 데도 상구 태기가 없을가?≫

정덕은 부전이를 한번 중앙 병원으로나 데리고 가 진찰을 시켜 보고 싶었다.

사립문에 들어 서기가 바쁘게 정덕은 돼지우리부터 굽어 보았다. 에미돼지 사품에 긴 아홉 마리 새끼돼지를 도르르 불러 모아 눈앞에 보니 몽실몽실 귀엽기라니 한이 없다. 시방 마을엔 저보다 큰 애돝들이 한 집에 두 마리 이상 쫙 퍼지고 있는 것이다. 두 해 전만 해도 농사만 위주하던 관리 위원장의 반대를 무릅쓰고 도영 목장에서 모돈 두 마리를 가져 온 자기의 승벽의 결과라고도 생각하나 그때 갓 제대해 온 함 웅선의 절대적 지지가 없었던들 정덕이가 빈 달구지를 끌고 왕복 160리' 길을 가냈겠는가 의문이였다.

≪갔다 오시오. 리 찬화 영웅이 따로 있는 줄 아시오? 내 사과움만 끝나면 도중 마중 가리다.≫

하고 사기를 돋궈 주던 웅선이다.

그러고 보면 이 한 이태지간에 실없이 정덕은 웅선에게 배운 것도 많고 서로 새로운 힘을 쌓아 남다른 동지애로써 살아 왔다고 생각된다.

정덕은 노래라도 부르고 싶은 즐거운 마음으로 뒤뜰안 닭의장도 보고 나서 부엌으로 들어 섰다. 학교에서 돌아 온 시뉘가 저녁을 지어 놓고 올캐 오기를 기다리고 있었다.

≪먼저들 먹지 않고.≫

정덕은 언제없이 자기가 이 집안의 가장인듯 헌거로움까지 느끼며 부뜨막에 차려 놓은 밥상을 굽어 보고 나서 살강밑 독속에 길어 온 계란을 꺼냈다. 시동생과 아이들 학비에 보태 쓰려고 좀한 날 아니면 입에도 안 대는 것을 한두 개도 아니요 흐뭇하게 식구 대로 움파를 송송 썰어 기름에 지져 커다란 접시에 수북히 담아 가지고 방으로 들어 왔다.

≪언니 오늘 분배턱을 잘 쓰는데.≫

춘단이가 좋아서 노란 계란 지지미를 저'가락에 꿰어 애들 앞에서 바람개비처럼 뱅뱅 돌리며 수선을 떨었다. 정덕은 이렇게 오붓이 다섯 식구가 둘러 앉아 밥을 먹는 것도 전에 없이 즐거웠다. 신통히도 이 세상에 없는 형들을 닮아 가는 열네 살 막내 시동생의 코'대 센 사내싼 얼굴을 한참 바라보던 정덕은 물었다.

≪우리 되렌님 뭐가 제일 가지구 싶우? 내 이다음 장에 가면 대턱 쓸 테야.≫

≪내 턱은 여기선 해결 못할걸! 평양이나 가야지.≫

소년은 씨무룩히 웃으며 제법 뽐낸다. 어머니 없이 엄한 아버지 슬하에서 철들기 시작한 소년은 나이보다 어덴지 조달했으며 자기 주장이 서 있어 때로는 정덕은 손우의 사람을 대하듯 조심이 갔다. 그래서 시방도 그 말을 어찌 받아야 할지 몰라 머뭇거리는데

≪스케트가 욕심나서 그런대여 언니!≫

하고 춘단이가 냉큼 대답하자 정덕은 그만 흐흐 웃었다.

≪원 크게 해결 못하겠네. 그까짓 스케트를 가지고. 평양 안 가도 국백에 가서 주문해봐. 며칠 있다 올텐데.≫

≪해두, 많은 데서 이것저것 골르는 재미가 있어야지.≫

그러자 정덕의 어린 놈 인섭이도 조카 기섭이도

≪난두 난두≫

하고 밥숟갈을 든채 소리치며 깡충거렸다.

≪너희들은 구례용하고 운동화 하나씩이면 알아 보갔구나.≫

고모가 그렇게 정해 버리자 날치는 품하고는 아무 불평 없이

≪음 좋아! 그럼 모잔 이담에 사줘야 해!≫

하군 다시 볼이 미게 밥술을 떠넣었다.

≪모자도 사자꾸나. 국물이나들 떠먹어라! 귀한 동래국이야.≫

그러는 춘단은 우연히 올캐와 눈이 마주치자 어쩐지 부끄러워 이내 외면해 버렸다. 말은 아니 해도

≪언니! 1년만 더 참아요. 그러면 나도 학교를 나와서 한 로력 벌어

서 언니와 애들을 도울테니.≫

하는듯 하였다.

≪우리 뉜 뭘 사올릴가? 이번 분배엔 뉘가 방학때 일한 로력 점수만 해도 무던히 들었는걸.≫

≪잘 따지네. 관둬요. 언니 그런 소린.≫

≪따지는게 아니라 희망을 들어 주고파 그래.≫

≪정말? 그럼 난 소형 뜨락또르!≫

올캐가 눈을 흘기니까

≪거봐요. 아직 내 희망은 못 해주는 것도?≫

숭늉을 뜨러 나간 춘단은 주걱으로 벅벅 솥을 긁다 말고 생각난 듯이 부엌 새'문을 열고 보얀 김속에서 소리쳤다.

≪깜박 잊었어. 아까 녀맹 위원장 왔던걸. 밤에 위원회를 가지겠다고.≫

≪안 그래도 저녁 먹고 갈래댔네.≫

검정 북저리콩을 밥밑에 놓은 구수한 숭늉을 올캐의 밥그릇에 부어 주는 춘단은

≪녀맹에선 또 도덕적 품성이지.≫

귀'속말로 묻고 나서

≪언니.≫

하고 어색한 얼굴로 정덕을 보았다.

≪난 말이지 언니에게 의견이 있다구. 뭔가 하면 말이지. 난 언니가 밤낮 조합일이다 뭐다 하고 집에 와도 일만 하고 참 안됐거던. 애들도 아버지 소리 한번 못 부르고 지나가는 인민 군대만 보면 정신없이 따라 가니 어데 됐수?≫

정덕은 어린 줄만 알았던 시뉘에게서 뜻밖의 말을 듣고 보니 감개무량하였다. 쌓이고 쌓였던 첩첩한 괴로움과 서러움이 단꺼번에 사라지는듯 터져 나오려는 눈물을 꾹 참고 춘단을 바로 보았다. 세월은 빠르다. 어느새 춘단은 커서 올캐를 리해하기 시작했다. 올캐의 가장 마음 아픈 곳을 어루만지기 시작하고 있다. 가장 허물없이 지내는 부전이도 차마 입을 떼지 못하는 바로 그 말을. 그 누구도 그 아무것도 구애하지 않고 극히 자연스럽게 말한다는 이 마음이야말로 단순히 리해나 동정에서 오는 인사'말이 아니지 않는가. 밤으로도 자다가 무심'결에 정덕의 젖가슴을 더듬던 시뉘의 조그맣던 그 손이 시방 새 세대를 향하여 진군하는 광망의 길을, 보다 넓게 닦기 위해 날마다 지혜를 키우면서 정덕둘에게 커다란 기쁨과 위안을 안겨 주려는 것이니 어찌 마음의 감격 없이 받는단 말이냐! 정덕은 몇 달구지의 낟알 가마니나 현금 뭉치보다 더 귀중하고 고마웠다.

≪뭘 그렇게 나만 봐 언니?≫

≪뉘!≫

정덕은 덥석 춘단의 손을 끌어 잡았다. 10리'길 군 소재지까지 골'바람 들'바람 쏘이며 학교 다니느라고 손이 터서 꺼칠하다. 장갑 하나도 미처 못 사주고 또 그것을 사달랠 넘도 않고 서로 살아 왔구나 싶으니 아무리 자기가 잘 한들 이편 살을 갈라 낳은 어머니 정에 비기랴. 일찍이 얼굴도 못 본 시어머니지만 만약 그 분이 살아 계셨다면 하다못해 치마폭을 뜯어서 이불솜을 빼서라도 왜 벙어리 장갑인들 못 꿰매 주겠는가.

정덕은 아직도 자기는 이 어린이들을 못다 생각하고 있다고 머리를 조아려 사과하는 마음으로 지난날을 더듬었다.

≪내가 시집왔을 땐, 뉘가 말이요. 들창코에 입만 커다래 가지고 머

리엔……≫

하다간 입술을 자근자근 깨물고만 있었다.

≪머리엔…… 하얀 서캐가…… 뭐 뻔하지 홀아버니 딸이……≫

우정 춘단은 레사롭게 받아 넘긴다.

≪그것만이 아니야. 한번은 내가 소요리에 갔다 오니깐 말이지……≫

더 참지 못하고 정덕은 옷고름을 눈으로 가져 갔다. 그는 일만 감정
이 북바쳐와 이 집을 떠나 잠시라도 살 수 없는 뼈 끝까지 사무치는 의
리와 정리를 몸으로써 느끼며 어떤 커다란 안도감과 만족감을 느꼈다.

≪……갔다 오니깐 말이지.≫

하고 방'바닥을 내려다 보며 겨우 목에서 나오는 떨리는 음성으로 말
하였다.

≪아버님은 들에 나가셨는지 안 계시고, 부엌에는 반만 열린 숱안에
불면 날아 갈듯한 노란 조밥에 파리가 웽하니 날고 있지 않겠수. 그것을
뉘랑 되련님이 때없이 드나들며 손으로 한오큼씩 파다 먹었는지 온 부
뜨막엔 노란 모래알이 깔려 있거든요. 그리고 둘째 오빠는 꼴짐을 받쳐
놓고 토방에서 고금인지 세상 모르고 앓고 있고 또 저 되련님은……≫

하고 윗목에서 공부를 하고 있던 준모를 가리키는데 그도 팔소매로
얼굴을 가리며 황망히 문을 열고 밖으로 나가 버렸다. 잠시 방안은 시뉘
올캐의 흐느끼는 울음소리만 들려 왔다. 거기에 벽괘종소리만 똑딱똑
딱 두 사람의 마음을 분초를 뛰여 넘어 더욱 가깝게 해주는 것 같았다.

정덕의 눈앞에는 지금도 선하다. 일찍이 젖 떨어지기 전에 어머니를
잃은 어린 시동생은 배가 북통만해 가지고 여름이면 자주 배앓이를 하
였다. 정덕은 친정에서 돌아 오는 길로 보퉁이를 채 풀어 헤뜨리기도
전에 발에 밟히는 어지러운 것을 치우고 나서 쑥불을 한 화로 피워 해

질녘의 드센 모기떼를 쫓아 낸 다음 앓는 사람을 방에 눕히는데 무엇인가 작은 그림자가 아무 소리 없이 치마폭에 꽉 매달렸다.

입때까지 뒤'개울가 나무 그늘에 엎드려 혼자서 고부러지게 감자를 한 바가지 깎던 어린 춘단이가 인기척에 올캐가 돌아 온 것을 알고 그냥 달려 온 것이였다.

≪물을 길어다 어서 아버님이 돌아 오시기 전에 저녁 진지는 지어야겠는데 착 매달려서 영 떨어져야 말이지…… 그 다음부턴 내가 얼씬만 해도 언니야 어데메 가니? 하군 어떤땐 뒤보고 나오면 오도카니 뒤'간앞 살구나무 밑에 앉아 있질 않겠나, 그 다음 난 소요리도 잘 안 갔댔다우.≫

차차 마음의 격동도 지나간 정덕은 담담히 웃고 말하는데 춘단은 웨쳤다.

≪고만 좀 뒈 언니!≫

그러며 벌떡 일어 나더니 야무진 목소리로 말을 이었다.

≪난 지금도 학교 갔다 와서 언니가 조합에서 그저 안 와 있으면 괜히 허퉁해서 막 노래를 부르지 않아. 그러면서 생각해. 이젠 애들에게 그런 생각 안 주게 내가 언니 대신 하리라고. 그러니까 언닌 마음 턱 놓아도 돼! 정말이야!≫

정덕은 시뉘의 말을 귀담아 들으면서 윗목 벽에 준모가 써 붙인 글'줄을 가만히 눈으로 읽었다.

≪학습하고 또 학습하자. 학습 없이는 전진하지 못한다≫

그날 밤 녀맹 위원들이 모인 것은 미루 땅 휴경지 20정보를 개간하면 자급 비료가 계획 외에 근 800톤이 더 필요하니 그것을 녀맹반적으로 해결하자는 토의를 위해서였다. 위원들의 앙양된 분위기 속에서 의

건들이 백출했다. 그중에도 눈'속에 깔린 산'등성이 락엽을 긁어 모으고 마을에 있는 크고 작은 세 개의 저수지 얼음을 깨서 그 밑바닥 개흙을 퍼올리자는 방법이 채택되였다.

≪민청에서 나서기 전에 녀맹 돌격대를 조직해야겠어.≫

≪그럼 래일 녀맹 총회를 열고 모레쯤 조합에다 선포하자우. 아무도 손 못 대게.≫

저마다 흥분한 녀맹 위원들은 집으로 향하였다. 정덕이가 돌아 오니 춘단은 그저 자지 않고 이불속에서 책을 보며 올캐를 기다리고 있었다. 그런데 쪼르니 잠든 세 어린이들 머리맡에는 크고 작은 색색의 메리야스 웃내의가 하나씩 놓여 있었다.

≪웬거냐 이게 다?≫

≪그것 뿐인 줄 알어?≫

하고 춘단은 이불'장 우의 종이 꾸러미를 펼쳐 보였다. 장갑 두 켤레가 나왔다.

≪아까 교장 선생님이 가지고 오셨어요. 언닐 기다리다가 가신걸.≫

≪……≫

≪난 이건 누가 보냈나 알겠어. 암만 언니가 비밀로 해도.≫

≪비밀은 누가 비밀?≫

≪전에 아버지도 그리셨고 언니도 통 작은언니 말은 안 하지 않어요?≫

≪누가 하기 싫어서 안 하는 줄 아우? 자연 안 하게 되는게지.≫

정덕은 폭신한 장갑에서 손을 빼며 그 진자주 고운 빛'갈이 떠나간 동서 옥금의 애절한 마음 같았다.

풍문에 들으면 그는 평양서 남편과 함께 어느 생산 협동 조합에 다닌다고 한다.

전쟁이 한창 심하던 1952년도 일이었다. 포연 속에서도 이 산골 문운리에는 복사꽃, 살구꽃이 구름안개처럼 활짝 피었다 진 늦은 봄날이었다.

감자밭 초벌김을 매고 점심 먹으러 오니 빨래만 마당 가득히 널려 있고 동서는 보이지 않았다. 터밭에서 무엇을 솎는가 가보아도, 헛간으로, 외양'간으로, 우물로 온통 찾아 봐도 보이지 않았다. 이상한 예감이 들어 부엌에 들어 가니 점심상을 차려 놓은 찬장앞에 종이 쪽지가 칼도마 밑에 찔려 있었다.

≪형님, 저를 백번 죽일 년이라고 나무라서도 다시 할 말이 없어요. 저 대신 기섭이를 부탁합니다. 더 큰 죄를 짓기 전에 저는 형님 눈앞에서 떠납니다. 제 롱안에 옥색 모본단 자투리가 있어요. 아버님 진갑때, 토수라도 해서 드리세요. 제가 이다음 사람 구실하고 살면 형님 신세 잊지 않겠어요……≫

쪽지를 읽고 나서 정덕은 후들후들 떨리는 가슴을 안고 쓰러지듯 마당으로 뛰여 나왔다. 어린 기섭이놈은 아무것도 모르고 시아버지가 쩌다 놓은 섶'잎에서 묵은 도토리 깍대기를 줏노라고 골몰해 있었다. 정덕은 아무 말 없이 기섭이를 끌어안고 그냥 흐느꼈다.

≪그렇지. 스물 세 살에 너 하나 바라고 이 산촌에서 살 네 어멈이 아닌 줄 알았지만, 설마 이다지도 갑자기 이럴 줄은 몰랐구나.≫

옛날에 가는 년이 물'독에 물 길어 놓고 가랴 했건만 옥금이가 마당 가득히 빨래를 흰눈 같이 널어 놓고 간 것이 더 정덕의 마음을 아프게 하였다. 그럴려고 시아버지 뜰개옷도 풀다듬이해서 어떤 때는 바쁜 김밭에 나가는 것도 늦구워 가며 꾸미개를 하고 있던 것이다.

인제는 그것도 수년 전 일이고 또 옥금이로 말하면 이미 동서도 아무

것도 아니건만 그 가무잡잡하니 사람의 마음을 끌게 하는 가을 밤'송이에서 금시 빠진 밤톨처럼 자색으로 윤기 도는 그 쌍꺼풀진 눈이며 송골매처럼 당차고도 날쌘 몸매가 앞에 선하였다. 전쟁전 평화 시기 마을 써클에도 잘 나가 젊은이들의 인기를 끌던 거는 자기도 연극 배우가 될 수 있다고 몹시도 멋진 것을 좋아하더니 이제는 평양 가서 원없이 멋지게 살겠지 싶었다.

지난 3 · 8절이였다. 주소 성명도 없이 마을 인민 학교 교장 선생 앞으로 편지와 아이들 학용품이 보내 왔던 일이 있었다. 그때, 편지에는 정 기섭이 정 인섭이 정 준모 세 학생에게 변변치 않은 물건을 선물하니 적당히 노나 주기 바란다고 써있었다. 이 문운리에 부임해 온지 얼마 안 되는 젊은 교장은 이 사실은 신문에도 널만한 미거라고 다소 틀을 차리면서 학부형회 때 연설하듯 말하였다.

≪결국 유가족으로서의 모범을 보이는 유 정덕 동무를 인민들은 존경해서 이런 원조가 있다고 보아집니다. 유 정덕 동무는 앞으로 더욱 아동 교육 사업을 위하여 가정과의 련계를 긴밀히 해주실 것이며 나아가서는 이 문운리 농업 증산을 위해서도 모범을 보일 줄로 믿는 바입니다.≫

이때 누구 보고 말은 아니 했지만 정덕은 직감적으로 보낸 사람이 누구인가를 알고도 남았다. 교장에게 온 편지를 찬찬히 보지 않아도 그것은 틀림 없는 옥금이 글씨였다. ㅂ자를 우아래 막아서 ㅁ로, 쓴거며 ㄹ자를 실뱀처럼 흘려 쓴거며 지금도 그 필적 그대로 쓰는 그가 그리웠고 만나 보고 싶었다. 왜정때 소학교도 좀 다녔다는 옥금이는 해방후 같은 성인 학교에서도 정덕의 류가 아니고 받아 쓰기와 짤막한 글짓기도 잘 했으나 한글을 제대로 쓰지 않고 건방을 피워 휘둘러 쓰는 통에 그때 성인 학교 강사이던 정덕의 남편은

≪제수님, 제발 글'자를 곧이 곧대로 써 버릇합시다.≫

하고 학습장 검열 끝에 말을 하면

≪애그 외목나라에 오면 눈 둘 가진 사람이 병신 축에 든다고 여기선 초로 써도 숭이로군.≫

하고 철자법도 제대로 숙달 못 한 채 이내 중급반으로 뛰여 간 옥금이였다.

만약 평양 주소만 알면 옥금을 한번 찾고 싶었다. 그래서 그늘밑 사람처럼 그러지 말고 오면 가면 서로 터놓고 지내자고 하고 싶었다. 그러고 보니 정전 직후 회의때 한번 가본 평양이 얼마나 달라졌을가, 함웅선이 처를 진찰도 시켜 볼 겸 겸사겸사 갔다 오리라 마음먹었다. 두루 흥분한 정덕은 시뉘를 위하여 소형 뜨락또르 아니라 더한 것이라도 사주고 싶은 충동이 일어 났다.

≪참 내가 통이 커졌거던.≫

정덕은 스스로 생각해도 놀라웠다. 전에 조합에 안 들었을 때는 버선'볼 하나 받자해도 헝겊 쪼각을 아끼려고 어진간히 이리 꼬물 저리 꼬물하던 것 보아서 언제 이리 속이 틔였을가.

(조합에서 그야말로 주인이 되여 일을 하니 웨 외량인들 안 생길가)

그는 잠들려고 불을 껐으나 좀처럼 잠이 안 온다. 흥분과 기쁨으로 해서 잠이 안 온다. 잠 안 오는 밤은 전이나 다를바 없건만 이제는 그전의 밤과는 다른 것이다. 자기의 30여 년의 지난날을 돌아다 보아도 이날 밤처럼 자기의 확충(擴充)된 힘을 느끼고 흥분하여 잠 못 잔 적은 그 어느 때도 없었다. 이날 밤 이러한 사람이 어찌 이 문운리에 자기 혼자 뿐이겠는가.

그는 일어나 불을 다시 켜 부엌으로 내걸고 치마를 입고 나갔다.

찬'장에서 놋그릇을 모조리 꺼내여 구해 두었던 기와'가루로 가만가만 돌려가며 닦았다.

≪시뉘만 졸업하면 그 다음엔 내가 공부를 좀 해야겠다. 내가 배워만 오면 온 조합 사람들이 알고 써먹게끔 배워도 단단히 배워 와야지.≫

첫닭이 홰를 치며 ≪꼬끼요≫ 하고 길게 울기 시작했다. 닦은 그릇들을 뜨물에 씻어 가시고 마른 행주를 치려고 방으로 들어오려는데 밖에서 삐거덕거리는 달구지 소리가 난다. 외재 추파 밀 밭에 거름바리를 싣고 가는 웅선이가 분명했다.

≪아주먼네들, 밀밭 거름은 다 냈으니 쇠똥 개똥이나 모읍세다.≫

필경 그는 이날도 자기 반 녀조합원들을 손쉬운 일로 돌리려고 저리 새벽부터 서두는 것일 것이다.

≪저런 사람들과 함께 일하면야 어느 누가 천착을 한다구 오금을 애껴?≫

놋그릇들을 말끔히 마른 행주질을 쳐 윗목에 포개 놓고 나서 정덕은 치마 우에 작업복을 껴입고 다시 부엌으로 나왔다.

금년도 정덕이들의 조합에서는 벼와 옥수수 도합 지난해보다 150톤 증산 계획인 것이다. 그것이 금년도 내세운 340만 톤 중의 한 부분인 것이다.

처음 340만 톤 소리를 듣고 어떤 조합원들은 ≪아이구머니나!≫ 하고 반신반의했으나 이제는 아무도 놀라지 않았다.

≪되지 않구.≫

모두 저마다 옴니암니 조합이 내세운 수'자를 따져 보고 맞춰 보며 모든 것에 자신이 있다는듯이

≪그저 시절만 잘 해 줍소!≫

하고 비는 마음이였다.

조합원들은 자기들이 지은 곡식더미가 산처럼 가려지는 곳에 공장

과 학교가 줄지어 늘어 가는 5개년 후의 장엄한 광경도 지금부터 넉넉히 예견되어 가슴이 울렁거리도록 기대되는 것이다.

정덕은 근 10년 전에 시아버지가 남의 웃음'거리가 되며 만든 커다란 액비통을 돌아 재'간에다 아궁재를 한 삼태기 부으며 식구도 준 지금에 와서 저 액비통을 채울 일이 더럭 걱정스러워졌다. 그는 부랴부랴 헛간에서 마당비를 들고 뒤'뜰로 나섰다.

서리 우에 새벽 달'빛이 이마가 시리도록 환하다. 정덕은 잠 못 잔 머리건만 오히려 새 정신이 든 듯 차차 분홍'빛으로 틔여 오는 동녘 하늘을 쳐다보았다.

날씨는 오늘도 쾌청할 모양이다. 겨울 날씨가 좋으면 바람은 맵짠 법이나 되려 들일 하는 몸엔 달아 오른 속을 시켜주어 좋은 것이다.

구석구석 비질을 하는 그는

≪농사를 하면 버릴 것이 없느니라≫

던 시아버지의 말이 이처럼 실감 있게 느껴진 적도 없다싶이 앞뜰을 거쳐 사립문밖까지 쓸어 나갔다. 이러다가 외재로 거름 나르는 함 응선이와 마주치면 한번 빼길 판이다.

≪우리 녀맹에서 간밤에 채택한 계획을 알기나 하우?≫

하고 욱박아 주며 어서 손수레나 타스로 마련해다 조합 마당앞에 갖다 놓으라고 <지시>하려는 것이다.

—1957. 4—

(『조선문학』, 1957. 6.)

복숭아 나무

엄흥섭

1

정 훈은 소스라쳐 잠이 깨였다.

벽에 걸린 시계가 방금 세시를 친 뒤였다. 가늘고 긴 금속성 여음이 고요한 방안을 은은히 울리고 있었다.

정 훈은 이불을 젖히면서 벌떡 일어 났다. 방안 공기는 싸늘하였다. 웃목에서는 안해가 이불도 덮지 않고 옷을 입은 그대로 옹크리고 누워서 외면을 한채 자고 있었다.

(얄미운 것!)

정 훈은 속으로 중얼거리며 이불을 안해의 몸 우에 덮어 주었다.

자는 줄만 알았던 안해가 갑자기 이불을 걷어 차고 발딱 일어나 앉으며

≪누가 이불을 덮어 달랬소? 어서 가라요! 왜 그년 안 따라 가고 기여 들어왔느냐 말이요?≫

하고 새파랗게 성이 난 어조로 쏘아 부치였다.

≪여보 글쎄, 그게 무슨 소리요? 이웃이 부끄럽소! 아예 그런 소리 마오!≫

정 훈은 점잖이 입을 열었다.

≪힝! 부끄러운 줄은 아는게지…… 어서 나가란 말이요…… 내가 무슨 당신 안해요? 그년이 당신 안해지!≫

≪허 허, 참 기막혀…… 글쎄 여보 같이 영화를 좀 보러 갔기로서니 그게 무슨 렬애요? 사랑이요? 왜 그리 속이 좁소?≫

정 훈은 서글프게 웃어 제끼였다.

≪영화? 그래 영화관에만 같이 갔소? 나오다가 식당은 왜 갔소? 또 요전 일요일날엔 무슨 일로 그년 집에 온 종일 처박혀 있었느냐 말이요? 그런짓 하려구 날 집안에다 주저앉히고 직장을 그만두게 했소? 그동안 어쩌나 보느라구 내버려 두고 보니깐 이건 아주 몰라서 가만히 있는 줄 아는 모양이지.≫

≪글쎄 여보! 식당에 좀 갔기로서니 어떻소? 또 요전 일요일은 재봉틀을 고쳐달래서 갔대두 그래……≫

≪그만 둬요…… 다 알아요. 인젠 아주 그 경숙이년 집에 가서 살든지 그렇지 않으면 그년을 데려다 터놓고 살든지 맘대루 해요! 난 무식하고 못 나고 소가지두 사납구…… 그 뿐인가 나같은 헌 녀편네 팽개치고 처녀 장가 들면 오작 좋으리!≫

안해는 서슴치 않고 종알대며 롱 문짝을 화닥닥 열어 젖히더니 옷들을 들쑤셔 꺼내기 시작한다.

정 훈은 안해와 맞서서 더 말다툼을 하기 싫어졌으므로 벽밑에 놓여 있는 자기 책상 앞에 다가 앉았다.

책상 우에는 담배 재떨이가 폭삭 엎어져 있었고 잉크병도 쓰러져 책상 바닥을 물들여 놓았다.

어제 밤 늦게까지 자기 안해와 말다툼을 하던 끝에 그만 울화를 참지 못하여 자기 책상 우에 있는 물건들에게 분풀이를 하고 만 것이였다.

그는 책상 우를 대강 정리하고 선반 우에서 길고 두꺼운 두루말이 종이를 내렸다.

그는 두루말이 종이를 책상 우에 펴놓고 제도 연필을 찾았다. 제도 연필은 책상 밑에 떨어져 있었다. 뾰족하게 깎아 놓았던 끝이 언제 부러졌는지 뭉툭하게 부러져 있었다.

그는 얼마 남지 않은 1·4분기말까지 완성해야 할 자기의 창의 고안품인 <자동식 가마니 직조기>의 최종적 설계인 <귀갑> 설계를 시급히 완성해야 할 바쁜 시기에 안해와 충돌하게 돼서 자기 사업에 적지 않은 지장이 초래되였다고 생각하였다.

≪저 되지두 않을 놈의 가마니 직조긴지 뭔지 때문에 그 년이 달라붙은 걸 생각하면 당장 저 놈의 종이 쪽을 불살라 버리고 싶다니까!≫

안해가 또 종알대였다.

≪여보 떠들지 말고 가만히 좀 있소. 인젠 다 돼 가는 판인데 왜 그리 몰라주……≫

정 훈은 약간 부드럽게 말했다.

≪힝…… 다 되거나 말거나 내가 알게 뭐요! 가마니 기계에 미친 년 데려다 살라요…… 인제 얼마 안 가서 로력 영웅 되고…… 훈장 타고…… 처녀 장가 들고 좀 좋소…… 왜 그럴 걸 애당초에 나 같은 년 하구 살림을 시작했느냐 말이요!≫

안해는 여전히 쏘아부치며 보퉁이를 싸기 시작한다.

안해는 신경질을 부리고 보퉁이를 싸며 시위를 하는 것은 벌써 두 서너번이나 있었던 상습이여서 그는 별반 겁나지도 않았고 또 알은체 하고 대들고 싶지도 않았다. 모르는체하고 가만히 놔두는 것이 오히려 안해의 성질을 가라앉히는 유일한 방법이라고 생각한 그는 태연한 태도로 시침을 따고 앉아서 설계도만 들여다 보았다.

그러나 설계면이 제대로 보이지 않았고 정신은 산만해지기만 했다.

전쟁 기간 중 적의 폭격으로 안해가 사망한 이후 여러 해를 두고 독신 생활을 하다가 작년 초봄에 비로소 이 안해와 결혼을 하였는데 안해는 웬일인지 결혼 이후 얼마되지 않아서부터 남편에게 불만과 불평을 품기 시작했다.

그러나 정 훈은 그것을 별로 느끼지 못하였고 또 그런데에 관심을 돌리지도 못했던 것이다.

말하자면 정 훈은 안해에게 대하여 무뚝뚝하고 잔 인정이 없는 사나이였다.

뿐만 아니라 정 훈은 자기의 창의 고안품 완성을 위하여 연구에 몰두해야 할 시간이 많아야 하는만큼 가정 생활이나 부부 생활에 무관심할 때가 자연 많았으니 안해로서 불만과 불평을 품을 것도 무리는 아닌 것이었다.

그러나 정 훈은 전쟁 중에 가장 곤난한 생활을 하면서도 별로 불평 불만이 없이 꾹 참아 가며 자기의 사업을 잘 도와 주던 그전 안해와는 딴판으로 현재 안해의 성격이 다르다는 것 만은 결혼 후 얼마 안 가서 느꼈었다.

그러나 그것이 요즘처럼 지나치게 신경질적으로 질투심이 강한 여자일 줄은 몰랐던 것이다.

직장장 윤오의 중매로 작년 봄 그와 쉽사리 결혼은 되었지만 사실은 윤오가 중매하기 전부터 정 훈은 그를 잘 알고 있었다.

그는 원래 자기 남편을 (그도 이 공장 로동자였다) 전쟁중에 폭격에 잃은 녀자였다.

그는 남편을 잃은 뒤 공장 내 양복부에서 재봉공으로 일했었다.

정 훈은 로사용 옷감을 배급타면 의례 양복부에 맡기여 옷을 지여 입었다.

그는 옷을 지으려 몇번 양복부에 들락거리다가 자연 그를 알게 되였던 것이다.

갸름하고 해맑은 얼굴, 좁은 입, 맑고도 빛나는 두 눈, 오똑한 코'날, 호리호리한 키, 이 모든 것이 퍽 상냥스러워 보였고 또 깔끔해 보이는 녀자였다. 양복부에 드나드는 동안 둘이는 서로 친숙해졌고 다시 얼마 뒤에는 피차 없어서는 안 될 자기의 어느 한 부분으로 생각하게까지 되였다.

이러하여 정 훈은 윤오의 중매가 한낱 형식에 불과할 만큼 순조롭게 결혼이 성립되였던 것이였다.

결혼 후 정 훈은 안해로부터 사랑을 받았고 또 자기도 안해를 사랑하였다.

안해는 결국 정 훈의 희망에 의하여 재봉공을 그만두고 가정 살림살이에 충실하였다.

그들의 생활은 의논성 있고 행복스럽게 전개되여 갔다.

그러나 얼마 되지 않아 웬일인지 안해는 정 훈에게 대하여 점점 태도가 달라지며 불평과 불만을 품기 시작하였던 것이다.

정 훈은 그 리유를 모르지 않았다.

누구에게나 다 있는 것처럼 결혼 직후의 정열은 그렇게 오래 계속되지 못하고 식어져 버렸다. 게다가 자기의 창의 고안에 대한 연구 사업이 마지막 고비에 이르게 되여서 집안에 들어 와도 결혼 직후처럼 오손도손 다정스럽게 이야기를 주고 받는 순간이 적어졌고 또 어떤 날은 거의 말이 없이 지난 날도 있게 되었다.

뿐만 아니라 어떤 날은 직장 내 연구실에서 회의를 하다가 시간이 늦어 그만 그대로 자고 들어 올 때도 있었고 또 어떤 날은 안해가 밥을 먹지 않고 기다리고 있는 줄을 번연히 알면서도 직조기 연구를 하느라 공장에서 그만 밤을 밝히고 새벽녘에 들어갈 때도 있었다.

이런 것들이 모이고 쌓이여 남편에 대한 불만의 씨가 싹트기 시작한 것이었다.

그런데다가 경숙이와 오작가작이 있게 되여 그렇지 않아도 까칠하던 안해의 신경이 극도로 악화된 것이었다.

≪살기 싫거든 진작 그만 두자지 왜 사람을 곯리느냐 말이요! 벌써 그년이 다 꿍꿍이 속이 있어서 복숭아나무까지 파다가 마당에 심어 놓은 걸 누가 알았어! 그렇지만 그놈의 복숭아나무를 그대로 둘줄 아나?≫

안해의 이 위협적인 말투에 정 훈은 갑자기 기분이 불쾌해졌다.

≪아니 여보! 복숭아나무를 누가 심었다구 그러우?≫

≪누가 심어! 그년이 와 심었지!≫

≪홍…… 당신 그 생각을 버려야 하오! 경숙이가 와서 심긴 했지만 그것은 경숙이네 조합에서 심어준 거란 말이요.≫

정 훈은 정색을 하며 안해에게 말했다.

≪조합에서 심으면 심었지 왜 하필 그년이 나서서 우리 집 마당에 와 심고 가느냐 말이요! 그게 다 앙큼한 꿍꿍이 수작 아니고 뭐요?≫

≪허, 참 당신허구는 말을 못 하겠소!≫

정 훈은 화가 치바쳐 올라 왔으므로 제도 연필을 내던지고 문짝을 활짝 열어 젖히였다.

휘황하게 밝은 전등 불'빛이 마당으로 내려 비치였다. 배꽃송이 같은 흰 눈이 소리 없이 펄펄 쏟아져 내려 오고 있었다.

마당 앞에 우뚝 심어 놓은 한 그루의 아담한 복숭아나무가 가지마다 송이 눈이 쌓이여 꽃이 핀 것처럼 아름답게 보이였다.

≪힝! 아침 저녁으로 갈때 올때 보는 놈의 복숭아나무를 그 새 못 잊어서 밤'중에 문짝을 열어 젖히고 보는 거요? 신물이 나도록 어서 실컨 보라요!≫

안해는 또 정 훈의 화통을 건드렸다.

≪……≫

정 훈은 더 안해와 대꾸를 하고 싶지 않았으므로 담배를 피워 물고 연기를 길게 내뿜으며 선뜻 작년 봄 식수 사업 때의 일을 회상하였다.

공장 부근 농촌 협동 조합원들이 자기네들과 관계가 깊은 농기계를 생산하는 이 공장 지대와 사택 마을에 나무를 심어준 일이 있었다. 그때 자기 집 마당에 복숭아나무를 심어준 것은 경숙이였으나 경숙이는 무슨 안해가 말하는 것처럼 꿍꿍이 속이 있어서 심어준 것이 아니라 다만 자기네 협동 조합에서 혁신 로동자들의 집에다가는 특히 과일 나무를 심어 주기로 한 일을 자기도 분공을 맡아 해준 것 뿐이였다.

복숭아나무는 뿌리가 땅에 붙자 옮겨 심은 티도 없이 싱싱하게 꽃이 피고 잎이 피고 가지가 뻗어서 여름에는 제법 푸른 그늘을 마당에 던져 주었다.

금년 봄에는 작년보다 꽃이 더 만발할 것이며 열매가 열릴 것이 예견되고 있건만 정 훈의 안해는 이 복숭아나무를 요즘 와서 몹시 미워해 내려 온 것이였다.

작년 가을 락엽이 지고 날씨가 추워지기 시작했을 때, 정 훈은 복숭아나무 뿌리가 겨울 동안 얼지 않도록 흙을 북돋아 주었고 아래'도리를 짚으로 싸서 새끼를 동여 매 주었으며 이웃 아이들이 가지를 꺾을가 보아 새끼줄을 쳐서 못 들어 가게 해 놓았을 때 안해는 비웃으며 군소리를 했던 것이다.

≪흥! 집안 살림살이를 저렇게 좀 돌보면 어때! 아무리 온 잔 정이 없는 사내기론 요즘은 어디 가서 물 한 통 들어다 주길 허나 석탄을 한번이나 이겨 주길 허나……≫

안해는 정 훈이가 복숭아나무를 가꾸는데 대해서는 그것이 가정 살이와는 아무런 관계 없는 딴 일이며 그것을 심어주고 간 경숙이에게 대한 일종의 련모의 감정에서 우러나온 행동이라고 해석해 내려 온 것이였다.

정 훈은 실로 안해의 이러한 질투 심리가 너무도 해괴하고 변태적인 것에 대하여 기가 막힐 때가 한두번이 아니였다.

정 훈은 눈'송이가 말없이 내려 퍼붓는 복숭아나무 가지만 물끄러미 내다보았다.

≪그래 그놈의 복숭아나무만 내다보면 그년 생각이 제절로 나는 게지? 어디 보자! 그놈의 복숭아나무를……≫

안해는 옷보퉁이를 싸다가 말고 부리나케 부엌으로 나가더니 무엇을 찾는 모양이였다. 정녕 안해는 칼이나 도끼를 찾는 것만 같았다.

이 순간 정 훈은 안해의 행동에 대해서 그대로 보고만 있을 수 없는 불 같은 분노가 치솟아 올랐다.

(만일 복숭아나무를 찍기만해 봐라!)

정 훈은 긴장되고 흥분한채 안해의 행동을 주시하였다.

안해는 한 손에 식칼을 들고 나와 복숭아나무 쪽으로 달려 가고 있었다.

정 훈은 눈에서 쌍심지가 솟아 올랐다. 그는 자기도 모르게 번개 같이 버선 발로 마당으로 뛰어 내려 갔다.

≪왜 이러우? 당신! 미쳤소?≫

정 훈은 안해의 손에서 식칼을 빼앗아 어둠속 길'바닥으로 팽개쳐 버리고 안해의 등을 밀어 방안으로 몰아 들였다.

≪미치다니 내가 미쳤다구? 힝! 당신이 그년한테 미쳤지 내가 미쳤어?≫

안해는 거의 발광 상태가 되여 남편에게 포악을 부리고 대드는 것이였다.

정 훈은 화나는 대로 하면 당장 안해의 따귀를 몇번 갈겨 정신이 들게 해 주고 싶었으나 그러자면 자연 이웃까지 알게 될 것이므로 그저 꾹 참아 버리였다.

그는 잠간 동안 흥분된 감정을 가라앉히고 랭정한 두뇌로 자기를 반성해 보았다.

안해의 신경질적 질투 행동이 다만 그의 성격에서 오는 것으로만 해석하기에는 너무도 리유가 박약하며 또한 일방적인 감이 없지도 않았다.

그는 안해가 그러한 질투 행동을 일으킬만한 원인이 자기 자신에게도 없지 않다고 뉘우쳐졌다.

어제 저녁만 하더라도 그랬다. 퇴근 후 바로 영화 구경을 가다가 길'거리에서 경숙이를 만났으면 그저 보통 인사나 하고 헤여졌어야 옳았을 것인데

≪동무! 영화 구경 안 가겠소?≫

하고 무심코 말을 건 것이

≪그렇잖아두 구경하려고 오는 길이에요!≫

하고 경숙이가 바짝 자기 곁에 다가서 왔고

≪그럼 같이 가자우!≫

하고 경숙이와 어깨를 마주 대고 영화관 앞으로 가다가 공교롭게도 배급을 타 가지고 오던 안해에게 들킨 사실―또 영화관에서 나와 경숙이와 함께 식당에서 랭면을 먹고 나오는 길에 안해에게 들킨 사실― 이 두 가지 사실만으로도 안해의 질투 감정을 일으킬 충분한 재료가 될 수 있는 것이다.

게다가 며칠전 일요일 경숙이네 집에 가서 재봉틀을 고쳐 주고 금방 나왔으면 문제는 없었을 것을 경숙이가 붙들고 못 가게 하는 바람에 저녁 식사까지 대접을 받고 나온 사실― 그보다 훨씬 거슬러 올라가 작년 여름 이앙 협조대로 경숙이네 마을에 나갔을 때 그날 밤 선전 사업도 있고 해서 공교롭게도 자기는 경숙이네 집에서 하루'밤 숙식을 하게 된 사실…… 이런 것들이 안해의 신경을 날카롭게 만든 원인이 된 것은 두 말할 필요도 없다.

그렇다고 해서 정 훈은 안해에게 대하여 량심상 가책을 느끼는 점은 조금도 없었던 것이다.

그는 역시 자기를 리해하지 못하는 안해가 밉쌀스럽고 원망스러웠으므로 입을 다문채 책상 우에다 고개를 틀어 박고 설계도만을 다시 보았다.

옷보퉁이를 차려 가지고 금방 집을 뛰여 나갈 것 같던 안해의 기세는 웬일인지 약간 수그러지고 한참 동안 침묵이 흘렀다.

(그러면 그렇지, 제가 가기는 어딜 가! 공연히 시위지!)

정 훈은 속으로 결론을 내리고는

≪아니 옷보퉁이를 꾸렸으면 어서 가지 왜 안 가오?≫

하고 한 번 툭 쏘아 보았다.

≪걱정 말아요! 어련히 갈가봐서!≫

안해의 음성엔 독이 오를 대로 올랐다. 안해는 정 훈의 출근 시간이
가까와 오도록 밥 지을 생각도 않고 옷보퉁이를 베고 누워 있기만 했
다. 과연 남편과 집을 버리고 나가 버리는게 자기를 위하여 리로울 것
인가? 해로울 것인가? 여기에 대하여 속 깊은 자기 고민 속에 파묻힌
것이리라.

≪여보! 그리 말고 오해를 풀란 말이요! 공연히 그년, 그년 하며 경숙
이를 욕하지 말란 말이요.≫

정 훈은 부드럽게 타일러 보았다.

≪힝! 저것 봐! 그래두 그년을 싸고 돌지……≫

안해는 여전히 팩 쏘아대였다.

≪경숙이가 만일 이 사실을 알게 된다면 당신을 사람으로 알겠소?≫

≪힝!≫

안해는 아니꼽다는듯이 그저 코'방귀만 뀌였다.

정 훈은 안해와 더 시비를 따지고 싶지 않았으므로 주섬주섬 출근복
을 입고 그대로 휙 밖으로 나와 버렸다.

그의 겨드랑이에는 벤또 보자기 대신 설계 도본만이 도루루 말린채
끼여 있었다.

2

크고 작은 공장 건물들과 여기저기 흩어진 사택 마을들은 하루'밤 동
안에 흰 눈으로 뒤덮였고 아침 해'살이 동악마을 산'봉우리 우에서 퍼

져 오르자 잠시 동안 공장 지대는 옅은 보라'빛으로 물들어졌다.

사택 마을에서 공장 쪽을 향하여 곧게 뻗은 두세 갈래의 신작로로는 로동자들이 일렬로 줄을 지어 눈'길을 바삐 걸어오고 있다.

육중한 방한화에 눈이 범벅으로 묻어 발'길을 옮기기가 거북하고 둔할 뿐 아니라 오늘 따라 머리가 어지럽고 기분이 명랑치 못한 정 훈은 심드렁해서 로동자들의 행렬에 끼여 공장 정문을 들어섰다.

그는 자기 직장인 <시험 직장>으로 들어 섰다. 자기의 창의 고안품인 <자동식 가마니 직조기>가 설치되어 있는 자기 작업장으로 옮겨 가서 설계 도본을 궤짝 우에 내려 놓고 기름때 묻은 로동복으로 바꾸어 입었다.

말없이 우두커니 서 있는 육중한 가마니 직조기! 그는 오늘 따라 이 기계가 새삼스럽게 자기의 오랜 고생의 력사를 속삭여 주는듯 싶고 자기를 물끄러미 바라보며 위로해 주는 듯도 싶었다.

정 훈은 8·15 해방전 남의 집 머슴이였다. 일제의 징용을 피하여 도시로 도망해 나와 직업을 구하다가 결국 이 곳 농기계 수리 공장 견습공이 된 그는 해방이 되자, 공장이 자기들 로동자들의 손에 의하여 운영되게 되였고 민주 개혁이 실시되고 로동자 농민이 잘 살 수 있는 세상이 되였다고 느낀 그는 이제야말로 내 나라를 위하여 자기 몸을 바칠 때가 돌아 왔다고 생각하였다.

그는 자기가 농촌에서 머슴살이를 할 때 겨울에도 단 하루를 쉬여 보지 못하고 가마니 짜기에 고생하던 일이 되살아 올라서 급기야 일정한 학문적인 기초도 없이 오직 열의 하나만으로 <자동식 가마니 직조기>의 창의 고안에 착수하였던 것이다. 그러나 전쟁이 일어 나자 그의 창의 고안은 순조롭게 진행되지 못했고 정전후 다시 연구에 착수하여

3개년 계획의 마지막 해인 작년에 비로소 기본적인 설계가 완성되여 <시험 직조>를 시작하게 되였던 것이다.

조선 로동당 12월 전원회의의 결정을 받들고 얼마 전에 이 공장내 종업원 궐기 대회가 있을 때의 일이였다.

수 많은 로동자들이 서로 다투어 일어나 증산과 절약을 위하여 자기들의 투쟁 계획을 말했을 때, 정 훈도 토론에 참가하여 자기 결의를 표명하였던 것이다.

그는 아직 완성되지 못한 <귀갑> 설계를 1·4분기 이내로 완성해 내놓기 위하여 모든 정력을 다 바치겠다고 맹세하였다.

그는 궐기 대회가 있은 이후 지금까지 2—3개월 동안을 밤 늦게 잤고 그러면서도 새벽 세시면 반드시 일어나 설계도를 그리며 연구하군 했다.

오늘 새벽 세 시에 그가 자동적으로 잠이 깨인 것도 그의 생활이 낳은 습관적인 것이였으나 안해의 심한 질투로 인하여 그는 다른 날과 달리 아직도 머리가 무겁고 기분이 맑지 못하였다.

≪정 동무 어찌 됐소? 거의 돼 가오?≫

빙긋이 웃으며 정 훈의 곁으로 다가 온 사람은 직장장 윤오였다.

≪글쎄요!≫

정 훈은 웬일인지 자기 어조가 불친절하게 나온것 같아서 미안한 생각이 들었다.

윤오는 어느틈에 정 훈의 얼굴을 훑고

≪동무 요즘 너무 밤'잠 안 자지 않소? 두 눈에 충혈이 심하구만. 건강에 주의해야겠소!≫

하고 인정미가 풍치는 어조로 말하며 정 훈이가 가져다 놓은 설계 도

본을 들여다 보았다.

≪음! 인젠 다 됐군그래. 수고했소!≫

윤오는 넙적한 얼굴에 만족한 웃음을 띠웠다.

≪글쎄올시다. 거의 다 돼 가기는 허지만 어데 설계대로 됩니까.≫

정 훈은 겸손한 태도로 말했다. 사실상 설계대로 기계가 잘 말을 듣지 않을 때가 한두번이 아니였다.

바늘이 건숭 오락가락 한다거나 짚을 물리는 기계가 태공을 한다거나 바디가 제 임무를 다 못하고 힘이 약해진다거나 하는 따위의 초보적인 결함들을 시정하기 위하여서도 그는 설계도를 수십번 뜯어 고치였고 거기 따라 부분품들을 여러번 새로 만들어 다시 조립하여 시험해 보았던 것이다.

정 훈은 오늘 자기가 가지고 온 설계도에 맞추어 새 부분품을 갈아넣고 기계를 다시 조립해 가지고 <직조 시험>을 해보려 하였다.

≪그런데 정 동무! 오늘 오전 중에 서악 협동 조합에서 또 짜려 온다는데……≫

≪서악에서요? 아마 오늘 동악에서도 올는지 모르겠는데요.≫

정 훈은 기계에 다가 서서 부분품을 한 개 두 개 뜯어 내며 다시 말을 이었다.

≪농민들의 편의를 봐 주는 것은 좋지만 요즘은 하루 이틀 아니구 계속적으로 짜러 덤비니 이건 정작 해체해 놓고 연구할 새가 있어야지요!≫

≪허지만 어떡하겠소. 시험 직조 기간에 우리가 농민들을 위해서 그만한 것쯤 편리를 못 봐줘서야 되겠소.≫

≪그야 그렇지만……≫

≪문제의 해결은 동무의 <귀갑> 설계가 완성되여 하루 바삐 완전

한 기계가 제작되여 나오는데 있소.≫

직장장 윤오는 이렇게 말하며 유리창 밖을 힐끔 내다 보다가

≪아니 저런! 저 극성뎅이가 또 온단 말이야!≫

하고 빙그레 웃었다.

정 훈은 무심코 그 쪽을 내다보았다. 소달구지에 짚단과 가마니 날을 가득 싣고 소고삐를 끌며 이쪽으로 들어 오는 것은 동악 협동 조합의 작업반장 경숙이였다.

정 훈은 오늘 일이 자기의 계획 대로 되지 않을 것이 예견되자 갑자기 마음이 초조해지지 않을 수 없었다.

이윽고 경숙이가 직장 안으로 성큼성큼 들어 닥치였다.

동글 납작하고 가무스럼한 얼굴에 풍만한 육체를 가진 경숙은 방긋이 미소를 띄우며

≪정 동무! 오늘은 우리 조합에서 좀 짜 가자요!≫

하고 기계 곁으로 다가 선다.

≪오늘은 서악에서 짜러 온댔는데……≫

≪누구든지 먼저 온 사람부터 짜 가자요……≫

경숙은 자기네 공장이나 되듯이 자기가 끌고 온 달구지에서 짚단과 새끼를 들고 들어 와 기계 곁에 내려 놓는다.

유리창 밖에서는 또 짚을 싣고 이쪽으로 들여 오는 소달구지가 보이였다. 서악 협동 조합의 달구지였다.

서악 조합의 달구지를 몰고 들어 온 것은 최 로인이였다.

최 로인도 짚단과 가마니 날을 들고 들어 와 정 훈의 작업장 앞에 내려 놓는다.

≪자네, 오늘두 좀 수고해 주게나! 어제 직장장 동무한테 관리 위원

장이 부탁했다네……≫

최 로인은 정 훈이에게 말하고 나서 자기가 경숙이보다 먼저 짜겠다고 달려 들어 가마니 날 뭉치를 풀어 가지고 기계 곁 벽에 박힌 못에 걸기 시작했다.

≪할아버지! 늦게 오셔서 먼저 짜가시는 법도 있어요? 안 돼요……나중에 짜시라요!≫

경숙은 생긋 웃어 보이며 자기가 먼저 짜겠다고 가마니 날 뭉치를 풀어 못에 걸려고 서둘렀다.

≪얘애 늦게 왔지만 먼저 좀 짜 가자꾸나! 너희 조합은 우리 조합보다 거의 곱절이나 짜 가구두 또 극성이냐?≫

최 로인은 경숙이를 달래며 부드럽게 말했다.

≪곱절은 뭐가 곱절이예요. 할아버지네 조합에서 더 많이 짜가시구 그러십니까? 우리는 이 달에 겨우 250장 밖에 더 안 짜 갔지만 서악에서는 아마 400장이나 짜 갔을 걸 뭘 그러세요……≫

≪뭐? 무슨 400장이냐? 그 왕청같은 소리 말아!≫

최 로인과 경숙 사이에는 가볍게 옥신각신이 계속되였다.

정 훈은 빙그레 웃으며 해체했던 부분품을 다시 끼워 조립해 놓았다.

≪자, 할아버지…… 그럼 날을 걸고 한번 짜 보시지요……≫

≪어디 그럼 오늘은 내손으로 한번 짜 보리다.≫

정 훈은 최 로인에게 기계를 내맡기였다.

시험 직조 기간에 조합 농민들이 가마니를 짜러 올 때는 기계 사용을 농민들 손에 내 맡기고 자기는 농민들이 기계를 사용하는 광경을 세밀하게 관찰하면서 기계의 결함을 발견하려 하였던 것이다.

최 로인은 자기 손으로 가마니 날을 기계에 걸기 시작했다.

경숙이도 함께 할아버지를 도와 주기 시작했다.

어느틈에 가마니 날이 모두 걸려지고 기계가 돌아 가기 시작했다.

최 로인은 추려서, 묶어 온 작은 짚단들을 기계 좌우에 나누어 놓았다.

짚을 문 바늘이 날 사이로 재빠르게 오고가고 바디가 덜그럭거리며 물린 지푸라기를 힘차게 내려 눌러 주군 하였다.

추려진 짚단들과 가마니 날을 바로잡아 주는 최 로인의 손은 한창 바쁘게 움직여졌다.

≪좀 속력을 빨리 해 보시지요.≫

정 훈은 최 로인에게 말했다.

≪아니 서투르게 기계 만졌다가 고장이나 내면 어떡하겠소……≫

최 로인은 조심스럽게 속도 조절 장치를 만지였다. 이윽고 직조 속도는 약간 빨라졌다.

≪할아버지두! 참! 속력을 더 좀 올리시라요…… 하루 종일 할아버지네 것만 짜가실래요?≫

경숙은 짚단을 바로잡아 주다가 별안간 기계에 뛰여 들어 속력 조절 장치를 홱 잡아 틀었다.

기계가 갑자기 속력이 지나치게 빨라졌다.

≪앗!≫

정 훈은 깜짝 놀라며 기계에 대들었으나 미처 바로 잡을 사이도 없이 기계는 별안간 변조를 일으키며 바늘'대만 건숭으로 오고 가고 할 뿐이였다.

이 순간 경숙의 얼굴은 새파랗게 질리기 시작하였다.

정 훈은 기계를 정지시켜 놓고 요소를 손질하면서 세밀히 관찰하였다.

기계는 별로 큰 고장은 나지 않았으나 웬일인지 말을 잘 듣지 않았다.

≪고장이 났어요?≫

경숙이가 무색한 목소리로 물었다.

≪아니 넌 왜 서투르게 기곌 만져서 고장을 내놓니?≫

최 로인은 경숙이를 핀잔주었다.

정 훈은 이 순간 자기 기계가 역시 농민들의 손으로 사용되기에는 아직도 많은 결함이 있다는 것을 깨달을 수 있었다.

더구나 그는 속력 조절기에 안전 장치를 해야만 누가 만지든지 지금처럼 변조를 일으키지 않을 것이라고 생각하였다.

그렇다면 오히려 경숙이가 속력 조절기를 만져서 고장을 낸 것이 자기 연구를 위하여 큰 도움이 된 것이었다.

정 훈은 한참 동안이나 기계를 만져서 겨우 정상적인 상태로 돌려 놓았다.

≪기계를 함부로 만져두 고장이 잘 안나도록 만들어 달라요! 속력을 좀 세게 놓았다구 이렇게 고장이 나면 만날 고장만 고치다가 시간을 다 보낼텐데 뭘!≫

경숙은 아까와는 딴판으로 반죽좋게 정 훈을 도리여 핀잔주었다.

≪경숙 동무 말이 옳소! 아직두 내 연구가 부족하오! 기계 사용에 익숙치 못한 농민들 손에 함부로 사용되래두 별반 고장이 나지 않고 또 간혹 고장이 나더래두 누구나 쉽게 고칠 수 있을 만큼 기계 구조가 완전치 못한 것은 사실이요……≫

정 훈은 나지막하게 말했다.

≪그걸 어서 연구해야 해요. 그리구 이 기계가 좀 커요! 몸'집이 작고 아담하게 만들어 달라요. 값두 눅게 만들어야지 비싸면 안 돼요.≫

경숙의 이런 요구는 옳은 요구라고 생각되었다.

≪그렇잖아두 그런 걸 념두에 두고 설계를 개조해 나가는 중에 있소!≫

정 훈은 속력 조절기를 다시 만지여 속도를 더 올리였다.

정 훈은 얼른 최 로인네 가마니를 짜주고 오후부터는 경숙이네 것을 짜 주려고 생각하였다.

≪여보게 정 동무! 그런데 어느 때나 돼야 <귀갑>까지 기계로 같이 짜게 되겠나?≫

최 로인이 짚단을 대면서 정 훈을 바라보았다.

≪금년 안으로는 완성시킬 예정입니다……≫

≪암! 금년 안으로 돼 나와야지. 허기야 지금 같아서는 귀갑은 그대로 손으로 짤 셈 치고 이대루 제작해 내놔두 농촌 로력이 얼마나 절약될는지 모르지! 하루에 두 사람이 겨우 여닐곱장 밖에 못 짜는데 이 기계는 한 시간내에 그만큼 짜니 얼마나 빠른가 말야!≫

최 로인이 말했을 때 잠자코 서서 가마니 날을 골라 주던 경숙이가

≪아이 참 할아버지두— 그까짓게 뭘 빨라요…… 한 시간에 적어두 열댓장씩은 짜내야죠!≫

하고 정 훈의 얼굴을 바라보며 빵긋 웃었다. 그리고 나서 다시 말을 이였다.

≪그렇잖아요? 정 훈 동무! 어서 더 연구해서 한 시간에 열댓장씩 짤 수 있게 고치시라요!≫

경숙의 격려의 말에 정 훈은 그저 빙긋이 웃기만 하였다.

≪넌 욕심두 크다. 이만한 기계라두 위선 한 조합에 한 대씩만 있어봐라, 겨울 동안 조합원들이 가마니 치느라고 딴 일을 못 하고 애쓸 필요도 없고 그 남는 로력으로는 다른 일을 할 수 있지 않나.≫

최 로인이 경숙을 공박하자

≪할아버지두 이만한 기계를 내 놓을려면 벌써 내놓았게요. 더 훌륭하고 좋게 만들어 내려구 정 훈 동무께서 지금 이렇게 연구하잖아요……≫

경숙은 최 로인을 깨우쳐 주듯이 방그레 웃으며 말했다.

≪오냐, 네 말이 옳다. 더 좋은 기계가 나와야 하구말구……≫

최 로인과 경숙이가 이야기를 주고 받으며 짜지는 가마니를 들여다 보는 동안 기계는 이따금씩 한 장이 다 짜졌다는 표로 몇 가닥의 지푸라기가 듬성듬성 짜지기 시작하더니 또 계속해서 바디는 힘차게 지푸라기를 눌러 쫑쫑 째여져 나가군 하였다.

이윽고 점심 시간을 알리는 싸이렌이 요란하게 울었다. 시끄럽게 돌아 가던 기계'소리가 한꺼번에 멎어 버렸다.

그러나 정 훈은 자기 기계를 멈추지 않고 그대로 가마니를 짜 나갔다.

≪인제 이 장만 짜구 그만두세! 오후엔 경숙이네 조합걸 짜 줘야 할 게 아닌가!≫

최 로인은 이렇게 말하면서 새끼 날을 더 물지 않았다.

이윽고 가마니는 다 짜졌다. 최 로인은 30여 매 가량이나 되는 가마니를 추려 가지고 마당으로 나갔다.

경숙이는 최 로인의 달구지에 가마니를 실어 주고 나서 그 길로 직장 상점쪽으로 발'길을 옮기였다.

이윽고 경숙이는 신문지 뭉치로 싼 뭉텅이를 그러안고 정 훈의 앞에 나타났다.

정 훈이가 점심을 가져오지 않은 눈치를 챈 경숙은 빵을 사가지고 온 것이였다.

≪잡수라요!≫

경숙이가 신문지 뭉치를 헤치고 빵을 정 훈에게 권했을 때다. 정 훈의 안해가 보자기에 점심'밥을 싸서 들고 시험 직장 문을 밀며 들어 섰다.

그는 남편이 경숙이와 무슨 이야기인지 정답게 소곤거리며 빵을 먹고 있는 광경을 보자 대뜸 얼굴'빛이 질리며 잠시 동안 발'길을 멈춘채 남편과 경숙의 행동을 뚫어지게 쏘아보다가 무엇인가 결심한 표정을 보이고는 성큼 정 훈의 앞으로 가까이 걸어 갔다.

≪아이유, 아주머니가 오시네. 어서 오시라요!≫

경숙이는 반가운 얼굴로 일어서며 인사를 했으나 정 훈의 안해는 옆 눈도 떠보지 않고 입을 꾹 다문채 점심 보자기만 궤짝 우에 탁! 소리가 나게 거의 내던지다 싶이 내려 놓고 나서는 그길로 휙 돌아서서 나가 버렸다.

≪아니 저 아주머니가 왜 말두 않구 저렇게 성이 났어?≫

경숙이는 영문을 몰라 눈을 똥그랗게 뜨고 정 훈의 안해가 나간 쪽과 정 훈의 얼굴을 번갈아 보며 섰다.

정 훈은 안해가 어느 정도 성이 가라앉아 점심을 해가지고 온 것이라고 생각되었으나 또 경숙이를 보자 이처럼 오해를 하고 질투를 일으키며 표독스런 태도로 나가는 꼴이란 우습고 밉살스러우면서도 한편 이상하리만큼 밸밸 꼬이는 자기들의 일이 못내 한탄되었다.

정 훈은 어느덧 빵을 먹을 생각도 점심밥을 먹을 생각도 없어져 버렸다.

오늘 밤 집에 돌아 가면 또 어제'밤과 오늘 새벽과 같은 충돌이 버러질 것만 같아 그는 머리'속이 또다시 어지러워지는 것이었다.

≪어서 점심을 잡수시라요!≫

경숙은 정 훈의 앞에 점심 보자기를 내놓았으나 정 훈은 별로 먹을 생각을 하지 않고 담배를 피워문 채 잠시 동안 침묵에 잠기였다.

그의 안해가 왔다 간 뒤 정 훈의 기분이 불쾌해진 것을 느낀 경숙은 자기도 이상스럽게 기분이 달라져 버렸다.

무슨 리유로 자기가 인사를 했는데도 못 들은 체 하고 성을 새파랗게 낸채 휙 나가버렸을가?

무슨 리유로 그는 어제 영화관 앞길에서 자기를 보고 도끼눈을 해 가지고 불쾌한 표정으로 쏘아보며 지나쳐 간 것일가?

경숙은 정 훈의 안해의 이러한 태도가 퍽 이상스럽고 해괴해 보이였다.

혹시 정 훈과 자기와의 사이를 의심한데서 나온 질투 행동인가? 만일 그렇다면 이 얼마나 가소롭고 불쾌한 일인가?

그러나 경숙은 그것이 자기의 너무나 지나친 해석이라고 고개를 흔들어 그런 생각을 잊어 버리려 했다.

이윽고 작업 싸이렌이 울었다. 경숙은 기계에 가마니 날을 걸고 짚단을 옮겨다 놓았다. 기계가 요란스럽게 돌아가기 시작했다.

≪50매를 짤려면 밤까지 걸려야 되겠죠?≫

경숙은 기분을 바꾸어 미소를 띄우며 정 훈의 얼굴을 힐끔 바라보았다.

≪50매를 꼭 짜야겠소.≫

≪필요하긴 하지만 정 동무헌테 너무 미안하니깐 말이죠……≫

≪어디 짜는 대로 짜 봅시다.≫

정 훈은 경숙이가 날을 풀어 대 주느라고 미처 짚단을 대주지 못하는 것을 보고 그저 있을 수는 없었다.

≪동문 날이나 어서 풀어 대우.≫

정 훈은 기계 곁으로 대들어 경숙이가 미처 대주지 못하는 짚단을 재빠르게 대주었다.

3

퇴근 시간이 지난 뒤에도 가마니 짜는 소리만은 그대로 덜그덕거리며 고요해진 직장 안을 시끄럽게 울리었다.

밤도 이슥해진 열 시가 넘어서야 가마니는 경숙이가 요구한 대로 50여 매가 짜졌다.

경숙은 가마니를 달구지에 싣기 시작했다. 정 훈은 가마니를 밖으로 내다 주었다.

≪정 동무는 안 가실래요?≫

≪왜 나두 가야지.≫

경숙은 소고삐를 잡고 달구지를 몰아 공장 마당을 나섰다.

정 훈도 그 뒤를 따라 나왔다. 그들은 공장밖 컴컴한 신작로로 나섰다.

동악 마을을 가자면 정 훈의 사택 마을 앞을 지나야만 했다.

새벽까지 내린 눈이 낮 동안에 대부분 녹았으나 길'바닥은 엷게 살얼음이 잡혀 질퍽거리었다.

≪인젠 봄이 올 날두 며칠 안 남았지요?≫

≪이제부턴 동무네 조합에서두 한창 바쁘겠소……≫

≪언제는 안 바쁜가요? 금년엔 작년보다 더 많은 생산 계획을 세웠으니깐 눈 코 뜰새 없어요! 우선 며칠만 지내면 식수 사업부터 시작할 텐데…… 금년엔 과수 나무를 더 많이 심기로 했어요……≫

경숙은 소고삐를 끌어 당기면서 종알거렸다.

≪인제 몇해 안 가서 우리 동악 마을 뿐 아니라 이 공장 지대까지두 복사꽃 사과꽃 배꽃 속에 파묻히게 될 거예요.≫

경숙은 여기까지 말하다가 갑자기

≪그런데 참 정 동무네 복숭아나무는 뿌리가 얼지 않았어요?≫

하고 궁금한듯이 물었다.

≪아니……≫

정 훈은 이 이상 더 할 말이 없었다. 사실은 복숭아나무로 말미암아 자기 안해와 큰 싸움이 버러졌던 오늘 새벽일에 대하여 구태여 경숙이에게 이야기해 줄 필요는 없었기 때문이였다.

이윽고 달구지는 정 훈의 사택 마을로 들어 가는 갈림'길 앞을 지나게 되였다.

≪자 동무 어두운데 잘 가오.≫

정 훈은 사택 마을'길로 들어 섰다.

경숙은 달구지를 잠간 세우더니

≪정 동무 수고스럽지만 저기 저 비탈'길 올라 가는 데 좀 밀어 달라요. 암만해두 미끄러워서 달구지가 못 올라 갈 것 같아요.≫

경숙이는 정 훈에게 간청하였다.

≪그래, 밀어 주지……≫

정 훈은 선선히 대답하였다. 그는 오늘 따라 자기 집에 들어 가고 싶은 생각이 적어졌다.

동악 마을 산모퉁이 비탈'길로 달구지가 올라 갔을 때는 반 남아 이지러진 달이 동악산 봉우리 우로 뾰조름이 이마를 내 밀기 시작하였다.

정 훈은 경숙이와 헤여진 뒤 사택 골목으로 들어 서서 걷기는 하였으나 그는 안해와 또 한바탕 충돌이 계속될 것이 예상되였으므로 집에 들어 갈 생각이 없어져 버렸다.

그러나 그는 새벽에 일어나 설계도를 검토해야 할 것이 생각되자 얼른 집에 들어 가 쉬지 않을 수 없었다.

그는 자기 집 마당으로 발'길을 옮겨놓았다.

≪앗!≫

아침에 나올 때까지 분명히 서 있던 복숭아나무가 간데 없었다.

정 훈은 불같이 치솟는 울화를 참을 수 없었다.

그는 방문을 화닥닥 열어 젖히였다. 있을 줄만 알았던 안해가 간 데 없고 방안에 걸려 있던 안해의 옷들이며 아침에 몽똥거리던 보통이들이 하나도 눈에 뜨이지 않았다.

아까 공장으로 점심'밥을 해 가지고 온 안해가 경숙이와 자기가 빵을 먹으며 이야기하는 것을 보고 또 질투를 일으켜 표독스럽게 밥보자기를 내던지고 가기는 했지만 이처럼 복숭아나무까지 뽑아 없애고 집을 나가 버릴 줄은 몰랐다.

정 훈은 금방 그가 가 있을 그의 친정으로 뛰여 가 붙들고 와서 단단히 버릇을 고쳐 놓고도 싶었다.

그러나 이미 자기를 반대하고 집을 나간 사람을 다시 데려 올 필요는 없다고 생각하자 풀썩 그 자리에 주저앉고 말았다.

불쾌하기도 하고 애수하기도 한 종잡을 수 없는 마음에 정 훈은 한동안 멍하니 천정만을 쳐다 보고 있었다.

이때 밖에서 발'자국 소리가 나며

≪정 동무 왔소?≫

하고 윤오가 들어 왔다.

윤오가 벌써 정 훈의 안해가 집을 나간 사실에 대하여 알고 있었던 것이다.

≪동무가 너무 부부 생활은 돌보지 않고 연구 사업에만 열중했던 탓이요. 그러나 별문제는 없소. 내게 맡기오!≫

윤오는 로련하게 말하며 정 훈을 위로하였다.

≪뭐 나는 안해가 되돌아 오기를 바라진 않소. 내 사업을 리해 못하고 내 성질을 몰라 주는 안해와는 오히려 헤여지는게 마땅할게요.≫

정 훈은 제법 흥분한 어조로 자기 결심을 보이였다.

≪아니요. 동무 부인은 동무를 지극히 사랑하고 있다는 걸 알아야 하오…… 문제는 꼭 복숭아나무 때문이요…… 하하하……≫

윤호는 껄껄껄 한바탕 웃어 제끼였다. 그리고는 다시 말을 이었다.

≪내가 중매를 잘 했더면 이런 일이 없었을 것인데…… 낸들 어찌 남의 성질을 속속들이 알 수 있소? 별수 없소. 내 뺨이라도 서너번 치오. 허허허.≫

윤오의 말에 정 훈도 쓴웃음을 웃었다.

≪그런데 경숙이허군 도대체 어느 정도로 친하우? 그래두 무슨 근거가 있지 않겠소?≫

윤오는 다시 빙긋이 웃었다.

≪직장장 동무도 결국은 나를 그렇게 모르오? 하 하 하.≫

≪허기야 동무 성격이 경숙이와 애정 관계에 빠질 사람은 아니지만……≫

윤오는 이렇게 말하다가 갑자기

≪동무 어서 일어 서오! 우리 집에 가 한 잔 합시다.≫

하고 정 훈을 데리고 자기 집으로 갔다.

4

며칠이 지났다. 그러나 안해는 돌아오지 않았다.

정 훈은 평소와 마찬가지로 공장에서 퇴근을 하면 혼자서 밤 늦도록 연구에 몰두하였다.

그는 자기 설계에 맞추어 제작한 부분품을 자기 집에까지 가지고 와서 이놈저놈 만져도 보고 다시 자기 손으로 잡기도 했다.

그러나 그의 연구 사업은 잘 될리 없었다. 주의는 산만해지고 정신은 혼란해 가기만 했다.

그는 안해가 돌아 오도록 참고 기다릴 것인가? 그렇지 않으면 가서 데리고 올 것인가? 그렇지도 않으면 아주 단념해 버리고 깨끗이 안해와의 관계를 청산해 버리고 말 것인가?

날이 갈수록 정 훈의 머리'속은 복잡해지기만 했다.

안해에게 고분고분하게 굴지 못했고 또 살이라도 베여 먹일 것처럼 잔 인정 있는 자기가 아니지만 안해의 인격을 무시했거나 천대를 한 일은 없었고 또 욕을 하고 손질을 해서 모욕을 준 일은 더구나 없지 않았던가……

이런 생각을 하면 할수록 지난날 그건 안해와 행복스럽게 살던 시절의 기억이 어느덧 그의 눈 앞에서 팔락이는 것이었다.

전쟁전 그 어느 해의 일이었다. <가마니 직조기>의 기본 설계에 착수했을 때 정 훈은 그때도 매일 밤 늦게까지 잠을 안 잤고 새벽이면 일찍 일어나 설계도 우에 지혜를 짜 내군 했었다.

어느날 밤 정 훈은 설계도를 그리다가 도면 우에 자기도 모르게 코피를 뚝뚝 떨어뜨리었다.

≪아이유 제발 인젠 그만 쉬시라요! 너무 여러날 무리하시더니.≫

안해는 재빨리 랭수를 떠다가 이마를 식혀 주고 솜으로 코를 막아 주었다.

≪그런데 이걸 어떡해요…… 허사가 아니에요. 여태까지 그린 데다 코피를 흘렸으니……≫

안해는 어느 틈에 설계도 우에 물들은 코피를 솜으로 닦아 내고 있었다.

그는 이처럼 남편 몸을 아끼였고 또 설계도를 귀중히 여기지 않았던가!

만일 그 안해가 원쑤놈들의 폭격에 죽지 않았다면 오늘 자기의 사업에 얼마나 큰 도움을 주었을 것이며 부부 생활은 또 얼마나 행복스러웠을 것인가……

이렇게 부질없는 명상에 잠기여질 때 정 훈의 머리는 더욱 어지러워지기만 했다.

≪잊어 버리자!≫

정 훈은 고개를 흔들어 옛기억을 잊어 버리려 애를 썼다. 그러나 어제 오늘은 어찌된 일인지

≪어서 설계나 완성시키라요…… 부질없이 옛일을 생각 말고……≫

하고 방긋이 웃으며 그의 눈 앞에 떠오르는 것은 죽은 안해가 아니라 경숙이의 얼굴이였다.

경숙이의 둥근 얼굴, 빛나는 두 눈, 웃으면 볼우물 지는 량볼! 어느 모로 보든지 그전 안해의 처녀 시절과 비슷한데서일가? 허나 그런것만은 아니었다.

정 훈은 안해가 집을 나가고 난 뒤부터 자기도 모르게 경숙이에게 대하여 이상한 방향으로 자기의 감정이 끌려 들어가는 것을 느끼지 않을 수 없었다.

경숙은 응당 자기 사업을 리해해 줄 것이고 또 동정해 줄 수 있는 믿음직한 처녀가 아닌가? 그렇다면 경숙이에게 자기의 심경을 솔직히 호소해 볼 필요가 있지 않을가? 경숙이와 자기와의 사이에 애정의 싹이

터 가정을 이룰 수 있다면 그것은 얼마나 행복된 일인가?

정 훈은 이렇게 한참동안을 가슴만 설레이다가 꿈에서 깨여난 사람처럼 어느덧 자기 현실로 돌아 오군 하였다.

비록 자기와 충돌을 하고 집을 나가 여러날 째 돌아 오지는 않았으나 결혼후 자기를 위하여 직장까지 그만 두고 집안에 처박혀 가정을 이루어 준 안해가 아니였던가!

경숙이와 자기와의 사이가 오해할 성질의 것이 아니였다는 것을 확인하기만 한다면 안해는 곧 돌아와 자기 잘못을 뉘우칠 수 있는 그런 상냥스런 성격도 지닌 그라고 생각하였다.

그는 공장에 나가나 집에 돌아 오나 이런 감정의 갈등 속에서 머리가 떵하고 마음이 늘 가라앉지 않았다.

그는 어떤날 밤이면 술에 취해 가지고 집에 돌아 오기도 했다.

텅 비인 방안에 맹숭맹숭한 기분으로는 도저히 잠을 이룰 수 없었던 때문이다.

이렇게 불규칙한 생활이 계속되는 동안 그의 창의 고안 사업은 결국 답보 상태에 빠지고 말았다.

윤오는 걱정 끝에 식사를 자기 집에 와서 하라고 여러번 권했지만 그는 남에게 폐를 끼치고 싶지 않았으므로 자기가 손수 밥을 지어 먹었다.

그 때문에 출근 시간을 지각한 때도 한두번 있었고 또 어떤 날인가 그는 몸이 몹시 고단하여 출근을 하지 못하고 누웠다가 오후에야 겨우 정신을 차려 출근한 일도 있었다.

그는 해방 이후 지금까지 공장 생활에서 별로 지각이나 결근이나 조퇴라고는 해보지 않은 근실한 사람이였건만 가정 생활의 파탄에서 오는 영향은 무서운 힘으로 그의 정신을 어지럽혔고 사업에 큰 지장을 일으켜 준 것이였다.

그는 자기 사업이 순조롭게 진행되여 나가지 못하는 자기 현실에 대하여 몹시 괴로웠고 또 같은 직장 동무들 보기에도 량심상 부끄러웠다. 뿐만 아니라 그는 국가 앞에 죄를 짓는 것만 같기도 했다.

그는 해방 이후 지금까지 자기의 창의 고안 사업의 성공을 위하여 국가가 자기에게 방조를 준 것을 회상해 보지 않을 수 없었다.

무슨 남보다 뛰여나고 뾰족한 재주가 있는 것도 아니였고, 또 무슨 기초 지식이 충분히 있는 것도 아닌 자기로서 오늘날 자기 사업이 거의 완성에 가까와 온 것은 오로지 자기의 성공을 위하여 격려해 주고 채찍질해 주고 물심 량면에 걸쳐 방조를 해 준 공화국의 혜택이라고 생각되는 것이였다.

그는 그동안 자기 사업의 성공을 위하여 연구에 사용되고 소비된 설계도 용지만 계산해 봐도 미상불 대 여섯 달구지가 실할 것임을 깨달았을 때, 새삼스럽게 놀라지 않을 수 없었다. 또한 수백개가 넘는 부분품을 만들었다 부서뜨리고 또 만들었다 부서뜨리고 하는 동안에 소비된 물자와 시간과 로력 공수를 따져 본다면 더욱 놀라지 않을 수 없을 것이였다.

이렇듯 자기 사업에 방조를 해 준 당과 정부 앞에 자칫하다가는 자기 사업에 최후 완성을 보이지 못하고 허사가 되고 말 것만 같은 불안함을 느끼였을 때 그는 갑자기 두려운 생각이 들었다.

날씨는 어느덧 달라졌다. 해'볕은 따뜻해지고 바람'결은 부드러워졌다. 서악과 동악 산'골짜기에서는 벌써 아지랑이 같은 것이 눈앞을 사물거리기 시작했다.

공장 부근 농업 협동 조합원들은 춘경 맞을 준비로 인하여 그전처럼 공장안 정 훈의 작업장에 가마니를 짜러 오는 일이 드물어졌다.

정 훈은 좀처럼 가라앉지 않는 감정의 갈등 속에서도 자기 사업을 완성시켜야겠다는 의욕은 여전히 불타 올랐다.

어느 날이였다.

정 훈은 공장 지배인과 당위원장을 비롯한 간부들과 또 중앙에서 내려 온 손님들에게 둘러 싸여 자기 기계의 최종적 시험을 하기 시작했다.

그동안 완성을 보지 못했던 <귀갑>이 훌륭하게 기계로 직조되여 나오는 것을 본 손님들은 모두다 신기스럽고 만족한 얼굴로 가마니 직조기를 바라보다가는

≪동무! 과연 수고 했소!≫

하고 감격된 어조로 찬사를 올리며 기름때 묻은 정 훈의 손을 덥석 쥐고 흔들어 주는 것이였다.

이 순간 정 훈은 몹시 감격되고 기뻤다. 이런 장면을 집을 나간 안해에게 보여 주고 싶은 마음이 불쑥 치밀어 올랐다.

≪동무! 그런데 혹시 이 기계에 대해서 앞으로 더 개선해야 할 점은 없소?≫

지금까지 침착하게 기계를 들여다 보고 섰던 손님 하나가 빙그레 웃으며 정 훈의 얼굴을 바라보았다.

정 훈은 겸손한 태도로 입을 열었다.

≪솔직히 말씀 드리자면 이것을 창의 고안품이라고 세상에 내 놓기가 부끄럽습니다. 첫째, 기계를 다루는데 익숙지 못한 농민들 손에 함부로 사용되드라도 고장나는 률이 적도록 또 고장이 나드래도 아무나 쉽게 고칠 수 있도록 더 개선해야 할 것과 둘째, 속도가 지금보다 적어

도 50프로 가령 더 높아져야겠고 세째로, 기계 몸'집을 작게 해서 운반과 사용에 편리하도록 하며 아울러 기계 제작비용을 적게 들여 농민들의 부담을 가볍게 해야 할 문제들입니다.≫

정 훈은 얼마 전 경숙이가 자기에게 요구하던 그말 그대로를 련상하면서 손님들 앞에 자기 의견을 말했다.

정 훈의 대답을 듣던 한 손님은 더욱 만족한 웃음을 띠우며

≪동무의 지적이 솔직해 좋소. 나는 동무에게 경의를 표하오. 부디 더 계속 연구하시오……≫

하고 또 한번 굳게 악수를 해 주었다.

정 훈은 이렇게 손님들이 자기를 격려해 주고 칭찬해 주는데 대하여 어쩔 줄을 몰라 한참동안 가슴만 설레여졌다.

그날 오후에는 공장 부근의 농업 협동 조합원들이 모여 들었다.

그들은 정 훈의 <자동식 가마니 직조기>가 <귀갑>까지 완전히 기계로 짤 수 있게 설계가 완성되였다는 소문을 듣고 기쁜 마음에 몰려 온 것이였다.

그들 가운데는 동악의 경숙이와 서악의 최 로인도 섞여 있었다.

그들은 한참동안이나 직조 광경을 바라보다가 정 훈에게 치사를 하고 악수로써 헤여져 갔다.

그러나 경숙은 웬일인지 정 훈의 작업장에 혼자 남아 머뭇거리고 있었다.

≪정 동무! 오늘 퇴근 후에는 별루 바쁜 일 없어요?≫

경숙은 돌연 이렇게 말하며 긴장된 얼굴로 정 훈의 눈치를 살피였다.

≪왜?≫

≪할 말이 있어서 그래요……≫

≪오늘은 학습이 있는데……≫

≪그럼 지금 민주 선전실로라도 잠간 가시자요!≫

경숙이 요청으로 정 훈은 직장 민주 선전실로 들어 갔다. 때마침 민주 선전실 안에는 아무도 없었다.

≪난 그동안 소문을 듣고 놀랬어요.≫

경숙이가 먼저 입을 열었다. 정 훈은 갑자기 창피스런 생각이 났으므로 그저 말없이 담배만 피울 뿐이었다.

≪허지만 나는 아주머니가 나쁘다고 보지 않아요! 정 동무가 나뻐요…… 왜 가서 얼른 안 데려 오시나요? 가마니 기계는 훌륭히 맨들어 내면서 자기 안해는 왜 교양을 주지 못해요?≫

경숙은 생글생글 웃으며 정 훈의 얼굴을 건너다 보았다.

≪동문 그 말을 하려고 나를 찾아 왔소?≫

정 훈을 자기도 뜻하지 않았건만 어조가 불쑥 툭명스럽게 나온 것을 느끼였다.

≪사실은 내가 어제 군 민청 회의에 갔다 오다가 아주머니를 찾아 갔었어요……≫

≪?……≫

정 훈은 깜짝 놀랐다.

≪나는 아주머니가 복숭아나무를 뽑은데 대하여 항의를 하러 갔었어요…… 그러나 나는 앓아 누워 있는 아주머니를 보고 그 말이 나오지 않았어요……≫

정 훈은 또 놀라지 않을 수 없었다.

≪앓아 누웠다구?≫

≪복숭아나무를 뽑아 버리고 그 길로 집에 가서 바루 앓아 누운 모양

이에요! 정말 정 동무를 무척 사랑하는 아주머니란 것을 느꼈습니다. 나는 아주머니에게 정 훈 동무와 나 사이에 하등 오해할 건덕지가 없다는 것을 자세히 말씀 드렸어요. 래일이라도 가서 데리고 오시라요……≫

경숙은 거의 명령적으로 정 훈에게 말했다.

≪동무두 딱한 소리 마오…… 나를 싫어서 나간 녀자를 데리려 갈 필요는 없을 것이요. 막상 데리러 간들 기분 좋게 오겠소?≫

≪아니예요! 가보시라요. 이젠 오해가 풀렸어요. 그날 점심 밥을 싸가지고 와서 팽개치고 나갈 때와는 아주 딴판이예요.≫

≪딴판은 무슨 딴판이겠소≫

정 훈은 경숙의 이야기를 별로 흥미 있게 들으려 하지 않았다.

≪글쎄 그렇잖아요. 간단히 말하면 자기가 집을 나간 걸 후회하고…… 또 자기가 성질을 팩하고 고약하다는 것을 뉘우치고 또 정 동무의 사업이 중요한 사업이라는 걸 알면 되잖아요?≫

경숙은 여기까지 말했으나 정 훈은 그말이 곧이 들리지 않았다. 불과 며칠 동안에 자기 안해의 심경이 그처럼 변할리 없고 또 성격이 달라질 수는 없기 때문이다.

≪정말이지 내가 어제 얼마나 아주머니와 장시간 동안 이야기했는지 아세요? 첫째 나는 정 훈 동무의 사업을 위해서 아주머니의 오해를 풀어드리려 한거예요. 언제 우리가 아주머니를 배척하자구 공론을 했으며 또 아주머니가 의심하는 것처럼 정 동무와 내가 련애를 했어요? 참 우스운 일이였어요……≫

경숙의 어조는 어느덧 가벼운 흥분 속에 떨려 나왔다.

≪사실 경숙 동무에게 미안한 일이요. 뿐만 아니라 바깥소문이 나뻐 불쾌하고 부끄러운 일이요. 어떻게 해서든지 경숙 동무의 불명예를 씻

어야겠소……≫

정 훈은 경숙이에게 대해서 도리여 미안한 생각이 든 것이다.

≪내 문제는 문제가 아니예요, 정 동무의 사업이 중요하지 않아요? 아주머니와 불화가 계속되는 동안 그만큼 연구사업은 지장을 가져올 것이예요!≫

≪……≫

정 훈은 잠간동안 말없이 명상에 잠겨 있었다. 경숙이가 이처럼 자기 일에 발 벗고 나서서 안해를 찾아 가고 그를 설복시키고 오해를 풀어 주기 위하여 애를 쓰고 있다는 것을 생각했을 때, 정 훈은 새삼스럽게 경숙이가 존경되였다.

≪어쨌든 오늘 래일 동안에 가보시라요. 오고 싶어도 열적어서 못 오고 있어요 지금…… 몸도 아프기도 하지만두 만일 정 동무 혼자 가기 싫으면 나허구 같이 가시자요……≫

경숙이가 이런 말을 했을 때 밖에서는 싸이렝이 요란스럽게 울렸다. 이윽고 노트를 든 로동자들이 민주 선전실 문을 열고 들어 닥치였다.

≪그만 갈래요!≫

경숙은 황망히 일어나 밖으로 휙 나가버렸다.

학습이 시작되였다. 그러나 정 훈은 강사의 이야기가 귀에 잘 들어오지 않았다. 그는 오늘 따라 마음이 더욱 복잡해지고 심란해졌다.

경숙이가 안해에게 갔다 온 사실, 안해가 앓아 누웠다는 사실, 안해가 후회를 한다는 사실, 경숙이로부터 자기가 안해를 교양 주지 못했다고 비판을 받은 사실…… 정 훈은 자기에게도 응당 잘못이 없지 않다고 뉘우쳐졌다.

만일 경숙의 말대로 안해가 집을 나간 것을 진심으로 뉘우친다거나 돌아 오고 싶어도 열적어서 못 돌아 오고 있다면 자기는 한시라도 빨리 가서 안해를 데리고 와야 할게 아닌가?

성질이 지내친 신경질이여서 뾰족하고 팩하고 리해력이 부족하고 오해를 잘하는 것이 안해의 결함인 것만은 사실이나 싹싹하고 눈치빠르고 상냥한 맛이 없지도 않은 안해가 아닌가!

더구나 전쟁에 피해를 입은 불행한 사람끼리 서로 만나 행복한 가정을 창조하자고 약속하던 그때의 그 정열과 지향이 어찌 다시 소생될 수 없을 것인가!

그는 어느덧 앓고 누워 있다는 안해의 일이 몹시 궁금해지며 한편으로 불안한 생각까지 났다.

집으로 돌아 온 그는 마음이 더욱 설레였다.

방안은 유달리 쓸쓸하고도 싸늘하였다. 아침에 덮고 가기는 했으나 석탄불이 꺼져 버린 것이 분명하였다.

그는 컴컴한 부엌으로 들어 갔다. 부엌 안 공기도 랭랭하였다. 석탄'불은 싸늘하게 꺼져 버렸다. 그는 불을 피우려 불쏘시개를 찾았으나 눈에 잘 띠이지 않았다. 겨우 통나무 한 토막을 발견한 그는 도끼를 찾아 들고 내려 팼다. 이 순간 갑자기 쩽하고 무엇인지 깨여지는 소리가 났다. 장작개비가 튀여 찬장 유리문을 깨뜨린 것이였다.

그는 울화가 치솟아 올랐으나 꾹 참고 석탄'불을 피운 다음 밥을 지으려 서둘렀다. 얼마만에 밥 탄 냄새가 났다. 밥쌀은 밥물이 적어 퍼질 사이도 없이 생쌀 그대로 바닥에 눌어 붙어 타기 시작한 것이였다. 그는 당황해졌다. 물을 담박 부었다. 얼마만에 그릇에 펐을 때는 밥이 아니라 화기내가 풍기는 거무테테한 죽이였다. 게다가 숟가락마다 돌이 씹히였다.

그는 먹던 밥그릇을 밀어 던지고 담배를 피우며 한참 동안 랭정히 생각하였다.

(이래가지구서야 내 사업이 어찌 앞으로 더 발전할 수 있겠는가!)

그는 속으로 중얼거리며 무엇을 결심했다는듯이 벌떡 일어나 벽에 걸린 자기 솜저고리를 더 껴입고 밖으로 나왔다.

그는 어느 틈에 자기 안해가 가 있는 마을 쪽을 향하여 걷고 있었다.

캄캄한 밤, 인가조차 드문 들판과 산모퉁이를 돌아 가며 그는 또다시 곰곰이 생각하였다. 그는 갑자기 걷던 발'길은 멈추고 엉거주춤하고 한참 동안 그대로 서 있었다.

안해를 찾아 가는 자기가 새삼스러이 쑥스럽게 생각된 때문이다.

자기가 찾아 간다고 해서 과연 안해가 오해를 풀고 자기를 따라 돌아 올 것인가? 암만해도 경숙이의 말이 자기에게는 그대로 신용되지 않았다. 만일 경숙의 말대로 안해가 그렇게 쉽게 자기 오해를 풀고 자기의 잘못을 뉘우칠진댄 구태여 데리러 가지 않더래도 돌아 와야 할게 아닌가! 그렇다! 진심에서 우러나 자기 스스로 오해를 풀고 집에 돌아 올 때까지 기다리자!

정 훈은 이렇게 생각하면서 발'길을 돌려 놓고 말았다.

그는 힘없는 발'길을 터벅터벅 옮겨 놓으며 다시 사택 마을로 돌아왔다.

이집저집 창문으로는 전등 불'빛이 휘황하게 비치었고 오손도손 이야기소리 웃음'소리가 흘러 나왔다. 어떤 집에서는 부부가 함께 나와 배급 받은 석탄을 퍼나르고 어떤 집에서는 고기 굽는 냄새가 코를 찔렀다.

모두가 자기네 부부보다는 행복한 사람들 같고 즐거워 보이였다.

5

경숙이로부터 그런 이야기를 들은 이틀 뒤 오정 싸이렌이 공장 지대를 요란스럽게 울고 난지 조금 지나서였다.

머리에 수건을 쓰고 분홍저고리에 검정 동지바지를 입고 어깨에 삽을 둘러멘 경숙이가 정 훈의 작업장에 나타났다.

경숙은 공장 건너편 동악 마을 산'비탈에 자기 조합원들과 과일나무를 심다가 점심 시간을 리용하여 정 훈을 만나러 내려 온 것이었다.

≪아니 왜 여태까지 안 가보셨어요?≫

경숙은 방긋 웃으며 정 훈을 바라보았다.

≪……≫

정 훈은 말없이 담배만 피워 물고 먼 산을 바라보았다.

안해를 데리러 가다가 도중에서 되돌아 오고만 자기의 심정을 경숙이에게 말하기가 웬일인지 거북하고 쑥스러웠다.

≪동무에게 미안하오!≫

정 훈은 이렇게 한 마디를 해내 던지고는 더 말을 하지 못해다.

≪참 정 동무도 딱하세요. 밤'중이라도 갔다 오세야죠. 누구 때문에 병이 나 앓는다구 안 가보세요!≫

경숙은 명랑한 목소리로 말했다.

≪내가 간다구 병이 낫겠소? 안 가도 량심이 있으면 오겠지……≫

정 훈의 어조는 랭랭하였다.

≪아이유 참, 그러니까 정 동무가 나뻐요. 그만 두라요. 내가 한번 더 갔다 올테니!≫

경숙은 여전히 쾌활하게 말하면서 방그레 웃어 보이고는 바쁜 걸음으로 공장 밖을 나가 버리었다.

정 훈은 경숙이가 건너편 산'비탈 길로 올라갈 때까지 한참 동안 유리창 밖을 물끄러미 내다 보았다.

명랑하고 쾌활하고 믿음직한 경숙이, 자기를 위하여 이렇듯 애를 태워가며 호의를 다해 주는 그 심정이 새삼스럽게 고맙고도 아름답게 생각되었다.

그날 밤이었다. 정 훈은 자기의 2·4분기 사업 계획을 직장장 윤오와 더불어 토의하고 열시가 되여서야 집으로 돌아갔다.

정 훈은 자기 집 마당에 들어 서자마자 깜짝 놀라지 않을 수 없었다.

안해가 집을 나간 이후 언제나 밤에는 불이 꺼진 그대로 고요하던 자기 집 방안에 전등'불이 환하게 켜지고 누구인지 도란도란 이야기를 주고 받는 소리가 들려 나왔다. 정 훈은 그것이 누구의 목소리인가를 직감적으로 알아 낼 수 있었다. 그는 발'길을 주춤하면서 방 안에서 나오는 목소리에 귀를 기울였다.

≪이제는 부디 잘 사시라요. 내게 대한 오해두 다 풀어 버리셨으니까. 나 때문에 정 동무한테 불명예를 끼친 걸 생각하면 나두 얼른 결혼을 해야겠어요. 참! 래달에는 잔치를 하기루 작정을 해 놨답니다.……≫

경숙의 말'소리는 그치었다. 정 훈은 안해가 무슨 말을 하려나? 하는 호기심보다도 경숙이가 시집을 가기로 작정되였다는 돌발적인 말에 대하여 유달리 긴장되였다. 사실 경숙이가 시집을 가기로 날짜까지 결정되였을가? 그렇지 않으면 자기 안해의 마음을 가라앉히기 위한 일시적인 웅변인가? 정 훈은 경숙의 말이 암만해도 믿어지지 않았다.

≪인젠 나두 잘 알았으니 그만 해 두구려.≫

안해의 목소리가 나지막하게 들려 나왔다.

≪정말 아셨어요? 정 동무가 그동안 얼마나 창의 고안에 고심했습니까? 아주머니는 그것을 아세야 해요! 앞으로도 정 동무의 사업은 더 중요합니다. 지금 <귀갑>은 성공했지만 완전한 큰 성공은 아직두 멀었어요! 정 동무가 큰 성공을 하느냐? 못 하느냐?의 문제는 가정에서 아주머니의 방조 여하에 따라 결정된다는 걸 아세야 해요.≫

경숙의 목소리엔 약간 웃음이 섞여 들렸다.

≪아 글쎄 경숙 동무! 그 소리는 벌써 내게 몇번째요! 인젠 알았으니 딴 이야기나 하자요!≫

안해의 말'소리도 약간 웃음이 섞여 들리였다.

정 훈은 이 이상 더 엿들을 필요가 없다고 생각하고 기침을 하며 방문을 열었다.

이 순간 경숙이는 방긋 웃으며 정훈을 바라 보았다. 그러나 정 훈의 안해는 고개를 숙인채 정 훈을 똑바로 바라보지 못했다.

≪자, 정 동무! 이제 난 갈래요! 이만하면 내 할 일은 했으니까……≫

경숙은 벌떡 일어나 문을 열고 나섰다.

정 훈은 경숙이 뒤를 따라 나왔다.

≪어서 들어 가시라요. 아주머니가 또 오해를 하시면 어떡하실라구!≫

경숙은 명랑하게 말했다.

≪동무의 호의는 고맙소.≫

정 훈은 정중하게 말했다.

≪이젠 그전보다 좀 다정하게 굴라요.≫

경숙은 정 훈에게 부탁하면서 악수를 청했다. 그리고는

≪그런데 참 난 이번 결혼하기로 결정했어요. 이번 제대되여 우리 조합에 온 동무랍니다.≫

하고 침착하게 말했다.

≪축하하오!≫

정 훈은 경숙의 손을 잡으며 다정스럽게 이렇게 말했으나 그러나 어쩐지 마음 어느 한 구석이 허전해지는 것을 어쩔 수 없었다. 그것은 자기도 모를 감정이였다.

정 훈은 경숙과 악수를 나누고 나서도 얼마 동안 그대로 서 있었다. 어둠 속으로 사라져 가는 경숙의 발'자국소리를 듣다가 그는 자기 정신으로 돌아 와 발'길을 돌리고 자기 집으로 돌아 왔다.

안해는 그동안 방안을 깨끗이 쓸어 내고 단정히 그러나 고개를 외면하고 그린 듯이 앉아 있었다.

그들 사이에는 한참 동안 침묵이 계속되였다.

≪여보! 어린 경숙이헌테 교양을 받으니 부끄럽지도 않소?≫

참다 못하여 정 훈이가 먼저 침묵을 깨뜨렸다. 그러나 안해는 아무런 대꾸가 없었다.

≪허기야 나도 경숙이헌테서 비판을 받았소. 생각해 보면 나도 당신에게 잘못한 일이 한두 가지가 아니였소―≫

정 훈의 목소리는 나지막하였으나 긴장된 분위기 속에서 떨리여 나왔다.

≪당신이나 나나 전쟁의 쓰라린 상처를 입은…… 처지가 같은 사람끼리 결합된 사이가 아니요. 작년 봄 우리가 결혼한 것은 행복한 생활을 창조하기 위함이였소.≫

정 훈은 잠간 말을 끊고 담배를 피워 물었다.

≪―우리 다시 그 때로 돌아갑시다. 당신은 그때 얼마나 상냥스러웠소? 또 나를 얼마나 위해 주었소?≫

정 훈은 담배 연기를 깊이 빨아 들여서는 길게 내 뿜었다.

이 순간 방안은 유달리 고요하였다.

안해는 고개를 숙인채 여전히 말이 없더니 두 어깨를 들먹거리며 가볍게 흐느껴 우는 소리가 들리였다.

그동안 너무나 지나친 질투 행동에 대하여 자기를 뉘우치는 표정이라고 느낀 정 훈은 부드러운 목소리로

≪울지 마오. 당신에게 구태여 잘못했다고 책망하지는 않겠소, 서로 다 잘못했으니까.≫

하고 나지막하게 입을 열었다.

≪나두 당신만 잘못했다고 생각진 않아요. 내 성질이 고약하고 리해성이 없고! 당신을 오해한 내 잘못이 더 큰 줄 알아요……≫

안해도 낮은 목소리로 말했다.

그는 화'김에 남편을 원망하고 집을 버리고 친정으로 가기는 했지만 도리여 마음은 집에 있을 때보다 더 괴로웠고 친정 식구들 보기에 미안한 생각이 들었던 것이였다.

≪애 너 인제는 여러날 됐으니 그만 가거라. 그래두 그렇지 않다. 사람은 다 한가지 흠은 있느니라. 무뚝뚝해 그렇지 무슨 악한 사람이냐?≫

그의 어머니는 걱정을 하며 이렇게 타일렀을 것이다.

사실 그도 하루 이틀, 날이 가는 동안 흥분되였던 울화는 어느 정도 가라앉게 되였고 랭정한 자기로 돌아 가긴 했으나 그 반면 그의 심신은 극도로 피곤하였다. 밤으로는 잠을 못 이루고 거의 뜬눈으로 날을 밝히다가 그는 그만 병이나서 앓게 되였던 것이다.

그는 병석에 누워서 곰곰 생각하였다. 혹시 자기가 단정해 나온 경숙과 남편과의 사이에 의심할만한 아무런 근거도 없는 것을 자기가 신경

질적으로 오해한 것이라면 남편은 자기의 이번 행동에 대하여 얼마나 자기를 원망하고 야속스럽게 생각할 것인가?

자기 마음이 갈수록 괴롭고 피곤한 것처럼 남편의 마음도 응당 괴롭고 피곤할 것이 아닌가?

이런 생각을 할 때면 그는 불현듯 보통이를 다시 이고 집으로 돌아 오고 싶었던 것이다.

그러나 막상 자기 혼자서 꺼벅꺼벅 집에 돌아 오기가 심히 열적고 부끄러운 생각이 없지도 않아 하루 이틀 주저주저 내려 왔던 것이었다.

솔직히 말하자면 그는 남편이 자기를 데리러 왔으면 싶은 생각이 없지도 않았고 경숙이가 자기에게 왔다 간 뒤에도 여러 날이 되도록 오지 않는 남편에게 대하여 역시 야속스러운 생각까지 들지 않을 수 없었던 것이다.

≪사실 나는 당신을 데리러 가다가 도중에서 다시 돌아 왔소. 당신이 진심으로 오해가 풀려 스스로 돌아 오기를 바란 때문이였소.≫

정 훈은 또 부드러운 음성으로 말했다.

≪인젠 제발 그렇게 사람을 곯리지 말라요. 도중에서 되돌아 올건 뭐예요. 나는 당신에게 차라리 매를 맞는게 낫지 그렇게 은근히 곯려 주는 건 더 괴로워요.≫

안해의 말'소리는 비로소 정상적인 상태로 돌아 왔다.

정 훈은 비로소 빙그레 웃음을 띠우며 안해의 얼굴을 바라보았다.

안해도 방그레 마주 웃음을 띄우며 고개를 벽쪽으로 돌리였다.

정 훈은 잠간 동안 무엇을 생각다가 입을 열었다.

≪여보 당신에게 이번 기회에 할 말이 있소!≫

≪?≫

안해는 긴장된 표정으로 남편을 힐끔 바라 보았다.

≪다른 말이 아니요. 당신도 직장에 나가오. 당신을 직장에 못 나가게 한 것이 내 잘못된 생각이였소. 가정 녀성의 직장 진출 문제는 이제 새삼스럽게 제기된 것은 아니요. 더구나 재봉공으로 기술을 가진 당신을 가정에만 처박아 둔 게 국가적 손해였소.≫

남편의 말에 안해는 잠간 동안 잠자코 있다가

≪사실 나두 직장에 나가고 싶었어요. 어린 아이를 둘씩 셋씩 가진 어머니들도 아이들을 탁아소에 맡기고 직장에 나가는 판인데 집안 살림살이가 뭐 대단한 게 있다고 직장엘 못 나가겠어요. 그럼 어머니를 오시라고 해야 돼요……≫

안해의 목소리엔 갑자기 생기가 솟아올랐다.

≪그렇소! 장모님을 모셔 옵시다.≫

≪그렇잖아두 어머니는 내가 만일 다시 직장에 나가면 우리 집에 와 살림을 거들어 줘야 할 것을 각오하고 계서요.≫

≪됐소. 그럼 래일부터 당장 새로운 기분으로 직장에 나가오. 인젠 날 보고 집안에 처박아 놓고 그런 짓 하라고 했다고 오금 걸지 말고……≫

정 훈은 이렇게 말하며 앞으로 다시 전개될 자기들의 새로운 생활을 눈앞에 그려 보았다. 그리고는 방안에 가득 찬 담배 연기를 내 뿜기 위하여 방문을 활짝 열어 부치였다.

전등 불'빛이 마당을 비치자 정 훈은 또 복숭아나무가 생각되였다.

≪흥 애꿎은 복숭아나무만 없어졌군……≫

정 훈은 속으로 중얼거리며 빙긋이 웃었다.

이튿날 아침이였다.

정 훈은 안해가 자기를 흔들어 깨우는 바람에 깜짝 놀래여 눈을 떴다.

≪경숙 동무가 왔어요…… 나가 보시라요……≫

≪응? 경숙 동무가?≫

정 훈은 어제'밤에 헤여진 경숙이가 식전에 또 온 것은 무슨 용무인지 갑자기 궁금한 생각이 들었다.

≪아주머니! 깨우지 말라요! 우리끼리 심자요.≫

경숙의 목소리는 역시 맑게 들려 왔다.

≪심자니 뭘?≫

≪복숭아나무에요!≫

정 훈은 옷을 주섬주섬 입고 밖으로 나갔다.

머리에 수건을 덮어 쓴 경숙이가 삽을 들고 마당'가 복숭아나무 구덩이로 덤벼들었다.

≪아니 동문 부즈런두 하오.≫

≪뭐가 부지런해요. 오늘은 늦었는데…… 오늘은 사택 마을 도로에다도 과일 나무를 심기로 했어요! 공장 민청원 동무들도 지금 협조하러 나왔어요.≫

경숙이는 구덩이에 삽을 박고 힘껏 흙을 파 넘기였다.

≪아주머니! 아주머니두 잠간 나오시라요. 얼른 심자요……≫

경숙이가 소리쳐 부르자 부엌에서 밥을 짓던 정 훈의 아내도 삽을 들고 나와 구덩이로 대들었다.

마당'가 한 쪽 옆에는 경숙이가 끌고 온 복숭아나무를 실은 달구지가 기다리고 있었다. 키가 길 반이나 되는 큰 복숭아나무였다.

경숙과 정 훈의 안해는 구덩이를 깊고 넓게 파 놓고 나서 복숭아나무를 달구지에서 끌어 내리였다.

≪자! 보라요! 이 나무는 보통 복숭아나무가 아니예요. 먼저 나무보다는 가지도 좋지만 꽃도 아주 탐스럽고 아름답게 피고 열매도 주먹만큼씩하게 열리는 나무예요. 우리 조합에서 제일 좋은 나무를 가져 왔다는 것을 아세야 해요. 왜 그런지 아세요? 정 동무의 창의 고안이 바로 우리 조합에 큰 도움을 주었기 때문이예요.≫

경숙은 이렇게 말하면서 뿌리가 상할가봐 조심스럽게 구덩이까지 옮겨다 놓았다.

그들은 힘을 합하여 나무 둥치를 구덩이 속에 세워 놓고 흙을 덮었다.

세 사람은 뿌리가 잘 붙도록 발을 굴러 가며 한참 동안 심은 자리를 단단히 다지였다.

경숙의 이마에서는 좁쌀땀이 흘러 내리고 있었다. 그는 머리에 썼던 수건을 벗어서 이마를 씻으며 어느덧 달구지 곁으로 옮아 갔다.

사택 마을 도로들에서는 농민들이 여기저기 흩어져서 과일 나무들을 심고 있었다.

≪아니 좀 쉬여 가라요.≫

정 훈의 안해가 말했다.

≪아니요, 쉴 새 있나요. 또 가서 심어야죠.≫

경숙은 소고삐를 끌고 달구지를 몰면서 웃음 띤 얼굴로 정 훈의 안해를 또다시 바라보았다.

≪아주머니! 인젠 저 복숭아나문 뽑지 마시라요…… 그리고 잔치'날엔 꼭 두 분이 오시라요!≫

경숙은 이렇게 말하고 달구지를 몰아 신작로 쪽으로 바삐 걸어 갔다.

정 훈과 그 안해는 잠간 동안 약속이나 한 듯이 우두커니 서서 경숙이가 사라져가는 쪽만 바라 보았다.

동악산 봉우리 우에서는 따뜻한 해'살이 퍼져 올랐다.

어디서엔지 이름 모를 새 두 마리가 날아 들어 금방 심어 논 복숭아 나무 가지에 앉아서 쬬비쬬비 쬬비비하고 그들 부부를 바라보며 종알대면서 이 가지 저 가지로 옮겨 앉았다.

이제는 다시 복숭아나무를 뽑지 말라는 듯이······.

—1957. 4. 2—

(『조선문학』, 1957. 7.)

선 희

리정숙

1

농장은 무던히 편벽한 곳에 자리잡고 있었다. 부근에는 려인숙 하나 없는데 그래도 찾아 오는 손님들은 많았다. 상부의 지도원이라든가 신문사 기자라든가 때로는 위안 공연을 오는 예술가라든가—농장에서는 이런 손님들을 류숙시키기 위하여 집을 하나 마련하였다. 그리고 그 집 일은 선희 어머니께 맡겼다.

얼마 안 있어 사람들은 아주 마땅한 사람이 선택되였다는 것을 누구나 알게 되였다. 부지런한 선희 어머니는 집안을 깨끗이 거두었으며 정성껏 음식을 차렸으며 손님들에게 매우 친절하였다.

딸 하나 밖에 없는 외로운 이 녀인은 맡은 일이 무척 마음에 들었으며 그로부터 사는 보람을 느끼기까지 하는 것이였으나 다만 손님이 없는 그런 한가한 날에는 그도 때때로 신변사를 근심하군 하는데 그것은 주로 딸 선희에 대한 것이였다. 다름아닌 딸의 나이가 벌써 스물을 넘었기 때문이다. 그렇다고 어디 시집을 보낼 마땅한 자리가 쉽게 나서지를 않아 그런다기보다는 과년한 처녀인 자기 딸을 어떤 좋지 않은 사내가 마구 건드리지 않을가 겁나 하는 거기에 있었다. 그런 마음은 농장에 새로 부임하여 온 정 준호가 자기 집에 기숙하게 된 뒤부터 더해진가 싶다. 준호는 선희의 양돈반 반장이였다. 대처에서 왔기 때문에 기끗해 보이기는 하지만─하긴 그렇기 때문에 오히려 어머니에게는 아무리 날이 가도 허물없이 사귀여지지 않았다. 더구나 준호가 그의 신변을 거두어 주고 있는 자기 딸에 대해서 이렇다 례증할 순 없어도 어덴가 하대하는 것같아 마음이 좋지 않군 하였다.

오늘도 어머니는 손님이 없는 날이여서 아침을 차리다가 또 그런 생각을 하고 있었는데 문뜩 마음에 짚이는 것이 있어 적틀에 기름을 치던 숟가락을 쥔 채 열려 있는 부엌문으로 얼굴을 내밀어 뜰안을 살폈다. 아닌게아니라 딸 선희는 새벽 방목에서 돌아와 있으면서도 퇴'마루에 우두커니 앉아 있었다. 어린애처럼 반쯤 입을 벌리고 고개를 갸우뚱한 채 건넌방을 바라보고 있는 딸의 모습은 여지없이 어머니 마음에 걸렸다. 바로 그 건넌방에 준호가 거처하고 있었던 것이다.

그러나 선희는 어머니에게서 별다른 눈치를 깨닫지 못하고 언제나처럼 다정한 표정으로 약간 수집어하면서

≪깨워드릴가요? 늦었는데……≫

하고 말하였다. 어제 본장에서 늦게까지 회의를 하고 온 준호는 아직 자고 있었던 것이다. 어머니는 딸의 말에 속으로는 화가 났지만 마다고 할 건덕지가 있는 것도 아니여서

≪맘대로 하렴.≫

하고는 부엌문을 닫아버렸다.

가는 창살 무늬를 박은 준호의 방문에는 해가 반쯤 비껴 있었다. 선

희는 잠시 망서리다가 그 방문을 가만히 두드렸다.

≪반장 동무.≫

방에서는 대답이 없다.

≪벌써 일곱 시 반이에요..≫

그제야 놀라서 벌떡 일어 나는 소리가 들렸다. 선희는 웃음을 머금고 우물에 나가 세수'물을 떠가지고 왔다.

아직 정신이 들지 않아 부석부석한 얼굴에 수건과 비누를 들고 방문을 나오는 준호는 아침해가 높이 떠올랐는데 놀래는 눈치였다.

≪늦었는걸, 여덟시까지 본장에 가야 하는데……≫

이렇게 말한 준호의 목소리는 그리 높지 않으나 투정의 소리라는 것이 억양으로 알렸다.

≪전 그만…… 몰랐어요.≫

선희는 미안스러워 어정버정 준호의 낯빛을 살폈다.

그러나 곧 준호의 방을 거두기 시작한 선희는 모든 동작을 될수록 빨리 하였다. 준호가 세면을 끝낼때까지 요도 내다 털어야 하고 물걸레로 방'바닥도 닦아야 하며 재떨이도 쏟아 와야 하기 때문이다. 준호는 단정한 것을 좋아한다. 그의 작은 주머니에는 비누며 치솔이며 면도 도구들이 언제나 규모 있게 자리잡고 있었고 못에 건 옷의 순서만 바꿔도 다시 거는 그였다.

준호가 밥을 먹고 본장에 나간 후 선희는 준호의 겉샤쯔며 내의들을 소랭이에 담아가지고 시내'가로 나왔다. 바위를 골라 짚으며 아래로 내려 간 선희는 물 우에 뜬 짚검불들을 방맹이로 휘휘 젓고 빨래'감을 담갔다.

여기 시내'가에는 아침 해'빛이 눈부시게 비추고 있었다. 그러나 저기 그리 멀지 않은 산허리에는 아직도 연한 안개가 배회하고 있었고 풀'섶들은 이슬에 젖어 축축하였다. 때마침, 한창 이삭이 패이기 시작한 귀밀밭을 어루만지듯 불어 온 가벼운 바람이 젖은 모래를 짚고 서있는 선희의 맨발에 부딪치자 불현듯 상쾌한 감촉을 받은 선희는 문득 가슴을 죄이는 듯한 신비로움을 느꼈다. 어디선가 새들이 몹시 지저귄다. 얼굴을 드니 시내'가에 우뚝 선 백양나무 우에서 뭇새들이 푸드득 날기도 하고 가지에 앉기도 하면서 지저귀고 있었다. 그들은 기쁘고 즐겁고 그 밖에는 아무 것도 생각할 것이 없음을 자랑하는가 싶게 마음껏 울며 노래를 부르고 있다. 그러나 키큰 백양나무는 새들이 아무리 시끄럽게 조잘거려도 꿈쩍하지 않고 가장 훌륭하다고 생각하는 자기의 푸른 옷을 아침 해'빛을 향해 번쩍이고 있었다. 선희는 오늘따라 주위의 모든 것에 대하여 황홀함과 신비로움을 느끼였으며 그의 가슴 속에는 무엇인가 뜨거운 것이 자리잡고 있는 것 같았다.

이윽고 빨래에서 돌아 온 선희는 시간이 급해 부엌에 선 채로 조반을 먹었다. 딸에게 반찬가지를 챙겨 주고 있던 어머니는 좀 심드렁한 어조로 말을 건다.

≪반장 옷은 그렇게 늘상 빨아야 하니?≫

≪왜 그러세요?……≫

≪글쎄 말이다.≫

어머니는 다시 그릇을 씻다가 또 말하였다.

≪난 네가 이렇게 서서 조반을 먹군 하는 게 안 돼서 그런다.≫

선희는 의아한 얼굴로 어머니를 쳐다보았다.

≪어머니 전 조금도 힘들지 않아요.≫

≪글쎄 네가 그렇다면 할 말은 없다만……≫

선희는 어머니가 무엇을 못마땅해하는지 알 수 없었다. 다만 직감적으로 가슴에 짚여 당황할 뿐이였다. 한참 후에 선희는 어머니 마음을 누그려 주고 싶어 이런 말을 하였다.

≪어머니, 오늘 저의 돼지가 새끼를 낳는답니다. 나와 보시지 않겠어요?≫

이렇게 말한 선희는 새끼돼지를 생각하자 저도 모르게 자연히 마음이 다정스러워졌다.

≪귀여울거예요. 흰 돼지거든요.≫

밖으로 나온 선희는 고무신을 장화로 바꿔 신으면서 잠시 생각에 잠겼다가 다시 말을 이었다.

≪그렇지만 몇마리나 날지 걱정스러워요. 한두 마리만 낳는 그런 때도 있거든요.≫

2

그날 오후 선희가 맡은 5호 돈사에서는 선희와 옥분이가 어미 돼지를 진찰하고 있는 수의사를 도와 짐승의 네 다리를 붙잡고 있었다. 120키로나 되는 우악스러운 돼지였지만 진통 때문에 련방 앓는 소리를 치고 있는 모양이 양돈공들에게 있어서는 애처롭게 보이지 않을 수 없어 두 처녀는 근심스러운 얼굴을 하고 있었다.

때마침 얼굴을 절반이나 가리게 커다란 마스크를 한 준호가 돈사에 들어왔다. 그는 잠시 돈사 문어구에 머물러 선 채 량미간을 찡그리며 돈사 안을 살폈다. 돈사는 밝고 넓고 높았다. 사면 담과 천정 유리창들에는 저녁 붉은 해'빛이 번쩍이였고 선희가 매일 두번씩 물걸레로 닦고 훔치는 우리 목책들은 반들반들 윤이 흘렀다. 그러나 아무리 깨끗해도 결국은 돼지우리였다. 그것도 보통 돼지가 아니라 소처럼 크고 맹수처럼 으르릉거리는 유들유들한 돼지들이 칸을 막은 자기 우리마다에서 소리치고 발을 구르고 때로는 우리문을 걷어 차며 뛰여 나오기도 한다. 준호는 돈사에 들어설 때마다 짐승의 노린내와 그 무슨 악취가 후려 갈길듯이 마구 부닥쳐 오군 하는데 역증이 나서 언제나 얼굴을 찡기지 않을 수 없었던 것이다.

≪순산할 것 같소?≫

양돈공들에게 가까이 온 준호는 가리운 마스크를 통해 물었다.

≪네 념려 없습니다.≫

수의사는 청진기를 위생복 호주머니에 넣으면서 대답하였다. 선희는 준호를 보자 눈을 빛내이며 눈인사로 웃어 보였다. 양돈공들에게는 새끼를 받는 기쁨이 제일 크다. 그것은 일의 보람을 직접 눈으로 보는 것이기도 하려니와 짐승이긴 하지만 어쨌든 새 생명의 탄생이 마음을 즐겁게 하기 때문일 것이다. 더구나 오늘 분만은 준호가 부임해 온 후 브리가다의 첫 분만이였으며 분만은 언제나 반장과 양돈공과의 공동의 기쁨인 것이다.

진찰을 끝낸 수의사와 함께 준호가 돈사에서 나가자 선희는

≪반장 동무도 걱정스러운가부지?≫

하고 웃었다.

≪몇 마리나 날지 궁금하기 짝이 없겠지.≫

옥분은 눈'가에 야유하는 듯한 빛을 담고 생글생글 웃으며 대답하였는데 하긴 그것은 그의 버릇이기도 하였다.

≪여섯 마리는 낳아 주어야겠는데……≫

선희 역시 몇 마리가 될지 궁금하였다. 기준은 여섯 마리지만 어미돼지는 새끼를 밴 동안 몹시 쇠약하였다.

≪여섯 마리야 낳겠지머, 하지만 반장은 욕심쟁이거던……≫

옥분은 여전히 생글생글 웃는 얼굴로 말하였다.

≪욕심쟁이두 그런 욕심쟁이가 없지, 아마 열 여섯 마리를 낳는대도 시원해 않을게야, 이 27호가 그렇게 약해서 네가 밤을 새다싶이 했다는 걸 알기나 할가. 그저 돈사 겉치레나 하는데 급급하구, 어느 돼지가 어떻게 되던 새끼나 많이 낳구, 그렇게 생각할 사람인걸머……≫

이 말을 들은 선희는 좀 멍해서 옥분을 쳐다보았다. 선희는 옥분을 좋아하였다. 생글생글 웃는 옥분이가 좋았고 총기 있는 눈으로 남을 쏘아부치기 잘하는 옥분이가 좋았고 그보다는 야유하는 듯한 그 웃음 속에 살며시 숨은 다정함이 좋았다. 오늘만 하더라도 옥분은 자진해서 자기 책임이 아닌 선희의 돼지의 분만을 도우려 온 것이다. 그런데 그런 살뜰한 옥분이가 지금은 반장에 대하여 서슴없는 야유와 비웃음을 가지고 이야기하고 있는 것이다. 선희는 자기와는 너무나 다르게 반장을 리해하고 있는데 놀라지 않을 수 없었다.

준호가 부임하기 전의 선희네 양돈반은 명랑하고 쾌활하기는 하였지만 소란스럽고 다루기 힘든 양돈반이었다. 언젠가 무질서함을 단단히 탓하려고 왔던 기사장도 종시 성을 내지 못하고 웃고 말았다. 그들은 이따끔 장난삼아 누군가를 골려 주지 않고는 못 배기였다. 상대방이 노발대발하면 그렇게 되기를 바라던 양돈공들은 허리를 쥐고 웃었다. 엔간한 장난은 즐겁고 재미 있고 나쁠 것 없는 것으로 리해하고 있었던 것이다.

그러나 이런 장난과 무질서는 온순한 것 한가지가 장점이던 늙은 반장이 이동되고 준호가 오자 달라졌다.

얼굴이 너부죽하고 약간 광대뼈가 도드라진 준호의 키가 후리후리하고 름름해 보였다. 그의 태도에는 이 고장 사람들처럼 투박한 데가 없었고 류다른 광채가 있어 보였다. 그렇게 느낀 처녀들은 준호의 부임인사를 다소곳하게 들으면서도 슬그머니 서로의 옆구리를 찌르고 생글생글 웃었다.

그러나 준호가 사업을 시작하자 양돈공들은 그가 자기들 손탁에 쉽게 좌우될 청년이 아니라는 것을 알았다. 반장은 첫날부터 까다로운 온갖 것을 요구하였다.

≪왜 하루 두 때의 돈사 청소를 게을리 하오?≫

반장은 자주 양돈공들을 불러다 꾸짖었다.

≪게으르긴 누가 게을러요?≫

양돈공들은 눈알을 대록대록 굴려 반장의 눈치를 살피면서 때로는 웃어서 굼때려고도 하였고 때로는 쿨적쿨적 울어서 넘기려고도 하였지만 어떤 재주를 부려보나 준호는 타협없이 엄격하였다. 그렇게 되면 양돈공들은 내놓고 반항해 버리기도 하였다.

≪하긴 우리들은 자기 집 아래'목도 하루 두 번씩은 치울 짬이 없어요≫

≪동무네 아래'목은 동무 맘대로 하오. 그렇지만 돈사만은 하루 두번씩 청소하지 않고서는 못 배길게요!≫

양돈공들은 반장의 벼락같은 고함 소리에 질겁을 하여 반장실을 뛰쳐나와 그달음으로 돈사에 돌아 와서는 황황히 물걸레를 쥐여짰다.

그리하여 양돈장은 면목을 일신한 것처럼 보였다. 창문들에는 제대로 유리가 보수되고, 짓밟고 다니던 꺼꾸러진 울타리들도 제자리에 섰으며, 사료장 아근이며 우물 근처에서 흙을 쑤시던 돼지들도 자취를 감

추었다. 이렇게 되자 지배인이나 기사장은 브리가다에 올 때마다 질서가 잡혀진 돈사를 둘러보고

≪인제는 새끼만 많이 낳소.≫

하면서 만족해하였다. 그러나 항시 준호 반장과 함께 사업을 하고 자기들 손으로 돼지를 치고 있는 양돈공들 중에서는 브리가다의 변모가 돈사의 외모— 청소며 보수 뿐이고 반장은 돼지나 양돈공들에 대해서 덜 관심을 돌리고 있다는 것을 느끼기 시작하였다.

선희에게는 준호의 모든 것 특히 강한 집행력이 마음에 들었다. 양돈장은 천이나 고무신을 만드는 공장과는 다르다. 공장에서는 생산 공정 자체가 질서를 요구하지만 살아 움직이면서 성장하고 새끼를 낳고 때로는 앓기도 하고 곧잘 성도 내는 돼지들을 가꾸는 양돈장에서는 규률에서 벗어나기는 쉬워도 규률을 세우기는 힘들다. 선희는 처음으로 남자가 가지는 굳센 의지와 힘을 존경하게 되였으며 어느덧 준호에게 복종하는 기쁨과 즐거움을 느끼게 되였던 것이다.

분만은 밤 열 시가 지났을 때에야 끝이 났다. 두 처녀는 올망졸망한 새끼돼지를 만져보며 웃었다. 삐죽 나온 주둥이며 가는 꼬리며 짧은 네 다리들이 돼지로서의 형태를 완전히 갖추고 있는게 우스웠고 사랑스러웠다. 그리고 어미돼지는 틀림없이 여섯 마리를 낳아 주었다.

그들이 반장실을 들리자 기다리고 있던 준호는 의자에서 일어나 아량있는 태도로 자리를 권하였다.

≪수고하였소.≫

고개를 끄덕인 선희는 충분히 만족스럽고 얼마간은 피곤한 얼굴에 수집은 미소를 그리며 의자에 앉았다. 수고를 위로하는 준호의 너그러운 마음에 미더움을 느낀 선희는 구김없는 표정으로 반장을 쳐다보면

서 말하였다.

≪여덟시부터 분만을 시작하였어요. 여섯 마리를 낳았답니다.≫

≪도루 여섯 마리였소?≫

준호는 불만한 어조로 되물었다. 선희는 무심코 옥분을 바라보았는데 준호가 곧 어조를 바꾸었다.

≪괜찮소. 돼지가 그렇게 밖에 낳아 주지 않으니까 할 수 없지.≫

그래서 선희는 다음 말을 이었다.

≪어미돼지도 새끼돼지도 다 건강합니다.≫

하고 얼굴을 숙인 그는 슬며시 한 마디 더 보태였다.

≪새끼들이 유난히 똥똥해요.≫

준호는 쓰거운 얼굴로 담배를 꺼내 물었다. 쓸데없는 소릴…… 겨우 기준인 여섯 마리를 가지고 흥분해 있는 양돈공들의 꼴이 어이가 없었다.

≪전 기준이 못 될가봐 걱정을 했는데……≫

이렇게 말한 선희는 게다가 사뭇 만족스러운 얼굴로 안도의 숨을 쉬면서 빙그레 웃었다. 젠장 기쁘기까지 한게로군! 준호는 서류철로 책상 먼지를 탁 치면서 어성을 높였다.

≪기준이 뭐요? 고맛것에 만족한단 말이요? 초과 실행할 생각은 당초에 없단 말이지요?≫

준호는 모자를 꾸겨쥐며 자리에서 일어났다. 하다못해 일곱 마리라도 낳았으면 115프로가 아니겠는가. 그래야 겨우나마 100프로가 넘는다. 준호는 100이라는 수'자에 만족할 수 없었다. 만족할 수 없었다기보다는 그런데 만족하는 사람들을 경멸하였다.

≪누가 기준에 만족한답니까.≫

준호는 아까부터 아니꼬운 눈으로 바라보고 있던 옥분은 한마디 쏘아부치지 않고서는 견딜 수 없었다.

≪너무 욕심을 부리지 말아요. 돼지나름입니다. 27호 때문에 선희가 밤을 새다싶이 했다는 걸 아시기나 해요? 선희가 아니었으면 새끼를 제대로 낳지 못했을지도 모르지요. 서류에 적는 수'자야 뭣이 되든지 이건 성과애요.≫

드디어 준호는 성을 내였다. 사업은 결과를 보고 평가한다. 어쨌든 낳놓은 것은 여섯 마리 밖에 안 된다. 그는 성을 낼 수 있는 정당성이 자기에게 있다는 것을 확신하면서 소리쳤다.

≪구실을 잡지 마소!≫

문을 벌컥 열고 밖으로 나간 준호는 화풀이로 모자를 아무렇게나 꽉 눌러 썼다. 그러나 밤'길을 걸으면서 일단 흥분이 가라앉자 다시 고쳐 생각할 수도 있는 그였다…… 분만은 끝났다. 인제는 발버둥친대도 더 낳아 줄 리 없다. 처녀들과 어른답지 못하게 말다툼할 필요가 어디 있겠는가. 그는 쓰거운 뉘우침과 관대한 마음으로 한마디 대꾸도 못하고 서 있던 얌전한 선희에 대한 측은한 생각이 들었다. 그러면서도 단순하고 촌스러운 양돈공들에게 대한 어쩔 수 없는 경멸을 지울 수가 없었다.

준호보다 뒤늦게 집으로 돌아 온 선희는 어머니와 함께 불을 끄고 자리에 누웠다. 선희는 아무 일도 없었던 듯이 어머니에게 분만에 대한 이야기를 소곤소곤 들려주었다. 어느덧 어머니의 숨소리가 고르러워지는 품이 잠이 든 모양이다. 그러나 선희는 잠들 수가 없었다. 밤은 점점 깊어 갔고 사방은 점점 더 조용해졌다. 먼 어딘가에서 개짖는 소리가 들리다가 그것도 멎었다. 얼마나 지났을가. 자는 줄만 알았던 불이 꺼진 준호방에서 갑자기 그가 움직이는 소리가 들려왔다. 선희는 가슴을 두근거리며 귀를 기울이였다. 몹시 목이 타서 한꺼번에 물을 들이키는 벌꺽벌꺽 소리가 뒤따랐다. 그 소리는 어쩐지 선희 가슴에 부딪치여 그는 자리에서 일어나 앉았다. 반장 동무는 아직 성이 가라앉지 않아서 그러는가보다. 돌연 선희는 준호를 위로하고 싶은 마음이 솟구쳤다. 기준에 만족하지 말라는 반장의 말이 옳다는 것 그리고 브리다가 사업은 잘 돼가고 있으며 자기는 열심히 일할 생각에 충만하다는 것들을 말하고 싶어졌다.

선희는 자기가 몹시도 준호를 존경하고 있다는 것을 새삼스럽게 느끼며 공연히 서글퍼졌다.

……선희는 다시 드러누웠다. 피곤한 그는 어느덧 베개에 얼굴을 묻고 잠이 들었다.

3

동창이 푸르스름해졌다. 눈을 뜬 선희는 어째선지 마음이 불안하였다. 잠이 채 깨지 않은 그는 그 불안이 어디서 온 것인지 알 수 없었다. 무슨 실수를 했던가 그렇지 않으면 좋지 않은 일이 있었던가. 이것도저것도 아닌상 싶다. 차츰 머리가 맑아지자 갑자기 가슴이 섬짓해지면서 어제 일이 한꺼번에 생각키웠다.

준호는 27호가 여섯 마리를 낳았다고 성을 내였다.

≪구실을 잡지 마소!≫

거칠게 바람을 휩쓸며 나가던 준호의 넓고 굳센 등어깨가 눈앞에 떠오른다.

≪네가 밤을 새웠다는 걸 알기나 할가≫

하던 옥분의 말도 생각났다. 준호는 자기를 보고 있지 않았다. 그의 강한 요구성에는 어떤 랭랭하고 모진 것이 숨어 있을는지도 모른다. 이런 생각은 선희로 하여금 가슴을 억눌리우는 것 같은 아픔을 느끼게 하였다. 선희는 여니때처럼 부지런하게 일하였지만, 그리고 다시 생각하면 어제 일이 대수롭지 않은 일 같아 보이기는 하지만 온종일 때때로 머리가 텅 빈 것도 같고 무거운 것도 같은 순간을 자주 느끼군 하였다.

두번째 아침 사료를 퍼나르던 선희는 늙은 사료사에게 이렇게 물었다.

≪할아버지, 할아버지는 새끼돼지가 곱지 않아요?≫

≪곱지 고와.≫

사료사는 새로 끓일 농후 사료를 혼합하면서 생각도 없이 쾌활하게 대답한다.

≪할아버지, 27호가 다리를 저나봐요.≫

선희는 무엇인가 딴생각을 하며 이런 말을 하였다. 그런데 이번에는 사료사가 정색을 하면서 되묻는다.

≪어제 새끼난 돼지 말이냐? 어째서?≫

≪글쎄 모르겠어요..≫

심란해서 뜬소리로 대답하고 잠시 말이 없던 선희는 갑자기 놀랜 소리를 쳤다.

≪참 알아 봐야겠어요. 제가 뭘 멍청하고 있었을가요..≫

그는 돈사를 향해 달려 갔다.

27호 우리문을 열고 들어 간 선희는 돼지 머리를 한 팔에 껴안고 한 손으로 아래 우 몸뚱아리를 살펴 보았다. 곧 한 쪽 뒤'발에 말라붙은 피'자국을 발견하자 돼지를 옆으로 눕히고 다친 발목을 쳐들었다. 돼지는 끄르릉 앓는 소리를 친다. 발목은 가죽이 벗겨졌을 뿐 아니라 틀림없이 관절을 다친 모양이었다.

선희는 갈팡질팡 우리 안을 샅샅이 뒤지였다. 여물통과 나무 마루 밖에는 아무것도 놓여 있지 않은 말끔하게 청소된 우리 안에 발목을 다칠 만한 곳이 있을리 없다. 다시 돼지를 편하게 눕히려고 욕초를 매만지던 선희는 뜻밖에도 욕초 밑에서 마루에 뚫린 어린애 조막 만한 구멍을 발견하였다.

《여기 빠졌나부구나.》

새삼스럽게 당황한 선희는 마루판자를 쳐들어 보았다. 거기 구멍에서 빠진 동그란 옹이가 떨어져 있었다.

돼지의 상처를 수의사에게 보이고 난 선희는 사료사 곁에 와서 우두커니 앉았다. 많은 고생을 겪고 살아 왔다는 로인에게서는 세상 온갖 것을 다 리해해 줄 듯싶은 온정이 느껴진다. 선희는 로인의 은'빛나는 구레나룻 수염을 바라보며 한숨을 지었다.

《제가 왜 그 구멍을 몰랐을가요.》

《무슨 구멍 말이냐?》

《관솔 구멍이예요. 돼지가 거기 빠졌나봐요.》

《수의사한테 보였니?》

《네.》

《뭐라던?》

《괜찮다고는 해요. 하지만 내가 왜 그 구멍을 몰랐을가요. 반장 동무가 알면 뭐라겠어요.》

《사람이란 공연한 일에 큰 걱정을 하게 마련인가보구나. 그게 네 잘못이냐? 그저 우연한 일에 실수할 때도 있지.》

로인은 지나치게 심뇌하고 있는 선희가 가엾어졌다.

《반장 동무더런 아무 말도 하지 말자꾸나…… 나쁠게 있니?》

선희는 고개를 설레설레 흔들었다.

≪할아버지 전 그럴 수가 없어요. 반장한테는 거짓말을 하고 싶지 않아요.≫

공교롭게 그때 본장에 갔던 준호가 사료장 뜰에 들어 섰다. 준호는 선희가 아직도 사료 급여를 끝내지 않았다는 것을 알아 보았지만 본장에서 기분이 좋아 온 그는 못본체하고 반장실을 향해 걸었다.

≪반장 동무≫

선희는 준호의 등 뒤로 그를 불렀다. 선희에게는 랭랭하게 보이던 어제 그 등이다.

≪27호가 다리를 뺐어요.≫

준호는 돌아 섰다. 그래서 선희는 이번에는 그의 찌프린 량미간과 마주섰다.

≪왜?…… 벌써 방목에 데리고 갔었소?≫

의외에도 준호의 목소리는 높지 않았다.

≪아니요.≫

≪그럼 어떻게 다리가 뼈질 수 있겠소.≫

준호는 성을 내지 않았지만 이런 양돈공들을 데리고 애쓴들 무슨 보람이 있겠는가 하는 비웃는 표정이였다.

≪마루에 구멍이 있었어요. 관솔 옹이가 빠졌어요.≫

≪옹이라구?≫

준호는 곧 양돈공을 탓할 것이 못 된다는 것을 알았다. 그러나 바로 아무도 탓할 수 없다는 것에 더 화가 났다. 무색해서 서 있는 선희의 모양도 비위에 거슬렸다. 그는 지금 본장에 가서 27호가 여섯 마리의 새끼를 낳았다는 것과 그 돼지가 얼마나 약했던가를 강조하여 일정한 평가를 받고 돌아 온 참이다. 그런데 다리를 뻤다. 뭐라고 또 보고를 할 것인가.

≪왜 미리 몰랐소? 쓸구 닦구 하는 것만이 청손 줄 아오?≫

확실히 준호는 의지의 완강성과 사업에 대한 열성은 가지고 있었다. 그러나 그는 그 좋은 것들을 좋게 사용할 줄 몰랐다. 오직 그는 자기의 장점들을 자기를 위하여 복종시킬 줄만 알았다. 군중 사업을 하던 전 직장에서 그는 군중을 교양하기 위해서라기보다 자기 자신을 빛내기 위하여 더 많이 연설하였으며 사업하였다. 결과는 그가 빛나지도 않았고 사람들은 그의 지도를 달가와하지도 않았다. 그러자 그는 갑자기 군중 사업이 숫한 노력에도 불구하고 착실성이 없는 것으로 느껴졌으며 전문 기술을 가진 그런 일을 해야겠다는 생각이 들었다. 그래서 그는 해방 전에 농업 학교를 2년 다닌 것과 해방 후에 잠시나마 농장에도 있어 본 경험에 미루어 농장을 지망하였다. 처음에 그는 반장이라는 직위가 마음에 차지 않았다. 그러나 직위란 밑에서부터 쌓아 올라간 것이라야 확고부동할 수 있다는 생각에서 불만을 나타내지 않았다. 따라서 반장은 장차를 위한 림시적인 것이었다. 그런데 그 림시적인 것 역시 헐하지 않다. 그는 조급하여졌으며 사람들을 돌보고 리해할 마음의 여유가 없어졌다.

선희는 어쩔 수 없이 준호를 바라보며 서있었다. 준호의 말이 옳다. 쓸구 닦구 하는 것만이 청소가 아니다. 어처구니없는 실수를 한 자기가 안타깝게 생각되였다. 그러면서도 정당한 준호의 비난이 서리'발처럼 차겁게 느껴졌다. 준호가 자기를 아무 것도 아니게 여기고 있다는 것을 다시 한번 똑똑히 느끼면서 선희는 시선을 떨어뜨려 고개를 숙였다.

이때 방목에 나가려고 채찍을 든 채 곁에서 두 사람을 바라보고 있던 옥분은 채찍으로 자기 발'잔등을 툭툭 갈기면서 선희에게 이렇게 말하였다.

≪애가 왜 울'상을 하고 있어, 글쎄 옹이가 빠질지 안 빠질지 누가 그걸 미리 안다던……≫

그것은 준호를 무시하는 태도이기도 하였다. 준호는 흘깃 옥분을 쏘아 보았지만 말은 하지 않았다. 말 같지 않은 말은 들을 귀가 없다는 태도만 보이고 돌아 섰다. 워낙 그는 녀자를 그리 존경하지 않지만 더구나 총명한 녀자는 더 좋아하지 않았다. 그의 생각에 의하면 그런 녀자는 반드시 배때벗게 마련인 것이다. 그래서 그는 영악한 옥분이보다는 그래도 순종을 좋아하는 다소곳한 선희 편이 백배 낫다고 생각하면서 발'길을 돌렸다. 그때 준호는 문뜩 수심에 잠긴 선희의 동그란 이마가 눈에 띠였다. 그러자 아무 리유도 없이 자기가 한번도 오빠답게 대해 주지 못했던 죽은 누이동생을 생각하고 가슴이 섬짓하여 얼굴을 찡기였다.

4

선희는 고민하였으며 생각하였다. 준호가 자기를 하찮게 여기고 있다는 생각은 날이 갈수록 처녀를 견디기 힘들게 하였다. 선희는 언뜻 보아 그의 갸날픈 몸매처럼 마음까지도 연약해 보이기 쉬웠다. 그러나 사람을 주시할 줄 아는 사람이라면 그의 작은 가슴에 남몰래 간직된 녹녹지 않은 강기를 알아볼 것이다. 선희는 이전보다 갑절이나 더 일하였으며 일 그 자체에 생명을 바친듯 싶게 정신없이 하였다. 돈사 마루의 온갖 관솔구멍을 다 발견하였으며 목책에 거슬리는 거스름들을 전부 밀어 없앴다. 나무 거스름들이 어느때 어느 경우에 돼지의 살에 박힐지 누가 알랴. 쓸고 닦는 것만이 청소가 아니다. 준호가 그렇게 말하지 않았던가. 선희에게 있어 준호의 말은, 그것이 비록 주의를 담지 않은 지나가는 말로 한 것이었을 경우에도 인제는 지상 명령이었다.

선희는 얌전한 처녀였고 누구나 그에게는 부드럽게 대하였으며 사랑하였으며 돌보아 주었다. 그에게는 불만이 없었으며 따라서 중뿔난 욕망도 없었다. 지금 처음으로 선희는 준호의 마음에 들려는 고집스러운 노력을 완강하게 기울이였다. 이에 대하여서는 아무도 그를 도와 줄 수 없으며 도와 주려 하지도 않는다. 옥분은 련민의 눈으로 바라보고 있으며 어머니는 못마땅해하고 사료사는 어째선지 모른 체 하고 있다.

오늘 선희는 브리가다 회의에서 준호가 내놓은 그러나 이전의 선희라면 응당 반대했을, 준종모돈 종부안을 승인하는 토론을 하였는데 그것 또한 처녀의 걷잡을 수 없는 심정에서였다. 몇몇 양돈공들은 반장이 상부에 보내는 수'자에 매달려 조기 종부가 가지는 위험을 무릅쓰고 있다고 비난하였다. 반대할 용기가 없는 사람은 시선을 떨어뜨리고 침묵을 지키였다. 준호는 브리가다원들을 설복시키였다. 준종모돈을 종부시키지 않고는 계획을 초과 완수할 수 없으며 종부에 성공한다면 브리가다의 생산률은 농장에서 우수한 자리를 차지할 것이며 그것은 양돈공들에게 사업에 대한 긍지를 북돋울 것이라고 연설하였다. 선희는 준호를 믿지 않을 수 없었으며 지지하지 않을 수 없었다. 그래서 그는 일이나 준호의 계획을 어김없이 실천할 것을 맹세하였다. 양돈공들은 놀래였고 동요하였고 옥분은 입술을 깨물었다.

그러나 회의가 끝나고 밖으로 나왔을 때 선희는 몹시 가슴이 답답하였으며 어떤 불안한 것이 머리를 괴롭히는 것 같아 마음을 안정할 수가 없었다.

돼지들까지가 오늘은 류달리 말을 듣지 않는 것 같았다. 방목에서는 제멋대로 이리저리 뛰여 다녀서 애를 태우는가 하면 돌아 와서는 돈사에 얼른 들어 가지 않고 문밖에서 풀을 뜯고 있다. 선희는 채찍을 들어 돼지의 코앞에 써늘한 바람이 일도록 풀덤불 우를 후려 갈겼다. 꿈쩍 놀란 돼지는 목을 옴츠리고 돌아 서더니 다시 목을 빼고 돈사 안으로 줄달음쳐 들어 갔다. 선희는 한숨을 짓고 이마에 달라붙은 머리칼을 치켜 올렸다. 땀이 비오듯 떨어진다. 돈사 문'설주에 기대여서 숨을 돌리려는데 돈사 안에서 탄포하게 으르렁거리는 돼지 소리가 또 났다.

우리를 잘못 찾은 흰 돼지가 그 돈방 주인인 검은 돼지와 싸우고 있었다.

≪제 집도 못 찾는 바보!≫

달려 간 선희는 돈방 문을 열어 젖히고 흰 돼지의 엉덩이를 때렸다. 매를 맞은 돼지는

≪누가 집을 못 찾았나? 그저 그래 봤지.≫

하는 듯한 익살맞은 눈으로 선희를 흘깃 쳐다보면서 목책 문을 걸어 차고 원기 있게 자기 우리로 들어 갔다.

≪누굴 놀리니?≫

할 수 없이 픽 웃는 선희는 목책에 기대여 맥없는 손으로 머리'수건을 벗어 이마의 땀을 씻었다. 무엇인가 견디기 힘들다. 가슴 속이 터져 오는 것도 같았고 팔다리에 맥이 풀린 것도 같았다.

점심 시간 종이 울렸다. 그러나 선희는 돈사에서 나가지 않고 우리 목책에 기대여 우두커니 서 있었다. 아무하고도 얼굴을 대하기가 싫다. 회의에서 류별나게 자기를 바라보던 동무들의 눈이 생각키운다. 비난하는 눈, 동정하는 눈, 어떤 눈이던 선희를 괴롭게 하는 데는 마찬가지다.

≪선희야 뭐 하니?≫

하면서 들어 온 것은 옥분이였다. 그의 눈은 레사롭고 살뜰하고 쾌활하였다.

≪언덕배기에 올라 가지 않으련?≫

≪아니……≫

선희는 얼굴을 붉히며 당황해하였다.

≪왜? 배고픈?≫

≪아니.≫

≪그럼 올라 가자.≫

돈사 뒤 언덕배기에는 네다섯 그루의 백양나무가 긴 그늘을 지어 주고 있었다. 양돈공들은 네 시간이나 되는 긴 점심 시간을 이 곳에서 소풍하기를 즐겼다. 오늘도 두 처녀보다 앞서 늙은 사료사와 숙기 아주머니가 쉬고 있었는데 사료사는 바위'들에 앉아 담배를 빨고 있었고 숙기 아주머니는 한 잎 가마니뙤기 우에 어린애 양말들을 펼쳐 놓고 열심히 깁고 있었다. 숙기 아주머니는 브리가다 중에서 제일 뚱뚱하고 제일 괄괄하고 제일 웃기도 성내기도 잘 하는 양돈공이였다.

아주머니는 올라 오는 선희를 보자 마지못해 하는 웃음을 지으며 나무 그루 앞에 자리를 내주었다.

선희는 나무 그루에 기대 앉아 먼 하늘을 바라보며 생각에 잠겼다. 사료사는 빨던 대통을 거두었고 숙기 아주머니는 양말을 깁던 손을 재촉하였으며 옥분은 비스듬히 앉아 선희를 물끄러미 바라보기 시작하였다. 무겁고 불안한 공기가 떠돌았고 그들의 얼굴은 차츰 심각한 빛을 띠였다.

≪담판을 하려나부다.≫

선희는 생각하면서 옹졸하게 굳이 입을 다물었다.

이윽고 옥분이가 말을 꺼냈다.

≪애 선희야 ―옥분은 부드럽게 말하려고 애쓴다― 우린 암만해도 모르겠어, 네가 왜 반장이 제출한 그 계획을 승인했는지……≫

예기한 질문이다. 선희는 쓴웃음을 띠웠을 뿐 대답이 없다. 대답할 용의를 가지고 있지 않았던 것이다.

≪글쎄 말이다. 어쩌자고 그런 맹세를 한단 말이가?≫

하고 말한 것은 숙기 아주머니였는데 그는 나오는 역정을 가까스로 참고 있는 것 같았다.

≪조기 종부를 시켜서 좋은 게 뭐 있니?≫

옥분은 차근차근 타이르려고 마음먹었다.

≪돼지를 못쓰게 만들 뿐이지 새끼도 많이 낳지 못할 게고 쇠약해질 게고…… 종축을 길러 내야 하는 우리가 그런 일을 승인할 수 있어?≫

옥분은 말을 멈추었다. 기능공인 선희에게 이런 뻔한 설복을 할 필요가 어디 있겠는가. 모든 걸 터놓고 말해야 할 것이다. 마음씨 곧은 선희다. 숨김없이 성실하게 이야기한다면 깨달아 줄 것이다.

≪난 네가 말 안 해도 왜 찬성했는지 알아……≫

하는 옥분의 말에 선희는 눈'살은 찡기고 입을 다문 채 더욱 표정이 굳히였다. 옥분은 그런 선희가 가엾었다. 옥분은 그의 성미로 보아 결코 선희처럼 행동하지 않겠지만 그래도 그는 선희를 리해하였으며 사랑하고 있었다.

≪인제라도 거절하라구, 딴사람들도 안 하겠다고 해.≫

괄괄한 숙기 아주머니는 선희가 아무말을 해도 여전히 침묵을 지키고 있자 드디어 역정을 내였다.

≪남들이 뭐라는지 알아? 네가 반장한테 잡혀서 벌벌 떤다고 해, 그리구 별별 이야기를 다 하지.≫

하는 숙기 아주머니의 말에 선희는 가슴이 떨렸다. 부끄러웠고 또 무엇인가 억울하기도 하였다.

≪아무 욕이나 다 해요. 그렇지만 난……≫

선희는 입술을 깨물었다.

≪참 답답하구나 넌, 애 좀 뻐젓해지려무나, 글쎄 우리게 중요한 건 반장의 마음에 드는 게 아니야!. ……양돈이지.≫

선희는 이렇게 말한 옥분의 말에서 허전한 곳을 찔리운 것 같은 아픔을 느끼였다. 뻐젓해지라, 중요한 것은 양돈이다. 옳은 말이다. 그 옳은 말을 깨뜨릴 정당성과 힘이 자기에게는 없다. 그러나 선희는 그 정당성과 힘이 없으므로 해서 오히려 모욕을 받는 것 같은 울분을 느끼였다.

≪옥분이 넌 장하다.≫

선희는 얼굴이 해쓱해서 부르짖듯이 말했다.

≪뭐든지 훌륭하게 처신할 수 있으니까 말이다. 난 바보야, 아마 너처럼 그렇겐 다 잘할 수가 없어!≫

선희는 힘껏 몸부림치고 싶었고 소리치고 싶었고 누군가를 욕하고도 싶었다.

옥분이와 숙기 아주머니는 뜻밖에 일에 입을 벌리고 눈을 크게 떴다. 온순한 선희의 가슴 속에 언제 이런 타오르는 것이 숨어 있었던가. 숙기 아주머니는 일'손을 놓고 어쩔 줄을 몰라 뚱뚱한 몸을 흔들었다. 그래도 선희는 더욱 신경질적으로 소리를 높였다.

≪욕하겠으면 하려무나, 나는 반장 동무 말 대로 그렇게 할테다.≫

이 말을 듣자 옥분은 입을 꼭 다물고 무릎에 이마를 비볐다. 그러자 이때까지 아무말도 안 하고 앉아 있던 늙은 사료사가 머리를 설레설레 흔들더니 빨던 대통을 털어 호주머니에 꽂으면서 비로소 말을 꺼냈다.

≪선희야, 아무말이나 함부로 하는 게 아니다. 진정해야지.≫

사료사는 그리고도 잠시 같은 말을 혼자 중얼거리다가 천천히 일어나 선희 곁으로 다가 와 앉으면서 조용히 말을 이었다.

≪나중에 괴로워지고 뉘우쳐질 말은 아예 말 안 하는게 좋지…… 착한 네가 그럴 수 없어……≫

로인의 말은 따뜻하고 정답게 들렸다. 선희는 얼마간 자기를 진정시키면서 무릎을 문지르고 있는 주름지고 거친 로인의 손을 물끄러미 바라보았다.

≪할아버지, 전 어쨌으면 좋아요…… 지금은 통 아무것도 생각나지 않아요.≫

≪모르긴? 넌 다 알고 있어, 알고 있는 대로 하지 않을 뿐이지, 사람이란 참을 줄도 알고 싸울 줄도 알아야 한다. 옥분이와는 싸울 게 못 돼. 자, 점심 먹으러들 가자, 일을 하고 방목을 하고 사료도 주고 그러느라면 어떻게 처신해야 하는지 알려지겠지, 그저 마음을 가라앉혀 조용히 생각해야 한다.≫

그들은 언덕을 내려 왔다. 하늘에는 움직이는 것 같지 않던 구름 두 송이가 어느덧 몇 갈래로 갈라져서 동남쪽으로 흘렀고 아까까지 저 산'기슭에서 풀을 뜯던 염소들은 보이지 않았다. 해'볕만은 아직도 뜨겁고 무덥다.

5

선희는 비'소리에 잠을 깼다. 밤새도록 온 비인데 아침이 되여도 멎지 않고 오히려 비'발이 더 굵어지고 세차졌다.

새벽 방목이 없는 이런 날에는 양돈공들도 남처럼 늦잠을 잘 수 있지만 선희는 더 잠들지 못하고 일어나 밖으로 나왔다. 도에서 왔다는 한 손님이 어디 갔었던지 비'발속을 뛰여 들어 오다가 추녀밑에서 락수'물 때문에 목을 옴츠리고

≪엑크≫

하면서 마루에 올라 섰다. 선희는 비'물에 잠겨 모래 투성이가 된 고무신을 락수'물에 씻어 신은 후 손님들이 세수'물을 길어 오려고 바께쯔를 들고 우물'가에 나갔다.

벌은 몽롱한 비안개에 잠겨 희미하게 보였다. 옥수수밭 우로 떨어지는 비'소리는 소란하지는 않았지만 귀에는 희미해도 가슴 속에서 커지는 그런 소리였다. 물'줄기들은 고랑을 핥고 내'가로 떨어진다. 내'물은 뻘겋게 소용돌이 치기 시작하였다.

물을 떠가지고 돌아 온 선희는 준호의 방문을 쳐다보았다. 오늘은 해'빛이 비치치 않아 방문 아근이 뽀얘 보였다. 선희는 방문 앞으로 가서 문을 뚜드리였다.

≪반장 동무 일곱시예요.≫

치솔을 물고 나온 준호는 선희가 떠놓은 물로 양치를 하고 나서 사무적인 어조로 명령하듯이 이렇게 말하였다.

≪비가 멎는 대로 5호 9호를 오늘 종부 시킵시다.≫

선희는 가슴이 섬짓하여 한동안 말없이 서 있었다. 그리고는 부엌에

서나 방안에서나 공연히 서성거리다가 옷을 갈아입고 집을 나왔다.

5호와 9호는 며칠 전부터 한 우리에 있었다. 선희는 돼지들에게 아침을 노나주고 나서 두 돼지 앞에 우두커니 섰다. 두 돼지는 살이 진 몸이 날쎄게 놀리면서 한 오리의 청초도 남기지 않고 여물통 구석까지 말끔히 핥아 먹었다. 그리고 나서도 무엇이 부족한지 이 구석 저 구석 코를 풀룸거리면서 가끔 목책 구멍으로 주둥이를 내밀었다. 선희는 줄곧 그들의 하는 양을 지키고 있었다. 그때 5호 돈이 왜 그런지 욕초를 자꾸만 발로 헤집었다.

≪젖은게로구나.≫

선희는 돼지들이 자기 말을 알아 듣기나 하는 것처럼 중얼거리면서 우리 안으로 들어 가 욕초를 만져 보았다. 방금 깔아 준 욕초가 젖어 있을 리 없다. 짐승은 그저 리유 없이 장난질을 해본 데 불과하다.

다음에는 9호돈이 목책에 등어리를 썩썩 비비였다.

≪부스럼이 났나?≫

걱정스런 얼굴로 9호의 등어리를 헤집어 보았으나 아무런 부스럼도 찾아 낼 수 없었다. 부스럼 없이도 공연히 근지러울 때가 있는 것이다. 다만 선희가 이것 저것 걱정스러워 두 돼지의 곁을 떠날 수가 없을 뿐이다.

선희는 두 돼지들의 온갖 습성을 다 잘 안다. 9호는 쾌활하고 장난기가 심하고 동작이 빠르며 물을 많이 먹는다. 5호는 온순하고 느리고 겨드랑이 밑에 엄지손'가락 만한 기미가 있고 새끼때는 어미돼지의 젖이 적어 미음을 쑤어 먹였다. 손이 가고 애를 태우는 돼지일수록 더 마음이 씌이게 마련이다.

한참 만에 선희는 가벼운 한숨을 짓고 얼굴을 들었다.

≪비가 멎었구나!≫

비는 벌써 멎었다. 높은 채광창으로 해'빛이 눈부시게 들어 온다. 돈사가 갑자기 밝아졌구나—선희는 생각하였다—그렇지 나는 이 돼지들의 양돈공이다. 숙기 아주머니도 아니고 옥분이도 아니고 사료사 할아버지도 아니고 바로 내가 책임을 진 양돈공이다. 반장은 물론 아니지. 반장에게는 <수'자에 나타난 성과>가 더 중요하대, 옥분이가 그랬어…… 옥분이는 똑똑한 애다. 비는 왜 멎었을가. 반장은 비가 멎는 대로 곧 종부를 시작하자고 했다. 한 달이건 두 달이건 비가 오라지. 그 동안 너희들은 더 성숙해서 뻐젓한 걸돼가 될 게야. 지금은 너무나 이르다.

선희는 머리'수건을 벗어 손에 움켜 쥐고 사료실로 달려 왔다. 그리고는 숨도 돌려 쉬지 않고 큰 소리로 사료사에게 말하였다.

≪할아버지, 비가 멎었어요.≫

아궁이에서 석탄'재를 퍼내던 로인은 례사롭게 대답하였다.

≪응 비오는 것보다 역시 해 나는게 좋다.≫

≪그래요? 그렇지만 너무 일러요.≫

선희는 정신없이 고개를 흔들었다. 로인은 미심김에 선희의 얼굴을 쳐다보자 놀래였다.

≪너 어디 아프니? 얼굴'색이 말이 아니구나.≫

≪아니예요. 전 반장한테 가겠어요. 오늘은 안 된다고 하겠어요.≫

하고는 영문을 모르고 서 있는 로인을 돌아 보지도 않고 사료실을 뛰쳐 나와 반장실로 달려 갔다.

서류에 무엇인가 기입하고 있던 준호는 선희를 보자

≪준비됐소?≫

하고 물었지만 대답을 기다리지 않고 다시 서류를 들여다 보았다.—

또 수'자를 적어 넣고 있지― 선희는 불현듯 준호가 미워졌다. 그러나 지금 무표정으로 태연하게 서류를 보고 있는 준호에게 공연히 떨고 있는 자기가 어떻게 제대로 끝까지 버티여 낼지 겁이 났다. 그래서 선희는 마음을 다잡으면서 말없이 서 있었다. 그런 선희에게서 무엇인가 이상한 것을 눈치챈 준호는 어떤 예감 밑에 일이 틀려질 것을 방지하려는 엄격한 표정을 지었다. 선희는 한번 푹 한숨을 쉬고 나서 되도록 흥분하지 않은 담담한 목소리로 말하려고 애쓰면서 말을 꺼냈다.

≪5호와 9호는 요다음 분기에 종부시키겠어요.≫

준호는 의아쩍은 표정으로 선희를 바라보다가 갑자기 거칠은 말투로 물었다.

≪인제 와서 무슨 말을 하고 있소!≫

긴장한 선희는 얼굴'빛이 해쓱해지면서 꼿꼿이 선 채 말을 이었다.

≪그 편이 나아요. 금년 생산 수'자는 적겠지만 래년에는 그만큼 더 많이 날 것이고 래후년에도 그렇고 결국 리가 아닙니까.≫

선희는 그런 반장이 그런 리치를 모르기나 하는 것처럼 또박또박 사리를 따지며 설명하였다. 아니 사리를 따진다기보다는 양돈공인 그로서 그렇게 하지 않을 수 없다는 결의를 말하고 있는 것이었다.

≪래년이라니?≫

준호는 기분이 나빠졌다. 래년 이야기가 지금 무슨 소용이 있겠는가. 금년에 필요한 것이다. 금년 안에 130%의 생산률을 보장해야 한다. 사업 성과는 년도말 생산률을 가지고 사람들 앞에 표시되는 법이다. 종모돈만 가지고는 겨우 계획 수'자를 달성할 수 있다손 쳐도 사람들을 놀래울 수 있는 수'자르는 되지 못할 것이다. 래년까지 누가 기다리겠는가. 래년에는 래년대로 어떻게 될 수 있을 것이며 중요한 것은 그때에는 반장이 아니라 좀 더 높은 어떤 일을 해야 한다. 년말 생산 수'자가 높지 않고서는 그 희망이 이루어지리라고 생각할 수 없는 것이다. 그런데 자기에게는 더 높은 직위를 가질 수 있는 수완과 자신이 있으며 그런 욕망을 달성할 수 있는 정력도 있다.

준호는 어떤 횡포한 힘에 의해서라도 선희의 반항을 억눌러야 되겠다는 생각이 들었다. 어째선지 그는 자기가 선희를 그렇게 다룰 수 있는 자격을 가진 사람처럼 행동하는 데 습관되고 있었다. 선희란 그저 그런 처녀가 아닌가.

≪래년이 뭐요? 금년에 해야 하오. 아니 당장 말이요.≫

선희는 역정을 내고 있는 반장의 표정을 똑바로 쳐다보고 있었다. 눈이 치째졌다. 관자'노리에 피'줄이 섰다. 그러나 그 모든 것은 어쩐지 오늘 보잘것없는 것을 허울좋게 도색하고 있는 것 같았다. 그리고 선희 자신은 지금 고함치는 준호가 무섭지 않았으며 준호에게서 욕을 먹을가 겁내지도 않았다.

≪저는 그런 명령을 받을 수 없어요.≫

선희는 작은 소리로 말하였다. 마음은 조금도 떨리지 않는데 목소리가 떨리는 것은 이상하다. 그러나 준호는 완강한 사내였다. 어떤 더 강한— 더 모욕적이라도 좋다. 그런 말을 하려고 한 걸음 앞으로 다가 섰다. 그래도 선희는 해쓱한 이마를 치켜 들고 있었다.

맑은 눈! 꼿꼿한 자세! 비로소 준호는 놀랐다. 순종을 좋아하던 연약한 이 처녀에게 지금 그 무슨 힘이 부여되였길래 이처럼 꼿꼿이 서서 당돌한 말을 줏어넘기고 있는지 리해할 수 없었다.

≪정말 못하겠소?≫

선희는 그 물음에는 대답을 하지 않고 이미 아무런 말도 들어 소용 없다는듯이 머리를 숙였다. 이 이상 더는 할 말도 들을 말도 없다고 생각한 선희는 입을 꼭 다문 후 얼마간 피곤해진 눈으로 언제까지나 마루'바닥을 바라보며 서 있었다. 분격이 극도로 치밀어 오른 준호는 머리가 쑤시는 것 같은 아픔조차 느끼였다. 그런 어느 한 순간 준호는 갑자기 더는 이 처녀를 움직일 수 없다는 것을 깨달았다. 이상한 일이였다. 준호는 처음으로 자기의 무력을 깨달으면서 자기가 보잘것없는 초라한 인간으로 느껴졌다. 그는 맥없이 중얼거리듯 이렇게 말하였다.

≪마음 대로 하오.≫

준호의 말이 떨어지자 선희는 눈을 빛내이며 휙 돌아서 나갔다. 가냘픈 어깨가 아니 야무진 어깨가 문으로 사라진다. 텅 하고 문이 닫기자 준호는 선희가 어디론가 가버린 것 같은 착각으로 마음이 불안해졌다. 준호는 도로 선희를 불러오고 싶어 자리에서 일어 섰다. 그러나 불러올 리유가 없으므로해서 머리를 떨어뜨린 그는 엉성한 어깨를 굽히고 방안을 뚜벅뚜벅 거닐기 시작하였다.

다시 돈사에 돌아 온 선희는 목책에 기대면서 이렇게 중얼거리였다.

≪드디어 말하고 말았다!≫

긴장에 굳어졌던 전신의 힘이 기운 없이 풀려지자 선희는 쓸쓸한 미소를 그리였다. 아침 방목을 하지 못한 돼지들은 우리 속에서 수선스럽게 비비대고 있었다. 빙빙 돌아치는 놈, 발을 구르는 놈.

≪그래 방목에 나가자. 지루한 게로구나.≫

선희는 자기 돼지들을 다시 한번 둘러보았다. 피둥피둥 살이 찌고 소만큼씩 크고 맹수처럼 으르렁거리고 있는 돼지들이건만 지금의 그에게는 작고 미욱스럽고 귀엽게 보였다.

≪잘된 일이야, 옳게 행동하였다고 할 수 있지.≫

선희는 설사 사랑의 이름으로도 굴종하지 말아야 한다는 것을 비로소 똑똑히 깨달은 자기 자신을 느끼면서 방목에 나가기 위해 채찍을 들었다.

6

장마가 걷히고 여름도 거의 다 갔다. 돈사는 다시 보송보송해졌으며 돼지들은 정상적인 방목에서 돌아 와 폭신한 욕초 우에 누워서 점점 더 살이 쪘다. 씰로쓰 탑에는 매일처럼 새로 저장될 옥수수'대들이 쏟아져 들어 갔고 돼지들에게는 분만 계절이 시작되었다. 어느 돈사에고 거의 매일 돼지 수가 늘어 갔으며 양돈공들은 기꺼이 흥분 속에서 새끼돼지를 받았다.

그와 함께 준호는 이전처럼 반장실에 붙어 있을 수 없어졌다. 돈사나 사료장이나 방목지 중 어딘가에 나가 있었고 때로는 그의 직접 책임이 아닌 청초 애취 장소에까지도 나갔다. 그러나 양돈공들에 대한 그의 요구는 조금도 줄지 않았을 뿐 아니라 더 까다로워졌다. 인제는 돈사 청소 뿐 아니라 방목지의 선택에 대해서도 돼지를 다루는 채찍질에 대해서도 남김 없이 모두를 간섭하였다. 그리고 본장에서 운반해다 주는 청초를 나무라는 것도 사양하지 않았다. 청초를 실은 달구지 소리가 덜컹덜컹 들려 올 때마다 그는 무슨 일을 하다가도 뛰여 나갔다.

≪임자 눈엔 그래 이 쐐기풀이 보이지 않아?≫

운반공을 나무라는 준호의 고함 소리가 사료장에서 사료를 혼합하고 있는 양돈공들의 귀에 그대로 들려 왔다. 이상한 것은 요즈음 반장의 고함 소리에 대하여 아무도 무서워하거나 비웃거나 하지 않는 것이다. 오늘도 그들은 숙기 아주머니가 작도질하던 손을 놓고 담넘어 그 광경을 넘겨다 보면서 뚱뚱한 허리에 손을 얹고

≪반장이 사료'감을 나무라게 됐거든……≫

하고 악의 없이 깔깔 웃자 사료사도 빙그레 웃으며 말하였다.

≪요즈음 반장은 제 할 일을 알아 차렸나 부더라.≫

≪수'자를 집어 치웠어.≫

옥분이도 생글생글 웃으면서 말하였다.

≪수'자를 늘여 주는 건 보고서가 아니라 돼지에게 달렸는 걸 안 모 양이지, 어제두 말이지 우리 10호가 난산하는데 온밤 지켜 있지 않겠 니, 무척 걱정하면서 말이야, 반장 동무가 걱정스러운 얼굴을 한다는 건 우습더라. 이렇게 심각해서……≫

옥분은 량미간에 주름을 잡고 입가를 비죽여 흉내를 내면서 웃었다. 그리고는 선희 곁으로 가까이 오더니 뜻 있는 눈으로 선희 얼굴을 잠시 살피다가

≪네가 얕잡을 수 없는 애라는 것도 알았지.≫

하고 말하였다. 선희는 옥분의 웃음 속에 비낀 다정한 빛을 바라보며 잠자코 있었다.

선희는 그의 마음 속에 고통이나 슬픔이 있으리라고는 아무도 생각 할 수 없도록 침착하고 착실하게 일하였다. 그리고 준호와 이야기 할 때에는 그를 마주보지 않고 그가 입은 샤쯔의 둘째 단추와 세째 단추 사이를 줄곧 바라보면서 천천히 숨을 쉬였다. 선희는 사무적인 말 외에 는 하지 않았고 다만 준호의 말이 마음에 들지 않을 때에만 짤막하기는 하나 반대 의견을 말하군 하였다.

어느날 준호는 선희에게 이렇게 물었다.

≪동무 나한테 무슨 불만이 있소?≫

이때에도 선희는 역시 대답이 없었다. 그리고는 여전히 둘째 단추와 셋째 단추 사이를 바라보면서 어떤 딴 말이 즉 사업상의 말이 나오기를 기다리는 것이였다. 준호는 이전처럼 선희에게 성을 내지 못하였고 또 이전처럼 대수롭지 않게 대할 수 없다는 것을 느꼈다. 준호는 선희가 달라졌다는 것을 알았다. 어느덧 그는 선희에게 이전과는 다른 어떤 록록지 않은 데가 있다는 것을 느끼게 되였던 것이다. 그는 그것이 준종모돈 종부를 거절한 때부터이라는 것도 알았다. 때때로 그는 선희를 주의해서 바라보았다. 그리하여 준호는 선희가 돼지를 다루는데 놀라운 솜씨가 있다는 것을 발견하였다. 아무리 사나운 돼지라도 선희에게는 어린애처럼 곧잘 순종하였다. 특히 그는 선희가 젖이 작은 새끼돼지를 키우는 정성에 감탄하였다. 그러자 준호는 왜 자기가 이전에는 그런 것을 보지 못했던가를 생각하였으며 인제 와서는 이때까지 당연한 것으로 받고 있던 선희 모녀의 시중에 마음이 씌우기까지 하였다. 그는 선희 어머니가 자기를 귀찮게 여기고 있지 않을가 하고도 생각하였으며 만약 그렇다 하더라도 당연한 일이라고도 생각하였다. 이런 어느날 본장에서 준호에게 딴 하숙집을 마련해 주었다. 가을이 되자 선희네 집에는 머물게 하여야 할 외래 손님이 많아져서 부득불 준호 방을 내지 않을 수 없어졌기 때문이다.

준호는 침울한 마음으로 집을 옮기였다. 그는 선희네 집에서 저질러 놓은 어떤 잘못을 못다 씻고 가는 것도 같았고 한편으로는 선희 모녀의 시중을 받는 괴로움에서 벗어 나게 되였다는 것에 마음이 놓이기도 하였다.

그날 선희는 돼지의 분만 때문에 양돈장에서 늦어져서 준호가 이사를 끝마친 뒤에야 점심을 먹으러 집으로 돌아 왔다. 선희는 이미 비여 있을 준호 방쪽은 보지 않고 퇴'마루에서 장화를 벗었다.

≪양돈장 근처라더구나, 반장이 이사한 집이……≫

막상 떠나고 나서 그런지 어머니 표정에는 서운해하는 기색이 보였다. 선희는

≪그래요?≫

했을 뿐 아무것도 더 묻지 않고 방에도 들어 가지 않고 그대로 퇴'마루에 앉아 있었다. 해'볕은 뜨거웠으나 이따금 선들바람이 곧잘 불어왔다. 선희의 앞머리가 바람에 나붓기였다.

선희는 머리를 걷어 올리며 준호가 있던 방으로 들어 갔다. 물론 방은 비여있었다. 그것은 예기 안 했던 일처럼 새삼스럽게 가슴을 찔렀다. 책상이 놓였던 방'구석, 책들을 쌓아 두었던 또 한쪽 구석에 솜먼지가 남아 있었고 지도를 붙였던 담'벽에는 그 자리만 퇴색하지 않아 네모방정한 흰 색갈이 드러나 보였으며 옷이 걸리지 않은 못들은 앙상하고 외로워 보였다. 선희는 어째선지

≪가버렸구나≫

하고 생각하였으며 그것이 슬프고 서운하여 힘없이 담'벽에 기대였다. 그리고 맞은 담'벽에 남은 못들을 세여 보았다. 네 개다. 첫째 것은 수건을 걸어야 하였고 둘째 것은 샤쯔를 걸어야 하였고 세째 것은 작업복 네째 것은 양복…… 순서를 바꾸지 말자고 소제할 때마다 신경을 쓰던 일들이 생각키운다. 그러나 그것은 이미 먼 과거의 일처럼 회상될 뿐이였다. 과거는 영영 가버리고 다시 돌아올 수 없다.

≪미련한 일이였다.≫

선희는 마치 상반신을 흔들고 나면 새로운 힘이 생기는듯이 어깨를 한번 부르르 떨고 나서 담'벽에 기대였던 등을 떼였다. 선희는 자기가

참을성이 있어졌으며 굳세여졌으며 더 어른이 되였다고 생각하였으며 한편으로는 그것이 서운하기도 하였다.

≪아주머니 또 수고하셔야겠습니다.≫

뜰에서 들리는 그 소리는 농장 경리부원이 손님을 데리고 와서 어머니에게 하는 말이였다. 어머니는 손님들을 이 방으로 안내하려는가 싶다. 두 손님은 마루에 앉아 구두를 벗는다.

≪잠간……≫

선희는 비를 들어 방을 쓸어 내기 시작하였다. 준호의 책상에 놓였던 구석의 먼지도 지도가 붙여졌던 흰 담'벽에 두 줄로 건너간 거미줄도 모조리 털고 쓸었다. 다 쓸고 난 선희는 다시 한번 살펴본 후 밖으로 나왔다.

그런데 선희가 점심을 먹을 때 곁에 와 앉아 있던 어머니는 뜻밖에도 이런 말을 하였다.

≪반장이 보기에는 뚝해도 그렇지 않은 사람이더구나. 이사를 가면서 나한테 인사하는 품이…… 글쎄 자꾸 치하를 하는데 낸들 뭐 좋게 대했었니? 사람이란 같이 있으면 정이 들게 마련인지, 어째 좀 섭섭하다.≫

그 말은 선희의 가슴을 뭉클하게 하였으나 선희는 말없이 집을 나왔다. 양돈장에서는 사료 급여가 한창이여서 사료통을 어깨에 멘 양돈공들이 선희를 보자

≪분만이 끝났니?≫

하면서 목고를 멜 때면 자연히 그렇게 되기 마련인 허리세를 하면서 자기 돈사들로 재빨리 달려 갔다.

사료장 뜰에서는 분만 때문에 늦어진 선희를 대신하여 사료사가 선희 몫의 사료 혼합을 하고 있었는데 선희를 보자 반장이 부르더라고 알

려 주었다. 선희는 입으려는 앞치마를 그대로 입은 후 조용히 반장실 문을 열었다. 준호는 책상 우에 놓인 갓 주문해 온 고무 젖꼭지들을 세고 있었다.

≪저를 부르셨어요?≫

준호는 불쑥 얼굴을 들었다. 그는 좀 당황해하면서 젖꼭지를 한웅쿰 쥐고 일어 섰다.

≪새끼 두 마리만 길러 주오, 이걸 드리죠.≫

그는 선뜻 손에 쥔 것을 선희에게 내주었다. 선희는 반장이 주는 것을 두 손으로 받은 후 그중에서 두 개만 가지고 나머지 것을 도로 책상 우에 놓으려고 허리를 굽혔다. 그래서 잠시 선희의 얄팍한 등이 준호의 눈 아래 있게 되였다. 그러나 곧 머리를 쳐든 선희는 숨을 천천히 쉬면서 준호의 말이 계속되기를 기다리고 있었다.

≪옥분 동무네 10호가 제 새끼를 다 기를 것 같지 않소. 선희 동무의 8호돈에 덧붙이지 못하겠소? 염소 젖을 보충해서 말입니다.≫

선희는 승낙하는 표시로 고개를 끄덕이였다.

두 사람은 새끼돼지를 가지러 옥분의 돈사로 향했다. 준호는 선희가 어미돼지 없이 새끼를 키우는 힘든 과업을 서슴없이 받은 것에 감탄하며 걸었다. 그리고 그것이 결코 자기에 대한 단순한 복종이 아니라 사업에 대한 성실성이라는 것도 알았다. 지금 곁에서 무엇인가 생각에 잠겨 걷고 있는 선희의 동그란 이마며 코언저리에 박혀진 지울 수 없는 긍지가 그것을 말해 주고 있다고 그는 생각하였다. 그리고 준호는 자기가 그 성실성을 번번이 악용하였다는 것도 생각하였다.

한편 선희는 오늘의 준호에게서 뜻하지 않은 친근감을 느꼈다. 너그럽고 의젓한 말들과 좋은 대우를 받은 것 같았다. 그래서 그는 요즈음 준호 앞에서는 거의 입밖에 내지 않던 사업상 일이 아닌 말을 하였다.

≪이사한 방이 마음에 드세요?≫

그 말에 준호는 서먹서먹하게 웃으면서 대답하였다.

≪그간 너무도 신세를 져서……≫

준호는 뒤'말은 잇지 않았지만 선희는 그가 진정으로 말하고 있다는 것을 느끼면서 준호를 쳐다보았다. 그리고 문뜩

≪네가 얕잡을 수 없는 애라는 것도 알았지≫

하고 말한 옥분의 말이 생각났다. 순간 선희의 눈앞에는 새롭고 빛나는 것이 활짝 펼쳐졌다.

그러나 준호는 그런 선희를 눈치채지 못하고 옥분의 돈사로 들어갔다.

돈사에 들어 선 두 사람을 보자 옥분은 손'짓을 하면서 10호 우리문을 열어주었다.

≪큰 걸루 골라 가라 응.≫

옥분은 새끼를 주기가 서운해하면서도 두 마리를 골라 선희에게 주었다. 선희는 새끼돼지를 받아 쥐면서 쾌활한 소리로 이렇게 말하였다.

≪누가 빨리 키우나 내기해!≫

옥분은 그 말을 듣자 눈을 크게 떴다.

≪참말? 제 어미 젖이 아닌데 내기하겠어?≫

≪하구말구.≫

선희와 준호는 어미돼지를 시중하는 옥분을 남겨 두고 밖으로 나왔다. 두 마리의 새끼돼지가 선희의 팔안에서 꿈틀거리며 엉석 섞인 꿍꿍 소리로 울었다. 발버둥치는 새끼돼지를 곁눈으로 내려다 보며 걷고 있던 준호는

≪내가 한 마리 붙안지요.≫

하면서 팔을 내밀었다. 그때 선희는 준호의 눈과 표정에서 그가 비록 이전과는 달리 너그럽고 의젓하지만 그것은 반장이 양돈공에게 하는 그런 것 외에 아무것도 아니라는 것을 느꼈다.

그것은 섭섭한 일이였다. 그러나 선희는 자기가 이전처럼 절망적인 슬픔과 괴로움에 잠겨 버리지 않으리라는 것을 안다. 그리고 그것은 준호의 잘못이 아닐 것이며 또 자기의 잘못도 아니며 생활은 여전히 보람 있고 자랑스럽게 계속되리라는 것을 믿었다.

어디선가 빈 여물통을 흔드는 장난'기가 섞인 소박하고 유쾌한 소리가 들려 왔다. 양돈공들이 벌판으로 돼지들을 유인하면서 흔드는 여물통 소리였다. 선희는 자기도 빨리 방목에 나가야겠다고 생각하면서 발'걸음을 재촉하였다.

팔안에 있는 새끼돼지들은 계속 발버둥쳤다. 선희는 그 파들파들한 감촉을 유쾌하게 여기면서, 자기가 옥분이와의 경쟁에서 결코 지지 않으리라고 확신하였다. 어떤 생기롭고 약동하는 힘이 그것을 말해 주는가 싶었다.

—1957. 7—

(『조선문학』, 1957. 9)

들

신동철

폭음의 메아리도 멀어지고 폭연도 사라진 뒤 정적이 깃든 들. 아무일
도 없은 듯 먼지를 뒤집어쓴 들판은 바람'결에 설레인다.

산'기슭의 묵은 참호에서 흙을 털고 일어 난 조 동호 군관은 오목한
눈으로 두리를 살펴 본다.

얼마나 거칠은 들판인가? 지금은 리용하지 않는 철도를 따라 폭탄에
패인 숭숭한 구덩이들, 오래된 구덩이엔 물이 괴여 개구리밥까지 덮었다.

폭풍에 쓰러져 볼모양 없이 된 수수밭을 지나 남으로 뻗은 행길에 나
선 동호는 서북쪽을 향해 섰다. 소금 버케가 내밴 등에는 팽팽한 배낭
을 메였고 파편이 긁혀 보풀이 인 권총집이 옆구리에 드리웠다. 그의
장화 역시 꿰여졌다.

아무리 다시 봐도 거칠은 들판이다. 왕골과 창포, 붓꽃풀, 늙은 미나
리와 기타 잡초들이 무성한 진펄이 군데군데 있고, 그 사이에는 돌밭이
아니면, 자라지 못한 콩밭과, 쑥이 절반인 조밭이 약간 있다.

북쪽에는 낮은 야산이 있다. 야산에는 개암나무가 드문드문 있고 찔
레꽃 무더기와 까치밥 열매가 빨갛게 익어 가는 것이 보일 따름, 그 나

머지는 쑥과 새풀이다. 야산 우에는 부러진 전주 하나가 서 있다.

들은 먼 서남쪽 파라우리한 산'기슭에 닿았다.

이따금 메'새가 찍찍 울며 날아 난다.

들판의 오솔'길을 따라 동호는 서북쪽을 향해 천천히 걷기 시작했다.

인가 하나 없는 들판을 그는 허전한 심정으로 가고 있다. 최전선에서 평양을 향해 떠난 지 사흘째다. 다리도 아프고 하루 밤 푹 쉬여라도 갔으면 좋으련만 점심때가 지나도록 집 하나 볼 수 없고 사람 하나 만날 수 없다.

동호는 모든 것이 그립다. 전선에서 꼬박 이 년 남짓 싸워 온 그는 이번 상부의 소환을 받아 떠나고 보니, 후방이 처음이다. 오면서 얼마나 황폐한 농촌들과 거리들을 보았던가! <재'더미>라는 말은 신문지상에서 자주 보았지만 그 말은 어디까지나 수사학적 과장의 표현이라고만 생각해 온 동호에게 이 인가 하나 없는 거칠은 들은 자기의 인식이 착오였었다는 느낌을 더하여 준다. 그러나 이 들판은 거칠으면서 고향의 어느 한 낯'익은 부분 같이도 느껴진다. 어렸을 때 동무들과 낚시'대를 메고 이런 진펄 많은 들을 다니는 일이 머리에 떠오른다. 그러기에 더군다나 심란한 것은 후방에 오면서 폭격에 가족을 잃은 일이다. 어머니와 어린 남동생을 잃은 그는 파괴된 거리들을 볼 때마다 눈에서 퍼런 불이 일었던 것이다.

≪……에구 큰 사람이 오네, 동수야 형님이 온다!≫

반백의 어머니가 이렇게 소리치며 달려 나와야 할 후방이 아닌가! 일 년 전 까지만 하여도 학교가 없어서 집에서 공부하고 있다는 동생의 편지에는 제딴의 설계로 교사까지 그려 보냈던 것이…… 지금은 이 땅 우에 없는 가족들…… 언제나 한 번은 반가이 만나 한자리에 모여 살리라

믿었던 일을 생각하면 가슴이 찢어질 것만 같다.

그렇다! 외토리가 된 동호는 전투가 일단 끝나면 또 전투 준비, 전호보수, 행군, 습격, 정찰, 전투, 갱도 작업 등 얼마나 많은 일들이 그의 손을 거쳐야 했던가! 전사들은 때로 익살도 부리며 웃기도 하였지만 지휘관으로서의 동호는 항상 생각에 잠겨 우울한 편이었다. 동호는 전사한 전우를 두고, 폭격에 희생된 가족들을 두고 항상 적개심에 불타 웬만한 일에는 그리 관심을 두지 않았다. 전투, 복수―이 밖의 일에는 거의 다 외면하면서 상부에 소환되는 날까지 화선에서 눈 돌아 가게 싸워 왔다.

그러나 동호는 고향을 느끼게 하는 이 거친 들을 거닐면서 생각한다 ― 용감하게 싸운 전사의 불에 타고 파편과 총창에 찢겨 해진 군복 모습에서 오히려 위훈을 느끼듯이 이 거칠은 들에서도 바로 그것을 느끼는 것이다.

오늘 아침 군단에 들렀을 때 군단 정치부장은 동호의 손을 굳게 잡아 주고 나서 정중하고도 인자스럽게 말하는 것이었다.

≪……오래간만에 후방으로 가 보게 되였소! 가 보면 놀랄 일이 많소! 처음에는 파괴된 후방이 엄청날 테니까…… 다음에는 보다 크고 깊은 힘을 느낄거요. 그럼 잘 갔다 오우. 동무는 올라 가면 좋은 구경도 하게 될테니까……≫

동호는 정치부장 동무가 무엇을 념두에 두고 말했는가가 더욱 명백하여지자 경건한 생각에 머리가 숙어졌다.

동호는 오솔'길을 따라 약 2키로 걸었다. 그는 한참 가다가 오솔'길과 평행하여 뻗은 야산으로 통하는 갈래'길에 맞섰다.

그냥 고추 가면 큰 늪이 보이는 쪽으로 갈 것인데 어느 쪽으로 갈 것인가? 동호는 잠시 망서리다가 어느 길이건 질러 가기 위해 들어 선 길이니 관계야 없지만…… 어느 쪽에 가면 인가가 있을가? 살핀다.

그리다가 큰 늪이 있는 풀'섶 사이에 해바라기가 핀 것을 발견하였다. 동호는 소리까지 지를번 하였다. 해바라기는 마치 사람처럼 반갑다. 사람의 손'길이 닿지 않고서는 해바라기가 저렇게 될 수 없지 않은가! 동호는 우선 마음이 놓였다. 야산 쪽으로가 아니라 고추 서북쪽을 향해 걸었다. 동호는 다리도 좀 쉴 겸 담배도 한 대 피울 겸 늪가에 선 작은 소나무 밑 그늘에 들어 섰다.

땅'벌들은 열심히 꽃을 찾아 다닌다.

늪에는 다른 진펄에와 같이 붓꽃풀이며 창포, 늙은 미나리와 왕골이 무성한데 말랭이가 늪을 덮었다. 늪은 넓고 깊어 보인다. 가끔 가다가 가물치란 놈이 풀쩍 뜀질하여 솟아 올랐다가는 요란스럽게 쏴지르고 달아 나군 한다.

동호의 입가'에는 오랜간만에 미소가 어렸다. 그는 작은 소나무 밑에 배낭을 벗어 놓고 눈을 높이 들었다. 초가을 따가운 해'볕이 내려 쪼이는데 들판은 그대로 금'빛으로 물들어 가는 것만 같다.

다리를 뻗고 앉아 두루 시선을 돌리며 땀에 젖은 담배를 말리고 있노라니 패랭이꽃이며 달리깨비며 조팝꽃들이 유달리도 정다와 보인다. 모두가 자기의 모양대로 싱그러운 냄새를 풍기며 생을 영위하고 있다. 모자 채양을 밀어 올리고 늪 건너편을 바라보니 들국화가 화려하게 피였다. 거기서 자지'빛 완피스를 입은 처녀가 야산 쪽으로 가고 있다.

동호의 눈은 휘둥그래졌다. 그는 자기의 짐작이 맞았다는 데 대해서 긍지까지 느낀다. 틀림없이 저 해바라기 선 풀'섶 뒤에는 인가가 있으리라. 동호는 지나가는 처녀를 불러 보고 싶었다. 그것은 처녀래서가 아니라 사람에 대한 그리움과 집이 있느냐고 따지고 싶어서였다.

그러나 동호는 불러 보고 싶은 충동을 꾹 참았다. 다음엔

(무슨 집이 이 보잘것없는 들판에 있단 말인가?)

하는 의심도 들었다 .

먼발치로 보아도 지나가는 처녀의 얼굴엔 수심이 깃든 듯 청춘의 명랑성도 없고 걸음걸이는 피곤해 보이는데 한쪽 손엔 책이 가득 들렸다.

궁금하기 그지없는 동호는 볕에 말리운 담배 한 대를 얼른 말아 피워 물고 일어 섰다.

가물치는 요란스럽게 물'살을 일으키면서 논다. 붓꽃풀'잎이 설렌다. 고기떼가 들추는 모양이다.

동호는 이렇게 정들어 보이는 풍경이란 난생처음인 것 같기도 하다.

가렬한 화선에서 벗어 나 마음 푹 놓고 보는 자연이란 얼마나 아름다운가! 더군다나 여기 생활이 있으니…… 동호는 생각한다— 그 어느 전투 때였던지…… 전사들이 벅작 떠들기에 가 보니 다복솔 하나를 두고 그 야단 법석이었다. 그들은 불 속에서 저희들과 함께 살아 남은 소나무라고 떠다가 갱도 입구에 심었던 것이다. 그러나 동호는 그때 심드렁하게 생각되었다.

(젊은 청년들이라 이 북새판에서도 순박하군……)

하고 속으로 중얼거렸을 뿐이였다. 그러던 자신이 지금은 이렇게 심경에 변화가 생겼다.

그 동안 복수의 불'길로 하여 외면해 버렸던 자연의 내면— 거기 깃들고 있는 평화로 하여 마음의 상처가 기름이라도 머금은듯 부드러워지기도 한다.

그러나 이 여유가 생긴 감정은 한결 높은 아름다움과 슬픔을 한데 뒤섞어 놓기도 하여 군단 정치부장 동지가 하던 말의 뜻이 곰곰이 생각되

군 한다.

동호는 다시 한 번 빙긋이 웃는다. 담배 꽁초를 버리고 가벼이 밟았다. 그는 웅웅거리는 벌이며 금'빛 잠자리를 귀엽게 여겨 보며 걸'음을 다우친다.

늪에는 초가을의 맑고 높아진 하늘이 파랗게 비쳤다. 진한 풀냄새가 코를 찌른다. 털역귀도 눈부시게 피였는데 그 옆에 엉경퀴가 들국화와 섞여 피였다. 그 가시 돋은 엉경퀴'잎은 들국화를 찌를 것만 같다.

늪 아래컨을 돌아 해바라기 선 모퉁이를 바라보니 예상했던 대로 움'집이 있지 않은가!

움'집은 가까이 갈수록 큰 집임을 알 수 있다. 지붕은 널판자로 이었고 그 우에는 호박 덩굴이 무성하게 덮여 있는데 제법 위장이 되였다. 진한 수박색 얼룩이진 호박들이 주렁주렁 달렸다.

해바라기는 여라문 대 섰는데 그 둥그런 얼굴들은 길'손을 반기는듯 바람'결에 하느적거리며, 읍내 총각을 본 숫된 시골 처녀들처럼 서로 어깨짓으로 밀어대며 시시닥거리기라도 하는 것 같다.

동호는 잠시 서서 생각한다.

(이 움막은 무슨 집일가?)

마당에는 딴가마도 하나 걸려 있고 멍석도 펴 있다. 집은 오래된 것이 아니라, 널판자에서 아직도 송진내가 풍길 듯, 빛갈도 제재소에서 나온 거의 그대로이다. 그런데 문들은 닫겨 있다.

동호는 서먹서먹한 느낌으로 움'집에 다가 가서

≪주인 계십니까?≫

하고 부드럽게 찾았다.

≪뉘시우? 들어오시오!≫

하고 늙은이의 선선한 대답이 울려 나온다. 그 목소리는 어찌도 미더운지 동호는 육친의 정까지 느끼며 그지없는 반가움에 가슴이 뭉클한다. 아버지가 이렇게 대답하여 주신다면—하고 생각하니 가슴을 찌르는 듯하다.

동호는 문'고리를 잡기가 바쁘게 제 집처럼 선뜻 들어 섰다.

웬일인가? 방안은 길다란데 자질구레한 책상들이 나란이 놓여 있고 맞은편 벽에는 흑판이 걸려 있다. 흑판에는 백묵글을 지운 자리가 부옇다.

백발 수염이 턱밑에 푸푸한 빨간 대머리 로인은 성큼 들어 선 군관을 보자, 손질하고 있던 낚시'대를 눕히며 세모진 눈을 들어 반가이 대한다.

≪어서 오시우. 어떻게 이리루 다 오셨소?!≫

동호는 어쩐지 집에 들린 것 같기도 하다. 가슴이 후더워난다.

≪로인님! 여기가 학굡니까?≫

로인은 주름'살이 많으나 피나무 껍질처럼 윤기 도는 팔'등을 털며

≪그렇쉐다. 인민 학교 분교지요.≫

하고 대견하게 대답한다.

≪예, 그래요?≫

동호는 다시 한 번 놀라지 않을 수 없다.

당의 손'길은 이 들판에까지 미치였는가! 로인은 자랑 어린 어조로 동호를 쳐다보며 말한다.

≪여기가 안전하지요. 내가 자리를 잡았지요. 내 낚시터이니까요.≫

동호는 로인의 말에 그 요란스럽게 물에서 놀던 가물치가 머리에 떠올랐다.

≪선생님은 어디 가셨습니까?≫

≪인제 바루 집으루 갔지요.≫

동호는 이 말에 오다가 본 자지'빛 완피스를 입은 처녀를 짚었다.

≪오늘 상학은 끝났습니까?≫

≪그럼요, 오전 중에 끝났지요.≫

≪그래 아이들은 어디서 모여 옵니까?≫

로인은 한 팔을 들어 동북쪽을 가리키며 대답한다.

≪저 야산 넘어에 마을이 있지요. 거기에 인쇄소가 있는데 그 인쇄공장 로동자들의 자제들이 오지요. 그래 어디로 가는 길이웨까?≫

동호는 다시 한 번 가슴이 뭉클하였다.

모든 일은 빠짐도 없고 쉬임도 없이 후방은 정연하지 않은가! 모든 일은 제대로 되여 가고 있음에 무한한 기쁨과 신심이 들었다.

그런데 만날 수만 있다면 이 갸륵한 사업에 헌신하고 있는 녀교원을 만나 감사의 인사라도 드리고 싶으나 상학이 끝났으니 서운하기도 하다.

≪로인님은 그래 학교를 지켜 줍니까?!≫

동호는 로인에게라도 자기의 인사를 드리고 싶었다. 그래서 배낭에서 담배를 꺼내려 서둘렀다. 군관의 눈은 로인의 빈 담배 주머니를 놓치지 않고 보았던 것이다.

로인은 손질하던 낚시'대를 다시 만지작거리며 동호의 거동에 주의를 돌린다.

≪그럼요, 내 딸애가 선생 노릇을 하는데 내가 돌봐 주고 있쇠다. 그애는 이제 또 나와요. 할 일이 많거든요, 래일 군 교육부에 가서 보고할 준비두 해야하구……≫

동호는 로인의 일 역시 갸륵하게 느껴져서 치하 드리고 싶은 생각이 간절하나, 말을 고르지 못한다.

동호는 담배를 꺼내 로인에게 권했다. 로인은 별로 사양도 없이 그냥 받는다.

≪고맙쇠다. 담배는 있긴 해두 멀리 가야 하니까요. 며칠 전에 가게가 그만 폭격에 없어졌거든요. 담배 장사 로친네가 혼이 나서 가 버렸지요. 하긴 잘 갔지요. 그놈의 로친네가 비싸게 팔거든요. 에— 장사'군의 심'보만 고약하지…… 쯔쯔.≫

동호는 성냥을 그어 로인의 담배에 불을 붙여 주고 나서 돌아가신 아버지를 생각하였다. 걱정 많은 분들이란 부모요, 나라와 인민의 어버이인 당과 정부 역시 그렇다. 불'길속에서도 교육 사업을 제대로 운영하느라 걱정이 얼마나 많은가! 이 한 가지 일만 보아도 많은 것을 느낄 수 있었다.

로인은 담배를 맛있게 한 모금 빨고 나서 제 말을 계속한다.

≪담배 공장두 일을 계속하나 봅디다. 인쇄 공장 사람들은 곤히 담배가 떨어지지 않거든요. 접대 소비 조합 상점이 인쇄 공장 모캥이루 온다구 그랬는데…… 오, 어저께 왔다더군, 물건 값을 또 낮췄나 봅디다.

그래 군관 동무는 어디루 가는 길인지, 길이 급하지 않으문 저녁이나 같이 나누구 가시지요. 내 가물치를 잡아 올테니…… 가물치회는 일등 맛이지요.≫

동호는 날도 저물기 시작했고 수 십리 길을 걸어 오다 보니 피곤도 하여 쉬여 가고도 싶지만 오늘'밤으로 평양시까지 닿아야 했으므로,

≪예! 길이 바빠서요. 조금 쉬다가 떠나겠습니다.≫

하고 대답하였다.

로인은 만류하지 않고 낚시'대를 들고 나갔다.

동호는 교실의 자질구레한 의자를 이어 놓자 허리를 펴고 누웠다.

(기특한 부녀로군! 이런 사람들의 행복을 위해 내 무엇을 아끼랴!

……동생 녀석도 살아 있다면……)

이러저러한 생각을 하다가 잠시 잠이 들었다. 전호에서 마음놓고 자지 못하던 잠이 혼곤히 들었다……

눈을 떴을 때에는 벌써 날이 어둑어둑해지고 노을이 먼 산'마루에서 불'덩이처럼 타고 있었다. 아마 두 시간은 실히 잔 것 같다. 얼른 일어나 배낭을 들고 교실문을 열고 나서니 자지'빛 완피스를 입은 처녀가 와 있지 않는가! 그는 홀로 마당에다가 상을 차리고 있다.

동호는 그가 로인의 딸이며 녀교원임을 인차 눈치 차렸다.

아까 본 그 인상 대로 녀교원의 얼굴에는 여전히 수심이랄가 슬픔이랄가 하여튼 그 무슨 그늘이 깃들여 있다.

어찌된 영문일가? 동호 역시 흐리여지는 마음의 늪에 녀교원의 모습을 담으며 교실문을 살며시 밀어 닫았다.

바람'결이 녀교원의 앞 머리칼을 가벼이 위로하듯 날리고 있다.

노을을 받은 늪은 붉은 꽃처럼 발강기도 하여 아름답기 그지없다.

동호가 길 떠날 차비가 급하여 배낭을 걷어 메는 바람에 녀교원은 그제사 손님이 나온 것을 알아차렸다.

그래서 그는 당황하며

≪조금만 기다리세요. 아버지가 곧 돌아오실 텐데요.≫

하고 어쩔 줄 몰라한다.

동호는 로인이 보이지 않으니 영문은 모르나 다소 눅어지며 얼'결에 인사를 한다.

≪수고하십니다!≫

≪뭘요.≫

녀교원은 간단히 대답하고 나서 길'손이 떠나기를 더는 서두르지 않을 것으로 인정되자 하던 일을 계속한다.

동호는 녀교원의 가무족족한 얼굴과 탄탄하게 생긴 몸매의 거동을 보면서 그 그늘진 심중의 비밀이라도 알아 보려는 듯 멍하니 바라보았다.

녀교원은 가끔 동호를 훔쳐 보고는 다시 얼굴을 흐리여지군 했다.

동호는 이리저리 두루 딴전을 보는 척 하다가 녀교원이 차리는 상을 살피였다.

상 우에는 삶은 옥수수와 가물치회가 한 접시 수북히 담겨 있다. 로인이 사랑하던 료리가 아닌가! 그런데 로인은 어디로 갔을가?

동호는 로인의 행처를 물을가 하다가 녀교원이 돌아다 보는 시선에 마주치자 실무적인 물음이 쑥 나왔다. ―

≪이 분교에 아이들이 얼마나 나옵니까?≫

≪예, 이 분교엔 25명의 아이들이 나와요.≫

녀교원은 동호에게서 시선을 떼지 않으려고 애쓰며 코'등에 송골송골 맺힌 땀도 씻지 않고 부지런히 된장 담은 접시며 고추며 수저를 놓는다.

동호는 가족 같이 느껴지는 이 고마운 사람들을 잠간이라도 알게 된 일이 퍽 흡족하다. 그는 배낭을 놓고 해바라기가 선 모퉁이에 나서서 붉은 노을 비낀 늪을 바라보며 이 진펄 늪가의 정취에 취한 듯 황홀한 공상까지 한다. ―

전쟁이 승리한 후 한때를 얻어 여기 다시 온다면 물론 이 학교는 없으리라. 그러나 오늘의 추억은 그 무엇을 주고도 바꿀 수 없는 것이 아닌가! 붓꽃이며, 창포며, 털역귀며, 말뱅이며 그대로 있을 것이고 가물치도 요란스럽게 놀 것이다. 잡초에 덮인 가지가지의 풀꽃들, 그리고 화려한 들국화와 해바라기도 피여 있을 것이다. 짙은 노을은 옛분교의 터전—당의 손'길이 미쳤던 이 자리를 아름답게 비쳐 줄 것이다. 그리고 여기서 글을 배우던 아이들이 커서 낚시'대를 메고 가물치 잡으려도 오겠고, 자기들의 선생을 모시고 여기서 공부하던 이야기도 옛말처럼 하리라. 이 날을 위해 싸운 전사들의 이야기로 꽃을 피우리라……

로인이 어청어청 옥수수밭 사이'길로 돌아 온다. 그는 손에 꽃무늬를 그린 동그란 사기 주전자를 들고 있다.

동호는 로인이 술을 받으러 갔다 오는 것이라고 직감하니 로인의 심정이 헤아리기 어려울 정도이다. 그러나 로인의 걸음걸이로 보아 또 작은 주전자를 들고 오는 품으로 보아 <성공>하지 못했음도 인차 눈치 차릴 수 있다.

로인은 밖에 나서서 먼발치를 바라보고 있는 동호를 보자 선웃음을 치며

≪이런 때면 고약한 담배 장사 로친네라도 있었더면 싶군요. 허허……≫

하고 마당을 들어 선다.

딸이 마주 나가며 빈 주전자를 받아 들더니 눈이 휘둥그래서

≪소비 조합 상점에 없습디까?≫

한다.

로인은 손을 내저으며

≪별데 다 갔댔다.≫

하고는 동호에게

≪안됐쉐다. 모처럼 들려 주셨는데…… 이런 변이라구.≫

하면서 옥수수라도 같이 먹자고 권한다.

동호는 술을 마시지 않는 위인이여서 이내 상에 마주 앉으며 입을 열었다.

《무슨 말씀을 하십니까! 저는 술을 마시지 않습니다. 이렇게 생각해주시니 술보다 인정에 더 취할 지경입니다.!》

녀교원은 동호의 의지적인 코'날과 네모진 턱밑에 수염이 거칠거칠한 인상으로 보아 그가 술을 못 마신다는 말을 믿으려 하지 않는 눈치다. 그는 아버지를 흘금흘금 쳐다보면서 아쉬운 듯이

《아버지, 좀 더 가 보시지 않구.》

한다.

로인은 아무 대꾸도 없이 딸을 보고 가느다란 한숨을 지으며 멍하니 생각에 잠겼다가 갑자기 생각났다는듯 동호에게 먹기를 권한다. 그리고 눈에 눈물이 고이더니 무슨 말인가 할가 말가 망서리다가 딸을 슬쩍 보고 나서 입을 연다.

《……다름 아니라 오늘이 내 사위될 사람이 전사한 지 한 돐이요. 무던한 젊은이였쉐다. 군관 동무와 같이 소성 넷을 달고 있었지요. 나는 가고 오는 군관 동무들을 보면 가슴이 스르르해지군 하지요. 그러니 본인…….》

딸이 아버지의 무릎을 은근히 다치는 바람에 로인은 그만 이야기를 중동무이해 버렸다.

녀교원은 보기 좋게 넓은 이마와 코'등에 땀이 맺혀 가지고 가마로 간다. 김이 물물 나는 옥수수를 꺼내며 자주 아버지를 돌아다 본다.

동호는 로인의 말을 듣자 녀교원이나 로인의 심정을 비로소 알게 되였다. 무어라고 위로의 말을 했으면 좋을지…… 이런 심정은 동호에게도 역시 침통하게 통하는 것이다. 하여 동호는 담배를 깊이 빨며 덤덤히 앉아 생각에 잠겼다.

로인이 열'쇠를 달아 맨 손'수건으로 눈언저리를 닦는 것을 보자 동

호는 짐짓 입을 열었다.

≪이런 불행이 얼마겠습니까. 저는 전쟁에서 많은 전우를 잃어 버렸습니다. 아직도 서른이 못 된 놈이 속은 파파늙은 것 같습니다. 그러니 그 많은 부모들이야 오죽하겠습니까? ……그러나 그들은 모두다 용감했습니다. 그들은 희생되었어도 그 공이야 영원불멸입지요……≫

로인은 동호의 말을 들으면서

≪그렇지요!≫

≪그럼요!≫

하고 받아 주면서 물코를 힝 풀기도 하고 손'바닥으로 눈을 닦기도 했다.

옥수수를 가지고 온 딸은 손'수건귀만 씹으면서 수굿하고 앉아 있다.

동호는 저도 모르는 사이에 흥분하여 여러 가지 이야기를 하다가 마지막으로 활기를 띠고 말했다.

≪저는 이 집을 발견했을 때 학교라고는 생각지도 못했습니다. 그런데 이 갸륵한 사업에 나선 선생님이나 로인님을 저는 언제까지나 잊지 않을겝니다. 장래의 용사들을 길러 내는 일이 얼마나 빛나고 보람찬 일입니까! 이 분교에서 배운 아이들은 커서 옛말을 할겝니다!≫

로인에게서는 다소 슬픔이 가시었다. 그는 동호를 쳐다보며 묻는다.

≪그래 가족들이랑은 다 무고한지, 소식이나 있쉬까?!≫

동호는 선뜻 입이 떨어지지 않아서 담배'불을 끄며 어물어물하려는데 로인은 자꾸만 집요하게 파고 든다. 서른 살이 더 돼 보인다느니, 아이들이 몇인가, 부모는 생존하시는가, 무슨 일을 했느냐는 등…… 잠자코 있던 동호의 눈치를 보고 있던 녀교원은

≪아버지 뭐 손님보고 <심사>를 하세요?!≫

하고 아버지의 화제를 달리 유도하려 들며 비로소 가벼이 웃는다.

동호는 이 기회를 리용하여 허허 웃음으로 얼버무려 버렸다. 그러나 로인의 물음에 한 마디도 대꾸하지 않는다는 것은 도리가 아니여서 고향인 청진이 얼마나 무참하게 파괴되였는가에 대하여 설명을 하고 나서 다음과 같이 이었다.

≪전쟁에서 승리한 뒤에는 많은 사람들의 상처가 아물긴 하겠지만 원쑤놈들에 대한 분한 생각만은 더 날이 설겁니다!≫

로인은 이렇게 에둘러 하는 말을 알아들었는지 고개를 끄덕거리며 피우다 절반 남겨 둔 담배에 불을 붙인다.

눈치빠른 녀교원은 일부러 명랑해지려고 애쓰며

≪전선에서 있은 얘기라도 들려 주세요. 아이들의 교재로 삼게요……≫

이 질문은 동호에게 의무감을 느끼게 하였다. 하도 많은 이야기를 어찌 다 할 수 있으랴. 일차 반격 때 마산까지 갔었고 후퇴하여 청천강 계선에서 싸웠고 다시 서울까지 나갔다가 거의 1년 반이나 중부 전선 가까운 고지에서 목숨걸고 싸워 온 그 많은 이야기들을 어느 대목부터 했으면 좋을지……

≪글쎄요, 그 얘기야 끝이 없으니깐…… 무슨 얘기가 필요하겠는지요……≫

동호는 우선 이렇게 대꾸하면서 넌지시 저녁 노을을 바라보았다.

녀교원은 동호의 눈치를 알아 차리자

≪시간도 없으실 텐데…… 혹 하실 수 있다면 편지로라도 좋으니깐 아이들에게 교양 줄 수 있는 토막 얘기를 적어 보내 주셨으면……≫

하고 간청했다. 동호는 녀교원의 눈을 똑바로 본다. 녀교원의 볼에는 웃을 때마다 볼우물이 음폭 패이군 한다. 퍽 인상적이여서 동호는 그 어디서든지 다시 만난다면 이 얼굴은 쉽게 찾을상 싶었다.

동호는 쾌히 승낙했다.

≪그렇게 하지요. 제가 글 쓰는 재간은 없지만……≫

동호가 배낭을 들어 메려고 하는데 녀교원은 고맙다는 반사로 배낭을 추어 주면서

≪저물었는데 어떻게……≫

하고 말끝을 흐려 버린다.

로인은 자꾸만 쉬고 가라고 진정으로 권한다.

≪……이제 어떻게 간다구 그러시우! 원…… 우리 군관들은 제 집에 들러두 그러는지…… 원, 원.≫

동호는 각별히 인사하고 길을 떠났다.

서산 마루에 불타던 노을은 사위여지고 푸르스름한 하늘에 초생'달이 걸렸다. 그 뒤에 꼬마 련락병 같은 별이 따라 섰다.

모든 것이 그대로 혈육 같이 마음에 가까운 이 자연의 인자하고 아름다움을 지금 이렇게 관심을 두고 보니 새삼스럽게 느껴지며 조국이 무한히 고맙다.

동호는 흐뭇한 마음으로 두 부녀를 마음에 그려 보며 작은 개울을 건너 돌'길을 벗어 났다. 돌아다 보니 토굴막 분교는 어둠 속에 까마득한데 거기에는 자기의 회답을 기다릴 자지옷을 입은 녀교원과 그의 아버지가 서 있을 것 같이 느껴지기도 한다. 사실 그들은 오래도록 서 있었다.

동호는 이 들에서 받은 오늘의 인상이 길이 자기의 생애에서 사라지지 않을 것이라 느끼면서 이렇듯 즐겁고 아름다운 추억을 가질 수 있다는 것은 또한 행복의 중요 항목이라고 생각하였다.

나지막한 언덕에 올라 섰을 때였다. 깊은 물에 쇠'대를 떨구었을 때

처럼 동호는 가슴 속이 따끔해짐을 느꼈다. 동호는 녀교원의 주소도 이름도 묻지 않고 모르는 채로 떠났다. 이제 되돌아갈 수도 없고 무슨 방법으로 회답을 한다? 하기는 자기 주소 성명을 대준 것도 아니고……

동호는 난처하여 서성거리다가 평양을 향해 무거운 걸음을 옮기였다.

그러나 한 가지 마음에 미쁘게 생각되는 것이 있었다. 가족이나 혈육간은 통성명을 아니 한다. 바로 그 허물없는 감정이란 남 아닌 집안끼리의 것이다. 그렇다! 큰어버이인 당과 인민 정권에 의하여 온 나라가 한집안이 되여 싸우는 우리에게 통성명이 무슨 소용인가!……

이러한 느낌이 차츰 마음에 자리를 잡자 동호의 걸음은 활기를 띠였다.

개암나무 냄새며 찔레꽃 냄새가 흐뭇히 풍겨오는 들은 먼 산밑에 닿았다.

동호는 들국화며 새풀이 무성한 해묵은 참호를 뛰여 넘어 달'빛이 허옇게 보이는 행길 쪽으로 향하였다.

그의 배낭은 점점 작아 보이고 풀벌레 우는 들은 고요히 깊어 갔다.

―1952. 9―

(『조선문학』, 1958. 11.)

1950년대 대표 소설을 읽다[1]

1. 소설 평가의 입체성

이 글은 1953년 7월 휴전협정 이후 1959년까지 '전후 복구와 사회주의 기초 건설 시기'를 대표하는 세 작품을 중심으로 1950년대 북한소설의 지배 담론과 실제 텍스트 평가의 균열 양상을 논구해보고자 작성된다. 이 시기 초반부는 한국전쟁의 책임론을 둘러싸고 반종파 투쟁이 전개된 시기임과 동시에 평화적 복구건설기에 해당하며, 후반부는 천리마 운동 시기에 해당한다. 북한에서 이 시기를 관통하는 문학 담론으로는 마르크스-레닌주의 미학 사상과 함께 '사회주의 리얼리즘'이 강조된다. 북한식 사회주의 리얼리즘은 소련 문학의 영향 속에 당성, 계급성, 인민성의 원칙을 강조하며 긍정적 인물의 형상화에 초점을 맞추면서 부정적 인물과 상황의 형상화를 비판하거나 평가절하한다. 따라서 이 글은 북한문학에서 마르크스-레닌주의 미학사상과 사회주의 리얼

---

[1] 이 글은 필자의 논문 「1950~60년대 북한소설의 지배 담론과 텍스트 평가의 균열 양상 고찰 -전후 복구기(1953)부터 유일사상체계형성기(1967)까지를 중심으로」(『민족문학사연구』 61권, 민족문학사학회, 2016. 8, 311~338쪽.)에서 편저에 맞게 1950년대 소설 분석 부분을 중심으로 수정한 내용임을 밝힌다.

리즘을 강조하는 지배 담론과 실제 텍스트 평가 사이의 균열 양상을 통해 북한문학의 유연성과 경직성을 검토해보고자 한다. 이러한 작업이 남북한 통합문학사의 밑돌을 놓기 위한 초석이 될 수 있기 때문이다.

김재용[2]에 따르면 1950년대 북한문학은 '반종파 투쟁'을 거치며 '1953년 임화와 김남천과 이태준 비판, 1956년 기석복과 정률 비판, 1958년 한효와 안함광 비판'이 진행되었으며, 1959년 '부르주아 잔재와의 투쟁'을 통해 안막과 윤두헌과 서만일에 대한 비판이 진행되었던 시기에 해당한다. 신형기[3]에 따르면 1950년대 북한문학은 "사회주의를 향하여"가 강조되는 <전후복구와 사회주의 건설기(1953~1958)>에 해당되며, 1956년 제2차 조선작가대회에서 도식주의를 반대한 이후 전후 복구 사업의 형상화가 중시되는 시기로 평가된다. 김성수[4]에 따르면 1950년대 북한문학은 역동적인 전개 양상을 보여주지만, 전후 문예조직이 개편되면서 부르주아 미학 사상의 잔재가 비판되고, 도식주의 비판과 수정주의 비판, 천리마 기수 형상론 등을 거치면서 사회주의 리얼리즘이 정립되는 시기에 해당된다.

선행 연구들의 거시적 분석틀을 참조점 삼아, 이 글은 미시적인 텍스트 평가의 분석을 통해 1950년대 북한문학의 특이성을 구체적이고 실증적으로 분석해 보고자 한다. 우선 전후 복구기(1953~1956)에는 한국전쟁 책임론과 함께 도식주의 논쟁을 둘러싸고 전개된 작품 평가들에 대한 비판적 해석을 진행하고자 한다. 중편소설인 유항림의 「직맹 반장」(1954)은 예술적 개성의 획득이라는 긍정적 평가와 객관주의적

---

2) 김재용, 「북한 문학계의 '반종파 투쟁'과 카프 및 항일 혁명 문학」, 『북한문학의 역사적 이해』, 문학과지성사, 1994, 125~169쪽.
3) 신형기, 『북한소설의 이해』, 실천문학, 1996, 163~260쪽.
4) 김성수, 『통일의 문학 비평의 논리』. 책세상, 2000, 151~219쪽.

해독이라는 비판 사이에서 노동계급의 새로운 윤리를 추적한 작품이라는 최종 평가를 받는다는 점에서 주목을 요한다. 그리고 전재경의 「나비」(1956)는 개성적인 '부정적 인물'의 형상화라는 긍정적 평가와 함께 '제도와 당에 대한 비방'이라는 비판을 통해 전후 복구건설기에 부정적 인물이 보여주는 전형성에 대한 비판적 평가를 받는다. 이 두 작품은 전후 책임론 속에서 반종파투쟁과 함께 문학적 도식주의화가 가져온 북한문학의 지배담론과 텍스트 평가의 괴리 현상을 해석하는 데에 도움을 준다. 특히 예술성과 전형성, 인물 형상화 등 당대의 미학 사상과 창작방법론의 실제적 적용에 대한 논쟁이 진행되었다는 점에서 주목을 요한다. 그리고 1950년대 후반기에 발표된 신동철의 「들」(1958)은 서정적 세계에 대한 형상화라는 긍정성과 함께 소부르주아 사상의 잔재라는 비판이 함께 제기되면서 공산주의 문학 건설에 이반되는 해독적 작품이라는 비판을 받는다는 점에서 주목해야 하는 작품이다.

휴전협정(1953. 7) 이후 북한 사회는 전후 복구와 함께, 북한식 사회주의를 확립하기 위해 '주체'를 강조하게 된다. 특히 1950년대 중반까지 도식주의 논쟁이 벌어지면서 작품들에 대한 비판적 해석과 함께 강제적 도식화와 이론적 경직화를 경험하게 되는데, 이 시기를 대표하는 북한의 중단편소설이 「직맹반장」과 「나비」이다. 두 작품은 각각 문학사적 선택과 배제의 텍스트가 되지만, 발표 당시에는 텍스트를 둘러싼 입체적이고 다면적인 평가를 받는다. 또한 1950년대 말에 이르면 공산주의적 교양이 강조되면서 천리마 기수의 형상화가 강조되는데, 이 시기를 대표하는 단편소설 「들」은 문학사적 배제의 텍스트가 되지만, 발표 당시에는 서정성과 계급성이 주목받으면서 새로운 전형을 창조한다는 다면적 평가를 받는다.

이 시기 북한은 체제의 안정화를 꾀하며 마르크스-레닌주의 미학사상과 함께 사회주의적 사실주의를 강조하게 된다. 하지만 사회주의 체제와 함께 호흡하는 당문학을 내세우면서 문학의 교조적 경직화를 수반하게 된다. 그러나 경직화의 논리는 의도와는 다르게 유연성의 방향을 제시한다는 점에서 역설적으로 지배 담론과 함께 텍스트 평가의 균열 양상을 더욱 선명하게 드러내기도 한다. 이 글은 세 작품에 대한 구체적인 고찰을 통해 1950년대 북한 문학의 지배 담론과 텍스트 평가의 균열 양상을 검토함으로써 북한문학의 유연성과 경직성을 함께 주목하고자 한다. 그리하여 향후 남북한 통합문학사를 구상할 때 북한문학에서 재고하고 복원해야 될 텍스트를 미리 점검하는 기획이 될 수 있을 것이다.

2. 예술적 개성과 객관주의적 해독 사이 - 유항림의 「직맹반장」 (1954)

중편소설인 유항림의 「직맹반장」(1954)은 한국전쟁 직후 전후 복구 건설을 위해 수행된 공장 복구 사업을 소재로 헌신적인 직맹반장 최영희의 노력을 중심에 두고, 입체적 인물인 직공장 학선이와 노동자 용식이의 긍정적 변화를 선도하며, 암해분자인 통계원 준호의 방해 공작을 물리치고 초과달성을 완수한 내용을 다룬 작품이다. 영희의 심리 묘사와 함께 영희를 둘러싼 주변인과의 관계는 생동감 있게 잘 포착하였지만, 주요 인물인 직공장 학선이와 노동자 용식이의 성격 변화와 통계원 준호의 반동적 활약은 미미하게 그려진다. 그럼에도 불구하고 1950년대 말 북한문학사에서는 "사회주의적 의식과 새로운 긍정적 성격"[5]의

형성을 보여준 작품으로 공식 평가된다.

하지만 발표 직후인 1954년 당시에는 작중 인물의 형상화에 대한 비판적 평가가 공존한다. 먼저 김하명[6]은 「직맹반장」이 성과작임에도 불구하고 '부정 인물의 형상화'에 나타난 '결함'을 지적하며, 작중 인물에 대한 "작가적 입장의 불명료성, 갈등의 도식성, 부정적 현상에 대한 관대성 등"을 거론한다. 구체적으로는 '1) 직공장 학선이의 성격의 모호성, 2) 암해분자 준호에 대한 "분노의 빠포쓰(열정)" 부재, 3) 애국심과 "원수에 대한 증오심"이 없는 허수아비 같은 인물들(=나태한 신입 노동자들, 소극적 당원들)' 등의 문제를 지적한다. 특히 "공산주의적 이상의 실현을 위한 적극적 투사"인 당원이 사건의 '중재자'적 역할만을 담당한 것으로 형상화된 측면이 "당 일꾼의 형상화에 있어서의 현실 왜곡이며 엄중한 과오"에 해당한다고 비판한다.

반면에 한효[7]는 「직맹반장」이 여성 노동자의 전형을 보여주었다면서 긍정적 측면을 주목한다. 주인공 최영희가 자신의 청춘과 행복과 노동을 "복구 건설의 전인민적 과업"에 결부시킴으로써 "감동적인 초상"으로 형상화되어 있다고 평가하는 것이다. 물론 "인물들의 다양하고 복잡한 욕망과 열정과 지향들의 충돌 속에서 사건의 발전을 보여주면서 인물들을 전형화하는 데로 작품 구성을 이끌"지 못한 점을 지적하며, 인물의 전형화 실패를 비판하기도 한다.

전반적으로 긍정적 평가를 수행하는 한효와 달리 안함광[8]은 작품의

---

5) 과학원 언어문학연구소 문학연구실 편, 『조선문학통사』(하), 1959(인동, 1988), 319쪽.
6) 김하명, 「부정적 인물의 형상화에 대하여」, 『조선문학』, 1954. 9.
7) 한효, 「생활과 보조를 같이 하는 것은 작가들의 신성한 의무이다」, 『조선문학』, 1954. 10.
8) 안함광, 「문학의 사상적 기초-전후 인민경제 복구 건설기의 소설문학의 특징과 방향」, 『조선문학』, 1955. 1, 133~153쪽.

성과에 대한 간단한 언급과 함께 작품의 한계에 대해 상세히 비판한다. 우선 긍정적으로는 주인공 최영희가 "노동에 대한 열렬한 사랑, 고상한 애국적 헌신성" 속에 "전체 인민들을 교양"하는 등 "인민과 당에 대한 투철한 책임감"이 두드러진다고 평가한다. 반면에 인물 묘사와 작가의 견해 표명 등에서 객관주의적 수법의 잔재가 드러난다고 비판하면서, 첫째 "학선이의 개변 과정"을 소홀히 묘사하는 등 "객관주의적 수법의 잔재"를 극복하지 못한 점, 둘째 작가의 "자기 견해의 지나친 사양"이 중요한 결함이라고 비판한다. 뿐만 아니라 셋째로 "예리성과 생동성"의 부족과 함께 "지루성과 산만성"의 표출이 '객관주의적 수법'의 잔재이며, 넷째로 "시대적 전망의 표현의 미약성, 반동분자 준호의 운명 처리에 있어서의 인민적 빠포스의 제거, 사건의 비탄력적 전개 등의 약점" 등이 드러난다고 비판한다.

하지만 지나치게 부정적인 안함광의 비판적 견해에 반박하는 김명수의 논문9)이 곧바로 제기된다. '객관주의'라는 안함광의 낙인이 예술의 개성을 무시한 '근거 없는 도식화와 독단적 교조주의'에 해당한다는 것이다. 김명수는 "'무갈등론'에 대한 타격을 인간의 도식화로 대치시키지 말아야 한다"면서 안함광이 "하등의 구체적 근거도 없이 '객관주의'라는 렛텔을 붙임으로써" "치명적인 타격"을 가했다고 비판한다. 그러면서 "문학의 사상성의 기치를 독단적인 교조주의와 바꾸지 말자", "작가와 작품의 예술적 개성을 무시하고 하나의 틀 속에 몰아 넣지 말자"고 주문한다. 비평가가 작가의 "생활의 다양성과 장르와 스타일의 다양한 발전을 억압"하지 않아야, '생활의 도식화와 비속화, 문학의 비속화'에 매몰되지 않을 수 있음을 강조한 것이다.

---

9) 김명수, 「농촌생활과 문학의 진실」, 『조선문학』, 1955. 3.

준호는 내무기관의 신세를 지게 되었다. 그가 전번 직맹반장의 횡령사건에도 관계가 있다는 것이 판명되었다. 낙후한 신입 로동자들속에서 불평을 조장시켜 그들이 직장에 마음을 붙이지 못하게 해온것도 실토했다. 전쟁 전에도 어느 국가기관에 근무하다가 횡령사건에 관계하여 교화를 받고 나온 일이 있고 적의 강점 시기에는 적 기관에 복무했던 사실도 드러났다. 준호란 이름도 본명이 아니었다. 지금까지도 적 기관과 연계를 가졌었는지 아닌지는 앞으로 내무기관이알아낼 것이다.

4석회에서 1일당 목표량을 초과해서 생산하게 된 지 닷새 만에 석탄을 끌어올릴 윈치가 4석회에 도착했다.

석탄을 져나르던 노동자들은 기뻐하기보다도 눈이 둥그레졌고 어리둥절해서 할 바를 몰라 했다. 윈치가 왔으니 노력(勞力)이 많이 여유가 생길 것이고 따라서 석탄을 지던 사람은 대부분 할 일이 없어질거라고 앞질러 걱정하는 것이었다.

영희는 이를 눈치 채리고 곧 격려했다.

"동무들 걱정 마세요. 윈치가 와서 석탄 나르는 덴 사람이 줄지만여기 또 할 일이 많이 생겨요."

"예? 그럼…… 우린 또 딴 데로 가게나 되지 않나 해서……."

"이제 나머지 소성로 다섯 개를 복구하기 시작해요. 복구공사에두 많은 손이 필요하지만 복구가 끝난 담에두 사람이 더 필요하지않아요?"

그제야 모두 안심하는 것이었다. 그사이에 모두 직장에 대한 애착심들이 커져서, 여기를 떠나게 되지나 않을까 해서 걱정하던 그들은영희의 설명을 듣고 앞으로 복구될 소성로들을 밝은 얼굴로 돌아보았다.[10]

---

10) 유항림, 「직맹반장」, 『건설의 길』, 1954.

인용문은 작품의 마지막 부분인데, 암해분자인 통계원 준호가 내무기관의 신세를 지게 되는 부분이 화자의 설명으로 드러나면서 작품 속 갈등이 해결된다. 작품 속에서 '내각 결정 153호'에 의해 공장에 배치되어온 26세의 최영희는 성이 다른 전쟁 고아 둘을 자신의 유복녀와 함께 기르면서도 노동규율을 강조하며 헌신적인 직맹반장 역할을 수행한다. 그에 따라 직공장 학선이의 거친 언동이 변모되고, 관료주의적이고 비계획적인 작풍이 비판되면서 해결의 실마리를 찾아간다. 작품 말미에는 전쟁기에 가족을 모두 잃은 노동자 용식이 아침 작업 전에 자기비판을 하면서 통계원 준호의 꼬임이 아니라 직맹반장의 뜻에 따라 열심히 작업량을 채울 것을 다짐하면서 작품 속 갈등은 해소된다.

　이렇듯 주인공 영희는 노동자들의 걱정이나 염려를 자신의 문제처럼 해결해줌으로써 직장에 대한 안심과 애착심을 유지하도록 지도하는 '긍정적 주인공'의 역할을 담당한다. 작품 속에서 최영희는 전쟁으로 남편을 잃은 미망인이지만, 계획량의 30%밖에 생산해 내지 못하는 제4석회로의 작업 능률을 끌어올리라는 과업을 받아 파견된다. 결국 직맹반장 영희의 헌신적인 노력 등으로 공장의 생산성이 높아지고, 암해분자인 통계원 준호는 내무기관에 불러가 조사를 받게 된다. 이후 노동자들이 직장에 대한 애착심을 갖게 되는 것으로 작품이 마무리된다.

　1954~55년에 수행된 작품 평가가 긍정과 부정, 성과와 한계에 대한 비판과 상찬이 다양하고 풍성하게 진행되던 것에서 벗어나 1956년에 이르면 비판적 평가는 사라지고 긍정적 상찬만이 남게 된다. 즉 1956년에 이르러 한설야는 이 작품이 "건설 분야에 조성된 난관과 곤란한 사업 환경을 모순 속에서 대담하게 드러내놓고 그것을 극복하는 주인공의 심각한 투쟁 과정과 그들의 심리 발전을 진실하게 그린"[11] 모범

적 작품이라고 평가한다. 한설야의 논지는 엄호석의 평가로 이어지면서 북한문학사의 공식적인 견해에 반영된다. 엄호석[12]은 「직맹반장」을 "사회주의적 조국을 건설하는 로동계급의 영웅주의와 혁명적 락관주의, 미래의 전망에 대한 확고한 신심"을 다룬 작품으로 평가한다. 그리하여 직맹반장 최영희가 "신입 로동자들, 암해 분자와 관료주의자들에 의하여 운영되는 락후한 직장" 환경에서 "모든 문제를 거의 자립적으로 해결하면서 끝까지 투쟁"하여 "당원다운 투사의 모든 품성과 성격이 시험된다"라면서 긍정적인 평가를 이어간다.

「직맹반장」은 1950년대 북한의 공식문학사인 『조선문학통사』에 이어 1980년대 문학사인 『조선문학개관 II 』[13]에서도 노동계급의 부정적 사상 잔재를 극복한 작품임이 주목되고, 가장 최근에 쓰여진 1999년판 『조선문학사』(12)[14]에서도 "인간학의 요구를 구현하여 생산과 건설에서 사상의식"의 결정적 역할을 진실하게 형상화하였다고 평가된다.

결국 유항림의 「직맹반장」은 예술적 개성과 객관주의적 수법의 잔재라는 평가를 유동하면서 북한문학의 유연성과 경직성을 동시에 보여주는 작품이다. 1956년 한설야의 보고 이후 1954~55년에 존재하던 김하명, 한효, 안함광, 김명수 등의 비판적 평가는 사라진다. 그리고 한설야와 엄호석의 긍정적 평가가 그 자리를 대체한다. 하지만 제2차 조선작가대회 이전에 행해진 비평가들의 다양한 논평이야말로 실제로

---

11) 한설야, 「전후 조선 문학의 현 상태와 전망-제2차 조선작가대회에서 한 한설야 위원장의 보고」, 『제2차조선작가대회 문헌집』, 조선작가동맹출판사, 1956.
12) 엄호석, 「해방 후의 산문 발전의 길」, 『해방 후 우리문학』, 조선작가동맹출판사, 1958, 81~147쪽.
13) 박종원·류만, 『조선문학개관 II 』, 사회과학출판사, 1986, 199~200쪽.
14) 사회과학원 주체문학연구소, 『조선문학사』(12), 사회과학출판사, 1999, 102~110쪽.

북한문학의 생명력을 보여주는 대목이다. 즉 '부정적 인물 형상화의 결함(김하명), 인물의 전형화 실패(한효), 객관주의적 묘사와 세계관의 문제(안함광), 지루하고 산만한 서사의 비탄력성(김명수)' 등의 다채로운 비판 정신이 북한문학의 생동감을 확보하고 있었던 것이다. 이러한 비판적 대목을 복원하는 것이 북한문학에서 텍스트 비평에 대해 합당한 평가를 회복하는 길이라고 판단된다.

3. 개성적인 '부정적 인물'과 제도에 대한 비방 사이 - 전재경의 「나비」(1956)

전재경의 「나비」(1956)는 부정적 인물인 고영수가 '돈벌레'에 비유되면서 '양딸에게 대신 새끼 꼬게 하기', '오리 사육 수수방관하기', 현물 횡령 등 부패와 비리, 사기 등을 서슴없이 저지르는 행태를 중심으로 농촌에서의 사회주의 농업 협동화 문제를 풍자한 작품이다. 발표 당시에는 개성적인 '부정적 인물'에 대한 양가적 평가가 공존하지만, 1959년에 이르면 '제도와 당에 대한 비방'을 형상화한 '반동적 부르주아 사상 잔재'의 텍스트로 평가절하된다는 점에서 주목을 요한다.

먼저 1957년에 김영석[15]은 작품의 주제 의도와 인물의 형상화에 대한 양가적 평가를 진행한다. 즉 긍정적으로는 "종래의 편협성을 퇴치해 가는 도정"을 보여주는 주제의식과 함께, "좀 더 뚜렷한 개성과 풍모를 가진 생동하는 인간의 면모"를 보여주고 있다고 평가한다. 하지만 "사기와 기만과 패덕과 기생충적 생활에 충만된 고영수"라는 "부정적 주인공을 갑자기 개변시킨 작자의 기도에 찬의를 표할 수 없"다는

---

15) 김영석, 「우리 산문 문학에 반영된 농촌 생활의 진실」, 『조선문학』, 1957. 5.

비판적 의견을 제시한다. 결국 김영석은 '고영수'라는 부정적 인물의 형상화가 개성적 생명력을 드러내고는 있지만, 갑작스런 성격 변화의 서사적 설득력이 미약한 점을 비판하고 있는 것이다.

1958년에 이르러 김하명[16]은 이 작품을 풍자문학의 관점에서 긍정적으로 평가한다. 그리하여 "'돈벌레' 같은 이기주의자요, 사기군이며 건달뱅이인 고영수 같은 자를 우리 제도가 어떻게 개조"하고, "어떻게 사회주의 건설에 참가할 각오"를 내면화하게 되었는지를 보여주는 작품이라는 것이다. 특히 작품 서두에 "농업 협동 조합에서의 씩씩하고 흥겨운 실제적 노력에 대한 서정적 묘사"와 함께, 작품 말미에 "고영수의 자기 개조에 대한, 결의"를 배치한 점을 높이 평가한다. 결론적으로 1956년 조선노동당 제3차 대회 이후 "도식주의를 반대하는 투쟁"을 통해 풍자 작품들에서 전형화의 수법이 다양해졌으며, 생동하는 풍자적 전형들을 창조한 것이라고 판단한다.

김하명의 긍정적 평가 이후 윤세평, 엄호석, 서만일 등도 긍정적 평가를 이어간다. 그리하여 윤세평[17]은 부정적 인물에 대한 집단주의적 개조 역량에 방점을 찍는다. 특히 "농촌 경리의 협동화에 방해물로 되는 부정적 인물"을 주인공으로 내세워 "조합원들의 집단적 력량에 의하여 사회주의적으로 개조되어 가는 과정을 보여줌으로써 새것의 승리를 더욱 확인시켜"준 작품으로 평가한다.

엄호석[18] 역시 부정적 인물의 개변 과정과 함께 사회주의적 역량을

---

16) 김하명, 「풍자 문학과 사회주의적 사실주의-최근에 발표된 풍자 작품을 중심으로」, 『조선문학』, 1958. 7.

17) 윤세평, 「해방후 조선문학 개관」, 『해방후 우리문학』, 조선작가동맹출판사, 1958, 5~80쪽.

18) 엄호석, 「해방 후의 산문 발전의 길」, 『해방후 우리문학』, 조선작가동맹출판사, 1958, 81~147쪽.

강조한다. 즉「나비」의 "예술적 공적"이 고영수의 "개인 리기주의의 발현을 대담하게 폭로하고 그의 성격과 운명의 발전을 사실주의적으로 추구함으로써 그의 내부적 갈등을 심오화하"면서 "그의 개변 과정을 예리화"한 것에 있다고 평가한다. 고영수 비판의 힘이 "긍정적 빠포쓰와 내부적으로 련결"되었으며, "고영수를 비판하는 채찍"이 "작가의 비판적 빠포쓰 속에 숨은 우리 농촌의 사회주의적 력량"을 보여준다는 것이다.

서만일[19] 역시 생동감 있는 인물의 묘사와 농촌의 구체적 실정을 깊이 요해한 작품으로「나비」를 평가한다. 즉 "사기와 기만과 패덕과 기생충적 생활에 습관된 농촌 건달군인 고영수란 인물의 형상이 아주 생동하게 묘사되어 있"으며, 특히 "그가 병을 가장하고 부업 경리에 동원되여 새끼 꼬는 일을 아홉 살짜리 양녀에게 맡기고 점수를 따는 장면들은 이 인간에 대한 독자들의 증오와 혐오를 퍼붓게 한다"면서 인물 형상화의 성공이 작가의 현지 생활 체험을 거쳐 연구한 데에서 나온 것임을 높이 평가한다.

> <옥수수는 밭곡식의 왕이다>라는 표어는 참으로 잘된 매력 있는 구호였다. 물론 그 구호의 영향만은 아니였으나 추수 농업 협동 조합에서는 알곡 증산을 위한 긴급한 조치의 하나로서 금년도의 전 작물을 70프로 이상을 <밭곡식의 왕>으로 채웠다. (중략)
>
> "처음부터 자신은 있었으나 불안하기도 했습니다. 이젠 안심합니다. 다만 얼마 동안은 주위에서 그를 이끌고 나갈 필요가 있을 겁니다. 자기가 찾은 새로운 길을 제 발로 달음질쳐 나가는 사람도 있으나

---

19) 서만일,「작가와 시대정신」,『해방후 우리문학』, 조선작가동맹출판사, 1958, 353~397쪽.

손목을 잡고 이끌어 나가야 할 사람도 있으니까요."

어느새 논판에서는 젊은 처녀들의 명랑한 노래가 다시 시작되었다.

보람 있는 사업에 대한 크낙한 행복을 느끼면서 추수 농업 협동 조합 관리 위원장과 부위원장은 두렁길을 지나 행길로 들어서는 고영수의 뒷모양을 오래오래 바라보고 있었다.[20]

인용문은 작품의 처음과 마지막 부분이다. 도입부는 "옥수수는 밭곡식의 왕"이라는 구호를 통해 이 작품의 의도를 반영하면서 알곡 증산의 필요성을 강조하는 부분이다. 그리고 마무리 부분에서는 부정적 인물에서 공동체의 일원으로 변모된 고영수의 뒷모습을 응시하는 것으로 작품이 종결된다. 이때 불안과 안심 사이에서 사람의 종류를 '새로운 길을 스스로 찾아가는 사람'과 "손목을 잡고 이끌어나가야 할 사람"으로 이분화하는 장달현 관리위원회 부위원장의 표현은 이 작품에서의 인물 구도를 보여준다.

55세의 중늙은이인 고영수는 작품 전반에서 사기와 횡령, 각종 음모와 속임수를 일삼는 부정적 인물의 화신으로 등장한다. 작품 도입부에서부터 고영수는 옥수수 농사를 짓는 여성 노동자로부터 "손가락만큼이나 굵고 커다란 시커므스레한 돈벌레"에 비유되는데다가, "도루래, 굼벵이, 자리, 집개벌레 할 것 없이 남이 공 들여 가꾸는 곡식을 파먹는 놈은 다 조합 재산을 처먹는 고영수와 같은 것"이라는 평가를 받는다. 조합 총회에서 쌀 여덟 가마니에 해당하는 411킬로그램을 횡령한 사실이 드러났기 때문이다.

---

20) 전재경, 「나비」, 『조선문학』, 1956. 11, 76~104쪽.

고영수는 해방 직후 이사를 와서 10여 년째 사는 인물로서, 고아인 양딸 둘을 기르면서 잡화상을 하다가 전쟁기에 치안대에 갇혀 1주일간 동서의 행방을 실토하라며 고문을 받기도 한다. 이후 장사를 집어치우고 술을 끊으면서 세곡 창고장, 소비조합 위원장, 리 인민위원회 서기장, 리 인민위원장 등을 역임하면서 속이 좁다고 해서 '똑똑이'라는 별명으로 불린다. 그러다 1954년 농업협동조합이 조직되면서 고영수는 정미소 책임자로 배치된다. 하지만 새끼 꼬는 일을 13세 고아 딸에게 대신 꼬게 하는 등의 윤리적 문제와 함께 오리 사육 문제, 벼 411킬로그램을 횡령한 사건 등이 들통난다. 결국 총회에서는 고영수를 쫓아내고 처벌하자는 의견이 비등하지만, 관리위원회 부위원장인 장달현이 "조합에 두고 교양을 주어서 새 사람, 근로하는 성실한 사람으로 개변시키는 것이 우리의 의무"라고 말하면서 노동하는 인간으로 교양할 것을 강조한다. 결국 작품 말미에서 못짐을 많이 지고 나와 모 심는 노동을 하는 모습을 보여주면서 "돌벌레도 나비될 날이 있"음을 확인하는 것으로 작품이 마무리된다.

하지만 1959년에 이르러 한설야[21]는 작품에 대한 긍정적 평가를 뒤집는다. 즉 1958년 김일성의 교시 「공산주의 교양에 관하여」(1958. 10. 14)에 입각하여 "우리 문학에 잔존하는 부르죠아 사상 경향을 예리하게 비판 분쇄하면서, 작가 자신이 당의 사상, 붉은 사상, 공산주의 사상으로 철저하게 무장할 것을 결의"하면서 전재경의 「나비」 등이 보여준 "흉악한 반동적 기도로 일관된 부르죠아 사상"을 분쇄하는 데에 집중하여야 할 것을 강조한다. 한중모[22] 역시 「나비」가 부르주아 사상

---

21) 한설야, 「공산주의 문학 건설을 위하여」, 『조선문학』, 1959. 3, 4~14쪽.
22) 한중모, 「소설 분야에서의 부르죠아 사상의 표현을 반대하여-전재경, 조중곤의 작품을 중심으로」, 『조선문학』, 1959. 4, 134~144쪽.

잔재를 보여줌과 동시에 "당의 농업 협동화 정책"을 "악랄하게 비방 중상"한 작품이라고 비판한다. 특히 "해방 후 조선 인민의 생활을 외곡해서 묘사하면서 당의 정책과 사회주의 제도에 대한 불신임의 감정을 인민들 속에 부식시킬 것을 주요하게 목적"한 작품이라고 평가절하한다. 한설야는 다른 글23)에서도 전재경의 「나비」에 내포된 "반동적 부르죠아적 요소들"을 비판하면서 작가가 고영수의 입을 통하여 "우리 당과 우리 제도에 대한 비방과 중상"을 퍼붓고 있음에도 불구하고, "분노와 경각심보다도 개성화된 인간 형상을 그려냈다는 것"을 성과작으로 추켜세우는 일부 사람들이 있었다며 동료 문인들을 비판한다.

이렇듯 전재경의 「나비」는 1956년 발표 당시에는 비판과 우려 속에서도 부정적 인물에 대한 풍자성과 함께 인물 형상화의 측면과 사회주의적 역량에 대한 강조 속에 고평되는 작품이었다. 하지만 1959년 이래로 '공산주의 문학'을 강조하면서 '당과 제도에 대한 비방'을 형상화한 반동적 부르주아 작품으로 평가절하된다. 그리하여 공식적인 문학사에서도 사라지게 된다. 하지만 '인물의 형상화와 서사적 설득력에 대한 비판(김영석), 생동하는 풍자적 전형의 수법(김하명), 부정적 인물의 계도 과정에 대한 리얼리티(엄호석), 생동감 있는 인물 묘사와 구체적 농촌 실정(서만일)' 등의 비판과 상찬은 '당과 제도에 대한 비방과 중상'이라는 공식적인 평가절하보다 유효한 평가에 해당한다. 왜냐하면 이들의 시각이 1950년대 중후반에 북한문학에서 텍스트 비평이 지닌 구체적 분석과 입체적 평가 등 문학적 유연성을 보여주고 있기 때문이다.

---

23) 한설야, 「공산주의 교양과 우리 문학의 당면 과업」, 『조선문학』, 1959. 5, 4~25쪽.

4. 서정적 세계의 추구와 소부르주아적 개인성 사이 - 신동철의 「들」(1958)

신동철의 「들」(1958)은 작품 말미에 1952년 9월로 창작 시기가 명기되어 있다. 그러므로 한국전쟁 당시에 창작되었지만 미발표되었다가, 『조선문학』 1958년 11월호에 실린 작품임을 확인할 수 있다. 이 작품은 한국전쟁 중 평양으로 가던 군관의 눈으로 고향과 비슷한 마을의 현실과 풍광을 서정적으로 형상화한 작품이다. 따라서 전쟁기에 발표되었을 경우 충분히 비판의 소지가 농후할 것을 염려하여, 일종의 '작가적 자기 검열'로 한참의 시간이 흐른 뒤에야 발표된 것으로 미루어 짐작할 수 있다.

발표 직후 엄호석[24]은 평범성과 일상성에 대한 긍정적 평가를 내놓는다. 즉 『문학신문』 지상을 통해 "평범한 인간들의 평범하고 일상적 에피소드를 통해 많은 것을 암시하는" 소재가 성과라고 평가한다. 엄호석에 뒤이어 1959년에 이르면 계북[25]은 이 작품을 한국전쟁 당시 "애국주의와 영웅성"에 대해 '더 많은 이야기'를 전달함과 동시에 공산주의 사상 교양 사업의 의무를 잘 수행한 작품이라고 평가한다. 특히 "평범하고도 단순한 이야기 속에 심오한 생활의 철학"을 담아냈으며, "독특한 서정 세계의 추구"가 작품의 새로운 특질이라고 고평한다. "회화적으로 씌여진 산문적 서정시"임을 주목한 것이다.

폭음의 메아리도 멀어지고 폭연도 사라진 뒤 정적이 깃든 들. 아무

---

24) 엄호석, 「전투적 쟌르인 서정시와 단편소설의 예술적 성능을 제고하자」, 『문학신문』, 1958. 11. 27.
25) 계북, 「서정 세계의 추구」(작가 연단), 『조선문학』, 1959. 1, 98~103쪽.

일도 없은 듯 먼지를 뒤집어쓴 들판은 바람결에 설레인다.

산기슭의 묵은 참호에서 흙을 털고 일어난 조동호 군관은 오목한 눈으로 두리를 살펴본다.

얼마나 거칠은 들판인가? 지금은 리용하지 않는 철도를 따라 폭탄에 패인 숭숭한 구멍이들, 오래된 구덩이엔 물이 괴여 개구리밥까지 덮였다.

(중략)

동호는 난처하여 서성거리다가 평양을 향해 무거운 걸음을 옮기였다.

그러나 한 가지 마음에 미쁘게 생각되는 것이 있었다. 가족이나 혈육간은 통성명을 아니 한다. 바로 그 허물없는 감정이란 남 아닌 집안끼리의 것이다. 그렇다! 큰어버이인 당과 인민 정권에 의하여 온 나라가 한집안이 되어 싸우는 우리에게 통성명이 무슨 소용인가!…

이러한 느낌이 차츰 마음에 자리를 잡자 동호의 걸음은 활기를 띠였다.

개암나무 냄새며 찔레꽃 냄새가 흐뭇이 풍겨오는 들은 먼 산밑에 닿았다.

동호는 들국화며 새풀이 무성한 해묵은 참호를 뛰여넘어 달빛이 허옇게 보이는 행길 쪽으로 향하였다.

그의 배낭은 점점 작아 보이고 풀벌레 우는 들은 고요히 깊어 갔다.

―1952. 9.[26]

인용문에서 드러나듯 한국전쟁기임에도 불구하고 정적 어린 들판을 비롯한 자연 풍경과 함께 고요한 마을을 바라보는 주인공 조동호 군관의 시선은 심리소설처럼 서정적으로 그려진다. 폭음과 폭연 이후 정적

---

26) 신동철, 「들」, 『조선문학』, 1958. 11, 84~90쪽.

에 휩싸인 들판이 "바람결에 설레인다"라는 묘사로 시작하여 "풀벌레 우는 들은 고요히 깊어 갔다"로 마무리되는 이 작품은 동호의 내면의 동요를 따라가는 일종의 모더니즘적인 여로형 소설에 해당한다. 작품의 골격을 요약해 보면, 주인공 동호는 배낭을 메고 파편에 긁힌 권총집을 옆구리에 차고 꿰어맨 장화를 신고 거친 들판을 걸어 서북쪽으로 향한다. 평양을 향해 가는 사흘 동안 사람을 만나지 못한 동호는 고향에서의 모든 것을 그리워한다. 폭격에 어머니와 어린 남동생을 잃은 그는 고향과는 다른 곳이지만 황폐해진 농촌과 거리를 보면서 심란해 한다. 전장에서 지휘관으로서의 동호는 "항상 생각에 잠겨 우울한 편"이었지만, 실제 전장에 서면 "적개심에 불타"올라 전투와 복수에 전념을 다한다. 하지만 군단 정치부장으로부터 후방에 갔다 오면 "크고 깊은 힘"을 느낄 수 있을 것이란 말을 전해 들은 동호는 고향으로 향하면서 "가렬한 화선에서 벗어나 마음 푹 놓고 보는 자연이란 얼마나 아름다운가!"라며 감탄한다. 자연의 아름다움뿐만 아니라 늪 아래쪽에 자리한 움집이 '인민학교 분교'임을 알게 된 그는 그곳까지 미친 "당의 손길"에 감격해 한다. '후방의 정연함'을 보면서 당에 대한 "무한한 기쁨과 신심"을 느끼는 것이다.

오늘밤까지 평양시에 닿아야 하지만 움집에서 잠시 쉬면서 잠에 빠졌다가 깨어난 동호는 노을빛을 받아 더욱 아름답게 보이는 여교원의 얼굴에 수심과 슬픔 같은 그늘이 깃들여 있는 것을 보게 된다. 여교원이 차려준 상 위에는 삶은 옥수수와 가물치회가 수북한데, 나중에야 오늘이 노인의 사위될 사람이 전사한 지 1년이 되는 기일이라는 사실을 알게 된다. 동호는 고향인 청진이 무참히 파괴된 이야기를 전하며 '원쑤에 대한 적개심'을 피력한다. 여교원은 아이들 교육을 위해 전선에서의 이야기를 해달라고 부탁하다가 군관이 이곳에 더 이상 오래 머무를 시간이 없음을 알고는 편지로라도 내용을 전해달라고 당부한다. 그때 동호는 여교원의 얼굴에서 볼우물이 인상적임을 발견한다. 이후 초생달과 "꼬마 련락병 같은 별" 아래로 다시 동호가 길을 나서며, 토굴막 분교와 "자지옷 입은 녀교원"과 노인을 떠올리게 되고, 자기 생애에서 "즐겁고 아름다운 추억"이 생겨났다고 생각하며 길을 떠나는 것으로 작품이 마무리된다.

이렇듯 전장과 후방에서 모두 심리적으로 유약하게 동요하는 내면을 보여주는 조동호 군관의 형상에 대해 김근오[27]는 엄호석과 계북의 견해를 정면으로 반박하며 비판한다. 즉「들」이 "소부르죠아적 개인 취미가 농후한 작품"이며, "조국해방전쟁시기의 싸우는 조선 인민들을 외곡되게 반영"하였고, 그 기저에 "애수와 고독"이 담겨 있는 비사실주의적 작품이라는 것이다. 특히 주인공 동호가 평범한 인물이 아니라 "현실과는 아무 인연도 없는 마치 달나라 세계를 구경하는 듯한 후방의 관찰자로 등장하는 무기력한 인물"이라고 평가절하한다. 결국 역설적으로 "부르죠아적 사상 잔재를 철저히 숙청하고 사회주의적 사실주의 창작 원칙을 고수"할 것을 강조하는 반면교사의 텍스트라고 비판하게 된다.

한설야[28] 역시 소부르주아적 개인성의 형상화에 대해 비판적으로 평가한다. 즉 평론가 엄호석 등이 "부르죠아 사상 잔재의 극복"을 거론하면서 "영웅적 인민군 군관을 소시민적 주인공으로 대처"한 신동철의「들」을 상찬한 내용에 대해 비판한다. 한설야에게는 이 작품이 "사회

---

27) 김근오,「<들>에 방황하는 <서정>-신동철의 <들>에 대한 항변」(작가 연단),『조선문학』, 1959. 2, 123~129쪽.
28) 한설야,「공산주의 문학 건설을 위하여」,『조선문학』, 1959. 3, 4~14쪽.

주의적 사실주의에 대한 허무주의적이며, 수정주의적인 <서구 바람>의 침습"을 보여주고 있다고 판단되기 때문이다. 또 다른 보고문[29]에서도 신동철의 「들」이 "도식주의의 극복과 독창적인 스찔을 추구"한 나머지, "의식적이든 무의식적이든 간에 소부르죠아적 개인 취미로 떨어진 실례"에 해당한다고 비판한다. 그리하여 "낡은 부르죠아 사상 잔재를 청산하지 못한" 채, "개성적인 스찔, 개성화된 성격 창조, 작품의 문제성, 흥미 등을 일면적으로 파악하여 당성 원칙을 떠난" 대표작이라고 비판한다. 신동철이 "조국해방전쟁의 영웅적 현실을 왜곡"하여 자기만의 소부르주아적인 "'서정'의 세계를 추구하였"으며, 그 세계가 "조국해방전쟁 시기 전선과 후방에서 조선 인민이 발휘한 무비의 영웅성 및 혁명적 낭만성과는 아무런 공통성도 없"다는 것이다. 그리고 엄호석의 「들」을 향한 평론 역시 "들끓는 시대적 빠포스와는 거리가 먼 안온하고 사상성이 희박한 작품들을 내세움으로써 자기의 소부르죠아적 미학 취미를 발로시켰"다고 비판한다. 김민혁[30] 역시 1950년대 후반 북한문학이 「들」처럼 "<평범하고 단순한 것>, <고요하고 서정적인 것>, <정적인 것>"이 아니라 "전투적이고 영웅적인 것, 격동적이고 랑만적인 것, 동적인 것"을 요구한다면서 사회주의 사실주의 원칙을 고수할 것을 강조한다.

1959년에 이르면 상찬의 시발점이었던 엄호석[31]마저 자신의 기존 논의를 뒤집는다. 즉 "현대성, 혁명적 랑만성, 공산주의적 성격의 전형

---

29) 한설야, 「공산주의 교양과 우리 문학의 당면 과업」, 『조선문학』, 1959. 5, 4~25쪽.
30) 김민혁, 「문학의 현대성 문제와 로동계급의 집단적 영웅주의」, 『조선문학』, 1957. 5, 129~144쪽.
31) 엄호석, 「공산주의적 교양과 창작의 질적 제고를 위하여」, 『조선문학』, 1959. 8, 109~124쪽.

화, 민족적 특성"을 강조하면서 "공산주의적 빠포스로 맥박치는 래일의 문학"을 제고할 것을 강조한다. 그러면서 "나 자신이 좋은 작품으로 그릇되게 평가한 신동철의 「들」"을 거론하면서 동호 군관이 공화국 인민군대의 "당적 인간의 전형"이어야 할 인물이었지만, "혁명적 락관주의와 영웅주의, 적에 대한 불붙는 증오심과 불굴의 정신과 같은 사회적 본질"을 규명하지 않았다고 비판한다. 그리하여 "패배주의 사상을 고취"하였으며, 북한 사회의 "현실에 의혹을 품는 악랄한 사상을 발로"하여, 결국 동호 군관이 "모호한 성격"의 소유자로서 "우울하고 감상적인 <심리적 인간>으로 등장"하였다고 비판한다. 윤세평[32] 역시 신동철의 작품 세계 전반을 "반동적 미학 사상"으로 비판한다. 그리하여 신동철이 "도식주의를 반대하는 투쟁의 그늘에 숨어서", "반동적인 부르죠아 미학"의 견해를 노골화한 작가라고 비난한다. 특히 신동철의 「들」의 서정성이란 "소부르죠아적 애수의 정서"에 불과하며, 작가가 "열렬한 애국주의 사상"이 아니라 "고독과 애수, 감상과 추억의 장막을 펼쳐" "패배주의 사상을 고취"하였다고 비판한다.

이렇듯 신동철의 「들」은 1958년 발표 직후에는 평범한 인간의 일상적 에피소드와 함께 독특한 서정의 세계를 추구하면서 심오한 생활의 철학을 보여준 수작으로 평가된다. 하지만 곧이어 전쟁기에 평양을 향해 가던 군관이 자연 풍경에 심취한 모습은 소부르주아적인 개인성을 드러낸 것이라고 비판된다. 그리하여 부르주아 사상 잔재의 청산과 사회주의적 사실주의 원칙을 고수하기 위한 반면교사의 작품이 된다. 그러나 '평범하고 단순한 이야기, 독특한 서정 세계의 추구, 회화적인 산

---

32) 윤세평, 「작품과 빠포스 문제-신동철의 창작을 일관하는 반동적 미학 사상」, 『조선문학』, 1959. 9, 126~132쪽.

문적 서정시'라는 계북의 평가와, '평범한 인간과 일상적 에피소드의 암시성'을 강조한 초기 엄호석의 평가야말로 북한문학의 살아있는 현장 감각을 보여준다.

뿐만 아니라 결국 신동철의 「들」을 비판하는 근거로 활용된 대목들은 고스란히 북한문학에서 살려 써야 할 문학적 다양성의 수원에 해당한다. 즉 '관찰자로서 무기력한 인물(김근오), 허무주의적이고 수정주의적인 서구의 바람(한설야), 개성적인 스킬과 개성화된 성격과 작품의 흥미성(한설야), 고요와 서정과 정적인 특징(김민혁), 패배주의 사상과 모호하고 우울하고 감상적인 심리적 인간의 등장(엄호석), 고독과 애수와 감상과 추억의 장막(윤세평)' 등의 비판은 북한문학의 경직성과 도식성을 극복할 유연한 문학적 동력에 해당하는 것이다.

5. 북한소설의 생동감과 유연성 복원의 필요성

이 글은 1953년 휴전협정 이후 '전후 복구와 사회주의 기초 건설 시기'를 대표하는 세 작품을 중심으로 1950년대 북한문학의 지배 담론과 실제 텍스트 평가의 균열 양상을 구체적이고 미시적으로 분석하였다. 이 시기를 관통하는 문학 담론으로는 마르크스-레닌주의 미학 사상과 함께 '사회주의 리얼리즘'이 강조된다. 북한식 사회주의 리얼리즘은 소련 문학의 영향 속에 1950년대에 이르러서는 당성, 계급성, 인민성의 원칙을 강조하며 긍정적 인물의 형상화에 초점을 맞추면서 부정적 인물과 상황의 형상화를 비판하거나 평가절하한다. 이 글은 북한문학에서 도식주의 논쟁과 부르주아 사상 잔재 비판 등을 거치는 가운데 체제의 지배 담론과 실제 텍스트 평가 사이의 균열 양상을 통해 드러난 북한문학의 유연성과 경직성을 검토하였다. 그리하여 유연성의 제고가 북한문학의 생동감을 확보할 수 있는 방편임을 제시하였다.

유항림의 중편소설 「직맹반장」은 예술적 개성의 표출과 객관주의적 수법의 잔재라는 평가를 유동하면서 북한문학의 유연성과 경직성을 동시에 보여주는 작품이다. 1956년 한설야의 보고 이후 1954~55년에 존재하던 김하명, 한효, 안함광, 김명수 등의 비판적 평가는 사라진다. 하지만 제2차 조선작가대회 이전에 행해진 비평가들의 다양한 논평이 야말로 실제로 북한문학의 생명력을 보여주는 대목이다. 즉 '부정적 인물 형상화의 결함(김하명), 인물의 전형화 실패(한효), 객관주의적 묘사와 세계관의 문제(안함광), 지루하고 산만한 서사의 비탄력성(김명수)' 등의 다채로운 비판 정신이 북한문학의 생동감을 확보하고 있었던 것이다.

전재경의 「나비」는 1956년 발표 당시에는 비판과 우려 속에서도 부정적 인물에 대한 풍자성과 함께 인물 형상화의 측면과 사회주의적 역량에 대한 강조 속에 고평되는 작품이었다. 하지만 1959년 이래로 '공산주의 문학'을 강조하면서 당과 제도를 비방한 반동적 부르주아 작품으로 평가절하된다. 그리하여 공식적인 문학사에서도 사라지게 된다. 하지만, '인물의 형상화와 서사적 설득력에 대한 비판(김영석), 생동하는 풍자적 전형의 수법(김하명), 부정적 인물의 계도 과정에 대한 리얼리티(엄호석), 생동감 있는 인물 묘사와 구체적 농촌 실정(서만일)' 등의 비판과 상찬은 '당과 제도에 대한 비방과 중상'이라는 공식적인 평가절하보다 유효한 평가에 해당한다. 왜냐하면 1950년대 중후반에 북한문학에서 텍스트 비평이 지닌 구체적 분석과 입체적 평가 등 문학적 유연성을 보여주고 있기 때문이다.

신동철의 「들」은 1958년 발표 직후에는 평범한 인간의 일상적 에피소드와 함께 독특한 서정의 세계를 추구하면서 심오한 생활의 철학을 보여준 수작으로 평가된다. 하지만 곧이어 전쟁기에 평양을 향해 가던 군관이 자연 풍경에 심취한 모습은 소부르주아적인 개인성을 드러낸 것이라고 비판된다. 그리하여 부르주아 사상 잔재의 청산과 사회주의적 사실주의 원칙을 고수하기 위한 반면교사의 작품이 된다. 하지만 이 작품을 비판하는 근거로 활용된 대목들은 고스란히 북한문학에서 살려 써야 할 문학적 다양성의 수원에 해당한다. 즉 '관찰자로서 무기력한 인물(김근오), 허무주의적이고 수정주의적인 서구의 바람(한설야), 개성적인 스킬과 개성화된 성격과 작품의 흥미성(한설야), 고요와 서정과 정적인 특징(김민혁), 패배주의 사상과 모호하고 우울하고 감상적인 심리적 인간의 등장(엄호석), 고독과 애수와 감상과 추억의 장막(윤세평)' 등의 비판은 북한문학의 경직성과 도식성을 극복할 유연한 문학적 동력에 해당하는 것이다.

결과적으로 1950년대 북한문학은 살아 있다. 문학사에서 배제되거나 선택적으로 거론되는 논쟁적 작품들을 주목하는 것은 다양한 논쟁의 역사가 당대에 실재했으며, 그만큼 북한문학의 생동감을 여실히 보여주는 대목이기 때문이다. 북한문학은 1950년대의 논쟁사를 복원하고 배제된 텍스트를 재고해야 한다. 그렇게 잃어버린 과거의 텍스트를 투명하게 응시함으로써 새로운 북한문학의 미래를 견인할 수 있을 것이기 때문이다. 그리고 그것이 남북한 통합문학사의 온전한 복원을 향한 문학사 기술의 선결 작업에 해당한다.

(2016)

폐허(廢墟)에서 살아남기

초판 1쇄 인쇄일	ㅣ 2024년 8월 19일
초판 1쇄 발행일	ㅣ 2024년 8월 30일
엮은이	ㅣ 오태호
펴낸이	ㅣ 한선희
편집/디자인	ㅣ 정구형 이보은 박재원
마케팅	ㅣ 정찬용 정진이
영업관리	ㅣ 한선희 이민영 한상지
책임편집	ㅣ 정구형
인쇄처	ㅣ 으뜸사
펴낸곳	ㅣ 국학자료원 새미(주)
	등록일 2005 03 15 제25100 · 2005 · 000008호
	경기도 고양시 덕양구 권율대로656 클래시아더퍼스트 1519호
	Tel 02-442 · 4623 Fax 6499 · 3082
	www.kookhak.co.kr
	kookhak2010@hanmail.net
ISBN	ㅣ 979-11-6797-171-5 *03810
가격	ㅣ 38,000원

* 저자와의 협의하에 인지는 생략합니다.
  잘못된 책은 구입하신 곳에서 교환하여 드립니다.
  국학자료원 · 새미 · 북치는마을 · LIE는 국학자료원 새미(주)의 브랜드입니다.